rororo

W0240433

rororo

Andreas Winkelmann, geboren 1968 in Niedersachsen, ist verheiratet und hat eine Tochter. Er lebt mit seiner Familie in einem einsamen Haus am Waldrand nahe Bremen. Wenn er nicht gerade in menschliche Abgründe abtaucht, überquert er zu Fuß die Alpen, steigt dort auf die höchsten Berge oder fischt und jagt mit Pfeil und Bogen in der Wildnis Kanadas.

«Andreas Winkelmann spielt mit den Nerven des Publikums.» *(Bremer Nachrichten)*

Andreas Winkelmann

HOUSESITTER

Thriller

Rowohlt Taschenbuch Verlag

2. Auflage August 2018
Veröffentlicht im Rowohlt Taschenbuch Verlag,
Reinbek bei Hamburg, August 2018
Copyright © 2017 by Rowohlt Verlag GmbH,
Reinbek bei Hamburg
Umschlaggestaltung Hafen Werbeagentur, Hamburg
Umschlagabbildungen Adrian Muttitt / Trevillion Images;
sema srinouljan / shutterstock.com
Satz Arno Pro OTF (InDesign)
Gesamtherstellung CPI books GmbH, Leck, Germany
ISBN 978 3 499 27207 3

HOUSESITTER

FÜR NINA, WEIL ICH IHR GERN ANGST MACHE!

Dunkelheit umgab das Haus, nur die erleuchteten Fenster im Untergeschoss waren wie eine Einladung.

Komm herein, sei unser Gast, fühl dich wie zu Hause.

Still verharrte er in seinem Versteck und betrachtete das Licht aus einiger Entfernung, so wie er es zeit seines Lebens getan hatte. Der Abstand war ihm wichtig. Oft genug hatte das Licht sich verändert, sobald er eingetaucht war, hatte seine Wärme verloren. Und dann war nichts mehr geblieben von dem sicheren Gefühl, endlich ein Zuhause gefunden zu haben. Das Licht barg ebenso Chance wie Gefahr, war zugleich Verlockung und Vernichtung. Das hatte er schon früh begriffen, in einer der vielen, langen und einsamen Nächte, in denen er auf den Glaskegel einer Straßenlaterne vor seinem Fenster gestarrt und Insekten beobachtet hatte, die immer wieder ins Licht flogen, obwohl sie darin ihren Tod fanden.

Jetzt bewegte sich etwas am Fenster des Hauses. Es war die Frau. Eine große Brünette mit warmem Lächeln und braunen Augen. Die wenigen Male, die er ihr nah genug gekommen war, hatte er gespürt, wie gut sie ihm tun würde. Es umgab sie etwas, für das ihm die Worte fehlten. Manche Frauen hatten es, andere nicht. Mareike hatte es gehabt. Aber an Mareike durfte er jetzt nicht denken, denn wenn diese Erinnerung erst seinen Kopf füllte, übernahm etwas anderes in ihm die Führung, etwas, das er nicht kontrollieren konnte.

Er sah die Brünette zurückkommen. Sie stellte etwas auf dem runden Tisch im Esszimmer ab, und er beobachtete, wie sich ihre Lippen beim Sprechen bewegten. Sie beugte sich über den Tisch, strich ihr langes Haar über die linke Schulter zurück und blickte direkt zum Fenster.

Licht im Inneren eines Hauses ließ alles, was sich draußen in der Dunkelheit abspielte, unsichtbar werden. Daher konnte die Brünette ihn nicht sehen, befand sich selbst für ihn aber auf dem Präsentierteller. So konnte er sie in aller Ruhe beobachten, wie sie ganz nah an die Scheibe herantrat und in die Dunkelheit hinausschaute. Ihre Augen wurden zuerst größer, dann verengten sie sich, ganz so, als suche sie etwas, schließlich richtete sie sich auf, verschränkte in dieser typisch weiblichen Art schützend die Arme vor dem Brustkorb und sagte etwas über ihre rechte Schulter hinweg. Einen Moment später trat der Mann neben sie.

Ein mittelgroßer, schlanker Typ, mit kurzem braunen Haar und magerem Gesicht. Ein Gesicht, das er sich gemerkt hatte und nie wieder vergessen würde. Der Mann legte der Brünetten einen Arm um die Taille und schaute mit ihr hinaus. Plötzlich zuckte er zusammen, und die Brünette erschrak heftig. Der Mann brach in Lachen aus, und bevor sie ihm einen spielerischen Schlag versetzen konnte, verschwand er aus dem Fensterausschnitt. Sie rief ihm etwas hinterher. Man musste nicht Lippen lesen können, um zu wissen, dass es ein Schimpfwort war. Die Brünette verharrte noch einen Moment am Fenster, löste dann die Bänder der Vorhänge und zog sie zu.

Sperrte ihn aus.

Er war verwirrt.

Auf gar keinen Fall hatte sie ihn gesehen. Aber woher rührte ihre Sorge? Hatte sie etwas gespürt? Vielleicht war ihr in diesem Moment klargeworden, dass jeder sie von draußen in dem hell erleuchteten Zimmer sehen konnte. Mitunter belebte ein Moment der Erkenntnis alte Ängste neu, die schon längst vergessen geglaubt waren – so etwas musste es gewesen sein. Wie auch immer, es war ärgerlich, denn nun musste er doch seinen Standort wechseln, wenn er sie weiterhin beobachten wollte. Widerwillig verließ er seinen Platz hinter der Hecke, schlüpfte durch eine Lücke und schlich tief gebückt zur anderen Seite des Grundstückes. Dabei kam er der Straßenlaterne vor dem Haus gefährlich nahe. Er musste darauf achten, nicht von ihr beschienen zu werden.

Auf halber Strecke zum nächsten Fenster presste er sich gegen den Boden, machte sich ganz klein und verharrte.

Er hatte etwas gehört.

Leise Schritte auf Betonpflaster.

Im nächsten Moment kam ein alter Mann die Straße hinunter. Er führte eine hässliche kleine Promenadenmischung an der Leine. Der Alte bewegte sich wie im Halbschlaf, und auch der Hund machte einen trägen Eindruck. Aber Hunde durfte man niemals unterschätzen, er war bereits dreimal von einem Hund aufgestöbert und verscheucht worden. Dieser hier bemerkte ihn jedoch nicht. Am Pfeiler der Zufahrt blieb er stehen, um zu markieren. Sein Herrchen zog ungeduldig an der Leine, und einen Moment später verschwanden beide in der Nacht.

Hinter dem Fenster, unter dem er jetzt hockte, lag die Küche. Hier gab es keinen Vorhang, den man zuziehen konnte. Dafür zwei Regalbretter, die zwischen den Laibungen angebracht waren, um darauf in kleinen Porzellantöpfen Küchenkräuter zu ziehen. Die Pflanzen störten! Er würde die Brünette nur sehen können, wenn sie direkt vor dem Fenster stand. Dabei waren es genau diese Bilder, die er sich erhofft hatte. Tagsüber war es hier langweilig gewesen, aber da er nicht wusste, wann genau die beiden zum Flughafen aufbrechen würden, hatte er sie wohl oder übel von morgens bis abends beobachten müssen. Er hatte sich gefreut, als klargeworden war, dass es sich bis in den späten Abend hineinziehen würde.

Er zog sich in die Büsche zurück, ließ sich nieder, lehnte sich mit dem Rücken gegen den dünnen Stamm einer jungen Eibe, zog die Oberschenkel heran und beobachtete. Ließ das Licht auf sich wirken, verlor sich darin und merkte nicht einmal, wie die Zeit verging.

Plötzlich öffnete sich die Haustür zu dem kleinen Einfamilienhaus in der Gartenstraße im Hamburger Stadtteil Bergedorf. Schnell verließ er seinen Platz, drückte sich tief auf den Boden und betrachtete die Szene aus der Ameisenperspektive.

Die Brünette trat zuerst heraus. Sie kramte in ihrer großen Handtasche, wahrscheinlich ihr Handgepäck. Sie war elegant und sportlich gekleidet: Lederstiefel mit hohem Absatz, die bis unters Knie reichten, dazu einen kurzen schwarzen Rock und eine enganliegende Lederjacke. Das Haar fiel ihr auf die Schultern. Er meinte, ihr teures Parfüm riechen zu können.

Ihr Freund trat einen Moment später heraus, stellte zunächst ihren und dann seinen Koffer auf den Gehweg. Schließlich zog er die Tür hinter sich zu und schloss ab.

Auf dem Weg zum Wagen kamen sie ganz nah an ihm vorbei. Er drückte sich noch tiefer gegen den Boden und wandte sein Gesicht ab, weil er befürchtete, es könne das Licht der Straßenlaterne reflektieren.

Die Plastikrollen der Koffer waren entsetzlich laut. Keine zwei Meter von ihm entfernt rollten sie vorbei. Erst als er das leise Piepen hörte, mit dem der Mann das Auto entriegelte, hob er den Kopf weit genug, um die beiden sehen zu können. Der Mann öffnete den Kofferraum des Wagens und lud beide Koffer ein. «Bereit für deinen ersten Urlaub?», fragte die Brünette.

Der Mann schlug die Kofferraumklappe zu und umarmte sie. «Ich freue mich darauf», sagte er. Die beiden küssten sich.

Er lag da im Dreck und dachte darüber nach, es sofort zu tun. Nicht noch zwei Wochen zu warten. Ihm einfach den Kopf zu zertrümmern, das wäre mit einem einzigen harten Hieb getan. Sie bewusstlos zu schlagen und beide in den Kofferraum zu stecken. Würden die Nachbarn etwas mitbekommen? Was, wenn sie schrie? Dieses Was-wäre-wenn lag ihm nicht, er bekam Kopfschmerzen, sobald er zu intensiv über etwas Bestimmtes nachdachte. Die Dinge mussten gleichmäßig und langsam ablaufen, ohne Überraschungen. Außerdem sah sein Plan einen anderen Ablauf vor, und er würde auf das Schönste verzichten, wenn er voreilig handelte.

Bevor der Mann in den Wagen stieg, blieb er noch einmal stehen und sah zum Haus zurück. Seine Augen verengten sich misstrauisch. Was dachte er? Hatte er Angst, dass in seiner Abwesenheit etwas geschehen könnte mit seinem Zuhause?

Schließlich stieg er ein, startete den Motor, und der Wagen fuhr in die Nacht davon.

Er wartete noch, bis das Motorengeräusch vollkommen verklungen war. Dann wartete er noch etwas länger, für den Fall, dass ein Nachbar vom Lärm des Autos oder der Koffer aufgewacht und ans Fenster getreten war. Erst als er langsam auskühlte, drückte er sich mühsam vom Boden hoch und ging auf die Haustür zu.

Bevor er sich Schloss und Alarmanlage widmete, drehte er sich noch einmal um und wünschte den beiden in Gedanken einen guten Flug.

Vor allem aber eine heile Rückkehr.

2 WOCHEN SPÄTER

«Meine sehr verehrten Fluggäste, über Hamburg liegt derzeit eine Gewitterzelle. Wir hatten gehofft, sie würde bis zur Landung weitergezogen sein, doch sie scheint Gefallen an der Hansestadt gefunden zu haben. Die Landung wird daher etwas unruhig werden, es besteht aber kein Grund zur Sorge.»

Die Stimme des Piloten aus den Bordlautsprechern klang vollkommen ruhig. Thomas Bennett war weit davon entfernt, sich Sorgen zu machen.

«Bitte stellen Sie nun Ihre Sitze in eine aufrechte Position, klappen Sie die Tische vor sich hoch und schnallen Sie sich an.»

Das Flugzeug begann zu wackeln und zu ruckeln. Unter den zweihundert Rückreisenden brach Unruhe aus. Hektisch wurde an Gurten und Sitzen gezerrt, ohnehin schon genervte Mütter fuhren quengelnde Kinder an, eine ältere Dame kam aus der Toilette und schien vergessen zu haben, wo sich ihr Sitz befand. Aus dem Bund ihrer bequemen Reisehose hing das violette Unterhemd heraus. Die Vierergruppe knapp zwanzigjähriger Jungs, bei denen nicht ganz klar war, ob sie angetrunken waren oder einfach nur gut gelaunt, und die sich bereits eine Standpauke einer Stewardess eingehandelt hatten, johlte auf, einer machte die Geräusche eines abstürzenden Flugzeuges nach.

Thomas Bennett beugte sich über den Gang und stupste den jungen Mann an der Schulter an.

«Lass das mal lieber, die Kinder sind so schon verängstigt – und meine Freundin auch. Sie hasst Landungen.»

Eben hatte der junge Mann noch gescherzt und gelacht, wenn auch auf eine gehässige Art und Weise, doch als er

Thomas jetzt ansah, änderte sich seine Mimik. Aggressivität lauerte in seinem Blick.

«Sonst was, Alter? Bist du hier der Sheriff, oder wie?»

Thomas hatte nicht damit gerechnet, so angefahren zu werden. Er hatte freundlich, fast schon ein wenig flapsig gesprochen. Saskia neben ihm krallte sich panisch an den Armlehnen fest.

Er wusste nicht, was er erwidern sollte, und war froh, als eine der Flugbegleiterinnen den jungen Mann nachdrücklich um Ruhe bat. Mit Schwung klappte sie das Tischchen vor ihm hoch und bedachte ihn mit einem einschüchternden Blick.

Kaum ging sie weiter, formte der junge Mann mit der Hand eine Waffe, legte auf Thomas an und tat, als würde er abdrücken. Dabei grinste er überheblich. Dann beugte er sich ein Stück vor und machte in Richtung Saskia eine anzügliche Bewegung mit der Zunge.

Saskia legte Thomas eine Hand auf den Unterarm und schüttelte den Kopf. Ein wortloses «Lass es gut sein». Zum Glück. Thomas hätte ohnehin nicht gewusst, wie er hier im Flieger darauf reagieren sollte.

Die Mallorcabräune nach zwei Wochen unter der Mittelmeersonne stand ihr ausnehmend gut. Ihre Haut hatte einen Bronzeton angenommen, und ihr brünettes Haar war ein wenig heller geworden. Thomas hatte sie auf Mallorca beim Stand-up-Paddling beobachtet, sein Surfer Girl im knappen Bikini, anscheinend schwerelos auf dem Wasser, den Blick in die Weite gerichtet, eingerahmt vom goldenen Licht des Sonnenunterganges. Das nasse Haar hatte sie noch schlanker und irgendwie auch verletzlicher wirken lassen, und Thomas hatte sich wie immer gefragt, ob er in der Lage sein würde, sie zu beschützen.

Er beugte sich zu ihr und küsste sie.

«Tut mir leid», sagte er leise in ihr Ohr, damit der Blödmann auf der anderen Seite des Ganges es nicht mitbekam. «Wenn wir ausgestiegen sind, töte ich ihn.»

«Aber lass es wie einen Unfall aussehen.»

«Er wird in die Flugzeugturbine stolpern. Niemand macht meine Frau ungestraft an.»

«Meine Frau?», wiederholte sie, was er gesagt hatte, und Thomas spürte, wie die Situation sich veränderte, wie aus Flapsigkeit Ernst wurde, er verstand nur nicht, warum.

«Freundin. Ich meinte natürlich Freundin.»

Jetzt verschwand auch der letzte Rest ihres Lächelns.

«Natürlich.»

Das Flugzeug legte sich in eine Rechtskurve, die Triebwerke wurden für einen Moment lauter. Dann gab es einen heftigen Ruck, jemand schrie leise auf, und Saskia krallte sich an Thomas' Arm fest. Die Lichter erloschen.

«Ich töte auch den Piloten, wenn er damit nicht aufhört», scherzte er.

Erst als das Flugzeug wieder einigermaßen ruhig flog, löste Saskia ihre Finger aus seinem Fleisch. Die Abdrücke ihrer Nägel zeichneten sich wie rote Halbmonde auf seinem Unterarm ab.

«Ich hasse das», stieß sie mit der angehaltenen Atemluft aus.

«Ich erinnere dich ungern, aber du wolltest unbedingt fliegen.»

Saskia atmete tief durch. «Eigentlich hatte ich es für zu Hause geplant», begann sie und beugte sich nach unten zu der kleinen Tasche, die zwischen ihren Füßen stand. «Aber in Anbetracht der Tatsache, dass wir beide gleich sterben werden, ist jetzt vielleicht doch der bessere Zeitpunkt.»

Sie hielt Thomas eine kleine Schatulle hin, die in Geschenkpapier gehüllt und mit einer roten Schleife versehen war.

«Ein Geschenk?», fragte Thomas und spürte, wie sein Hals plötzlich trocken wurde. Er schluckte mühsam.

Vor zwei Monaten war Saskia zu ihm in sein Haus gezogen. Die Bewährungsprobe eines gemeinsamen Alltags hatten sie bestanden, auch wenn sie sich wegen der vielen Arbeit in seiner Firma nur abends sahen. Und dennoch, die Zahnbürste neben seiner und die langen Haare im Waschbecken und der Dusche waren nicht zu übersehende Zeichen für große Veränderungen. Zum ersten Mal in seinem Leben war es ihm ernst mit einer Beziehung, dennoch wäre er nicht auf die Idee gekommen, Saskia einen Antrag zu machen. Dazu war es zu früh, und es sprach aus seiner Sicht nichts dagegen, einfach so zusammenzuleben, ohne Trauschein und dieses ganze Brimborium. Sie hatten auch nie darüber gesprochen, nicht einmal im Spaß. Hatte er etwas übersehen? Hatte Saskia sich für ihren ersten gemeinsamen Urlaub einen Antrag gewünscht? Hatte sie deshalb so vehement darauf bestanden? Selbst wenn er von allein darauf gekommen wäre, hätte Thomas sie niemals am Strand dieser Partyinsel gefragt, ob sie seine Frau werden wollte. Das war kitschig und hatte keinen Stil.

«Mach es auf», sagte sie.

Bevor er dazu kam, ruckelte das Flugzeug noch einmal heftig, und ein Blitz erhellte die dunkle Kabine. Saskia presste ihre Unterarme auf die Lehnen, ihre Hände verkrampften sich. Thomas verschränkte seine Finger in ihren.

«Keine Angst, ich bin bei dir.»

Er machte sich daran, das Geschenk auszupacken. Warum nur fiel es ihm so schwer? Warum hätte er es ihr am liebsten wieder zurückgegeben und auf den richtigen Zeitpunkt verwiesen?

Aber es war kein Ring.

Es war ein gelbes Maßband, wie es von Schneidern benutzt wurde.

Thomas nahm es aus dem kleinen Kästchen, rollte ein paar Zentimeter ab und starrte es verständnislos an.

«Was ist das?», fragte er.

«Ein Maßband», sagte Saskia.

«Ja, sicher … aber … wofür?»

«Damit du meinen Bauchumfang messen kannst. Jeden Tag. Die nächsten sieben oder acht Monate.»

Nein, du darfst nicht so schwer heben!»

Thomas sprang vor, schnappte sich den Koffer, der auf dem Gepäckband langsam vorbeizockelte, und wuchtete ihn auf den Gepäckwagen.

«Ich bin doch nicht krank», sagte Saskia.

«Trotzdem, wir müssen ja kein Risiko eingehen.»

Sie zog seinen Kopf zu sich hinunter und küsste ihn. Die umstehenden Reisenden beobachteten sie, und es war Thomas ein wenig unangenehm, denn der Kuss war sichtbar leidenschaftlich.

«Ich liebe dich», flüsterte sie ihm ins Ohr.

Thomas kam nicht dazu, ihre Liebeserklärung zu erwidern, denn auf dem Band tauchte nun sein eigener Koffer auf. Er stellte ihn zu Saskias auf den Gepäckwagen, und sie gingen in Richtung Ausgang. Da der Flug spätabends um halb elf gelandet war, war es in der Ankunftshalle relativ leer und ruhig.

Thomas dagegen war unruhig. Früher oder später würde Saskia ihn nach seinen Gefühlen fragen, das wusste er, und er war verzweifelt auf der Suche nach den richtigen Worten. Hätte sie ihm im Flieger während der Landung wirklich einen Antrag gemacht, dann hätte er ja gesagt und wäre mit der Schmach, als Mann in diesem Punkt versagt zu haben, irgendwie zurechtgekommen. Die Nachricht von ihrer Schwangerschaft hatte ihn jedoch vollkommen aus der Bahn geworfen. Im Nachhinein war Thomas dankbar für die wirklich holprige Landung, denn die hatte Saskia von ihm abgelenkt. Wenn es ums Geschäft ging, konnte Thomas sich ganz gut verstellen, in Personalgesprächen wahrte er stets perfekte Umgangsformen, selbst wenn ein Mitarbeiter ihm durch Dummheit oder Ignoranz fürchterlich auf die Nerven ging. Doch beim Anblick des gelben Maßbandes, dieses Symbols für den größten Umbruch des Lebens, den man sich vorstellen konnte, war sein Inneres quasi kollabiert. Den ersten klaren Gedanken hatte er erst wieder fassen können, als das Flugzeug in seiner Parkposition vor dem Terminal ausgerollt war.

Schwanger.

Ein Kind.

Er würde Vater werden.

Thomas wartete auf den Freudenschub, der ihn lauthals auflachend Saskia um den Hals fallen und sie mit Küssen überhäufen lassen würde. Nichts davon hatte er bisher getan. Er war schweigsam gewesen seit der Nachricht, und er war Saskia dankbar dafür, dass sie ihn in Ruhe gelassen hatte. Wahrscheinlich wusste sie es ohnehin – oder besser, sie glaubte, es zu wissen. Denn ein Grund dafür, warum er so erschüttert war, war so tief in seinem Inneren verborgen, dass auch Saskia ihn niemals würde ergründen können. Thomas hatte nicht vor, jemals mit irgendjemandem darüber zu sprechen – auch nicht mit Saskia.

Vor ihnen glitten die Glastüren auseinander und gaben den

Weg frei auf den Taxibereich vor der Ankunftshalle. Die hohen Peitschenlaternen spendeten ein warmes rötliches Licht. Der nasse Asphalt glitzerte, in der Ferne zuckten vereinzelt die Blitze des abziehenden Gewitters. Der Nachthimmel war größtenteils schwarz, stellenweise aber gesprenkelt von Sternen. Eine für Deutschland ungewöhnliche klebrige Wärme hüllte sie sofort ein.

«Kein Unterschied zu Mallorca», konstatierte Thomas.

Ein Taxifahrer eilte auf sie zu, doch Thomas schüttelte den Kopf. Sie waren mit dem eigenen Wagen hier, er stand in Parkhaus fünf. Hier zu parken war zwar teuer, aber Thomas hatte seinen fast neuen Wagen nicht zwei Wochen lang unbeobachtet vor der Haustür stehen lassen wollen. Im Parkhaus wurde er wenigstens videoüberwacht.

Thomas musste am Zebrastreifen anhalten, weil ein Taxi mit hoher Geschwindigkeit rücksichtslos vorbeirauschte.

Von hinten rammte ihm jemand einen Kofferwagen in die Hacken.

«Sieh an, der Sheriff und seine ängstliche Miezekatze.»

Es war die Vierergruppe aus dem Flugzeug. Der junge Mann, den Thomas angesprochen hatte, baute sich vor ihm auf. Er war größer und kräftiger und roch nach Alkohol.

«Und? Immer noch 'ne große Klappe?»

Die Jungs umringten sie. Thomas spürte Angst in sich aufsteigen. Es war niemand in Sicht, der ihnen helfen würde.

«Tut mir leid, wir wollen keinen Ärger», sagte er.

«Nee, natürlich nicht, du Flachwichser.» Der Junge wandte sich Saskia zu. «Und, Miezekatze? Besorgt er es dir richtig? Oder haste mal Bock auf einen richtigen Mann?»

Erneut machte er diese widerliche Geste mit der Zunge.

Saskia schlug ihm ansatzlos mit der flachen Hand ins Gesicht, dass es nur so klatschte.

Der Junge zuckte zurück und stolperte gegen Thomas. Seine Freunde johlten belustigt.

«Du blöde Kuh!», stieß der Junge aus.

«Hey, jetzt ist aber ...»

«Was willst du?», schrie der Junge, fuhr zu Thomas herum, packte den Griff des Kofferwagens und rüttelte daran.

«Gibt es Probleme?»

Die Stimme kam von der Eingangstür des Terminals. Dort standen zwei Securitymänner in schwarzer Uniform.

Sofort ließ der Junge den Griff los und entfernte sich von Thomas und Saskia.

«Nee, alles cool, keine Probleme», sagte er.

«Na, dann verzieht euch.»

Das taten die Jungs, ohne sich noch einmal umzudrehen.

Thomas sah ihnen nach. Sein Herz raste und seine Hände klammerten sich noch immer an den Griff des Wagens.

«Verdammte Arschlöcher», schimpfte Saskia neben ihm.

Sie schien überhaupt nicht verängstigt zu sein, nur sehr wütend.

«Bist du wahnsinnig», fuhr Thomas sie an. «Solche Situationen löst man nicht mit Gewalt. Das hätte leicht eskalieren können.»

Es war still im Wagen. Nur das gleichmäßige Brummen des Motors war zu hören.

Saskia war vollkommen erschöpft und nickte während der Fahrt immer wieder ein. Ihr Kopf sackte zur Seite gegen die Scheibe, sie wachte auf, blickte verwirrt um sich und schlief wieder ein. Im Schlaf zuckten ihre Hände nervös und legten sich auf ihren Bauch, so als wolle sie etwas festhalten.

Sie hatten sich zwar nicht gestritten, aber Saskia war beleidigt, dass er sie so rüde angemacht hatte nach dem Vorfall am Flughafen. Dass sie sein Verhalten feige fand, hatte Saskia nicht gesagt, aber das war auch nicht nötig. Thomas selbst fand sich feige. Immer wieder musste er daran denken, wie er sich hinter dem Gepäckwagen verschanzt hatte, während Saskia die Initiative ergriffen hatte. Er wünschte sich, anders gehandelt zu haben. Doch dafür war es jetzt zu spät, der Schaden war angerichtet.

Die Straßenlaternen waren bereits dunkel, als Thomas in die Gartenstraße einbog. Wie immer waren die Straßenränder rechts und links zugeparkt. Die Grundstücke waren in dieser Gegend der Stadt teuer und deshalb klein, einen Stellplatz besaßen die meisten, aber für den zweiten Wagen reichte es nicht, der wurde eben am Bordstein geparkt. Thomas hoffte, einen Platz direkt vor dem Haus zu bekommen, denn in der Auffahrt stand Saskias Wagen. Als sie sich seinem kleinen modernen Neubau näherten, bemerkte er das Licht hinter den Fenstern und wunderte sich. Dann fiel ihm die automatische Lichtsteuerung ein, die zur Alarmanlage gehörte und den Eindruck erwecken sollte, die Bewohner seien zu Hause. Zwar war bei Thomas noch nicht eingebrochen worden, aber man konnte ja nie wissen. Seine direkten Nachbarn hatte er darüber informiert, dass er zwei Wochen in den Urlaub fahren würde, trotzdem aber Licht im Haus brannte. Wahrscheinlich wäre es ihnen ohnehin egal gewesen. Links wohnte ein junges Pärchen, ziemlich hip, die waren eigentlich nie zu Hause, und wenn, dann feierten sie Partys. Sie machte irgendwas mit Mode, er war Werbefachmann. Rechts wohnte ein alter Mann, der einzige verbliebene «Ureinwohner» der Straße. Er war fast taub und außerdem ein echter Griesgram. Thomas nahm an, dass er es seinen jungen, aber gut verdienenden Nachbarn gönnte, bestohlen zu werden.

Die Stadt konnte anonym sein, wenn sie es wollte. Und hier wollte sie es.

Der Stellplatz vor seiner Einfahrt war frei. Thomas musste sich Mühe geben, seinen Wagen in die enge Lücke zu manövrieren. Dabei wachte Saskia auf. Verwirrt sah sie sich um.

«Sind wir schon da?», fragte sie mit schlaftrunkener Stimme und fuhr sich mit dem Handrücken über den Mund.

Thomas stellte den Motor ab.

«Wie geht es dir?» Er nahm ihre Hand.

«Ganz gut. Das Kind kommt noch nicht sofort, denke ich.»

«Sehr witzig!»

Sie sah ihn nicht an, ließ ihren Blick über die dunkle Straße gleiten. Auf ihrer Stirn erschienen ein paar Sorgenfalten.

«Warum können die die Straßenlaternen nachts nicht anlassen?»

Es war mehr ein Vorwurf als eine Frage. Saskia hatte Angst vor der Dunkelheit. In ihrer Kindheit war in ihr Elternhaus eingebrochen worden, und obwohl sie sich kaum an etwas erinnern konnte, war die Angst doch geblieben. Sie war überaus erfreut gewesen, als sie bei ihrem Einzug vor zwei Monaten festgestellt hatte, dass Thomas über eine Alarmanlage verfügte.

«Einbrüche finden tagsüber statt», sagte Thomas, der die Statistiken kannte. «Wenn du hinten im Garten arbeitest, räumen sie dir vorn die Wohnung aus. Auch Einbrecher brauchen ihren Nachtschlaf.»

«Na toll! Da fühle ich mich ja gleich viel wohler.»

Thomas wollte etwas sagen, möglichst etwas Mutiges nach der Sache am Flughafen, aber ihm fielen nicht die richtigen Worte ein.

«Lass uns reingehen, ich bin todmüde», sagte Saskia und öffnete die Tür. Damit war die Chance vertan.

Thomas stieg aus und holte ihren Koffer aus dem Kofferraum.

Saskia wartete vor der Tür auf ihn. Thomas bekam das Türschloss nicht sofort auf, etwas schien im Inneren zu haken. Er zog den Schlüssel heraus, überprüfte, ob es der richtige war, und steckte ihn wieder hinein. Abermals hakte er.

«Was ist denn?», fragte Saskia.

«Ich weiß nicht ... irgendwie ...»

Endlich gab die Sperre nach, und der Schlüssel ließ sich drehen.

«Na also.» Thomas öffnete die Tür und ließ Saskia vorangehen.

Noch auf der Schwelle blieb sie abrupt stehen. «Was ist das denn für ein Geruch?», fragte sie und rümpfte die Nase.

Thomas mühte sich ab, Saskias schweren Koffer über die drei Stufen zu wuchten. Als er im Flur stand, schnupperte er ebenfalls.

«Ich weiß nicht, was du meinst.»

«Hier riecht es anders als sonst.»

«Ja, abgestanden. Zwei Wochen wurde nicht gelüftet.»

«Schon möglich», nuschelte Saskia. «Ich dusche noch schnell und gehe dann sofort ins Bett.»

«Okay, ich hole meinen Koffer.»

Saskia hatte das Gefühl, den Körper einer Siebzigjährigen die Treppe hinauf ins Obergeschoss zu schleppen. War das wirklich nur die Müdigkeit nach einem langen Tag, oder machte sich die Schwangerschaft jetzt schon bemerkbar? Bisher war ihr morgens nicht einmal übel gewesen. Kam das erst später? Sie wusste es nicht, und dass sie schwanger war, stand ja auch erst seit einer Woche fest.

Auf ihrem Handy befanden sich die Beweise, die sie Thomas noch gar nicht gezeigt hatte. Fotos von dem Schnelltest, ein kurzes Video, wie sich der Farbstreifen veränderte. Der erste Beweis ihrer Schwangerschaft, das erste Lebenszeichen ihres Babys. Kein körniges schwarzweißes Ultraschallbild, nein, ein in dem kleinen Bad ihres Hotelzimmers gedrehtes Video mit Palmwedeln im Hintergrund. Der Auftakt eines neuen Lebens.

Zwar hatte sie nicht geplant, schwanger zu werden, aber irgendwie erschien ihr der Zeitpunkt richtig. Seit einigen Monaten vertrug sie die Pille nicht mehr und hatte auf die Temperaturmessmethode umgestellt. Vielleicht hatte sie nicht richtig aufgepasst, vielleicht hatte die leichte Grippe die Messungen verfälscht, wie auch immer, es gab keine Zufälle im Leben, alles folgte einem vorbestimmten Plan, und dieser Plan sah nun einmal vor, dass sie und Thomas Eltern werden würden.

Jetzt fragte sie sich allerdings, ob Thomas bereit war dafür.

Ein wenig enttäuscht war Saskia von seinem Verhalten am Flughafen schon. Sie wusste ja, wie wenig er von Waffen, Gewalt und körperlichen Auseinandersetzungen hielt. Dass er in einer konkreten Bedrohungssituation aber nicht in der Lage war, sie zu beschützen, machte sie doch nachdenklich. Sein rüdes Verhalten danach verstand sie zwar, billigte es aber nicht. Er hatte sie angefahren, um sich selbst besser zu fühlen, um ihr zu verdeutlichen, dass sie einen Fehler gemacht hatte, nicht er.

Männer. Nicht immer einfach.

Im Obergeschoss angekommen, verharrte Saskia auf dem

Treppenabsatz und sog erneut Luft durch die Nase ein. Der Geruch kam ihr noch immer fremd vor. Es roch irgendwie … alt. Anders konnte sie es nicht beschreiben. Wahrscheinlich waren ihre Nerven nur überreizt.

Die Tür zum Schlafzimmer stand einen Spaltbreit offen. Saskia starrte die Dunkelheit in diesem Spalt an und fragte sich, ob die Tür auch schon offen gestanden hatte, als sie das Haus verlassen hatten, und plötzlich erinnerte sie sich daran, dass sie sich an jenem Abend vor zwei Wochen beobachtet gefühlt hatte. Der Eindruck, jemand halte sich im Garten auf und gaffe durch die beleuchteten Fenster hinein, war sehr stark gewesen, und sie hatte Thomas darauf angesprochen. Wie immer hatte er ihre Furcht nicht ernst genommen und sie aus Spaß erschreckt. Und doch, da war jemand gewesen, Saskia war sich sicher.

Der Geruch, die Tür … schon wollte sie nach Thomas rufen, aber der war ja noch einmal zum Wagen hinausgegangen, also ließ sie es sein.

Sie sparte sich den Weg ins Schlafzimmer und zog die schmutzige Kleidung gleich im Bad aus. Dann stellte sie die Dusche an, wartete darauf, dass das Wasser heiß wurde, und warf einen Blick in den Spiegel. Dabei fiel ihr die Unordnung auf der gläsernen Ablage darunter auf. Sie konnte sich nicht erinnern, das Bad so hinterlassen zu haben. Einige Dinge fehlten, die befanden sich in den Koffern, aber die, die zurückgeblieben waren, standen anders als sonst.

Saskia drängte ihre Panik zurück. Womöglich hatte sie das Chaos auf der Ablage selbst hinterlassen. Vor zwei Wochen war es zeitlich eng gewesen, sie war direkt von der Spätschicht gekommen.

Saskia betrat die Dusche, regulierte das Wasser noch ein wenig wärmer, trat unter den Strahl und ließ ihn auf ihren

Kopf prasseln. Im selben Moment glaubte sie, den Boden unter sich vibrieren zu spüren, so als sei im Untergeschoss des Hauses etwas umgestürzt. Sie trat aus dem Wasserstrahl und lauschte, konnte aber nichts hören.

Wahrscheinlich hatte Thomas die Haustür zugeworfen.

Thomas ging im Dunkeln durch das große Wohnzimmer zur Terrassentür, um frische Luft hereinzulassen. Saskia hatte recht, es roch muffig im Haus, aber das war nach vierzehn Tagen ohne Bewohner ja auch kein Wunder. Als er die Tür aufzog, bemerkte er, dass der weiße Kunststoffgriff schmutzig war. Schwarze Fingerabdrücke hafteten daran. Am Tag vor dem Urlaub hatte Thomas noch den Rasen gemäht und den Mäher gereinigt, wahrscheinlich war er danach mit schmutzigen Händen hereingekommen. Normalerweise war seine Putzfrau gründlich, aber er hatte sie für drei Wochen in den Urlaub geschickt.

Thomas wischte die Spuren ab, trat auf die Terrasse hinaus und betrachtete den kleinen Garten, der durch hölzerne Sichtschutzzäune, Büsche und eine Buchenhecke zu den Nachbargrundstücken hin abgegrenzt war. Der Rasen war lang geworden in den vierzehn Tagen, außerdem musste es ordentlich gestürmt haben, denn auf der Terrasse standen die Stühle anders als sonst.

Thomas befühlte die Auflagen. Sie waren feucht. Vermutlich hatte der Wind den Regen unter die Überdachung gedrückt. Hatte er die Auflagen nicht ins Haus gebracht, bevor sie aufgebrochen waren?

Thomas kehrte ins Wohnzimmer zurück, machte Licht – und erschrak! Nichts war so wie sonst – der Tisch, die Couch, die Lampen, alles war verrückt. Bücher, die sonst im Regal standen, lagen auf dem Tisch, dazwischen Geschirr, das in die Küche gehörte. Leere Wasserflaschen lagen auf dem Boden, im Bücherregal entdeckte er eine Konservendose mit hochgeklapptem Deckel, der Griff eines Löffels ragte heraus.

Einbruch, schoss es ihm durch den Kopf.

Er tastete nach seinem Handy, doch das steckte in seiner Jackentasche, und die Jacke lag im Wagen.

Also das Festnetz.

Die Ladeschale mit dem Festnetztelefon stand in der Küche.

Sieh zuerst nach Saskia, sagte er sich, riss aber gleichzeitig die Tür zur Küche auf.

Eine Bewegung. Ein Schatten.

Etwas prallte mit großer Wucht gegen seinen Kopf, der Boden wankte, die Welt wankte, in seinen Ohren kreischte es, alles wurde von einem grellweißen Licht überlagert, der Raum kippte vornüber, Thomas taumelte, fiel, bekam einen weiteren harten Schlag gegen den Schädel, und dann verschwand alles im Nichts.

Blut und Haar wusch er noch im Untergeschoss unter dem futuristisch gestylten Wasserhahn in der Küche ab. Als er mit den Fingern die Hautfetzen von dem metallenen Grat entfernte, schnitt er sich daran, und sein eigenes Blut mischte sich mit dem des Mannes. In konzentrischen Kreisen spülte das Wasser die Mischung in den Abfluss. Er beugte sich tief über den Hahn, hielt seinen Mund darunter und trank von dem Wasser.

Dann richtete er sich auf und stellte es ab.

Aber er hörte weiter Wasserrauschen.

Es kam von oben.

Die Brünette stand unter der Dusche.

Eine Tropfspur vom Hammer folgte ihm aus der Küche

bis vor die Treppe ins Obergeschoss. Dort verharrte er einen Moment und lauschte. Das Wasser rauschte und rauschte, so als wolle die Brünette sich selbst hinwegspülen. Sie war bei ihrer Ankunft verändert gewesen, war nicht mehr die, die er beobachtet hatte, als sie vor vierzehn Tagen abgereist war. Warum waren beide so voller Anspannung gewesen? Er würde sie fragen, die Brünette, und früher oder später würde sie ihm antworten.

Er zog die Schuhe aus und stieg in Socken die Treppe hinauf. Die linke hatte ein Loch, aus dem sein großer Zeh ragte. Das störte ihn, er hatte das ganze Haus nach Stopfnadeln und Garn abgesucht, jedoch nichts dergleichen gefunden. Früher hatte es so etwas in jedem Haushalt gegeben. Noch sehr genau hatte er das Bild seiner Mutter vor Augen, wie sie abends vor dem Fernseher saß und stopfte, während er das Sandmännchen schaute. *Liebe Kinder, gebt gut acht, ich hab euch etwas mitgebracht.* Mutter hatte diesen Satz immer leise mitgesungen.

Man lief nicht mit Löchern in den Socken herum, es gehörte sich einfach nicht!

Das Rauschen verstummte in dem Moment, da er den oberen Treppenabsatz erreichte.

Die Tür zum Bad war nur angelehnt, durch einen schmalen Spalt sah er die Brünette hinter der Glaswand hervortreten. Sie nahm ein großes weißes Handtuch von der Stange, beugte den Oberkörper vornüber und wollte sich das Haar trocken rubbeln. Doch plötzlich verharrte sie, betrachtete mit nachdenklich gerunzelter Stirn das Handtuch, hielt es sich unter die Nase und schnupperte daran.

Er hatte sich einige Male damit abgetrocknet, konnte es sein, dass sein Geruch daran haftete?

Es war interessant, sie zu beobachten. Ihr sorgenvoller Blick wanderte vom Handtuch zur Ablage unter dem Spiegel und wieder zurück. Er ahnte ihren Blick zur Tür voraus und trat schnell einen Schritt beiseite. Erst als er hörte, wie sie das Handtuch schließlich doch benutzte, um sich das Haar zu trocknen, spähte er erneut durch den Spalt. Sie hatte ihm den Rücken zugedreht. Er beobachtete das Spiel ihrer Muskeln unter der nackten Haut. Sie war sehr dünn, jeder noch so feine Muskel zeichnete sich ab. Ihre Haut war stark gebräunt, unterbrochen nur von hellen Abdrücken dort, wo der Bikini sie vor der Sonne geschützt hatte.

Schließlich trat sie mit strubbeligem Haar vor den Spiegel, wischte den feuchten Beschlag mit dem Handtuch ab, ließ es zu Boden fallen, drehte sich seitlich, betrachtete sich und fuhr sich mit der Hand sanft über den Bauch. Es kam ihm so vor, als streckte sie ihren Bauch bewusst weit heraus, obwohl sie an dieser Stelle ihres Körpers genauso dünn war wie überall sonst. Eine ganze Weile stand sie dort so und streichelte sich.

Sie war makellos und wunderschön.

Plötzlich schämte er sich noch mehr für das Loch in seiner Socke und fragte sich, ob er noch genug Zeit hatte, hinunterzulaufen und die Schuhe wieder anzuziehen. Nur gehörte es sich ebenso wenig, auf dem Teppich im Obergeschoss mit Straßenschuhen herumzulaufen.

Sie nahm ihm die Entscheidung ab, indem sie sich vom Spiegel abwandte und auf die Tür zukam.

«Thomas», rief sie, «hast du hier oben …»

Dann entdeckte sie ihn.

Erstarrte, riss die Augen auf, gab ein merkwürdiges Geräusch von sich und taumelte zurück.

Er trat einen Schritt vor, den Hammer in der Hand. Warme, feuchte Luft empfing ihn, dazu ihr Geruch, dieser ganz natürliche Geruch weiblicher Haut.

Weil er ahnte, dass sie gleich schreien würde, hob er einen Finger an seine Lippen und machte: «Psssst.»

Das hatte nicht den gewünschten Erfolg. Sie schrie trotzdem.

Er schloss die Tür hinter sich und drängte sie zurück.

«Willkommen daheim. Ich habe so lange auf dich gewartet!»

Es gab keine Fluchtmöglichkeit aus diesem Raum. Das Fenster war ein schmaler langer Spalt hoch oben in der Wand, sodass man von außen nicht hineinschauen konnte. Sie wich schreiend zurück bis in die Dusche, aus der sie gerade erst gekommen war.

«Nicht schreien. Jetzt wird alles gut, du bist zu Hause!»

Sie wollte sich nicht beruhigen.

Der alte Rhythmus drängte sich ihm erneut auf.

Schlag, Schlag, Pause ...

Ein Rhythmus, der sich selbst gegen ihre schrillen Schreie durchsetzte, die in der gekachelten Dusche widerhallten.

Schlag, Schlag, Pause ...

4 WOCHEN SPÄTER

Die weibliche Leiche lag mit eingeschlagenem Kopf auf dem Bett. Am Körperschwerpunkt um die Hüfte, wo ihr Gewicht die Matratze tief eindrückte, hatte sich viel Blut gesammelt, sodass der erste Eindruck eine Wunde in diesem Bereich vortäuschte. Umrundete man das Bett, erkannte man jedoch schnell die verheerende Wunde an der linken Kopfseite. Mit großer Wucht war der eigentlich äußerst stabile Schädelknochen eingeschlagen worden.

Eine Delle wie in einem Kotflügel, dachte Priska Wagner und schluckte alles herunter, was in ihrem Hals aufzusteigen drohte. Sie war einiges gewohnt, ein freiliegendes Hirn und zersplitterte Schädelknochen allerdings nicht. Selbst nach zehn Jahren Polizeiarbeit gab es Dinge, die sie zum ersten Mal sah.

Weil der Anblick sie schockierte und sie ihn kaum ertrug, konzentrierte sie sich auf etwas anderes: die Bettwäsche. Warum schlief eine Frau in Werbebettwäsche des Fußballvereins Bayern München? Schon bei Männern konnte Priska das nicht verstehen, aber eine Frau? Sie fraß sich regelrecht an der Frage fest, obwohl die Antwort sicher nicht zur Klärung des Falles beitrug – ausschließen konnte man es aber auch nicht. Vielleicht hatte der Streit zweier rivalisierender Fußballfanatiker zu dieser grausamen Tat geführt? Die prügelten sich schließlich auch auf offener Straße die Schädel blutig.

Weil sie so genau hinsah, bemerkte Priska einen Abdruck auf der Bettwäsche, der ihr sonst wohl nicht aufgefallen wäre. Er versteckte sich direkt im Emblem des Fußballvereins. Zwei einzelne Blutflecken, voneinander getrennt durch einen etwa zwei Zentimeter breiten, sauberen Streifen. Die Flecken selbst hatten eine eigenartige Form: zwei Rechtecke mit abgerundeten Ecken. Schon auf den ersten Blick war Priska klar, dass die beiden Flecken nicht einzeln entstanden waren, sondern zusammengehörten. Der Täter musste nachlässig gewesen sein oder hatte unter großem Stress gestanden, so etwas führte zu Fehlern. Ebendeshalb wurden Morde wie dieser in der Regel schnell aufgeklärt.

«Was ist das?», fragte Priska in den Raum hinein. Beim Hereinkommen hatten sie Rupert Friedhoff begrüßt, den Spurentechniker. Er stand jetzt hinter ihr. Priska kannte den schweigsamen Mann, von dem der Flurfunk vermeldete, er sei früher ein hervorragender Fechter gewesen und nur knapp an einer Olympianominierung gescheitert. Mehr als Höflichkeiten hatten sie nie ausgetauscht, aber Priska fand, dass das auch reichte. In ihrem Bekannten- und Freundeskreis, der nicht sonderlich groß war, gab es niemanden aus ihrem Berufsleben. Es ging ihr besser, wenn sie diese beiden Welten strikt voneinander trennte.

Friedhoff trat an ihre Seite. Dabei schraubte er ein Stativ unter eine Kamera. Seine Bewegungen waren langsam und effizient, und er beugte sich über den Fleck, wie sich ein kleines Kind über einen interessanten Käfer beugen würde: behutsam, bedacht und konzentriert.

«Ein blutiger Abdruck», bestätigte er.

«Und wovon?»

«Da wir gerade erst anfangen, kann ich das nicht sagen, aber möglicherweise von der Tatwaffe.»

«Auf was tippen Sie?»

Friedhoff wiegte den Kopf von einer Seite auf die andere.

«Hammer?»

«Ein Hammerkopf würde einen geschlossenen Abdruck hinterlassen», wandte Priska ein.

«Möglicherweise hat eine Falte in der Decke zu der Trennung geführt.»

Priska dachte darüber nach. Ihr Blick haftete weiterhin an der auffälligen Bettwäsche. «Sind Sie Fußballfan?», fragte sie den Spurentechniker.

Zum ersten Mal sah Friedhoff sie direkt an.

«Fußball ist dumpf, brutal und ohne jede Eleganz», fällte er sein vernichtendes Urteil.

Priska legte ihm eine Hand auf die Schulter. Der weiße Plastikanzug raschelte unter ihren Fingern.

«Und ich dachte schon, ich stünde ganz allein da mit meiner Einschätzung.»

Ein schüchternes Lächeln zuckte um Friedhoffs Mundwinkel. Er wandte sich ab, kniete sich vor die große Aluminiumkiste mit Ausrüstungsgegenständen und kramte darin herum.

Priska fand, der Mann habe den richtigen Beruf ergriffen. Als Talkmaster wäre er eine Niete gewesen.

Wie auf Kommando trat Hannes Kerkmann an ihre Seite und füllte die Gesprächslücke. Er ignorierte die Leiche, sein Blick haftete auf seinem Notizblock, dabei kaute er auf einem Bleistift herum. Das Ende war bereits ganz zerfasert und feucht, und auf seinen Lippen klebten kleine Splitter der grünen Lackierung. Irgendwann würde Priska diesem Anfänger, den man ihr vor einem halben Jahr an die Seite gestellt hatte, sagen müssen, wie eklig das war und wie abstoßend das Geschmatze klang.

Kerkmann war fast eins neunzig groß und unfassbar dürr. Seine Kleidung schlackerte an seinem Körper herum und war immer zerknittert. Und dann diese Schuhe! Größe vierundfünfzig, wie er ihr verraten hatte. Outdoorqualität, mit umlaufender Schutzleiste und Goretexmembran. Schwer zu bekommen in seiner Größe. Er kaufte sie in einem Internetshop, der auf Schuhe in Übergrößen spezialisiert war. Die Spitzen waren abgeschabt und verbeult, weil er ständig irgendwo gegenstieß. Überhaupt schien er überhaupt keine Kontrolle über seinen Körper zu haben. Immer wenn sie ihn aus der Ferne betrachtete, fiel Priska der Begriff «Passgänger» ein – eine Anomalie bei Pferden, die beim Turnierreitsport in Deutschland unerwünscht war und im Trabrennsport sogar zur Disqualifikation führte. Kerkmann war natürlich ein Mensch, aber sein Gang sah witzig aus, weil er mit dem rechten Fuß immer auch den rechten Arm nach vorn schwang und umgekehrt. Ihn beim Tanzen zu beobachten musste die reinste Offenbarung sein.

Sein schwarzes Haar trug er lang. Priska musste zugeben, dass es schön war, jede Frau hätte ihn darum beneidet. Sie jedenfalls tat es. Er hatte ein jungenhaftes, ebenmäßiges Gesicht, gerade Zähne und ausdrucksstarke dunkle Augen. Ein hübsches Gesicht auf einem merkwürdigen Körper – das war es, was Priska beim ersten Anblick gedacht hatte. Viel zu hübsch und zu offen für den Polizeidienst. Kein Pokerface, nichts Verschlagenes, einfach nur ehrlich, freundlich und meistens positiv. Priska fand, Kerkmann hätte besser Jugendbetreuer werden sollen. Sie stellte ihn sich gern auf einem Baumstumpf sitzend vor, eine Westerngitarre vor dem Bauch, eine Gruppe Kinder vor sich, die sich nicht an seinen schiefen Klängen störten, sich aber von seiner Art und Erscheinung begeistern ließen. Ja, genau das war es: Kerkmann strahlte Begeisterung fürs Leben aus. Es war ihr schleierhaft, wie jemand wie er zur Mordkommission kommen konnte. Zugutehalten musste sie ihm aber, dass seine Gegenwart etwas Erhellendes und Erfreuliches hatte. Blickte man in Kerkmanns Gesicht, konnte man glatt den Fehler begehen und an das Gute im Menschen glauben.

«Das Schloss an der Nebeneingangstür ist tatsächlich manipuliert worden», nuschelte er. «Allerdings mit großem Geschick, es sind kaum Beschädigungen zu erkennen. Das muss ein Profi gemacht haben.»

Priska Wagner ließ die Information auf sich wirken. Kerkmanns Geschmatze und der Anblick des zerstörten Kopfes, sowohl der der Leiche als auch der des Bleistiftes, waren dann aber doch zu viel; sie wandte sich ab und verließ den Schlafraum.

«Sonst noch was?», fragte sie und stieg die Treppe hinunter.

«Der Täter hat Schmutz ins Haus getragen. Sand aus dem Garten, außerdem Grasschnitt, der Rasen wurde wohl gerade erst gemäht. Allerdings nur bis in die Küche, dort hat er die Schuhe ausgezogen und ist auf Socken weitergegangen. Er wird sich dem Haus vom rückwärtigen Grundstück genähert haben. Dort hinten ist es durch den Bewuchs und den kleinen Wald geschützt.»

Das Stichwort kam Priska wie gerufen. Sie steuerte geradewegs die hintere Tür an und trat auf die Terrasse des Einfamilienhauses hinaus. In den vergangenen zwei Tagen hatte es viel geregnet, die Luft war rein, einigermaßen kühl und tat ihr gut. Die Sonne stand um diese Zeit, es war erst kurz nach neun, noch tief am Himmel, ihr Licht fiel in schmalen Lanzen durch das dichte Blätterdach des hundert Meter entfernten Waldes. Von dort schallte ein Vogelkonzert herüber, das kaum zu dem passte, was sich in diesem Haus abgespielt hatte.

Priska ging bis an die Rasenkante vor. Der Garten war groß, und doch gab es keine ungepflegte Stelle. Nirgends spross Unkraut, alles stand in Reih und Glied, die Büsche und Bäume waren akkurat geschnitten. Der Rasen, die Beete, die Wege – alles eingefasst mit Steinen. Priskas Vater hatte auch so einen Garten, mehr Ausstellungsstück als Natur, man erkannte den preußischen Hang zur Pflichterfüllung und Spießigkeit. Priska hatte sich mal erdreistet, es genau so vor ihrem Vater zu formulieren. Danach hatte er ein halbes Jahr nicht mehr mit ihr gesprochen.

Die Leiche oben auf dem Bett war im Alter ihres Vaters oder etwas jünger, also kurz vor der Rente – die sie nun nicht mehr beziehen würde.

«Was wissen wir über das Opfer?», fragte sie ihren artig mitgelaufenen Assistenten. Partner wollte sie ihn noch nicht nennen; das würde noch eine Weile dauern.

«Ulrike Bokelmann, achtundfünfzig, staatlich examinierte Altenpflegerin. In der häuslichen Pflege tätig. Unverheiratet, keine Kinder. Lebte allein hier, es ist ihr Elternhaus. Keine polizeilichen Einträge. Die Nachbarn bezeichnen sie als ruhig, zurückhaltend und freundlich. Nur einer hält sie für eine – ich zitiere – hundsgemeine, halsstarrige Matrone.»

«Na, da haben wir den Täter ja schon.»

«Ich weiß nicht …», das Bleistiftende verschwand wieder in Kermanns Mund, «… der Mann ist knapp achtzig und kann ohne Rollator keinen Schritt gehen.»

«Kerkmann, das war ein Scherz.»

«Ach so!»

Mit Scherzen hatte Kerkmann es nicht so, und es würde wohl noch eine Weile dauern, bis Priska sich darauf eingestellt hatte. Sie scherzte gern, mit Vorliebe sarkastisch, all der Schmerz, das Leid und die Gewalt, das sie sehen mussten, ließen sich damit prima deckeln. Ohne Humor brachte es kein Ermittler weit. Hannes Kerkmann war zu gut für diesen Job. Er würde daran zerbrechen. Früher oder später. Typen wie Kerkmann gehörten nicht in die Welt, in der sie lebte.

«Warum mag der Nachbar Frau Bokelmann nicht?»

«Zu Frau Bokelmanns Aufgaben gehört es, für den kassenärztlichen Dienst die Einschätzung der Pflegestufen vorzunehmen, und Herr Kranz, so heißt der Nachbar, behauptet, sie haben ihm die dritte Pflegestufe verweigert, weil er seinen Kopf noch nicht unter dem Arm trägt. »

«Schau an, Pflegeneid, ein ganz ungewöhnliches Mordmotiv. Hatten wir auch noch nicht.»

Kerkmann rang sich jetzt immerhin ein schiefes Lächeln ab.

«Die Befragung in der Nachbarschaft hat sonst nicht viel ergeben», fuhr er fort. «Niemand hat eine verdächtige oder unbekannte Person gesehen, weder in den letzten Tagen noch in der Nacht zu heute.»

Priska nickte schweigend und ließ ihren Blick schweifen.

Ein einfaches Haus aus den Siebzigern, mitten in einer dichtbebauten Wohnstraße voller neugieriger Nachbarn. Priska war genauso aufgewachsen, sie kannte das Umfeld. Jeder kannte hier jeden, und alles wurde beobachtet. Eigentlich war es gar nicht möglich, hier ungesehen ein Verbrechen zu begehen. Was dem Täter zugutegekommen war, war die Lage der Grundstücke auf dieser Seite der Straße. Sie grenzten an ein schmales Waldstück, das sie von einem Gewerbegebiet trennte.

«Gibt es da drüben nur Gewerbe oder auch Industrie?», fragte Priska.

«Ich … äh, ich weiß es nicht. Warum?»

«Weil in Industriegebieten rund um die Uhr gearbeitet werden darf, während in reinen Gewerbegebieten zum Feierabend die Lichter ausgehen. Der Täter ist sicher von dort gekommen, also schicken Sie ein Team rüber, das sich umhört.»

«Is gebongt.»

Priska schloss kurz die Augen. Wenn Kerkmann noch einmal «Is gebongt» sagte, würde sie ausflippen. Das tat er immer, wenn er Anweisungen erhielt, und es nervte sie ungeheuer.

«Rekapitulieren Sie», sagte Priska.

Kerkmann brauchte eine halbe Minute, bis er so weit war.

«Möglicher Tathergang», begann er so, wie Priska es ihm beigebracht hatte.

«Da der Todeszeitpunkt laut Rechtsmediziner zwischen zweiundzwanzig und vierundzwanzig Uhr liegt, hat sich der Täter im Schutze der Dunkelheit von der rückwärtigen Seite des Grundstückes genähert und seinen Wagen dabei wahrscheinlich im angrenzenden Gewerbe- Schrägstrich Industriegebiet stehen lassen. Er kennt sich mit Schlössern aus, ein Profi, vielleicht aus der Branche der Schlüsselnotdienste. Da nach ersten Erkenntnissen das Haus weder durchsucht wurde noch etwas fehlt, war dies kein Raubmord. Der Täter kam mit dem Vorsatz, das Opfer zu töten. Er überraschte es im Schlaf und erschlug es mit zwei Schlägen mit einem schweren Gegenstand, laut Gerichtsmediziner wahrscheinlich ein Hammer. Das Opfer starb sofort. Der Spurenlage nach zu urteilen, verließ der Täter danach auf kürzestem Weg durch die Hintertür das Haus. Wir haben unbrauchbare Fußspuren und eventuell Haare, doch die können auch von anderen Besuchern des Hauses stammen. Eine Nachbarin sprach von regelmäßigen Kaffeetreffs hier. Bei dem Opfer handelt es sich um die achtundfünfzigjährige Ulrike Bokelmann, Altenpflegerin, alleinstehend, keine Kinder. Wir müssen davon ausgehen, dass der Täter sein Opfer kannte, und zwar gut genug, damit sich aus dieser Bekanntschaft ein gewisser Grad an Hass entwickeln konnte, der für eine solche Tat notwendig ist.»

Priska warf Hannes Kerkmann einen anerkennenden Blick zu.

«Okay, jetzt ich», sagte sie, atmete noch einmal tief durch und begann.

«Er nutzt den Schutz der Dunkelheit und des angrenzenden Waldes, um sich dem Haus zu nähern, er weiß genau, welches Werkzeug er für das billige Schloss an der Hintertür benötigt, und auch, in welchem Raum sein Opfer schläft. Er kennt das Haus also, war früher schon einmal hier. Dafür spricht auch, dass er das Opfer kannte, und er muss es gekannt haben, denn er wusste von seinem leichten Schlaf. Warum sonst sollte er seine Schuhe ausziehen und auf Socken weiterlaufen? Um Sauberkeit wird es ihm nicht gegangen sein. Falls doch, haben wir es mit zwanghaftem Verhalten zu tun. Er kann besonders gut mit dem Hammer umgehen, sonst hätte er statt eines Hammers ein Messer verwendet.»

Nachdem Priska fertig war, schwiegen beide nachdenklich. Dann fragte Priska: «Hatte das Opfer einen Lebenspartner oder Freund?»

Kerkmann konsultierte seinen Notizblock.

«Die direkte Nachbarin, Frau Erika Nietfeld, sagt nein. Nach ihrer Meinung ging Frau Bokelmann in ihrem Beruf auf und wollte nach einigen fehlgeschlagenen Versuchen nichts mehr von Männern wissen.»

«Aha. Okay. Checken Sie mal, ob sie nicht dennoch auf der Suche nach einem Partner war. Online, auf Tanztreffs oder wie man das eben so macht.»

«Is gebongt.»

Priska verzog das Gesicht, als litte sie Schmerzen.

«Kerkmann ...»

«Ja?»

Er sah so eifrig aus wie ein Hund, der darauf wartet, dass man seinen Stock in die Landschaft warf. Enthusiasmus und Neugierde konnte Priska ihm nicht absprechen, ebenso wenig Ehrgeiz und Disziplin. Er war einer dieser Typen, die alles richtig machen wollten und dabei alles verkehrt machten. Die Kollegen reagierten ganz ähnlich auf Kerkmann, Priska hatte die Lästereien über den Neuen bereits im Flurfunk gehört. Kerkmann selbst zum Glück nicht. Menschen wie er, die von ihrem Tun vollends überzeugt waren, brachen schnell zusammen, wenn sie erfuhren, was andere von ihnen hielten. Kerkmann brauchte Zuspruch und Lob, nicht Häme und Spott. Letzteres würde er früh genug erfahren, deshalb vollendete Priska ihren Satz nicht in der Form, wie er ihr auf der Zunge gelegen hatte.

«Wir checken die Datenbanken nach einem ähnlichen Modus Operandi. Auch wenn das hier offensichtlich eine Beziehungstat war, kommt es mir so vor, als hätte der Täter nicht zum ersten Mal gemordet. Diese Zielstrebigkeit, diese Kaltblütigkeit, das passt nicht zu jemandem, der aufgeregt, vielleicht sogar einer Panik nahe ist, wie es bei einem Ersttäter der Fall gewesen wäre.»

«Serie?», fragte Kerkmann und riss die Augenbrauen hoch.

«Ich reiß Ihnen eigenhändig die Zunge raus, wenn Sie dieses Wort noch einmal in den Mund nehmen, Kerkmann. Ist das klar?»

«Is gebongt!»

Die Aufwachphase lässt sich nicht beschleunigen. Wir müssen abwarten.»

Die Stimme kam von irgendwoher, war aber laut und deutlich.

Thomas Bennett wollte ihr zuschreien, dass er doch längst wach sei, aber seine Kehle war verstopft.

«Erwarten Sie aber bitte nicht zu viel. Fünf Wochen in der Narkose ist eine lange Zeit.»

Wieder die Stimme. Dunkel und sonor, ohne eine Spur von Aufregung. Thomas wollte wissen, zu wem sie gehörte, unbedingt, er riss die Augen weit auf, schloss sie jedoch sofort wieder, denn das ihn umgebende weiße Licht drang wie eine Lanze in seinen Kopf und löste entsetzliche Schmerzen aus.

«Hat er eben gezwinkert?»

Eine weibliche Stimme. Thomas kannte sie, er konnte nur nicht sagen, woher. *Bitte,* flehte er in Gedanken, *bitte sprich weiter, damit ich dich erkennen kann, damit ich dich sehen kann. Ich will hier nicht bleiben.*

Etwas zerrte an ihm, an seinen Beinen, wollte ihn zurückreißen in einen dunklen Schlund. Thomas trat aus, aber was immer auch an ihm hing, es wollte nicht nachgeben. Der Schlund kam näher und näher und Thomas flehte die Stimme an, zu sprechen.

«Bitte … sag etwas …»

«Oh mein Gott! Er will sprechen! Holen Sie das Ding aus seinem Hals.»

Da war sie wieder, die vertraute weibliche Stimme, diesmal überschlug sie sich fast, und Thomas streckte seine Arme nach ihr aus, wollte sich an sie klammern, damit sie ihn vor dem Schlund rettete.

«Ich bin hier, mein Schatz, ich bin ja hier.»

Das Gezerre an seinen Beinen ließ nach und verschwand schließlich völlig. Der Schlund sackte unter ihm weg, er hatte das Gefühl, mit hoher Geschwindigkeit aus großer Tiefe aufzusteigen, so als sei er von einem Katapult abgeschossen worden.

Er blinzelte in das helle Licht und sah verschwommen ein Gesicht vor sich, dahinter ein zweites wie eine Maske, mit langem, spitzem Kinn und einer Art Taucherbrille vor den Augen.

«Ich bin hier … jetzt wird alles gut.»

«Versuchen Sie bitte, nicht zu sprechen», sagte die sonore Stimme aus dem Hintergrund, und Thomas begriff, sie gehörte zu der Maske mit dem spitzen Kinn.

«Erkennst du mich, mein Schatz. Ich bin es.»

Plötzlich war die Erinnerung wieder da, und Thomas wusste, wer sich da über ihn beugte, seine Wangen streichelte, seine Hände berührte und mit ihm sprach. Eine große Ruhe überkam ihn, und er sehnte sich danach, die Augen wieder schließen und ewig schlafen zu können.

Irgendwann war die Ewigkeit zu Ende, und Thomas schlug die Augen auf.

Rechts von sich sah er ein Fenster mit Dunkelheit dahinter. Auf der Fensterbank Vasen mit Blumen. Gegenüber an der Wand ein großes gerahmtes Landschaftsbild. Unter dem Bild ein kleiner runder Tisch mit zwei Stühlen daneben. Auf dem Tisch lag ein großes Schlüsselbund, das ihm irgendwie bekannt vorkam. Seine Beine und Füße waren unter einer weißen Decke verborgen, und links von ihm stand ein weiteres Bett, leer, aber mit benutzter Bettwäsche. Zwischen seinem und dem anderen Bett standen medizinische Geräte. Noch weiter links gab es zwei Türen. Wohin sie führten, wusste er nicht. Weil das Bewegen des Kopfes und der Augen Schmerzen verursachte, starrte Thomas geradeaus. Warum befand er sich in einem Krankenhaus?

Denn das war es doch. Ein Krankenhaus. Oder nicht?

Die Stille war beängstigend.

Warum war niemand hier?

Vielleicht sollte er rufen?

Das war keine gute Idee, wie er schnell feststellte. Kein Ton, nicht einmal ein Räuspern verließ seinen Mund, dafür brannte es in seiner Kehle, und die Schmerzen trieben ihm die Tränen in die Augen. Er wollte sie fortwischen und bemerkte die Schläuche und Kabel an seinem Arm.

Plötzlich öffnete sich eine der beiden Türen.

Seine Mutter kam herein, in der Hand einen dampfenden Becher. Sie trug eine blaue Baumwollhose, dazu einen weißen Rollkragenpullover und eine leichte Daunenweste. Leise schloss sie die Tür, drehte sich zu Thomas um und erstarrte. Aber nur einen kurzen Moment, dann fing sie sich, trat zu ihm ans Bett und stellte den Becher ab.

«Versuch nicht zu sprechen, mein Schatz», sagte sie leise

und legte ihm eine Hand an die Wange. Sie war ganz warm von dem Becher. «Dein Hals ist entzündet, es würde nur weh tun, wenn du sprichst. Nicken oder den Kopf schütteln muss vorerst reichen. Erkennst du mich?»

Was für eine dumme Frage!

Er befolgte ihren Rat und nickte.

Ihr Gesicht hellte sich auf, und ihre Schultern hoben sich, so als fiele eine schwere Last von ihr ab.

«Und weißt du, was passiert ist?»

Kopfschütteln.

«Du wurdest schwer verletzt und befindest dich in einem Krankenhaus. Aber es geht dir bald wieder besser, und alles wird gut, also mach dir bitte keine Sorgen.»

Seine Mutter drückte auf einen Knopf, der an einem Kabel über dem Bett hing.

«Hast du Schmerzen?», fragte sie.

Thomas nickte und wollte den Arm heben, um auf seinen Kopf und seinen Hals zu deuten, doch seine Mutter hielt ihn davon ab.

«Beweg dich lieber noch nicht. Gleich kommt ein Arzt. Tut dir der Kopf weh?»

Ein stummes Ja.

«Und der Hals?»

Wieder.

Die Tür sprang auf, und eine junge Frau in weißer Kleidung trat ein. Seine Mutter wandte sich zu ihr um.

«Er ist wach und ansprechbar. Würden Sie schnell Dr. Scholz holen?»

Die Schwester verschwand.

«Dr. Scholz hat Nachtdienst auf der Station. Du wirst sehen, er ist sehr sympathisch. Oh Gott, ich bin so froh, dass du wieder bei uns bist.»

Eine Träne rann seiner Mutter über die Wange, gleichzeitig lächelte sie.

«Tut mir leid, ich wollte nicht …»

Die Tür sprang ein weiteres Mal auf.

Ein Mann kam herein. Groß, schlank, mit abstehenden Ohren und rotem Gesicht. Er trug beigefarbene Hosen und ein kariertes blaues Hemd.

«Nein!», schrie Thomas und bekam die Quittung dafür sofort. Seine Kehle stand in Flammen, doch er ignorierte den Schmerz. Wie konnte Mama zulassen, dass dieser Mann das Zimmer betrat! Sie musste doch wissen, wer das war. Der Reiter, es war der Reiter, sein Name war wochenlang durch die Presse gegangen, Angst und Schrecken hatte er verbreitet und fünf junge Mädchen missbraucht. Er hatte ihnen an abgelegenen Reitplätzen aufgelauert, die Pferde erschreckt, sodass sie ihre Reiterinnen abwarfen, und sich anschließend an den verletzten Mädchen vergangen.

Der Reiter erstarrte und blieb an der Tür stehen. Sein langes Gesicht mit den tiefen Falten darin war ein einziges Fragezeichen.

«Geh wieder raus, Charles!», fuhr seine Mutter den Mann an, doch der reagierte nicht.

«Raus mit dir», schrie sie, und endlich verschwand der Reiter.

Thomas zitterte vor Angst.

Seine Mutter hatte dieses Monster geduzt, so als kenne sie es.

Plötzlich hatte er Angst vor ihr und rückte in dem Bett so weit von ihr ab wie möglich.

«Nein, nicht … du musst keine Angst haben, alles ist gut», sagte sie beschwichtigend und streckte die Hand nach ihm aus.

Priska Wagner beendete das Gespräch und legte ihr Handy beiseite.

Nachdenklich starrte sie auf die Wand in ihrem Büro. Dort hing ein billiger Druck, der eine Herde Mustangs in weiter Steppenlandschaft vor einem grandiosen Himmel zeigte. Ein Bild von ursprünglicher Kraft und ohne menschliche Spuren. Deshalb liebte sie es.

Der Kollege Scheurich aus Hamburg, mit dem sie gerade gesprochen hatte, war nicht besonders redselig, vielleicht sogar ein wenig abweisend gewesen. Priska ärgerte sich darüber. Immer noch stieß sie im Alltag auf alte Ressentiments gegenüber Frauen bei der Mordkommission oder auf das nervige Kompetenzgerangel zwischen den Dienststellen und Bundesländern. Manche Dinge waren einfach nicht aus den Köpfen herauszubekommen, im Kleinen wie im Großen nicht. Was auf der ganzen Welt nicht funktionierte, funktionierte eben auch nicht bei der Polizei.

Sie hatte den Kollegen angerufen, weil der einen Fall bearbeitete, bei dem als Tatwerkzeug möglicherweise ein Hammer zum Einsatz gekommen war. Der Fall lag schon ein paar Wochen zurück, war aber noch ungeklärt. Die Tatorte lagen zwar in unterschiedlichen Bundesländern, aber recht nah beieinander. Zwischen Buchholz in der Nordheide, wo Ulrike Bokelmann getötet worden war, und Hamburg-Bergedorf waren es gerade einmal fünfzig Kilometer mit dem Wagen. Weitere Verbindungen zwischen den beiden Fällen schien es nicht zu geben, zumindest wollte der Kollege keine erkennen. Was Priska von ihm über den Hamburger Fall erfahren hatte, stimmte sie selbst auch nicht besonders hoffnungsvoll, dennoch hatte sie Scheurich vorgewarnt, sie würde persönlich bei ihm vorbeischauen. Priska wollte den Weg auf sich nehmen, weil ihr Interesse geweckt war – und vielleicht auch ein wenig, um den Mann zu ärgern. Scheurichs Fall war ungewöhnlich: Ein männliches Opfer war in seiner eigenen Wohnung fast getötet worden, von seiner Lebensgefährtin fehlte seitdem jede Spur. Dagegen war der Mord an Ulrike Bokelmann fast langweilig, wenngleich die Details Fragen aufwarfen, die sich nicht so einfach beantworten ließen.

Eines der Details hatte Priska vor einer Stunde vom Rechtsmediziner Dr. Moskowitz erfahren, der Bokelmanns Leiche untersucht hatte. Moskowitz hatte noch einmal seine schon am Tatort getroffene Vermutung bestätigt, dass die Frau durch Gewalt gegen den Kopf mit einem stumpfen Gegenstand getötet worden war. Als Tatwerkzeug kam ein Hammer in Betracht, wenngleich sich der Doktor hier nicht sicher war. Durch die große Kraft, mit der die beiden Schläge ausgeführt worden waren, fanden sich an der Schädelwunde selbst keine charakteristischen Spuren eines Hammerkopfes, in der Wunde jedoch hatte der Rechtsmediziner einen Metallsplitter gefunden. Die Analyse des Metalls war bereits in Auftrag gegeben, würde aber noch einige Tage in Anspruch nehmen – wie immer waren die Labore überlastet.

Was Dr. Moskowitz nicht erklären konnte, war der merkwürdige blutige Abdruck auf der Bayern-München-Bettwäsche des Opfers. Das Blut stammte zweifellos von Ulrike Bokelmann, wie und wodurch der Abdruck hinterlassen worden war, stand jedoch nicht fest. Moskowitz vermutete, der Täter habe nach dem Schlag seine Tatwaffe für einen Moment dort abgesetzt. Allerdings passte der Abdruck nicht zu einem herkömmlichen Hammerkopf. Der Doktor hatte auf Spezialwerkzeug verwiesen oder auf etwas anderes als einen Hammer – und da kam vieles in Betracht. Die anfängliche Vermutung des Spurentechnikers Friedhoff, eine Falte in der Decke könnte zu der charakteristischen Form des Abdruckes geführt haben, verfing nicht. Dafür waren die Abgrenzungen zu scharf.

Die Motivlage war weiterhin ungeklärt. Ulrike Bokelmann schien keine Feinde zu haben. Aus ihrem Beruf als Altenpflegerin ließ sich kaum ein Motiv ableiten. Warum dann diese grausam brutale Vorgehensweise? Warum war nichts gestohlen worden? Hinweise auf einen sexuellen Hintergrund gab es nicht. Dem Täter war es ausschließlich darum gegangen, die Frau auszuschalten. Eine Frau, die augenscheinlich keiner Fliege etwas zuleide tun konnte.

Es klopfte an der Tür, im nächsten Moment wurde sie aufgerissen, ohne das Priska etwas gesagt hätte.

Kerkmann, natürlich.

Sein Gesicht glühte förmlich vor Aufregung, er wedelte mit ein paar Papieren herum.

«Gute Nachrichten», platzte es aus ihm heraus.

«Na, dann kommen Sie doch rein, Kerkmann», forderte Priska den bereits vor ihrem Schreibtisch stehenden Kollegen auf, ohne dass der den Wink mit dem Zaunpfahl verstand.

«Sie hat Kontaktanzeigen aufgegeben», rief er, breitete eine Zeitung und mehrere Computerausdrucke vor ihr aus und tippte mit dem Finger darauf.

«Die Bokelmann?»

«Ja, mehrmals, über einen Zeitraum von vier Monaten. Von wegen, sie wollte von Männern nichts mehr wissen. Für mich sieht es so aus, als sei sie verzweifelt auf der Suche nach einem neuen Partner gewesen.»

«Zeigen Sie mal.»

Priska raffte die Ausdrucke und die Zeitung an sich und las eine Kontaktanzeige, die Kerkmann zuvor rot eingekreist hatte.

Bald sechzig, aber noch kein altes Eisen. Graues Haar, aber noch voller Leben. Allein, aber nicht einsam – und weil ich das auch niemals werden möchte, suche ich nach einem Partner für den zweiten Lebensabschnitt. Lebendig, humorvoll und gebildet soll er sein, gut situiert wäre von Vorteil. Bei Interesse bitte eine Nachricht an Chiffre UB20 300 733

«Chiffre», sagte Priska und sah Kerkmann an. «Das heißt, wir können zumindest für diese Anzeige über die Zeitung die potenziellen Bewerber ausfindig machen.»

«Bei dieser Zeitung habe ich schon angerufen, aber am Telefon wollte mir niemand Auskunft erteilen.»

«Na dann!» Priska stand auf. «Raus in den Außendienst.»

Wieder nur ein Zimmer.

Ein winziges quadratisches Loch mit Kochnische und Klappbett. Im fensterlosen Bad, kaum größer als ein Handtuch, wuchs schwarzer Schimmel in der zerkratzten Duschwanne und auf dem vergilbten Lüftungsgitter des Ventilators, der feuchte Luft nach draußen saugen sollte. Eine Fliese fehlte an der Duschwanne, der Blick darunter offenbarte eine alte Mausefalle und Gewölle von der Größe eines Wollknäuels. Linoleum bedeckte den Boden, alt und brüchig wölbte er sich an den Rändern auf und verströmte einen nicht identifizierbaren Geruch. Das Toilettenbecken war eingequetscht zwischen Duschwanne und Wand, man musste den Hintern in die Ecke schieben, um es benutzen zu können. Die Wände rund um die Toilette waren nicht gefliest, sondern irgendwann mit weißer Binderfarbe gestrichen worden, die gelben Flecken und Sprenkel sprachen eine eindeutige Sprache. Obwohl der Makler behauptet hatte, die Wohnung stünde bereits seit drei Monaten leer, fanden sich in allen Ecken Büschel ausgefallener Haare der Vormieter – sauber gemacht hatte hier niemand.

Er wandte sich von dem Badezimmer ab, das diese Bezeichnung nicht verdiente, und kehrte in den Hauptraum zurück. Helles Laminat billigster Qualität bedeckte die dreißig Quadratmeter. Schlecht verlegt allerdings, überall waren Nut und Feder auseinandergedriftet, ein Netz aus schwarzen Linien voller Dreck durchzog den Raum. Die vergilbten Wände waren durchlöchert, graue Dübel ragten hervor, auch Nägel und Reste von Klebestreifen, zudem helle Flecken, von Möbeln und Bildern. Über dem Fenster bröckelte Putz von der Wand, eine feuchte Stelle, die ihren braunen Rand in pilzartigen Strukturen auf Wanderschaft schickte, den Raum zu erobern. Entsprechend muffig war der Geruch auch hier.

Das einzig Schöne an der Wohnung war die große Fensterfront nach Süden hinaus. Der Blick aus dem fünften Stock über die Dächer der umliegenden Häuser reichte bis hinaus zum Hamburger Hafen, man könnte darin schwelgen, sich verlieren. Überdies bot er Sicht auf jede Menge Fenster, die im Dunkeln hell erleuchtet sein würden. Ohne diese Fensterfront hätte er nicht eine Sekunde daran gedacht, die Wohnung zu mieten, so aber zog er es in Erwägung – wenn er sich mit dem Makler einig wurde.

Der Makler, Ralf Marschhausen, ein untersetzter Typ mit Boxernase, dickem Bauch und stets argwöhnischem Blick, lehnte im Türrahmen der Eingangstür, so als wolle er die einzige Fluchtmöglichkeit blockieren. Er trug eine ausgebeulte Jeans mit scheckigen Flecken auf den Oberschenkeln und eine schwarze Jacke aus Lederimitat. Die Cowboystiefel mit hohem Absatz waren vom langen Tragen vollkommen aus der Form geraten. Seine Finger zitterten leicht, die gelbe Hornhaut zwischen Zeige- und Mittelfinger verriet, wonach er sich gerade am meisten sehnte.

«Wie viel kalt?», fragte er in Marschhausens Richtung, ohne ihn anzusehen.

«Stand doch in der Annonce. Zweihundertfuffzig. Plus Kaution. Plus Maklercourtage.»

«Muss die nicht der Vermieter zahlen?»

Marschhausen warf ihm einen überheblichen Blick zu.

«Der Vermieter muss nicht mal vermieten, wenn er nicht will.»

Diese Drohung ließ er unbeantwortet, trat stattdessen an das Fenster und öffnete es. Sofort drang der Lärm der vielbefahrenen Durchgangsstraße herein. Irgendein Idiot im Sportwagen fuhr die Gänge heulend bis in den roten Bereich. Hupen ertönten, ein Bus rumpelte vorbei, die Scheiben klirrten.

Als er das Fenster wieder schließen wollte, funktionierte das nicht. Es war alt, trocken und über die vielen Winter mangels ordentlichen Anstrichs verquollen. Selbst als er es zuwarf, wollte es nicht schließen.

«Ey, mit Gefühl, nich mit Gewalt», rief Marschhausen.

Er kam zu ihm, drängte ihn beiseite und schaffte es tatsächlich, das Fenster zu schließen, indem er es anhob.

«Is kaputt», sagte er.

«Nee, nix kaputt, alles noch gut funktionstüchtig, aber nichts für grobe Hände, Also, was is jetzt? Ich habe noch mehr Kunden in Wartestellung. Willste die Wohnung oder nich?»

«Zweihundert. Und keine Courtage.»

Marschhausen schüttelte den Kopf. «Keine Chance. Is 'ne Toplage, alle Bahnen an der Straße, um die Ecke der Supermarkt und so. Unten wohnen nur alte Leute, die hören nichts, machen keinen Lärm und heizen wie blöd. Brauchst hier oben gar nicht mehr heizen. Sone Wohnungen sind begehrt.»

Er hätte gern noch länger und härter verhandelt, aber er war auf eine Wohnung in diesem Preissegment angewiesen, um sie den Behörden vorweisen zu können. Obwohl er vorsichtig war, konnte er nicht ausschließen, dass sie ihm auf die Schliche kamen.

Leben würde er hier nicht.

Nicht in diesem Loch, in dem selbst das Licht schmutzig war und man sich fühlte wie ein von der Gesellschaft ins Abseits Gestellter, versteckt in einem Käfig, damit die Blicke der Glücklichen nicht an einem hängenblieben. Da draußen lebten Millionen in solchen Käfigen. Millionen abgestumpfte Gesichter hinter dreckigen Scheiben, schon zu Lebzeiten vergessen und nur notdürftig am Leben gehalten, weil Moral und Gesetze es so wollten. Das perfide System aus Ablehnung und Erniedrigung ließ sie vor Scham in der Dunkelheit kauern. Doch so einer war er nicht, so würde er nicht enden. Die Zeit lief ihm davon, so viel wusste er, und er würde nicht in diesem Loch sitzen und sich mit der Situation abfinden, froh darüber, dass es nicht noch schlimmer war.

«Zweihundertfünfzig», willigte er ein. «Ich kann aber nur eins zahlen, Courtage oder Kaution.»

«Okay, pass auf», sagte Marschhausen und setzte plötzlich ein geschäftstüchtiges Gesicht auf. «Du hinterlegst die Kaution auf mein Konto, und wenn du ausziehst, behalt ich sie als Courtage. Deal?»

Er willigte mit einem Kopfnicken ein.

Marschhausen zauberte einen Mietvertrag hervor und fragte ihn nach seinen persönlichen Daten. Als er ihm seinen Beruf nannte, zuckte er nicht einmal, also war er solche Kundschaft wie ihn gewohnt. Am Ende hielt er ihm den Kugelschreiber hin.

«Wo das Kreuz is, Meister.»

Seine Unterschrift war krakelig. In den letzten Jahren hatte er nicht viel Gelegenheit gehabt, sich darin zu üben.

«Kannst sofort rein, wenn de willst. Ich meine, sobald die Kaution auf dem Konto ist.»

«Hab ich in bar dabei.»

Marschhausen wirkte überrascht. «Echt? Umso besser. Kann aber keine Quittung ausstellen.»

Er wühlte die zerknitterten Scheine aus seiner Hosentasche und zahlte Marschhausen eine Monatsmiete Kaution. Der zählte übertrieben sorgfältig nach und hielt ein paar Scheine ins Licht, um die Echtheit zu überprüfen. Schließlich grinste er zufrieden und hielt ihm den Ring mit den beiden Schlüsseln hin. «Wenn die Nachbarn sich beschweren, fliegste», sagte er.

Er nahm die Schlüssel. «Raus aus meiner Wohnung», sagte er.

Wenig später sah er den Makler unten über die Straße laufen. Als er an der nächsten Ecke verschwand, ließ er seinen Blick schweifen. Zählte die Fenster, teilte sie einzelnen Wohnungen zu, fragte sich schon jetzt, wer dort lebte, und versuchte sich vorzustellen, wie es darin aussah. Seine Phantasie lieferte ihm zuverlässig Bilder von Möbeln aus Echtholz, die vor hübsch angestrichenen Wänden standen, eine Glasschale mit Obst darauf, daneben gerahmte Bilder von lachenden Kindern oder verliebt dreinschauenden Frauen. Er sah weiche Teppiche auf geölten Holzböden, üppiges Grün auf Fensterbänken, dreiarmige Kerzenständer mit roten Kerzen in den Fassungen, deren Licht Wärme und Behaglichkeit bis in die letzte Ecke verbreitete. Er sah und spürte die Liebe, mit der die Wohnungen eingerichtet worden waren, Nester voller

Behaglichkeit, ein geschützter Raum, abgeschieden und weit entfernt von den Straßen und Gassen der Stadt.

Die Sonne senkte sich über die roten Dächer, das natürliche Licht schwand dahin, künstliches gewann nach und nach die Oberhand.

Und er stand dort und beobachtete.

Bis es an der Zeit war zu gehen.

Heute würde er mit Saskia zu Abend essen.

Vor drei Tagen hatten die Ärzte Thomas Bennett aus der Langzeitnarkose zurückgeholt, in der er knapp fünf Wochen verbracht hatte. Richtig wach war er dennoch nicht. Es gab Phasen, in denen er alles mitbekam und Gespräche führen konnte, zunächst nur durch Nicken und Kopfschütteln, zunehmend aber auch durch Sprechen. Fünf Wochen lang hatte er einen Schlauch im Hals gehabt, seine Stimmbänder waren entzündet. Am ersten Tag nach der Narkose hatten die Ärzte ihn aufgefordert zu sprechen, um einen Verlust des Sprachzentrums als Folgeerscheinung der Hirnverletzung auszuschließen, herausgekommen war aber lediglich ein Räuspern, das verflucht weh getan hatte.

Dann gab es Phasen, in denen er phantasierte. Grausames, verwirrendes Zeugs. Auch Saskia kam in seinen Phantasien vor, Saskia hochschwanger mit geschwollenem Bauch, Saskia tot, erschlagen in ihrem Blut. Er schrie, wenn er sie in seinen Albträumen so sah. Die meiste Zeit schlief er jedoch. Es kostete ihn Kraft, seine Augen aufzuhalten, und egal, wie lange er schlief, immer hatte er das Gefühl, überhaupt keinen Schlaf zu bekommen.

Seine Mutter war in den letzten Wochen um Jahre gealtert.

Sie war eine große, aufrechte Frau mit athletischen Schultern, die immer viel Sport getrieben hatte als Ausgleich zu ihrer sitzenden Tätigkeit, doch jetzt ging sie leicht gebeugt, und da sie sich in den letzten Wochen nicht mehr um ihr Aussehen gekümmert hatte, wirkte ihr ansonsten glänzendes Haar grau und stumpf. Ihr Zustand beunruhigte Thomas, und er empfand eine gewisse Scham, weil er schuld daran war.

Thomas wollte gern wissen, was sich in den Wochen seiner Abwesenheit zugetragen hatte, aber gleichzeitig hatte er Angst davor. Wo war seine Freundin? Weder seine Eltern noch die Ärzte hatten ihm bisher viel erzählt, und er hatte nicht nachfragen können. Sie hatten geschwiegen, um ihn zu schützen. Doch jetzt hatte seine Mutter angeboten, ihm zu erzählen, was geschehen war, und sich zu ihm auf die Kante seines Bettes gesetzt. Es war erschreckend, was sie zu berichten hatte.

«Jemand ist in dein Haus eingebrochen, als du im Urlaub auf Mallorca warst. Diese Person hat zwei Wochen in deinem Haus gelebt, hat dort geschlafen, gekocht und ferngesehen. Und sie war noch dort, als du zurückkamst. Sie hat dich mit zwei Schlägen auf den Kopf schwer verletzt und in dem Glauben, du seist tot, liegenlassen. Die Polizei weiß nicht, um wen es sich dabei handelt, aber sie ermittelt mit Hochdruck. Bisher war der leitende Kommissar, ein Mann namens Scheurich, jeden Tag hier im Krankenhaus. Ich finde, er wirkt verzweifelt.»

«Aber was ist mit Saskia? Wo ist sie?», fragte Thomas drängend. Irgendetwas Schlimmes war mit ihr passiert, das wusste er – aber was? Er musste es wissen.

«Dazu hat Scheurich keine Neuigkeiten. Deinen Wagen haben sie auf einem kleinen Rastplatz an einer Landstraße in der Heide gefunden. Die Rückbank ist voller Spuren von Saskia. Haare, Hautpartikel, ein wenig Blut. Es gibt Spuren, die darauf hindeuten, dass der Täter mit einem anderen Fahrzeug von diesem Rastplatz weggefahren ist, aber niemand hat etwas gesehen, kein Wunder, es war Nacht, und die Gegend ist sehr abgelegen.»

Von Saskia gab es also keine Spur.

Sie war verschwunden.

Der Tisch war für das Abendessen gedeckt. Er hatte tief in seiner Erinnerung nach den Details gesucht und sich Mühe gegeben. Das weiße Geschirr, das Besteck auf der richtigen Seite der Teller und im richtigen Abstand, die gefalteten Servietten und die Kerzenhalter mit den schlanken roten Kerzen darin, die Weinkelche – all das hatte er so oft von außen betrachtet und deshalb eine genaue Vorstellung davon, wie ein gemütliches Familienabendessen auszusehen hatte.

Dennoch war er unzufrieden. Etwas fehlte!

Aber er kam nicht darauf, was es sein könnte. Also lief er um den kleinen Tisch herum und betrachtete das Arrangement aus einem anderen Blickwinkel, und plötzlich war ihm klar, woran es lag. Nicht am gedeckten Tisch, der war perfekt, nein, seine Sicht darauf stimmte nicht.

Er entzündete die drei Kerzen, löschte das grelle Deckenlicht und zog den schweren Vorhang vom Fenster zurück. Dann verließ er die Küche und begab sich hinaus in den Garten. Es war noch warm, und in den Büschen und Bäumen sangen leise die Vögel. Irgendwo bellte ein Hund – bekannte Geräusche, die ihn sich zu Hause fühlen ließen. Am Rande des Wildwuchses suchte er sich einen Platz mit Sicht auf das Küchenfenster. Warm fiel das gelbe Kerzenlicht als verschobenes Rechteck auf den ungepflegten Rasen, und das alte Fensterglas schien aus sich selbst heraus zu leuchten. Langsam näherte er sich dem Haus, bis er aus ein paar Metern Entfernung in die Küche hineinschauen konnte.

Gerührt vor Glück versank er in dem Anblick. Was sonst stets unerreichbar gewesen war für ihn, lag nun zum Greifen nahe.

Zurück im Haus zog er den Vorhang vor dem Fenster wieder zu und überprüfte noch einmal das Essen. Alles war perfekt, aber jetzt musste er sich beeilen, sonst würde es kalt werden. Draußen im Flur betrachtete er sich in dem schmalen Spiegel mit Kiefernholzrahmen, der schon einige blinde Flecken aufwies. Er trug er eine saubere Jeans und ein ordentlich gebügeltes, kurzärmliges weißes Hemd. Festliche Garderobe besaß er nicht, aber das wäre für ein Abendessen in diesem Rahmen auch unangemessen gewesen.

Er war nervös, als er auf die Tür zutrat, hinter der Saskia auf ihn wartete. Die Einladung zum Abendessen hatte er schon am Vormittag ausgesprochen und sie darum gebeten, um zwanzig Uhr in passender Kleidung bereitzustehen. Vielleicht war das ein wenig spät, aber früher wäre es draußen noch hell gewesen, und dann hätten die Kerzen nicht die gewünschte Wirkung erzielt.

Hielt sie sich an seine Anweisungen? Bisher war es äußerst schwierig gewesen mit ihr, er hatte nicht erwartet, dass sie über eine so lange Zeit hinweg derartigen Widerstand leisten würde. Bis zu einer bestimmten Grenze verstand er sie ja – sich an ein neues Zuhause zu gewöhnen war nicht so leicht, aber irgendwann musste doch die Vernunft über die Angst siegen, und sie konnte sich doch glücklich schätzen, überhaupt ein Zuhause zu haben. Anderen ging es schlechter. Ihm selbst war es jahrelang schlechter ergangen.

Von diesem Essen hing viel ab, das wusste er. Der Verlauf des heutigen Abends würde ihm bei der Entscheidung für die

Zukunft helfen. Schließlich hatte er nicht alle Zeit der Welt und keine Lust, Wochen mit jemandem zu verplempern, der es nicht wert war.

Er klopfte, wie es sich gehörte. Ihre Antwort ließ ein wenig auf sich warten, aber immerhin sagte sie «Ja, bitte». Na also, es ging doch!

Er zog die gutgeölten Riegel von der Tür zurück und öffnete sie. Saskia stand mitten im Raum, die Hände vor dem Bauch verschränkt. Sie trug ein kurzgeschnittenes Sommerkleid, eines von denen, die in ihrem Urlaubskoffer waren. Nicht zu kurz, es musste unter dem Knie enden, darauf legte er Wert. Das Deckenlicht fiel auf ihr brünettes Haar und ließ es glänzen. Ihre Haut war längst nicht mehr so braun wie nach dem Urlaub, natürlich fehlte hier drinnen das Sonnenlicht. Aber das konnte er nicht ändern. Noch nicht. Sie brauchte noch Zeit. Irgendwann würde sie mit hinaus in den Garten dürfen.

«Das Abendessen ist fertig», sagte er. Seine Stimme klang nicht wirklich fest, und er spürte schon wieder das Blut heiß in seine Ohren schießen. «Darf ich bitten.»

Ein kleiner Augenblick des Zögerns, dann ergriff sie seine Hand und ließ sich von ihm aus ihrem neuen Zuhause in die Küche führen. Die Kerzen leuchteten, und die Tomatensoße, die er zubereitet hatte, duftete. Kochen war nie seine große Stärke gewesen, also gab es Spaghetti mit selbstgemachter Tomatensoße, dazu einen kleinen Salat und ein Vanilledessert zum Nachtisch. Schlicht, aber lecker.

Er zog den Stuhl zurück, auf dem sie sitzen würde. «Bitte, nimm Platz.»

Ein wenig ärgerte es ihn schon, dass sie ihm kein Lächeln schenkte, bei all der Mühe, die er sich hier für sie gab. Ein Lob erwartete er ja gar nicht, auch wenn er sich darüber gefreut hätte. Aber gut, damit konnte er sich vorerst abfinden. Hauptsache, sie warf den Teller nicht wieder in irgendeine Ecke. So ein Verhalten konnte er nicht leiden. Dann rutschte ihm schon mal die Hand aus.

Er schob den Stuhl unter sie, sie strich den Rock des Kleides glatt und setzte sich. Ein langes Haar lag auf ihrer Schulter, er wollte es wegzupfen, damit es nicht ins Essen fiel, aber sie zuckte zurück.

«Nicht.» Da war sie wieder, die Angst, die sie doch längst hätte ablegen sollen.

«Nur ein Haar», sagte er, zeigte es ihr und ließ es zu Boden fallen. «Verdirb uns nicht den Abend.»

Eine kleine Warnung.

Er tischte auf, sie hockte stocksteif auf ihrem Stuhl, und als er sich setzte, hatte er das Gefühl, ihre Stimmung kühle die warme Atmosphäre im Raum deutlich ab. Wie sollte da Gemütlichkeit aufkommen?

«Guten Appetit», sagte er.

Er hatte den ganzen Tag noch nichts gegessen und großen Hunger. Wie immer aß er schnell, mit gesenktem Kopf, beide Arme um den Teller gelegt, eine Marotte, die er sich angewöhnt hatte, damit ihm niemand sein Essen stahl. Ruck, zuck war die große Portion Spaghetti von seinem Teller verschwunden, und er blickte auf.

Sie aß zwar, hatte bisher aber kaum etwas geschafft. Konnte sie ja auch gar nicht, so langsam wie sich ihre Kiefer bewegten.

«Hast du keinen Hunger?»

Sie schüttelte den Kopf und zwang sich ein schiefes Lächeln ab.

Dabei konnte das gar nicht sein, denn sie hatte zuletzt um acht Uhr zum Frühstück etwas bekommen.

«Du musst doch aber essen», versuchte er es und unterdrückte den Ärger, der sich in ihm aufbaute. «Ich hab das alles hier doch nur für dich getan.»

Saskia wickelte eine Portion Spaghetti um ihre Gabel, führte sie zum Mund, doch plötzlich begann ihre Hand zu zittern. Tränen liefen ihr aus den Augen. Sie ließ die Gabel sinken.

«Was ist denn nun schon wieder?»

Es reichte ihm wirklich. Nichts konnte er ihr recht machen. Wie sollte er jemals ein halbwegs normales Familienleben mit ihr aufbauen?

«Ich … ich», stotterte sie.

«Ja, du, du, du. Immer geht es nur um dich. Hast du dich mal gefragt, wie es mir bei alledem geht? Ich stehe hier stundenlang …»

«Ich bin schwanger.»

Sie sah ihn nicht an, blickte auf ihren Teller, verbarg ihr Gesicht hinter ihrem Haar.

Er selbst war mitten im Wort erstarrt, konnte und wollte nicht glauben, was er gerade gehört hatte.

«Du lügst mich an», presste er mühsam hervor.

Jetzt sah sie zu ihm auf. «Ich lüge dich nicht an. Ich bekomme ein Kind von Thomas. Deswegen hatte ich das Maßband dabei, es war ein Geschenk für Thomas … bitte … kannst du mich nicht gehen lassen … für das Kind … ich bitte dich!»

«Nein. Ich glaube dir kein Wort.»

«Hast du mein Handy? Es existiert ein Video vom Schwangerschaftstest, den ich im Urlaub gemacht habe. Gib mir mein Handy, und ich zeig es dir. Bitte! Ich trage ein Kind hier drinnen, lass mich gehen.»

Wie konnte sie ihm das antun? Jetzt, nachdem sie schon fünf Wochen zusammen waren?

Ganz langsam erhob er sich von seinem Stuhl. Die Holzbeine scharrten über den Boden.

Die Lust auf einen gemeinsamen Abend mit ihr war ihm gründlich vergangen.

«Du gehst sofort zurück auf dein Zimmer.»

«Bitte … lass mich dir erklären, wie …»

«Nein! Ich will nichts hören.»

Seine Faust donnerte auf den Tisch, sodass das Geschirr tanzte. Sie zuckte zurück, versuchte, sich mit den Händen zu schützen, doch zu spät. Jetzt war er wütend, und er würde es sie spüren lassen. Über den Tisch hinweg packte er ihr langes Haar und zog sie daran hinter sich her. Sie schrie, griff nach ihm, wollte ihn kratzen, und er beglückwünschte sich dazu, sie gezwungen zu haben, die Nägel kurz zu schneiden. Er hasste es, wenn Frauen lange Nägel hatten.

In dem engen Gang war ihr Kreischen ohrenbetäubend, er ertrug das nicht, versetzte ihr eine schallende Ohrfeige, und sie wurde still. Schließlich stieß er sie in ihr Zimmer, schlug die Tür zu und verriegelte sie. Dann ging er hinüber in die Werkstatt, um ihr Handy aus der Schublade zu holen, in der er es aufbewahrte.

Die PIN hatte sie ihm längst genannt, aber bevor er sie vollständig eingegeben hatte, hielt er inne.

Sie war gerissen, das wusste er. War das alles nur eine Finte, damit er das Handy einschaltete? In dem Moment, in dem es sich in den nächsten Mobilfunkmast einwählte, war es für die Polizei zu orten. Wenn er das wusste, wusste sie es schon lange.

Er fühlte sich plötzlich kraftlos und ließ sich auf den Hocker sinken. Vielleicht war sie schwanger, vielleicht auch nicht, ganz sicher aber hatte sie versucht, ihn in eine Falle zu locken und ihm damit den schönen Abend verdorben.

Er hatte sich so darauf gefreut, so gehofft, dass endlich etwas Harmonie zwischen ihnen entstehen würde.

Sein Blick fiel auf die Ledertasche, in der er seinen Hammer aufbewahrte. Er warf das Handy achtlos in die Schublade, zog die Tasche zu sich heran, nahm den Hammer heraus und strich über den kalten Metallkopf.

So schwer es ihm auch fiel, aber er musste sich eingestehen, dass es nicht funktionieren würde mit ihr.

Oberkommissar Scheurich schloss die Tür zum Krankenzimmer und ging den langen Gang Richtung Fahrstuhl hinunter.

Gerade eben hatte er zum ersten Mal mit Thomas Bennett sprechen können, nachdem dieser vor sechs Tagen von den Ärzten aus der Langzeitnarkose geholt worden war. Bennett war alles andere als klar und fokussiert gewesen, und er sah beschissen aus. Sein Gesicht war wie eine Totenmaske, die Augen lagen tief und waren von dunklen Rändern umgeben, die Haut war nicht straff, wie man es bei einem Mann seines Alters erwarten würde, sondern schlaff und grau. Aber alles in allem hatte der Junge Glück gehabt. Bis zuletzt hatten die Ärzte kaum zu hoffen gewagt, dass er je wieder würde sprechen können. Wer auch immer dafür verantwortlich war, hatte Bennett den Schädel beinahe gespalten, und nur weil er sich im letzten Moment zur Seite gedreht hatte, war er nicht getötet worden. Der zweite Schlag hatte seinen Kopf nicht frontal getroffen, sondern ihn nur gestreift, und das war Bennetts großes Glück gewesen. Ganz sicher hatte der Täter ihn nicht davonkommen lassen wollen, nein, der war davon ausgegangen, Bennett getötet zu haben. Scheurich hatte den Verletzten nicht vor Ort gesehen. Als er ankam, war er bereits mit dem Rettungswagen abtransportiert worden. Aber er hatte Fotos gesehen von all dem Blut und den Verletzungen, und er hatte keinen Cent auf das Leben des Jungen gegeben.

Nun, so konnte man sich täuschen.

Thomas Bennett war ein zäher Hund.

Für die Ermittlungen war er aber leider keine Hilfe. Er hatte kaum Erinnerungen an den Tatabend und konnte auch niemanden benennen, der ihm aus welchem Grund auch immer so etwas antun würde. Auch Saskia Laak hatte nach Bennetts Aussage keine Feinde. Es schien, als seien die beiden zufällig zu Opfern geworden. Im nächsten Jahr wurde Scheurich achtundfünfzig, davon hatte er mehr als dreißig Jahre bei der Polizei verbracht, und er konnte sich an etliche Ermittlungen erinnern, in denen ein Zufall Auslöser einer Tat gewesen war. Es sollte ihm also niemand kommen und behaupten, es gäbe keine Zufälle. So ein Quatsch.

Im Fahrstuhl war Scheurich allein und atmete erst einmal tief durch. Das Gespräch war bedrückend gewesen. Natürlich wollte Bennett wissen, was die Polizei in Sachen seiner Freundin unternahm, und er empfand das, was sie tat, als viel zu wenig. Das war immer so bei Vermisstenfällen. Solange Vermisste vermisst blieben, konnte man es den Angehörigen einfach nicht recht machen, Scheurich war mindestens genauso enttäuscht wie Thomas Bennett, denn er hatte seine ganze Hoffnung in diese Vernehmung gelegt. Saskia Laak war wie vom Erdboden verschluckt, sie hatten bisher nicht den kleinsten Anhaltspunkt für ihren Verbleib finden können. Nach mehr als einem Monat Suche glaubte Scheurich zwar nicht mehr, die junge Frau lebend zu finden, aber es war ihm wichtig, sie überhaupt zu finden. Er wusste nur nicht, wo er noch suchen sollte.

Frau Laak war Krankenschwester im Klinikum Ost. Kolleginnen und Kollegen waren befragt worden, es schien niemanden zu geben, der ihr nachstellte, auch nicht aus Reihen der ehemaligen Patienten, zumindest wusste niemand etwas davon. Nach Lage der Spuren im Haus von Bennett war Scheurich von einem Stalker ausgegangen. Jemand, der heimlich in Saskia Laak verliebt war. Immerhin war sie eine attraktive Frau, und warum sonst hätte der Täter aus allen Fotografien im Haus Thomas Bennett herausschneiden sollen?

Es gab zwei ehemalige Freunde, die aber ein Alibi hatten.

Bennett selbst besaß eine Firma für Personalvermittlung. Natürlich könnte der Täter ebenso gut dort zu finden sein, die Befragungen der festen Mitarbeiter hatten aber keine Auffälligkeiten ergeben. Vier Kollegen waren damit beschäftigt, die Leiharbeiter zu durchleuchten, da es davon aber mehr als sechshundert gab, würde das noch eine Weile dauern.

Das Augenmerk richtete sich auf Personen, die gewusst hatten, dass Laak und Bennett im Urlaub auf Mallorca waren. Doch dieser Kreis ließ sich schwer eingrenzen. Die Leute redeten gern über ihren bevorstehenden Urlaub, schon eine unbedachte Äußerung irgendwo im Supermarkt konnte den Täter aufmerksam gemacht haben. Mitunter gehörte so wenig dazu, um ins Visier eines Verrückten zu geraten – und davon gab es heutzutage jede Menge da draußen.

Wenn es keine persönliche Verbindung zwischen Laak und/oder Bennett und dem Täter gab, würde es schwer werden, ihn zu finden.

Als die Fahrstuhltüren im Erdgeschoss auseinanderglitten, stand eine Frau direkt davor. Sie war klein, vielleicht eins fünfundsechzig, hatte schulterlanges, lockiges, fast schon drahtiges schwarzes Haar, ein breites Gesicht und eine kräftige Figur, ohne dick zu sein. Scheurich schätzte sie auf Mitte dreißig. Ihre Augen waren sehr blau, ihr Blick sehr intensiv, und Scheurich fühlte sich sofort irgendwie durchschaut.

Warum starrte die Person ihn so an?

«Oberkommissar Scheurich?», fragte sie und machte die Überraschung für ihn damit perfekt.

«Ja?»

«Wie schön!» Sie ließ ihn aus dem Fahrstuhl treten und streckte die Hand aus. «Priska Wagner, wir hatten telefoniert.»

Scheurich ergriff die Hand. Er erinnerte sich an den Anruf der Kollegin aus Niedersachsen. Wie lange lag das zurück? Mindestens eine Woche. Schon während des kurzen Gespräches war sie sehr forsch gewesen, und dieser Eindruck bestätigte sich nun. Sie war sogar forsch gekleidet: knöchelhohe Schnürstiefel zu enganliegenden, ein wenig abgenutzt wirkenden Jeans, die olivfarbene Bluse in den Hosenbund gesteckt, dazu eine violette Steppweste und ein breiter, mit Nieten besetzter Gürtel. Entweder ritt sie in ihrer Freizeit, oder sie war so ein Outdoortyp. Es gab ja Frauen, die gern Holz hackten, in Zelten schliefen und ohne Streichhölzer Feuer machen konnten.

«Freut mich», sagte Scheurich. «Woher wissen Sie ...», ließ er den Satz unvollendet und deutete mit dem Kinn auf die Umgebung.

«Ihre Kollegen im Büro haben mir verraten, dass Sie hier sind, und ich dachte mir, das passt ja gut. Dann kann ich mit Ihnen und eventuell danach mit Thomas Bennett sprechen. Da vorn ist ein nettes Patientencafé, wollen wir dorthin gehen? Ich könnte einen Kaffee gebrauchen.»

«Also gut», willigte Scheurich ein, der gerade überhaupt keine Lust auf ein weiteres Gespräch hatte. Die Kollegin würde sich wohl nicht abweisen lassen, zumal sie extra dafür nach Hamburg gekommen war.

Im Café ließ sich die Wagner in einen der Loungesessel fallen, plusterte die Wangen auf und blies sich die störrischen

Locken aus der Stirn. Erst als sie die Steppweste auszog, entdeckte Scheurich Tätowierungen auf ihren Schlüsselbeinen. Obwohl er nicht hinschauen wollte, zogen sie seinen Blick doch an, und er hätte es besser gefunden, wenn die oberen zwei Knöpfe der Bluse geschlossen gewesen wären. Beinahe wäre es peinlich geworden, da kam die Bedienung. Kollegin Wagner bestellte einen Milchkaffee und ein Schokoladencroissant, Scheurich selbst ein Wasser. Mit seinem Reizmagen musste er vorsichtig sein, Kaffee trank er nur selten.

«Herr Bennett wird Ihnen nicht weiterhelfen können», kam er sofort zum Thema. «Ich habe gerade mit ihm gesprochen. Er hat keine Erinnerung an den Tatabend.»

«Ach, wie schade.»

«Was ist das denn für eine Verbindung, von der Sie am Telefon sprachen?»

Die Kollegin Wagner zuckte mit den Schultern. «Ich bin mir nicht sicher, ob es überhaupt eine Verbindung gibt, aber wenn in einem Zeitabstand von einem Monat zweimal ein Hammer als Tatwaffe zum Einsatz kommt, dann stelle ich mir natürlich Fragen.»

«Natürlich», sagte Scheurich. «Nur spricht unser Rechtsmediziner von einem schweren stumpfen Gegenstand als Tatwaffe, nicht zwangsläufig von einem Hammer.»

«Unserer auch, mit hoher Wahrscheinlichkeit für den Hammer, so bin ich durch die interne Suche ja auf Ihren Fall gestoßen. Nun interessiert mich natürlich, ob es weitere Parallelen gibt.»

Die Bedienung kam mit den Getränken und dem Gebäck und stellte alles auf dem Tisch ab.

«Ich habe mich mit Ihrem Fall nicht befasst», sagte Scheurich, nachdem die junge Frau gegangen war. «Erzählen Sie doch ein wenig darüber.»

Die Kollegin Wagner trank von ihrem Milchkaffee, wischte den Milchschaum von den Lippen, übersah ein wenig und sprach mit einem weißen Streifen unter der Nase weiter. Nun wusste Scheurich gar nicht mehr, wo er hinschauen sollte: Schlüsselbeine oder Nase?

«Bei unserem Opfer handelt es sich um die achtundfünfzigjährige Ulrike Bokelmann, Altenpflegerin im häuslichen Pflegedienst, unverheiratet, keine Kinder. Nach Aussagen von Bekannten und Nachbarn eine harmlose Frau ohne Feinde. Und dennoch verschaffte sich jemand Zutritt zu ihrem Haus und erschlug sie im Schlaf mit zwei gezielten Schlägen. Wahrscheinlich mit einem Hammer. Die Tat liegt jetzt fast zwei Wochen zurück, und wir kommen nicht weiter. Weder haben wir bislang ein Motiv ergründen können, noch gibt es Verdächtige. Die Tat erscheint auf den ersten Blick willkürlich und sinnlos, aber das kann nicht so gewesen sein.»

«Interessant. Aber ich sehe leider keine weiteren Übereinstimmungen. Unser Opfer ist jung, vierunddreißig, außerdem scheint es nicht um ihn zu gehen, sondern um die Freundin.»

«Die Entführte?»

«Saskia Laak. Krankenschwester. Wir haben bisher keinen Anhaltspunkt dafür finden können, wohin sie gebracht wurde, warum sie entführt wurde und ob sie noch lebt. Das ist alles sehr merkwürdig. Zumal der Täter wohl eine Weile in dem Haus des Opfers gelebt hat.»

Kollegin Wagner beugte sich vor und biss herzhaft in das Schokoladencroissant. Blätterteigkrümel verteilten sich auf ihrer Bluse und auf dem Sessel zwischen ihren Beinen. Mit vollem Mund fragte sie: «Wie bitte?»

Scheurich widerstand dem Drang, die Krümel wegzuwischen.

«Wir wissen nicht genau, wie lange, es könnte jedoch sein,

dass der Täter von dem Urlaub des Pärchens wusste und am Tag ihrer Abreise in ihr Haus eingezogen ist. Er hat dort geschlafen, geduscht, gegessen und ferngesehen. Er hat die Einrichtung umgestellt, sich Familienfotos angeschaut, hat in allen Schränken herumgewühlt und auch Thomas Bennetts Kleidung getragen. Er hat ein defektes Elektrogerät, einen Mixer, repariert, das hat die Mutter bestätigt, die das Gerät, ein Geschenk zum Einzug, eigentlich längst hatte zurückbringen wollen. Er hat sogar sehr gründlich geputzt; wir gehen davon aus, um seine Spuren zu vernichten. Wir haben aber Haare aus den Abläufen der Waschbecken und Hautschuppen von der Bettwäsche. Das Einzige, was wir nicht haben, sind Fingerabdrücke. Er hat zwar welche hinterlassen, sie sind aber leider unkenntlich.»

«Inwiefern?»

«Handschuhe hat er nicht getragen, seine Fingerkuppen sind aber irgendwie anders manipuliert. Der Spurentechniker meint, er könnte Wachs daran gehabt haben, doch wir haben keine Wachsspuren finden können. Ich habe mal von einem Fall gehört, da hat der Täter sich die Haut an den Fingerkuppen abgeschmirgelt, irgendwas in diese Richtung scheint es hier auch zu sein.»

«Also befürchtet er, er könnte über seine Fingerabdrücke ermittelt werden», sagte Priska Wagner.

«Wahrscheinlich sind sie im System, das nützt uns nur nichts, wenn wir keine Vergleichsdaten haben.»

Die Kollegin ließ sich nach hinten in den Sessel sinken, blickte nachdenklich in ihren Kaffee und trank schließlich davon. Diesmal wischte sie zu Scheurichs Erleichterung den gesamten Milchschaum von ihren Lippen.

«Was für ein Verrückter wohnt in einem fremden Haus, während die Besitzer im Urlaub sind, wartet ab, bis sie zurückkehren, bringt den Mann beinahe um und entführt die Frau?»

«Das wissen wir wohl erst, wenn wir ihn haben.»

Die Kollegin blieb noch einen Moment nachdenklich.

«Bei uns ist alles komplett anders. Der Täter ist schnell rein und raus, hat keine Spuren hinterlassen und nicht einmal etwas mitgehen lassen. Wie ist er denn in Ihrem Fall ins Haus gekommen?», fragte sie.

«Er hat das Schloss und die Alarmanlage manipuliert. Dabei handelt es sich sogar um ein recht modernes System, dennoch scheint der Täter damit kein Problem gehabt zu haben. Er hat keine Beschädigungen daran hinterlassen. Wegen des Mixers und der Alarmanlage suchen wir nach jemandem mit Kenntnissen auf dem Gebiet der Elektrik oder Elektronik.»

«Bei uns hat er ein relativ altes Schloss fachmännisch geöffnet. So, wie es jemand aus dem Gewerbe der Schlüsseldienste tun würde.»

«Kann es eine familiäre Verbindung zwischen Täter und Opfer geben?», fragte Scheurich.

«Nein. Unsere Tote hat tatsächlich keine Familie mehr außer einer Tante. Sie war aber per Kontaktanzeige auf der Suche nach einem Lebenspartner.»

«Dann würde ich unter den Bewerbern nach dem Täter suchen», meinte Scheurich.

«Echt? Danke für den Tipp, darauf wäre ich nie gekommen.»

Scheurich verstand die Spitze. Wie unangemessen! Was bildete diese Wagner sich ein? Kam hierher, weil sie sich Hilfe von ihm erwartete, und benahm sich dann unhöflich, wenn er Wege aufzeigte. Aber so waren sie heute, die jungen Frauen im Polizeidienst, kein Respekt mehr vor der Erfahrung.

«Ich hätte Ihnen gern geholfen», sagte Scheurich, kippte

den Rest Wasser hinunter und rutschte nach vorn. «Aber ich sehe keine Zusammenhänge.»

Die Kollegin holte ihr Handy hervor, fummelte daran herum und zeigte ihm schließlich ein Foto auf dem Display.

«Diesen Abdruck fanden wir auf der Bettwäsche unseres Opfers. Haben Sie bei den Bennetts vielleicht etwas Ähnliches gefunden?»

Scheurich nahm das Handy, vergrößerte das Foto und sah genau hin. Er erkannte zwei rechteckige rote Abdrücke, voneinander getrennt durch einen schmalen weißen Streifen.

«Nein, nicht dass ich wüsste.»

Er gab der Kollegin ihr Handy zurück.

«Wie schade», sagte sie. «Jetzt bin ich extra hierhergefahren … könnte ich nicht doch einmal mit Bennett sprechen? Was meinen Sie?»

Scheurich verzog die Mundwinkel. Was stellten diese Tätowierungen auf den Schlüsselbeinen eigentlich dar? Anker? Herzen? Namen? Und dann diese blaue Augen! Wie sollte man sich da konzentrieren.

«Ich weiß nicht so recht …», sträubte er sich. «Was versprechen Sie sich davon? Bennett kann sich an kaum etwas erinnern.»

Die Wagner zuckte mit den Schultern. Die Tattoos bewegten sich.

«Man kann nie wissen», sagte sie. Scheurich fand ihr Lächeln anmaßend.

«Doch, kann man. In diesem Fall weiß ich, dass Herr Bennett zu schwach ist für eine weitere Befragung. Hinzu kommt, dass es sich um meinen Fall handelt und Sie hier außerhalb ihres Zuständigkeitsbereiches sind. Meiner Meinung nach ergibt eine solche Befragung überhaupt keinen Sinn. Ich möchte Sie daher bitten, davon abzusehen.»

Die Wagner schob die Unterlippe vor wie ein beleidigtes Kind.

«Würden Sie mir wenigstens die Berichte zur Verfügung stellen?»

«Im Rahmen des Üblichen gern. So, jetzt muss ich aber weiter.»

Scheurich erhob sich und griff nach seinem Portemonnaie.

«Lassen Sie stecken, ich lade Sie ein. Als Dank für Ihre Hilfe.»

Da war er wieder, dieser spöttische Unterton.

«Ist nicht nötig», erwiderte Scheurich und legte Münzgeld auf den Tisch.

Ein letzter Blick auf die Tattoos, dann verschwand er.

Sie stand mitten auf dem großen Platz, auf dem sich die Läufer sammelten, war gerade mit ihren Dehnübungen fertig und zog die leichte Laufjacke aus. Darunter trug sie ein enganliegendes, grünes Laufshirt mit der Startnummer 347 auf dem Rücken. Ihr brünettes Haar hatte sie zu einem straffen Pferdeschwanz zusammengebunden, die lange schwarze Hose saß eng und betonte einen schlanken, trainierten Körper. Zwischen Hose und Schuhen blitzten die nackten Knöchel auf, schmal und leicht gebräunt.

Diese Erinnerung an den Hamburger Marathon, an dem sie beide teilgenommen hatten, war Thomas' erstes Bild von Saskia, und es hatte sich tief in seine Erinnerung eingebrannt, so tief, dass es eins der ersten war, die wiederkamen. Es kostete ihn große Überwindung, weiterhin in dem verdammten Krankenbett liegen zu bleiben. Er wusste, er war noch zu schwach, um nach Saskia zu suchen, aber er wollte es unbedingt.

Diesem Kommissar Scheurich hatte er deswegen ordentlich zugesetzt. Thomas verstand nicht, wie ein Mensch aus einem Haus verschwinden konnte, ohne dass die Polizei auch nur die kleinste Spur fand. Scheurich hatte behauptet, alle Möglichkeiten ausgeschöpft und alle Hinweise verfolgt zu haben. Angeblich hatte in der Nachbarschaft niemand etwas mitbekommen, und es gab auch keine Zeugen, die Saskia gesehen hatten. Von Thomas hatte er gefordert, sich intensiv Gedanken darüber zu machen, ob es in seinem Umfeld jemanden gab, der zu einer solchen Tat fähig sei. In das Umfeld bezog Scheurich auch Thomas' Firma mit ein. Er hatte dort zwar bereits Vernehmungen durchgeführt, wollte diese aber noch einmal intensivieren und auch ausgeschiedene Mitarbeiter einbeziehen.

Das klang nach einem Strohhalm, an den sich der Kommissar klammerte, fand Thomas. Während des Gesprächs hatte er deutlich seine Verzweiflung gespürt. Oder war es Resignation gewesen? Hatte Scheurich bereits aufgegeben? Thomas' Eltern waren dieser Meinung, waren bei Scheurichs Vorgesetzten mit ihrer Beschwerde aber abgeblitzt.

Thomas musste hier raus, so schnell wie möglich. Er musste die Suche nach Saskia selbst in die Hand nehmen.

Seine Mutter hatte ihm ein Bild von ihr mitgebracht. Einen Schnappschuss, der beim Geburtstag seines Vaters entstanden war. Saskia stand mit einer rot karierten Schürze vor einem Holzkohlegrill und streckte in Siegerpose die Grillzange in die Luft. Eigentlich ließ sein Vater niemanden an den Grill, nicht einmal seine erwachsenen Söhne, aber Saskia hatte er sehr geschätzt.

Das Schlimmste war, dass Thomas die Gefühle für Saskia zurückzwingen musste. Die Erinnerungen waren alle noch da, nach und nach bekam er Zugriff darauf, aber mit den

Emotionen war es leider ungleich schwieriger. Es schien, als hätten die beiden Schläge gegen seinen Kopf alle Gefühle ausgelöscht. Wo war die Liebe hin, die er doch zweifellos für Saskia empfunden haben musste? Thomas machte sich nichts vor. Sein Antrieb, hier herauszukommen und nach ihr zu suchen, speiste sich im Moment einzig und allein aus Wut. Da war nichts anderes – kein Schmerz, keine Sehnsucht, kein Wunsch nach Nähe. Nur Wut.

Es klopfte an der Tür.

«Ja?»

Thomas hatte mit einer Krankenschwester gerechnet. Aber die Frau, die jetzt das Krankenzimmer betrat, kannte er nicht, und sie gehörte sicher nicht zum Personal. Sie war klein und kräftig, hatte abenteuerlich krauses, schwarzes Haar, einen intensiven Blick und trug lässige Kleidung.

«Entschuldigung, ich hoffe, ich störe nicht. Wenn doch, sagen Sie es ruhig, dann haue ich sofort wieder ab.»

«Was wollen Sie denn?»

«Ich bin von der Polizei.»

«Ihr Kollege war gerade da.»

«Ich weiß, ich hab ihn getroffen.» Sie zeigte mit dem Daumen hinter sich, schloss die Zimmertür und kam auf das Bett zu. «Mein Name ist Priska Wagner, ich bin Kommissarin bei der Polizeiinspektion Harburg.»

«Harburg?»

«Ja, mit Sitz in Buchholz in der Nordheide. Wenn es Ihnen nicht zu viel wird, würde ich gern mit Ihnen reden.»

Thomas wäre in diesem Moment zwar lieber allein gewesen, aber etwas hielt ihn davon ab, die Frau wegzuschicken. Der Gegensatz zu Scheurich war einfach zu augenfällig. Sie strotzte geradezu vor Kraft und Tatendrang. Die Art, wie sie sich kleidete, ihre Gestik und Mimik, ihre Ausstrahlung – Thomas, der immer gut gewesen war darin, Bewerber für seine Firma zu beurteilen, erkannte einen Menschen, der seine Ziele verfolgte. Binnen Sekunden geschah, was in der einstündigen Vernehmung durch Scheurich nicht möglich gewesen war – Thomas fasste Vertrauen.

«Nein, schon in Ordnung. Bitte, setzen Sie sich.»

Der Stuhl, auf dem Scheurich mit übergeschlagenen Beinen gesessen hatte, stand noch in zwei Metern Entfernung neben dem Bett.

Priska Wagner betrachtete ihn einen Moment, schob ihn beiseite und setzte sich stattdessen auf die Kante des zweiten Krankenbettes, in dem Thomas' Mutter während der Langzeitnarkose viele Nächte verbracht hatte.

«Ich frage lieber nicht, wie es Ihnen geht», sagte sie. «Sie denken sicher jede Sekunde an Ihre Freundin, nicht wahr?»

Thomas nickte nur.

«Würde ich auch. Und ich würde aufstehen und nach ihr suchen wollen. Sofort. Scheiße, wenn man ans Bett gefesselt ist.»

«Nicht mehr lange. Die Physiotherapie läuft gut. In ein paar Tagen kann ich hier raus.»

«Okay. Und dann? Wo würden Sie anfangen zu suchen?»

«Ich …», Thomas hielt inne und fragte sich, ob er der Kommissarin von seinen Plänen erzählen sollte. Sie würde ihm sicher abraten. Nein, es war wohl besser, es erst einmal für sich zu behalten.

«Ich weiß es nicht, aber alles ist besser, als untätig hier herumzuliegen.»

Ihr Blick war durchdringend. Sie wusste, dass er log, überging das aber mit einem Lächeln.

«Was führt Sie aus Buchholz hierher?», fragte Thomas schnell.

«Streng genommen habe ich mit Ihrem Fall nichts zu tun»,

antwortete sie. «Aber ich arbeite an einem Fall, bei dem eine ähnliche Tatwaffe eingesetzt wurde, nämlich ein Hammer. Ich darf hier nicht auf die Details eingehen, kann Ihnen aber sagen, dass dieser Mord in Niedersachsen stattfand, quasi vor den Toren Hamburgs.»

«Mord?», wiederholte Thomas und hörte das Wort in seinem Kopf nachhallen. Es klang schrecklich und vollkommen fremd. So etwas kam in Kriminalfilmen und Büchern vor, aber doch nicht in seinem Leben.

«Und Sie glauben, es handelt sich um denselben Täter?»

«Um das herauszufinden, bin ich hier. Kollege Scheurich meint, es gebe keine Verbindung zwischen unseren Fällen. Trotzdem würde ich Ihnen gern einige Fragen stellen. Meinen Sie, Sie schaffen das?»

«Sehe ich so aus, als würde ich es nicht schaffen?»

Priska Wagner verzog das Gesicht zu einer Grimasse. «Ehrlich gesagt, ja.»

«So schlimm?»

Sie nickte.

«Na ja, wenigstens sind Sie ehrlich. Fragen Sie ruhig, ist kein Problem.»

«Haben Sie oder Frau Laak in den Wochen vor Ihrer Reise jemanden neu kennengelernt? Eine Zugehfrau vielleicht? Oder einen Gärtner? Den Postboten oder den Getränkelieferanten? Ist jemand in Ihr Leben getreten, der vorher nicht da gewesen war?»

Thomas dachte darüber nach.

«Nein, nicht auf diese Art. Aber ich führe ein Unternehmen für Personaldienstleistungen, da herrscht ein ständiges Kommen und Gehen. Ich lerne praktisch jeden Tag neue Menschen kennen.»

«Sind Sie der Eigentümer?»

«Ja.»

«Arbeitet Ihre Firma auch im Bereich der häuslichen Altenpflege?», fragte Priska Wagner.

Thomas schüttelte den Kopf. «Nein, bisher nicht. Wir vermitteln hauptsächlich einfache Dienstleistungen wie Industriemontagen, Erntearbeit, Einzelhandel, Paketzustellungen, Hilfsarbeit für Bau und Handwerk, so was eben.»

«Gibt es bei Ihnen oder Frau Laak privat irgendeinen Kontakt zu einem Altenpflegedienst?»

«Nein. Meine Eltern und auch Saskias sind topfit. Und auch sonst wüsste ich niemanden ... warum fragen Sie danach?»

«Darf ich Ihnen leider nicht sagen, aber es ist wichtig, glauben Sie mir.»

«Wichtig ...»

Thomas musste die erneut aufkeimende Wut herunterschlucken, die er schon gegenüber Scheurich empfunden hatte.

«Wissen Sie, was wichtig ist?», sagte er mit gepresster Stimme. «Dass jemand den Arsch hochbekommt und Saskia findet. Egal wie. Das ist wichtig, sonst nichts. Verdammte Scheiße, es kann doch nicht sein, dass so ein Verrückter Saskia einfach so mitnimmt. Sie ist schwanger! Wissen Sie das! Schwanger! Und Sie sitzen da und ... und ...»

Er war laut geworden, und hier versagte seine angeschlagene Stimme. Sein Hals wurde eng, und wieder schossen ihm Tränen in die Augen. Er versuchte nicht einmal, sie zu verbergen, es war ihm egal.

Priska Wagner blieb einen Moment still sitzen. Dann rutschte sie von dem Krankenbett und kam zu ihm.

«Sie dürfen wütend sein ... und traurig, und Sie dürfen mich anschreien, ich bin groß und stecke das weg. Aber Sie dürfen sich nicht darauf verlassen, dass die Polizei Saskia schon finden wird. Sobald Sie hier raus sind, machen Sie denen die Hölle heiß, hören Sie nicht auf, geben Sie nicht nach, seien Sie hartnäckig.»

Jetzt sah Thomas die Kommissarin doch an. Sein Blick war von Tränen verschleiert.

«Und das ausgerechnet von einer Polizistin», sagte er mit rauer Stimme.

«Von wem sonst, wenn nicht von einer Polizistin.»

Sie fischte eine Visitenkarte aus einer Tasche ihrer Steppweste und reichte sie ihm.

«Offiziell darf ich in Ihrem Fall nicht ermitteln, aber wenn Sie Hilfe brauchen, rufen Sie mich an. Jederzeit.»

Dann ging sie.

Es gab Orte, an denen Jahre und Jahrzehnte vorüberstrichen, ohne sie zu verändern. Alles blieb, wie es war, nur die Zeit hinterließ ihre Spuren, sog die Farbe aus den Tapeten, blich Linoleumböden, ließ Dielen gelblich werden.

Möbel aus dunklem Holz, massiv und abgestoßen, erzählten stumm Geschichten von besseren Zeiten, von damals, als noch Sonnenlicht durch die seit Jahren verhängten Fenster gefallen war, und von Menschen, die kamen und gingen und Leben in dieses Haus gebracht hatten. Eine dicke Staubschicht lag wie ein Grabtuch auf diesen Möbeln und allem anderen, und sie hob sich, sobald ein Lufthauch durch die Räume strich.

Ich bin wie dieses Haus, dachte er und fuhr mit dem Finger durch den Staub. Aus dem Leben genommen. Aber unter der Staubschicht sieht es anders aus, da pulsiert die Jugend und wartet auf ihre Rückkehr.

Vorsichtig nahm er eine Elektrospule aus einem vergilbten

Karton und blies den Staub von ihr fort. Darunter glänzte das Kupfer, wie es immer geglänzt hatte, und würde er diese Spule in ein Radio einbauen, so würde sie noch viele Jahre ihren Dienst verrichten. Die große Arbeitsfläche aus Holz war überfüllt mit allen möglichen Ersatzteilen: Spulen, Sicherungen und Kondensatoren, Schallfolien, Netzteilen und Adaptern. Dazwischen lag Werkzeug: ein Lötkolben, Lötzinn, kleine und große Zangen, die meisten mit isolierten Griffen, Schraubendreher in den unterschiedlichsten Größen mit Schlitz- und Kreuzköpfen. Er kannte für alles die Bezeichnung und wusste, wozu man es brauchte. Er entdeckte einen Richter-Lautsprecher aus den dreißiger Jahren und einen Siemens-Sperrkreis aus der gleichen Zeit. Auf den schmalen Regalen über der Arbeitsplatte befanden sich Dutzende Holzkästchen, alle in identischer Größe und alle mit kleinen vergilbten Kärtchen versehen. Die Schrift darauf war längst verblichen, war wie die Farbe aus den Tapeten der Zeit gefolgt, aber die Dinge in den Kästchen waren größtenteils noch da. Schrauben, Muttern, Lötplatten und Keramik-Lötstützpunkte. Isolierklemmen, Drähte und Kristalldetektoren.

Auf dem Brett über den Kästchen entdeckte er den uralten Siemens-Club-835-Kassettenrecorder. Plötzlich schlug sein Herz schneller, und sein Blutdruck stieg an. Das war ihm lange nicht mehr passiert. Er strich mit den Fingern über das Gerät und schaltete es ein. Im Kassettenfach steckte keine Kassette, deshalb konnte er sehen, wie sich die dünnen Wellen drehten, die die Anpressrollen bewegten. Nach all den Jahren funktionierten sie noch. Neben dem Kassettenrecorder ragte ein schmales Regal empor, selbstgefertigt für die Aufbewahrung von Kassetten. Wahllos zog er eine heraus, ein selbst aufgenommenes Tape, ein Chromband der Marke Blaupunkt. «Boss» hatte jemand mit schwarzem Stift auf die Vorderseite geschrieben. Er überprüfte das Band, ob es verklebt war, und war erfreut, als es sich problemlos abwickeln ließ.

Die Klappe am Recorder klemmte, er half mit einem Schraubenzieher nach. Dann legte er das Tape in das Kassettenfach und schaltete den Recorder ein. Die Spulen setzten sich in Bewegung, und aus den Lautsprechern drang ein Knistern und Knarzen. Es dauerte einen Moment, bevor er so etwas wie eine Stimme wahrnahm. Leise und weit entfernt, so als käme sie aus einer anderen Welt. Erst als er an dem Regler für die Lautstärke drehte, wurde die Musik deutlicher.

Bruce Springsteen sang «My Hometown».

Er schloss die Augen. Die raue Stimme des Sängers fuhr tief in seinen Kopf und katapultierte ihn in eine längst vergangene Zeit. Es war wie nach Hause kommen.

Der Geruch von Grillfleisch zog über die Straße, irgendwo dudelte «My Hometown», und jemand pfiff die Melodie laut mit.

Am liebsten wäre er mit dem alten blauen Damenrad bis zum Horizont und darüber hinaus gefahren. Immer weiter und weiter, immer voran, niemals zurück. Weg von Gruga, dem hässlichen und gemeinen Gruga. Doch dafür hätte er seine Mama allein lassen müssen, und das ging nicht. Das wäre Verrat, und so ein Junge war er nicht. Freiheit, das wusste er, durfte man sich nicht mit dem Leid anderer erkaufen. Also führte ihn sein Weg an diesem zu Ende gehenden Ferientag nicht zum Horizont, sondern zurück nach Hause. Zurück in das schmale Reihenhaus in einer engen Arbeitersiedlung, die von allen nur Zickzackhausen genannt wurde, weil die Front der aus rotem Backstein bestehenden Reihenhäuser im Zickzack verlief.

Je näher er dem Haus kam, desto langsamer fuhr der Junge. Die Plastikuhr an seinem Handgelenk zeigte zehn vor sechs.

Um Punkt sechs musste er daheim sein, bei Verspätung setzte es Prügel, und das wollte er nicht riskieren. Früher wollte er aber auch nicht ankommen, denn jede Minute ohne Gruga war wertvoll. Für ihn gab es nichts Schöneres, als den lieben langen Tag mit dem Fahrrad durch die Gegend zu gondeln, vielleicht unten im Bach mit Steinen einen Staudamm zu bauen und die kleinen bunten Fische mit der Hand herauszufischen, sie auf den Sand zu werfen und ihnen beim Sterben zuzusehen. Es war interessant zu verfolgen, wie die hektischen Bewegungen ihrer Kiemen immer langsamer wurden und schließlich ganz erloschen. Leben war nicht für jeden überall möglich, das hatte er dadurch gelernt. Auch für ihn nicht.

Schon von weitem sah er den ockergelben Opel Kadett mit den schwarzen Rallyestreifen am Straßenrand vor dem Haus stehen. Er kniff die Augen zusammen und wünschte sich ganz fest, Gruga möge sterben. Vielleicht in diesem verdammten Wagen, mit dem er angab, als habe er ihn mit eigenen Händen gebaut, dabei hatte er lediglich die Streifen angebracht und einen Aufkleber am Heck, auf dem «Tuning» stand. Ja, er sollte mit hundert Sachen gegen einen Baum fahren und in seinem Wagen verbrennen. Schön langsam und bei vollem Bewusstsein, das wäre die gerechte Strafe für ihn.

Als er die Augen wieder öffnete, sah er Gruga aus der Haustür kommen. Er zog sie wuchtig hinter sich zu und hastete durch den schmalen Vorgarten zu seinem Kadett. Wie immer, wenn ihm die Sicherungen durchbrannten – so nannte Gruga es –, war sein Kopf hochrot, und seine Augen quollen aus den Höhlen. Heinz Gruga war ein großer, schwerer Mann mit hoher Stirn, Halbglatze und einem Stiernacken. Seine Hände waren groß wie Bratpfannen und imstande, Eisenstangen zu verbiegen.

Ohne sich umzusehen, stieg sein Ziehvater ein und fuhr eilig davon.

Der Junge hielt mit seinem Fahrrad dort, wo bis eben noch der Wagen gestanden hatte, und sah ihm hinterher. Dann ging sein Blick zu dem Reihenendhaus hinüber, das Gruga gehörte und in dem er und seine Mutter seit fünf Jahren lebten. Wie immer waren die Gardinen vorgezogen. Keine Bewegung, nirgends.

Jetzt ist es passiert, dachte er und wunderte sich, wie ruhig er blieb. Keine Angst, keine Panik, nur die Überlegung, in die Pedale zu treten und einfach Richtung Horizont zu fahren. Natürlich würde er erst einmal nachschauen müssen, das war ihm klar. Also schob er sein Fahrrad durch die Pforte im Jägerzaun und legte es auf dem schmalen Rasenstreifen vor dem Haus ab. Gruga hatte es ihm ausdrücklich verboten, auch nur irgendwas dort liegen zu lassen, aber Gruga war fort und würde so schnell sicher nicht wiederkommen. Wahrscheinlich machte er seine «Tour». So nannte er das, wenn er seine vier Lieblingskneipen abfuhr. Das dauerte mindestens bis Mitternacht.

Der Junge stieg die zwei Stufen hinauf.

Auf dem Klingelschild stand Heinz Gruga. Immer noch nur Heinz Gruga. Daran würde sich nie etwas ändern, und wenn sie zehn Jahre hier wohnen würden. Er musste jedoch nicht klingeln, denn Gruga hatte sich nicht die Zeit genommen, die Tür abzuschließen. Brannten ihm die Sicherungen durch, vergaß er grundlegende Dinge, für die er dann oft den Jungen bestrafte.

Durch das gelbe Flaschenglas der Tür konnte er den dahinterliegenden Flur nur verzerrt sehen. Niemand bewegte sich dort. Er legte die Hand auf die Klinke, drückte sie aber nicht hinunter. Stattdessen drehte er sich um und warf einen Blick auf die anderen Häuser von Zickzackhausen. In allen wohnten Menschen. Keines war unbewohnt. Und doch kam er sich allein und verloren vor, denn er wusste, er konnte nicht einfach zu den Müllers oder Brümmers hinübergehen und sie um Hilfe bitten. Sie alle waren mit Gruga befreundet und würden den Teufel tun, ihm zu helfen. Wahrscheinlich hatten sie sogar selbst Angst vor Gruga.

Also drückte der Junge die Klinke hinunter und die Tür auf. Er zog die Schuhe aus und betrat den kühlen Flur. Es roch nach Bratkartoffeln und Bier und war furchtbar still. Nicht einmal das Radio lief, das war merkwürdig.

«Mama?»

Kein Rufen, nur ein vorsichtiges Fragen. Er erwartete eigentlich keine Antwort. Im Kelleraufgang hing an einem metallenen Haken ein alter, muffig riechender Rucksack aus Leder, der Gruga gehörte. Den würde er nehmen und ihn mit Brot aus dem Tonkrug und einer Flasche Wasser füllen. Im Kühlschrank waren sicher noch Käse und Salami, und in dem Fach hoch oben im Stubenschrank lagen immer Erdnüsse und Schokolade. Von allem würde er so viel in den Rucksack packen, wie hineinpasste, und dann würde er in der Handtasche seiner Mutter nach Geld suchen. Egal wie wenig es auch sein mochte, es würde helfen.

Schon sah er sich mit dem schweren Rucksack auf dem Rücken mit dem Fahrrad durch Zickzackhausen fahren, zum allerletzten Mal die Straße ganz hinunter, bis sie an dem hohen Maschendrahtzaun der Fabrik endete, dann nach links, vorbei am Brachland, in dem zu spielen Gruga ihm verboten hatte, und über die Brücke hinüber in die Felder. Dort begann die große weite Welt.

Doch vorher musste er nachsehen.

Die erste Tür links führte ins Bad, die zweite in die Küche.

Dort fand er seine Mutter.

Sie saß am Küchentisch. Ihre fleischigen Arme lagen auf der Tischplatte, der Kopf darauf. Sie trug ein kurzes gelbes Kleid und seidige Damenstrümpfe. Am rechten Oberschenkel waren sie zerrissen und entblößten weiße Haut. Nur ein Fuß steckte im Schuh. Der andere, ebenfalls gelb und mit hohem Hacken, lag unter dem Tisch.

«Mama?», fragte der Junge abermals.

Als sie langsam den Kopf hob, hasste er sie plötzlich. Sie war der Grund, dass er seinen Plan nicht in die Tat umsetzen würde.

«Mein Junge ...», stammelte sie und sah ihn aus trüben Augen an.

Sie hatte wieder getrunken. Der Biergeruch stammte von ihr.

Ihr Haar war zerzaust, an ihrem linken Auge bildete sich ein Veilchen, in der Mitte der Unterlippe klaffte eine Platzwunde, auf der ein Stück Toilettenpapier klebte, um die Blutung zu stoppen.

«Hast du Hunger? Möchtest du was essen?»

Mit ausgestrecktem Bein suchte sie unter dem Tisch nach dem Schuh, erreichte ihn aber nicht. Schließlich drückte sie sich mühsam vom Stuhl hoch und hielt sich dabei an der Tischkante fest, um nicht zu stürzen.

«Es gibt Bratkartoffeln.»

Auf nur einem Schuh wankte sie zum Herd hinüber. Die große schwarze Pfanne stand darauf.

«Papa isst nicht mit», sagte sie, als sei es das Normalste der Welt.

Oh, wie er es hasste, wenn sie ihn Papa nannte. Er war nicht sein Papa und würde es niemals sein.

Der Junge kroch unter den Tisch, holte den Schuh und

stellte ihn neben ihren Fuß. Sie blickte hinunter, sah ihn aus diesen traurigen, leblosen Augen an, brachte ein Lächeln zustande und schlüpfte hinein.

«Hattest du ... einen schönen Tag?»

Mit der rechten Hand hielt sie einen Holzlöffel und rührte in den Bratkartoffeln, mit der linken klammerte sie sich an den Ofen.

«Komm mit», sagte der Junge plötzlich, obwohl er das gar nicht wollte. Er wollte lieber allein gehen und seine Mutter hierlassen, denn es war ja ihre Entscheidung gewesen, zu Gruga zu ziehen, und es war ihre Entscheidung hierzubleiben, obwohl sie Prügel von ihm bezog.

«Lass uns weggehen, irgendwohin, wo er uns nicht finden kann.»

Der Holzlöffel erstarrte in den Bratkartoffeln. Die Hand, die ihn hielt, begann zu zittern. Mama hob das Kinn und blickte aus dem von Gardinen verhangenen Fenster auf die Straße hinaus. Der Junge kannte diesen Blick bereits, er hatte ihn viele Male beobachtet. Mama erstarrte oft bei dem, was sie tat, beim Abwaschen, beim Kochen, beim Bügeln, und dann ging ihr Blick in die Ferne, so als könnte sie dort etwas sehen, das für alle anderen unsichtbar blieb. Meistens dauerte dieser Zustand nicht länger als ein paar Sekunden an, aber er hatte Mama auch schon minutenlang einfach nur so dastehen sehen.

Diesmal fing sie sich schneller.

Der Löffel begann wieder zu rühren.

«Aber das geht doch nicht», sagte sie.

Der Junge hörte die feine Nuance der Unsicherheit heraus und begriff, dies war der richtige Moment, Mama zu drängen.

«Doch, das geht. Oder willst du warten, bis er dich eines Tages totschlägt? Das wird nämlich passieren, weißt du.»

Ein Zittern lief durch ihren Körper.

«Aber wenn er uns findet.»

«Wir sorgen dafür, dass das nicht passiert. Bitte, Mama, komm. Jetzt sofort. Wir nehmen den nächsten Bus. Wir haben es doch vorher auch allein geschafft. Weißt du noch, wie schön das war?»

Sie sah ihn an und lächelte. «Du bist so ein guter Junge.»

«Nein», schrie er. «Sag das nicht. Behandele mich nicht wie ein kleines Kind, ich bin zehn Jahre alt. Ich habe keine Lust mehr, mich von diesem Gruga schlagen zu lassen. Wenn du nicht mitkommst, dann gehe ich allein.»

Er war jetzt wütend, so richtig wütend. Immer öfter steigerte er sich in diesen Zustand hinein und fühlte sich nicht einmal unwohl darin. Wut ließ eine Kraft in ihm frei, über die er sonst nicht verfügte, und manchmal fühlte er sich wie einer dieser Superhelden aus den Comics, so wie Hulk, dessen Kräfte sich auch nur entfalteten, wenn er wütend wurde. Aber im Gegensatz zu dem grünen Riesen wurde er niemals blindwütig. Er wusste nicht, wie, aber es gelang ihm jedes Mal, seine Wut aufzubewahren. Für später.

Der Junge packte die Hand seiner Mama.

«Ich gehe sonst allein, hörst du!»

Endlich schien sie aus ihrer Trance zu erwachen. Sie hockte sich vor ihn hin. Er hielt sie fest, damit sie nicht umfiel.

«Und du meinst, wir schaffen das?»

Da war so viel Unsicherheit, so viel Angst in ihrer Stimme, mehr als es bei einem Erwachsenen der Fall sein sollte. Der Junge wusste, er konnte sich bei der Flucht nicht auf Mama verlassen, er musste die Führung übernehmen, musste der Mann in der Familie sein.

«Wir brauchen Gruga nicht», sagte er. «Ich helfe dir bei allem, ich kann Geld verdienen mit Zeitungenaustragen, wir schaffen das allein, ganz sicher.»

Jetzt weinte sie, und auch er konnte seine Tränen nicht zurückhalten. Seine Mutter nahm ihn in den Arm und drückte ihn ganz fest. Er spürte ihren heißen Körper und das Zittern tief drinnen und fragte sich, ob sie jemals anders werden würde. Normal. So wie die Mütter der anderen Familien hier in Zickzackhausen.

«Dann lass uns packen», sagte sie.

Der Junge konnte es kaum glauben. Er befreite sich aus ihrer Umarmung, schob sie ein Stück von sich und sah sie an. Suchte in ihren Augen nach der Schwäche, und natürlich war sie noch da, genauso wie die Angst, aber er bildete sich ein, auch Hoffnung erkennen zu können.

Endlich! Nach fünf Jahren in der Hölle von Heinz Gruga war endlich der Moment gekommen.

«Aber nur ein paar Sachen, okay», sagte er schniefend. «Wir müssen schnell sein, damit wir genug Vorsprung haben.»

Mama nickte. «Okay.»

Draußen röhrte ein Automotor. Beide erstarrten. Dann schoss der Junge ans Fenster und sah hinaus. Ein blauer Ford Taunus rollte die Straße hinunter. Das war Herr Luscher aus Nummer 127. Ein guter Kumpel von Gruga. Beinahe jedes Wochenende standen sie mit in den Motorraum versenkten Köpfen an ihren Autos und taten so, als würden sie sich damit auskennen. Wahrscheinlich hatte Herr Luscher Gruga wegfahren sehen und folgte ihm nun.

«Er ist es nicht», sagte der Junge und kam vom Fenster zurück.

Seine Mutter hockte auf den Knien wie ein Häufchen Elend und zitterte am ganzen Körper.

«Ich hab Angst», flüsterte sie den Tränen nah.

Der Junge wollte keine weitere Sekunde verlieren.

«Schnell, wir packen», sagte er und ging an seiner Mutter vorbei in den Flur. Als Erstes tat er, was er sich vorhin bereits ausgemalt hatte. Er öffnete die Kellertür und nahm den muffigen Lederrucksack vom Haken, der Gruga gehörte. Dann lief er durchs Haus und packte alles ein, was er an Essbarem fand. Nur die Sache mit dem Geld aus der Handtasche seiner Mutter ließ er aus. Und tatsächlich ließ sie sich von seinem geschäftigen Treiben anstecken, erhob sich vom Küchenfußboden, ging ins Schlafzimmer hinüber, nahm den kleinen braunen Koffer vom Kleiderschrank und begann, Kleidung für sich und ihn einzupacken.

Sie war zu langsam, viel zu langsam. Was, wenn Herr Luscher Gruga erzählte, dass das Fahrrad vor dem Haus auf dem Rasen lag? Dann würde Gruga sofort herkommen, denn eine Gelegenheit, ihn zu verprügeln, ließ er nie aus.

«Beeil dich!», fuhr er seine Mama an.

Er lief ins Wohnzimmer hinüber, schob einen Stuhl vor den mächtigen Eichenschrank, der eine ganze Wandseite in Anspruch nahm, stieg hinauf, öffnete die oberste Klappe und nahm alle Süßigkeiten und Knabbereien heraus, die er fand. Der Rucksack war danach zum Bersten gefüllt. Er wollte das Wohnzimmer schon verlassen, hielt aber noch mal inne.

Ganz langsam drehte er sich um.

Hinter dem Fernseher befand sich die «Heilige Ecke».

Niemand außer Gruga durfte seinen Fuß dorthin setzen, niemand durfte Hand anlegen, nicht einmal zum Putzen. Die «Heilige Ecke» bestand aus einer großen, schwarz-gelben Fahne des Fußballvereins Borussia Dortmund, dazu einige Wimpel, ein Paar Torwarthandschuhe, signiert von irgendeinem Torwart, dessen Namen sich der Jungen nicht merken konnte, obwohl Gruga ihm oft genug davon erzählt hatte. Auf einem Regalbrett lag ein Ball, ebenfalls signiert, außerdem standen dort zwei silberne Pokale aus der Zeit, als Gruga noch selbst Fußball gespielt hatte. Innenverteidiger war er gewesen, einer der besten seines Jahrgangs, und wenn ihn die Knieverletzung nicht gestoppt hätte, dann hätte er in der Ersten Bundesliga gespielt. Kaum ein Spieltag verging, an dem Gruga nicht darauf hinwies. Und weil er sich die teuren Tickets fürs Stadion nicht leisten konnte, saß er hier vor dem Fernseher, brüllte und gestikulierte und kämpfte für seinen Verein. Manchmal saß Herr Luscher auch dabei. Ganz am Anfang hatte der Junge auch zusehen dürfen, aber weil er keine Begeisterung für das Spiel zeigte, weil er nicht jubelte und schrie, sondern immer nur still auf dem Fußboden saß, hatte Gruga ihn irgendwann nicht mehr dabeihaben wollen. Er konnte sich noch daran erinnern, wie Herr Luscher einmal gesagt hatte, es mache keinen Spaß, mit so einem stummen Trottel Fußball zu schauen. Danach war dann Schluss gewesen. Der Junge war froh darüber, er hatte diese Zeit immer als Quälerei empfunden.

Nun ging er in die «Heilige Ecke» und nahm den Fußball vom Regal. Weder lag Staub darauf, noch war der Luftdruck zu schwach. Der Ball wurde von Gruga persönlich gewartet und gepflegt. Der Junge nahm das Schweizer Taschenmesser aus dem Rucksack, das er zuvor aus der Schublade in der Küche geholt hatte. Es gehörte ebenfalls zu den Dingen im Haushalt, die niemand außer Gruga anfassen durfte. Der Junge klappte die größte Klinge aus und stach sie in den Ball. Einmal, zweimal, dreimal, und plötzlich konnte er nicht mehr aufhören, stach immer wieder zu und zerfetzte das glänzende Leder so lange, bis keine Luft mehr in dem Ball war. Dann legte er ihn auf seinen Platz zurück. Einen kleinen Moment überlegte er, die gesamte «Heilige Ecke» zu zerstören, ließ es dann aus Zeitgründen aber bleiben. Der Ball war Grugas größtes Heiligtum, es würde ihm das Herz brechen, wenn er denn eines hätte.

Im Flur traf der Junge mit seiner Mutter zusammen. Sie hielt den Koffer in der Hand.

Wortlos blickten sie sich an.

Dann nahm der Junge ihre Hand und zog sie zur Haustür. Erst draußen auf der Straße ließ er sie wieder los. Sie wandten sich nach links in Richtung Innenstadt, dort gab es einen zentralen Busbahnhof, von dem aus auch samstags Busse in alle Richtungen fuhren. Noch immer zog der Geruch von Grillfleisch durch die Siedlung, und Bruce Springsteen sang «My Hometown».

Jetzt hakte die alte Kassette doch. Der Recorder gab ein lautes Knacken von sich, und die Spulen überdrehten. Um größeren Schaden zu verhindern, schaltete er das Gerät ab. Es dauerte eine Weile, bis er wieder in diese Welt zurückfand, zu tief war die Erinnerung gewesen.

Er hörte eine dumpfe Stimme.

In der alten verstaubten Werkstatt drehte er sich im Kreis, nahm die Eindrücke in sich auf, ging schließlich zur Tür, schaltete das Licht aus und verließ sie. Ein schmaler Flur führte ihn vorbei am Lager zum Wohnbereich des Hauses. Die Tür dazwischen bestand aus feuerfestem Metall, auch ihr hatten die Jahre nichts anhaben können. Er zog sie auf und musterte sie. Ja, die müsste reichen, da kam niemand ohne Werkzeug durch. Prüfend wanderte sein Blick durch den Gang, und in Gedanken ging er durch, was er alles besorgen musste für den Umbau.

Sperrholzplatten, Dachlatten, schallisolierende Dämmwolle, Unmengen an Schrauben, eine Toilette, einen Spülkasten, ein Waschbecken, eine Dusche. Die Küche würden sie gemeinsam nutzen, es war zu kostspielig, eine zweite einzubauen. Jede Menge Arbeit wartete auf ihn, und er freute sich darauf. In diesen Räumen würde er ein Zuhause bauen und es mit Leben und Licht füllen.

Wieder rief die Stimme.

Bei geöffneter Tür klang sie viel lauter und klang unheimlich, eher tierisch als menschlich.

Gegen dieses ständige Rufen musste er irgendwas unternehmen, er wusste nur noch nicht, was.

Vielleicht sollte er auch diesen Teil des alten Hauses schalldicht ausbauen.

Thomas Bennett stand neben einem zivilen Polizeiwagen am Straßenrand, starrte sein Haus an und zitterte. Kommissar Scheurich hatte ihn aus dem Krankenhaus hierhergefahren, zusammen mit einer psychologisch geschulten Kollegin, die auf Thomas achtgeben sollte. Zwei Wochen waren vergangen, seit er aus dem Langzeitkoma zurückgeholt worden war, und er war körperlich weit genug genesen, um entlassen zu werden. Wie es mit der geistigen Genesung aussah, wusste Thomas selbst nicht zu sagen. Noch im Krankenhaus hatte er sich stark genug gefühlt, das Angebot seiner Eltern zurückzuweisen, heute dabei zu sein. Er war ein erwachsener Mann und würde das allein durchstehen, genau das hatte er seinen Eltern gesagt, aber jetzt war sich Thomas nicht mehr so sicher. Er konnte das Zittern nicht abstellen und spürte, wie ihm der Schweiß ausbrach.

«Wie geht es Ihnen?», fragte die Beamtin. Sie hieß Franziska Heise, war um die fünfzig, trug zivile Kleidung und hatte auf der ganzen Fahrt hierher kein Wort gesprochen. Weder mit ihm noch mit Scheurich. Sie roch nach einem teuren Parfüm, das Saskia irgendwann auch benutzt hatte, doch Thomas konnte sich nicht an den Namen erinnern. In ihrer Stimme lag Mitgefühl.

«Geht schon», sagte Thomas. «Wo ist Saskias Wagen?»

Er erinnerte sich, Saskias blauen Toyota Auris für die Dauer ihres Urlaubs in der Einfahrt geparkt zu haben. Bei der Rückkehr hatte er noch dort gestanden, das wusste Thomas. Schon erstaunlich, wie sein Gehirn die Erinnerungen selektierte. Ein Muster war nicht zu erkennen. Manches wusste er sofort, anderes fiel ihm nur mit Verzögerung ein und manches gar nicht. Den Namen der Straße zum Beispiel, in der sein Haus stand, hatte er völlig vergessen, auch, was für einen Wagen er fuhr. An Saskias jedoch erinnerte er sich.

«Die Eltern haben Frau Laaks Wagen abgeholt», antwortete Scheurich.

Thomas nickte.

Saskias Eltern. Auch an sie konnte er sich erinnern. Er hatte sie zweimal getroffen in den zwei Jahren, die er mit Saskia zusammen war, und sie als verschlossene Menschen kennengelernt. Besonders herzlich waren sie weder mit ihm noch mit ihrem einzigen Kind umgegangen. Sie hatten ihn auch nicht im Krankenhaus besucht. Von Scheurich hatte er erfahren, dass der Vater jeden Tag bei der Polizei anrief, um den Ermittlungsstand zu erfragen.

«Und wo ist mein Wagen?», fragte Thomas.

«Noch in der KTU.»

Scheurich trat neben ihn. Heute schien der Kommissar besonders schlecht drauf zu sein. Thomas hatte ihn noch nie lächeln sehen, aber wahrscheinlich war das in seinem Job auch nicht angebracht. Diese andere Polizistin aus Buchholz, Priska Wagner, war allerdings viel freundlicher.

Scheurich hatte auf dem heutigen Termin bestanden, denn

bis jetzt war nicht klar, ob der Täter etwas aus dem Haus entwendet hatte. Das wusste nur Thomas. Noch galt das Haus als Tatort und war offiziell versiegelt. Nachher sollte Thomas wieder darin wohnen können, zumindest hatte Scheurich es ihm versprochen.

Scheurich ging voran, brach das Siegel an der Haustür und schloss auf. Dann reichte er Thomas den Bund mit drei Schlüsseln.

«Der gehört jetzt Ihnen. Wie schon gesagt, wir haben die Schlösser austauschen lassen.»

Die Polizei hatte das Risiko nicht eingehen wollen, dass der Täter eventuell zurückkehren und Spuren vernichten würde, und Thomas' Eltern hatten zugestimmt, als er noch im Koma lag.

«Also», forderte Scheurich ihn auf. «Lassen Sie sich bitte vom ersten Eindruck leiten. Sprechen Sie laut aus, was Ihnen auffällt. Ich lasse das Aufnahmegerät mitlaufen.»

Scheurich trat zurück. Der Weg ins Haus war frei.

Thomas blickte in den Flur und rührte sich nicht. Das Zittern war verschwunden, dafür fühlte er sich jetzt wie gelähmt.

«Wenn Sie der Meinung sind, es geht nicht ...», begann Franziska Heise und berührte ihn an der Schulter.

«Nun lassen Sie ihn doch erst mal», fuhr Scheurich dazwischen und warf der Kollegin einen bösen Blick zu.

Thomas nahm die beiden kaum wahr. In seiner Erinnerung sah er sich einen Reisekoffer ins Haus tragen. Er sah Saskia, wie sie ein wenig verloren im Flur stand, die Nase in die Luft hielt und schnüffelte.

«Es hat anders gerochen», sagte Thomas leise.

«Was? Moment?»

Hektisch fummelte Scheurich das Aufnahmegerät aus der Tasche seines Mantels und schaltete es ein.

«So. Noch mal bitte.»

«Es hat anders gerochen. Saskia hat das sofort bemerkt, aber ich habe es auf den ungelüfteten Zustand nach zwei Wochen Urlaub geschoben.»

«Wonach hat es gerochen?»

Thomas konzentrierte sich, doch wirklich erinnern konnte er sich nicht an den Geruch.

«Irgendwie … alt.»

«Okay. Weiter», sagte Scheurich und wedelte ungeduldig mit der Hand.

Thomas musste gegen einen starken inneren Widerstand ankämpfen. Beinahe schon im Zeitlupentempo hob er den rechten Fuß und musste sich darauf konzentrieren, ihn auf der ersten Stufe abzusetzen.

«Dieses Haus ist absolut sicher», sagte hinter ihm die Polizistin.

Was für ein Schwachsinn! Wie können Sie so etwas sagen? Ich bin hier drinnen beinahe getötet worden, wie kann es da sicher sein? Beinahe hätte Thomas die Beamtin angeschrien. Er tat es nicht, nutzte stattdessen die Energie, um auch die zweite Stufe zu überwinden, und fragte sich dabei, ob es je wieder einfacher werden würde.

Als er den Flur betrat, klebte das Hemd schweißnass an seinem Rücken.

An der Garderobe entdeckte er seine und Saskias Jacken.

«Ihre Sachen haben die Eltern nicht geholt?», fragte Thomas.

«Niemand durfte ins Haus», stellte Scheurich klar. «Bitte, konzentrierten Sie sich.»

Im Eingangsbereich war alles so, wie es sein sollte. Vor ihm öffnete sich der große, helle, luftige Wohnbereich, den der Architekt genau nach Thomas' Vorgaben entworfen hatte. Achtzig barrierefreie Quadratmeter mit einem von allen Seiten zugänglichen Kamin in der Mitte. Eine große Fensterfront ersetzte die Wand zum Garten und ließ viel Licht hinein. Dank der Galerie mit der gewundenen Treppe ins Obergeschoss lag die Raumhöhe hier vorn bei vier Metern, das sollte das Gefühl vermitteln, man betrete eine Halle.

Thomas fühlte sich jedoch wie in einer Höhle. Dunkel, eng, ohne Luft und Licht, aber mit der Gewissheit, dass in den Tiefen ein wildes Tier lauerte. Er spürte seine Atemfrequenz steigen, bekam gleichzeitig kaum noch Luft, eine Zange quetschte seinen Brustkorb ein.

«Er hyperventiliert ... ich wusste doch, es ist zu früh.»

Die Stimme der Beamtin war weit entfernt. Thomas spürte Hände, die ihn an der Schulter packten und herumdrehten. Franziska Heise redete beruhigend auf ihn ein und führte ihn zurück nach draußen. Als er wieder einen klaren Gedanken fassen konnte, befand er sich auf dem gepflasterten Gehweg vor dem Haus mit Blick auf den zivilen Streifenwagen.

«Kommen Sie, das hat keinen Sinn heute», sagte Franziska Heise und bugsierte ihn Richtung Straße.

Thomas blieb abrupt stehen und schüttelte den Kopf.

«Nein, ich muss das machen.»

«Ja, vielleicht, aber nicht heute.»

Er drehte sich um. Scheurich stand wie eine Vogelscheuche in der Tür. Die Mundwinkel hingen herab, als litte er Schmerzen. Thomas meinte, einen Vorwurf in seinem Blick erkennen zu können.

Feigling, Schwächling, Heulsuse ... nicht in der Lage, seine eigene Freundin zu beschützen ...

«Doch. Genau heute!», versetzte Thomas.

Erstaunt wich Scheurich beiseite, als er an ihm vorbeimarschierte.

Diesmal schaffte Thomas es, den großen Wohn- und Essbereich im Untergeschoss zu betreten. Sofort fiel sein Blick auf das deckenhohe Bücherregal.

«Da stand eine Dose Fertigessen mit einem Löffel darin», sagte er. «Ravioli mit Tomatensoße. So was hatten wir nicht im Haus.»

Scheurich trat neben ihn.

«Der Täter hatte sich mit allem Notwendigen eingedeckt, um hier vierzehn Tage aushalten zu können. Diese eine Dose hat er wahrscheinlich vergessen, alle anderen befanden sich sauber ausgespült im gelben Sack.»

Der Eindringling hatte in seinem Haus gewohnt hatte, während er mit Saskia im Urlaub gewesen war, das wusste Thomas.

Er trat vor das Bücherregal. Es war weiß und deckenhoch. Die allermeisten Fächer waren angefüllt mit Büchern, aus den Buchhandlungen seiner Mutter. In der Mitte gab es jedoch einen schmalen Bereich, in dem gerahmte Fotos standen. Alle, auf denen er allein zu sehen war, lagen flach auf dem Regalbrett. Die, auf denen auch Saskia zu sehen war, standen aufrecht, aber Thomas war herausgeschnitten worden.

«Haben Sie das gesehen?», fragte Thomas.

«Ja, natürlich. Aus den Fotoalben hat er Sie auch entfernt.»

Richtig, die Fotoalben. Bevor Saskia in sein Leben getreten war, hatte Thomas seine Fotos ausschließlich digital aufbewahrt. Saskia war jedoch ein Fan von altmodischen Fotos und hatte zwei Alben neu angelegt. Sie waren bei Marathon- oder Trainingsläufen entstanden, bei Spaziergängen, Restaurantbesuchen oder bei seinen Eltern im Garten.

Thomas erinnerte sich, an jenem Abend die Alben auf der Couch gesehen zu haben. Dort lagen sie nicht mehr.

«Die sind ebenfalls noch im Labor», sagte Scheurich, der seinen suchenden Blick bemerkte. «Herr Bennett, wenn Sie jetzt bitte wie versprochen durch die Räume gehen und laut dokumentieren könnten, was Ihnen auffällt.»

«Diese Dinge fallen mir doch auf!»

«Ja, aber sie sind bereits erfasst. Uns interessiert, was wir noch nicht wissen.»

«Hilft das, Saskia zurückzubringen?»

Der Kommissar zuckte mit den Schultern und machte sich nicht einmal die Mühe, hoffnungsvoll zu wirken.

«Kann man nie wissen.»

Scheurichs offensichtliche Gleichgültigkeit war nur schwer zu ertragen. Was für ein Mensch war dieser Kommissar nur? Hatte sein Beruf ihn wirklich so abstumpfen lassen?

Thomas trat auf die Wendeltreppe ins Obergeschoss zu. Er kannte die Details, wusste, Saskia war oben im Bad niedergeschlagen worden. Sein Herz wummerte hart in der Brust, jede Treppenstufe kostete ihn Kraft. Er, der vor der Tat Marathon gelaufen war, fühlte sich nun wie ein alter Mann. Nach fast anderthalb Monaten im Bett war er alles andere als körperlich fit. Die Physiotherapie im Krankenhaus hatte ihn an seine Grenzen geführt. Nur wegen seines sehr guten körperlichen Zustandes vor dem Überfall stand er überhaupt jetzt hier.

War die Lauferei am Ende also doch noch zu etwas gut gewesen.

Oben angekommen, hielt Thomas sich am Handlauf fest und verschnaufte einen Moment. Dann betrat er das große Bad. Rechts befand sich die durch eine Glaswand abgetrennte bodenebene Dusche. Dort hatte man an den grauen Fliesen Saskias Blut gefunden, davon war jetzt aber nichts mehr zu sehen. Thomas war den Tatortreinigern dankbar. Diesen Anblick hätte er nicht ertragen.

Was wäre passiert, wenn nicht Saskia, sondern er als Erster hinaufgegangen wäre? Saskia wäre im Erdgeschoss auf den

Täter getroffen und hätte geschrien. Thomas wäre hinuntergeeilt – und dann? Hätte er den Kampf mit einem Mann aufgenommen, der mit einem Hammer bewaffnet war? Gerade er, der sich kurz zuvor am Flughafen von einem betrunkenen Jüngling hatte demütigen lassen?

Das war auch wieder so eine hinterhältige selektive Erinnerung. Warum hatte der Schlag gegen seinen Kopf diesen peinlichen Vorfall nicht für alle Zeiten gelöscht? Jeden Tag warf er sich vor, nicht anders reagiert und zu allem Überfluss auch noch Saskia angefahren zu haben. Saskia, die mutig gewesen war und dem Jüngling eine Backpfeife verpasst hatte.

«Herr Bennett?», riss Scheurich ihn aus seinen Gedanken.

Die Stimme des Kommissars klang quengelig, wie bei einem kleinen Kind, das nicht bekam, was es wollte.

Thomas konzentrierte sich auf den restlichen Raum. Der Toilettendeckel war hochgeklappt, das war sonst nie der Fall, aber Thomas hielt es nicht für wichtig genug, um Scheurich darauf aufmerksam zu machen. Die Polizei würde Saskia nicht finden, wenn sie wusste, dass der Täter im Stehen pinkelte.

Hatte eigentlich auch jemand das Klo gereinigt? Oder würde er selbst die Spuren des Täters entfernen müssen?

Thomas wandte sich der Ablage unter dem Spiegel zu.

«Das steht alles nicht so, wie ich es kenne», sagte er.

«Präzisieren Sie bitte», forderte Scheurich.

«Der Rasierschaum, der Rasierer ... das befindet sich sonst in dem Schränkchen. Und die Zahnbürsten ... ich sehe nur Saskias. Meine ist weg.»

«Sie haben sie mit in den Urlaub genommen, nehme ich an.»

«Nein, für den Urlaub hatten wir uns neu eingedeckt, falls auf dem Flug der Koffer verschwinden würde.»

Thomas nahm die Flasche Rasierschaum und wog sie in der Hand.

«Ich kann es nicht beschwören, aber ich glaube, als wir abgereist sind, war die noch fast voll. Hat er sich mit meinen Sachen rasiert?»

Er stellte die Flasche weg, nahm Saskias Parfümflakon zur Hand und strich mit dem Daumen über das geriffelte Glas. Thomas liebte diesen Duft an ihr. Wenn Saskia abends duschte und sich damit einsprühte, wenn sie absichtlich dicht an ihm vorüberging oder ihn scheinbar versehentlich berührte, entstand ein äußerst erotisches Spiel zwischen ihnen, bis sie an nichts anderes mehr denken konnten, als übereinander herzufallen.

«Hat er das Parfüm auch benutzt?», fragte Scheurich und riss ihn aus seinen Gedanken.

Thomas stellte den Flakon zurück.

«Ich weiß nicht …»

«Ist sonst noch etwas verändert?»

Thomas fühlte sich von Scheurich gedrängt. Er wäre gern einen Moment allein gewesen, traute sich aber nicht, den Kommissar hinauszuschicken. Also öffnete er die Tür des schmalen, hohen Schränkchens aus Birkenholz. Sofort bemerkte er, dass die noch fast neue Packung mit Verhütungspillen nicht mehr da war. Schon vor ihrem Urlaub hatte sie einige Wochen unberührt im oberen Fach gelegen. Immer wenn er darauf geschaut hatte, hatte Thomas sich gefragt, ob diese Temperaturmessmethode wirklich sicher war. Er hatte sich nicht getraut, Kondome zu benutzen, weil er nicht wusste, wie Saskia darauf reagiert hätte. Sie hatte behauptet, richtig angewandt wäre die eine Methode genauso sicher wie die andere. Wie sich herausgestellt hatte, stimmte das nicht.

«Wo ist das Maßband?», fragte Thomas mehr sich selbst als den Kommissar.

«Was?»

«Ich … ach, nichts.»

«Alles kann wichtig sein. Von welchem Maßband sprechen Sie?»

«Saskia hat es mir geschenkt, auf dem Rückflug von Mallorca.»

«Wozu?»

«Als Symbol für ihre Schwangerschaft.»

«Ich verstehe. Ein Maßband haben wir aber nicht gefunden.»

Thomas konnte sich nicht erinnern, wo er es nach dem Flug gelassen hatte. Er nahm an, dass es in seinem Handgepäck gewesen war oder vielleicht in der Tasche seiner Jacke. Plötzlich drängte es ihn, danach zu suchen. Von einer Sekunde auf die andere war nichts wichtiger, als dieses Maßband zu finden.

«Fällt Ihnen sonst etwas auf?», wollte Scheurich wissen.

«Die Verhütungspillen fehlen.»

«Wo lagen die?» Scheurich schob sich neben ihn.

«Dort oben.»

«Und Sie sind sich sicher?»

«Bin ich.»

«Frau Laak könnte sie mit in den Urlaub …»

«Hat sie nicht», unterbrach Thomas den Kommissar. «Sie war schwanger, schon vergessen?»

«Nein, aber …»

«Es gibt kein Aber. Die Packung lag seit Wochen unberührt dort oben in dem Fach. Er muss sie mitgenommen haben.»

Thomas knallte die Tür zu und verließ das Bad. Ohne auf Scheurich zu warten, ging er hinüber ins Schlafzimmer.

Die Schranktüren standen offen. Wäsche lag auf dem Fußboden und auf einer Hälfte des Bettes. Dazwischen standen die kleinen Kartons, die eigentlich in den Schrank gehörten. In ihnen bewahrten Thomas und Saskia alte Kinderfotos und nutzlose, aber erinnerungsträchtige Dinge auf, die nicht auf den Dachboden sollten. Privater Nippes, der nur den Beschenkten etwas bedeutete. Der Täter hatte alles durchwühlt.

Das ganze Haus war entweiht.

Thomas starrte das Bett an.

Darin hatte er zum allerersten Mal mit Saskia geschlafen, hier hatte sie ihm ihre Liebe gestanden, in jener Nacht hatte er Orangen geschält und geteilt und ihr die Schnitze in den Mund gesteckt. Sie hatten Sekt getrunken und herumgealbert und sich ihre Zukunft ausgemalt. Plötzlich konnte sich Thomas detailliert an jene Nacht erinnern, und zum ersten Mal, seit er aus dem Koma erwacht war, glaubte er die Liebe zu spüren, die er für Saskia empfunden hatte. Es war ein warmes Gefühl in der Körpermitte, gepaart mit dem großen Schmerz des Verlustes.

Der Mann hatte in dem Doppelbett geschlafen und dabei jede Menge Haare und Hautzellen hinterlassen. Nie wieder würde er darin schlafen können.

Abrupt wandte Thomas sich ab, verließ das Schlafzimmer und ging hinüber in sein privates Büro. Dort bewahrte er keine Firmenunterlagen auf, die befanden sich alle in der Zollstraße 7, wo er vor fünf Jahren in einen Neubau für die Verwaltung seiner Firma gezogen war. Zu Hause bewahrte er lediglich private Unterlagen wie Rentenpapiere, Schulzeugnisse, Geburtsurkunde, Versicherungen und dergleichen mehr auf. Die Durchsicht dauerte zehn Minuten, dann ließ Thomas sich erschöpft in den Schreibtischstuhl sinken.

«Es ist alles da», sagte er.

Scheurich hatte geduldig auf der Galerie gewartet, jetzt betrat er den Raum.

«Sind Sie sicher?»

«Ich denke schon.»

«Überprüfen Sie bitte den PC», forderte er ihn auf.

«Der ist passwortgeschützt, da kann er nicht dran gewesen sein.»

«Bitte», sagte Scheurich nachdrücklich.

Thomas beugte sich dem Willen des Kommissars und schaltete den Windows-Rechner ein. Er wollte das Passwort eingeben und erstarrte. Es war weg. Er konnte sich nicht daran erinnern, wie es lautete, und auch nicht daran, wo er sich für einen solchen Fall Notizen gemacht hatte. Die Ärzte hatten ihn darauf vorbereitet, dass solche Erinnerungslücken ihn noch Wochen und Monate begleiten würden. Trotzdem war er schockiert, denn er war immer stolz darauf gewesen, sich die komplexen Nummern, die er sich ausdachte, auch merken zu können.

«Ich erinnere mich nicht an das Passwort», gab er zu.

«Ich kann einen Experten kommen lassen, der das System hackt», schlug Scheurich vor.

«Vielleicht fällt es mir ja wieder ein.»

«Gut.» Scheurich seufzte genervt. «Wenn hier oben sonst nichts ist, schlage ich vor, wir gehen in die Küche.»

Allein das Wort Küche versetzte Thomas erneut in Schockstarre.

Dort war er auf den Täter getroffen und beinahe von ihm getötet worden. Viel wusste Thomas von jenem Abend nicht mehr, aber im Krankenhaus hatte er Flashbacks gehabt, im Schlaf wie auch im wachen Zustand. Verwirrende, unscharfe Bilder eines gewaltigen Schattens, der aus dem Nebel auf ihn zusprang, und dann war es jedes Mal so, als schlüge etwas wuchtig gegen seinen Kopf und löschte alle Lichter. Auf Scheurichs Drängen hin hatte Thomas verzweifelt versucht, sich an das Gesicht des Täters zu erinnern, doch es war ihm nicht gelungen. Scheurich hatte eine Hypnose vorgeschlagen, war aber an den Ärzten gescheitert. Die hielten das so kurz nach einer schweren Hirnverletzungen für zu gefährlich. Auch wenn es jetzt so aussah, als hätte Thomas das große Glück, keine gravierenden Langzeitschäden davonzutragen, konnte es nach Meinung der Ärzte jederzeit zu Folgeerscheinungen kommen, die noch nicht abzusehen waren. Die Rede war von Flashbacks, Schwindel, motorischen Ausfällen und Persönlichkeitsstörungen. Oder auch von großen Ängsten, die zu Lähmungserscheinungen führen konnten. So wie jetzt.

«Kommen Sie?», fragte Scheurich.

«Ja, sofort.»

Der Kommissar ging voran. Thomas blieb noch einen Moment vor dem Schreibtisch sitzen, versuchte verzweifelt, sich zu konzentrieren und nicht wieder zu hyperventilieren. Was war nur los mit ihm?

«Herr Bennett?», rief Scheurich ungeduldig von der Treppe her.

Schwerfällig wuchtete sich Thomas aus dem Schreibtischstuhl hoch. Die wenigen Schritte bis zur Tür kosteten ihn viel Kraft, und er wünschte sich nichts sehnlicher, als sich in irgendeine Ecke verkriechen und ewig schlafen zu können.

Scheurich und die Beamtin warteten am Fuß der Treppe. Franziska Heise sah ihn besorgt an, Scheurich hingegen war dreist genug, einen Blick auf seine Armbanduhr zu werfen. Thomas schob sich mit gesenktem Blick an den beiden vorbei.

Die Küche und das kleine Gästebad waren die einzigen durch Wand und Tür abgetrennten Räume im Untergeschoss.

Je näher Thomas der Küche kam, desto unwohler fühlte er sich. Er taumelte und hielt sich am Türrahmen fest.

«Brauchen Sie eine Pause?», fragte die Heise.

«Wir müssen hier fertig werden», fuhr Scheurich dazwischen.

Thomas betrat die Küche und hatte sofort den starken Eindruck eines fremden Geruchs.

Ohne Vorwarnung wurde er so wütend wie nie zuvor.

«Sie sind ein Arschloch», sagte er, ohne sich zu Scheurich umzudrehen.

«Bitte?», kam es von hinten.

«Menschen wie Sie sollten Autos reparieren oder im Straßenbau arbeiten.»

«Jetzt hören Sie mal.»

«Nein. Sie hören mir zu.»

Mit einer schnellen Bewegung fuhr Thomas herum und zeigte mit ausgestrecktem Finger auf Scheurich. Der Kommissar wich erschrocken einen Schritt zurück.

«Sie gehen mir schon die ganze Zeit auf den Sack mit Ihrer Gleichgültigkeit, und wenn ich herausfinde, dass Saskia wegen Ihrer Untätigkeit leiden musste, dann wird Ihnen das leidtun. Dann mache ich Sie fertig.»

Thomas' Hand zitterte, sein ganzer Körper zitterte, erneut brach ihm der Schweiß aus, aber diesmal fühlte er sich mit diesen Symptomen nicht unwohl. Ganz im Gegenteil spürte er endlich so etwas wie Tatendrang und Kraft, nicht nur Schwäche und Ohnmacht.

«Sie drohen mir?»

An Scheurichs Hals trat heftig pulsierend eine Ader hervor. Der sonst immer gebeugt stehende Mann richtete sich zu voller Größe auf. «Ich reiße mir täglich den Arsch auf, um Frau Laak zu finden, und Sie wagen es, mir zu drohen?»

Scheurich trat auf Thomas zu und zeigte jetzt seinerseits mit dem Finger auf ihn.

«Überlegen Sie sich gut, was Sie sagen, Herr Bennett. Bei allem Verständnis wegen dem, was Ihnen zugestoßen ist – das lasse ich mir nicht von Ihnen gefallen.»

«Ich bin kein Feigling», schrie Thomas den Kommissar an.

«Das sagt doch auch gar keiner», schrie der Kommissar zurück.

«Doch. Sie. Mit den Blicken. Oder glauben Sie, ich merke das nicht.»

Vielleicht wäre Thomas in diesem Moment auf Scheurich losgegangen, hätte sich nicht die Beamtin an dem Kommissar vorbeigeschoben.

«Beruhigen Sie sich», sagte sie und berührte Thomas am Arm. «Es hilft Saskia nicht, wenn Sie sich streiten.»

«Er hilft ihr aber auch nicht.» Wieder zeigte Thomas auf Scheurich. «Er steht hier nur herum und behandelt mich wie einen Untergebenen. Fast zwei Monate ist Saskia jetzt verschwunden, und was hat er vorzuweisen? Nichts. Rein gar nichts. Interessiert sich für Verhütungspillen, als ob das etwas bringen würde. Wo ist denn die Polizei, wenn man sie braucht? Wo war sie an jenem Abend, und warum ist es ihr in einem Zeitraum von vierzehn Tagen nicht gelungen, Saskia wiederzufinden?»

«Ich höre mir diesen Scheiß nicht länger an», sagte Scheurich, machte auf dem Absatz kehrt und verschwand.

Der muskulöse Körper zwischen Priska Wagners Schenkeln bewegte sich in dem Rhythmus, den sie ihm vorgab. Es war ein langsamer, geschmeidiger Rhythmus, der weder ihr noch Sylvester zu viel abverlangte. Schließlich sollte es Spaß machen und nicht in Arbeit ausarten, zudem war Sylvester nicht mehr der Jüngste, auch wenn ihm selbst das wohl nicht immer bewusst war. Ließe sie ihn tun, was er wollte, würde er ihr zweifellos zeigen, was noch immer in ihm steckte – oder was er glaubte, dass in ihm steckte.

Tja, die Männer, sie waren doch alle gleich.

Priska beugte sich im Sattel vor und tätschelte Sylvesters kräftigen Hals. Die Haut war warm und roch gut. Ihr zwanzig Jahre alter brauner Hannoveraner hob den Kopf und schnaubte. Sie hatte ihn seit mehr als zehn Jahren, und zwischen ihnen hatte sich eine tiefe Bindung entwickelt, wie sie es in diesem Zeitraum mit keinem Mann hinbekommen hatte. Zehn Jahre, sechs Männer, ein Pferd. Das sagte schon was aus, fand Priska. Bindungen einzugehen war nicht gerade ihre Stärke. Dabei wollte sie sich ja verlieben, wollte den einen «Richtigen» finden, aber wenn dann einer länger als ein halbes Jahr da war, verlor sie irgendwie das Interesse. Es war ihre Schuld, sie wusste das. In ihren Adern floss Nomadenblut. Beständigkeit lag ihr nicht.

Ob die hässliche Scheidung ihrer Eltern etwas damit zu tun hatte?

Möglich. Aber machte es einen Unterschied, wenn sie es analysierte? Nein. Es war nun einmal, wie es war, und sie musste das Beste daraus machen.

Heute war sowieso kein Tag, um sich darüber den Kopf zu zerbrechen. Wetter und Landschaft waren einfach zu schön. Das Getreide rechts und links des Weges leuchtete goldgelb, der warme Wind wiegte sanft die Ähren der Gerste, der Himmel war hoch und tiefblau, nur wenige weiße Wolken zogen gemächlich vorüber. Priska hatte ihr Tempo den Wolken angeglichen und fühlte sich in diesem Moment wie ein Teil der Natur. Dreimal die Woche ritt sie abends nach dem Dienst aus, egal wie müde sie war oder wie viel Unerledigtes sich auf dem Schreibtisch türmte. Wer es in diesem Job nicht schaffte, Arbeit und Privates zu trennen, der brannte schnell aus. Priska hatte einige Kollegen kommen und gehen sehen, die sich viel zu sehr in ihre Arbeit hineingesteigert hatten, die geglaubt hatten, nicht ruhen zu dürfen, bis nicht auch der letzte Fall aufgeklärt war. Priska stellte diese Neigung bei sich selbst auch immer wieder fest, gerade wenn die menschlichen Dramen, die jeder Fall innehatte, sie besonders berührten. Wenn sie unleidlich wurde, wenn sie Kerkmann anschnauzte, obwohl er es zur Abwechslung mal nicht verdient hatte, wenn abends nach Feierabend ihr Kopf wie ein Bienenstock summte und sie auf dem Weg nach Hause dauernd auf die Hupe ihres Wagens schlug, weil sie sich über die Idioten im Straßenverkehr ärgerte, dann wurde es höchste Zeit für ihre Pferderückentherapie. Reiten war ihr einziges Hobby und alles, was sie aus ihrer Jugend ins Erwachsenenalter gerettet hatte. Dabei war es keinesfalls so, dass sie alle Gedanken an den Job vergaß, wenn sie mit Sylvester ausritt, natürlich nutzte sie die Zeit auch zum Nachdenken, aber die Gedanken verloren ihre Intensität und Vehemenz, waren plötzlich nicht mehr so wichtig, und etwas von der animalischen Kraft, die in diesem Pferdekörper steckte, floss auch in Priskas Körper. Für sie gab es keine andere Möglichkeit, um die Batterien so schnell und so gut aufzuladen.

Sie näherte sich dem Landgestüt Eichenhain, auf dem sie Sylvester untergebracht hatte. Box, Futter und hin und wieder Pflege, wenn sie selbst nicht dazu kam, kosteten zwar ein kleines Vermögen, aber sie hatte ihr Geld schon sinnloser ausgegeben – für Männer zum Beispiel. Eichenhain lag mit dem Auto eine halbe Stunde außerhalb von Buchholz in der Nordheide, der Stadt in Niedersachsen, in der sie ihre Wohnung hatte. Drum herum lagen die schönsten Wege zum Ausreiten, kannte man sich aus, kam man ohne viele Straßenquerungen bis in die Lüneburger Heide. So weit war Priska heute aber nicht geritten, dafür reichte die Zeit nicht. Sie war erst gegen achtzehn Uhr auf Eichenhain eingetroffen, viel später, als sie es an diesem Schönwettertag vorgehabt hatte. Jetzt, nach einer knappen Stunde, musste sie auch schon wieder zurückkehren, damit es nicht zu spät wurde.

Als sie noch zehn Minuten von Eichenhain entfernt waren, bemerkte Priska bei Sylvester eine andere Gangart. Irgendwas schien nicht zu stimmen. Sie beobachtete ihn aus dem Sattel heraus und stellte fest, dass es am rechten Hinterlauf lag. Vielleicht hatte er sich etwas in den Huf getreten oder das Eisen hatte sich gelockert. Keine große Sache, hoffte sie, und bis zum Gestüt würde es wohl noch gehen.

Die letzten zwei Kilometer führten an einem schmalen Bachlauf entlang, der sich vom hügeligen Wald hinunter in die Felder schlängelte. Große Eschen beschatteten den Bach und sorgten hier unten für glitzerndes Zwielicht, und jetzt am Abend, nach der großen Hitze des Tages, sangen auch die Vögel wieder. Priska genoss die Eindrücke, Geräusche und Gerüche in vollen Zügen und wünschte sich, ewig so weiterreiten zu können.

Doch in Deutschland fanden auch die schönsten Strecken ein schnelles Ende. Sylvester trug sie zuverlässig und ohne dass sie ihn wirklich führen musste, zurück zum Gestüt. Schon von weitem sah Priska, dass der Hufschmied mit seiner mobilen Schmiede, die er hinter einem weißen Pick-up herzog, noch da war. Das passte ja gut, dann konnte er sich gleich um Sylvesters Problem kümmern.

Statt zu den Ställen ritt Priska zu ihm. Der Hufschmied hatte seine Arbeit an diesem heißen Nachmittag im Schatten des weit überstehenden Schirms an der großen Scheune verrichtet. Er schien aber bereits im Aufbruch begriffen, packte seine Gerätschaften gerade zusammen und pfiff dabei irgendein Lied vor sich hin.

Als er sie bemerkte, sah er auf und hob grüßend die Hand.

Klaus Hilpert war groß und kräftig, hatte Hände wie Bratpfannen und einen weißen Vollbart. Er war gutmütig und ging liebevoll mit seinen Pferden um. Wenn er keine Pferde behandelte, steckte meist eine Pfeife zwischen seinen Lippen, so wie auch jetzt. Priska mochte den Geruch von Pfeifentabak und fand es schade, dass das Pfeiferauchen außer Mode gekommen war. Wie albern waren dagegen doch diese E-Zigaretten. Richtige Kerle wie Hilpert würden so etwas niemals anfassen.

«Klaus», rief sie. «Hast du noch einen Moment Zeit?»

«Für dich immer, Schätzchen.»

Er hielt Sylvester am Zügel, während sie abstieg.

«Irgendwas am rechten Hinterlauf», klärte Priska ihn auf und setzte den Reiterhelm ab. «Lässt du mich mal an deiner Pfeife ziehen?»

«Auf keinen Fall, aber ich geb dir was ab.»

Er blies ihr den Rauch ins Gesicht.

«Willst du mich nicht heiraten?», seufzte Priska mit geschlossenen Augen und sog den süßlichen Duft ein.

«Na, ich weiß nicht. Wie alt bist du? Dreißig? Ich könnte dein Vater sein.»

«Fünfunddreißig. Und wen stört so was noch, heutzutage?»

«Meine Mutter.»

«Okay, das ist ein Grund.»

«Ja. Außerdem mag ich keine Polizistinnen.»

«Seit wann das?»

«Seit vor einer Woche. Hundertzwanzig Euro, plus einen Punkt in Flensburg. Aber wenn du das für mich regelst, überleg ich es mir vielleicht.»

«Keine Chance. Ist nicht mein Revier.»

«Ach ja, du kümmerst dich ja um die richtig bösen Jungs.»

«Und Mädchen. Du glaubst gar nicht, wie viele böse Mädchen es gibt.»

«Hör bloß auf, ich will gar nichts davon wissen.»

Klaus Hilpert hatte Sylvester an die Haltestange seiner mobilen Schmiede angebunden und war an den Hinterlauf des Hannoveraners getreten. Jetzt hob er den Huf an und überprüfte das Eisen.

«Hat sich gelockert», bestätigte er Priskas Vermutung. «Kein großes Problem, mach ich dir sofort.»

«Du bist ein Schatz.»

Priska stand an Sylvesters Kopf und streichelte ihn, während Klaus Hilpert das Eisen entfernte, um darunter den Schmutz und die Steinchen zu entfernen.

«Und?», fragte der Schmied, während er arbeitete. «Schon einen Bösen gefangen heute?»

«Nee, ist eher ruhig zurzeit. Und der einzige Böse, den ich gerade jage, versteckt sich gut vor mir.»

Noch immer hatten sie keine konkrete Spur im Fall von Ulrike Bokelmann. Niemand schien ein Interesse daran gehabt zu haben, die Frau umzubringen. Die Überprüfung der Männer, die sich auf ihre Kontaktanzeige gemeldet hatten, hatte bisher nichts ergeben, aber sie hatten auch noch nicht alle ausfindig gemacht. Wenn es zwischen der Bokelmann und ihrem Mörder tatsächlich keine Verbindung gab, dann würde es sehr schwierig bis unmöglich werden, den Täter zu finden. Und das nervte Priska.

Der Schmied nuschelte etwas in seinen Vollbart, beugte sich tief über den Huf, den er zwischen seinen Knien hielt, und kratzte ihn aus.

Priska hielt Sylvester am Halfter und redete beruhigend auf ihn ein. Dabei fiel ihr Blick auf die Werkzeuge, die sauber aufgereiht auf einer metallenen Platte der mobilen Schmiede lagen. Es waren einige verschieden große Hämmer dabei. Priska schätzte ihre Anzahl auf mindestens ein Dutzend. Zwei davon hatten eine auffallende Form. Der Kopf war nicht glatt wie der von normalen Hämmern, er hatte in der Mitte eine Vertiefung.

Augenblicklich dachte Priska an den blutigen Abdruck auf der Bayern-München-Bettwäsche der Bokelmann. Spurentechnisch hatte man sich darauf geeinigt, dass dieser Abdruck von dem Gegenstand stammte, mit dem Ulrike Bokelmann der Kopf eingeschlagen worden war. Ein Hammer oder etwas Ähnliches, das der Täter für einen Moment dort abgesetzt hatte.

Plötzlich war Priska ganz aufgeregt und hatte Mühe, sich so lange zurückzuhalten, bis Klaus Hilpert mit seiner Arbeit fertig war. Kaum trat der Schmied von Sylvester zurück, ließ auch sie ihr Pferd los und griff sich einen der Hämmer. Er hatte einen langen Stiel und war überraschend schwer.

«Willst du mich erschlagen?», scherzte der Schmied.

«Wozu braucht man einen solchen Hammer?», fragte Priska.

«Ich rühre damit meine Rühreier um.» Hilpert griente.

«Und in Wirklichkeit?»

Der Schmied nahm den zweiten, identischen Hammer in die Hand.

«Man nennt das einen Setzhammer. Beim Schmieden schlägt man nicht immer direkt auf das erhitzte Eisen, sondern häufig auf diesen Hammer, der das Eisen auf dem Amboss fixiert. Deswegen hat er diese Rinne und den langen Stiel.»

«Bekommt man so einen Hammer in jedem Baumarkt?»

«Nein, das ist Spezialwerkzeug.»

«Und wo findet man das?»

«Na ja, in Schmieden, Schlossereien, beim Hufschmied … Warum willst du das wissen?»

«Kann ich mir den Hammer mal ausleihen?»

Das Schlafzimmer war angefüllt mit diesem besonderen Geruch ihres sommerlich leichten Parfüms. Er mochte den Duft, sowohl an ihr als auch in diesem stark verdünnten Zustand hier in der Wohnung. Das breite Doppelbett war ordentlich gemacht und mit einer roten Tagesdecke abgedeckt. Am Kopfende lagen ein halbes Dutzend grüne Kissen mit einem Knick in der Mitte, dazwischen saß ein alter brauner Teddybär. Den nahm er zur Hand. Er roch nach ihr. Das Fell war abgegriffen, die Nähte ausgefranst, eines der dunkelbraunen Augen war locker und hing ein Stück weit aus dem breiten Kopf heraus.

Er nahm sich vor, das zu reparieren. So konnte es ja nicht bleiben.

Nachdem er die Decke beiseitegeschlagen hatte, legte er sich auf das Bett, bettete seinen Kopf auf die grünen Kissen, hielt den Teddybären an seine Brust gedrückt und betrachtete das Zimmer, in dem er die ganze nächste Woche schlafen würde. Das einzige Fenster ging nach Norden hinaus und bot einen armseligen Ausblick auf die eintönige Hauswand eines dreigeschossigen Gebäudes, an dem die metallene Röhre einer Abluftanlage emporstieg. Viel Licht fiel ohnehin nicht hinein, und dann war es noch mit einer blickdichten Gardine verhangen. Zumindest musste er sich keine Gedanken darüber machen, ob er von draußen gesehen werden konnte, zumindest nicht bei Tage, und nachts konnte er zusätzlich die schweren braunen Vorhänge zuziehen.

Der Raum war langweilig eingerichtet. Ein Bett, zwei Nachtschränkchen, ein Kleiderschrank mit Lamellentüren, bis auf das Bett alles aus billigem Kiefernholz. Das Pärchen hatte nicht viel Geld, jeder Quadratmeter der Wohnung verriet das. Wahrscheinlich hatten sie sich jeden Euro für den Urlaub vom Munde abgespart. Seiner Meinung nach hätten sie das Geld besser in die Wohnung investiert. Dieser Zustand des Abgegriffenen und Gebrauchten, des wahllos Zusammengestellten gefiel ihm nicht. Immerhin war das Bett bequem, die Matratze nicht zu hart und nicht zu weich, eigentlich genau richtig.

Noch war er nicht müde genug, um zu schlafen. Also stand er auf und öffnete die Schiebetüren des Kleiderschranks. Das tat er sehr vorsichtig, damit die Türen nicht anschlugen. Lärm durfte er hier keinen machen. Unter ihm lagen weitere Wohnungen, und wenn er auch wusste, dass die Menschen sich heutzutage nicht besonders umeinander kümmerten, so würden die Nachbarn doch aufmerksam werden, wenn Geräusche aus einer Wohnung drangen, deren Bewohner gerade in den Urlaub aufgebrochen waren. Vielleicht hatten die Bergmanns ihre Nachbarn darüber ja informiert.

Der Schrank war nicht besonders groß und gut gefüllt. Die meisten Sommersachen fehlten natürlich. Auf der Seite, die Ulf Bergmann gehörte, hingen zwei ordentlich gebügelte weiße Hemden, dazu passend eine Anzughose, ansonsten aber nur legere bis schludrige Kleidung. Nichts Besonderes, alles machte einen billigen Eindruck. Der junge Mann schien enganliegende T-Shirts mit bunten Aufdrucken zu bevorzugen. In zwei Kästen aus Kunststoff lagerten getrennt voneinander Socken und Unterwäsche. Die Unterhosen hatten alle ein breites Gummiband mit dem Schriftzug Calvin Klein darauf. In der Fußgängerzone hatte er schon beobachtet, dass die jungen Männer gern Hosen trugen, die nicht passten, deshalb über den Hintern rutschten und den Blick auf solche oder ähnliche Schriftzüge freigaben. Er begriff, dass das wohl beabsichtigt war.

Wie ihm diese Unterhosen wohl stehen würden?

Er zog sich aus und eine schwarze Unterhose mit Schriftzug auf dem Gummiband an. Sie war zu klein, viel zu klein, die Nähte spannten, das Gummiband kam an seine Belastungsgrenze. Nein, das war nicht bequem, er bevorzugte ein wenig mehr Bewegungsspielraum. Schnell zog er sie wieder aus, warf sie in den Kasten zurück und zog seine Kleidung wieder an. Danach widmete er sich der Seite des Schranks, die Swantje Bergmann gehörte.

Ihre Kleidung beanspruchte wesentlich mehr Platz und sah auch interessanter aus.

Swantje trug gern Kleider. Unifarbene, luftige Sommerkleider, von denen einige aus Platzgründen wohl doch hiergeblieben waren. Sie waren kurz geschnitten, einige schulterfrei. Zwischen diesen Kleidern entdeckte er noch andere, die aus dem Rahmen fielen. Er nahm sie auf dem Bügel aus dem Schrank heraus und legte sie auf das Bett. Bei dem einen handelte es sich um die Arbeitskleidung einer Krankenschwester – dabei war Swantje doch Verkäuferin in einem Supermarkt. Das andere erinnerte ihn an eine Uniform, wie sie Schülerinnen in manchen Ländern trugen.

Interessant!

Auch Swantje benutzte für ihre Unterwäsche die Kunststoffkästen, benötigte aber vier davon. Einen für die Socken, einen für Strumpfhosen, einen für die Büstenhalter und einen für die Slips.

Er griff hinein und nahm einen Slip heraus.

Was waren das denn für knappe Dinger?

Schon vorn kaum Stoff, der etwas bedecken oder verbergen konnte, und hinten nur ein dünner Streifen. Swantje besaß nur diese Strings. Das gefiel ihm nicht. Seiner Meinung nach sollten Frauen in der Auswahl ihrer Kleidung züchtiger sein. Es war in Ordnung, wenn sie die Männer ein wenig reizten, aber obszön durfte es nicht werden.

Er warf den Slip zurück, hängte die beiden Kleider wieder hinein, schloss den Kleiderschrank und widmete sich den Nachtschränkchen.

In der obersten Schublade des Schränkchens auf der rechten Seite des Bettes fand er ein kleines aufklappbares Messer mit dem Aufdruck Walther. Es schien relativ neu zu sein und machte einen unbenutzten Eindruck. Außerdem lag in der Schublade noch eine Packung Kondome, zwei gelbe stabile Gummiringe, ein altes Handy, das nicht mehr funktionierte, eine Taschenlampe sowie dünne weiße Kerzen, wie man sie für Weihnachtsbäume verwendete. Einige waren teilweise heruntergebrannt, die anderen noch neu.

In der unteren Schublade befanden sich mehrere Ladekabel und eine nur halb aufgegessene Tüte Kartoffelchips. Er griff hinein und probierte. Die Chips waren zwar nicht mehr ganz frisch, schmeckten aber noch. Er stopfte sich eine Handvoll in den Mund und ging hinüber zu dem anderen Nachtschrank.

In der oberen Schublade fand er einen fleischfarbenen, aber glatten Vibrator. Am unteren Ende hatte er ein schwarzes Rädchen, an dem man drehen und den kleinen Elektromotor anschalten konnte. In der ersten Stufe war das Summen noch zurückhaltend, bis es sich zur Stufe drei hin zu einem ordentlichen Vibrieren steigerte. Außerdem fand er einen Knebel mit Gummiball sowie ein Paar Handschellen. Er nahm sie heraus, hielt sie hoch und betrachtete sie nachdenklich.

Das Bett hatte einen Rahmen aus Metall. Am Kopfende verband ein stabiler metallener Bogen die beiden Seitenteile miteinander. An diesem Bogen entdeckte er Kratzer, die wahrscheinlich von den Handschellen stammten.

«Das magst du also», sagte er leise und strich mit dem Daumen über das glänzende Metall.

«Vielleicht können wir ja ein kleines Spiel spielen, wenn du aus dem Urlaub zurück bist, kleine Swantje.»

Er legte die Utensilien zurück in die Schublade, schnappte sich den Teddybären mit dem kaputten Auge und nahm ihn mit in die Küche. Sie war nicht mehr als ein schmaler Gang gegenüber der Eingangstür, mit einem Fenster nach vorn auf die vielbefahrene Straße. Die Einrichtung war einfach und zweckmäßig, es gab keinen Geschirrspüler, den dafür vorgesehenen Platz nahm eine Waschmaschine ein. IKEA-Holzregale waren mit all dem gefüllt, was eigentlich in eine Speisekammer gehörte. Er suchte nach einem Nähset, um dem Teddy sein Augenlicht wiederzugeben, und entdeckte dabei nebeneinander im Regal stehend eine Packung Milchreis und eine Tupperdose mit grünem Deckel, in dem sich eine Zucker-Zimt-Mischung befand.

Allein der Duft dieser Mischung veränderte alles.

Er warf den Teddy auf die Arbeitsplatte, suchte und fand einen kleinen Topf, nahm H-Milch aus dem Kühlschrank und begann, Milchreis zuzubereiten. Nach zwanzig Minuten war er fertig. Er füllte den Reis in eine Glasschüssel und streute mit einem Teelöffel die Zucker-Zimt-Mischung darüber. Mit der Schüssel in der Hand ging er hinüber ins Wohnzimmer, setzte sich auf die Couch, legte die Füße hoch und roch an dem Gericht.

Es war, als würde in seinem Kopf ein Schalter umgelegt.

Der Junge liebte den Duft, noch bevor er zum allerersten Mal davon gekostet hatte, und als er sich einen Löffel voll davon in den Mund schob, schloss er für einen Moment die Augen und genoss den Geschmack. In diesem Moment wusste er, dass dies für immer und ewig sein absolutes Lieblingsgericht sein würde.

«Und?», fragte der Mann an seiner Seite.

«Schmeckt toll», sagte der Junge.

Der Mann hieß Fred Martens und war seit ein paar Wochen der neue Freund seiner Mutter. Heinz Gruga war zwar nicht vergessen, aber doch in weite Entfernung gerückt. Nach ihrer überstürzten Flucht aus dessen Haus in Zickzackhausen hatte er sie tatsächlich nicht gefunden. Vielleicht hatte er aber auch gar nicht nach ihnen gesucht. Mama und er waren mit dem Bus in eine andere Stadt gefahren, die eine Stunde entfernt lag, für eine längere Strecke hatte das Geld nicht gereicht. Kurz vor Einbruch der Dunkelheit waren sie dort angekommen und hatten nicht gewusst, wohin. Mama hatte geweint und gemeint, es wäre ein Fehler gewesen, wegzulaufen, bei Heinz hatten sie wenigstens ein Dach über dem Kopf. Allein wie sie seinen Namen ausgesprochen hatte, hatte den Jungen wütend gemacht. Als spreche sie von einem ordentlichen, aufrechten Mann und nicht von dem Scheißkerl, der Heinz Gruga wirklich war.

In der leidlich warmen Bahnhofshalle waren sie von Polizisten aufgegriffen worden. Da Mama sich geweigert hatte, hatte der Junge ihnen ihre Geschichte erzählt, und die Polizisten hatte sie noch am selben Abend in ein Heim gebracht, in dem nur Mütter mit oder ohne Kinder lebten. Frauenhaus, hatte Mama es genannt. Alle Frauen dort waren auf der Flucht vor Männern. Versteckten sich vor ihnen.

Sich vor jemandem zu verstecken fand der Jungen feige, darum mochte er das Frauenhaus nicht, aber er spürte, dass seine Mama sich dort sicher fühlte, also hielt er den Mund und fügte sich in die Umstände.

Eines Tages, sie waren schon seit einem Monat dort, war ein Mann gekommen, um den Fernseher im Aufenthaltsraum zu reparieren. Er trug eine Art Uniform und hatte eine große blaue Kiste voller Werkzeug dabei. Der Junge hatte den Mann dabei beobachtet, wie er den Fernseher von dem Regal an der Wand gehoben, auf den Fußboden gestellt und die Rückseite abgeschraubt hatte.

«Na, willst du mal reinschauen?», hatte der Mann gefragt.

Er wollte. Schon immer hatte es ihn interessiert, wie es wohl im Inneren eines Fernsehers aussah, wie es möglich war, dass Funkstrahlung, die man nicht sehen konnte, darin zu sichtbaren Bildern wurde.

Eine Stunde lang hatte der Mann, den er Fred nennen durfte, ihm den Fernseher erklärt und ihm gezeigt, dass ein Kondensator durchgebrannt war. Den musste er nur erneuern, dann lief das Gerät wieder. In seiner Werkstatt, sagte Fred, hatte er Dutzende alte Fernseher, die er reparierte oder denen er Ersatzteile entnahm, um sie anderswo einzubauen. Wenn man wusste, wie, dann konnte man alles reparieren, meinte Fred. Es gab nichts, was für immer kaputt bleiben musste. Als Fred die Rückseite wieder anschraubte, war Mama dazugekommen, und der Junge hatte sie sofort gelöchert damit, Fred in seiner Werkstatt besuchen zu dürfen.

Fred Martens war ganz anders als Heinz Gruga. Sein Gesicht war schmal und freundlich, die Augen lagen nicht so tief, und sie strahlten Freude aus, wenn er von seiner Arbeit an elektrischen Geräten erzählte. Er bewegte sich langsam, nicht so zackig wie Gruga, und nie änderte sich einfach so aus heiterem Himmel heraus seine Stimmung. Fred Martens schien tatsächlich immer gut gelaunt zu sein.

Fred Martens bedeutete Sicherheit.

Das bemerkte auch Mama.

Sie begleitete den Jungen zu seinem ersten Besuch bei Fred in der Werkstatt.

Bevor er sie dem Jungen zeigte, kochte er jedoch Milchreis mit Zimt und Zucker. Er konnte es nicht fassen, dass der Junge das Gericht nie zuvor gegessen hatte, und bestand darauf.

Und so saßen sie zu dritt in einer ordentlich aufgeräumten Küche, in der alles seinen Platz zu haben schien, und aßen Milchreis. Der Junge beobachtete Mama und Fred und bemerkte die Blicke, die sich beide zuwarfen. Er wusste es nicht genau, aber da Mama in der vergangenen Woche abends zweimal fort gewesen war, ohne ihm zu sagen, wohin, glaubte er, sie habe sich mit Fred getroffen. Die beiden schienen sich zu verstehen.

Der Junge kratzte seine Schüssel bis zum letzten Rest aus und bekam noch einen Nachschlag von Fred. Auch den aß er auf, ohne auch nur einen Krümel übrig zu lassen.

«Na, dann bist du ja ordentlich gestärkt für die Arbeit», sagte Fred. «Bereit, ein paar Fernseher zu reparieren, mein Junge?»

Das war er.

Also nahm Fred Martens ihn an die Hand und führte ihn in das Reich der Elektrizität ein.

Zwei Jahre durfte er dort verbringen.

Zwei himmlische Jahre, bevor Gruga wiederauftauchte.

Das Geräusch war leise, dennoch schreckte Thomas Bennett hoch. Verwirrt blickte er sich um und stellte fest, dass er auf der großen ausziehbaren Couch im Wohnzimmer lag. Draußen war es mittlerweile dunkel, durch die Panoramascheibe fiel bleiches Mondlicht herein. Er hatte Probleme, in die Realität zurückzufinden, sein Schlaf war zwar nicht sehr tief, aber voller wüster Träume gewesen, an die er sich in diesem Moment zwar schon nicht mehr erinnerte, die ihn aber viel Kraft gekostet hatten, das spürte er.

Draußen auf der Terrasse stand jemand vor der Scheibe und winkte ihm zu. Ein höhnisch grinsender Scheurich, der sich für Thomas' unfreundliches Benehmen am Nachmittag rächen wollte.

Nach einem Wimpernschlag war der Bauernjasminbusch wieder das, was er immer gewesen war. Thomas schüttelte den Kopf. Um zu Sinnen zu kommen, fuhr er sich mit den Händen durchs Haar und spürte das harte Narbengewebe dort, wo ihn vor mehr als sieben Wochen der Hammer getroffen hatte.

Erneut das leise Geräusch. Ein Klicken, so als trommelte jemand mit dem Fingernagel gegen eine Glasscheibe.

Thomas' Herz raste. Stocksteif blieb er unter der leichten Wolldecke liegen und lauschte.

War der Mann mit dem Hammer zurückgekommen? Wollte er jetzt auch noch ihn holen?

Noch im Krankenhaus hatte Thomas mit Scheurich über diese abstrakte Gefahr gesprochen und eine Bewachung durch die Polizei gefordert, doch Scheurich hatte dafür keine Notwendigkeit gesehen. Nach fast zwei Monaten, so dessen Argumentation, würde der Täter nicht zurückkehren, es sei denn, Thomas könnte ihn identifizieren, und das konnte er nicht, was der Täter wusste, weil er sonst längst festgenommen worden wäre. Thomas' Mutter hatte daraufhin ein langes Gespräch mit Scheurich geführt, das Thomas durch die geschlossene Tür seines Krankenzimmers mitgehört hatte. Scheurich hatte gegen die schneidende Stimme seiner Mutter keine Chance und seine Entscheidung schließlich mit Lautstärke zementiert. Der Kommissar schien von der Familie Bennett langsam die Nase voll zu haben.

Scheiß auf Scheurich, dachte Thomas.

Was, wenn der Täter nur auf den richtigen Zeitpunkt gewartet hatte?

Thomas hatte viel Zeit zum Nachdenken gehabt und sich gefragt, wie und warum der Täter ausgerechnet auf ihn und Saskia aufmerksam geworden war. Eine Möglichkeit war, dass er eine persönliche Rechnung mit Thomas offen hatte, aber ihm wollte partout niemand einfallen, bei dem das der Fall war – was nicht heißen musste, dass es nicht doch stimmte. Oder er war tatsächlich nur hinter Saskia her gewesen und Thomas lediglich ein Kollateralopfer. Das war Scheurichs These. Wie auch immer: Der Täter hatte gewusst, dass sie im Urlaub waren, und diese Information bekam man nicht auf der Straße. Einige Menschen waren natürlich informiert gewesen, nur befand sich darunter keiner, dem Thomas eine solche Tat zutraute.

Scheurichs Beamte hatten alle festangestellten Mitarbeiter aus Thomas' Firma mittlerweile unter die Lupe genommen. Dazu zählten die zehn in der Verwaltung und die fünfzehn Vorarbeiter. Unter diesen fünfundzwanzig waren sechzehn Frauen, die kamen laut Scheurich eher nicht in Frage, waren aber trotzdem in die Überprüfung miteinbezogen worden. Doch weder bei ihnen noch bei den männlichen Mitarbeitern gab es Auffälligkeiten. Die über sechshundert Leiharbeiter, die MenAtWork verlieh, waren nur oberflächlich überprüft worden. Niemand von denen hatte gewusst, dass Thomas im Urlaub war. Seitdem er Vorarbeiter, einen Prokuristen und eine Personalabteilung hatte, hatte Thomas kaum noch Kontakt zu den Leiharbeitern. Theoretisch war es natürlich trotzdem möglich, dass jemand von dem Urlaub erfahren hatte, aber selbst Scheurich glaubte nicht an einen Täter aus diesem Kreis.

Thomas hatte keine Ahnung, was der Kommissar gerade tat, um Saskia zu finden.

Wieder das Klicken.

Das war aus dem Obergeschoss gekommen.

Sein Handy lag in Griffweite auf dem Glastisch, er musste nur die Hand unter der Decke herausstrecken, doch nicht einmal das traute er sich. Warum auch? Es würde viel zu lange dauern, bis die Polizei hier wäre. Wenn er sich stattdessen ganz leise erhob, zur Terrassentür schlich, sie öffnete, in den Garten lief und über die Hecke zum Nachbarn flüchtete, hätte er eine Chance. Bloß nicht vorne zur Haustür raus, damit rechnete der Kerl bestimmt.

Die Decke immer noch bis zum Kinn hochgezogen, verharrte Thomas in der Hoffnung, sich getäuscht zu haben, und plötzlich wurde er sich bewusst, was für eine jämmerliche Figur er gerade abgab. Tief in die Kissen gepresst, die Decke wie einen Schutzmantel um seinen Körper gerafft, lag er da und war einer Panik nahe.

Was würde Saskia von ihm denken?

Was dachte sie gerade von ihm, dort, wo der Täter sie gefangen hielt?

Thomas schämte sich, und die Scham ließ ihn die Decke zurückschlagen und die Beine neben die Couch stellen. Im nächsten Moment hörte er abermals das Klicken, lauter als zuvor. Er konnte sich dafür keine andere Ursache vorstellen als den Täter. Im Obergeschoss gab es nichts, was so laut klicken konnte. Dies war ein neues Haus, hier knarrten keine Balken, hier verzogen sich keine Bretter.

Wie war er nur ins Haus gekommen?

Thomas atmete so flach wie möglich und sah sich in dem weitläufigen Raum nach etwas um, das zur Waffe taugte. Sein Blick blieb an dem Kaminbesteck hängen. Barfuß schlich er hinüber, nahm den eisernen Schürhaken vom Ständer und wog ihn in der Hand.

Ja, das müsste gehen.

Er würde nicht abhauen, nicht aus seinem eigenen Haus flüchten und die Sache der Polizei überlassen, nein, er würde sie hier und jetzt zu Ende bringen, würde diesen Drecksack so lange quälen, bis er ihm verriet, wo er Saskia versteckt hielt.

Auf der ersten Holzstufe der Wendeltreppe entdeckte er einen Blutstropfen. Nicht rot, sondern schwarz prangte er dort wie eine letzte Warnung.

Geh nicht hinauf, hau ab, lauf hinaus, dort oben wartet nur der Tod.

Dem zum Trotz setzte Thomas seinen rechten Fuß auf die Stufe, achtete genau darauf, den Blutstropfen nicht zu berühren, stemmte sich hinauf, Stufe für Stufe, den Schürhaken zum Schlag erhoben. Dumpf schlug sein Herz gegen die Rippen. Schweiß lief seine Wirbelsäule hinab. Mit jeder überwundenen Stufe zitterten seine Beine stärker, und als er oben ankam, war von dem Mut, den er sich selbst eingeredet hatte, nicht mehr allzu viel übrig. Konnte er im Kampf gegen jemanden bestehen, der mit einem Hammer tötete, der keinen Skrupel kannte und für den das Töten wie ein Kinderspiel war?

Denk an Saskia, sagte Thomas sich. Denk nur an sie und an das Baby.

Das Klicken kam aus dem Schlafzimmer.

Die Tür war nur angelehnt. Thomas erinnerte sich nicht, ob

er sie so zurückgelassen hatte. Am frühen Abend, als eine bleierne Müdigkeit von ihm Besitz ergriffen hatte, war er hinaufgewankt, um sich hinzulegen. Doch als er vor dem breiten Bett gestanden hatte, war er wie gelähmt gewesen, er hatte nicht hineinsteigen können, es ging einfach nicht. Die gelbe Bettwäsche mit den stilisierten Sonnenblumen darauf war neu, er wusste, seine Mutter hatte sie gekauft, gewaschen und das Bett bezogen, nachdem die alte Bettwäsche, in der der Täter zwei Wochen lang geschlafen hatte, von der Polizei beschlagnahmt worden war. Auch die Bezüge waren neu, vielleicht sogar die Schonbezüge darunter. Dennoch bekam Thomas die Vorstellung nicht aus seinem Kopf, dass ein fremder Mann dort gelegen hatte, ein Mann, der gerade jetzt Saskia in seiner Gewalt hatte und mit ihr tat, was er wollte.

Niemals wieder würde er in diesem Bett schlafen.

Also war er hinuntergegangen, um es sich auf der Couch bequem zu machen.

Auf dem letzten Meter hob er den Schürhaken noch ein Stück höher. Sein ganzer Körper war angespannt. Er trat gegen die Tür, sie flog auf, knallte gegen die Wand und schwang zurück. Der kurze Blick aufs Bett reichte jedoch.

Saskia lag darauf.

Sie war nackt und in Embryonalstellung gefesselt, der Kopf ganz dicht an den Knien, ihr schönes langes Haar war ihr abrasiert worden, die Glatze glänzte wie poliert im Mondlicht. Ihr Körper war bleich und kindlich, fast wie der eines Babys.

Thomas schrie, stieß die Tür wieder auf, stürmte in den Raum und schlug mit dem Schürhaken um sich.

Das Bett war leer und unberührt.

Keine Saskia. Und auch kein Einbrecher mit einem Hammer. Am Fenster flog eine dicke schwarze Fliege wieder und wieder gegen das Glas, wahrscheinlich angezogen vom hellen Mondlicht dahinter. Daher stammte das Klicken.

Thomas blieb noch einen Moment in Kampfstellung und wollte nicht glauben, dass seine Sinne ihm einen solchen Streich gespielt hatten. Dann begriff sein Verstand, und jegliche Energie verschwand schlagartig aus seinem Körper – es war, als habe ihm jemand den Stecker gezogen. Der Schürhaken fiel ihm aus der Hand und polterte zu Boden, seine Beine wollten ihn nicht länger tragen. Er torkelte zurück gegen die Tür, drückte sie mit dem Rücken zu, rutschte daran herab und landete hart auf dem Hintern. Den Blick immer noch starr auf das Bett gerichtet, auf dem er gerade dieses Zwitterwesen aus Baby und Saskia gesehen hatte, saß er zitternd da.

Es dauerte eine Weile, ehe er sich beruhigt hatte und in der Lage war aufzustehen. Er öffnete seinen Kleiderschrank, nahm ein paar Sachen heraus und warf sie in seine große Sporttasche. Aus dem Bad holte er Rasierer, Zahnbürste, Duschgel und ein Handtuch. Auf dem Weg die Treppe hinunter machte er Licht und hielt sich krampfhaft am Geländer fest. Der Blutfleck auf der ersten Stufe war das, was er immer gewesen war: ein Holzauge.

Thomas überprüfte, ob alle Fenster und Türen verschlossen waren. Dann nahm er Geldbörse, Handy und Schlüssel, löschte die Lichter und verließ sein Haus. An der Gartenpforte drehte er sich noch einmal um und blickte zurück. Da stand es, sein neues Haus, in dem schon bald eine richtige Familie hätte leben sollen. Nun war es ein Tatort, ein Ort des Grauens, und, wie er schnell gemerkt hatte, kein Ort mehr zum Leben. Jedenfalls nicht für ihn. Was einmal sein Zuhause gewesen war, war entweiht, und er war sich nicht sicher, ob sich das umkehren ließ.

Sein Wagen stand noch immer bei der Polizei, deshalb

beschloss Thomas, die Strecke zu Fuß zurückzulegen. Der Marsch von einer Stunde würde ihm guttun.

Er war noch keine zwei Schritte weit gekommen, da wurde in der Reihe geparkter Wagen auf der anderen Straßenseite eine Tür aufgestoßen.

Jemand stieg aus.

«Hey», rief der Mann. «Wohin so spät?»

Erst als der Mann ins Licht der Straßenlaterne trat, erkannte Thomas ihn – er schob das auf seine Verwirrtheit, denn allein die Silhouette war auffällig genug.

Nils Bennett, Thomas' drei Jahre älterer Bruder, war mit seinen eins fünfundneunzig einen Kopf größer als er, hatte breite Schultern, schmale Hüften und ausgeprägte O-Beine. Das braune Haar fiel ihm im Nacken bis auf die Schulter, dafür setzte die Stirn hoch an, sodass er ein wenig wie David Carradine aussah. Er trug Cowboystiefel mit hohen Absätzen, dazu eine schwarze Lederjacke. In seinem Mundwinkel glomm eine Zigarette. Lässig schlenderte er über die Straße.

«Was machst *du* hier?», fragte Thomas überrascht. Wann er Nils zuletzt gesehen hatte, konnte Thomas nicht genau sagen, aber ein Jahr lag es sicher zurück.

«Ich dachte mir, ich schaue mal nach meinem kleinen Bruder», sagte Nils, grinste und schnippte Asche auf die Straße. «Du siehst beschissen aus, Kleiner.»

«Deine Ehrlichkeit habe ich immer am meisten gehasst.»

«Und was kommt an zweiter Stelle?»

«Deine Unzuverlässigkeit.»

«Ich bin doch hier, oder?»

«Der Weg ins Krankenhaus war dir aber zu weit, nehme ich an.»

«Ach komm schon, du weißt, wie sehr ich Krankenhäuser hasse.»

Thomas nickte. Er wusste das tatsächlich, und es gab auch einen guten Grund dafür.

«Und was willst du jetzt?», fragte Thomas. «Ach nein, warte, lass mich raten. Mama hat dir gesagt, du sollst auf mich aufpassen.»

Nils hob abwehrend die Hände. «Okay, okay, du hast mich durchschaut. Aber ich hätte auch nein sagen können.»

«Sie wird dich intensiv gebeten haben, nehme ich an. Ich hoffe nur, du nimmst kein Geld dafür.»

«Jetzt mach aber mal halblang.» Nils klang ehrlich gekränkt. «Mama musste mich nicht großartig bitten. Ist doch klar, dass ich bei so einer Sache zur Stelle bin.»

«So einer Sache?»

«Na ja, sie sagte, dieses Arschloch könnte wiederkommen.»

«Und dann willst du ihn aufhalten?»

Nils griff hinter sich und zog eine Waffe aus seinem Hosenbund.

«Worauf du einen lassen kannst.»

«Ich nehme mal an, die ist illegal.»

«Nee, ist sie nicht. Ich darf sie eigentlich nur nicht öffentlich herumtragen.»

«Dann steck das Ding bloß wieder weg, bevor dich noch jemand damit sieht. Außerdem weißt du genau, wie sehr ich Waffen hasse.»

Nils verbarg die Waffe im Hosenbund unter seiner Lederjacke, dann deutete er auf die große Sporttasche, die Thomas über der Schulter trug.

«Ich gehe mal davon aus, du bist nicht unterwegs zum Training. Hältst es nicht aus in deiner schicken Bude, oder?»

Thomas wusste, Nils war nicht der obercoole, unsensible Typ, den er gerne gab. Er kannte ihn besser als jeder andere, besser noch als ihre Eltern. In ihrer Kindheit hatten die beiden sehr viel Zeit miteinander verbracht, waren bis zur Pubertät praktisch unzertrennlich gewesen. Die Schulzeit hatten sie wegen des Altersunterschiedes zwar nicht in derselben Klasse, aber doch an derselben Schule absolviert, sie wussten folglich beinahe alles voneinander. Dennoch überraschte es ihn, dass Nils ihn so schnell durchschaute. Sie hatten sich lange nicht gesehen, da rosteten die Antennen für die Empfindlichkeiten des anderen normalerweise ein.

«Stimmt.» Thomas warf einen Blick zurück zum Haus. «Ich komme mir darin vor wie in einer Falle.»

«Kleiner, ich hätte mein ganzes Erspartes darauf gewettet, dass du nicht eine Nacht in dem Haus bleibst.»

«Du hast Erspartes?»

«Nee, aber wenn ich welches hätte. Wo wolltest du um diese Zeit noch hin?»

«In die Firma», sagte Thomas.

«Du willst in deinem Büro schlafen?»

«Die Hotels dürften geschlossen sein.»

«Und dorthin wolltest du zu Fuß laufen, nehme ich an.»

Thomas nickte.

Nils zögerte einen Moment. Dann legte er ihm einen Arm um die Schultern und zeigte auf die andere Straßenseite.

«Siehst du den? Ford Mustang, Baujahr 68, Achtzylinder, 320 PS und ein Sound zum Niederknien. Du hast die große Ehre, darin mitfahren zu dürfen.»

«Das perfekte Auto, um unauffällig zu bleiben.»

«Du hast mich nicht bemerkt, oder? Weder vorhin, als du

mit diesem Ochsen von Kommissar gekommen bist, noch eben gerade.»

«Du warst am Nachmittag auch schon da?»

«Jau. Hab ein paar Tage frei und nichts Besseres zu tun.»

Nils schnappte sich kurzerhand die große Sporttasche von Thomas' Schulter.

«Lass mich mal, du bist ja noch ein wenig angeschlagen.»

Er ging auf seinen Wagen zu, und Thomas blieb gar nichts anderes übrig, als ihm zu folgen. Dabei versuchte er einzuordnen, was er gerade gehört hatte. Wenn er je einen Egoisten kennengelernt hatte, dann Nils. Man konnte sich nicht auf ihn verlassen, das hatten ihn die gemeinsamen Schuljahre gelehrt, allerdings war er auch immer wieder für Überraschungen gut – meistens allerdings für schlechte. Nils lebte in einem Universum, das sich um Nils, Autos und Frauen drehte, genau in der Reihenfolge. Wenn er Lust hatte, konnte er charmant und hilfsbereit sein, wenn nicht, war er das Gegenteil davon. Und meistens war seine Hilfe nicht uneigennützig. Er versuchte, aus allem seinen Vorteil zu ziehen. Dass er angeblich bereits mehrere Stunden in seinem Wagen vor dem Haus saß, um auf ihn aufzupassen, überraschte Thomas sehr.

Nils warf die Sporttasche auf den Rücksitz und stieg auf der Fahrerseite ein.

«Vorsicht mit dem Türgriff, der ist locker», rief er über das Autodach.

Mit der Hand auf dem lockeren Griff hielt Thomas noch einmal inne. Ein letzter Blick zum Haus. Es war nicht so, dass er es liebte, er hängte sein Herz nicht an Dinge, aber stolz war er schon darauf, denn dieses Haus war sichtbarer Ausdruck seines beruflichen Erfolges, und der war ihm nicht in den Schoß gefallen. Für all das hatte er hart gearbeitet, und in nur einer Nacht war alles zerstört worden – weil irgendein Mensch sich dazu entschieden hatte, ihn zu töten und Saskia zu entführen. Ein Haus war so etwas wie eine Grundfeste, auf der das Leben ruhte und an der die Gefahren der Welt abprallten, ein Rückzugsort, an dem man seine Wunden lecken und sie heilen lassen konnte. Ein Trugschluss! Dicke Mauern, sichere Fenster und Türen und eine Alarmanlage waren machtlos gegen das Böse. Es überwand alle Hürden, drang ein, schlug zu, verschwand wieder und hinterließ nichts als Zerstörung. So unbeschädigt sein Haus von außen auch aussah, wusste Thomas doch, es würde sich nie wieder erholen – er würde sich nie wieder erholen.

Er zog die Tür auf und ließ sich in den niedrigen, harten Sportsitz fallen. Im selben Moment sprang röhrend der Motor an.

«Zum Abschied noch was für deine schwerhörigen Nachbarn», sagte Nils und trat das Gaspedal durch. Der Motor brüllte und Nils grinste. Dann lenkte er den Sportwagen elegant in einem Zug aus der engen Parklücke und knüppelte die Gänge durchs Getriebe.

Hamburgs nächtliche Straßen waren leer genug für Nils' halsbrecherischen Fahrstil. Selbstsicher saß Thomas' älterer Bruder am Steuer, eine Hand am Lenkrad, die andere am Schaltknauf, auf seinem Gesicht lag ein zufriedenes Lächeln. Thomas musste an die Zeit zurückdenken, als Nils es mit der halbprofessionellen Rennfahrerei versucht hatte. Schon damals hatten sie sich kaum noch gesehen, aber Thomas war bei einem Rennen dabei gewesen, ohne dass Nils es gewusst hatte, und er war sich damals sicher gewesen, dass Nils sich damit umbringen würde. Es war dann auch ein Unfall gewesen, der ihn aus dem Geschäft geworfen hatte, aber nicht, weil er dabei schwer verletzt worden war, sondern weil ihn sein Hobby finanziell in den Ruin getrieben hatte. Gerüchten zufolge hatte Nils sich das Geld für den Wagen aus einem Milieu geliehen, in dem nicht Anwälte, sondern Knochenbrecher fällige Raten eintrieben. Thomas wusste darüber nichts Genaues, aber es passte zu Nils.

«Was macht der Kopf?», fragte Nils nach ein paar Minuten.

«Ist kaum noch zu gebrauchen.»

«Du bist echt schwer umzubringen.»

«Du musst es ja wissen.»

Nils quittierte diesen Vorwurf mit einem gequälten Lächeln und einem schnellen Seitenblick.

«Du hast mich lange dafür büßen lassen», sagte er.

Darauf erwiderte Thomas nichts. An der Seitenscheibe flog die Stadt an ihm vorbei. Lichter, Häuser, Autos, alles verschwamm zu einer unwirklichen Kulisse, und für einen Moment glaubte er, im Kino zu sitzen und einen Film zu sehen. Noch vor wenigen Wochen war er nachts durch die Stadt gefahren auf dem Rückweg aus der Firma, in der er mal wieder viel zu lange gearbeitet hatte. Da war die Welt noch in Ordnung gewesen, hatte Struktur gehabt, alles war an dem Faden entlanggelaufen, den er selbst eingefädelt hatte – mit Ausnahme von Saskia. Sie kennen- und lieben zu lernen war nicht eingeplant gewesen.

«Tut mir echt leid», sagte Nils.

Thomas glaubte kurz, er meine die Geschichte von damals, bei der er beinahe gestorben war und von der er die Narbe an seiner Stirn davongetragen hatte, doch Nils rückte das schnell gerade.

«Vor allem wegen Saskia. Ein Mädchen mit Klasse, echt!»

Thomas ließ einen Augenblick verstreichen.

«Ich werde sie finden», sagte er dann.

«Und ich helfe dir.»

«Warum?»

«Weil wir Brüder sind und ich diesem Typen so richtig in den Arsch treten will. So wie damals, in der Schule, weißt du noch?»

Thomas wusste es noch. In der Schule war es nicht von Nachteil gewesen, einen größeren Bruder zu haben, der nichts gegen eine gelegentliche Prügelei hatte und meistens als Sieger daraus hervorging. Damals war Nils noch verlässlich gewesen, zumindest hatte Thomas das geglaubt – bis zu dem Tag, da sein eigener Bruder ihn hatte töten wollen. Wegen eines Mädchens.

«Woher der plötzliche Sinneswandel?», fragte er. «Wie oft haben wir uns in den letzten zehn Jahren gesehen? Ein Dutzend Mal?»

«Und? Hast du mich gebraucht? Nee. Aber jetzt.»

Nils warf ihm einen Blick zu, in dem eine Härte steckte, die er zuvor nie bei ihm gesehen hatte. Augenblicklich wurde Thomas klar, wie wenig er tatsächlich über seinen älteren Bruder wusste. Ein Jahrzehnt war vergangen, ohne dass sie wirklich Notiz voneinander genommen hatten. Zu einigen Geburtstagen ihrer Eltern oder zu Weihnachten hatten sie sich gesehen, aber kaum miteinander gesprochen. Thomas hatte es Nils übelgenommen, dass er sich Geld von ihren Eltern lieh und es hemmungslos verprasste, außerdem war ihm Nils' Sauferei auf die Nerven gegangen. Thomas verabscheute betrunkene Menschen. Leider verwandelte Alkohol seinen Bruder in einen aggressiven, unberechenbaren Mistkerl, ganz so als spüle er alle Hemmungen fort und lege den wahren Kern seines Wesens frei. Genau wie er selbst hatte auch Nils dank ihrer Eltern einen guten Start ins Berufsleben gehabt, aber der Alkohol und Nils' Sprunghaftigkeit hatten beinahe alles zunichtegemacht.

Ohne ihre Eltern würde Nils wahrscheinlich auf der Straße leben oder im Gefängnis sitzen. Er war ihnen also einiges schuldig, deshalb glaubte Thomas, der einzige Grund für Nils' unerwartete Bruderliebe sei der Wunsch ihrer Mutter, auf ihn aufzupassen – und darauf konnte er gut verzichten.

«Du machst es mir nicht leicht, Mann», sagte Nils.

«Tut mir leid, dass ich gerade nicht auf deine Gefühle achten kann. Ich hab selbst ein paar Probleme.»

Das klang bissiger, als Thomas beabsichtigt hatte. Nils schwieg daraufhin.

«Ich denke jede Sekunde an sie», sagte Thomas.

«Saskia?»

Thomas nickte.

Nach einem Stopp an einer roten Ampel schaltete Nils die Gänge hoch, bis die Geschwindigkeit wieder bei achtzig lag.

«Pass auf, Kleiner. Wir vergessen jetzt mal die Vergangenheit und raufen uns zusammen. Du kommst mit zu mir, ich hab 'ne echt gemütliche Schlafcouch, da kannst du so lange bleiben, wie du willst. Und dann werden wir dein Mädchen finden.»

Thomas dachte eine Weile über seine Antwort nach. Am Ende traf er eine Entscheidung, weil er nicht einsah, warum er gerade jetzt auf die Gefühle seines Bruders Rücksicht nehmen sollte. Nils hatte es andersherum auch nie getan.

«Bring mich lieber zum Büro. Ich muss erst mal über alles nachdenken.»

Die Bürotür flog auf, und Hannes Kerkmann platzte herein.
«Herein», sagte Priska, um auf das fehlende Klopfen hinzuweisen.

«Oh, ich …»

Kerkmann hatte irgendwelche Unterlagen in der Hand und schien sehr aufgeregt zu sein. Dieser Zustand war bei ihm aber nicht ungewöhnlich. Auch Kleinigkeiten versetzten ihn in Euphorie.

«Was gibt's denn?», fragte Priska, weil Kerkmann Anstalten machte, ihr Büro gleich wieder zu verlassen.

«Eine neue Spur im Fall Bokelmann!»

Herrlich, diese kindliche Euphorie.

«Echt? Und wohin führt sie?»

«Zu einem Mann namens Victor Gabaldier. Vorbestraft wegen Betruges in mehreren Fällen. Und jetzt raten Sie, was für eine Masche der Mann hat.»

Aus weit aufgerissenen Augen starrte Kerkmann sie an.

«Kerkmann, ich rate nicht. Wie oft soll ich Ihnen das noch sagen.»

«Entschuldigung. Also, der Mann meldet sich auf Kontaktanzeigen und nimmt alleinstehende Frauen aus. Altersgruppe zwischen fünfzig und siebzig.»

«Aha. Und hat er dabei jemals Gewalt angewendet?»

«Nein.»

«Warum ist er dann eine Spur?»

«Weil Frau Bokelmann mit ihm telefoniert hat. Zumindest sagen das ihre Handydaten.»

Okay, dachte Priska, das war wirklich mal eine Spur, und sie schien vielversprechender als ihre eigene.

Der Setzhammer, den sie vom Hufschmied Klaus Hilpert bekommen hatte, passte einigermaßen zu dem Abdruck auf der Bayern-München-Bettwäsche der Bokelmann. So weit, so gut – leider waren diese Hämmer nichts Besonderes, praktisch jeder konnte sie kaufen. Vielleicht war der Täter zufällig daran gelangt, hatte ihn gefunden, gekauft oder von seinem Vater vererbt bekommen. Vielleicht war er schlau genug, einen solchen Hammer statt eines normalen zu verwenden, um seine Spur zu verwischen. Alles möglich. Gerade eben war Priska bei ihrer Recherche auf eine Anzeige von vor zwei Jahren gestoßen. Ein gewisser Hartmut Köster aus der Nähe von Winsen an der Luhe hatte einen Einbruch mit Vandalismus in seinem Betrieb gemeldet, einer Schmiede. Laut Unterlagen waren dabei allerlei Werkzeuge abhandengekommen, offenbar hatten die oder der Täter randaliert. Aufgeklärt worden war der Fall nicht.

Aber der Einbruch lag zwei Jahre zurück! Wie sollte er etwas mit dem Mord an Ulrike Bokelmann zu tun haben?

«Drei!», sagte Kerkmann nachdrücklich und riss Priska aus ihren Gedanken.

«Bitte?»

«Gabaldier hat dreimal mit der Bokelmann telefoniert. Zehn, fünfzehn und dreiundzwanzig Minuten in einem Abstand von drei und sieben Tagen. Der erste Anruf fand statt, zwei Tage nachdem sie ihre Kontaktanzeige geschaltet hatte.»

Priska stand von ihrem Schreibtischstuhl auf. Sie hatte ohnehin viel zu lange gesessen, ihr tat schon der Hintern weh.

«Okay, dann besuchen wir den Herrn. Sie haben sicher die Adresse.»

«Klaro!»

Thomas Bennett schob eine Sackkarre mit vier schweren Kartons in den Besprechungsraum. Die von ihm ausgesuchten dreißig Mitarbeiter warteten bereits. Neugierig sahen sie dabei zu, wie er einen Karton auf den Tisch stellte, den Deckel aufriss und ein Plakat in DIN-A4-Größe herausnahm. Mit einem runden Magneten heftete er den Zettel an das Whiteboard neben die große Stadtkarte von Hamburg, die er zuvor in einunddreißig Sektionen aufgeteilt hatte.

«In diesen Kartons befinden sich zwanzigtausend dieser Plakate in einer Größe, die man, ohne groß um Erlaubnis fragen zu müssen, überall aufhängen kann», begann Thomas. «Mit überall meine ich Tankstellen, Supermärkte, Videotheken, Bäcker, Fleischer, Friseure, Freibäder, Hallenbäder, Sportplätze, Fitnessstudios, Spielhallen, alle öffentlichen Orte, die dazu geeignet sind, Plakate aufzuhängen. Geht hin, fragt die Inhaber, wenn es geht, wenn es nicht geht, hängt sie einfach auf. Schaut am nächsten Tag nach, ob sie noch da sind, wenn nicht, hängt neue auf. Und nicht nur eines pro Laden, sondern möglichst mehrere nebeneinander, das wirkt eindringlicher und weckt schneller die Aufmerksamkeit der Leute.»

Auf dem Plakat war ein Porträtfoto von Saskia abgedruckt. Es war erst drei Monate alt. An jenem Abend waren sie zu dem neuen Italiener in der Innenstadt essen gegangen. Anfang Mai war es schon sehr warm gewesen, und sie hatten auf der Außenterrasse mit Blick auf die Alster gesessen. Saskia vor einer Palme, im Hintergrund ein paar Lichter, der leichte Wind hatte mit ihrem offenen Haar gespielt, und sie hatte ihn mit diesem leicht verträumten Blick angesehen. Aus Anlass der Eröffnung war ein Fotograf vor Ort gewesen, und Thomas hatte ihn gebeten, ein Foto von Saskia zu machen. Sie hatte das erst nicht gewollt, sich aber überreden lassen. Es war ein wunderschönes Bild geworden.

Nun zierte es ihr Vermisstenplakat.

«Was ist mit der Bezahlung?», kam es aus den Reihen der Mitarbeiter.

Thomas hatte mit der Frage gerechnet, er kannte die Leute. Sie mochten Mitleid mit ihm haben, aber ihre finanzielle Situation stand im Vordergrund.

«Jeder Einzelne, der für mich Plakate klebt, bekommt pro Stunde zwei Euro mehr, als er in seinem Leihbetrieb bekommen würde.»

«Und wer macht die Arbeit in den Betrieben?»

«Darum kümmere ich mich. Also, was sagt ihr? Helft ihr mir?»

Keiner der dreißig Anwesenden lehnte ab, also begann Thomas mit der Einteilung der Sektionen. Pro Sektion ein Verteiler, die Grenzen wurden durch markante Gebäude oder Straßenzüge festgelegt. Das gesamte Hamburger Stadtgebiet sowie einige Randgebiete inklusive Bergedorf, wo sein Haus stand, waren so abgedeckt. Thomas war es wichtig, dass jeder Mensch, der sich in diesem Gebiet im öffentlichen Raum bewegte, mindestens ein Mal auf Saskias Foto stieß. Ihr Gesicht sollte sich in die Köpfe der Menschen einbrennen, sie sollten es in einer Heerschar anderer Gesichter sofort erkennen können. Auf keinen Fall durfte es passieren, dass der Täter sich Saskia gefügig machte und mit ihr unbehelligt durch die Gegend spazierte. Öffentlichkeit war alles, das hatte Thomas verstanden. Er würde auch versuchen, die Medien auf Saskia aufmerksam zu machen, wollte aber erst einmal abwarten, ob sie nach der Plakataktion nicht von allein an seine Tür klopften.

Als alle Fragen geklärt und die Plakate verteilt waren, verließen die Mitarbeiter den Besprechungsraum und begannen mit der Arbeit. Der letzte war gerade gegangen, da kam Thomas' Prokurist Wolfgang Thalmann herein und schloss die Tür hinter sich.

Thalmann war ein Beamtentyp. Fleißig, bieder, immer korrekt und zuverlässig. Deshalb hatte Thomas ihn für den Posten ausgesucht. Sie verstanden sich auf geschäftlicher Basis sehr gut, hatten privat aber keinen Kontakt zueinander. Thalmann züchtete in seiner Freizeit Tauben, und Thomas konnte sich nichts Langweiligeres vorstellen. Während Thomas im Krankenhaus lag, hatte Thalmann die Firma allein geführt und das auch hervorragend gemacht. Neue Kunden hatte er allerdings nicht gewonnen. Dafür war er nicht der richtige Typ, er konnte nicht überzeugen und begeistern.

Thalmanns Gesicht sprach Bände. Er war bekümmert.

«Dreißig Leute», begann er mit seiner leisen, unaufdringlichen Stimme. «Die werden mehrere Tage fehlen. Wie sollen wir das auffangen?»

«Wird schon irgendwie klappen.» Thomas hatte dieses Gespräch erwartet, aber er hatte so gar keine Lust darauf.

«Irgendwie? Wir sind schon seit Wochen knapp mit Mitarbeitern.»

«Ja, aber diese Sache geht vor.»

«Rabenhorst Maschinenbau hat gestern fünf Kräfte angefragt, und wir konnten nicht liefern. Die holt er sich jetzt woanders.»

«Rabenhorst haben wir doch exklusiv. »

«Meinen Sie, da schert er sich drum?»

«Es wäre Ihre Aufgabe gewesen, ihn darauf hinzuweisen.»

Der Vorwurf traf Thalmann hart, das konnte Thomas sehen, und er schämte sich dafür, weil es streng genommen seine Aufgabe gewesen wäre. Zurücknehmen wollte er ihn aber auch nicht. Die Leute mussten kapieren, dass es jetzt anders lief, er konnte nicht zum Alltagsgeschäft zurückkehren, solange Saskia von diesem Irren gefangen gehalten wurde.

«Hören Sie zu», begann Thomas versöhnlich. «Ich weiß Ihre Sorge zu schätzen, aber ich muss das jetzt tun, und ich hoffe, Sie haben Verständnis dafür. Selbst wenn wir dieses Jahr mit einem Minus abschließen, ist mir das egal. Und wenn Kunden verlorengehen, holen wir sie uns wieder, sobald Saskia wieder bei mir ist.»

«Es ist Ihre Firma», sagte Thalmann schulterzuckend. «Und natürlich kann ich Sie verstehen, aber als Ihr Prokurist ist es meine Pflicht, Sie darauf hinzuweisen ...»

«Ja, schon gut», unterbrach Thomas ihn. «Das haben Sie hiermit getan. Ist sonst noch was?»

Diese rüde Abfuhr traf Thalmann abermals hart. Er sah zu Boden, schüttelte den Kopf, wandte sich ab und verließ den Raum.

Thomas sah ihm einen Moment hinterher. Dann ließ er sich in einen Stuhl sinken und rieb sich die Schläfen. Seit dem frühen Morgen hatte er Kopfschmerzen. Obwohl er Tabletten genommen hatte, wurden sie nicht weniger. Sein Arzt hatte ihn vor zu viel Stress gewarnt und bei der Aufzählung der Folgen auch starke Kopfschmerzen erwähnt. Seit sein Bruder Nils ihn vor zwei Tagen vor dem Bürogebäude der Firma abgesetzt hatte und wortlos in die Nacht verschwunden war, hatte Thomas beinahe ununterbrochen daran gearbeitet, die Suche nach Saskia vorzubereiten und zu organisieren. Er hatte kaum geschlafen, mehr als zwei Stunden am Stück waren einfach nicht drin. Immer wieder schreckte er aus gewalttätigen Träumen auf und fürchtete um sein Leben, hörte Geräusche, die es nicht gab, sah Blut, wo keines war. Die Nächte waren grausam, und er wünschte sich, es möge ewig hell bleiben. Wenn es um ihn herum still wurde, die Zeit langsamer lief und die Einsamkeit sich ausbreitete, dann waren die Ängste am intensivsten.

Er hatte es sogar bereut, seinen Bruder mit seiner Waffe fortgeschickt zu haben. Den aufbrausenden, jähzornigen und wahrscheinlich immer noch regelmäßig betrunkenen Nils bei der Suche nach Saskia dabeizuhaben war viel zu riskant, und doch hätte er sich irgendwie beschützt gefühlt, wie damals in der Schule. Aber die Schulzeit war lange vorbei, und die Probleme waren heute andere. Was konnte Nils schon tun, was Thomas nicht selbst besser machen könnte? In einem Angeberauto nachts durch die Stadt cruisen und mit einer halblegalen Waffe hantieren? Das brachte Saskia gewiss nicht zurück. Dazu waren Intellekt und Strategie gefragt, nicht Muskelkraft und Kaltschnäuzigkeit. Und Manpower. Davon hatte Thomas mehr als genug, und er würde sie nutzen, koste es, was es wolle.

Draufgänger wie Nils und Bedenkenträger wie Wolfgang Thalmann standen dabei nur im Weg.

In der Welt der sozialen Netzwerke war Victor Gabaldier Antiquitätenhändler mit Spezialrichtung Kunst – so stand es auf seiner Facebookseite.

Im wahren Leben war alles anders, wie so oft.

Vor acht Jahren war Gabaldier wegen Betruges in drei Fällen zu einer Freiheitsstrafe von vier Jahren und sechs Monaten verurteilt worden. Er hatte sich auf die Kontaktanzeigen älterer Frauen gemeldet und mit ihnen, sofern sie solvent waren, eine Beziehung begonnen. Nach einer Weile berichtete er den Frauen von geschäftlichen Schwierigkeiten und Fehlinvestitionen auf dem Kapitalmarkt. Beides war frei erfunden. Nachdem er von den Frauen Summen zwischen zehn- und vierzigtausend Euro erschlichen hatte, beendete er die Beziehungen und verschwand. Da er falsche Adressen angegeben hatte, konnten die ersten beiden Opfer ihn nicht aufspüren, das dritte setzte jedoch einen Privatermittler ein, und der machte Gabaldier ausfindig. Nachdem er im Beisein dieses Privatermittlers von der resoluten alten Dame eine Abreibung mit dem Regenschirm kassiert hatte, übergab man ihn aus Platzwunden blutend der Polizei und erstattete Anzeige. Sowohl die Dame als auch er wurden verurteilt: die Dame wegen Körperverletzung in einem minderschweren Fall, Gabaldier wegen mehrfachen Betruges, nachdem sich die beiden anderen Opfer auch noch gemeldet hatten.

Von seiner Haftstrafe hatte er drei Jahre und acht Monate abgesessen. Seit seiner Entlassung war Gabaldier nicht wieder straffällig geworden. Dass er sich auf die Kontaktanzeige der Bokelmann gemeldet hatte, stellte keine Straftat dar. Der Inhalt der Telefonate zwischen Gabaldier und Bokelmann war nicht bekannt, dass es welche gegeben hatte, rückte ihn aber in den Kreis der Verdächtigen.

An seiner Adresse erwartete Priska Wagner und Hannes Kerkmann die nächste Enttäuschung. Unter dem Firmensitz eines Antiquitätenhändlers mit Kunstgeschmack hatte Priska sich etwas anderes vorgestellt als einen ehemaligen Supermarkt im Randgebiet der Stadt. Das große Fenster an der Vorderseite zur Straße hin war zugestellt mit alten Möbeln und Krimskrams, zusätzlich war es vor Jahren wohl mal mit weißer Farbe übermalt worden. Auf der Außenseite der Scheibe klebten allerlei Plakate in unterschiedlicher Größe. Der Parkplatz an der langestreckten Seite des Gebäudes war zugestellt mit verwitterten Bretterbuden, wie man sie von Wochen- und Weihnachtsmärkten kannte. Wo nichts stand, wuchs hohes

Unkraut aus den Fugen. Die ganze Anlage machte einen verwahrlosten Eindruck, ein Firmenschild gab es nicht.

Kerkmann parkte den Dienstwagen am Straßenrand.

«Victor Gabaldier klingt irgendwie vielversprechender als das hier», sagte er.

«Wahrscheinlich war sein Name lange Zeit sein größtes Kapital», meinte Priska. «Suchen wir eine Klingel.»

An der Rückseite des Gebäudes gab es einen Personaleingang neben einer doppelflügeligen Stahltür, durch die früher die Waren in den Markt transportiert worden waren. Zu beiden Seiten der Tür stapelten sich Europaletten, die unteren gammelten vor sich hin. Dem Geruch nach verweste irgendwo dazwischen eine Ratte. Da es keine Klingel gab, schlug Priska mit der Faust gegen die Tür.

Wahrscheinlich war ihre Ankunft beobachtet worden, denn die Tür wurde beinahe sofort geöffnet.

Victor Gabaldier trat ihnen in einem blauen Anzug entgegen, der oberste Hemdknopf war geöffnet, eine Krawatte trug er nicht. Priska bemerkte ein paar Fettflecken auf dem Jackett, außerdem wirkte der Anzug alt und fadenscheinig – die schwarzen Halbschuhe jedoch waren auf Hochglanz poliert. Gabaldier war circa eins fünfundachtzig groß, hatte eine Halbglatze mit grauem Haarkranz und ein feistes Gesicht, in dem das kantige Kinn seiner Jugend nur noch zu erahnen war. Laut Unterlagen war er zweiundsechzig Jahre alt, unverheiratet, kinderlos und hatte Einzelhandelskaufmann gelernt. Priska konnte sich ohne weiteres vorstellen, dass dieser Mann früher eine stattliche Erscheinung gewesen war. Heutzutage wirkte er wie jemand, der ein paar Schläge zu viel hatte einstecken müssen. Die Tränensäcke unter seinen feuchten Augen ließen ihn traurig wirken.

Priska stellte sich und Kerkmann vor.

«Auf Besuchsfahrt zu den üblichen Verdächtigen, nehme ich an», sagte Gabaldier mit müder Stimme. Erschrocken oder gar verängstigt war er nicht.

«Dürfen wir einen Moment Ihrer Zeit beanspruchen?», fragte Priska, ohne auf den Vorwurf einzugehen.

«Ich wäre ja dumm, wenn ich ablehnen würde», meinte Gabaldier.

«Dürfen wir hereinkommen?»

«Aber auf eigenes Risiko.»

Gabaldier ging voran, dann folgte Priska und schließlich Kerkmann. Schnell wurde klar, was der Antiquitätenhändler mit seiner Warnung gemeint hatte. Die gesamte ehemalige Ladenfläche war zugestellt mit Möbeln, Krimskrams, Kartons, Kleiderständern mit Kleidung daran, Gartenstühlen und Tischen, Nippes, Ersatzteilen von Maschinen, Autos, Elektrogeräten und anderen Dingen, die in dem Chaos und bei dem diffusen Licht nicht auszumachen waren. Es roch muffig und staubig. Ein schmaler Gang führte sie an der Längsseite der Halle in den vorderen Bereich, und je näher sie der Glasfassade kamen, desto heller wurde es. Zwischendurch mussten sie über Dinge hinwegsteigen oder sich seitlich daran vorbeischieben. Alt und ungelenk wie Gabaldier wirkte, bewegte er sich dennoch erstaunlich flink durch sein Reich.

Sie erreichten eine Tür, die in ein umgebautes Büro führte. Es war vielleicht dreißig Quadratmeter groß. Vor den beiden zur Straße hinausgehenden Fenstern standen niedrige Regale mit Aktenordnern, vor den übermalten Scheiben hingen innen rote Alu-Jalousien. Neben dem Fenster ragte ein Kühlschrank mit Glasscheibe auf, wie man sie in Supermärkten fand. Licht brannte darin nicht, aber Priska konnte auch so die Bestückung erkennen: Butter, Aufschnitt, Joghurt, Orangensaft und mehrere Flaschen Coca-Cola.

Geradezu jämmerlich mutete die braune Couch mit dem ungemachten Bettzeug darauf an, hilflos provisorisch die zwei Holzböcke mit einer darübergelegten Holzplatte, auf der eine elektrische Kochplatte mit zwei Feldern stand, einige Dosen Fertiggerichte wie Erbsensuppe, Kohlrouladen und Ravioli in Tomatensoße. Den meisten Platz beanspruchte ein wuchtiger Schreibtisch für sich, eine wirkliche Antiquität aus Nussbaumholz mit geschnitzten Einlagen. Darauf stand ein Bildschirm, irgendwo rauschte die Lüftung eines Rechners. In dem nicht allzu großen Raum vermischten sich die verschiedensten Gerüche zu einem wilden Konglomerat, vorherrschend war aber das Duftwasser, das Gabaldier benutzte.

Offensichtlich lebte und arbeitete Gabaldier in diesem Raum, wahrscheinlich verbrachte er sogar die meiste Zeit seines Lebens darin, und obwohl sie ihn nicht gerade sympathisch fand und wusste, er war ein verurteilter Betrüger, empfand Priska plötzlich Mitleid für ihn.

«Nehmen Sie Platz», sagte der Antiquitätenhändler und wies auf die Couch.

Priska und Kerkmann blieben lieber stehen.

«Wir sind wegen Ulrike Bokelmann hier», kam Priska sofort zur Sache. Sie wollte hier so schnell wie möglich wieder weg.

«Aha.»

«Sie kennen sie?»

«Das wissen Sie doch längst. Wir haben telefoniert und uns einmal zum Essen getroffen, darüber hinaus kam aber nichts zustande. Ist Frau Bokelmann etwas zugestoßen?»

«Sie wurde getötet.»

Priska sah keinen Grund, ihm diese Nachricht auf irgendeine Weise schonend zu überbringen.

«Getötet!», echote Gabaldier. Dann nickte er, ging zum Schreibtisch und ließ sich in den Drehstuhl fallen. Sein Gesicht war blass.

«Und natürlich bin ich jetzt verdächtig.»

«Sie werden verstehen, dass wir Sie überprüfen müssen.»

Priska schob ihre Hände in die Taschen ihrer Jeans, um nicht aus Versehen etwas anzufassen. Jeder Gegenstand hier schien von einem schmuddeligen Film überzogen zu sein – Emissionen eines Raumes, in dem geschlafen, gekocht und gelebt, aber weder gelüftet noch geputzt wurde.

«Natürlich. Und gleich kommt die obligatorische Frage nach dem Alibi. Ich kann Ihnen aber nur sagen, ich verbringe die meiste Zeit allein in diesem Raum. Keine Termine, keine Zeugen.»

Priska nannte dem Mann das betreffende Datum und den Zeitraum.

Gabaldier zuckte mit den Schultern. «Wie gesagt, ich war hier. Allein.»

«Was wollten Sie von Frau Bokelmann?», fragte Kerkmann, und Priska erschrak beinahe, weil sie ganz vergessen hatte, dass er immer noch hinter ihr stand.

«Gesellschaft?»

«Und darüber hinaus?»

Kerkmann klang ein wenig patzig, wie Priska fand, und Gabaldier bedachte ihren Kollegen mit einem missbilligenden Blick.

«Geht Sie das was an?», fragte er.

«Bei einem Mord geht uns alles etwas an», schoss Kerkmann zurück.

Gabaldiers Augen verengten sich zu Schlitzen. Jetzt wirkte er verschlagen.

«Darüber hinaus wollte ich Sex, der mich nichts kostet»,

sagte er. «Egal wie alt und unansehnlich die Frau auch war. Ich denke nicht, dass Sie das in Ihrem Alter verstehen.»

Kerkmann klappte die Kinnlade herunter. Priska hingegen musste sich ein Grinsen verkneifen. Die entwaffnende Ehrlichkeit amüsierte sie.

«Wir verdächtigen Sie nicht», versuchte sie die Spannung herauszunehmen, «gehen aber natürlich jedem Hinweis nach, und letztendlich ist es Ihre Schuld und nicht unsere, dass Sie in unserem System als verurteilter Straftäter geführt werden.»

Gabaldier hob die Hände und ließ sie wieder auf die Tischplatte fallen. Die Geste wirkte verzweifelt.

«Und dafür habe ich bezahlt», sagte er und sah Priska direkt an. «Meinen Sie, ich lebe gerne so? Dieser Raum ist mein Zuhause, und wie Sie sehen können, verdient er diese Bezeichnung nicht einmal ansatzweise. Da war es im Gefängnis gemütlicher. Aber ich habe keine Wahl. Ich verdiene mein Geld damit, den Kram da drüben über eBay zu verkaufen, das reicht fürs Essen und für die Rechnungen, für mehr nicht. Miete muss ich keine zahlen, das Gebäude gehörte meinem Vater, der es noch als Supermarkt führte. Ich habe noch bei ihm gelernt, ehrliches Kaufmannshandwerk. Dann kamen die Discounter und haben alle anderen vertrieben, niemand kauft heute noch im Einzelhandel auf dem Lande. Was ich mit diesen Frauen getan habe, war falsch, aber aus Habsucht, wie es mir der Richter vorgeworfen hat, habe ich es nicht getan. Und jetzt kommen alle paar Monate irgendwelche Polizisten wie Sie vorbei und befragen mich zu irgendeinem Fall, mit dem ich nichts zu tun habe, der aber angeblich in mein Schema passt.»

«Mit diesem Fall haben Sie zu tun», sagte Priska. «Sie kannten das Opfer.»

«Ja, richtig, aber ich habe die Frau nicht getötet.»

«Davon gehe ich aus», sagte Priska. Sie glaubte nicht, dass ein Mann wie Gabaldier dazu in der Lage war. Er würde Fehler machen und Spuren hinterlassen, er würde nicht so konsequent vorgehen, wie es der Täter getan hatte, vor allem aber würde er alles mitnehmen, was von irgendeinem noch so geringen Wert war – und den Rest auch, weil man bei eBay ja alles loswurde.

«Und was wollen Sie dann hier?»

«Sie haben mit Frau Bokelmann gesprochen. Worüber?», fragte Priska.

Gabaldier zuckte wieder mit den Schultern.

«Übers Wetter, über die Politik, unsere Haltungen und Einstellungen, das Alter und die Einsamkeit. Alles furchtbar interessante Themen.»

«Auch über andere Männer, die sich auf ihre Kontaktanzeige beworben haben?»

Gabaldier schob die Unterlippe vor und dachte nach.

«Ja, haben wir tatsächlich. Sie hat von einem Mann gesprochen, der wohl sehr penetrant gewesen ist. Sie hat mehrfach darauf hingewiesen, dass sie solch ein Verhalten nicht leiden kann. Er hat ihr wohl zugesetzt.»

«Haben Sie einen Namen für uns? Irgendwas, dem wir nachgehen können?»

«Nein, einen Namen hat die Dame nicht genannt. Ich glaube mich aber erinnern zu können, dass sie erwähnt hat, er habe eine kleine Pension in der Heide. Ja, genau, er wollte, dass sie dort einzieht. Was sie aber abgelehnt hat. Sie hat mehrfach betont, wie wichtig ihr ihre Freiheit ist.»

«Eine Pension in der Heide», wiederholte Priska und warf Kerkmann einen Blick zu, den er nickend bestätigte.

«Sonst nichts?», fragte sie an Gabaldier gewandt.

Der schüttelte den Kopf.

«Gut. Dann lassen wir Sie wieder allein.»

Kaum hatte sie das ausgesprochen, merkte Priska schon, wie unpassend das klang. Wenn dieser Mann eines nicht sein wollte, dann war es sicher, allein zu sein.

«Ich begleite Sie hinaus», sagte Gabaldier, erhob sich und ging voran. Kaum fiel die metallene Tür hinter ihnen zu, atmete Priska erleichtert durch.

«Also ich halte ihn auf jeden Fall für verdächtig», platzte es aus Kerkmann heraus.

«Vergessen Sie's. Der war es nicht.»

Sein überraschter Blick war unbezahlbar.

«Wie kommen Sie darauf?»

«Erinnern Sie sich noch daran, was unser Täter getan hat, bevor er von den Küchenfliesen auf den Teppichboden trat?»

«Klaro. Er hat die Schuhe ausgezogen.»

Dieses «Klaro» war neu und nicht minder nervig als das «Is gebongt».

«Genau. Und jetzt vergleichen Sie dieses von übertriebener Sauberkeits- und Ordnungsliebe geprägte, zwanghafte Verhalten mal mit dem Zustand des Raumes, in dem wir gerade waren.»

Man konnte es Kerkmann ansehen, wenn er nachdachte, und je angestrengter er das tat, desto tiefer wurde die Furche zwischen seinen Augen. Als sie das Auto erreichten, sagte er schließlich: «Sie könnten recht haben», und schloss auf.

Priska bemerkte eine junge Frau in Jeans und schulterfreiem Top, die vor der Glasscheibe des Gebäudes stand und den bereits vorhandenen Plakaten ein weiteres hinzufügte. Sie war nah genug dran, um das Foto auf dem Plakat erkennen zu können.

«Moment», sagte sie zu Kerkmann und trat auf die junge Frau zu.

«Darf ich eins davon haben?», fragte sie.

«Sicher.»

Die junge Frau griff in ihre Umhängetasche, holte ein Plakat heraus und überreichte es Priska.

«Haben Sie sie vielleicht gesehen?»

Priska betrachtete das Foto und schüttelte den Kopf. «Sind Sie verwandt mit ihr?», fragte sie.

«Nee, ich arbeite für ihren Freund. Der ist total verzweifelt und lässt überall Plakate kleben. Eigentlich vorerst nur in Hamburg, aber da ich von hier bin …»

Sie ließ den Satz unvollendet.

«Thomas Bennett hat Ihnen den Auftrag dazu gegeben?»

Die Augen der jungen Frau begannen zu leuchten.

«Sie kennen ihn?»

«Flüchtig.»

«Er bezahlt uns dafür, aber ich hätte es auch umsonst gemacht. Das ist doch total krass, was ihm passiert ist, und dass die Bullen die Saskia nicht finden, ich meine, na ja, das geht doch nicht. Sie war ja auch noch schwanger, wissen Sie. Ich finde das total herzzerreißend, wie Thomas nach ihr sucht, aber ich glaube, sie lebt nicht mehr. Ich meine, ich hoffe, sie lebt noch, aber nach der langen Zeit …»

Wieder ließ sie den Satz unvollendet und sah Priska aus großen Augen an. Gleich würde sie in Tränen ausbrechen.

«Kann man nicht wissen», sagte Priska. «Machen Sie ruhig weiter, vielleicht bringt es Saskia ja zurück.» Sie bedankte sich fürs Plakat und ging zum Wagen zurück.

Auf dem Plakat war das farbige Bild einer wunderschönen jungen Frau abgedruckt, darunter die Frage, wer Informationen zum Verbleib von Saskia Laak geben konnte. Es gab eine Handynummer, eine Homepage- sowie eine Mailadresse. Zudem wurde eine Summe von fünftausend Euro für die Information ausgesetzt, die dazu führte, dass Saskia gefunden wurde.

«Da meint es jemand aber ernst», sagte Kerkmann.

Priska erinnerte sich an ihren Rat an Thomas Bennett, sich nicht allein auf die Polizei zu verlassen.

«Und er macht es gut», sagte sie.

Swantje Bergmann trug eine kurze Jeanshose mit heraushängenden vorderen Taschen und eine in der Taille geknotete weiße Bluse, dazu Flip-Flops. Die leichte Jacke, die sie auf dem Rückflug von Ibiza im Flugzeug getragen hatte, zog sie sofort nach der Landung aus. Sie war einigermaßen braun geworden in der Woche und wollte es auch zeigen, außerdem war es verflucht warm in Hamburg. Schon wieder hatte sich eine schwüle, stickige Dunstglocke über die Stadt gelegt.

«Eine Woche war doch zu kurz», sagte Ulf, als sie aus der Ankunftshalle ins Freie traten. Ihre kleinen Koffer zogen sie hinter sich her.

Es war zweiundzwanzig Uhr vorbei und wurde gerade dunkel.

«Lieber eine Woche als gar keine.» Swantje blieb stehen, zog den linken Flip-Flop aus und schüttelte ein Steinchen heraus. «Außerdem ist die Kohle weg, weißt du doch», schob sie mit einem sehnsüchtigen Blick zu den Taxis hinterher.

Im Urlaubsbudget war die Taxifahrt vom Flughafen nach Hause fest eingeplant gewesen, aber Ibiza hatte die Planungen irgendwie über den Haufen geworfen. Die Hose, die Bluse, die Flip-Flops, alles dort gekauft. Auch Ulfs Bermudas und die coole Sonnenbrille, die er jetzt ins schwarze Haar geschoben trug, waren neu. Obwohl sie auf der Insel nicht mehr unternommen hatten, als tagsüber am Strand zu liegen und nachts Party zu machen, war das Taschengeld in null Komma nichts weg gewesen. Am letzten Tag hatten sie sich gerade noch einen Drink an der Hotelbar leisten können.

«War aber trotzdem traumhaft mit dir», sagte Ulf, beugte sich hinunter und küsste Swantje. Er war fast zwei Köpfe größer als sie, die gerade mal eins fünfundfünfzig maß.

«Und wenn wir zu Hause sind, will ich dort weitermachen, wo wir gestern Abend aufgehört haben», sagte er, nachdem sie sich voneinander getrennt hatten.

«Dann aber mit unseren Spielzeugen», sagte Swantje. Sie warf ihm einen vielsagenden Blick zu.

Sie zogen mit ihren Koffern, die zum Glück nicht viel wogen, an den wartenden Taxis vorbei Richtung Bushaltestelle. Um diese Zeit waren die Abstände zwischen den Abfahrten zwar größer, aber irgendein Bus würde sie schon nach Hause bringen.

An der Haltestelle waren sie allein.

Ulf wickelte ein Kaugummi aus dem Alupapier und steckte es sich in den Mund.

«Bekomme ich auch eins?», fragte Swantje.

Sie hatte großen Hunger. In dem Billigflieger hatte es nichts zu essen gegeben, und ihre letzte Mahlzeit lag fast sechs Stunden zurück. Normalerweise brauchte sie nicht viel, aber jetzt begann ihr Magen doch langsam zu zwicken.

«War das letzte», sagte Ulf.

«Egoist.»

Er beugte sich abermals zu ihr hinunter, um sie zu küssen, dabei wechselte das Kaugummi den Mund und landete bei Swantje. Sie hielt Ulfs Kopf noch einen Moment länger fest, wollte ihn noch nicht wieder freigeben, genoss seine Hände auf ihrer nackten Taille. Erst als seine Finger gefährlich nahe an den BH kamen, ließ sie ihn los. Sie wusste ja, dass er keine Hemmungen hatte, auch in der Öffentlichkeit weiterzugehen.

«Hat deine Mama dir denn gar keinen Anstand beigebracht?», fragte sie.

Ulf grinste jungenhaft. «Sie hat es versucht, aber du weißt ja, wie ich bin.»

«Oh ja!»

Swantje liebte ihn dafür, dass er war, wie er war. Aufsässig, unbeugsam und anders. Wild, ungezügelt und meistens unbelehrbar. So einen Typen hatte sie lange gesucht, denn sie war genauso. Manche behaupteten, eine Beziehung funktioniere nur, wenn die Partner gegensätzlich waren und sich dadurch ergänzten, aber Swantje sah das anders. Wenn man so speziell war wie sie, dann musste es der Partner auch sein. Man konnte nicht einen Stinknormalen mit einer Verrückten paaren, das funktionierte nicht.

Schattenseiten gab es natürlich auch.

Das Geld war die dunkelste.

Sie brauchten beide nicht viel, aber ein bisschen eben doch, und für ihren Traum von einem alten T4, den sie zu einem Wohnmobil umbauen und mit dem sie durch Europa touren wollten, mussten sie auch noch etwas zurücklegen. Jeden Tag durchforsteten sie die extra dafür abonnierte Zeitung und das Internet nach Angeboten, aber diese Reisebusse waren begehrt und wurden auch gebraucht noch teuer verkauft, und weil dieser Traum noch so weit entfernt war, hatten sie den Urlaub auf Ibiza dazwischengeschoben. Freie Geister wie sie mussten einfach mal raus. Zum Glück hatten sie beide gerade Jobs. Sie als Verkäuferin in einem Discounter, Ulf als Drucker; den Beruf hatte er gelernt. Bei ihm war es die dritte Anstellung in fünf Jahren, bei ihr sogar schon die vierte. Irgendwas passte immer nicht, meistens war es der spießige Chef oder die Bedingungen. Jobs für einen Mindestlohn waren moderne Sklaverei, betrieben von den gleichen Menschen, die schon vor hundert Jahren dafür verantwortlich gewesen waren. Eigentlich hatte sich nicht viel geändert.

Aber mit Ulf an ihrer Seite konnte Swantje das alles besser ertragen. Sie wusste, in drei oder vier Jahren würden sie ihre Tour starten und wahrscheinlich nie wieder zurückkehren nach Deutschland. Aus diesem Gedanken zog sie ihre ganze Energie.

Der müde Busfahrer erwiderte ihre Begrüßung nur mürrisch, war dann aber doch froh, dass sie die Fahrt mit kleinem Münzgeld bezahlten. Bis auf drei Euro war das alles, was Swantje in der Tasche hatte. Neues Geld würde erst übermorgen auf ihrem Konto eingehen. Egal, dann würden sie den Tag morgen halt im Bett verbringen. Ein paar Vorräte gab es ja noch in der Wohnung.

Sie gingen nach hinten durch und setzten sich nebeneinander auf die letzte Bank.

Eng an Ulf gekuschelt, genoss Swantje die Fahrt durch die nächtliche Stadt. Es war noch erstaunlich viel los. Die Leute flüchteten vor der Hitze aus ihren kleinen Wohnungen auf die Straßen, in die Parks, Biergärten und Kneipen. Irgendwie hatte das etwas von dem Nachtleben auf Ibiza, wenngleich auch das mediterrane Flair fehlte.

Plötzlich bekam Swantje Lust, nicht sofort nach Hause zu fahren, sondern erst an die Elbe. Einfach diese Nacht am Elbstrand verbringen, den Urlaub verlängern, noch einen Moment länger die Freiheit genießen. Auch auf Ibiza hatten sie eine Nacht unter freiem Himmel am Strand verbracht und waren erst gegen Morgen ins Hotelzimmer zurückgekehrt.

Keine Schutzzone, keine Tür, die man schließen konnte, zu haben war jedes Mal wieder eine prickelnde Erfahrung, die Swantje genoss. Ihr würde es nichts ausmachen, ohne Wohnung durch die Welt zu wandern, obwohl sie auch nicht obdachlos sein wollte. Es lag ein Unterschied zwischen einer gewollten größtmöglichen Freiheit und erzwungenem Elend.

«Lass uns zu unserem Lieblingsplatz an den Strand fahren», sagte sie zu Ulf.

Leicht entrückt sah er sie an.

«An den Fluss?»

Swantje nickte. «Ja, einfach den Urlaub noch verlängern.»

Ulf strich ihr das Haar aus dem Gesicht. Sie waren vor dem Abflug noch im Meer gewesen und hatten keine Möglichkeit gehabt, zu duschen. Ihr Haar war verklebt von Salz und Sonne.

«Baby, ich sterbe vor Hunger. Ich überlebe die Nacht am Strand nicht.»

«Willst du das Kaugummi zurück?»

«Nein. Aber lass uns in die Wohnung fahren. Wir haben ja noch drei Tage Urlaub. Wir können die nächste Nacht am Fluss verbringen.»

«Versprochen?»

Ulf küsste sie auf den Scheitel.

«Versprochen.»

Nach fünfzehn Minuten Fahrt weckte er sie sanft. Swantje war eingedöst und ein wenig orientierungslos. An Ulf geklammert stolperte sie aus dem Bus auf die Straße hinaus. Hier, in dem engen Viertel zwischen den hohen Häusern, war es sogar noch wärmer. In ihrer Wohnung würde es unerträglich sein.

Auf allen Balkons und Plätzen waren Menschen, leise Gespräche mischten sich mit Gelächter und Musik. Swantje bedauerte es, dass ihre kleine Wohnung keinen Balkon hatte, es wäre jetzt schön, dort zu sitzen, Rotwein zu trinken und diesen sommerlichen Geräuschen zu lauschen. Sie fühlte sich so entspannt wie lange nicht mehr und wäre am liebsten sofort aufgebrochen in die weite Welt. Alles hinter sich lassen, die Verpflichtungen, die gesellschaftlichen Zwänge und die gedankliche Enge – es gab da draußen so viel mehr.

Als Ulf die verzogene Haustür wie immer mit einem Tritt öffnete, riss das Geräusch sie aus ihrer Träumerei. Im Hausflur lag eine deutsch-orientalische Duftmixtur, die bestenfalls interessant, bei diesem Wetter aber eher eine Belästigung war.

«Oh Gott!», sagte Ulf und wedelte mit der Hand vor seinem Gesicht.

Sie stiegen das Treppenhaus in den vierten Stock hinauf. Ihre Wohnung lag ganz oben unter dem Dach, dort hatten sie wenigstens keine Mieter über oder neben sich und ihre Ruhe. Zu den Nachbarn hatten sie kaum Kontakt, jeder ging hier seine eigenen Wege, außerdem wechselten die Mieter ständig. Sie waren selbst erst seit sechs Monaten hier.

Auf dem kleinen Flur unter dem Dach stand die Luft wie ein fester Block.

Ulf schob den Schlüssel ins Schloss, bekam die Tür aber nicht auf.

«Was ist?», fragte Swantje.

«Ich weiß nicht, vielleicht von der Hitze verzogen.»

Erst nachdem er eine Weile herumgefummelt hatte, sprang die Tür plötzlich auf.

«Verdammte Bruchbude», nuschelte Ulf und ging voran.

Swantje folgte ihm und bemerkte sofort den fremden Geruch.

«Wonach riecht es hier?»

«Nach Orient und Okzident.»

«Nee … das nicht … da ist noch etwas anderes.»

Swantje drückte die Tür mit dem Fuß zu, ließ ihren Koffer stehen und eilte ins Wohnzimmer. Es hatte das größte Fenster. Sie riss es ganz auf, damit frische Luft hereinströmen konnte.

Als sie sich zu Ulf umdrehte, stand er nicht allein da. Hinter ihm ragte eine große Gestalt auf, einen Arm hoch erhoben, und noch bevor Swantje verstand, was da gerade geschah, schlug die Gestalt zu. Es klatschte und knackte, Ulf verdrehte die Augen und ging wie ein gefällter Baum zu Boden. Er war wohl schon tot in diesem Moment, denn er machte keinerlei Anstalten, seinen Sturz abzufangen. Staub wallte dort auf, wo er lang hinschlug.

Swantje starrte ihn an, unfähig, sich zu bewegen. Einen Lidschlag später war der Fremde bei ihr, packte sie und presste ihr eine Hand auf Mund und Nase. Sie schmeckte und roch genauso wie die Luft in ihrer Wohnung. Als wiege sie nichts, hob der Fremde sie hoch. Erst jetzt wehrte Swantje sich. Ihre Arme waren durch seinen Griff an ihren Körper gepresst, also trat sie mit den Beinen nach ihm, traf ihn auch, doch er zeigte keinerlei Reaktion.

Sie wollte ihm in die Hand beißen, bekam aber nicht einmal die Lippen auseinander.

Der Fremde trug sie ins Schlafzimmer hinüber, blieb vor dem Bett stehen und ließ sie nicht los. Luft, sie brauchte dringend Luft, ihre Lunge schrie förmlich danach. Swantje spürte, wie ihr die Sinne schwanden. Ihre Bewegungen wurden langsamer und erlahmten schließlich ganz. Dann wurde ihr schwarz vor Augen.

Als sie wieder zu sich kam, lag sie rücklings auf dem Bett. Ihre Hände waren über ihrem Kopf mit Handschellen an das Bettgestell gefesselt, eine Stellung, die ihr nicht fremd war. In ihrem Mund steckte der Knebel, den sie hin und wieder beim Sex benutzten.

Durch die geöffnete Tür konnte sie ins Wohnzimmer schauen. Sie sah Ulfs Oberkörper auf dem Boden liegen, das Gesicht ihr zugewandt. Seine Augen waren geschlossen, Blut lief ihm übers Gesicht. Plötzlich ruckte sein Körper und wurde in Richtung Tür gezogen. Dann tauchte der große, kräftige Fremde auf und beugte sich über Ulf. Eine Hand legte sich über sein Gesicht, Daumen und Zeigefinger pressten die Wangen zusammen, schüttelten den Kopf hin und her. Er schien zu überprüfen, ob Ulf noch lebte. Swantje, die wie gebannt hinsah, glaubte, Ulf würde gleich die Augen öffnen, doch dann drosch der Hammer nochmals auf seinen Kopf und zerstörte die Stirn. Blut schoss zugleich aus Augen, Nase und Ohren. Swantje schrie hinter dem Knebel und trat mit den Beinen aus, das metallene Bettgestell schlug gegen die Wand. Der Fremde nahm Ulfs Kinn in die Hand, bewegte abermals den zerstörten Schädel hin und her, schien jetzt aber zufrieden zu sein.

Er ließ von Ulf ab, richtete sich auf und kam auf Swantje zu. In der einen Hand hielt er einen Hammer mit langem Stiel, an dem blutiges Gewebe und Haare klebten, die andere hob er an und hielt den ausgestreckten Zeigefinger an seine Lippen.

«Pssst, kleine Swantje, wir wollen doch nicht, dass uns jemand hört.»

Er nannte sie bei ihrem Namen und sah sie dabei lächelnd an, so als seien sie alte Bekannte, vielleicht sogar ein Liebespaar. Und tatsächlich erinnerte beinahe alles an dieser Szene an Ulf, denn auch er hatte oft so im Türrahmen gestanden und ähnliche Worte benutzt, während sie nackt und gefesselt auf dem Bett lag.

Aber Ulf war tot.

Der Fremde kam auf sie zu, ganz nah ans Bett heran und

setzte sich auf die Kante. Die Matratze sank tief ein unter seinem Gewicht. Er legte den blutigen Hammer auf dem Nachtschrank ab und streckte dann die Hand nach Swantje aus. Sie rückte so weit von ihm weg, wie es die Fesseln zuließen, doch das war nicht weit genug. Sein Handrücken strich über ihre Wange. Swantje erstarrte, und obwohl sie lieber die Augen geschlossen hätte, sah sie den Fremden unverwandt an.

«Das gefällt dir doch, kleine Swantje, nicht wahr!»

Erst als seine Hand über ihre Stirn fuhr, seine Finger ihr Gesicht ertasteten, schloss Swantje die Augen. Sie spürte ihn an ihren Ohren, ihrem Hals, ihrem Mund, ganz vorsichtig tastete er ihr Gesicht ab.

«Wie war dein Urlaub?», fragte er dabei. «Sicher bist du froh, wieder zu Hause zu sein. Ich habe hier solange auf alles aufgepasst, weißt du, und ich finde, diese Wohnung passt nicht zu dir. Der Typ da drüben auch nicht. Sieh dir doch nur mal an, wie seine Unterhose herausschaut. So geht doch kein Mann auf die Straße. Ich kenne dich, kleine Swantje, ich weiß alles über dich, du brauchst etwas Besseres als das hier. Was meinst du? Wollen wir beide uns ein neues, schönes Zuhause schaffen?»

Während er sprach, wanderte seine Hand zwischen ihren Brüsten hindurch zu ihrem Bauch und blieb dort auf ihrer nackten Haut liegen. Sein Gesicht kam dem ihren ganz nahe, sie drehte den Kopf beiseite und machte den Fehler, die Augen zu öffnen. Keine zwanzig Zentimeter entfernt lag der Hammer auf dem Nachtschrank. Ein zerfaserter metallener Grat stand von dem schwarzen Metall ab, darin hatten sich Ulfs Haare verfangen, Blut und Haut klebten daran. Swantje spürte, wie sich ihr der Magen umdrehte, und wenn etwas darin gewesen wäre, hätte sie sich übergeben. So blieb es beim Würgen, und sie spürte, wie zwischen Gummiball und

Mundwinkel hindurch ihr der Speichel über die Wange lief. Dazu mischten sich Tränen, die sie nicht mehr zurückhalten konnte.

Swantje wusste, sie würde jetzt sterben.

So schwierig konnte es eigentlich nicht sein, dieses alte Schloss aufzubekommen, dachte Kalle, doch da er keinen Schimmer davon hatte, wie man das machte, und sich sein rudimentäres Wissen darüber, wie man Türschlösser überwand, bei YouTube angeeignet hatte, war er sich nicht so sicher. Zudem zitterten seine Hände wie blöd, und einen richtig klaren Blick hatte er auch nicht.

Er bückte sich tief über das Schloss und richtete den Lichtstrahl seiner Stirnlampe darauf. Der Rahmen war total zerkratzt, es sah aus, als hätten früher schon andere versucht, hier einzubrechen. Nur dass er streng genommen nicht einbrach, schließlich war das seine Wohnung, er zahlte einen Teil der Miete – hin und wieder. Mirko hätte ihn nicht einfach rauswerfen dürfen, das war nicht fair. Klar gab es immer mal wieder Missverständnisse und unterschiedliche Ansichten, aber daraus gleich so eine große Nummer zu machen – Kalle verstand das nicht. Und er würde es sich auch nicht gefallen lassen. Mann, sie gingen jetzt schon seit vier Jahren durch dick und dünn, so eine Beziehung musste doch auch mal einen Ausrutscher vertragen können. Mirko hatte eindeutig überreagiert, und Kalle war sich sicher, dass er sich freuen würde, ihn wiederzusehen. Gerade jetzt arbeitete Mirko im «Wilden Eck», der Kneipe, in der er schon seit Jahren die Nachtschicht schob, und wenn er am frühen Morgen aufgekratzt heimkehrte, würde er sicher total überrascht sein, ihn in der Wohnung vorzufinden. Überrascht und glücklich, ganz sicher. Aber dazu musste er endlich dieses verfluchte Schloss aufbekommen.

In dem YouTube-Video hatte es ganz leicht ausgesehen. Da hatte ein Profi an einem gläsernen Schloss vorgeführt, wie einfach man herkömmliche Türschlösser knacken konnte. Man benötigte dazu lediglich zwei Haarklammern. Für Kalle kein Thema, er trug sein Haar seit jeher schulterlang und hatte immer Haarklammern dabei. Nachdem Mirko ihn ohne Schlüssel vor die Tür gesetzt hatte, hatte Kalle die vergangene Woche bei einer guten Freundin auf der Couch verbracht, und tagsüber, wenn sie arbeitete, hatte er am Schloss zur Dachkammer geübt. Einen ganzen Tag ohne Erfolg, am nächsten hatte er das Schloss nach fünfzehn Minuten, am übernächsten nach fünf Minuten aufbekommen. Klar, das Schloss war einfacher gewesen, hatte nur einen Stift gehabt statt fünf wie dieses, aber das Prinzip war das gleiche.

Kalle bog die dünnere der beiden Haarklammern auf und schob sie mit Gefühl in den unteren Teil des Zylinderschlosses. Dann steckte er die andere Klammer darüber und begann mit leichten Hebelbewegungen an den Stiften zu drücken. Mittlerweile konnte er es fühlen, wenn er einen der Stifte an der richtigen Stelle erwischte, dann huschte ein Lächeln über sein Gesicht, und er stellte sich vor, wie es wohl sein würde, wirklich in fremde Wohnungen einzubrechen.

Irgendwie ein geiles Gefühl!

Drei Stifte hatte er bereits zurückgeschoben, da hörte Kalle oben im Haus Geräusche. Eine Tür wurde geöffnet und kurz darauf wieder geschlossen. Jemand kam die Treppe herunter. Schwere, langsame Schritte von ganz oben, wo die Bergmanns wohnten.

Scheiße!

Kalle wurde nervös. Der nächste Stift glitt beiseite, jetzt

noch einen, dann könnte er ungesehen in die Wohnung huschen, aber eigentlich brauchte er sich gar nicht zu beeilen. Wenn es das Pärchen von oben war, dann würden sie ihn erkennen und ihm die Story mit dem verlegten Schlüssel sicher glauben. Dass Mirko ihn vor die Tür gesetzt hatte, musste er denen ja nicht auf die Nase binden.

Am letzten Stift verzweifelte Kalle. Das Miststück wollte sich einfach nicht bewegen.

Er schaffte es genau in dem Moment, als jemand auf den Treppenabsatz trat.

Die Tür sprang auf, Kalle drehte sich um.

Im Licht seiner Stirnlampe sah er einen Mann, dessen Gesicht verdeckt war von einer großen Teppichrolle, die er über die Schulter gelegt hatte. In der Hand hielt er eine Stehlampe mit Messingfuß und breitem Stoffschirm. Der Schirm verdeckte sein Gesicht, zusätzlich trug er eine Baseballmütze mit langem Schirm.

«Hey», sagte Kalle. «Umzug?»

«Nee, hab ich abgekauft», sagte der Fremde mit dunkler Stimme. «Und selbst? Schlüssel verlegt?»

«Ja, genau.»

Kalle lachte nervös. Irgendwas an dem Mann kam ihm komisch vor. Er hatte ihn hier noch nie gesehen, auch nicht als Gast bei Swantje und Ulf, aber das wollte nicht viel heißen, hier gingen ständig Leute ein und aus, von denen keiner wusste, zu wem sie gehörten. Dass aber einer mitten in der Nacht, um halb zwei, mit einem Teppich und einer Lampe aus einer Wohnung kam, ließ Kalle schon nachdenklich werden. Ein Einbrecher war er aber wohl nicht. Weder die Lampe noch der Teppich waren irgendwas wert. Ulf und Swantje besaßen sowieso nichts von Wert, das wusste Kalle seit der kleinen Party, die die beiden zum Einzug gegeben hatten.

Kalle war argwöhnisch, wollte aber nicht weiter nachfragen. Dass der Typ Lampe und Teppich gekauft hatte, war immerhin möglich, außerdem befand Kalle sich gerade nicht in der Position, allzu neugierig sein zu dürfen. Immerhin sah das, was er selbst gerade trieb, viel eher nach einem Einbruch aus.

Und noch etwas hielt ihn davon ab, genauer nachzufragen.

Kalle war empfindlich für die Aura anderer Menschen, und dieser Typ machte ihm Angst. Es ging eine Kälte von ihm aus, die Kalle augenblicklich frösteln ließ. Trotzdem schob er sich ein wenig nach rechts, um einen besseren Blick auf das Gesicht des Mannes zu erhaschen, doch der schien das zu bemerken und hielt die Lampe ein Stück höher. Alles, was Kalle zu sehen bekam, waren ein Auge und ein Stück vom Ohr des Mannes.

«Ich muss hier durch», sagte der Typ. Es klang nicht nach einer Bitte.

«Oh, ja, natürlich. Entschuldigung.»

Kalle flüchtete in die Wohnung. Er drückte die Tür nicht ganz zu, ließ einen Spalt offen und schaute dem merkwürdigen Typen hinterher. Kurz kam ihm der Gedanke, die Polizei zu verständigen, aber wie hätte er dann sein eigenes Verhalten begründen sollen?

Dann drehte sich der Typ auf der Treppe noch einmal um und warf einen Blick zurück.

Hastig warf Kalle die Tür zu und lehnte sich mit dem Rücken dagegen.

Sein Herz raste.

Ein heftiges Gewitter mit Hagel, Starkregen und Sturmböen zog über die Stadt. Draußen bogen sich die jungen Bäume am Rande des kleinen Parkplatzes unter der Naturgewalt. Hagel schlug klappernd gegen die Scheibe, Blitze zuckten an einem apokalyptisch schwarzen Himmel. Den ganzen Tag lang hatten die Wetterdienste vor dem Unwetter gewarnt, nun war es da.

Gegenüber dem kleinen Bürogebäude, in dem die Verwaltung der Firma MenAtWork untergebracht war, befand sich das Betriebsgelände eines Laden- und Büroausstatters, davor eine große Werbetafel, auf der eine hinreißende Schwarzhaarige Werbung machte für Magnum-Eis. Der Sturm hatte eine Ecke des frisch verklebten Plakates gelöst und zerrte jetzt an dem Rest. Immer weiter löste es sich von der Tafel.

Thomas Bennett fuhr der Schreck in die Glieder.

Er hatte überhaupt nicht daran gedacht, was ein Unwetter dieses Ausmaßes mit seinen Suchplakaten machen würde.

Thomas ließ alles stehen und liegen und rannte die Treppen hinunter. Es war achtzehn Uhr vorbei, alle Mitarbeiter, die in der Verwaltung seiner Firma arbeiteten, hatten längst Feierabend, er war allein in dem Gebäude. Er lief hinaus in das Unwetter. Hagel schlug ihm entgegen, Regen klatschte ihm ins Gesicht, binnen einer Minute war er bis auf die Unterwäsche durchnässt, doch das interessierte ihn nicht. Er rannte gegen die Sturmböen an, die aus allen Richtungen an ihm zerrten, spürte seine Lunge brennen und sein Herz hart in seiner Brust schlagen. Seit dem Überfall war er nicht mehr gelaufen, seine Kondition war im Keller, der Körper rebellierte gegen die plötzliche Belastung, doch Thomas lief einfach weiter.

Und dann sah er es schon von weitem: Eines der Suchplakate mit Saskias Bild darauf hing vollkommen durchnässt und halb zerrissen an der Schaufensterscheibe der Bäckerei, bei der seine Mitarbeiter und auch er selbst oft Brötchen und Snacks kauften.

Thomas versuchte zu retten, was noch zu retten war, doch es war zu spät. Das Plakat hing in Falten herab, auch die Farbe war verlaufen. Saskias Gesicht löste sich auf und war bereits nicht mehr zu erkennen.

«Nein, nein, nein!», schrie Thomas gegen das Unwetter an, zog das Plakat auseinander und zerriss es dabei.

Als er verstand, wie hoffnungslos das war, lief er weiter. Das nächste Plakat klebte an der Tankstelle vorn am Kreisel, dort hatte er die Erlaubnis bekommen, es innen anzubringen. Wenige hundert Meter weiter klebte eines an einer alten Litfaßsäule. Die professionell gedruckten Plakate wellten sich ein wenig, blieben ansonsten aber unbeschadet. Seines lag als nasser Klumpen am Boden.

Thomas begriff, dass er mit den billigen Plakaten einen Fehler gemacht hatte und es sich nicht lohnte, weiterzulaufen. Er tat es aber trotzdem. Lief die Stellen ab, an denen Plakate mit Saskias Gesicht darauf hingen, lief und lief, ohne seine Umwelt oder das Unwetter noch wahrzunehmen, missachtete die Warnsignale seines Körpers, ignorierte die stechenden Schmerzen an der Stelle, an der ihn der Hammer getroffen hatte.

Irgendwann ließ die Kraft nach. Vor einem Möbelmarkt blieb er stehen. Der Regen prasselte auf ihn herab, und er fragte sich, was er hier tat. Tatsächlich dauerte es einen Moment, bis ihm wieder einfiel, warum er überhaupt losgelaufen war. Er lehnte sich mit dem Rücken gegen eine Betonwand und glitt daran herab, bis er auf dem Boden saß. Um ihn herum floss das Regenwasser in Richtung Gully, der kaum noch die Wassermassen aufnehmen konnte. Auf der anderen Straßenseite drängte sich eine Gruppe Menschen mit Einkaufstüten unter das Dach einer Bushaltestelle. Sie starrten zu ihm herüber. Sie kamen vom Shoppen, taten, was Menschen in Städten nun mal taten, niemanden interessierte es, was mit Saskia passiert war. Thomas konnte es noch immer nicht fassen, mit welcher Gleichgültigkeit das Leben über sein Schicksal hinwegging. Keine Uhr war stehengeblieben, kein Geschäft blieb geschlossen, niemand hielt eine Schweigeminute ab. Er war allein.

Tränen vermischten sich mit Regenwasser, so bemerkten die Leute da drüben nicht, dass er heulte wie ein kleines Kind. Aber selbst wenn sie es bemerkt hätten, er hätte es in diesem Moment nicht verhindern können. Zum ersten Mal seit er aus dem Krankenhaus entlassen worden war, weinte er. Keine Wut, nur Trauer.

Irgendwann kam der Bus und nahm die Menschen mit.

Auch Thomas erhob sich und machte sich im abziehenden Gewitter auf den Rückweg zur Firma. Seine Kleidung klebte wie eine zweite Haut an seinem Körper.

Drei Tage Arbeit waren binnen Minuten vernichtet, weil er keine vernünftigen Plakate gedruckt hatte. Aber er würde nicht aufgeben, sondern weitere zehntausend Stück drucken lassen, diesmal wasserfest. Noch einmal dreißig Leute eine Woche lang dafür abzustellen ging nicht, er würde die meisten Plakate selbst verteilen müssen. Auch auf die Gefahr hin, dass es nichts brachte.

Bisher war die Suchaktion noch kein Erfolg gewesen. Es war nicht so, dass sich niemand gemeldet hatte, ganz im Gegenteil. Zwei Dutzend Anrufe waren in den ersten Tagen nach der Plakataktion eingegangen, aber es war niemand dabei gewesen, der einen entscheidenden Hinweis hatte geben können. Viele der Anrufer hatten Saskia hier und dort gesehen, vermuteten sie in diesem und jenem Keller, waren sich sicher, sie hätte eben noch beim Discounter am Gemüsestand mit einem brutal aussehenden Mann gestanden. Viele dieser Anrufe erkannte Thomas sofort als das, was sie waren: Hirngespinste und Versuche, Aufmerksamkeit zu erregen oder die Prämie zu kassieren. Er hatte bei allen Anrufern zurückgerufen und sie gebeten, die Aussagen mit Zeit, Ort und Ablauf zu wiederholen. Viele hatten dann einfach aufgelegt, einige ihn zuerst beschimpft und dann aufgelegt, andere hatten sich selbst widersprochen oder wirres Zeug erzählt.

Zwei Anrufe jedoch klangen glaubwürdig.

Eine junge Frau glaubte, Saskia befinde sich im Haus gegenüber bei einem Mann, den sie schon immer merkwürdig gefunden hatte. Einen Tag nach dem Überfall auf Saskia und Thomas wollte die Frau beobachtet haben, wie der Mann Saskia ins Haus geführt hatte. Sie habe desorientiert und willenlos gewirkt. Seitdem hatte die Frau sie nicht wiedergesehen. Die Polizei hatte sie nicht informiert, weil die ihr ohnehin nicht glauben würde, nachdem sie den Mann bereits einmal wegen Körperverletzung angezeigt hatte, die Anzeige aber im Sande verlaufen war. Was Thomas an dieser Aussage hatte hellhörig werden lassen, war der Satz, dass die willenlose Frau sehr braun gewesen war. Niemand außer der Polizei wusste, dass Saskia sofort nach ihrem Urlaub entführt worden war.

Ein älterer Herr war sich sicher, dass sein Nachbar etwas im Schilde führte. Saskia hatte er zwar nicht gesehen, aber seit dem Angriff schaffte der Nachbar dauernd irgendwelches Baumaterial heran, ohne dass es an dem Haus zu Veränderungen gekommen war. Außerdem hatte der alte Herr beobachtet, wie sein Nachbar im Supermarkt Drogerieartikel für Frauen gekauft hatte, obwohl er nicht verheiratet war. Zuerst hatte Thomas auch diesen Anrufer als Spinner abtun wollen, doch bei seinem Rückruf hatte der alte Mann gesagt, dass sein Nachbar bei der Velvetia-Versicherung als Sachbearbeiter beschäftigt sei. In dem Moment war Thomas eingefallen, dass er die Reiserücktrittsversicherung für ihren Urlaub bei genau dieser Versicherung abgeschlossen hatte. Online zwar, aber auch das musste ja von irgendjemandem bearbeitet werden.

Thomas hatte die Rufnummern an Scheurich weitergeleitet und um Maßnahmen gebeten. Scheurich war wie immer genervt gewesen, hatte aber versprochen, sich darum zu kümmern. Seit Thomas ihn aus dem Haus geworfen hatte, redeten sie nur das Nötigste miteinander. Scheurich meldete sich nie von sich aus, und er wollte auch nicht wissen, wie es Thomas ging. Mehr denn je schien es, als verrichte er Dienst nach Vorschrift.

Wie sich herausstellte, war die junge Frau bei der Polizei als Denunziantin bekannt. Und der Nachbar des alten Herrn baute lediglich seinen Dachstuhl aus, in dem seine Enkelin eine Wohnung beziehen würde. Für sie waren auch die Einkäufe gewesen.

Fehlschläge, bisher alles Fehlschläge.

Frierend und restlos erschöpft, erreichte Thomas nach einer Stunde sein Bürogebäude. Die zwei Gestalten, die unter dem Vordach Schutz vor dem Regen gesucht hatten, bemerkte er erst, als er direkt vor ihnen stand.

Es waren seine Eltern.

Thomas konnte seinen Zustand und sein Aussehen an ihrer Mimik ablesen.

«Was tust du nur?», fragte seine Mutter und legte ihre Hände an seine Wangen. «Du bist eiskalt, du holst dir noch den Tod.»

Thomas hätte ihr gern gesagt, dass noch niemand von ein

bisschen Regen gestorben war, aber tatsächlich fühlte er sich gerade, als sei er nicht weit davon entfernt. Er schlotterte am ganzen Körper, sein Kopf schmerzte, die nasse Kleidung klebte an ihm, und er war schmutzig vom Spritzwasser der Straßen.

«Lasst uns reingehen», sagte er, kramte seinen Schlüssel hervor und konzentrierte sich darauf, ihn mit seiner zitternden Hand ins Schloss zu stecken. Es klappte nicht.

«Lass mich das machen», sagte sein Vater und nahm ihm das Schlüsselbund weg.

«Hast du Handtücher hier?», fragte seine Mutter, kaum dass sie im Gebäude waren.

«Oben, in meinem Büro.»

Thomas wollte nicht mit ihnen dorthin, er wusste aber auch, dass er es nicht würde verhindern können. Also stieg er die Treppe in den zweiten Stock hinauf und öffnete die Glastür zu seinem Büro.

«Großer Gott!», entfuhr es seiner Mutter.

Ihre Bestürzung war angebracht, das musste Thomas eingestehen. Seit Tagen lebte und arbeitete er in diesem Raum. Zwischen Schreibtisch und Regal stand ein Feldbett mit zerknüllter Bettwäsche darauf. Kleidung quoll aus einem Koffer. Er war nicht dazu gekommen, die Pizzakartons und leeren Getränkeflaschen zu entsorgen, überall stand irgendwas herum, dazu noch der übliche Kram, den das Geschäft mit sich brachte, den er aber nicht abgearbeitet hatte.

Seine Mutter marschierte in das kleine Bad, warf einen Blick hinein, kam dann zurück und zog ihn hinter sich her.

«Geh unter die Dusche», forderte sie ihn auf.

Das hätte Thomas sowieso getan. Er stellte die Temperatur auf vierzig Grad und ließ das heiße Wasser die Kälte aus seinen Gliedern vertreiben. Sein gesamter Körper begann zu kribbeln, als liefen Tausende Ameisen darauf herum, und durch seinen Schädelknochen schoss ein scharfer Schmerz, der ihm die Tränen in die Augen trieb. Er stützte sich an der gefliesten Wand ab und wartete, bis es ihm wieder besserging.

Nachdem er sich abgetrocknet hatte, stellte Thomas fest, dass seine Ersatzkleidung drüben im Büro lag. Es blieb ihm nichts anderes übrig, er musste mit um die Hüfte geschlungenem Handtuch hinüber.

Nur seine Mutter war noch da. Sie räumte auf. Die Pizzakartons und Getränkeflaschen waren verschwunden, wahrscheinlich warf sein Vater sie gerade in den Container unten an der Straße. Seine Mutter sah ihn an, schlug eine Hand vor den Mund und schüttelte den Kopf.

«Junge ...», entfuhr es ihr, weiter kam sie nicht.

Thomas wusste, er hatte stark abgenommen, und da er schon vor dem Überfall nicht viel gewogen hatte, sah er mittlerweile aus wie ein Skelett. Selbst die Pizza jeden Abend hatte daran nichts geändert.

Thomas wandte sich ab, suchte sich Kleidung aus dem Koffer und verschwand wieder im Bad. Er zog sich langsam an, föhnte sich das Haar, rasierte sich, versuchte den Moment, da er seinen Eltern erneut unter die Augen treten musste, hinauszuzögern, aber natürlich kam er trotzdem irgendwann.

Auf dem Birkenholztisch standen drei Tassen dampfender Tee. Das Büro sah sauber und ordentlich aus, wenn man von dem Feldbett und dem Koffer einmal absah.

«Komm, setz dich, wir müssen reden», sagte sein Vater.

Thomas ließ sich in einen Sessel fallen.

«Du kannst so nicht weitermachen», sagte seine Mutter mit zitternder Stimme. «Was nützt es Saskia, wenn du dich zugrunde richtest?»

«Übertreib bitte nicht», hielt Thomas müde dagegen. «Ich bin in diesen Gewitterschauer geraten, mehr nicht.»

«Wann warst du zuletzt zu Hause?», fragte sein Vater und überraschte Thomas damit. Normalerweise führte seine Mutter solche Gespräche, und sein Vater hielt sich raus. Seitdem Thomas damals den Wehrdienst verweigert und stattdessen lieber Zivildienst in einem Pflegezentrum abgeleistet hatte, verstanden sie sich nicht mehr so gut. Das lag zwar schon lange Jahre zurück, aber es waren damals böse Worte gefallen, und sein Vater war kein Mann, der leicht verzieh.

«Ich weiß nicht.»

«Aber ich. Die Zeitungen von acht Tagen stapeln sich vor deiner Haustür.»

«Warum fragst du dann?»

«Warum bist du nicht zu uns gekommen?», fragte seine Mutter. «Wir verstehen ja, dass du es in deinem Haus nicht aushältst, aber du hättest doch zu uns kommen können. Für unsere Kinder haben wir immer Platz.»

«Mama», begann Thomas und suchte nach den richtigen Worten. Er wusste, er würde ihr weh tun. «Ich bin erwachsen. Ich ziehe nicht wieder zurück zu meinen Eltern, wenn es Probleme gibt.»

«Das sind keine Probleme, das ist eine Katastrophe. Jeder würde es verstehen, wenn du es doch tätest», hielt sie dagegen.

«Ja, vielleicht, aber mich interessiert gerade nicht, was jeder versteht oder denkt.»

«Du musst nicht gleich ausfallend werden», sagte sein Vater.

«Und du musst mich nicht belehren», versetzte Thomas. «Ich habe es euch gesagt. Ich suche Saskia, und ich höre nicht auf, bevor ich Antworten bekommen habe. Koste es, was es wolle.»

«Es kostet dich deine Firma», brauste sein Vater auf. «Ist dir das eigentlich klar?»

In diesem Moment verstand Thomas erst wirklich, was hier vor sich ging.

«Ihr habt mit Thalmann gesprochen?»

«Er macht sich große Sorgen und wusste nicht …»

«Hat er euch angerufen oder ihr ihn?»

«Ich ihn», sagte Thomas' Vater und richtete sich auf. «Wir können doch nicht tatenlos zusehen, wie du …»

Thomas sprang auf. «Ihr redet hinter meinem Rücken mit meinem Prokuristen? Seid ihr eigentlich noch zu retten?»

«So sprichst du nicht mit uns!», schrie sein Vater und sprang ebenfalls auf. «Du bist nicht der Einzige, der eine schwere Zeit durchmacht. Auch wir vermissen Saskia und haben alles, wirklich alles gegeben, als du im Krankenhaus warst. Ich bin stolz auf dich, weil du nicht aufhörst, nach Saskia zu suchen, ja, wirklich stolz, ich würde es nicht anders machen, aber darüber darfst du nicht deine Familie vergessen.»

Thomas war jetzt richtig sauer, wusste aber, er musste sich zusammenreißen. Seine Eltern hatten immer alles für ihn getan, seine Firma würde es ohne ihre Hilfe nicht geben, seine Mutter mit ihren sechs kleinen Buchläden war seine erste Kundin gewesen, mit ihrem Leumund hatte er weitere Kunden hinzugewinnen und sein Geschäft ausbauen können. Die ersten Firmenfahrzeuge hatte er alle sehr günstig über den Gebrauchtwagenhandel seines Vaters bekommen. Ja, er stand in der Schuld seiner Eltern, aber deshalb durften sie sich nicht alles erlauben. Thomas kannte die bestimmende Art seines Vaters nur zu gut. Nach dessen Zeit als Soldat hatte er seine Militärattitüde nie ganz abgelegt, deswegen hatte es immer wieder Streit gegeben.

«Hört auf!», sagte seine Mutter mit scharfer Stimme. «Hört sofort auf, euch wie kleine Jungen zu benehmen.»

Sie sah weder Thomas noch seinen Vater an, sondern schaute zu Boden. Ihr Brustkorb hob und senkte sich unter schweren Atemzügen. Thomas wandte sich ab, ging zum Fenster und versuchte, seinen Ärger unter Kontrolle zu bekommen. Er erkannte sich selbst nicht wieder, früher war er nie so aufbrausend gewesen. Er hatte die eher ruhige, ausgeglichene Art von seiner Mutter geerbt, aber seit dem Überfall schien es in seinem Inneren ständig zu brodeln, und der geringste Anlass reichte aus, ihn explodieren zu lassen.

«Ich habe es satt, ständig zwischen euch vermitteln zu müssen», sagte seine Mutter leise. «Wir sind eine Familie und müssen zusammenhalten, gerade jetzt.»

«Das habe ich doch gerade versucht zu erklären», verteidigte sich Thomas' Vater.

«Du hast den Major raushängen lassen», wies seine Frau ihn zurecht. «So wie du es ständig tust.»

Am Ende war es immer seine Mutter, die alles wieder ins rechte Lot rücken musste.

«Komm zu uns», sagte sie.

Am Horizont sah Thomas das Gewitter abziehen. Schwarzer Himmel, hin und wieder erhellt von Blitzen, die aus dieser Entfernung wie Wetterleuchten wirkten. Das Donnern war längst nicht mehr zu hören, die Gefahr vorüber.

«Ich kann nicht», sagte er, ohne sich umzudrehen. «Nicht solange Saskia da draußen ist.»

Der Mann mit der Pension in der Heide, von dem Victor Gabaldier gesprochen hatte, war keine Erfindung. Es gab ihn wirklich. Er hieß Hans-Peter Greiner und war fünfundsechzig Jahre alt. Mehr wusste Priska Wagner bisher nicht über ihn, in den Polizeidatenbanken tauchte er nicht auf. Sie hatte Kerkmann hingeschickt, damit er sich einen Eindruck verschaffte. Es war nicht nötig, immer zu zweit unterwegs zu sein – okay, eigentlich war es das doch, aber Priska ertrug Kerkmanns emsige Art nicht auf Dauer, außerdem wollte sie einer anderen Spur erst einmal allein nachgehen. Möglicherweise verlief sie im Sande, und das musste Kerkmann ja nicht mitbekommen.

Auch wenn die Zusammenarbeit mit Kerkmann in letzter Zeit besser geworden war, blieb Priska eine Einzelgängerin. So war sie schon immer gewesen, auch als Kind. Sie kam gut mit sich selbst zurecht und genoss die Zeit, die sie für sich allein hatte. Leider war bei Ermittlungen Teamarbeit gefordert, und die fiel ihr mitunter schwer. Von daher war Kerkmann eigentlich der perfekte Partner für sie. Er tat, was sie sagte, und ließ sie in Ruhe, wenn sie es verlangte.

Die Sache mit dem speziellen Schmiedehammer ließ Priska nicht los. Zumal die Analyse des Metalls aus dem Schädel von Ulrike Bokelmann ergeben hatte, dass es mit großer Wahrscheinlichkeit mehr als zwanzig Jahre alt war. Die Tatwaffe war also nicht neu gekauft worden. Entweder befand sie sich schon sehr lange im Besitz des Täters, oder aber er hatte sie sich gebraucht von irgendwoher beschafft. Aus einer Schmiede zum Beispiel. Also machte sie sich auf den Weg zur Schmiede von Hartmut Köster.

Priska war sich bewusst, dass sie möglicherweise Zeit verschwendete. Sie hatte noch andere Fälle zu klären, so war das nun einmal in einer kleineren Polizeidienststelle, in der jeder für alles zuständig war, und wenn ihr Chef erfuhr, dass sie den

Nachmittag damit verbrachte, mit einem Schmied zu reden, bei dem vor zwei Jahren eingebrochen worden war, würde er stinksauer werden. Klöckner, ihr Chef, vertraute in der Regel zwar auf ihre Instinkte, außerdem war er keiner, der sich allzu viel einmischte, aber natürlich hatte alles seine Grenzen, gerade in Zeiten knappen Personals.

Doch Priska konnte nicht anders.

Sie wusste, es lag an dem Fall Thomas Bennett und seiner immer noch verschwundenen Freundin. Sicher, sie wollte auch herausfinden, wer Ulrike Bokelmann getötet hatte, aber vielleicht hing beides ja doch zusammen, und es gelang ihr, Antworten für Bennett und sich zu finden. Was tat, dachte und fühlte man, wenn der Mensch, den man liebte, spurlos verschwand? Wahrscheinlich kam er sich einsam, verlassen und hilflos vor, aber musste nicht auch eine ungeheure Wut in ihm kochen? Dass es so war, davon zeugten die Suchplakate. Er gab nicht auf. Er wollte wissen, was mit seiner schwangeren Freundin passiert war, und dazu hatte er jedes Recht der Welt.

Nachdem Priska vor Gabaldiers ehemaligem Supermarkt auf die junge Frau gestoßen war, die Suchplakate geklebt hatte, hatte sie noch einmal bei dem Kollegen Scheurich in Hamburg angerufen. Sie hatte ihn nach neuen Erkenntnissen wegen des blutigen Abdrucks gefragt, den sie ihm gezeigt hatte, doch Scheurich war wie immer kurz angebunden gewesen und konnte sich nicht einmal an den Abdruck erinnern. Sie hatte seine Erinnerung aufgefrischt und ihm sofort eine MMS geschickt, daraufhin hatte er leider nur wiederholt, was er damals im Café des Krankenhauses schon gesagt hatte: Einen ähnlichen Abdruck gab es in seinem Fall nicht. Dann hatte er das Telefonat mit dem Hinweis beendet, er müsse jetzt zum Gericht wegen einer Zeugenaussage.

Die Schmiede von Hartmut Köster befand sich auf dem Lande außerhalb von Winsen an der Luhe und damit immerhin noch in ihrem Zuständigkeitsbezirk. Rechts und links der Durchgangsstraße standen adrette Fachwerkhäuser, manche reetgedeckt. Die Gärten waren gepflegt, überall blühte es sommerlich. An dem auffälligen Holzschild, das auf einen Hofladen hinwies, bog sie rechts ab, so wie Köster es ihr am Telefon beschrieben hatte. Priskas Wagen besaß ein Navi, und sie konnte damit umgehen, aber Köster schien von den Dingern nichts zu halten, denn er hatte ihr den Weg sehr detailliert und bildlich erklärt, so als tue er das dauernd.

Die Schmiede selbst bestand aus einem Wohnhaus – ein altes Niedersachsenhaus mit Fachwerkgiebel – und einem zweckmäßigen, großen Anbau aus rotem Backstein, der auch schon Jahrzehnte auf dem Buckel hatte. Neben dem Anbau stand ein Schleppdach, unter dem in einem Schwerlastregal allerlei Metalle lagerten. Aufsitzrasenmäher, Traktoren und andere landwirtschaftliche Geräte standen darunter.

Die große, dreiflügelige Eingangstür aus Metall war offen, von drinnen drangen laute Geräusche heraus. Ein Hammer schlug auf Eisen, ein Pressluftschrauber ratterte. Neben der Tür hing ein Schild mit den Öffnungszeiten. Darauf stand zu lesen, der Betrieb würde meistens um acht öffnen, manchmal aber auch erst um neun oder zehn oder vielleicht auch gar nicht. Feierabend war um siebzehn Uhr, manchmal auch früher oder später, man solle einfach hereinkommen und schauen, ob jemand da sei.

In der Schmiede war es schummrig. Die Fenster waren lange nicht geputzt worden, nur wenig Licht fiel herein. Es roch nach Metall und Staub und Kohle. Überall entdeckte sie Werkbänke, auf denen allerlei herumlag: Werkzeuge, Metalle, Kanister. Auf einem Regal dudelte ein Baustellenradio, an der Außenseite eines Spindes hing ein Pin-up-Girl, irgendein Witzbold hatte über den Schoß der Frau das Bild einer Alufelge geklebt und *Scharfes Teil* daruntergeschrieben. Priska tauchte tiefer in die Schmiede ein. Eine Tür führte sie in eine große Halle. Dort wirkte alles neuer, aufgeräumter und gepflegter. Große Traktoren standen herum. Sie sah zwei Männer an einem grünen Ungetüm arbeiten, ging auf sie zu, stellte sich vor und fragte nach dem Chef.

Einer der Männer zeigte nach draußen, der andere ließ sich nicht bei seiner Arbeit an der Achse des Schleppers stören.

Priska ging auf den Hinterhof hinaus.

Ein schlanker Mann mittleren Alters mit kurzem Haar und freundlichem Gesicht stand neben einem Rasenmäher und erklärte einem Kunden die Vorzüge und Funktionen. Das tat er so eloquent und rhetorisch geschickt, dass Priska sich ein Lächeln nicht verkneifen konnte. Der Kunde hatte eigentlich keine Chance, das Gerät nicht zu kaufen. Der Mann – sie nahm an, es handele sich bei ihm um Hartmut Köster – bemerkte ihr Lächeln, sah kurz zu ihr, erwiderte es und konzentrierte sich dann wieder auf das Verkaufsgespräch.

Priska tat so, als interessiere sie sich für einen Traktor, dessen Hinterrad größer war als sie selbst. Je länger sie hinsah, desto ehrlicher wurde ihr Interesse. Regelrecht fasziniert war sie von dem bequemen Sitz in der Glaskanzel hoch oben, der sogar mit einer Art Computerdisplay ausgestattet war.

«Können Sie kaufen. Hundertfünfzigtausend.»

Überrascht drehte Priska sich zu Köster um.

«So viel! Dafür bekomme ich ja ein Haus», sagte sie.

Hartmut Köster streckte die Hand aus. «Die Kommissarin, nehme ich an.»

«Richtig. Priska Wagner, wir hatten telefoniert.»

«Ich wundere mich ein wenig, dass sich die Polizei für einen Einbruch bei mir interessiert, der zwei Jahre zurückliegt.»

«Das ist gar nicht so ungewöhnlich und reine Routinearbeit. Möglicherweise kam eines der Werkzeuge, die hier gestohlen wurden, bei einer anderen Straftat zum Einsatz.»

«Tatsächlich!», fragte Köster überrascht. «Welches denn?»

«Ein spezieller Hammer.»

«Tja, davon hat der Mistkerl einige mitgehen lassen. Wollen wir ins Büro gehen?»

«Hätten Sie eventuell Zeit, mich durch den Betrieb zu führen? Ehrlich gesagt habe ich noch nie eine Schmiede von innen gesehen.»

Über diese Frage schien Köster sich zu freuen.

«Gerne. Aber ich muss Ihnen gleich sagen, dass von dem, was Sie sich wahrscheinlich unter einer Schmiede vorstellen, nicht mehr viel geblieben ist. Heutzutage reparieren wir Landmaschinen und Kommunalgeräte. Die Ausbildung zum Schmied gibt es seit Ende der achtziger Jahre nicht mehr. Die Jungs lernen heute alle Landmaschinenmechaniker.»

«Sie bilden aus?»

«Natürlich.»

«Wie lange haben Sie den Betrieb schon?»

«Noch gar nicht so lange. Heuer sind es fünfzehn Jahre. Als der Vorbesitzer starb, Jochen Buhlmann, fand sich lange kein Nachfolger. Ich komme eigentlich nicht von hier, bin aber nach meiner Meisterausbildung hier fündig geworden.»

«Und die Geschäfte laufen gut?»

«Ich kann nicht klagen. Zehn Festangestellte, drei Azubis und immer genug zu tun. Kommen Sie, ich zeige Ihnen die alte Schmiede.»

Köster ging voran in einen kleineren, düsteren Raum mit

niedriger Balkendecke. Der Boden bestand aus unruhig verlegten roten Backsteinen, voller Stolperfallen. Er war über die Jahrhunderte von Schuhen ganz blank poliert. Es roch nach Öl, Staub und Kohle. Die ehemals weiß getünchten Wände waren stellenweise rußgeschwärzt. Eine Wandseite bestand aus einem Holzregal mit Dutzenden kleiner Fächer, in denen Schrauben, Muttern, Ringe, Unterlegscheiben, Stifte und Splinte lagerten.

«Hier haben wir die Esse.»

Köster zeigte auf eine große Dunstabzugshaube aus Metall, rußgeschwärzt und verbeult. Darüber hing ein altes Blechschild an der Wand.

Schmiede das Eisen, solange es heiß ist.

«In der Esse wird mit dem Balg und spezieller Schmiedekohle eine Temperatur von circa 1200 bis 1300 Grad erreicht», erklärte Köster. «Genug, um Metall weich zu machen und es zu formen und zu härten.»

Neben der Esse stand auf einem abgesägten Baumstamm, der vollkommen schwarz war, ein kompakter Amboss. Priska strich mit dem Finger über das Metall. Es fühlte sich glatt und kalt an, vollkommen leblos und doch irgendwie erfüllt von einer unmenschlichen Energie.

«Das ist der Amboss. Dreihundert Kilo schwer. Wenn die Jungs gut drauf sind, tragen sie ihn durch die Gegend. Einmal durch den Hof. Nur einer von ihnen schafft die ganze Strecke.»

«Wird er noch oft benutzt?»

Köster schüttelte den Kopf.

«Nee, leider nicht. Ich habe ja auch noch Schmied gelernt und liebe die Arbeit, aber heutzutage bekommt man schnell für jedes Gerät Ersatzteile, da muss man nicht mehr mühsam selbst welche fertigen. Letztens hat sich mal einer, der hier in der Gegend einen Hof gekauft hat, eine Hausnummer fertigen lassen. So was mache ich dann immer selbst. Ist eine schöne Arbeit, mal was anderes.»

Direkt vor der Esse, in der noch Kohle lag, hingen vielleicht drei Dutzend Hämmer in einer geraden Reihe nebeneinander.

«Ist ein Setzhammer dabei?», fragte Priska.

«Mehrere.» Köster nahm einen heraus und gab ihn ihr. Genau wie der von Klaus Hilpert, dem Hufschmied, hatte auch dieser Hammer eine circa zwei Zentimeter breite Furche im Kopf.

«Der Mistkerl hat damals eine Menge anderer Sachen hiergelassen, die mehr wert waren, aber von den Hämmern hat er sechs Stück mitgenommen. Außerdem die Kaffeekasse der Jungs mit ungefähr vierhundert Euro Trinkgeld. War für die Weihnachtsfeier gedacht.»

«Wie ist er denn reingekommen?»

«Hat ein Schloss geknackt. Aber selbst wenn er ein Fenster eingeschlagen hätte, hätte es niemand mitbekommen, ich war mit meiner Familie damals übers lange Wochenende an der Ostsee.»

«Sie waren im Urlaub?»

«Der erste, seit ich den Laden übernommen hatte. Und dann gleich so was.»

Priskas Gedanken rotierten. Ein geknacktes Schloss, ein Einbruch im Urlaub, der Hammer – sie spürte, sie war auf der richtigen Fährte. Die Zeit hier war nicht verschwendet.

«Was hat er denn sonst noch mitgehen lassen?», fragte sie.

«Na ja, ein paar andere Werkzeuge. Alles in allem hielt sich der Schaden aber in Grenzen. Was mich wirklich sauer gemacht hat, war der Vandalismus. Ich meine, das hätte ja wirklich nicht sein müssen. Richtig eklig.»

«Vandalismus?», fragte Priska.

Hartmut Köster verzog das Gesicht.

«Genau hier», sagte er und zeigte auf einen breiten Arbeitstisch aus massivem Holz, der aussah, als sei er hundert Jahre alt. Unzählige Furchen, Rinnen, Kanten, Kerben und Brandlöcher vernarbten die geschwärzte Oberfläche.

«Da hat er einen Haufen draufgesetzt.»

«Wie bitte?»

«Der Typ hat sich die Mühe gemacht, auf den Tisch zu steigen und draufzukacken.»

«Ist nicht Ihr Ernst?»

«Oh doch! Deshalb habe ich der Polizei schon damals gesagt, das war ein Racheakt. Dem ging es gar nicht um das Werkzeug oder das Geld. Der wollte ein Statement abgeben.»

«Ein Statement», wiederholte Priska. «Nette Bezeichnung für so etwas. Wer könnte denn so sauer auf Sie gewesen sein?»

Köster schüttelte den Kopf.

«Nee, nicht auf mich. Ludwig Buhlmann, der Vater des Vorbesitzers, der war so ein richtiger Patriarch. Größter Arbeitgeber hier in Wechberg, lange Jahre Bürgermeister, Feuerwehrchef, Vorsitzender des Schützenvereins und so weiter. Ich habe ihn ja nicht kennengelernt, aber die Leute erzählen noch heute, er sei ein arrogantes und brutales Arschloch gewesen. Ich denke, das Statement galt ihm.»

«Sie haben den Betrieb vor fünfzehn Jahren von seinem Sohn gekauft, sagten Sie?»

«Ja, richtig.»

«Also war Ludwig Buhlmann damals schon nicht mehr aktiv?»

«Nee, da war er schon tot. Aber wenn man weiß, wie der Buhlmann ums Leben gekommen ist, kann man sich trotzdem eine verspätete Rache vorstellen.»

…st er denn ums Leben gekommen?», fragte Priska.
…and hat ihn zu Tode geprügelt, da war er fast siebzig. …ohn hat die Schmiede noch einige Zeit weitergeführt, ist …n aber irgendwann an Magenkrebs gestorben.»

«Buhlmann wurde totgeschlagen?»

Köster nickte. «Fragen Sie mal unseren Dorfbullen. Der war damals dabei.»

Der «Dorfbulle» von Wechberg hieß Ralf Westermann und war seit vier Jahren in Pension. Priska ging von der Schmiede aus zu Fuß und erreichte das Wohnhaus im Bungalowstil der siebziger Jahre nach fünf Minuten. Im Vorgarten arbeitete ein Mann passenden Alters. Er trug Shorts, die ihm viel zu groß waren, dazu ein weißes Feinrippunterhemd. Sein Kopf steckte zwischen den Hortensien, den Hintern streckte er in die Höhe.

«Herr Westermann?», rief Priska über den akkurat gestrichenen Jägerzaun hinweg.

Der Angesprochene tauchte aus den Blumen auf. Auf dem Kopf trug er eine grüne Baseballmütze mit Polizeiemblem.

Priska stellte sich vor und nannte ihr Anliegen.

«Und wegen dieser alten Geschichte kommen Sie extra hierher?»

«Alte Geschichten haben mich schon immer fasziniert.»

«Na dann … möchten Sie etwas trinken? Ich habe kalten Eistee, das Beste bei dem drückenden Wetter.»

Priska nahm die Einladung dankend an und ließ sich von Westermann auf die beschattete Terrasse an der Rückseite des Hauses führen. Sanft geschwungene Beete fassten eine große Rasenfläche ein, auf der kein einziges Unkraut zu sehen war.

Priska fühlte sich an den Garten ihres Vaters erinnert und fragte sich, was um alles in der Welt die Leute antrieb, ihre Lebenszeit mit der Pflege ihrer Scholle zu verbringen. Es gab doch so viel mehr da draußen.

Westermann kam mit einer Karaffe Eistee und zwei Gläsern, schenkte ein und setzte sich. Er streckte die Beine aus und seufzte zufrieden.

«Frau Hauptkommissarin also?»

«Ja, seit drei Jahren.»

«Und? Macht es noch Spaß?»

«Ich kann mir nichts Lustigeres vorstellen.»

Westermann verstand die Ironie und lachte trocken.

«Glauben Sie mir, ich danke Gott jeden Abend dafür, dass ich hier zwischen den Blumen herumkrabbeln darf und nicht mehr zum Dienst muss.»

«Tja, wir tun alle, was wir können. Und ich kann nichts anderes.»

Westermann wollte ein wenig über den Polizeidienst lästern, vermutete sie. Die schlechte Bezahlung, die vielen Überstunden, die Respektlosigkeit der Menschen, die Undankbarkeit des Staates, doch darauf hatte Priska keine Lust. Sie hasste solche Unterhaltungen. Wer den Job nicht mochte, konnte ja kündigen, fand sie. In Deutschland wurde niemand zu einer bestimmten Arbeit gezwungen.

Sie trank von dem Eistee, der herrlich kühl, aber viel zu süß war.

«Erzählen Sie mir von dem Mord an Ludwig Buhlmann», bat sie.

«Buhlmann, ja …», Westermann dachte nach. «Fragen Sie zehn Leute hier im Ort, und Sie bekommen zehn unterschiedliche Meinungen über den alten Buhlmann. Fünf davon wünschen ihm, er möge für immer und ewig in der Hölle schmoren. Der Mord liegt ungefähr sechsunddreißig Jahre zurück, ich hatte damals gerade meinen Dienst hier angetreten. Die Ermittlungen hat mein damaliger Chef geführt, der ist aber bereits seit mehr als zehn Jahren tot. Kruse hieß er, Ernst Kruse. Hat sich ziemlich geärgert, dass er den Täter nicht ausfindig machen konnte.»

«Was hat es so schwierig gemacht?», fragte Priska.

«Die Anzahl der Verdächtigen. Buhlmann hatte viele Feinde. Manche sagten, es sei kein Einzeltäter gewesen, sondern eine Gruppe, die ihn sich vorgenommen hat. Vielleicht wollten die ihm nur eine Abreibung verpassen, und es ist irgendwie aus dem Ruder gelaufen. Es war Schützenfest damals, wissen Sie. Hier auf dem Dorf ist das immer eine explosive Mischung: Sommerhitze, Alkohol, da brechen schnell alte Fehden wieder aus. Na ja, jedenfalls wurde Buhlmann in seiner Schützenuniform gefunden. Er war wohl nachts auf dem Rückweg vom Festplatz zur Schmiede. Er hatte schwere Schädelverletzungen und ist daran später im Krankenhaus gestorben.»

Westermann lachte auf, was Priska ein wenig befremdlich fand.

«Mindestens ein Dutzend Leute hier in Wechberg dürften heilfroh gewesen sein», sagte er.

«Warum das?»

«Weil Buhlmann Geld verliehen hat. Ohne Vertrag, nur per Handschlag. Wie viel und an wen, das hat er mit ins Grab genommen.»

«Jede Menge Motive also.»

Westermann nickte. «Suchen Sie nach einer Verbindung zu dem Einbruch bei Köster?», fragte er.

«Köster hat mir von der etwas ekligen Art des Vandalismus erzählt. Ein Einbrecher, dem es um Diebesgut geht, tut so etwas eigentlich nicht.»

«Vielleicht musste er dringend.»

«Auf einem Tisch?»

«Tja, selbst wenn es eine späte Form der Rache war, warum interessiert die Polizei aus Buchholz sich heute dafür?»

Priska berichtete Westermann von dem Mordfall an Ulrike Bokelmann und dem Abdruck, der zu einem Setzhammer passen würde.

Westermann hörte aufmerksam zu. Als Priska fertig war, nickte er, ließ seinen Blick durch den Garten gleiten und sagte schließlich:

«Wissen Sie, was mein alter Chef gesagt hätte?»

«Noch nicht, aber gleich vermutlich.»

«Wer als Polizist um drei Ecken denkt, verliert den geraden Blick.»

«Aha. Soll heißen? Ich bin nicht so gut in Metaphern.»

«Seien Sie mir nicht böse, aber ich denke, Sie sind auf dem Holzweg.»

«Weil ich zu viel denke.»

«Nicht zu viel, aber zu kompliziert.»

«Und das tun Sie nicht?»

«Ist eher ein Frauending.»

Priska nickte, trank den letzten Schluck Eistee, stellte das Glas ab und stand auf. Westermanns Überheblichkeit ärgerte sie.

«Tja, Sie haben den Einbruch schließlich nicht aufgeklärt, und Ihr alter Chef nicht den Mord. Viel Spaß noch mit den Hortensien.»

Seit er durch das Unwetter gelaufen war, ging es Thomas schlecht. Sein Herz raste immer wieder, selbst im Ruhezustand, ständig brach ihm der Schweiß aus, und er keuchte, sobald er nur die Treppe zu seinem Büro hinaufstieg. Alles in allem fühlte er sich wie ein alter Mann. Um sicherzugehen, dass es nichts Ernsthaftes war, war er zur Untersuchung ins Krankenhaus gegangen. Dort hatte man ihn in den Kernspintomographen geschoben und seinen Kopf durchleuchtet, ein Belastungs-EKG gemacht, seine Vitalwerte und Blutwerte gemessen, und nun wartete er bereits seit vierzig Minuten auf ein abschließendes Gespräch mit Doktor Scholz.

Thomas war ruhelos, ging im Gang auf und ab, schaute immer wieder um die Ecke nach dem Arzt, setzte sich einen Moment, sprang wieder auf und wiederholte den Ablauf. Der Blick zur Uhr hatte etwas Zwanghaftes, jede Minute dehnte sich endlos aus. Länger als eine Stunde würde Thomas nicht auf das Gespräch warten.

Um sich abzulenken, beobachtete er ein Pärchen, das ebenso wartete wie er. Die junge Frau, sie war vielleicht dreißig Jahre alt, hatte eine Glatze und trug ein buntes Tuch darüber. Ihre Wangen waren eingefallen, die Augen wirkten müde, ihre Körperhaltung war kraftlos. Ihr Mann war rührend um sie bemüht, nahm sie immer wieder in den Arm und holte ihr eine Zeitschrift nach der anderen. Thomas tippte auf Krebs, und er fragte sich, was besser war: plötzlich und überraschend von seinem Partner getrennt zu werden oder ihn über eine lange schmerzhafte Zeit dahinsiechen zu sehen. War die Chance auf einen Abschied diese Qual wert? In diesem Moment wünschte Thomas sich, er hätte die Möglichkeit gehabt, von Saskia Abschied zu nehmen. Sekunden darauf erkannte er, wie bescheuert dieser Wunsch war. Saskia lebte noch, und er würde sie finden. Wozu also ein Abschied?

Kurz vor Ablauf der Stundenfrist kam Dr. Scholz den Gang hinunter. Der Internist war klein, stämmig, hatte eine Halbglatze und einen kräftigen Vollbart und wirkte wie eine fest verwurzelte Eiche, die nichts zu Fall bringen konnte. Schon während seiner Zeit im Krankenhaus war Thomas aufgefallen, mit was für einer beinahe schon überirdischen Ruhe dieser Mann seinen Beruf ausübte. Hektik und Stress schienen an ihm einfach abzuprallen. Scholz trug zu einer weißen Hose ein weißes, kurzärmliges Hemd und auffällige neongelbe Sportschuhe, die auf dem polierten Linoleumboden quietschten. Er lächelte, entschuldigte sich für die lange Wartezeit und bat ihn in sein Besprechungszimmer.

Thomas schnappte sich die schwere Umhängetasche, die er dabeihatte, folgte dem Arzt und nahm vor dem Schreibtisch Platz. Scholz setzte sich dahinter und blätterte durch die Krankenakte, die er mit hereingebracht hatte. Thomas ließ seinen Blick durch den Raum wandern. Das Regal hinter dem Arzt war angefüllt mit Fachbüchern, auf der Fensterbank standen weitere Bücher, an den Wänden hingen kleine Aquarelle von Flusslandschaften, jedes einzelne mit einem Lichtspot versehen. Auf einen grünen Plastikmülleimer war ein kleiner Basketballkorb geklemmt. Thomas stellte sich vor, wie der Doktor Seiten aus den Akten Verstorbener nahm, sie zu Bällen knüllte und Zielwerfen damit übte.

Schließlich blickte Dr. Scholz zu Thomas auf.

«So weit alles in Ordnung», sagte er. «Keine Auffälligkeiten im Schädel, auch das EKG ist ohne Diagnose. Zu viel Cholesterin, und der Blutdruck ist ein wenig zu hoch, aber das ist auch schon alles.»

«Das Herz ist in Ordnung?», fragte Thomas.

«Stark wie das eines Ochsen.»

«Und woher kommen dann meine Beschwerden?»

Dr. Scholz lehnte sich zurück. Seine Unterarme ruhten auf den Armlehnen des Stuhls, die Hände hingen entspannt herunter.

«Vorhin sprachen Sie davon, dass Sie sehr reizbar seien.»

«Richtig. Das war vor dem Überfall nicht so. Ich war eigentlich immer ausgeglichen.»

«Wie kommt Ihre Familie damit zurecht?»

«Na ja, ich habe derzeit nicht viel Kontakt. Ist besser so.»

Scholz nickte vieldeutig.

«Schlafen Sie regelmäßig?»

Thomas schüttelte den Kopf. «Nein, nicht wirklich. Länger als drei, vier Stunden am Stück nicht. Ich ... ich habe das Gefühl, ständig nach Saskia suchen zu müssen.»

Doktor Scholz gab seine entspannte Haltung auf und beugte sich vor.

«Ich habe es befürchtet», begann er. «Ihre körperlichen Beschwerden lassen Rückschlüsse zu auf Ihren psychischen Zustand. Sie haben den Vorfall offensichtlich noch nicht verarbeitet – was nicht weiter verwunderlich ist.»

«Psychischer Zustand», wiederholte Thomas. «Soll das heißen, ich werde verrückt?»

«Das ist nicht mein Fachgebiet, aber ich befürchte, Sie leiden unter einer komplexen PTBS.»

«Und was heißt das?»

«Posttraumatische Belastungsstörung. Nach dem, was Sie erlebt haben, ist das nicht ungewöhnlich, und Ihre Symptome sprechen dafür. Sie schlafen kaum noch, sind leicht reizbar, haben Schuldgefühle und leben seit dem Überfall quasi in selbstgewählter Isolation. Ich würde Ihnen eine Therapie empfehlen, denn diese Beeinträchtigungen können unter Umständen über einen längeren Zeitraum bestehen bleiben.»

«Eine Psychotherapie?»

«Sie müssen Ihre Situation mit jemandem aufarbeiten, der die Kompetenzen dazu hat. Das geht nicht innerhalb der Familie.»

Thomas hob abwehrend die Hände.

«Sorry, aber … das ist doch wohl nicht Ihr Ernst.»

Dr. Scholz sah Thomas eindringlich an.

«Herr Bennett, ich empfehle Ihnen dringend, konsultieren Sie einen Facharzt. Ich habe hier eine Liste mit den Adressen von drei sehr geschätzten Kollegen.»

Er zog ein Blatt Papier aus der Akte und schob sie Thomas über den Schreibtisch hinweg zu.

Thomas würdigte sie keines Blickes. «Ich brauche keinen Psychodoktor. Ich komme klar.»

«Nein, kommen Sie nicht. Und wenn ich mir die Bemerkung erlauben darf: Ich habe die Plakate in der Stadt gesehen. Was Sie machen, ist selbstzerstörerisch. Überlassen Sie diese Arbeit der Polizei. Kümmern Sie sich um sich selbst, das ist im Moment viel wichtiger. Nur damit helfen Sie Saskia wirklich.»

Ruckartig stand Thomas auf.

«Warum versuchen alle, mich davon abzuhalten, Saskia zu finden», entfuhr es ihm heftiger, als er gewollt hatte.

«Vielleicht, weil alle sehen können, wie Sie dabei vor die Hunde gehen … nur Sie selbst nicht.»

Doktor Scholz stand ebenfalls auf. «Denken Sie drüber nach», sagte er und reichte ihm die Hand.

Thomas schüttelte sie wortlos, wich aber seinem Blick aus, schnappte sich seine Tasche und verließ fluchtartig das Krankenhaus.

Draußen war es warm und schwül. Ein bleigrauer Himmel lag schwer auf der Stadt. Der Gürtel der Umhängetasche schnitt Thomas tief in die Schulter. Er war mit der S-Bahn gekommen und das letzte Stück zu Fuß gegangen, um unterwegs Plakate verteilen zu können. Auch im Krankenhaus hatte er welche aufgehängt. Kaum war er wieder auf der Straße, suchte er nach neuen Stellen, an denen er weitere Suchplakate aufhängen konnte. Er fand einen Stromverteiler, eine Bushaltestelle, eine geeignete Hauswand. Schließlich betrat er eine Tankstelle, um zu fragen, ob er innen ein Plakat aufhängen dürfte.

Der Inhaber, ein großer, kantiger Kerl mit ernstem Gesicht und dunklen Augen, ließ sich ein Plakat aushändigen, warf einen Blick drauf, rollte es zusammen und gab es Thomas zurück.

«Nee, hier nicht», sagte er.

«Warum nicht?», fragte Thomas.

Der Inhaber war schon im Gehen begriffen, drehte sich aber noch einmal um.

«Weil es den Leuten Angst macht.»

«Wie bitte?»

«Stand doch damals überall in den Zeitungen, die Sache. So was macht den Leuten Angst.»

«Ich versuche, meine Freundin zu finden», entgegnete Thomas, der kaum glauben konnte, was er da hörte.

«Verstehe ich schon, aber nicht hier. Ich habe ein Geschäft zu führen, in dem sich die Leute wohl fühlen sollen. Wer kauft schon Rotwein für einen gemütlichen Abend zu Hause, wenn er vor Augen geführt bekommt, wie unsicher es in den eigenen vier Wänden sein kann.»

«Das hier ist eine Tankstelle.»

«Draußen, ja. Hier drinnen ist es ein Supermarkt der netten Dinge. Gewöhnliche Einkäufe erledigt man bei den Discountern, bei mir kauft man, was Spaß macht. Und verschwundene Menschen machen keinen Spaß.»

«Wie kann man nur so egoistisch sein», versetzte Thomas.

Der Inhaber warf ihm einen warnenden Blick zu.

«Wenn sonst nichts ist, ich hab zu tun», sagte er.

Thomas zog ein Plakat aus der Umhängetasche und begann damit, es von innen an die große Scheibe zu kleben.

Er war noch nicht weit gekommen, da packte der Inhaber ihn grob bei den Schultern und stieß ihn Richtung Ausgangstür. Thomas wollte sich wehren, hatte gegen den kräftigen Mann aber keine Chance. Er bekam einen Stoß und landete auf allen vieren vor der Ladentür.

«Lass dich hier nicht mehr blicken. Du hast Hausverbot!», rief ihm der Inhaber nach und zog sich in seinen klimatisierten Laden der netten Dinge zurück.

Thomas blieb einen Moment auf den Knien hocken und fragte sich, ob er wieder hineingehen und es dem Kerl zeigen sollte. Aber ihm war schwindelig, in seinem Kopf drehte sich alles, und sein Herz schlug Kapriolen. An Aufstehen war nicht zu denken, an eine körperliche Auseinandersetzung erst recht nicht. Er hob den Blick. Die Tanksäule vor ihm tanzte hin und her, die Geräusche der Straße klangen gedämpft, vom Pflaster stieg ihm heiße, nach Öl und Diesel stinkende Luft entgegen, und er glaubte sich übergeben zu müssen ...

Fertig, dachte Thomas. *Ich bin fertig, keine Kraft mehr ... am Ende ...*

Cowboystiefel erschienen in seinem Blickfeld.

Eine Hand packte ihn unter der Achsel und zog ihn auf die Beine.

«Na komm schon», sagte eine dumpfe, verzerrte Stimme.

Thomas sah den Mann an, der ihm half.

Es war sein Bruder Nils.

«Du schon wieder?» Er bemerkte, dass er lallte wie ein Betrunkener.

«Ich schon wieder, und diesmal wirst du mich nicht so schnell wieder los.»

Nils führte Thomas zu seinem Wagen, diesem auffälligen roten Mustang, diesem Angeberwagen für Möchtegern-Westernhelden.

«Bist du mir etwa gefolgt?»

«Nee, ich stehe immer an dieser Tankstelle herum, den ganzen Tag.»

«Haben unsere Eltern …»

«Tu mir einen Gefallen und halt mal den Mund», sagte Nils und schubste Thomas auf den Beifahrersitz. «Warum bist du rausgeflogen?»

«Weil ich ein Plakat anbringen wollte.»

«Okay, gib mir eins.»

«Wozu?»

«Na los, gib schon her.»

Nils klang gereizt, also gab er ihm ein Plakat.

«Warte hier, bin gleich wieder da.»

Er lief zurück und betrat den Supermarkt der netten Dinge. Thomas konnte ihn von seiner Position aus nicht sehen. Er sackte in dem harten, unbequemen Sitz des Sportwagens zusammen und wünschte sich, nie mehr aufstehen zu müssen. Seine Lider waren plötzlich schwer wie Blei.

Nils stieg wieder ein.

«Ab heute verteilen wir zusammen», sagte er, und es klang, als dulde er keinen Widerspruch.

Wie wäre es, wenn du eine Ausbildung zum Radio- und Fernsehtechniker bei mir machst?»

Der Junge war gerade sehr konzentriert damit beschäftigt, den Lötpunkt auf die Platine zu setzen, und hörte gar nicht, was Fred Martens zu ihm sagte. In der einen Hand hielt er den kleinen Lötkolben mit dem blauen Griff aus Kunststoff, den Fred extra für ihn angeschafft hatte, in der anderen eine Isolierzange, in deren schmalen Backen ein Stück silbernen, biegsamen Lötzinns klemmte. Er schaute durch eine Lupe, die den winzigen Punkt auf der Platine ausreichend vergrößerte, an der eine Lötstelle gebrochen war, um ihn reparieren zu können. Vorsichtig führte er die Spitze des Lötkolbens an den Punkt heran und ließ einen Tropfen Zinn darübergleiten. Er floss passgenau auf die Stelle, an der die Stifte zweier Transistoren zusammentrafen und einen Stromkreis bildeten. Der Junge wartete noch, bis das Lötzinn ausgehärtet war, dann sah er Fred Martens an, der ganz dicht bei ihm saß, um ebenfalls durch die Lupe schauen zu können.

«Was?», fragte er und blinzelte.

«Eine Ausbildung? Wie wäre das?»

Es dauerte einen Moment, bis der Junge begriff, was ihm da gerade vorgeschlagen wurde. Mit offenem Mund starrte er Fred an. Der Lötkolben sank auf die Arbeitsplatte hinab.

«Vorsicht», sagte Fred, aber da roch es schon verkohlt, und das Holz wies eine verbrannte Stelle mehr auf – eine von Hunderten.

Fred nahm ihm den Lötkolben ab.

«Den brauchen wir jetzt wohl nicht mehr. Das hast du sehr gut gemacht.»

«Eine Ausbildung? Hier bei dir?», fragte der Junge.

Fred nickte und legte das Werkzeug zurück an seinen Platz. In Freds Werkstatt hatte alles seinen Platz, es gab nichts, was er nicht mit einem Handgriff fand. Er legte großen Wert darauf, dass der Junge diese Ordnung einhielt, denn in einer unordentlichen Werkstatt konnte keine ordentliche Arbeit verrichtet werden, sagte er. Beinahe zwei Jahre war es jetzt her, dass Fred Martens in das Wohnheim für Frauen gekommen war, um den kaputten Fernseher zu reparieren. In diesen zwei Jahren hatte der Junge so viel Zeit wie möglich in Freds Werkstatt verbracht, die für ihn wie ein Zauberreich war. Hier roch es anders als überall sonst, das Licht war diffus, kleine Punktstrahler erhellten nur die Bereiche, die hell sein mussten, immer war es ruhig, manchmal sogar erschreckend still, und Fred bewegte sich in dieser magischen Welt wie ein weiser alter Zauberer. Vielleicht war er sogar einer. Menschen brachten Geräte zu ihm, für die sie längst jede Hoffnung aufgegeben hatten, und Fred reparierte sie. Der Junge hatte Männer und Frauen mit Tränen der Freude in den Augen gesehen, wenn sie ihr Gerät funktionstüchtig wiederbekamen, und es waren einige dabei gewesen, an denen auch der Junge mitgearbeitet hatte. Es war gar nicht so schwer, wenn man erst einmal wusste, wie Strom funktionierte. Der Junge hatte bereits eine Ahnung davon, und Fred war immer sehr geduldig, wenn es mal nicht gleich klappte.

In seinem ganzen Leben hatte es keinen Ort gegeben, an dem der Junge sich wohler fühlte.

«Ich habe bereits mit deiner Mutter gesprochen. Sie hat nichts dagegen. Du wirst bald dreizehn, in zwei Jahren könntest du mit der Ausbildung beginnen. Ich brauche hier ohnehin jemanden, der mir hilft.»

«Und dann werde ich irgendwann ein Meister sein, so wie du?»

Fred Martens nickte.

«Bei deinem Talent schneller als du denkst. Aber du wirst

natürlich hart arbeiten müssen dafür. Viel Lernerei in der Schule, ich weiß, das liegt dir nicht so, aber es wird dir nicht erspart bleiben. Mathematik ist wichtig für unseren Beruf, weißt du.»

«Ich ... das möchte ich mehr als alles andere auf der Welt, und ich verspreche, ich strenge mich richtig doll an. Auch in der Schule.»

Fred Martens wuschelte dem Jungen durchs Haar. Das tat er oft, wenn sie bei der Arbeit beisammensaßen, und es gefiel dem Jungen. Bei Mama machte Fred es anders. Bei ihr nahm er eine ihrer langen Haarsträhnen und ließ sie zwischen seinen Finger entlanggleiten – aber nur, wenn die beiden glaubten, sie seien allein und unbeobachtet –, und dann sagte er ihr, was sie für wunderschönes Haar habe.

«Das weiß ich doch», sagte Fred. Dann stand er auf und klatschte in die Hände.

«Das muss gefeiert werden, meinst du nicht auch? Wie wäre es mit einem Eis bei Luigi?»

Seit Mama jeden Tag vier Stunden in der Eisdiele von Luigi arbeitete, gingen sie häufiger Eis essen, denn sie bekamen es für die Hälfte des offiziellen Preises. Fred hatte Mama die Stelle beschafft. Auch wenn sie nur bis Ende September befristet war, weil die Eisdiele dann schloss und Luigi mit seiner Familie über den Winter nach Italien ging, war Mama doch überglücklich, endlich wieder eigenes Geld verdienen zu können. Vielleicht würde sie ab Oktober in dem kleinen Friseurladen im Nachbarort eine Anstellung finden, dort war jemand gegangen, wie Fred wusste, und er hatte schon angefragt. Vielleicht würden sie dann sogar zu Fred ziehen, endlich raus aus der kleinen Wohnung in der Stadt, die das Sozialamt ihnen zur Verfügung gestellt hatte. Fred hatte das mit dem Umzug zu ihm oft genug vorgeschlagen, aber Mama hatte es bisher nicht gewollt. Der Junge verstand nicht, warum. Mama sagte immer nur, sie wisse noch nicht, ob Fred der Richtige sei. Was bedeutete der Richtige? Und wie konnte sie sich bei Fred unsicher sein, wenn sie sich bei dem widerlichen Gruga doch sicher gewesen war?

Aber jetzt, mit der Ausbildung, da musste sie doch einfach ja sagen.

«Bekomme ich drei Kugeln Zitrone?», fragte der Junge, sprang auf und klatschte im Überschwang der Gefühle ebenfalls in die Hände.

«Zur Feier des Tages! Mit Sahne, wenn du willst!»

Sie schlossen den Laden und die Werkstatt ab. In einer halben Stunde war ohnehin Feierabend, und so kurz vor Torschluss würde niemand mehr kommen.

Vom Laden aus überquerten sie in fünf Minuten die Straßenbrücke über den Fluss und folgten dem Fußweg vorbei am Friedhof und dem Sportplatz bis zur Eisdiele von Luigi, von deren Terrasse aus man einen herrlichen Blick auf den Fluss hatte. Die Sonne schien von einem ungetrübten Himmel durch das dichte Blätterdach der Laubbäume, die den Weg säumten. Auf den Feldern hatte ein Bauer Gras gemäht, es roch nach Heu.

«Kann ich nicht jetzt schon anfangen mit der Ausbildung, am besten morgen schon, dann muss ich nicht mehr in die Schule, oder?», plapperte der Junge drauflos. «Ich sag meinem Lehrer einfach, dass du mich ganz doll brauchst in der Werkstatt und dass ich alles, was ich noch nicht weiß, zu Hause lerne. Du kannst mir doch alles beibringen, was ich wissen muss, oder.»

Fred lachte.

«Nein, das geht nicht, die Schule musst du erst zu Ende bringen. Aber bis dahin bringe ich dir schon allerlei bei, und wenn du dann ganz offiziell bei mir in die Ausbildung gehst, kannst du schon viel mehr als die anderen und wirst der Klassenbeste sein. Wirst sehen.»

In seiner Vorstellung sah der Junge sich den kleinen blauen Transporter steuern, mit dem Fred zu seinen Kunden fuhr. Darauf war ein Fernseher mit Gesicht abgebildet, der ein Fieberthermometer im Mund hatte und krank wirkte. Unter dem Gesicht stand «Fred Martens, Reparaturservice für Elektrogeräte». Eines Tages vielleicht würde sein eigener Name auf dem Transporter stehen, und dann würde er damit zu den Kunden rausfahren, deren kaputte Geräte reparieren und sie glücklich machen.

An der rückwärtigen Friedhofsmauer, die an den Weg grenzte, gab es ein kleines schmiedeeisernes Tor. Aus der Entfernung sah der Junge, dass jemand an diesem Tor stand. Ein großer Mann, der ein Bein lässig angewinkelt gegen die Mauer gestellt und die Arme vor der Brust verschränkt hatte. Im Zwielicht unter dem Blätterdach konnte der Junge nicht viel mehr erkennen, aber plötzlich hatte er ein ganz schlechtes Gefühl im Bauch.

Seine Hand verkrampfte sich in Freds, ruckartig blieb er stehen.

«Was ist los?», fragte Fred.

«Können wir nicht andersherum gehen, vorn an der Straße entlang?», bat er.

Fred sah zu dem Mann an dem Tor hinüber.

«Du musst keine Angst haben. Wenn ich dabei bin, passiert dir nichts. Komm, lass uns weitergehen.»

Fred zog ihn hinterher, und der Junge folgte widerwillig. Er behielt den Mann im Auge, aber bevor sie ihn erreichten, schnippte der etwas in die Büsche, wahrscheinlich eine Zigarette, drehte sich um und ging durch das Tor auf den Friedhof.

Als sie das Tor passierten, war er nicht mehr zu sehen, nur der Geruch der Zigarette lag noch in der Luft. Der Junge verrenkte sich fast den Kopf, konnte aber nicht über die Friedhofsmauer blicken. Erst als sie offenes Gelände erreichten, entspannte er sich und löste seinen festen Griff um Freds Hand.

«Vor den Menschen auf dem Friedhof musst du keine Angst haben», sagte Fred. «Weder vor den Toten noch vor den Lebenden. Ich glaube, es gibt auf der Welt keinen friedlicheren Ort als einen Friedhof.»

Der Junge sagte nichts dazu. Es war gar nicht der Friedhof, vor dem er sich gefürchtet hatte, er wusste, die Toten konnten niemandem etwas anhaben. Es war die Haltung dieses Mannes, die eine alte Angst in ihm geweckt hatte. Heinz Gruga hatte oft so an seinem getunten Kadett gestanden und geraucht. Mama hatte Fred nie etwas von Gruga erzählt, und er würde es auch nicht tun. Sie hatte schon recht, wenn sie sagte, manche Dinge müssten einfach ein Geheimnis zwischen ihnen bleiben.

Nur fünf Minuten vom Friedhof entfernt lag der kleine Sportplatz. Dort war noch nichts los, erst in zwei Stunden würden sich die Fußballer treffen, um zu trainieren. Der Junge hatte ihnen einige Male dabei zugesehen, sich aber nicht getraut zu fragen, ob er mitmachen dürfe.

Plötzlich flog ein Fußball über den niedrigen Zaun. Der Junge nahm ihn aus den Augenwinkeln wahr, konnte aber nicht mehr ausweichen, er traf ihn mitten ins Gesicht. Sofort schoss ein scharfer Schmerz von seiner Nase aus direkt in den Kopf. Er fiel nach hinten auf den Hosenboden.

«Hey, aufpassen!», rief Fred.

Der Junge war benommen, sah Sterne und spürte Blut aus der Nase in seinen Mund laufen. Fred beugte sich zu ihm hinunter und hielt ihm ein Taschentuch unter die Nase.

«Geht's, meine Junge?», fragte er tief besorgt.

«Oh, das tut mir aber leid», sagte eine höhnische Stimme, die der Junge auch in seinem benommenen Zustand erkannte.

«Können Sie nicht aufpassen?» Aufgebracht fuhr Fred den Sprecher an.

Die Benommenheit wich, und der Junge konnte wieder klar sehen. Vor ihm auf dem Weg stand Heinz Gruga. Zwei Jahre waren vergangen, seit sie vor ihm geflüchtet waren, aber Gruga hatte sich nicht verändert. Er wirkte noch immer so massig, einschüchternd und gewalttätig wie damals. Also hatte er sich doch nicht getäuscht, eben an der Pforte zum Friedhof.

«Na, kleiner Pisser, tut die Nase weh?»

Gruga lachte höhnisch. Ein dumpfes Grollen aus den Tiefen seines Brustkorbes.

«Verschwinden Sie, oder ich rufe die Polizei.»

Fred Martens trat einen Schritt auf Gruga zu. Der Junge wollte ihn zurückhalten, doch es war zu spät. Gruga war einen Kopf größer als Martens, mit viel breiteren Schultern. Die harte Arbeit im Stahlbau hatte einen äußerst kräftigen Mann aus ihm gemacht, der zuschlagen konnte, das hatte der Junge damals zu spüren bekommen.

Fred Martens bekam es jetzt zu spüren.

Gruga schlug ihm ansatzlos in den Bauch. Fred klappte zusammen, rang nach Luft und ging keuchend auf ein Knie.

«Lass ihn!», schrie der Junge und wollte auf Gruga losgehen, doch der stieß ihn einfach wieder zurück auf den Hosenboden.

«Ist das jetzt dein neuer Daddy, ja? Hast du ihm erzählt, dass du ein lausiger Dieb bist, ja? Und weißt du auch, was Dieben blüht? Die werden übers Knie gelegt.»

Als Gruga einen Schritt auf den Jungen zu machte, packte der noch immer kniende Fred Martens ihn am Unterschenkel.

«… den Jungen in Ruhe …», keuchte er.

Gruga blieb tatsächlich stehen und sah auf die Hand hinunter, die ihn festhielt. Es war ein menschenverachtender Blick, und der Junge wusste, das hier würde nicht gut ausgehen. Plötzlich bereute er, damals nicht einfach geflohen zu sein. Warum nur hatte er den Ball aus der Heiligen Ecke kaputt gemacht? Es hatte ihm doch klar sein müssen, dass Gruga diesen Frevel nicht einfach so auf sich beruhen lassen würde.

«Schau mal einer an. Einen richtigen Helden haben wir hier, was?»

Es kostete Gruga keine Mühe, Fred am Schlafittchen zu packen und ihn auf die Beine zu ziehen. Er hielt ihn sich dicht vors Gesicht.

«Du lässt ab jetzt die Finger von meiner Alten, haben wir uns verstanden?»

Eine Antwort wartete Gruga nicht ab. Er bog seinen Stiernacken zurück, holte aus und stieß mit seiner breiten, gewölbten Stirn gegen Freds Nasenbein.

Der Junge hörte das Knacken, mit dem die Nase brach, und er sah Blut wie eine Fontäne herausschießen. Fred ging betäubt zu Boden.

«Lass ihn in Ruhe, du Dreckschwein!», schrie der Junge.

Gruga lachte lauthals und wischte sich über die Stirn. Dann trat er dem Jungen wuchtig in die Seite. Er fiel auf den Rücken, und Gruga stellte ihm einen Fuß auf die Brust.

«Das hättest du dir überlegen sollen, bevor du meinen Ball angefasst hast. Jetzt siehst du, was dabei herauskommt. Ist alles deine Schuld.»

Gruga schnellte herum und trat den am Boden hockenden Fred Martens wuchtig gegen den Kopf. Ohne einen Laut kippte Martens in den Dreck und krümmte sich zusammen, seine Beine zuckten wie bei einem Anfall. Gruga packte den Jungen und riss ihn hoch.

«Deine Mama sagt, ich soll dich nach Hause bringen. Ab jetzt herrschen hier wieder Zucht und Ordnung.»

Der Junge spuckte Gruga ins Gesicht. Gruga ließ ihn fallen, um sich den Speichel aus dem Auge zu wischen. Derweil krabbelte der Junge auf Fred zu. Überall auf dem staubigen Schotterweg war Blut, auch aus seiner Nase lief es immer noch in langen, schleimigen Fäden heraus.

Freds Gesicht war eine entsetzliche rote Maske. Seine Augen waren geöffnet, doch er sah nicht so aus, als bekäme er irgendwas mit. Vor seinem Mund schlug roter Speichel Blasen.

Der Junge zog an seinem Arm.

«Fred … komm … weg hier, schnell, komm schon.»

Doch Fred rührte sich nicht.

Gruga packte den Jungen im Nacken und hielt ihn so, dass er Fred ansehen musste.

«Alles deine Schuld, du mieser kleiner Dieb.»

Dreimal trat er Fred noch ins Gesicht, ohne dass der sich schützen oder wehren konnte. Die Geräusche waren entsetzlich.

«Du und deine Mutter, ihr kommt jetzt mit mir, und wenn ich auch nur einen Pieps von dir höre, dann komme ich zurück und befördere deinen Freund hier ins Grab. Hast das verstanden?»

Der Junge nickte. Er wusste, diesen Kampf konnte er nicht gewinnen, und er riskierte Freds Leben, wenn er sich weiterhin zur Wehr setzte. Also ließ er sich von Gruga mitziehen.

Er legte den Lötkolben ab und wischte sich mit der Hand übers Gesicht. Der Geruch des schmelzenden Lötzinns hatte die Erinnerung ausgelöst, und sie war so tief gewesen, dass er den metallenen Geruch des Blutes hatte riechen können. Sogar seine Nase hatte wieder weh getan von dem harten Lederball, der damals dagegengeprallt war.

Mit zittriger Hand hängte er den Lötkolben in den dafür vorgesehenen Ständer, zog den Stecker und schraubte den Deckel auf die runde Dose, in der das Zinn aufbewahrt wurde. Er hatte an der Schaltung für die automatische Tür gearbeitet, als er von der Erinnerung heimgesucht worden war. Die Schaltung war kompliziert, aber wenn alles so klappte, wie er es sich vorstellte, würde sich die Tür nur öffnen, wenn er sich mit dem Infrarotsensor in einem Meter Abstand befand. Niemand anderes würde dann in den Teil des Hauses gelangen, den er gerade umbaute.

Aber für heute war diese filigrane Arbeit beendet. Die Erinnerung an Gruga hatte mal wieder die alte Wut ausgelöst, und das war nicht gut, wenn man dünne Kupferkabel mit millimeterkleinen Lötpunkten verbinden wollte.

Vielleicht sollte er nach Swantje sehen, sie würde ihn sicher ablenken.

Er löschte das Licht, verließ die Werkstatt, schloss die Tür ab und steckte den Schlüssel ein. Auf dem Gang war es dunkel, aber er machte kein Licht. Hier gab es ein Fenster zur Straße hinaus. Er war noch nicht dazu gekommen, von innen eine Platte anzubringen. Die Leute waren neugierig, und der eine oder andere würde sich wundern, wenn tief in der Nacht noch Licht brannte. Er musste die Veränderungen so gering wie möglich halten.

Neben der Metalltür zum Lager hatte er bereits ein Loch in die Wand gestemmt, dort würde er die Empfangssteuerung einbauen. Der Gelenkarm, der die Tür öffnete, befand sich im Inneren. Einmal geschlossen, würde man schweres Gerät benötigen, um die Tür von außen ohne den Sensor zu öffnen. Bis er mit der Arbeit fertig war, übernahm ein altmodischer Schlüssel die Aufgabe der Schaltung. Er drehte ihn herum, öffnete die schwere Metalltür, trat ein, schloss und verriegelte sie hinter sich und machte erst dann Licht.

Prüfend glitt sein Blick über die Konstruktion aus drei Zentimeter starken Holzplatten. Zwei Wochen hatte es gedauert, in das fast hundert Quadratmeter große Lager einen zweiten Raum einzubauen. Zwischen zwei Holzwänden befand sich eine Lage Dämmwolle, um die Geräusche so weit herunterzudämmen, dass sie außerhalb des Gebäudes nicht zu hören waren. Zu Testzwecken hatte er den alten Radiorecorder auf voller Lautstärke «My Hometown» spielen lassen und war hinaus in den Garten gegangen. Der Härtetest war jedoch Swantjes Geschrei gewesen, nachdem sie in ihrem neuen Zuhause aufgewacht war. Das Mädchen war wirklich gut bei Stimme, aber auch davon war draußen nichts zu hören gewesen.

Er mochte es, wenn seine Arbeit gut war und ihren Zweck erfüllte. Nichts befriedigte ihn mehr.

Der hölzerne Innenraum hatte eine eigene Tür, die durch zwei Metallbeschläge von außen gesichert war. Er wünschte sich natürlich, irgendwann auf all diese Sicherungen verzichten zu können, aber er war nicht dumm und wusste, es dauerte eine Weile, bis ein Mensch sich an ein neues Zuhause gewöhnte – bei ihm war es nicht anders gewesen. Die kleine Swantje war eine richtige Kratzbürste und hatte sich bisher nach Kräften gewehrt. Sie aß und trank nicht, sprach nicht mit ihm, schrie ihn an, sobald er den Raum betrat, und an sich heran ließ sie ihn natürlich auch nicht. Lange würde er sich das nicht mehr anschauen, es gab schließlich noch andere Frauen, die vielleicht besser für ein gemeinsames Leben geeignet waren.

Er hatte da schon eine im Auge. Nicht so jung und wild, aber leider auch nicht ganz so hübsch.

Sein selbstgebautes Zuhause hatte nach vorne raus ein Fenster. Er hatte lange überlegt, ob er das Risiko eingehen konnte, aber da es eine weitere Tür gab, die eine Flucht verhinderte, und alles keinen Sinn machte ohne Fenster, hatte er sich dafür entschieden.

Warmes Licht fiel hindurch. Immer. Er löschte es nie, auch nachts nicht.

Bevor er die Tür öffnete, blickte er durch das Fenster.

Swantje lag mit angezogenen Knien auf dem breiten Bett, hielt ihren Teddy umklammert und schien zu schlafen. Klein und schmal, wie sie war, wirkte sie ganz verloren darin. Sie trug die Shorts und das weiße Unterhemd mit den dünnen Trägern, beides hatte er ihr gestern frisch gewaschen hineingereicht. Ihr Haar schimmerte seidig auf dem Kopfkissen.

Er beobachtete Swantje misstrauisch ein paar Minuten lang. Ihre Lider flatterten nicht, sie atmete ruhig und gleichmäßig, schien also wirklich zu schlafen. Also zog er die Riegel zurück und betrat Swantjes neues Zuhause. Die Tür ließ er offen stehen.

Sie hatte randaliert, dieses kleine Biest. Milchreis klebte an den Wänden, die Zucker-Zimt-Mischung lag auf dem Boden verstreut, und auch das Wasser hatte sie ausgekippt. Nun, das würde sie später selbst aufräumen müssen. Jeden einzelnen Zuckerkrümel würde er sie entfernen lassen, denn Unordnung duldete er nicht. Es hatte ihn viel Arbeit und Mühe gekostet, dieses Zimmer so gemütlich einzurichten, und er würde es nicht tolerieren, wie sie damit umging. Zum Glück hatte der klebrige Milchreis nicht das Bücherregal getroffen. Die Bücher waren nur geliehen, und mit geliehenen Sachen musste man besonders sorgfältig umgehen.

Die Lampe und den Teppich, beides hatte er aus Swantjes Dreckloch in der Stadt mitgebracht, hatte sie unangetastet gelassen. Er hatte ihr nicht gesagt, dass er sie in den Teppich eingerollt aus dem Haus geschafft hatte, wahrscheinlich würde sie ihn sonst mit anderen Augen betrachten.

Er ging zum Bett hinüber, kniete sich davor und betrachtete sie. Swantje hatte ein wunderschönes zartes Gesicht mit hohen Wangenknochen und glatter, reiner Haut, die wie auch Saskias sommerlich gebräunt war. Da Swantje aber blondes Haar hatte und ein hellhäutiger Typ war, hatten sich auf ihren Jochbeinen und dem Rücken der schmalen Nase viele Sommersprossen gebildet. Wenn sie wach war, war ihr Gesicht angespannt und verzerrt vor Wut, jetzt aber, im Schlaf, wirkte es beinahe engelhaft. Eine Haarsträhne hing ihr in die Stirn, er streckte die Hand aus und strich sie vorsichtig beiseite.

Mareike hatte ein ähnliches Gesicht gehabt.

Es machte ihn immer noch traurig, an sie zu denken. Er wollte sich lieber auf Swantje konzentrieren, damit sie die bösen Geister der Vergangenheit vertrieb.

Ihr Körper strahlte Wärme und den Geruch von verschwitzter Haut aus. Vielleicht sollte er sie duschen lassen? Die sanitären Einrichtungen waren so weit fertig. Es wäre ein erster Schritt in die Normalität. Vielleicht wäre sie ihm sogar dankbar dafür und würde endlich aufhören mit der Schreierei. Was ergab es auch für einen Sinn, ihm immer wieder vorzuhalten, er habe diesen Hängehosenträger getötet, den sie Ulf nannte. Er wusste schließlich selbst, dass er das getan hatte. Diesmal sogar ordentlich. Er machte nie denselben Fehler zweimal, und dass er bei Thomas Bennett nicht genau hingeschaut hatte, war ein Fehler gewesen. Die ganze Stadt war voller Plakate von Saskia, irgendwie schien jeder nach ihr zu suchen. Aber solange er vorsichtig blieb und sich an die selbst auferlegten Regeln hielt, sollte eigentlich alles glattgehen.

Swantje bewegte sich und stöhnte leise.

Er zog seine Hand zurück.

Ihre Lider flatterten, sie strich mit der Hand dort über ihr Gesicht, wo er sie gerade noch berührt hatte. Dann schmatzte sie, fuhr sich mit der Zunge über die trockenen Lippen und schlug die Augen auf.

Zunächst schien sie ihn nicht zu erkennen und gab ihm damit Gelegenheit, ihr tief in die Augen zu schauen. Dann wurde sie wirklich wach.

Weil er nicht ertrug, was er in ihren Augen sah, zog er sich schnell zurück und senkte den Blick.

«Möchtest du duschen?», fragte er hastig.

Swantje rutschte gegen die Wand und lehnte ihren Oberkörper dagegen. Das Oberteil verrutschte, ihre rechte Brust lag plötzlich frei, und er spürte, wie ihm bei dem Anblick das Blut in den Kopf schoss. Sicher bekam er wieder rote Ohren, das war schon immer so gewesen. Wie peinlich.

«Ich habe ein Badezimmer für dich gebaut», nuschelte er.

Swantje griff nach ihrem Teddy und bedeckte ihre Brust damit.

«Was willst du von mir?», fragte sie. Nach der ganzen Schreierei war ihre Stimme heiser und rau.

«Ich … wir …», seine Zunge drohte sich zu überschlagen, weil sie seinen Gedanken nicht folgen konnte. Er konzentrierte sich und begann erneut. «Danach könnten wir zu Abend essen, was meinst du?»

«Du krankes Arschloch», sagte sie mit hasserfüllter Stimme. «Du hast Ulf getötet, meinen Ulf … warum hast du das getan … du widerliches krankes Arschloch.»

Es ging schon wieder los. Zwar schrie sie nicht, wahrscheinlich tat ihr der Hals weh, aber diese endlosen Beschimpfungen entfalteten ihre Wirkung auch, wenn sie leise sprach. Vielleicht sogar noch mehr. Warum wies sie ihn so zurück? Verstand sie denn überhaupt nicht, was er hier für sie tat? In seiner Enttäuschung blickte er zu Boden und ließ die neuerliche Tirade über sich ergehen. Sie würde sich sicher gleich beruhigen.

Doch plötzlich schoss sie von dem Bett hoch in Richtung der offen stehenden Tür.

Er hatte sie absichtlich nicht geschlossen, weil er sehen wollte, wie sie reagierte, ob sie seine Großzügigkeit ausnutzen würde. Er schloss kurz die Augen, schüttelte den Kopf, erhob sich und folgte ihr. Alles in ihm fühlte sich schwer und traurig an.

Swantjes Flucht endete vor der Metalltür. Sie schlug mit ihren kleinen Fäusten dagegen, rief laut und schrill um Hilfe. Er packte sie im Haar und am Nacken und stieß sie mit dem Gesicht voran gegen die Tür. Augenblicklich verstummten ihre Schreie. So wie damals bei ihm, als ihn der Fußball im Gesicht getroffen hatte, schoss Blut aus ihrer Nase, spritzte gegen die Tür und lief daran herunter. Swantje wäre zusammengebrochen, hätte er sie nicht festgehalten.

«Nicht schreien. Ich habe doch gesagt, nicht schreien.»

Er drosch sie noch einmal gegen die Tür, und sie wurde schlaff in seinem Griff.

Es war warm im Wagen und roch nach Schweiß.

Vor wenigen Minuten war Nils ausgestiegen und über die Straße gelaufen, um bei den zwei Dutzend Häusern, die dort zusammengedrängt standen, Flyer zu verteilen.

Es war Nils' Idee gewesen, nicht nur Plakate zu kleben, sondern DIN-A5-Flyer in die Briefkästen und Zeitungsrollen zu stecken. Dafür musste man sich von niemandem eine Erlaubnis einholen, und man erreichte so Menschen, die die Plakate einfach nicht wahrnahmen. Außerdem hatte Nils vorgeschlagen, die Plakate in den Randbereichen der Stadt zu verteilen, weil der Täter Saskia sicher nicht in einer kleinen Etagenwohnung in der Innenstadt festhalten würde, sondern irgendwo draußen auf dem Lande.

Das war nicht von der Hand zu weisen. Immerhin hatte die Polizei Thomas' Wagen auf einem einsamen Parkplatz am Rande der Heide gefunden.

Thomas war nun doch froh, seinen Bruder dabeizuhaben. Dr. Scholz hatte insofern recht, dass Thomas Saskia nicht helfen konnte, wenn er zusammenbrach. Er wurde sicher nicht verrückt, wie der Arzt gemutmaßt hatte, aber dass er unter starkem Stress stand, konnte er nicht leugnen, und seine Stimmungsschwankungen hatten wohl damit zu tun.

Rein körperlich war es ebenfalls von Vorteil, Nils dabeizuhaben. Sie wechselten sich ab mit dem Verteilen. Mal sprang Thomas aus dem Wagen, dann wieder sein Bruder, und manchmal gingen sie auch zusammen. In den drei Stunden, die sie heute schon unterwegs waren, war es aber auch schon einige Male vorgekommen, dass Thomas im Wagen geblieben war, weil er eine Pause brauchte.

Man konnte seinen Körper nicht endlos ausbeuten. Es war hart für ihn, das zu akzeptieren.

Immer fiel Thomas' Blick auf das Handschuhfach. Die Waffe darin bereitete ihm Magenschmerzen, zog seine Gedanken aber auch geradezu an. Würde er sie irgendwann brauchen? Was würde passieren, wenn er Saskias Entführer vor der Polizei fand? Hatte er nach nicht das Recht, den Mann zu erschießen? Nicht vor dem Gesetz, das wusste er, aber moralisch würde er damit vor sich bestehen können. Oder nicht?

Thomas hielt nach seinem Bruder Ausschau, konnte ihn aber nicht entdecken. Er öffnete das Handschuhfach und nahm die Waffe heraus. Sie fühlte sich schwer und wertvoll an. Das Metall war kühler als die Umgebung. An der Seite war ein kleiner Hebel angebracht, den man in verschiedene Stellungen schieben konnte. Die oberste Stellung war mit einem roten Punkt markiert.

Thomas hatte keine Ahnung von Waffen. Noch heute war er davon überzeugt, dass es ein grundlegender Fehler der Menschheit war, Konflikte mit Waffengewalt zu lösen. Dem Menschen war die Fähigkeit zur komplexen Kommunikation gegeben, und das musste einen Grund haben. Thomas erinnerte sich noch gut daran, wie er die Prüfungskommission der Bundeswehr damals schwindelig geredet hatte. Sie hatten nicht daran gezweifelt, dass er für den Militärdienst unbrauchbar war.

Wie Vater damals getobt hatte!

Es klopfte an der Scheibe, und Thomas zuckte zusammen.

Nils grinste ihn an. Dann kam er um den Wagen herum und stieg ein.

«Fühlt sich gut an, oder?», sagte er mit einem Nicken in Richtung Waffe.

«Zumindest hat man das Gefühl, sich verteidigen zu können», gab Thomas zu.

«Tja, das täuscht. Wenn du noch nie eine Waffe abgefeuert hast, nützt dir das Ding kaum etwas.»

«Ich wollte sie mir auch nur mal anschauen», sagte Thomas.

«Kleiner, deine Gedanken stehen dir ins Gesicht geschrieben. Wenn es meine Freundin wäre, und ich würde den Täter finden, ich würde ihm das Magazin in den verdammten Körper pumpen. Jeden einzelnen Schuss.»

«Ich bin aber nicht wie du.»

«Nein? Immerhin sind wir Brüder.»

«Aber grundverschieden.»

«In manchen Dingen sicher. In anderen kann man gar nicht grundverschieden sein.»

«Und Töten gehört dazu?»

«Nicht Töten. Selbstschutz und Schutz der Familie. Gerade in diesen Zeiten.»

«Das geht auch anders», sagte Thomas und legte die Waffe zurück ins Handschuhfach. «Wieso hast du eigentlich eine Waffe?»

«In zehn Jahren kann viel passieren», sagte Nils mit einer Ernsthaftigkeit im Gesicht, die Thomas nicht von ihm kannte.

«Wissen unsere Eltern davon, wie du dein Geld verdient hast?», fragte er.

Nils hatte ihm gestanden, dass er bis vor zwei Jahren mit gestohlenen Fahrzeugen gehandelt hatte. Er hatte sie nicht selbst geklaut, sondern dafür gesorgt, dass sie über irgendwelche dunklen Kanäle verschwanden und in Afrika wieder auftauchten. Dort kümmerte sich angeblich niemand um Fahrgestellnummern und dergleichen. Nebenbei hatte er den Gebrauchtwagenhandel ihres Vaters weiterbetrieben. Ihr Vater hatte das Geschäft nach seiner Dienstzeit aufgebaut und es im Alter von sechzig Jahren an Nils abgegeben. Thomas erinnerte sich, damals sauer darüber gewesen zu sein. Nicht, weil er übergangen worden war, sondern weil er geahnt hatte, dass Nils das Geschäft über kurz oder lang gegen die Wand fahren würde. Das hatte er zwar nicht getan, noch nicht, aber es schien nicht mehr gut zu laufen, sonst hätte er sich nicht ein illegales Zubrot verdienen müssen. Vielleicht hatte er aber auch einfach nur Lust auf das Adrenalin gehabt. Bei Nils war alles möglich.

«Unsere Eltern wissen, dass ich nebenbei mit US-Sportcars handele. Sie denken, ich tue das fast ausschließlich übers Internet. Ich finde, dabei sollten wir es belassen.»

«Von mir aus gern. Du weißt ja, ich kann Geheimnisse bewahren.»

Nils presste die Lippen zusammen und nickte.

«Du hast ihnen bis heute nichts davon erzählt, oder?»

«Kein Wort, so wie ich es versprochen habe.»

«Ich bin nur nicht sicher, ob man mit einem Schweigen angeben sollte, das auf Erpressung beruht», sagte Nils.

«Na hör mal! Das war ja wohl gerechtfertigt. Du wärst aus dem heiligen Kreis der Familie ausgeschlossen worden, wenn ich es erzählt hätte. Lebenslang. Was sind dagegen ein paar Gefälligkeitsdienste.»

Auf der Gegenfahrbahn rollte ein Streifenwagen entlang. Thomas zuckte zusammen und wäre am liebsten tief in den Sitz gesunken, und das nur, weil eine Waffe im Handschuhfach lag. Nils tat einfach gar nichts. Saß cool und blickte sogar noch provokativ hinüber. Im Rückspiegel beobachtete Thomas, wie der Streifenwagen an der nächsten Ecke verschwand.

«Hab ich mich eigentlich je dafür entschuldigt?», fragte Nils.

«Dafür, dass du mich töten wolltest? Ich glaube nicht.»

«Wir waren Kinder, ich wollte dich nicht töten. Ich war nur sauer wegen Melanie.»

«Melanie, richtig, ich hatte ihren Namen ganz vergessen. Melanie Elfmann, oder?»

«Die Elfe, wie alle sie nur genannt haben», bestätigte Nils. «Das süßeste Mädchen an der Schule. Mit Abstand.»

«Und deswegen einen Brudermord wert.»

«Du lebst doch noch», entgegnete Nils.

«Das hätte aber auch anders ausgehen können.»

«Du glaubst gar nicht, wie leid mir das getan hat. Ich träume noch heute davon, wie du mit dem Fahrrad unter diesem riesigen Lkw verschwunden bist.»

Diesmal lag kein Spott in Nils' Stimme, nicht einmal ein kleines bisschen.

«Könnte ich irgendwas in meinem Leben rückgängig machen, wäre es das», sagte er. «Dieser Schubser, mit dem ich fast meinen kleinen Bruder getötet hätte.»

Nils schluckte trocken und sah aus dem Seitenfenster. Seine Hände rangen miteinander.

Über diese Sache hatten sie seit Ewigkeiten nicht mehr gesprochen. Damals war Nils fünfzehn und Thomas zwölf gewesen. In Thomas' Klasse ging die ebenfalls zwölfjährige Melanie Elfmann, ein beinahe schon überirdisch schönes Mädchen mit einer ätherischen Ausstrahlung, der man schon als Zwölfjähriger erlag. *Wen verzaubert die Elfe* war damals ein geflügelter Satz an der Schule gewesen, hauptsächlich bei den etwas älteren Jungs aus Nils' Jahrgangsstufe, aber auch Thomas hatte sich ihrem Zauber nicht entziehen können. Er hatte damals gewusst, dass sein Bruder immer wieder Versuche unternahm, an Melanie heranzukommen, doch die ließ ihn jedes Mal abblitzen. Er selbst hatte sie nur ein einziges Mal fragen müssen, ob sie ihm bei den Mathe-Hausaufgaben helfen würde, und schon war er für den Nachmittag bei ihr zu Hause eingeladen. Ihre Mutter hatte Limonade für sie gemacht, sie hatten auf der Terrasse gesessen und Mathe gepaukt. Melanie war richtig gut darin, und Thomas hatte sich bewusst dümmer gestellt, als er war. Den ganzen Nachmittag über hatte der Glastisch mit den Limonadengläsern zwischen ihnen gestanden, und doch war die Nähe zu ihr beinahe unerträglich gewesen. In jenem Sommer war Thomas zum ersten Mal in seinem Leben so richtig verliebt. Auf eine Art und Weise, die nichts Körperliches hatte, sondern sich einfach nur in dem Gefühl äußerte, dieses Mädchen vor allen Gefahren beschützen zu wollen, ihre Hand zu halten, wenn es ihr schlechtging, und ihr jeden Tag kleine Geschenke aus dem Kaugummiautomaten unten an der Kneipe mitzubringen, in dem es für ein paar Groschen Plastikringe und Armbänder in allen Rosatönen gab.

Auf dem Rückweg mit dem Fahrrad hatte Nils ihn abgepasst. Den ganzen Nachmittag über hatte er sich in der Nähe herumgetrieben und nur darauf gewartet, dass sein kleiner Bruder endlich auftauchte. Sie waren nebeneinanderher geradelt, und Nils hatte ihn ausquetschen wollen, doch Thomas war nicht nach reden zumute gewesen. Es war nicht einmal so, dass er Nils bewusst etwas verschweigen wollte, um ihn zu ärgern, nein, er wollte einfach nur noch eine Weile länger in diesem Gefühl verweilen, verliebt zu sein.

Plötzlich und ohne Vorwarnung hatte Nils ihm mit dem Fuß einen Stoß gegen den Gepäckträger verpasst, und Thomas war vom Fahrradweg auf die Fahrbahn und dort unter einen Kieslaster geraten. Von da an fehlte ihm praktisch jede Erinnerung außer einer: An der Stoßstange des Lasters klebte ein Aufkleber mit einem Spruch darauf. *Jeder Mann braucht ein Laster.* Diese Worte hatten sich in seine Erinnerung eingebrannt, und er hatte sie vor sich gesehen, als er eine Stunde später im Krankenhaus aufgewacht war. Sein rechter Arm war gebrochen, an der Stirn hatte man ihm eine Platzwunde genäht, sein Fahrrad war vollkommen hinüber, aber ansonsten war nichts passiert. Ein Wunder, wie seine Mutter nicht müde wurde zu betonen. Ein Wunder, bei diesem Monstrum von Lkw. Vierzig Tonnen, beladen mit Kies aus der Sandgrube, in der Thomas und Nils verbotenerweise oft gespielt hatten.

Mama hatte ihn ausgeschimpft, liebevoll zwar, aber doch ausgeschimpft, weil er neben seinem Bruder hergefahren war und nicht hinter ihm, wie es ihm beigebracht worden war. Und wenn man nebeneinanderfuhr, dann passierten eben solche Sachen.

Auch wenn Thomas sich an kaum etwas erinnerte, so wusste er doch noch sehr gut, dass Nils ihn mit einem Fußtritt auf die Fahrbahn befördert hatte, und zwar just in dem Moment, da dieser Laster vorbeikam. Doch Thomas sagte nichts. Weder zu seinen Eltern noch zu Nils, der ohnehin eine Menge Ärger bekommen hatte, weil er als der Ältere nicht besser aufgepasst hatte. Bei Nils' Besuch damals an seinem Krankenbett war die Schuld ganz deutlich in seinen Augen zu sehen gewesen, auch wenn er die ganze Zeit über versucht hatte, Thomas' Blick auszuweichen. Acht Wochen lang hatte Thomas geschwiegen, bis sie beide eines Nachmittags auf dem Rückweg von der Schule waren. Für Herrn Minke, den Geschichtslehrer, sollte Thomas einen dreiseitigen Aufsatz über Barbarossa schreiben. Thomas hatte zu Nils gesagt, er erwarte den Aufsatz bis morgen früh von ihm. Genau diese Worte hatte er gewählt. *Ich erwarte den Aufsatz bis morgen früh von dir.*

Nichts davon, dass er es ihm schuldig sei oder dass er petzen würde, wenn Nils sich weigerte.

Nils hatte ihn kurz angesehen und genickt.

Von da an hatte Thomas noch etliche Male Gefallen erpresst, und Nils hatte sie jedes Mal wortlos erfüllt.

«Deswegen war ich nicht im Krankenhaus, weißt du», sagte Nils jetzt. «Ich hätte diesen Anblick kein zweites Mal ertragen.»

Thomas dachte darüber nach, was er sagen konnte, um die Sache ein für alle Mal zu beenden. Die Schuld von seinem Bruder zu nehmen. Es war mehr als zwanzig Jahre her, aber erst jetzt begriff Thomas, wie sehr sein Bruder darunter gelitten hatte und vielleicht immer noch litt. Er selbst hatte die Sache gar nicht so ernst genommen und immer geglaubt, es wäre schon okay, seinen Vorteil daraus zu ziehen. Nie war er auf die Idee gekommen, er würde mit jeder kleinen Erpressung die Schuld schwerer und schwerer machen.

Wie hatte er all die Jahre nur so blind sein können?

«Hilfst du mir deswegen?», fragte er.

Nils schien einen Moment über die Antwort nachdenken zu müssen.

«Vielleicht», sagte er schließlich.

«Ich weiß das zu schätzen, wirklich, aber ich möchte nicht, dass du mir deswegen hilfst. Du schuldest mir gar nichts. Eigentlich sollte ich mich bei dir entschuldigen, weil ich dich die ganzen Jahre über erpresst habe.»

Nils sah ihn an.

«Im Ernst?»

Thomas nickte.

«Okay. Dann fang doch mit dem Geld an. So hundert Euro kommen da locker zusammen.»

«Ich habe Geld von dir bekommen?»

«Das weißt du nicht mehr? Den Teil meines Taschengeldes, der deines überstieg. Jeden Monat zwanzig Mark, ein ganzes Jahr lang.»

«Scheiße.» Thomas schlug die Hände vors Gesicht. «Ich gebe es dir gleich morgen zurück.»

Nils boxte ihm gegen die Schulter.

«Vergiss es, Mann. Aber du kannst mich zum Essen einladen. Jetzt gleich! Ich sterbe vor Hunger, und ein Stück die Straße runter habe ich einen Imbiss gesehen.»

«Okay. Ich könnte auch was vertragen.»

Der Imbiss entpuppte sich als etwas größere Frittenbude für die Trucker, die das Logistikzentrum im nahen Industriegebiet anfuhren. Auf dem riesigen Parkplatz standen mehrere Sattelzüge. Nils parkte den Mustang direkt vor dem Eingang. Er tat es auf seine gewohnt angeberische Art, als wäre er ein Cop auf Verbrecherjagd.

Sie bestellten beide Pommes Currywurst und nahmen die Pappteller mit hinaus zu einem Stehtisch im Schatten eines Coca-Cola-Schirms.

«Du irrst dich übrigens, wenn du glaubst, unsere Mutter hätte mich gebeten, dir zu helfen», sagte Nils zwischen zwei Bissen.

«Du musst nicht lügen, um vor mir besser dazustehen. Denk dran, ich kenne dich schon eine Weile.»

«Willst du drauf wetten?»

Thomas musterte seinen Bruder. Er sah nicht aus, als ob er log.

«Es war unser Vater», sagte Nils und grinste.

«Nicht dein Ernst?» Thomas ließ das Stück Currywurst sinken, dass sich bereits auf dem Weg zu seinen Mund befunden hatte.

«Ich schwöre es dir. Ein paar Tage bevor du aus dem Krankenhaus entlassen werden solltest, kam Dad auf mich zu und bat mich darum, ein Auge auf dich zu haben. Er meinte, dieser Kommissar Scheurich unterschätze die Gefahr, dass der Täter dich als Zeugen ausschalten will. Deshalb stand ich vor deiner Tür.»

«Das überrascht mich jetzt», sagte Thomas.

«Ich kann noch einen draufsetzen: Die Waffe habe ich von ihm.»

«Die Waffe stammt von Papa?»

«Hast du wirklich gedacht, ich wäre so ein schlimmer Gangster, dass ich mich bewaffnen muss? Nein, es ist seine Waffe. Er hat sie damals beim Militär auf irgendwelchen dunklen Kanälen besorgt. Frag mich nicht. Viel wichtiger ist auch, was er zu mir sagte, als er sie mir übergab.»

«Lass hören. So langsam kann mich nichts mehr erschüttern.»

«Puste ihm den Schädel weg.»

Thomas atmete tief ein und aus und schüttelte den Kopf.

«Und ich dachte immer, ich kenne unseren Vater.»

«Tja, der alte Herr ist noch für Überraschungen gut. Aber ich hätte dir auch so geholfen, ohne Aufforderung. Und das nicht, weil ich dir was schulde.»

«Warum dann? Nachdem wir uns zehn Jahre kaum gesehen haben? Und wenn, haben wir gestritten.»

«Okay, das wird jetzt hart für dich. Ich bin in Saskia verliebt. Dad auch.»

Nils grinste, aber Thomas, dem gerade nicht nach Scherzen zumute war, sah ihn mit ernstem Blick an.

Nils schob den Teller mit der Currywurst von sich.

«Mann, du kannst einem echt den Appetit verderben. Wir sind Brüder, daran ändern auch zehn Jahre Funkstille nichts. Und wenn wir in so einer Situation nicht zusammenstehen, wofür ist Familie dann gut?»

Auf dem Parkplatz fuhr ein Sattelzug vorbei und wirbelte eine Menge Staub auf, der zu ihnen herüberwehte.

Die Tränen in seinen Augen schob Thomas darauf.

Scheurich kippte sich die letzten vier Pfefferminzdrops in den Mund, dann betrat er die Wohnung im Hamburger Stadtteil Wilhelmsburg. Alle anderen waren schon da: Spurensicherung, Rechtsmediziner, Notarzt, Streifenbeamte. Scheurich hatte sich nach dem Anruf Zeit gelassen. Eigentlich war er nicht im Dienst, hatte sich drei Tage freigenommen, Resturlaub, der aufgebraucht werden musste, aber natürlich hatte man ihn angerufen, bei der Lage der Dinge. Am liebsten hätte er auf seine Vertretung verwiesen, aber am Telefon war ihm deutlich gemacht worden, dass sein Chef, Kriminalrat Heinz Niersbach, ihn am Tatort sehen wollte.

Die Wohnung war klein, warm, und es stank, wie es nun einmal stank, wenn bei der Witterung eine Leiche drei Tage in einer ungelüfteten Wohnung lag. Da halfen auch die Pfefferminzdrops nicht. Wie Scheurich bereits erfahren hatte, hatte ein Bewohner des Hauses die Polizei informiert, weil er den Geruch im Treppenhaus wahrgenommen hatte. Dieser Bewohner hatte wohl vor einigen Jahren seinen Vater in einem ganz ähnlichen Zustand aufgefunden, und wenn sich das Hirn in einem Ausnahmezustand einen Geruch einprägte, dann erinnerte man sich bis in alle Zeiten daran.

Scheurich nickte den Kollegen zu, die mit ihrer Arbeit beschäftigt waren. In der ganzen Wohnung waren kleine gelbe Schilder mit Nummern darauf verteilt, über die er hinwegsteigen musste. In der Tür zum Wohnzimmer lag die Leiche: männlich, Mitte zwanzig, eins neunzig, kräftig. Scheurichs darauf trainierte Auffassungsgabe nahm alle Fakten wahr. Auch die Todesursache, die festzustellen man keinen Mediziner brauchte: Der Schädel des jungen Mannes war zertrümmert. Vollkommen zertrümmert.

Mackenstedt, der Rechtsmediziner, hockte vor der Leiche und sah zu Scheurich auf.

«Mindestens vier Schläge mit einem stumpfen Gegenstand, wahrscheinlich ein Hammer. Einer von hinten, einer von der Seite, das Opfer stürzte zu Boden, war wahrscheinlich schon bewusstlos, vielleicht auch tot, kann ich noch nicht sagen. Der Täter zog ihn von dort hierher und verpasste ihm noch zwei Schläge von vorn, wahrscheinlich um sicherzugehen.»

Scheurich nickte. «Sonst keine Verletzungen?»

«Nein.»

«Das hier ist interessant», meldete sich eine weibliche Stimme von nebenan. In dem kleinen Schlafzimmer, in das gerade ein breites Doppelbett und ein Schrank passten, deutete die Kollegin Meyerhoff, die bis zu seinem Eintreffen übernommen hatte, auf das Bett. Handschellen hingen daran.

«Jemand war mit diesen Handschellen an das Bett gefesselt, wir gehen davon aus, es handelte sich dabei um die zweiundzwanzigjährige Swantje Bergmann, seit einem Jahr verheiratet mit dem Opfer Ulf Bergmann. Nach ersten Informationen kamen die beiden vor drei Tagen aus dem Urlaub auf Ibiza zurück. Der Täter hat in der Wohnung auf sie gewartet. Wir haben Hinweise darauf, dass er hier längere Zeit verbracht hat.»

«Was für Hinweise?», fragte Scheurich. Seine Laune wurde immer schlechter.

«Hier drüben», sagte die Meyerhoff und ging ins Wohnzimmer hinüber. Auf einem einfachen Ikearegal standen einige gerahmte Fotografien. Ursprünglich war darauf wohl das Ehepaar Bergmann zu sehen gewesen, jetzt jedoch nur noch die Frau. Der Mann war herausgeschnitten worden.

«Außerdem wurde gekocht. Fertiggerichte aus der Dose, viermal Ravioli in Tomatensoße, zweimal Labskaus.»

Wenn er nur die geringste Chance dazu gesehen hätte, dann hätte Scheurich jeden noch so kleinen Zweifel herausgekehrt und vehement verteidigt, doch es gab keinen. Dieser Mord stand in Verbindung zum Fall Bennett / Laak. Der Täter hatte ein weiteres Mal zugeschlagen. Dabei war Scheurich sicher gewesen, dass es sich bei Bennett um einen einmaligen Racheakt gehandelt hatte. Gegen einen aufgeblasenen Jungunternehmer, der mit der Arbeitskraft der Menschen handelte und sie auch noch schlecht bezahlte. Die ganze Familie Bennett war ein Haufen von Wichtigtuern, keiner von denen hatte Respekt vor Amtsautorität, und alle glaubten sie, es besser zu wissen. Kein Wunder also, wenn sie Wut auf sich zogen.

Doch jetzt lag die Sache anders. Leider.

Sein Blick fiel auf den Nachtschrank aus Kiefernholz. Darauf stand lediglich eine kleine Lampe mit buntem Schirm. Was seine Aufmerksamkeit auf sich zog, war ein blutiger Abdruck unter der Lampe.

Hol mich doch der Teufel, dachte Scheurich und sah genauer hin.

Zwei beinahe rechteckige Flecken aus angetrocknetem Blut, voneinander getrennt durch einen circa zwei Zentimeter breiten Streifen.

Scheurich erinnerte sich noch sehr gut an die MMS der übereifrigen Kollegin Wagner aus Buchholz. Der Abdruck, den sie auf der Bayern-München-Bettwäsche ihres Opfers gefunden hatte, war ganz ähnlich.

Ein Tumult im Flur lenkte Scheurich ab. Er hörte eine laute, aufgeregte Stimme.

«Ich hab ihn gesehen, ich hab ihn gesehen!»

Scheurich ließ die Kollegin stehen, ging auf den Treppenabsatz hinaus und warf einen Blick über die Brüstung. Eine Etage tiefer hielt ein Streifenpolizist einen jungen Mann davon ab, nach oben zu kommen.

«Was ist hier los», blaffte Scheurich.

«Wir haben einen Zeugen, der behauptet, den Täter gesehen zu haben», meldete der Streifenpolizist.

Scheurich ging zu den beiden hinunter.

Der junge Mann war etwa eins fünfundsiebzig groß, schlank, hatte lange, gepflegte Haare und einen äußerst exakt rasierten Vollbart, der Scheurich an einen Modefuzzi erinnerte, dessen Namen er vergessen hatte. Er wirkte affektiert, einer dieser Typen, die unbedingt Aufmerksamkeit brauchten. Solche Zeugen tauchten bei jedem Mordfall auf, und ginge es nach ihm, würde man denen die Zeit in Rechnung stellen, die seine Beamten damit vergeudeten, ihren hirnlosen Hinweisen nachzugehen.

«Wohnen Sie hier?», fragte Scheurich.

«Ja, zweite Etage.»

«Wie ist Ihr Name?»

«Karl-Heinz Sieboldt.»

«Herr Sieboldt, können wir uns in Ihrer Wohnung unterhalten?»

«Ja, natürlich.»

Obwohl er Sieboldt schon auf den ersten Blick nicht leiden konnte, erschien es Scheurich immer noch besser, dessen Aussage aufzunehmen, als weiter oben in der Wohnung zu bleiben, wo der Leichengeruch ihm den Magen umdrehte. Alles Wichtige würde er später den Berichten der Mitarbeiter entnehmen können.

Sieboldt führte ihn in eine deutlich größere Wohnung, die zudem perfekt gestylt und aufgeräumt war. Alle Wände waren weiß gestrichen, der Boden mit hellem Laminat ausgelegt, die Ausstattung war nicht teuer, aber gepflegt, und an den Wänden hingen abstrakte Kunstdrucke. Solche Bilder aus Klecksen und Formen, die sich einem nur erschlossen, wenn man betrunken war oder unter Drogen stand.

In einem bis auf das Wasser völlig leeren Aquarium lag ein merkwürdiger Fisch wie tot auf dem Grund. Der Anblick war so merkwürdig, dass Scheurich einfach hinsehen musste. Auf dem breiten Maul des Fisches wuchsen Tentakel.

«Ein Antennenwels», klärte Sieboldt ihn auf. «Er trägt diese Bezeichnung, weil die Dinger vorn auf ...»

«Jaja, schon gut», unterbrach Scheurich ihn. Auf neunmalkluge Erklärungen zu nicht artgerecht gehaltenen Fischen hatte er überhaupt keine Lust.

«Was haben Sie gesehen?», fragte er.

Sieboldt stand ein wenig verloren im Wohnzimmer herum und rang mit den Händen.

«Möchten Sie sich setzen?», fragte er. «Oder etwas trinken.»

«Nein, danke. Beantworten Sie meine Frage.»

«Ich ...»

Sieboldt ging nervös auf und ab.

«Da kam ein Mann die Treppe herunter. Der trug einen Teppich über der Schulter und eine Stehlampe in der Hand.»

«Wann?»

«In der Nacht vom Elften auf den Zwölften.»

«Welche Zeit?»

«So gegen zwei, halb drei.»

«Wo befanden Sie sich?»

«Vor meiner Wohnungstür im Treppenhaus.»

«Können Sie den Mann beschreiben?»

«Ich ... na ja ... er war groß und kräftig ...»

Sieboldt starrte ihn ein wenig verzweifelt an, und Scheurich fragte sich, ob das da auf seinen Lidern tatsächlich Schminke war.

«Das ist alles? Sie müssen ihn doch aus großer Nähe gesehen haben.»

«Wie gesagt, er trug einen zusammengerollten Teppich über der Schulter und eine Stehlampe. Ich konnte sein Gesicht nicht sehen.»

«Haben Sie miteinander gesprochen?»

«Ein paar Worte. Er sagte, er habe die Sachen gerade gekauft.»

«Sie würden die Stimme also wiedererkennen?»

«Möglich, vielleicht ... ich weiß nicht.»

«Da kommt jemand um halb drei in der Nacht mit Einrichtungsgegenständen im Treppenhaus an Ihnen vorbei, und Sie hinterfragen das nicht? Rufen nicht die Polizei?»

Sieboldts Gesicht verzerrte sich zu einer Maske aus Scham und Reue.

«Ich ... ich war nicht ganz nüchtern.»

Gelogen, dachte Scheurich sofort.

Er seufzte. «Okay, meine Kollegen werden sich weiter um Sie kümmern. Sie werden aufs Revier kommen müssen, um Ihre Aussage zu wiederholen.»

Sieboldt nickte. «Ist ... wurde jemand getötet da oben?»

Scheurich unterdrückte seinen Wunsch, diesem albernen Typen aufs genaueste zu beschreiben, was er oben in der Wohnung gesehen hatte.

«Es gab ein Gewaltverbrechen», sagte er ausweichend.

«Um Gottes willen!», entfuhr es Sieboldt. Er presste sich eine Hand vor den Mund. An jedem Finger steckten Ringe. «Hätte ich ihn doch nur aufgehalten.»

«Noch besser wäre es, Sie hätten genauer hingeschaut.»

«Ich weiß. Ich wollte ja auch, aber ... na ja, der Mann wirkte so bedrohlich, ich hab mich ganz einfach nicht getraut.»

«Bedrohlich, aha. Fällt Ihnen sonst noch etwas ein? Haben Sie ein Fahrzeug vor dem Haus gesehen? Irgendwomit muss der Täter die Einrichtungsgegenstände ja abtransportiert haben.»

«Ein Fahrzeug?» Sieboldt dachte angestrengt nach und legte sich dabei die Fingerspitzen auf die Unterlippe.

«Nein, aber ich habe auch nicht darauf geachtet. Allerdings ...»

«Ja?», drängte Scheurich, dem die deutlich schwule Attitüde des Mannes gehörig auf die Nerven ging.

«Der Mann roch merkwürdig.»

«Merkwürdig? Wonach? Alkohol? Knoblauch?»

«Nee, nichts dergleichen. Ich weiß nicht, wie ich es beschreiben soll. Irgendwie ... alt.»

Scheurich fragte sich im Stillen, wie es sein konnte, dass immer wieder gerade die Menschen, die etwas gesehen oder gehört hatten, über ein derart schlechtes Gedächtnis verfügten. Alle anderen, die sich nur aufspielen wollten, konnten dagegen Details wiedergeben, die nicht einmal Scheurich wahrnahm.

Ein Polizist in Uniform betrat den Raum und räusperte sich.

Scheurich sah ihn auffordernd an.

«Sie werden draußen erwartet», sagte der Mann. «Sofort.» Es klang dringlich. Scheurich ahnte, wer ihn erwartete.

Kaum auf dem Bürgersteig vor dem Haus angekommen, bemerkte er den dunklen VW, der am Randstreifen parkte. Ein Fenster wurde heruntergelassen, eine Hand winkte ihn her, und Scheurich folgte. Er lief über die Straße und stieg auf der Beifahrerseite ein.

Im Inneren des Wagens roch es nach Parfüm. Kriminalrat Niersbach trug wie immer einen blauen Anzug mit einer silbernen Krawatte, die metallen glänzte. Gesicht und Hände waren braun gebrannt, der goldene Rand seiner Brille reflektierte das Licht. Er sah Scheurich nicht an, während er sprach. Tat er nie.

«Haben wir es hier mit einer Serie zu tun?»

«Es ist noch zu früh, um ...»

«Ersparen Sie mir diesen Pressesprech. Ich will Fakten.»

«Es sieht so aus, ja.»

«Und was ist mit den Ermittlungen im ersten Fall?»

«Wir gehen zahlreichen Hinweisen nach.»

«Ohne Erfolg. Die junge Frau wird weiterhin vermisst, wie ich höre.»

«Richtig, aber ...»

«Und jetzt wird eine zweite junge Frau vermisst. Ich zeichne Ihnen kurz ein Bild, nur damit wir beide d'accord sind. Zwei junge Frauen werden aus ihren Wohnungen heraus entführt, zuvor werden die Lebensgefährten getötet bzw. schwer verletzt. Die Polizei hatte mehr als zwei Monate Zeit, das erste Entführungsopfer zu finden, es gelang ihr jedoch nicht, sie tappt im Dunkeln. Dieses Bild wird ab morgen von der Presse gezeichnet.»

Scheurich schwieg.

«Ich gebe Montag eine Pressekonferenz. Bis dahin will ich Fortschritte.»

«Wir werden übers Wochenende ...»

«Legen Sie los, Scheurich», unterbrach Niersbach ihn und ließ den Motor an.

Scheurich stieg aus und schaute dem abfahrenden Wagen mit dem aufgeblasenen Wichtigtuer darin nach.

Der beschissene Abdruck auf dem Nachtschrank fiel ihm wieder ein, und er fragte sich, ob er die Wagner anrufen sollte.

Ach, scheiß drauf, die blöde Kuh konnte ihn mal.

Sie alle konnten ihn mal!

Der schmale Bach floss im Schatten eines Buchenwaldes durch eine tief eingeschnittene Rinne, ein Überbleibsel der letzten Eiszeit. Oben lag die Quelle, dort war das Wasser rein und klar. Eigentlich war es nicht erlaubt, hier zu reiten, aber Priska war schon oft hier gewesen und hatte nie einen Menschen getroffen. Dieser Ort lag weit abseits und war nur zu Fuß, mit dem Fahrrad oder eben per Pferd zu erreichen.

Priska ritt Sylvester bis wenige Meter vor die Quelle, stieg dann ab und führte ihn ans Wasser. Der Tag hatte schon warm begonnen, und sie waren seit mehr als einer Stunde unterwegs. Sylvester begann sofort zu saufen. Priska setzte sich an den Rand, zog die Stiefel aus, hielt die Füße in das kühle Wasser und schöpfte sich etwas davon ins Gesicht. Dann tauchte sie die Unterarme hinein.

Um sie herum herrschte Stille. Sonnenstrahlen drangen vereinzelt durch das dichte Laubdach, in dem grünen Licht tanzten Insekten. Rechts und links stiegen die lehmigen, von einer dicken Schicht alten Laubs bedeckten Hänge zehn Meter hoch an. Jedes Mal, wenn Priska hier haltmachte, glaubte sie, an einem verzauberten Ort zu sein, der durch seine Atmosphäre ihre Seele berührte – hier fühlte sie sich beschützt. Kein anderer Ort hatte je diese Wirkung auf sie gehabt, auch keine der vielen Wohnungen, in denen sie bisher gelebt hatte. Priska wünschte sich immer genau dorthin, wo sie gerade nicht war, und fühlte sich am wohlsten, sobald sie draußen unterwegs war. Die vielen langen Stunden im Büro waren meistens eine Qual für sie, sie nutzte jede Chance zum Außendienst. Sie fuhr lieber irgendwohin, als zu telefonieren.

Jetzt, mit Mitte dreißig, wusste sie, sie würde sich niemals ein Haus anschaffen und auch keine Familie gründen. Das war ihrer Natur zuwider und würde sie nur unglücklich machen. Sie brauchte diese Art von Nestwärme und Sicherheit nicht, und sie wusste nur allzu gut, dass sie ohnehin trügerisch und oft genug von kurzer Dauer war. Ehepaare ließen sich scheiden und stürzten in finanzielle Krisen, oder die Kinder gingen aus dem Haus, um zu studieren, und hinterließen Chaos. Und damit war man noch gut bedient: Andere Nester wurden geplündert. Noch nie hatte es in Deutschland so viele Wohnungseinbrüche gegeben wie zurzeit. Die Täter gingen immer brutaler vor, sie scheuten sich nicht, körperliche Gewalt anzuwenden, und wen es erwischte, der blieb oft genug schwer traumatisiert zurück.

Wie so oft in den vergangenen Tagen musste Priska an den Fall von Thomas Bennett denken. Der Einbruch in die Schmiede von Hartmut Köster erschien ihr mittlerweile als Sackgasse. Sie würde niemals herausfinden können, wer damals den alten Buhlmann totgeschlagen hatte, denn offenbar hatte das halbe Dorf einen Groll gegen ihn gehegt. Buhlmanns Sohn war ebenfalls tot, der konnte also nichts mehr erzählen. Er hatte eine Tochter, die in Priskas Alter war und in Augsburg lebte, und natürlich hatte Priska darüber nachgedacht, direkt mit ihr zu reden, aber das bedeutete sieben Stunden Fahrt hin und auch wieder zurück. Sie wäre zwei Tage fort, ohne dass ihre Ermittlung diesen Aufwand wirklich rechtfertigte. Sie hatte nur diesen Abdruck und die Metallanalyse, beides war mehr als fragwürdig. Ihr Chef würde die Fahrt auf dieser Grundlage niemals genehmigen. Vielleicht würde Priska am Montag dort anrufen.

Priska dachte darüber nach, Scheurich davon zu erzählen. Wenn der nicht so ein Blödmann wäre, hätte sie es wahrscheinlich längst getan. So aber konnte sie seine Reaktion vorausahnen: Sie würde sich bei ihm lächerlich machen. Die in Augsburg lebende Tochter eines Schlosserei- und Schmiedebesitzers, der vor mehr als fünfzehn Jahren an Krebs gestorben und dessen despotischer Vater auf dem Rückweg vom Schützenfest totgeschlagen worden war, sollte Informationen zu dem völlig anders gelagerten Fall eines versuchten Mordes und einer Entführung in Hamburg haben, außerdem zu dem Mord an einer alten Frau, die in der häuslichen Krankenpflege tätig war – und das alles nur wegen eines Abdruckes, der von einem Setzhammer stammen konnte. Oder von etwas anderem.

Das klingt sogar für mich hirnrissig, dachte Priska.

Sylvester stupste sie an der Schulter.

Sie umarmte seinen großen Kopf, streichelte ihn und genoss seinen Geruch.

«Und, mein Alter, was meinst du? Bin ich auf dem Holzweg?»

Sylvester schnaubte und nickte.

«Na komm, reiten wir zurück, bevor es zu heiß wird.»

Für den Nachmittag waren Temperaturen um die dreißig Grad angekündigt, dann würden die Bremsen in Heerscharen unterwegs sein und das Reiten zur Qual machen.

Priska zog ihre Stiefel an, kühlte ein letztes Mal ihr Gesicht, führte Sylvester ein Stück zu Fuß aus der Engstelle, stieg dann auf und machte sich im leichten Trab auf den Rückweg. Sie hatte vor, den Nachmittag für Einkäufe zu nutzen – und vielleicht die Wohnung zu putzen. Das letzte Mal lag schon eine Weile zurück, und der Staub war auf den Möbeln schon deutlich zu sehen. Sie könnte auch ihre Mutter mal wieder anrufen. Sie könnte aber auch ins Freibad gehen und fünfzig Bahnen schwimmen.

Der letzte Gedanke erschien ihr am reizvollsten, und als Priska die ersten weißen Zäune von Gut Eichenhain erreichte, stand der Plan für den Nachmittag. Nach Abwägung aller Vor- und Nachteile hatte das Freibad das Rennen gemacht. Scheiß auf den Staub!

Aus einiger Entfernung sah sie eine Figur im Schatten der Scheune, die sich wie ein Hampelmann bewegte. Priska wusste sofort, um wen es sich handelte.

Freibad adé dachte sie wehmütig.

Hannes Kerkmann lief ihr entgegen.

Sie wusste, er hatte keinen Dienst, und entsprechend war er auch angezogen. Wenn es nach Priska ginge, gäbe es für Männer ein Verbot, kurze Hosen zu tragen – zumindest wenn sie solche Beine hatten wie Kerkmann: lang, dünn, bleich und stark behaart. Wenigstens trug er keine Socken in den Sandalen, sondern modische Sneakers. Das lachsfarbene Poloshirt sah ein wenig zerknittert aus, aber der Kragen war nicht hochgeschlagen. Ein weiterer Pluspunkt. Aber ein bisschen weibliche Beratung in Sachen Mode würde dem Jungen nicht schaden. Komisch, sie hatte ihn gar nicht gefragt, ob er verheiratet war oder eine Freundin hatte. Irgendwie konnte sie sich das bei einem Typen wie Kerkmann gar nicht vorstellen.

«Was machen Sie denn hier?», fuhr sie ihn unwirsch an.

Sein Auftauchen konnte ja nur etwas mit der Arbeit zu tun haben, und das passte ihr heute gar nicht.

Kerkmann war verschwitzt und außer Atem.

«Sie gehen nicht an Ihr Handy», sagte er vorwurfsvoll.

«Wenn ich ausreite, liegt das Handy im Wagen, wie es sich gehört.»

Eine eiserne Regel, die Priska niemals brach. Sonst konnte sie das Reiten ja auch gleich bleibenlassen.

Sylvester schnaubte ungehalten und warf den Kopf hin und her. Kerkmann sprang erschrocken zurück.

«Reden Sie schon, bevor mein Pferd Sie tötet», sagte Priska.

Kerkmann, der schon loslegen wollte, schloss den Mund

und machte ein betroffenes Gesicht. Priska erinnerte sich daran, dass der Mann diese Art Scherze nicht verstand.

«Na los doch!»

«Der Fall Bennett … er hat sich wiederholt», platzte es aus Kerkmann heraus.

«Wie bitte?»

«Ein junger Mann wurde erschlagen in seiner Wohnung in Hamburg-Wilhelmsburg aufgefunden, von der Frau fehlt jede Spur. Und jetzt raten Sie, wo die beiden vorher waren.»

«Im Urlaub», riet Priska, obwohl sie Ratespielchen hasste.

Kerkmann nickte besserwisserisch. «Ibiza, eine Woche. Am Abend ihrer Rückkehr wurden sie angegriffen, und es sieht so aus, als habe der Täter die Woche in deren Wohnung verbracht.»

«Wie wurde der Mann denn getötet?»

«Wahrscheinlich mit einem Hammer, so genau weiß ich das nicht.»

«Wann?»

«Gestern Abend.»

«Wer leitet die Ermittlungen?»

«Scheurich.»

«Na toll!»

Priska hatte ein wenig Mühe, Sylvester ruhig zu halten. Er spürte ihre eigene Unruhe, und der zappelige Kerkmann lag ihm offenbar auch nicht.

«Warten Sie hier, ich bringe das Pferd unter.»

Priska trabte zu den Ställen hinüber, in denen sie eine Box gepachtet hatte. Wenn sie Glück hatte, war Alisha gerade da. Alisha war vierzehn, half im Stall und bei der Pflege und war dankbar, wenn jemand sie auf seinem Pferd reiten ließ. Sie kam sehr gut mit Sylvester zurecht und hatte bereits einige Stunden auf seinem Rücken verbracht, allerdings nur in der Reithalle.

Priska band Sylvester an und machte sich in dem weitläufigen Stall auf die Suche. Sie hatte Glück und fand Alisha beim Ausmisten. Priska bat sie, sich um Sylvester zu kümmern und ihn danach auf die Gemeinschaftsweide zu bringen. Sie gab ihr zwanzig Euro und versprach ihr, dass sie Sylvester morgen reiten durfte. Alisha strahlte übers ganze Gesicht.

Bevor Priska zu Kerkmann zurückkehrte, entschuldigte sie sich bei Sylvester. Der machte einen beleidigten Eindruck. Es war ja auch nicht die feine englische Art, ihn nach getaner Arbeit einfach so abzugeben.

«Ich mach es wieder gut», versprach sie ihm.

Kerkmann wartete brav an dem Platz, an dem sie ihn zurückgelassen hatte. Er stand am Weidezaun, die Ellenbogen auf dem obersten Brett abgelegt, einen Fuß auf das unterste gestellt. John Wayne – und das in der Hose!

«Schön hier», sagte er.

«Woher wissen Sie eigentlich, dass ich hier bin?»

«Im Notfallplan steht diese Adresse als eine von zwei möglichen Kontaktadressen.»

«Sie haben in den Notfallplan geschaut?»

«Na ja, ich dachte mir, dass es Sie interessiert. Wochenende hin oder her.»

«Sehr gut, Kerkmann!»

Ihr Lob ließ ihn rot anlaufen.

«Wir nehmen Ihren Wagen. Sie können mich später hier absetzen», entschied Priska.

Kerkmanns Wagen war ein spießiger Opel Zafira, eine Familienkutsche in auffälligem Rot. Kindersitze entdeckte Priska nicht, dafür aber das christliche Fischsymbol auf der Kofferraumklappe und einen Regenbogenaufkleber auf der Heckscheibe. Im Innern war es sehr sauber, und am Innenspiegel baumelte ein Kreuz.

«Sind Sie religiös?», fragte Priska, nachdem Kerkmann losgefahren war.

«Der Name verpflichtet», antwortete er.

«Wieso?»

«Kerkmann kommt aus dem Holländischen und bedeutet so viel wie Kirchenmann. Mann der Kirche.»

«Aha. Und wie äußert sich das?»

«Ich bin Mitglied einer Freikirche und dort Laienprediger. Außerdem betreue ich einmal die Woche die Kindergruppe.»

Wenn Priska nicht alles täuschte, leuchteten Kerkmanns Augen bei diesen Worten.

«Kerkmann, Sie überraschen mich», gab sie zu.

«Warum?» Ein kurzer Seitenblick, bevor er sich wieder auf die Straße konzentrierte.

«Na ja … wie passt Ihr Berufswunsch zu Ihrem Privatleben bei einer Freikirche?»

«Sehr gut sogar! Wenn ich das Gute nicht zum Bösen bringen kann, was macht der Glaube dann für einen Sinn?»

«Moment, nur damit ich das richtig verstehe. Sie glauben, bei Ihrem Job in der Mordkommission schlechte Menschen zum Glauben bekehren zu können?»

Kerkmann lachte.

«Ach was, so naiv bin ich dann doch nicht. Aber all die Menschen, die mit Mordfällen zu tun haben. Sie, ich, die Spurentechniker, die Streifenpolizisten, die Angehörigen … vielleicht hilft es, wenn ich hin und wieder andere Worte finde als die, die in der Branche üblich sind. Das kann einen Unterschied machen. Neben der kriminalistischen Arbeit, versteht sich.»

Was er sagte, ließ Priska nachdenklich werden. Manchmal befürchtete sie selbst, abzustumpfen. Auch bei anderen Kollegen fragte sie sich, ob sie noch genug Mitleid mit den Opfern und deren Angehörigen hatten. Brachten sie noch Verständnis auf für die Beweggründe der Täter?

«Mir fehlen die Worte», gab Priska zu.

«Kommen Sie doch mal sonntags in meine Predigt. Dann bringe ich Ihnen meine Sprache bei.»

«Jetzt mal nicht übertreiben, Kerkmann», sagte Priska. «Ich bin Atheistin.»

«War ja nur ein Vorschlag.»

«Okay. Anderes Thema. Woher wissen Sie überhaupt von der Sache in Hamburg. Waren Sie heute im Büro?»

«Nee, aber eine Kollegin von der Polizeischule, Silke Meyerhoff, ist in Hamburg gelandet. Sie war als Erste vor Ort und hat dann an Scheurich übergeben. Wir telefonieren hin und wieder, und sie weiß von Ihrem starken Interesse an dem Fall Bennett.»

«Meinem starken Interesse?»

«Is doch so, oder nicht?»

«Ich bin nur der Meinung, dass man Zusammenhänge nicht außer Acht lassen darf.»

«Sehe ich auch so.»

«Na, da bin ich aber froh.»

«In Hamburg geht es hoch her», sagte Kerkmann. «Scheurich bekommt angeblich Druck von ganz oben.»

«Das wird aber auch Zeit.»

Kerkmann setzte den Blinker.

«Wo wollen Sie hin?», fragte Priska.

«Ins Büro.»

«Nichts da. Ab auf die Autobahn. Wir fahren nach Hamburg.»

«Ich dachte, Sie wollen telefonieren, um …»

«Am Telefon erreiche ich bei Scheurich gar nichts. Wir fahren hin und reden mit ihm. Ich will alles wissen über diesen neuen Mord.»

Kerkmann fuhr ein paar hundert Meter weiter und bog dann auf die A1 Richtung Hamburg.

«Was ist eigentlich aus dem Pensionsbesitzer geworden?», fragte Priska.

«Ich habe dort niemanden angetroffen. Es hängt ein Schild in der Tür: Vorübergehend geschlossen. Eine Nachbarin sagt, es sei schon ungewöhnlich, dass der Inhaber die Pension einfach so zusperrt. Scheint ein Exzentriker zu sein, zu dem niemand so richtig Kontakt hat.»

«Hm. Klingt, als sollte man da dranbleiben.»

«Ja, hab ich mir auch gedacht. Ich fahre gleich am Montag wieder hin.»

Und wieder waren neue Plakate aufgetaucht.
Überall!

Hatten sie sich anfangs noch auf das Stadtgebiet und die Randbereiche beschränkt, so drangen die Verteiler jetzt schon bis in die Außenbezirke und die kleinen Dörfer vor. Wie viele Leute waren nötig, um die Plakate so effektiv verteilen zu können? Das war die eine Frage. Die andere war, ob diese Aktion nicht früher oder später doch gefährlich für ihn werden würde.

Noch machte er sich keine Sorgen, denn er wusste, niemand hatte ihn in jener Nacht gesehen, als er Saskia Laak mitgenommen hatte. Einerseits ärgerte er sich über die Hartnäckigkeit des Thomas Bennett, andererseits zollte er ihm aber auch Respekt. Ihm musste sehr viel an Saskia liegen. Vielleicht liebte Bennett sie genau so, wie er selbst damals Mareike geliebt hatte. Für echte Liebe war keine Mühe zu groß, kein

Hindernis zu unüberwindbar. Für echte Liebe taten die Menschen alles. Er selbst hatte das damals bewiesen, nur hatte ihn niemand verstanden.

Er nahm das Plakat von der Schaufensterscheibe, die von innen mit Sperrholzplatten verkleidet war, und betrachtete die Porträtaufnahme von Saskia. Ihr brünettes Haar wirkte darauf fast rot, und in ihren Augen lag dieser sehnsüchtig verträumte Blick. Jeder, der dieses Foto betrachtete und den dramatischen Aufruf las, musste sich beinahe schon gezwungen sehen, Bennett zu helfen.

Vielleicht sollte ich ihm helfen, dachte er. Ihm seinen Frieden geben.

Die Idee kam ihm spontan, und er fand sie gut. Er faltete das Plakat zusammen, steckte es in die hintere Tasche seiner Hose, ging ums Haus herum und durch die Hintertür zurück ins Gebäude. Die Tür schloss er sorgfältig ab. In der Küche stand die uralte Krupps-Kaffeemaschine, die er unlängst repariert hatte. Der fertige Kaffee duftete. Er goss sich eine Tasse ein, trank einen Schluck, füllte eine zweite Tasse bis zur Hälfte, goss H-Milch dazu und ließ zwei Stück Würfelzucker hineinfallen. Dann rührte er sorgfältig um und probierte schließlich die Temperatur.

Perfekt!

Er trug beide Tassen hinüber zu Swantje.

«Hier kommt dein Kaffee. Ein Schuss Milch, zwei Stück Zucker, nicht zu heiß, genau wie du ihn magst.»

Sie lag noch immer teilnahmslos auf dem Bett. Irgendwas stimmte nicht mit ihr. Seit er sie mit dem Kopf gegen die Wand gestoßen hatte, war sie so lethargisch. Nichts war mehr geblieben von ihrer Vitalität, ihr ständiges Aufbegehren war verstummt. Immerhin hatte sie es in der Nacht aber geschafft, nach ihrem Teddy zu greifen. Jetzt hielt sie ihn fest an ihre

Brust gepresst. Warum hatte sie das Auge herausgerissen? Er hatte es doch extra für sie repariert! Als er danach greifen wollte, klammerte sie sich noch stärker daran.

Er zog sich ein Stück zurück und betrachtete sie.

Ihr Gesicht sah schlimm aus. Überall klebte getrocknetes Blut, die Nase war stark angeschwollen. Sie war nicht mehr die hübsche, anmutige Swantje, die ihm gleich aufgefallen war. Er konnte sich noch erinnern, so lange war es ja nicht her. Seine winzige Stadtwohnung, die er für offizielle Zwecke immer noch unterhielt, lag keine fünf Minuten von ihrer entfernt, und er hatte sie abends durch die beleuchteten Fenster sehen können. Zwar nur als Umriss, aber die Art und Weise, wie sie sich bewegt hatte, hatte ihn erregt. Die erste Begegnung auf dem Bürgersteig vor dem Haus, in dem sie mit ihrem Mann lebte – oder besser: gelebt hatte –, hatte seine Entscheidung sofort zementiert. Sie hatte dieses einzigartige Gesicht, dem sich kein Mann entziehen konnte. Nicht im klassischen Sinne schön, aber stark und gleichzeitig verletzlich. Eine Frau, die beschützt werden wollte, es aber nicht zugeben mochte. Dieser Ulf war nicht der Richtige für sie gewesen, das hätte Swantje früher oder später von allein erkannt. Er allein war der Richtige, warum nur wollte sie das nicht verstehen? Warum musste sie ihn so gegen sich aufbringen, dass er die Beherrschung verlor? Und jetzt? Jetzt lag sie da, verunstaltet, der Wille gebrochen, die Anmut verschwunden. Plötzlich hatte er keine Lust mehr, mit ihr zusammenzuleben.

Auch Saskia Laak war ein Fehler gewesen.

Die Richtige zu finden war doch schwieriger, als er es sich vorgestellt hatte.

Der Gedanke an Saskia erinnerte ihn an seine Idee, Thomas Bennett seinen Frieden zu geben, und als er Swantjes nackten Bauch betrachtete, wusste er plötzlich, was zu tun war.

«Trink deinen Kaffee, bevor er kalt wird», wies er Swantje an, verließ ihr Zuhause, verriegelte die Tür und ging in die Werkstatt hinüber.

Dort lagen in einer Schublade zwei Handys. Eines von Swantje, eines von Saskia. Natürlich waren sie beide ausgeschaltet, er war ja nicht dumm. Es war ein Risiko, die beiden Handys zu behalten, andererseits war es heutzutage so, dass nirgendwo sonst das Leben einer Frau ausführlicher gespeichert war als auf ihrem Handy – mit Ausnahme vom Tagebuch vielleicht.

Er entfernte die kleine SIM-Karte aus Saskias Handy, steckte die aus seinem eigenen hinein und schaltete es ein. Später, wenn er sich an einem neutralen Ort befand, würde er die Karten wieder umtauschen. Nachdem er die PIN eingegeben hatte, konnte er auf alle Funktionen zugreifen. Er öffnete die Kamera-App und probierte sie aus, bis er sich mit den Funktionen zurechtfand.

Dann nahm er einen weiteren Gegenstand aus der Schublade und betrachtete ihn eine Weile.

Er war sich sicher: Diese Botschaft würde Thomas Bennett verstehen.

Der diensthabende Beamte am Eingang des Präsidiums in Hamburg wollte Priska Wagner und Hannes Kerkmann nicht einfach so durchlassen, auch wenn sie tausendmal auf ihren Dienstausweis verwies. Der Mann war groß und kräftig, hatte ein kantiges Gesicht und sah ziemlich gut aus, eigentlich genau ihr Geschmack, aber er stellte sich stur und machte sie wütend.

Während er am Telefon hing, um Scheurich zu informieren,

starrte er sie ganz ungeniert an. Zugegeben, in ihrer Reithose, den Stiefeln, der alten karierten Bluse und dem vom Reiten zerzausten Haar gab sie ein merkwürdiges Bild ab. Wahrscheinlich roch sie sogar nach Pferd. Aber den Mann interessierten offenbar mehr die Tattoos auf ihren Schlüsselbeinen und dem Dekolleté. Außer Kerkmann hatte bisher noch jeder Mann darauf reagiert.

«Kommt in fünf Minuten runter», sagte der Beamte und legte den Telefonhörer auf.

Priska wusste, sie sollte sich einfach abwenden und auf Scheurich warten, aber wie so oft in ihrem Leben war ihr Mundwerk schneller als ihr Hirn.

«Soll ich noch einen Moment hier stehen bleiben, damit Sie weiterhin auf meine Titten starren können?»

Dem Beamten fiel die Kinnlade herunter.

«Wie bitte? Ich ... also wirklich.»

Er lief rot an, und sein Blick huschte hin und her. Er vermied es verzweifelt, sie anzuschauen.

Priska schenkte ihm ein Lächeln und ging vor die Tür. Kerkmann folgte ihr.

«Das war ziemlich direkt», sagte er draußen.

«Hat er sich verdient.»

«Na ja, ich gehe mal davon aus, Sie haben sich gerade an dieser Stelle tätowieren lassen, damit die Männer Sie anstarren.»

«Und es funktioniert ganz hervorragend. Außer bei Ihnen.»

Kerkmann zuckte mit den Schultern und sah in die Ferne.

«Kein Interesse an Frauen? Sagen Sie es ruhig, ich habe kein Problem damit.»

Er lächelte.

«Vielleicht sind mir Ihre Tätowierungen einfach zu aufdringlich.»

«Vielleicht mögen Sie mich nicht.»

«Doch. Ich finde Sie schon ganz okay.»

«Ganz okay? Überschlagen Sie sich bloß nicht mit Komplimenten. Sind Sie nun schwul oder nicht?»

«Nein, bin ich nicht. Und ich schaue nicht so direkt hin, weil ich Sie respektiere.»

«Hm», machte Priska und dachte einen Moment nach. «Das heißt dann also im Umkehrschluss, die Männer, die mich anstarren, respektieren mich nicht.»

«Davon können Sie ausgehen.»

«Nicht nur ein Mann der Kirche, sondern auch noch Hobbypsychologe», spottete Priska.

Kerkmann schüttelte den Kopf. «Ich wusste, ich hätte Ihnen nicht davon erzählen sollen.»

Großer Gott, war der Mann schnell beleidigt! Was war nur los mit den Menschen heutzutage? Konnte man denn überhaupt keinen Scherz mehr machen, ohne dass sich sofort jemand auf den Schlips getreten fühlte? Aber irgendwie mochte sie Kerkmann.

«War nicht so gemeint», sagte sie. «Ich find's gut, dass Sie das machen.»

«Ja, solange es Sie nicht betrifft.»

«Genau. Privates und Berufliches möchte ich nicht vermischt haben.»

«Genau das hat Vero gesagt. Wortwörtlich.»

«Wer ist Vero?»

«Meine Lebensgefährtin. Ich hatte ihr vorgeschlagen, Sie einmal zum Essen zu uns einzuladen, aber nach allem, was ich über Sie erzählt hatte, kamen dann diese Worte. Privates und Berufliches möchte die Frau Wagner sicher nicht vermischt haben.»

«Was haben Sie denn über mich erzählt?»

«Nichts.»

«Aha.»

«Nichts kann auch aufschlussreich sein.»

Diese Diskussion hätte Priska gern weitergeführt, aber in diesem Moment kam Scheurich aus der Tür des Präsidiums.

Dessen Gesicht zerknittert zu nennen wäre noch ein Kompliment gewesen. Wahrscheinlich hatte er die halbe Nacht durchgemacht. Bei einem neuen Mordfall war das häufig der Fall, und hier hatten sie es augenscheinlich auch noch mit dem Beginn einer Serie zu tun. Der Druck war sicher beträchtlich, und Scheurich war nicht der Ermittler, der damit gut fertigwurde.

«Was wollen Sie hier?», feuerte Scheurich los, statt sie zu begrüßen.

Kerkmann fertigte er mit einem missbilligenden Blick ab. Priska wurde bewusst, was für ein merkwürdiges Pärchen sie beide abgaben: sie selbst in Reitkleidung, Kerkmann in seinen kurzen Hosen und dem knittrigen lachsfarbenen Poloshirt.

«Es gibt eine weitere Tat wie die im Fall Bennett?», fragte Priska. Es hatte keinen Sinn, sich bei Scheurich mit Höflichkeitsfloskeln aufzuhalten.

«Sagt wer?»

«Die Vöglein singen es von den Dächern.»

«Dann fragen Sie doch die.»

«Ich frage aber Sie.»

«Frau Wagner, bei allem Respekt ...», Scheurich seufzte und fuhr sich durchs Haar. «Was gehen Sie meine Ermittlungen an?»

Eigentlich hatte er sagen wollen, sie solle sich zum Teufel scheren, das war Priska klar. Sie nahm es ihm nicht übel. Im umgekehrten Fall hätte sie auch so gehandelt. Dennoch würde sie sich nicht einfach so von dem Mann abspeisen lassen, dafür war ihr die Sache viel zu wichtig. Nicht zum ersten Mal traf sie auf jemanden wie Scheurich, der jeder Zusammenarbeit ablehnte und sie wie eine ahnungslose Anfängerin behandelte. Dieser Typ Mann konnte Priska nicht mehr schrecken, sie hatte längst erkannt, dass diese Fassade nur dazu da war, Angst und Unzulänglichkeit zu verdecken.

«Sie erinnern sich vielleicht. Ich habe einen ähnlich gelagerten Fall», sagte sie.

«Nein, haben Sie nicht.»

«Gibt es nun einen weiteren Mord mit einem Hammer als Tatwaffe oder nicht?»

«Sie wissen genau, ich darf dazu nichts sagen.»

«Wir sind Kollegen, Herrgott noch mal.»

«Dann stellen Sie doch einen Antrag auf Zusammenlegung unserer Fälle! Von mir aus können Sie auch gleich die Leitung übernehmen.»

Priska starrte Scheurich an. Sie hatte sich vorgenommen, ruhig zu bleiben, ihm vielleicht sogar von der Sache mit der Schmiede zu erzählen, aber seine abweisende, ignorante Art begann sie nun doch gewaltig zu nerven. Wegen Männern wie ihm wurden allzu oft Zusammenhänge nicht erkannt, die zur Aufklärung eines Falles führen konnten.

«Vielleicht tue ich das sogar», warnte sie.

«Prima. Melden Sie sich, wenn es so weit ist.»

Scheurich wandte sich ab und wollte zurück ins Präsidium.

«Auf jeden Fall werde ich jedem erzählen, dass Sie sich geweigert haben, die Zusammenhänge zu erkennen», rief Priska ihm hinterher. Sie wusste, das war blöd, aber sie konnte sich nicht zurückhalten.

Scheurich drehte sich noch einmal um.

«Soll das eine Drohung sein?»

«Kann ich Ihnen denn drohen?»

«Sie können verschwinden. Damit wäre allen gedient. Nehmen Sie Ihren Freund mit und gehen Sie zurück auf die Kostümparty, von der Sie kommen.»

«Sie sind ein Arsch, Scheurich.»

Auch das war heraus, bevor Priska nachdenken konnte.

Scheurich warf ihr einen letzten wortlosen Blick zu und verschwand dann.

«Kommen Sie», schnauzte Priska und marschierte zurück zu Kerkmanns Wagen. Auf dem Parkplatz unterdrückte sie den Wunsch, einige Außenspiegel abzutreten.

«Und nun?», fragte Kerkmann über die Motorhaube hinweg. Er wirkte unglücklich.

«Nun reden wir mit Thomas Bennett. Mal sehen, was er dazu sagt.»

Sie stiegen ein und schnallten sich an. Priskas Wut ließ die Temperatur im Wagen sprunghaft ansteigen.

«Halten Sie das für klug?», fragte Kerkmann vorsichtig.

«Ich halte es für richtig, und das reicht mir.»

«Scheurich wird sich beschweren.»

«Ist mir scheißegal!», fuhr sie Kerkmann an. «Und jetzt fahren Sie endlich los.»

Swantje Bergmann lag stocksteif da, atmete flach und hatte die Lider gerade weit genug geöffnet, um etwas erkennen zu können. Sie verstand nicht, was da gerade geschehen war. Kurz nachdem der Mann ihr den Kaffee ans Bett gebracht hatte, war er zurückgekehrt. Swantje hatte gerade noch genug Zeit gehabt, sich wieder zurück auf das Bett zu legen, ihren Teddy an ihre Brust zu quetschen und Apathie vorzutäuschen. Er hatte sich zu ihr aufs Bett gesetzt, ihr das Shirt bis hoch über die Brüste geschoben und den Slip auf die Oberschenkel gestreift. Swantje war klar gewesen, dass nun der Moment gekommen war, vor dem sie sich die ganze Zeit gefürchtet hatte: Er würde sie vergewaltigen!

Doch das war nicht passiert, und sie verstand noch immer nicht, was das alles sollte.

Er hatte ihr ein Maßband um die Taille gelegt und es am Bauchnabel zusammengeführt. Dann hatte er eine Schere genommen und zwei Stücke von dem Maßband abgeschnitten. Als Swantje durch ihre zusammengepressten Lider die große Schere gesehen hatte, wäre sie beinahe zusammengezuckt, und ein weiteres Mal, als er sie auf ihrer Bauchdecke abgelegt hatte. Immer wieder hatte sie an Ulf gedacht, nur dadurch war es ihr gelungen, sich zusammenzureißen und den vorgetäuschten Zustand der Apathie weiterhin aufrechtzuerhalten.

Auf gar keinen Fall durfte er etwas merken.

Sie musste den richtigen Zeitpunkt abpassen.

Eben wäre es beinahe so weit gewesen, doch Swantje hatte abgewartet, weil sie wissen wollte, was er da an ihrem Bauch tat. Warum maß er ihren Taillenumfang? Unsagbar schwer war es ihr gefallen, sich nicht mehr als nötig zu bewegen und weiterhin so zu tun, als sei sie schwer verletzt. Sie musste ihn davon überzeugen, wehrlos zu sein, denn die andere Strategie, sich zu widersetzen und ihm die Stirn zu bieten, hatte nicht funktioniert. Anfangs hatte er unter ihren Tiraden verschreckt, ja sogar eingeschüchtert gewirkt, und Swantje hatte geglaubt, ihn in den Griff bekommen zu können. Doch das war ein Trugschluss gewesen. Sie hatte gespürt, wie er immer gereizter wurde, und als er sie mit dem Gesicht voran gegen die Tür gestoßen hatte, war sie überzeugt gewesen, nun sterben zu müssen.

Überraschenderweise hatte er sie mit der Schere nicht

verletzt und auch keine weiteren Maße von ihrem Körper genommen, sondern lediglich das Maßband um ihren Bauch mit dem Handy abfotografiert. Dazu waren einige Versuche nötig gewesen, bei denen er die Lage das gelben Schneidermaßbandes und der beiden abgeschnittenen Stücke verändert hatte. Irgendwann war er zufrieden gewesen, hatte die Gegenstände von ihrem Bauch genommen und eingesteckt – einen Moment hatte Swantje gehofft, er würde die Schere vergessen und ihr damit eine deutlich wirksamere Waffe hinterlassen als das Teddyauge.

In der zurückliegenden Nacht hatte sie versucht, mit dem heraushängenden Auge ihres Teddys eine der Schrauben in den Holzwänden zu lösen, aber das war schon im Ansatz gescheitert, da die Schrauben keinen Schlitz hatten, sondern sternförmige Vertiefungen. Bei dem Versuch war ein kleines Stück von dem Plastikauge abgebrochen, und Swantje hatte sich an der scharfen Kante geschnitten. Sofort war ihr die Idee gekommen, das Teddyauge als Waffe einzusetzen. Sie hatte es an der aus dem Holz herausragenden Schraube abgefeilt, bis es rundherum scharf genug war, um damit jemanden zu verletzen. Sie würde ihn damit nicht töten können, so viel war klar, aber wenn es ihr gelang, ihm das Teddyauge im richtigen Moment durchs Gesicht zu ziehen, ergab sich dadurch vielleicht eine Möglichkeit zur Flucht.

Doch jetzt sah es so aus, als müsse sie darauf gar nicht mehr warten.

Er hatte den Raum verlassen, die äußere Tür aber nicht abgeschlossen!

Swantje stellte die Füße neben das Bett, wartete aber noch und lauschte. Sie war längst nicht so schwer verletzt, wie sie es vorspielte, aber spurlos war seine Attacke auch nicht an ihr vorübergegangen. Die Schmerzen im Gesicht hatten nachgelassen, die im Kopf noch nicht. Ihr war schwindelig, und Übelkeit stieg in ihr auf.

Sie kämpfte dagegen an und stemmte sich hoch.

Viel Zeit würde er ihr nicht lassen – und auch keine zweite Chance.

Ihren Teddy nahm sie mit. Bis zur ersten Tür glaubte sie noch, der Schwindel würde sie in die Knie zwingen, danach ging es besser.

Zum ersten Mal sah sie, wo sie gefangen gehalten wurde. In eine niedrige Halle von vielleicht hundert Quadratmetern hatte ihr Peiniger aus stabilen Holzplatten einen Raum hineingebaut. Der Raum berührte nirgendwo die Außenwände, er stand da wie eine Versuchsanordnung in einem Labor und hatte vorne ein Fenster.

Ein Kaninchenkäfig, schoss es Swantje durch den Kopf. *Er hält mich wie sein Haustier.*

Außerhalb der Holzbehausung war die Halle leer. Die Hallenwände bestanden aus grob verputztem Mauerwerk, die Fensteröffnungen waren mit Holzplatten abgedichtet. Der Parkettboden war staubig und abgenutzt.

Barfuß schlich sie auf die zweite Tür zu und wagte einen Blick um die Ecke. Sie sah einen langen dunklen Gang ohne jedes Möbel. An beiden Enden gab es Türen. Die eine war halb geöffnet, ein wenig Licht fiel durch den Spalt in den Gang, die andere war geschlossen.

Da Swantje ihren Peiniger hinter der geöffneten Tür vermutete, setzte sie sich in die andere Richtung in Bewegung. Leise schlich sie durch den Gang und stellte fest, dass auch hier die Fenster vernagelt waren. Ihren geliebten Teddy an sich gepresst, immer wieder über die Schulter zurückblickend, erreichte sie die verschlossene Tür und drückte die Klinke nieder. Die schwere Metalltür ließ sich tatsächlich öffnen.

Eine Stufe führte in einen anderen Teil des Gebäudes. Swantje stieg sie hinauf und zog die Tür hinter sich zu. Einen Schlüssel zum Verriegeln gab es hier nicht.

Als sie sich umdrehte, fand sie sich in einer Küche wieder.

Eine Küche, wie sie sie nur aus alten deutschen Filmen kannte.

An den Wänden klebten verblichene Tapeten mit Blumenmuster, jegliche Farbe war aus den Blüten gewichen, die Nähte aufgesprungen, unten an den Fußleisten wellte sich das Papier. Neben dem Fenster – es war nicht vernagelt – füllte eine gepolsterte Bank die Zimmerecke. Alte, dunkle Eiche, abgewetzter Stoff, Nippes in einem schmalen Regal darüber. Bedruckte Krüge und Teller. Auf dem Tisch eine weiße Decke, eine leere Vase in der Mitte. Die Küche selbst schien auf dem Flohmarkt zusammengesammelt worden zu sein: weiße Hängeschränke, die schief an den Wänden hingen, dazwischen ein offenes Regal, gefüllt mit Tellern und Tassen. Ein Gasherd mit verkrusteten Kochfeldern, daneben eine Spüle aus Metall, zerkratzt, verbeult, ein brauner Schimmer im Becken. Aus dem alten Wasserhahn tropfte es. Von den Schränken unter der Arbeitsplatte platzte das Furnier ab, auf der Tür des vergilbten Kühlschrankes klebten Prilblumen. Swantjes Oma hatte solche Blumen in der Küche an den Schränken kleben.

An der Wand tickte leise eine Uhr.

Von der Stofflampe in der Mitte des Raumes hing ein brauner Klebestreifen, an dem Dutzende Fliegen den Tod gefunden hatten.

Es roch alt, abgestanden und … nach Urin.

Binnen Sekunden nahm Swantje all diese Eindrücke auf, dann schnellte sie zum Fenster.

Es hatte keinen Griff!

Nur die Löcher der Schrauben zeugten davon, dass es einmal einen gegeben haben musste. Hinter dem Fenster lag ein verwilderter Garten, große Büsche in vollem Laub, dazwischen Obstbäume. Swantje sah eine Schubkarre, in deren Mulde Wasser stand, außerdem ein vor sich hin rostendes Häuschen für Gartengeräte, umrankt von Efeu, sowie einen schmalen Weg, der in den Büschen verschwand.

Swantje lief zu der zweiten Tür, die Klinke ließ sich niederdrücken, sie öffnete sie behutsam.

Der Raum dahinter lag im Dunkeln.

Entsetzlicher Geruch schlug ihr entgegen. Es roch wie in einem Toilettenwagen auf einem Volksfest.

Der Geruch erinnerte sie an Musikfestivals – Wacken und Scheeßel. Regen, Matsch, Alkohol, wenig Schlaf. Ulf an ihrer Seite oder sie auf seinen Schultern, die Fäuste in den Nachthimmel gereckt, die Stimmbänder wund vom Mitsingen. Sex im Zelt, ohne einen Gedanken daran, was die anderen mitbekamen.

Nie wieder!

Ulf war tot. Ihr Entführer hatte ihm den Schädel eingeschlagen.

Swantje kämpfte gegen die Bilder an, sie durfte sich jetzt nicht verrückt machen lassen. Ulf würde wollen, dass sie lebte, und für ihn musste sie diesen Mistkerl ins Gefängnis bringen. Direkt konnte sie ihn nicht angreifen. Der Mann war groß und unglaublich kräftig, gegen ihn hatte sie mit ihren knapp fünfzig Kilo überhaupt keine Chance.

Ihre Augen gewöhnten sich an die Dunkelheit, und sie nahm ein wenig Licht wahr. Es sickerte durch einen heruntergelassenen Außenrollladen, winzige helle Punkte wie Sterne auf Perlenschnüren. Das reichte, um den Weg zur Tür zu finden. Vorsichtig bewegte Swantje sich durch den großen

Raum. Sie spürte alten, harten Teppichboden unter ihren nackten Füßen und stieß mit dem Fuß gegen die Ecke eines Möbelstückes. Scharfer Schmerz schoss von ihrem kleinen Zeh in den Körper hinauf. Tränen traten ihr in die Augen, sie biss sich auf die Unterlippe, um ja keinen Laut von sich zu geben. Obwohl sie wusste, sie musste sich beeilen, ging sie in die Hocke und rieb den schmerzenden Zeh. Als sie wieder hochkam, hatte sie das starke Gefühl, nicht mehr allein in dem Raum zu sein.

Plötzlich wurde die Angst übermächtig.

Swantje lief die letzten Schritte bis zur Tür, doch bevor sie das Zimmer verließ, verharrte sie einen Moment und blickte zurück in die Dunkelheit.

Was, wenn er hier ein weiteres Entführungsopfer gefangen hielt?

Aber das konnte nicht sein, oder? Die Türen waren schließlich nicht verschlossen.

Swantje glaubte, ein leises Geräusch zu hören. Luft, die in langen, gleichmäßigen Atemzügen eingesogen und ausgestoßen wurde. Dazwischen ein leichtes Rasseln wie von einem schlafenden wilden Tier.

«Ist da jemand?», fragte sie leise.

Das Geräusch verstummte abrupt.

Swantje bekam Gänsehaut. Sie unterdrückte den Fluchtreflex. Wenn hier eine weitere Frau gefangen gehalten wurde, musste sie ihr helfen! Sie konnte doch nicht einfach so davonlaufen und sie ihrem Schicksal überlassen.

«Hallo?» Ihre Stimme war kaum mehr als ein Flüstern. Lauter traute sie sich jedoch nicht zu sprechen.

Ein rasselndes Geräusch. Wässrig, schleimig.

Dann ein Kratzen.

«Hilfe.»

Eine Stimme wie aus einer fernen Welt, leise und zerbrechlich, mehr tot als lebendig.

Swantje kam nicht dazu zu antworten. In dem langen Gang zur Küche schlug hart eine Tür zu.

Gleich würde er bemerken, dass sie nicht mehr in dem Kaninchenkäfig war.

«Ich hole Hilfe», sagte Swantje, stieß die Tür auf und fühlte sich dabei schlecht. In einer dunklen Ecke dieses Raumes lag eine hilflose Frau, wahrscheinlich schwer verletzt, dafür sprach der abscheuliche Geruch. Vielleicht befand sie sich bereits wochenlang hier in Gefangenschaft, hatte jede Hoffnung auf Rettung aufgegeben, und dann tauchte sie selbst auf wie ein Licht in dunkler Nacht, verschwand aber genau so schnell wieder, wie sie gekommen war. Swantje wusste, welche Qualen die Frau durchlitt, aber sie musste jetzt fliehen, sonst würde ihr Peiniger sie einholen und zurück in den Verschlag stecken, und weder ihr noch dieser armen Frau wäre geholfen. Nein, sie musste weg! Die Polizei informieren. Hilfe holen! Das war klüger.

Die Tür führte sie in einen kleinen quadratischen Flur. Er war mit Linoleum ausgelegt, auf der linken Seite führte eine Stiege hinab in den Keller. An einer Garderobe hingen verschiedenen Jacken, alle alt und staubig, auch ein Hut, wie Männer ihn vor vierzig Jahren getragen hatten, sowie ein blauer Regenschirm mit dem Werbeaufdruck einer Versicherung.

Die Haustür hatte einen Einsatz aus gelbem Glas. Sanftes Licht fiel in den Flur. Von innen steckte der Schlüssel im Schloss.

Swantje schloss auf und stolperte hinaus ins Freie.

Warme Luft empfing sie. Vogelgezwitscher. Sonnenstrahlen. Helligkeit und Freiheit. Ein schmaler Weg aus Waschbetonplatten führte zwischen wuchernden Büschen hindurch, ohne dass Swantje sehen konnte, wohin. Sie folgte ihm, blieb an einer hohen Kante hängen, riss sich den Fußballen auf und stürzte auf die Knie. Die rauen Platten schürften ihr die Haut ab, und sie schrie auf. Sie humpelte weiter, bemerkte aber, dass sie bei dem Sturz ihren Teddy verloren hatte. Sie schaute zurück. Da lag er unter einem Kirschlorbeerbusch. Swantje konnte nicht anders, sie musste zurück und ihn holen.

Irgendwo hinter ihr im Haus erklang ein lauter, wütender Schrei. Dann ein Knall, so als würde eine Tür kraftvoll zugeworfen.

Weiter, nicht stehen bleiben!

Der Weg führte sie nicht an eine Straße, wie Swantje gehofft hatte, sondern in einen ungepflegten Garten, in dem seit Jahren alles wild wucherte. In der Mitte lag ein moosiges Rasenstück, auf dem eine Wäschespinne stand, von Grünspan überzogen, ein metallenes Skelett, das seine Arme in den Wind streckte. Ein kleines Plastikkörbchen mit bunten Wäscheklammern schlug gegen den Mast.

Swantje wusste nicht, wohin. Sie lief einfach drauflos. Über den Rasen und auf der anderen Seite hinein in das dichte Buschwerk, wo er sie nicht mehr sehen konnte. Sie wollte sich dort aber nicht verstecken, wollte nicht abwarten, lief weiter, die Arme schützend vor das Gesicht gereckt, damit die Zweige ihr nicht in die Augen stachen. Sie zerkratzten ihr die Unterarme und die Beine, und nach wenigen Minuten hatte Swantje Schmerzen überall am Körper, ihre Lunge brannte, und der Schwindel kehrte zurück. Sie musste innehalten, sonst würde sie zusammenbrechen.

Vornübergebeugt, die Hände auf die Oberschenkel gestützt, versuchte sie, ihre Atmung unter Kontrolle zu bekommen. Dabei sah sie sich um.

Der Boden war an einer Stelle aufgebrochen, so als habe dort vor kurzem jemand gegraben.

Sie kümmerte sich nicht weiter darum. Sie musste weiter, ihr Entführer war ihr sicher längst auf den Fersen.

Langsamer als zuvor suchte sie sich einen Weg durch das Gebüsch. Nach wenigen Schritten stand sie plötzlich vor einem hüfthohen, verrosteten Stacheldrahtzaun. Der Draht war an alten Eichenpfählen befestigt. Hinter dem Zaun fiel das Gelände stark ab, und durch die nun lichter werdenden Büsche erkannte Swantje etwas Silbriges, das sich wie ein schmales Band durch die grüne Landschaft schlängelte.

Ein Fluss!

Obwohl der Zaun nur hüfthoch war, stellte er für sie doch ein ernstzunehmendes Hindernis dar. Selbst wenn sie genug Platz für einen Anlauf gehabt hätte, hätte ihr geschundener Körper einen Sprung kaum zugelassen. Ihr blieb nichts anderes übrig, als den oberen Draht mit der Hand hinunterzudrücken und hinüberzusteigen. Das gelang ihr beinahe ohne Zwischenfall, doch dann rutschte sie auf der abschüssigen Seite aus, machte einen halben Spagat, und der rostige Stacheldraht riss ihr die Innenseite des Schenkels auf. Sie schrie auf.

Einen Moment hing sie hilflos auf dem Draht und spürte, wie das Blut warm an ihrem Schenkel hinablief. Die rostige Kralle hatte sich in ihrem Fleisch verhakt, sie konnte weder vor noch zurück und spürte, wie ihr Fuß jenseits des Zaunes immer weiter wegrutschte. Voller Verzweiflung und unter Aufbietung all ihrer Kräfte riss sie sich von dem Draht los und stürzte auf der anderen Seite zu Boden. Sie rutschte ein Stück den Hang hinab, bevor ein dünner Baumstamm sie stoppte. Wimmernd und zitternd zog Swantje sich an dem Stamm empor.

Der Fluss!

Vielleicht war er ihre Rettung.

Sie könnte sich in der Strömung treiben lassen, so wäre sie viel schneller.

Sie torkelte die Uferböschung hinab und kam schließlich zum Ufer. Von dort waren es nur noch wenige Meter bis zum Wasser. Die Sonne blendete sie, das Wasser glitzerte stark, ihre Augen tränten, sie sah kaum noch etwas, nur dieses grelle Band dort vorn, das ihre Rettung bedeutet. Die rechte Hand mit dem Teddy darin ausgestreckt, die andere auf die Wunde an ihrem Schenkel gepresst, stolperte sie darauf zu. Sie würde es schaffen, für sich und für Ulf, damit sein Tod nicht vollkommen sinnlos war.

Wenige Schritte vor dem Fluss schob sich ein Schatten vor sie.

Groß und breit.

Swantje blieb stehen und blinzelte ins Gegenlicht.

Er holte aus, schlug zu, und der Hammer spaltete ihr den Schädel.

Der Drucker spuckte eine Seite nach der anderen aus. In dem kleinen Raum roch es intensiv nach Toner.

Thomas Bennett nahm einen weiteren Stapel aus dem Ausgabefach und legte ihn zu den anderen in den Karton. Fünftausend Flyer wollte er an diesem Wochenende noch fertig bekommen. Fünftausend Plakate hatte er bei einer Druckerei bestellt, sie würden am Montag geliefert werden. Professionelle, wasserfeste Plakate, die ein Vermögen kosteten.

Gestern hatten er und Nils alle Flyer verteilt, und da Nils an diesem Wochenende geschäftliche Verpflichtungen hatte – was immer das auch bedeuten mochte –, nutzte Thomas die Zeit, um neue zu drucken. Am Morgen war er kaum aus dem Bett gekommen, er hatte sich gefühlt wie ein alter Mann und eine Weile darüber nachgedacht, einfach den Tag zu verschlafen. Doch er hatte immer wieder an Saskia denken müssen. Wie konnte er faul im Bett liegen, während sie irgendwo Qualen litt.

In der Nacht hatte er von ihr geträumt.

Saskia war vor ihm davongelaufen, und er hatte versucht, sie einzuholen. Doch irgendwie war er nicht von der Stelle gekommen, seine Füße schienen in klebrigem Asphalt zu versinken. Irgendwann war Saskia am Horizont verschwunden, und er war mit heftigen Kopfschmerzen erwacht – nach zwei Stunden Schlaf. Die restliche Nacht war dann wieder eine Tortur gewesen. Er war im Bürogebäude herumgelaufen und hatte sich danach gesehnt, zu Hause in seinem Bett liegen zu können. Vielleicht sollte er versuchen zurückzukehren?

Nein, das war Unsinn. Thomas wusste, er würde sich in seinem Haus nicht mehr wohl fühlen, nie mehr. Die Nacht, in der er daraus geflohen war, war ihm noch zu lebhaft in Erinnerung. Bislang hatte er es immer als Unfug abgetan, wenn jemand davon gesprochen hatte, dass die Seele oder die Aura eines Menschen einen Ort prägen konnte, aber jetzt war er sich nicht mehr so sicher. Ein abgrundtief böser Mensch – und so jemand musste der Mann ja sein, der ihn niedergeschlagen und Saskia entführt hatte – hatte vielleicht eine andere, viel stärkere Präsenz als normale Menschen. Vierzehn Tage lang hatte er sich im Haus aufgehalten, niemand wusste, ob er die ganze Zeit dort gewesen war oder nur sporadisch, in jedem Fall war es aber Zeit genug gewesen, etwas zu hinterlassen. Thomas hatte es gespürt in jener Nacht, dieses Gefühl einer lauernden Bedrohung.

Konnte man eine böse Aura vertreiben, so wie man Insekten mit Rauch vertrieb? Oder war das Haus für immer verloren?

Der Drucker war laut, dennoch hörte Thomas die Türklingel. Er eilte ans Fenster. Sein Blick ging auf die Straße und den Fußweg, der zum Bürogebäude von MenAtWork führte. Am Randstein parkte ein roter Opel mit Hamburger Kennzeichen. Auf dem Fußweg zum Gebäude stand ein dünner großer Mann in kurzen Hosen und zerknittertem, lachsfarbenem Poloshirt. Thomas kannte ihn nicht. Er sah aus wie jemand, der dringend einen Job brauchte. Ungewöhnlich war es nicht, dass die Leute hier vorbeikamen, um sich zu bewerben oder ihre Unterlagen in den Briefkasten zu werfen, auch samstags. Thomas hatte keine Lust auf ein solches Gespräch, deshalb wandte er sich vom Fenster ab.

Wieder klingelte es.

Das konnte nicht der Mann gewesen sein, er befand sich zu weit weg vom Klingelknopf.

Thomas trat erneut ans Fenster.

Neben dem dünnen Mann in kurzen Hosen und lachsfarbenem Poloshirt stand jetzt eine Frau und schaute an der Fassade empor. Thomas erkannte sie sofort: Es war Priska Wagner, die Polizistin aus Niedersachsen, die ihn im Krankenhaus besucht hatte. Sie trug Reitkleidung. Die beiden gaben ein seltsames Pärchen ab. Priska Wagner wirkte, als habe sie einen Krieg zu führen, der Mann in den lächerlichen kurzen Hosen eher, als habe er einen verloren.

Thomas öffnete das Fenster.

«Ich komme runter», rief er den beiden zu, die sich schon zum Gehen gewandt hatten.

Thomas ließ den Drucker allein weiterdrucken, lief das Treppenhaus herunter und öffnete.

«Geht es um Saskia?», fragte Thomas.

«Es geht um Ihren Fall, ja», antwortete Priska und stellte ihm ihren Kollegen Hannes Kerkmann vor.

«Bitte, kommen Sie herein!»

Thomas ließ die beiden eintreten und schloss die Tür ab. Er drehte den Schlüssel herum, bis sämtliche Riegel eingeschnappt waren, dann rüttelte er zusätzlich noch an der Tür, um zu überprüfen, ob sie wirklich zu war. Er wusste, wie dumm das war, fühlte sich aber wohler damit. Seit er aus seinem eigenen Haus geflohen war, machte er das ständig so. Wie sollte man sich auch sicher fühlen, wenn weder gute Türschlösser noch teure Alarmanlagen Einbrecher aufhielten?

«Woher wissen Sie, dass ich hier bin?», fragte er.

«Wussten wir nicht, aber Sie haben mir damals den Namen Ihrer Firma genannt, deshalb …»

Priska Wagner ließ den Satz unvollendet, und Thomas fragte nicht weiter nach.

«Sind Sie allein hier?», fragte die Polizistin.

«Ja, ich … muss noch einiges abarbeiten.»

«Plakate drucken?» Sie zeigte auf seine Hände.

An sämtlichen Fingerkuppen klebte Druckerschwärze. Das hatte Thomas noch gar nicht bemerkt. Er starrte seine Hände an, und in seinem Hirn schien etwas zu haken. Die Gedanken stockten, so als wollten sie ihn auf etwas aufmerksam machen, das wichtig war für ihn.

Schwarze Finger … Schwarze Finger …

Nein, er kam nicht drauf. Nur mühsam riss er sich zusammen und fand ins Gespräch zurück.

«Sie wissen von den Plakaten?», fragte er.

«Ich habe eines gesehen. Finde ich gut, was Sie machen.»

«Es hat bisher nur leider nichts gebracht.»

«Kann sein, dass es eine neue Entwicklung gibt», sagte Priska Wagner.

«Was? Welche? Haben Sie etwas von Saskia gehört?»

«Herr Bennett ... bevor wir uns unterhalten, möchte ich Ihnen sagen, dass ich nicht offiziell in Ihrem Fall ermittle. Mein Kollege und ich sind privat hier.»

«Privat?»

«So halb jedenfalls.»

Die Kommissarin grinste. Ihr Kollege wirkte eher bedrückt.

«Und Scheurich?»

«Darf davon möglichst nichts erfahren. Hat er Sie noch nicht angerufen?»

«Nein. Obwohl ... ich war im Druckerraum. Vielleicht habe ich mein Handy einfach nicht gehört. Ich schau gleich mal nach. Wollen wir nach oben gehen? Ich habe da einen kleinen Besprechungsraum.»

«Perfekt.»

Thomas führte die beiden hinauf in den zweiten Stock. Sein Herz pochte wie wild, und das lag nicht nur an den Treppenstufen. Oben angekommen, führte er sie in den Besprechungsraum und eilte dann in sein Büro, um sein Handy zu holen. Zwei Anrufe in Abwesenheit in der letzten Stunde. Beide von Scheurich.

«Er hat zweimal angerufen», sagte Thomas und hielt das Telefon hoch. «Soll ich ihn zurückrufen?»

«Besser, wir unterhalten uns erst einmal», sagte Priska Wagner.

«Was ist mit Saskia?», fragte Thomas.

Priska Wagner schüttelte den Kopf. Ihre schwarzen Locken sprangen wie Metallfedern hin und her.

«Tut mir leid, ich weiß es nicht. Aber es hat einen weiteren ähnlichen Fall in Hamburg gegeben. Ein junger Mann wurde in seiner Wohnung erschlagen, seine Frau entführt. Die beiden kamen gerade aus dem Urlaub zurück.»

Es dauerte einen Moment, ehe Thomas die Nachricht verarbeitet hatte.

«Das bedeutet, Saskia ist tot», stellte er nüchtern fest.

«Um Gottes willen, nein! Warum sagen Sie das? Das muss es überhaupt nicht bedeuten», entgegnete Priska Wagner.

«Doch. Er hatte genug von ihr und hat sich ein neues Opfer geholt.»

Thomas erkannte im Blick der Kommissarin, dass sie an diese Möglichkeit noch nicht gedacht hatte, sie aber für realistisch hielt.

«Dieses Pärchen ... wo ... wo wohnt es?», fragte er.

«Wilhelmsburg.»

«Wie heißen die beiden?»

«Das weiß ich nicht», sagte Priska Wagner und sah ihren Kollegen fragend an, doch der schüttelte ebenfalls den Kopf.

«Herr Bennett», die Kommissarin beugte sich zu ihm vor, «ich bin heute hier, weil ich der Meinung bin, dass es zwischen Ihrem Fall und dem, den ich bearbeite, Zusammenhänge gibt. Es wäre für mich sehr wichtig, wenn wir ein paar Fragen durchgehen könnten. Möglicherweise ergeben sich dadurch neue Ansätze.»

Thomas starrte sie an. Bisher hatte er fest daran geglaubt, Saskia lebend zu finden. Da der Täter ihren Koffer mit Kleidung mitgenommen hatte, ihre Leiche bisher aber nicht gefunden worden war, war für Thomas klar gewesen, dass der Mann Saskia gefangen hielt. Ein verrückter Perverser, der sich eine Sklavin hielt, es wäre ja nicht der erste Fall dieser Art. Aber was jetzt? Der Täter hatte sich eine andere Frau geholt. Dafür konnte es nur eine Erklärung geben.

Ihm traten Tränen in die Augen, in seinem Inneren breitete sich eine unsagbare Leere aus.

«Ich habe sie im Stich gelassen», sagte er leise.

«Haben Sie nicht. Sie haben alles …»

«Sie ist gestorben und hat mich in ihren letzten Minuten für einen Feigling gehalten. Ich hatte keine Chance, ihr das Gegenteil zu beweisen.»

Priska Wagners Hand berührte ihn am Unterarm.

«Herr Bennett … Thomas … hören Sie …»

Aber Thomas hörte nicht. Zu tief war er in der Erinnerung an die letzten Minuten mit Saskia versunken. Draußen im Wagen, nachdem er sie geweckt hatte, hatte sie Angst gehabt in der Dunkelheit, und wie immer hatte er sich darüber lustig gemacht und sie auch noch belehrt. Und statt sie zur Tür zu begleiten, hatte er sich um die verdammten Koffer gekümmert. Unmittelbar nach dem Eintreten hatte sie etwas gerochen, aber auch darauf hatte Thomas nicht reagiert. Ein aufmerksamerer Mann wäre nach vierzehn Tagen Abwesenheit erst einmal durchs Haus gegangen, hätte überall Licht gemacht und nach dem Rechten gesehen, und wäre er so ein Mann gewesen, wäre Saskia heute noch bei ihm. Sein Verhalten war egoistisch gewesen. Und seine Feigheit hatte er unter Beweis gestellt, als er sich auf dem Flughafen von diesem angetrunkenen Jungen hatte demütigen lassen. Statt seiner hatte sich Saskia gewehrt. Nicht einmal entschuldigt hatte er sich bei ihr. Er war nicht einmal in der Lage gewesen, sich über ihre Schwangerschaft erfreut zu zeigen. Wo auch immer Saskia jetzt war und was sie durchmachen musste, bestimmt dachte sie daran, wie abweisend er reagiert hatte.

Sein Handy, das auf der Glasplatte vor ihm lag, brummte. Es war lautlos gestellt. Thomas sah nicht einmal hin. Seine Gedanken lähmten ihn.

«Das ist Saskia», rief Priska Wagner überrascht.

Und tatsächlich war auf dem Bildschirm das gleiche Foto zu sehen, das auch auf den Plakaten abgedruckt war.

Thomas riss sein Handy an sich.

«Eine MMS ... Sie hat mir eine MMS geschickt», stieß er aus und öffnete umgehend die Bilddatei.

Zeitgleich erklangen vor dem Bürogebäude Polizeisirenen. Autotüren schlugen. Stimmen. Fußgetrappel. Es klingelte.

«Ich ahne Böses», sagte Kerkmann und ging ans Fenster.

«Sie lebt!», rief Thomas aus und hielt das Handy hoch.

Das Bild darauf zeigte das Maßband, das sie ihm auf dem Rückflug von Mallorca geschenkt hatte. Das Maßband, mit dem er ihren Bauchumfang messen sollte, an jedem Tag ihrer Schwangerschaft. Es lag um ihren nackten Bauch, knapp unterhalb des Nabels, die Enden einen Fingerbreit auseinander. Unterhalb davon lagen zwei abgeschnittene Zentimeterstücke.

«Polizei, öffnen Sie!»

Die kräftige Stimme kam von unten.

«Das ist Scheurich», rief Kerkmann vom Fenster her.

Sie haben ihn also nicht beleidigt?»

Udo Klöckner war ein gemütlicher, ruhiger Mann, Typ Helmut Kohl. Prokrastination beherrschte er wie kaum ein Zweiter, nichts konnte ihn aus der Ruhe bringen. Seine Leibesfülle war beachtlich, sein Blutdruck wahrscheinlich auch, aber er war ein guter Chef, dem man in Sachen Menschenführung nichts vorwerfen konnte. Er hatte dunkle Schatten unter den Augen, eine breite Nase und Augenbrauen, die allein schon einen Friseurbesuch rechtfertigten. Er war eine imposante Erscheinung, sein Wort hatte Gewicht, und wenn er einmal wütend wurde – was selten genug geschah –, suchte man lieber das Weite und ließ das Gewitter vorüberziehen. Mitarbeiter, die ihn von früher kannten, erzählten, Klöckner sei in seiner besten Zeit Amateur-Schwergewichtsboxer gewesen, davon war bis auf die breiten Schultern und das Selbstbewusstsein heute nichts mehr zu sehen.

Priska hatte von Anfang an gern für ihn gearbeitet und die Freiheiten zu schätzen gewusst, die er ihr gewährte. Umso mehr tat es ihr nun leid, ihn enttäuscht zu haben. Und enttäuscht war er, das konnte sie ihm ansehen.

«Beleidigt», wiederholte Priska und plusterte die Wangen auf. «Ich meine, was heißt das schon?»

«Wenn Sie mich ein Arschloch nennen würden, wäre ich beleidigt», sagte Klöckner.

«In Scheurichs Fall trifft es aber zu.»

«Mag sein, ich kenne den Mann nicht, aber das gibt Ihnen noch lange nicht das Recht, es auch auszusprechen.»

Montagmorgen zu Dienstbeginn schon einen Einlauf zu bekommen war alles andere als ein guter Start in die Woche, aber Priska hatte natürlich damit gerechnet. Scheurich war der Typ, der Kollegen anschwärzte. Soweit Priska wusste, hatte Scheurichs Chef noch am Wochenende eine Dienstaufsichtsbeschwerde bei Klöckner eingereicht, und Priska konnte sich vorstellen, wie Klöckner sich gefühlt hatte, als er sie in seinem Mailordner vorfand.

Er schüttelte den Kopf und seufzte.

«Frau Wagner … die sechste Beschwerde von Kollegen in vier Jahren, und jede einzelne steht in Ihrer Akte. Das macht sich gar nicht gut.»

«Was kann ich dafür, dass meine Kollegen meinen Humor nicht verstehen.»

«Und ich dachte, Kerkmann würde Ihnen guttun.»

«Was?»

«Kerkmann. Was meinen Sie, warum ich ausgerechnet Ihnen Kerkmann zugeteilt habe? Er ist diplomatisch und immer um einen Kompromiss bemüht – also das genaue Gegenteil von Ihnen.»

«Sie haben mir Kerkmann absichtlich zugeteilt?»

Klöckner sah sie einfach nur an. Das war Antwort genug.

Damit hatte Priska nicht gerechnet. Oder besser gesagt, sie war davon ausgegangen, Kerkmann sei ihr zugeteilt worden, weil sie ihm als erfahrene Ermittlerin einiges beibringen konnte. Dass Klöckner es jetzt so darstellte, als passe Kerkmann auf sie auf, verletzte Priska.

«Er ist also mein Babysitter», sagte sie.

«Er ist ein Kollege, der durch seine umsichtige Art Ihre eher aufbrausende ein wenig entschärfen soll.» Klöckner seufzte. «Wie es aussieht, hat das nicht funktioniert. Ganz im Gegenteil ziehen Sie Kerkmann auch noch in Ihre Privatermittlung mit hinein.»

«Das ist keine Privatermittlung.»

«Wie nennen Sie das, wenn Sie in Ihrer Freizeit in Privatkleidung außerhalb Ihres Zuständigkeitsbereiches einen Beamten beleidigen und gegen dessen ausdrücklichen Willen einen Zeugen befragen?»

Priska lag so einiges auf der Zunge, sie erkannte jedoch an Klöckners ernstem Tonfall, dass sie es lieber herunterschlucken sollte.

«Sie können von Glück sagen, dass dieser Thomas Bennett eine entschärfende Aussage gemacht hat», sagte Klöckner mit einem Blick auf seinen Computerbildschirm.

«Hat er?»

«Steht hier. Laut Bennett hat er Sie und Kerkmann eingeladen, Ihnen die Büroräume seiner Firma zu zeigen.»

Obwohl Priska verärgert und verletzt war, musste sie lächeln. Am Samstag war Scheurich mit seiner Entourage plötzlich und vehement wie ein Überfallkommando aufgetaucht, und Priska hatte Bennett nicht mehr vor dem Kompetenzgerangel warnen können. Er war sowieso vollkommen von der Rolle gewesen wegen der MMS, die ihm vom Handy seiner Freundin zugeschickt worden war. Priska brannte darauf, zu erfahren, was es damit auf sich hatte, aber sie hatte sich nicht getraut, Bennett am Wochenende anzurufen. Sie hatte schon genug Ärger.

«Stimmt. Ich hatte ihn darum gebeten», sagte Priska. «Ich wollte schon immer mal eine Personalvermittlung von innen sehen.»

«An einem Samstag, nachdem Sie vorher bei Scheurich abgeblitzt sind. Und dann auch noch mit Kerkmann in kurzen Hosen im Schlepptau. Na klar!», sagte Klöckner

«Kerkmann kann nichts dafür», sagte Priska. «Ich habe ihn überredet.»

Klöckner seufzte. «Was in Teufels Namen interessiert Sie so an dem Fall Bennett?»

Das war die Gelegenheit, auf die Priska gehofft hatte. Sie erzählte von der markanten Spur auf der Bettwäsche, von dem Setzhammer und dem Einbruch in der Schmiede von Hartmut Köster. Schon während sie das tat, merkte sie selbst, wie weit hergeholt das alles klang.

Klöckner hörte schweigend zu. Am Ende nickte er, senkte den Blick, strich mit seinen dicken Fingern imaginären Staub von der Schreibtischplatte und räusperte sich. Priska ahnte, was kommen würde, und bereitete sich auf den Tiefschlag vor.

«Der Fall Ulrike Bokelmann wird ab sofort vom Kollegen Holtermann bearbeitet.»

«Sie nehmen mir den Fall weg?»

«Das haben Sie ganz allein getan. Sie können nicht wie die Axt im Walde fuhrwerken und erwarten, es hätte keine Konsequenzen. Frau Wagner, ich verwarne Sie hiermit und warne Sie ausdrücklich davor, weiterhin im Fall des Kollegen Scheurich aktiv zu werden. Er hat nichts mit dem Fall Bokelmann zu tun, und das sollte Ihnen als erfahrener Ermittlerin längst klargeworden sein.»

Warum ihr plötzlich die Tränen in die Augen schossen, wusste Priska selbst nicht, sie war gar nicht der Typ, der schnell heulte. Vielleicht lag es daran, dass sie ein solches Verhalten von Klöckner nicht erwartet hatte. Sie hatte ihn für ihren väterlichen Mentor gehalten, für einen Mann, der auch mal fünfe gerade sein ließ, wenn es der Aufklärung eines Verbrechens diente, der wusste, dass allzu oft die strenge Diplomatie, Hierarchie und Beachtung jeder Vorschrift der Arbeit im Wege stand.

«Das ist nicht fair», brachte sie hervor und bemühte sich, ihre Stimme fest klingen zu lassen.

«Sie kümmern sich bitte um die Breitkopf-Sache. Ausschließlich.»

Klöckner schien nicht gewillt, noch weiter mit ihr zu diskutieren.

«Das ist ein Fehler», versuchte Priska es ein letztes Mal.

«Gehen Sie bitte umsichtig vor, die Presse hat ein Auge darauf.»

Natürlich hatte sie das. Eine junge Mutter hatte ihre beide Kleinkinder aus dem dritten Stock aus dem Fenster geworfen und sich anschließend selbst die Pulsadern aufgeschlitzt. Natürlich fuhr die Presse darauf ab, aber da die Kinder schwer verletzt überlebt hatten und die Mutter auch, würde das Interesse schnell verflogen sein. Nach ersten Erkenntnissen stand die Mutter zum Tatzeitpunkt unter Drogen. Ein familiäres Drama ohne Einfluss auf die Umwelt, wen interessierte das schon länger als zwei Tage?

Und jetzt sollte Priska in einem Fall ermitteln, in dem alles längst klar war.

Sie erhob sich rasch und ging zur Tür.

«Frau Wagner», rief Klöckner ihr hinterher.

Sie hielt die Klinke schon in der Hand, drehte sich aber nicht um.

«Machen Sie bitte keine Dummheiten.»

Kennen Sie diesen Ort?», fragte Scheurich.

Thomas Bennett stand auf einem Ackerweg außerhalb von Winsen an der Luhe in der Nähe von Hamburg. Um ihn herum lagen einige Gehöfte in der Landschaft verstreut, dazwischen Getreidefelder, die sich bereits gelb verfärbten und bald abgeerntet sein würden. Richtung Westen erkannte er die Ausläufer eines Wohngebietes mit neu errichteten Einfamilienhäusern. Im Osten verlief die Bruchsteinmauer eines Friedhofs an der Ackergrenze entlang, die weiß verputzten Mauern einer kleinen Kapelle blitzten zwischen den Bäumen hindurch.

Thomas war hier noch nie zuvor gewesen.

«Nein», sagte er, ohne Scheurich anzusehen.

Der Kommissar hatte ihn zu diesem Ortstermin befohlen und in seinem Wagen mit hinausgenommen. Von dieser Stelle aus, so hatte die Polizei ermittelt, war die MMS von Saskias Handy an ihn verschickt worden. Nicht auf den Meter genau, aber in einem Umkreis von zwei Kilometern, und Scheurich vermutete, dass der Ort eine Bedeutung für Thomas oder Saskia hatte. Saskias Handy war sofort nach dem Versenden der MMS wieder abgeschaltet worden und hatte sich seitdem nicht mehr ins Netz eingeloggt. Ihr Entführer hatte es nur dazu benutzt, Thomas das Bild von dem gelben Schneidermaßband um den nackten Bauch einer Frau zu schicken.

«Ganz sicher?», hakte Scheurich nach.

«Und wenn Sie tausendmal fragen ... ich war nie zuvor hier.»

Die Stimmung zwischen ihnen war äußerst angespannt, seit Thomas' Treffen mit Priska Wagner noch mehr als zuvor.

Scheurich war wie bei einem Notfall mit zwei weiteren Beamten in das Bürogebäude von MenAtWork gestürmt. Zwischen ihm und der Wagner hatte sich ein lautstarkes Wortgefecht entwickelt. Thomas konnte sich nicht an den Wortlaut erinnern, da er viel zu sehr von dem Handyfoto abgelenkt gewesen war. Er hatte aber mitbekommen, wie Scheurich die Wagner und ihren Kollegen zu deren Auto eskortiert und weggeschickt hatte. Seitdem hatte Thomas nichts mehr von ihr gehört. Wie es aussah, war er zwischen die Fronten eines Zuständigkeitsstreites geraten. Wenn er es sich aussuchen dürfte, würde er die Wagner in seinem Fall ermitteln lassen, aber das lag nicht in seiner Macht. Er musste sich mit Scheurich zufriedengeben.

«Was ist mit der Umgebung? Sehen Sie sich um. Alles kann wichtig sein. Wohnt vielleicht jemand in dem Neubaugebiet dort hinten, den Sie kennen? Ist jemand aus Ihrem Bekanntenkreis auf dem Friedhof dort beerdigt?», fuhr Scheurich ihn an.

«Ich sagte es doch bereits. Ich war nie zuvor hier. Saskia meines Wissens auch nicht, aber das kann ich natürlich nicht beschwören.»

«Aber es muss doch einen Grund geben, warum er ausgerechnet von hier das Foto schickt», sagte Scheurich mehr zu sich selbst als zu Thomas.

«Vielleicht ist Saskia hier irgendwo versteckt.»

«Dem gehen wir natürlich längst nach», sagte Scheurich.

Ein Traktor mit einem gewaltigen Anhänger fuhr an ihnen vorüber, und für einen Moment verhinderte dessen ohrenbetäubender Lärm jedes Gespräch.

Thomas holte sein Handy hervor. Er konnte gar nicht anders, als es alle paar Minuten zu kontrollieren. Dann sah er sich immer wieder das Bild von dem Maßband um den nackten Bauch einer Frau an. Das Bild war schlecht belichtet und Einzelheiten auf dem kleinen Handydisplay nur schlecht zu erkennen. Scheurich hatte das Foto noch am Samstag vergrößern und ausdrucken lassen, und seitdem war sich Thomas nicht mehr so sicher, ob es auch wirklich Saskias Bauch zeigte. Ihre Haut war dunkler, und ihr Nabel hatte eine andere Form, er war runder als der auf dem Foto. Aber wenn es nicht ihr Bauch war, auf dem das Maßband lag, wessen dann? Welchen Sinn ergab das, und warum hatte der Täter zwei Stücke von jeweils einem Zentimeter abgeschnitten?

Entgegen seiner ersten Vermutung war Thomas jetzt der festen Überzeugung, dass Saskia noch lebte und der Täter ihn mit diesen Fotos unter Druck setzen wollte. Vielleicht wollte er ihm zeigen, dass Saskias Zeit ablief, die Frage war nur, wann. Bei welcher Stelle am Maßband würde er sie töten? Zehn? Zwanzig?

Scheurich sah das komplett anders. Nach seiner Meinung ging es dem Täter um Macht. Macht über Thomas und die Polizei. Er wollte demonstrieren, dass er alles unter Kontrolle hatte und seine Spielchen mit ihnen spielen konnte.

«Eine neue Nachricht?», fragte Scheurich, nachdem der Traktor vorüber war.

Thomas schüttelte den Kopf und steckte das Handy wieder ein.

«Denken Sie bitte daran, uns sofort zu informieren.»

Scheurich hatte Thomas' Handy einziehen wollen, doch das hatte Thomas abgelehnt.

Es war seine einzige Verbindung zu Saskia, er würde es auf keinen Fall aus der Hand geben.

«Warum ausgerechnet jetzt?», dachte Thomas laut nach. «Nach zwei Monaten?»

«Hören Sie auf, solche Menschen verstehen zu wollen. Die leben in ihrer eigenen Welt, nach eigenen Regeln.»

Thomas lag es auf der Zunge, Scheurich zu sagen, er solle ihm nicht vorschreiben, was er zu tun und zu lassen habe, und sich stattdessen lieber um Saskia kümmern, doch in diesem Moment klingelte sein Handy.

Sein Vater rief an.

«Deine Mutter hat mir soeben das von dem Maßband erzählt», legte er sofort und ohne Begrüßung los. «Was sagt dieser Bulle dazu?»

«Ich stehe gerade neben ihm», warnte Thomas.

«Trifft sich gut. Frag ihn, ob er bei der Armee war.»

«Was?»

«Frag ihn einfach.»

Thomas nahm das Handy runter. «Mein Vater will wissen, ob Sie bei der Armee waren.»

«Nein. Was soll die Frage?»

«Er sagt …»

«Ich hab's gehört», unterbrach ihn sein Vater. «Da du es ja vorgezogen hast, den Dienst an der Waffe zu verweigern, wisst ihr beide nicht, was es bedeutet, wenn man von einem Maßband etwas abschneidet. Ihr habt ja nicht gedient, nicht mal als Wehrpflichtige.»

«Papa, was soll diese Scheiße jetzt?»

«Zu meiner Zeit gab es bei der Bundeswehr unter Wehrpflichtigen die Gepflogenheit, in den letzten Wochen vor der Entlassung aus dem Dienst ein Maßband mit sich herumzutragen und für jeden Tag, den man hinter sich gebracht hatte, einen Zentimeter abzuschneiden.»

«Du warst doch gar nicht bei der Bundeswehr, sondern beim englischen Militär.»

«Aber innerhalb einer deutschen Kaserne. Natürlich hatten wir Kontakte. Es war schließlich kein Krieg.»

«Und was soll mir das sagen? Es gibt keine Wehrpflichtigen mehr.»

«Richtig. Aber mir sagt das, der Mann war bei der Bundeswehr. Und zwar zu einer Zeit, als es noch Wehrpflichtige gab. Erzähl das diesem Meisterdetektiv.»

Das tat Thomas, nachdem er das Gespräch beendet hatte.

Scheurich legte nachdenklich die Stirn in Falten.

«Das ist in der Tat ein wichtiger Hinweis.»

«Inwiefern? Da kommen doch Hunderttausende in Frage.»

«Es schränkt aber das Alter des Täters ein, die Aufhebung der Wehrpflicht liegt ja schon eine Weile zurück. Das war noch zu Zeiten dieses Guttenbergs. Ich werde dem sofort nachgehen. Wir sind hier draußen ohnehin fertig.» Scheurich sah ihn nachdenklich an, und in seinem rechten Mundwinkel zuckte es. «So leid es mir tut, das sagen zu müssen, Herr Bennett, aber Sie sollten sich mit der Vorstellung vertraut machen, dass wir Ihre Freundin nicht lebend finden.»

Ein paar Sekunden stand Thomas reglos da. Dann trat er einen Schritt auf Scheurich zu und stieß ihn mit beiden Händen so kräftig vor die Brust, dass der Kommissar zu Boden ging. Er landete mit dem Hintern im Getreidefeld.

«Niemals!», schrie Thomas den verdutzten Mann an, wandte sich ab und stampfte davon.

Der Wagen stand mit einem Platten am rechten Fahrbahnrand auf dem Grasstreifen, daneben eine verzweifelt wirkende Frau Mitte zwanzig mit langem, dunkelblondem Haar. Langsam rollte er an ihr vorbei, und als er sich auf ihrer Höhe befand, warf sie ihm einen Blick zu.

Diese Augen!

Er fuhr noch ein Stück weiter, stellte seinen Wagen ebenfalls auf dem Grasstreifen ab und schaltete die Warnblinkleuchten ein. Bevor er ausstieg, hielt er einen Moment inne. Anzuhalten, um Hilfe zu leisten, war mehr oder weniger eine natürliche Reaktion gewesen, doch nun schaltete sich sein Verstand ein, und ihm wurde klar, dass er Uniform trug. Er kam gerade vom Dienst und hätte sich erst zu Hause umgezogen. Das machte er immer so. Es ließ sich jetzt nicht ändern, und vielleicht machte es ihr ja auch nichts aus.

Im Innenspiegel sah er sie neben ihrem Wagen stehen. Eine zierliche, anmutige Frau, kaum größer als eins sechzig. Sie trug eine enganliegende Jeans und ein violettes T-Shirt mit Blumendruck. Auf den ersten Blick war sie vielleicht eine wie viele, aber der kurze Augenkontakt eben im Vorbeifahren hatte ihm etwas anderes gezeigt. Die Sehnsucht nach Schutz und Hilfe war überdeutlich zu erkennen gewesen.

Er stieg aus, ging auf sie zu und versuchte dabei, sich ein wenig kleiner zu machen. Er wusste, seine Statur konnte einschüchternd wirken.

«Kann ich Ihnen helfen?»

«Der Reifen ist kaputt.»

Sie klang verzweifelt.

«Haben Sie einen Ersatzreifen?»

«Ich … ich weiß es nicht.»

Ihre Schultern und Arme fielen wie nutzlose Anhängsel hinunter.

«Oh Gott, ich entspreche so richtig dem Klischee. Eine Frau, die noch nie in den Kofferraum geschaut hat, ob ein Ersatzreifen darin liegt.»

Er winkte lässig ab. «Hab ich ehrlich gesagt auch noch nie. Schauen wir einfach mal nach.»

Sie öffnete den Kofferraum, er beugte sich hinein und hob den Teppichboden an. Zu seinem Glück befand sich in der Mulde darunter ein nagelneuer Reifen nebst Werkzeug zum Wechseln, so wie es sich gehörte.

Sie stand ganz dicht bei ihm, er konnte sie riechen und ihre Wärme spüren. Ein leichter Windstoß brachte ihr Haar in Bewegung. Es kitzelte an seinem Ohr.

«Ich mache Ihnen das schnell», schlug er vor und spürte, wie sein Magen sich fast schmerzhaft zusammenzog.

Es gab ein Schicksal, eine Vorsehung, daran glaubte er ganz fest, denn alles, was ihm bisher passiert war in seinem Leben, dieser ganze Scheiß, der ihn dorthin gebracht hatte, wo er jetzt war, der einen Mann aus ihm gemacht hatte, der respektiert wurde für das, was er konnte, dieser Scheiß war nicht einfach nur Zufall. Nein, er sollte zu genau diesem Zeitpunkt an dieser Stelle sein, um diese Frau zu treffen.

«Echt? Das ist total lieb», sagte sie.

Ihr Gesicht hatte genau die Form, die er so mochte. Die Augen im unteren Lid gerade, im oberen sanft geschwungen, lange Wimpern, kleine Nase und Ohren und ein schmales Kinn.

«Kein Problem.»

Schnell senkte er seinen Kopf in den Kofferraum, damit sie nicht sah, dass er rot anlief. Dagegen konnte er nichts tun. Auch wenn er nach außen hin vollkommen ruhig wirkte und glaubte, sich unter Kontrolle zu haben, war es immer wieder dasselbe, sobald er mit einer Frau sprach, die er mochte. Das

Blut schoss ihm heiß in den Kopf und ließ seine Ohren glühen wie Signallampen. Sein Herz begann zu rasen, ständig musste er um Worte ringen, die ihm sonst wie selbstverständlich über die Lippen kamen. Es war, als schalte sich in seinem Kopf ein ganzer Bereich ab, und er hasste sich dafür, dass das immer wieder geschah, selbst jetzt noch, mit Ende zwanzig. Ohne einen Grund wie diese Reifenpanne würde er niemals eine Frau wie sie ansprechen, weil er ganz genau wusste, dass ihm bereits nach der Begrüßung nichts mehr einfallen würde. Seine Gefühle ließen sich nicht in Worte fassen.

Er löste die Schraube, die den Ersatzreifen an Ort und Stelle hielt, wuchtete ihn heraus, lehnte ihn an den Kotflügel und holte das Werkzeug heraus.

«Soll ich Ihnen erklären, wie man das macht?», bot er an.

«Unbedingt. Das ist mir ja so peinlich.»

Sie lachte, und es klang wie Musik in seinen Ohren.

«So ein Zufall, dass Sie gerade hier vorbeikommen. Sonst ist ja auf dieser Straße nicht viel los.»

«Ich glaube nicht, dass das ein Zufall ist», sagte er, ohne sie anzusehen.

Er ließ sich auf die Knie nieder und setzte den Wagenheber an die dafür vorgesehene Stelle und pumpte den Wagen hoch. Dabei registrierte er, dass sie auf Abstand blieb und ihm nicht wieder so nahe kam wie eben am Kofferraum. Ein bisschen mehr Zurückhaltung war schließlich auch angebracht. Es gab so viele Männer, die ständig auf der Jagd nach einem Abenteuer waren und Frauen nur als Opfer betrachteten. So einer war er nicht. Und sie war nicht so eine, die sich gern darauf einließ, das spürte er.

Das Wechseln des Reifens dauerte zehn Minuten, und das auch nur, weil er sich Zeit ließ dabei und ihr jeden Handgriff genau erklärte. Am Ende kamen sie sich doch noch einmal näher, als er sie den letzten Radbolzen festziehen ließ. Natürlich fehlte ihr die Kraft dafür, und als er ihr das Radkreuz abnahm, um dem Bolzen noch eine Umdrehung zu verpassen, berührten sich ihre Hände.

«Sie sind also Soldat», sagte sie überflüssigerweise, da seine Uniform es verriet.

«Ja, Feldwebel.»

«Und was machen Sie da so?»

Es war offensichtlich, sie wollte Smalltalk halten, während er den kaputten Reifen und das Werkzeug im Kofferraum verstaute. Aber das war okay, solange es nur um die Arbeit ging.

«Fahrzeuge reparieren.»

«Echt? Nicht Panzer fahren oder schießen oder so?»

«Nein, ich repariere die Panzer … und alles andere.»

Er schlug die Kofferraumklappe zu.

«Lassen Sie den Reifen bei nächster Gelegenheit reparieren.»

«Werde ich tun. Vielen Dank für Ihre Hilfe. Ohne Sie wäre ich echt aufgeschmissen gewesen.»

Es ging ihm ein wenig zu schnell, wie sie sich verabschiedete und in den Wagen stieg. Kein Handschlag mehr, kein interessierter Blick. Er wusste, andere Männer würden in dieser Situation nach ihrer Telefonnummer fragen oder sie zum Essen einladen, und er wollte das auch, unbedingt, aber er brachte die Worte nicht über die Lippen. Wie ein Trottel stand er da und sah zu, wie sie den Motor startete, noch einmal kurz winkte und dann davonfuhr.

Er saß da mit dem verrosteten Radkreuz in den Händen und starrte es an. Das Werkzeug hatte die Erinnerung an seine erste Begegnung mit Mareike ausgelöst. Er hatte einen Reifen an dem uralten Transporter wechseln müssen. Alle vier Reifen waren porös und rissig, es grenzte an ein Wunder, dass sie überhaupt noch die Luft hielten. Der Transporter hatte schon seit Jahren keinen TÜV mehr, aber das war bei seinen bisherigen Fahrten niemandem aufgefallen. Er hatte mit einem schwarzen Edding das Kennzeichen so manipuliert, dass es einem oberflächlichen Blick standhielt. Sobald er den Wagen auf Vordermann gebracht hatte, würde er ihn durch den TÜV bringen, gar kein Problem. Ihm fehlte nur die Zeit.

Damals war er Mareike gefolgt. Er hatte nicht akzeptieren können, sie nicht wiederzusehen. Zu seinem großen Glück hatte ihre Fahrt sie nach Hause geführt und nicht zu irgendeinem Supermarkt oder einer Freundin. So wusste er, wo sie wohnte, und konnte sich in aller Ruhe überlegen, wie er es anstellen wollte, ihr Herz für sich zu gewinnen. Allzu schwer würde es nicht werden, denn ihre Blicke hatten Interesse signalisiert. Am Ende war sie zwar sehr schüchtern gewesen, aber das hatte ihm gefallen, so mochte er Frauen, sie durften nicht zu aufdringlich sein. Anmutig und scheu mussten sie sein, damit sie seinen Beschützerinstinkt weckten.

Die Erinnerung tat ihm weh. Er betrachtete seine Hände, und ihm wurde schmerzhaft klar, was er damit angestellt hatte, was er zerstört hatte. Sein Leben, einfach alles. Dabei hätte er es wissen müssen, denn es war nie anders gewesen. Er zerstörte, was er sich wünschte, und wenn er es nicht selbst tat, dann taten es andere. Heinz Gruga zum Beispiel. Ohne ihn wäre alles anders gekommen. Ohne Gruga hätte er bei Fred Martens in die Lehre gehen und ein Leben führen können wie alle anderen.

Grausame Bilder schoben sich vor die Erinnerung an Mareike.

Fred Martens, blutend und zuckend auf dem Schotterweg hinter dem Sportplatz.

Heinz Gruga, der ihn am Handgelenk packte und hinter sich herzog, so unnachgiebig und hart, dass noch Tage später die blauen Flecken zu erkennen waren.

Du kleiner Scheißer bist selbst schuld. Hast du etwa geglaubt, ungeschoren davonzukommen? Meine Heilige Ecke schänden und abhauen, das könnte dir so passen. Aber nicht mit mir, nicht mit Heinz Gruga. Du bist selbst schuld, du kleiner Scheißer.

Der getunte Kadett auf dem kleinen Parkplatz neben Luigis Eisdiele. Mama hinter dem Panoramafenster, die Augen weit aufgerissen. Gruga bugsierte ihn auf den Rücksitz, ließ sich selbst auf den Fahrersitz fallen, schaltete das Radio ein.

How many roads must a man walk down …

Mama kam angelaufen. Sie stieg auf der Beifahrerseite ein und drehte sich zu ihm um.

«Du blutest ja, mein Schatz. Was ist denn passiert?»

«Er hat einen Fußball abgekriegt, nicht weiter schlimm.»

Grugas warnender Blick im Innenspiegel.

Pass auf, was du sagst. Ich kann diesem Fred Martens jederzeit wieder einen Besuch abstatten. Pass auf, was du sagst, du kleiner Scheißer.

Der Kadett fuhr langsam vom Parkplatz, fuhr langsam aus diesem Leben zurück in das alte unter der Fuchtel von Heinz Gruga.

Fred Martens hatte er danach nie wiedergesehen.

Er erhob sich vom Boden, setzte das Radkreuz auf einen Bolzen und zog ihn mit aller Kraft an. Den Vorgang wiederholte er bei den vier anderen, dann hängte er es zurück an die Werkzeugwand, wo es hingehörte.

Was brachte es, den alten Zeiten nachzutrauern?

Fred Martens. Heinz Gruga. Mareike Schulz.

Geister der Vergangenheit.

Er musste lernen zu vergessen. Schwer genug, mit einem Verstand wie dem seinen, der sich alles merkte und nichts verzieh. Der seine Wut konservierte, sie hegte und pflegte wie einen wertvollen Schatz, damit sie zu einem bestimmten Zeitpunkt ihre volle Kraft entfalten konnte.

Schwer genug mit einem Verstand, der mehr als zwanzig Jahre lang nur die Vergangenheit gekannt hatte.

Aber im Hier und Jetzt gab es genug andere Frauen.

Andere, die nicht so störrisch waren wie Swantje oder schwanger wie Saskia. Die sich besser in sein neues Zuhause einfügen würden.

Und er hatte da auch schon jemanden im Auge.

Priska Wagner litt nun offiziell unter dem Burnout-Syndrom, oder zumindest befand sie sich in einem frühen Stadium, das hatte ihr der Arzt attestiert und sie erst einmal eine Woche krankgeschrieben. Ein wenig Schauspielerei war dafür notwendig gewesen, aber nicht viel, sie hatte ein gutes Verhältnis zu ihrem Arzt, und er wusste, wie belastend ihr Job sein konnte. Wenn es ihr in einer Woche nicht besserging, würde er sie noch einmal so lange krankschreiben.

Der arme Kerkmann musste sich nun allein um die Breitkopf-Sache kümmern, aber vielleicht war er mit seinem religiösen Hintergrund ja genau der Richtige dafür.

Nach dem Gespräch mit ihrem Chef hatte Priska sich mit Kerkmann unterhalten, um herauszufinden, ob er etwas von Klöckners Ansinnen wusste, auf sie aufzupassen, doch das schien nicht so zu sein. Es ließ ihr einfach keine Ruhe, warum Klöckner der Meinung war, sie benötige jemanden an ihrer

Seite, der ausgleichend auf sie einwirkte. Okay, hin und wieder hatte sie ihre Probleme mit Kollegen, aber diese Probleme lagen nicht an ihrem Verhalten, sondern an diesem typisch männlichem Testosterongehabe, das sie auf den Tod nicht ausstehen konnte. Klöckner selbst war nie so gewesen, deshalb wog die Enttäuschung doppelt schwer, und Priska dachte darüber nach, einen Antrag auf Versetzung zu stellen.

Aber erst einmal war sie krank und würde genau das tun, wovor Klöckner sie gewarnt hatte: Sie würde Dummheiten machen.

Priska war auf der A7 unterwegs nach Augsburg. Sie hatte eine Woche Zeit, sich um die Spuren zu kümmern, von denen sie glaubte, dass sie den Fall Ulrike Bokelmann und Thomas Bennett verbanden. Und dazu gehörte zuallererst ein Gespräch mit der Tochter Jochen Buhlmanns, des ehemaligen Betreibers der Schmiede, die jetzt Hartmut Köster gehörte. Kein Einbrecher der Welt, der es auf Wertgegenstände abgesehen hatte, nahm sich die Zeit und stieg auf einen Tisch, um darauf sein Geschäft zu hinterlassen – es sei denn, er hatte gute Gründe dafür – und für so etwas waren sehr persönliche Gründe notwendig. *Ich scheiße auf euch oder auf diesen Betrieb*, diese Art von Botschaft steckte nach Priskas Meinung dahinter, aber sie bekam die ganze Geschichte noch nicht auf die Reihe.

Der alte Buhlmann war vor mehr als dreißig Jahren auf dem Rückweg vom Schützenfest erschlagen worden. Wer auch immer ihn genug gehasst hatte, um das zu tun, hatte seine Rache doch längst bekommen. Warum nach dieser langen Zeit noch dieses «Statement», wie Köster es genannt hatte? Hätte der Einbrecher Buhlmann damals gern selbst getötet, aber es war ihm jemand zuvorgekommen? Gut möglich, aber das erklärte nicht den großen Zeitabstand, und auch nicht, warum er jetzt Hartmut Köster schädigte, der mit alledem nichts zu tun hatte.

Priska ahnte, sie hatte es womöglich mit einem ausgesprochen kranken Charakter zu tun, und sie erhoffte sich von Jochen Buhlmanns Tochter Informationen darüber, wer aus der damaligen Zeit dafür in Frage käme.

Führte diese Spur ins Nichts, war es auch okay, dann hatte sie es wenigstens versucht. Brachte sie aber einen durchschlagenden Erfolg, vielleicht sogar in beiden Fällen – oder in drei Fällen, wie es seit dem neuerlichen Mord in Hamburg-Wilhelmsburg heißen musste –, dann freute Priska sich schon auf Klöckners Gesicht. Und auf das von Scheurich, diesem Ekel.

Da die Tanknadel schon im letzten Drittel stand, fuhr Priska an einer Raststätte raus. Sie reihte sich vor den Zapfsäulen in eine Schlange von Urlaubern ein. Während sie wartete, betrachtete sie die vollgepackten Wagen mit Kind und Kegel darin und die luxuriösen Wohnmobile und Wohnanhänger.

Sie selbst hatte Anfang des Jahres für den kompletten September Urlaub eingereicht. Vier Wochen am Stück. Geplant hatte sie nichts für diese Zeit, aber der Anblick der Reisenden ließ jetzt in ihr das Fernweh wachsen. Schon lange schob sie eine Reise nach Schottland vor sich her. Sie hatte von einer urigen alten Farm in den Highlands gelesen, dort gab es Pferde für die Gäste, mit denen sie das weitläufige Umland erkunden und sogar am Strand entlangreiten konnten. Ein Traum, selbst bei dem wechselhaften Wetter dort oben. Vielleicht sollte sie versuchen, dort ein Zimmer zu bekommen, wenigstens für zwei Wochen. Immerhin bestand die winzige Möglichkeit, dass Klöckner recht hatte und ihr Verhalten wirklich auf angestauten Frust und Stress zurückzuführen war. In der weiten Landschaft Schottlands würde sie den Kopf bestimmt frei bekommen.

Endlich konnte sie an die Zapfsäule fahren.

Priska tankte ihren Toyota voll, ging hinein, bezahlte, entdeckte die aktuelle Tageszeitung mit einer fetten Schlagzeile, die sie geradezu anschrie, kaufte auch die noch, fuhr mit ihrem Wagen in eine freie Parkbucht und schlug die Zeitung auf.

«Serienmörder tötet Urlauber».

Reißerische Drei-Wort-Titel waren bei diesem Blatt an der Tagesordnung, dem mussten sich die Fakten unterordnen. Zwei Fälle waren nicht automatisch eine Serie, deuteten aber natürlich darauf hin. Und dass es sich um Menschen handelte, die *gerade eben* aus dem Urlaub zurückgekehrt waren, verheimlichte der Titel ebenso wie die Tatsache, dass es der Täter auf Pärchen abgesehen hatte, den Mann tötete – im Falle von Thomas Bennett nicht ganz – und die Frau entführte. Aber gerade in der Urlaubszeit sorgte eine solche Schlagzeile für eine gesteigerte Auflage, und das war alles, was zählte.

Priska las den Artikel. Viele Fakten enthielt er nicht, ging aber doch auf die Pärchen und die entführten Frauen ein. Scheurich hatte eine Hotline einrichten lassen, bei der sich jeder melden sollte, der sachdienliche Hinweise hatte.

Priska überlegte, ob sie dort anrufen sollte.

Sie ließ die Zeitung sinken und blickte direkt in das Gesicht einer jungen Frau, die mit einem Eis in der Hand vor der Windschutzscheibe von Priskas Wagen stand. Offenbar hatte sie auch die Schlagzeile gelesen. Sie starrte Priska an, und das Eis lief an ihrer Hand und dem Unterarm herunter. Plötzlich ging ein Ruck durch ihren Körper. Sie warf das Eis in einen Papierkorb und lief eilig zu einem Wagen zurück, an dem ein junger Mann auf sie wartete. Mit Händen und Füßen redete sie auf ihn ein und deutete immer wieder in Priskas Richtung.

«Na, euer Urlaub ist wohl im Arsch», sagte Priska und warf das Käseblatt auf den Rücksitz.

Sie wollte schon den Motor starten, da klingelte ihr Handy. Wer konnte das sein?

Kerkmann hatte die Erlaubnis – oder eher den Befehl –, sie über alles auf dem Laufenden zu halten, aber es war nicht seine Nummer im Display.

«Wagner?»

«Thomas Bennett hier.»

Was für eine Überraschung! Mit einem Anruf von Bennett hatte sie nach der peinlichen Aktion in dessen Bürogebäude nicht gerechnet. Scheurich hatte ihm verboten, sich weiterhin mit ihr über seinen Fall auszutauschen, und dann hatte er sie quasi abgeführt und aus der Stadt eskortiert. Bennett musste einen sehr schlechten Eindruck von ihr haben.

«Herr Bennett! Schön, dass Sie sich melden.»

«Können Sie gerade sprechen?»

Er klang außer Atem und gehetzt.

«Kann ich. Ich bin allein im Wagen.»

«Ich habe gerade Scheurich geschlagen ... mehr oder weniger.»

«Im Ernst? Herzlichen Glückwunsch.»

«Er hat gesagt, Saskia sei tot, da sind mir endgültig die Sicherungen durchgebrannt. Diese Aktion am Samstag Ihnen gegenüber fand ich schon total unmöglich. Scheurich hat sich wie ein Arschloch verhalten.»

Was er auch ist, dachte Priska und erinnerte sich daran, dass sie sich bei Bennett bedanken wollte.

«Vielen Dank übrigens für Ihre hilfreiche Aussage.»

«Kein Problem. Ich hoffe, es hat geholfen.»

Priska brachte es nicht über sich, ihm zu sagen, dass sie trotzdem von dem Fall abgezogen worden war.

«Kann ich Ihnen denn irgendwie helfen?», fragte sie.

«Sind Sie dazu noch bereit? Nach alledem?»

«Mehr als je zuvor.»

«Okay …», Bennett zögerte. «Es gibt da eine Sache, auf die mein Vater uns gestoßen hat.»

Bennett holte ein wenig weiter aus. Er berichtete von der MMS mit dem Maßband und den beiden abgeschnittenen Stücken. Am Samstag hatte Priska das Bild nicht mehr richtig anschauen können, weil Scheurich hereingeplatzt war. Bennett klärte sie über die Tradition bei der Bundeswehr auf, während der letzten Tage der Dienstzeit ein Maßband mit sich herumzuschleppen und jeden verstrichenen Tag abzuschneiden. Das Maßband, so erfuhr Priska, hatte Saskia Thomas Bennett im Flugzeug auf dem Rückweg aus dem Urlaub überreicht und ihm von der Schwangerschaft erzählt. Während Bennett darüber sprach, spürte Priska, wie ihr die Tränen in die Augen stiegen. Ein junges, verliebtes Paar, so kurz davor, eine Familie zu werden. Ein junges, verliebtes Paar, so kurz davor, auseinandergerissen zu werden.

Priska fand Bennetts Argumentation nachvollziehbar. Menschen handelten in Gewohnheiten, auch wenn sie es nicht gern zugaben und meistens nicht einmal merkten. Das war ein Grund dafür, dass die meisten Verbrecher Fehler machten. Sie klügelten Pläne aus, beschäftigten sich damit, wie man Spuren vermied, studierten die Vorgehensweise der Polizei und Spurentechniker, und dann handelten sie in einer eher unwichtigen Sache nach alten Gewohnheiten und verrieten sich dadurch.

«Das klingt plausibel», sagte Priska. «Geht Scheurich dem nach?»

«Ich denke schon.»

«Okay. Ich werde sehen, was ich tun kann», sagte Priska und wollte Bennett gerade erzählen, welcher Spur sie selbst nachging, hielt aber inne.

«Wir sollten später noch einmal sprechen, am besten unter vier Augen. Ich bin gerade unterwegs und melde mich, sobald ich kann.»

Priska trennte die Verbindung. Bennett hatte eine Nachricht vom Täter auf sein Handy bekommen, daher war es wahrscheinlich, dass Scheurich es überwachen ließ.

No risk, no fun, dachte Priska und trat das Gaspedal durch.

Bis zur Innenstadt von Winsen an der Luhe benötigte Thomas zu Fuß eine halbe Stunde. Zeit genug, um sein erhitztes Gemüt abzukühlen. Scheurich hatte ihn wieder einmal auf die Palme gebracht, und Thomas hatte etwas getan, womit er sich selbst überrascht hatte. Körperlich gegen jemanden vorzugehen war überhaupt nicht seine Art. Das erste und letzte Mal war in der fünften Klasse gewesen – eine Katastrophe, an die er nicht gern zurückdachte. Hatte Doktor Scholz vielleicht doch recht, wenn er von einer Persönlichkeitsstörung sprach? Veränderte er sich, ohne etwas dagegen tun zu können? Thomas war immer stolz darauf gewesen, Problemen mit Argumenten begegnen zu können, nicht mit Gewalt, aber vielleicht gab es dafür eine Grenze. Forderte die heutige Zeit gewalttätige Antworten heraus? Kamen Menschen wie sein Bruder Nils besser zurecht, weil sie im Falle eines Falles taten, was nötig war?

Scheurich würde jetzt sicher noch weniger Engagement in die Ermittlung stecken. Vielleicht sollte er ihn anrufen und sich entschuldigen? Nein! Scheurich hatte selbst schuld. Wie hatte der Mistkerl nur sagen können, dass Saskia tot war! Er war einfach nicht der richtige Mann für diesen Fall. Deshalb hatte er von unterwegs Priska Wagner angerufen und ihr von der Soldatenspur berichtet.

Priska Wagner war ein ganz anderes Kaliber. Ihr traute Thomas zu, Saskia zu finden. Aber warum hatte sie das Telefongespräch so plötzlich abgebrochen? Sie war unterwegs, hatte sie gesagt. Vielleicht privat, weil sie es offiziell nicht durfte? Brachte Thomas sie mit seiner Bitte um Hilfe in Bedrängnis? Sie hätte nein sagen und auf die Zuständigkeiten verweisen können, doch so ein Mensch war Priska Wagner nicht. Am besten machte er sich einfach keine Gedanken darüber und nahm jede Hilfe in Anspruch, die er bekommen konnte – ohne Rücksicht auf Verluste. Zumindest dafür war das Gespräch mit Doktor Scholz gut gewesen. Thomas hatte erkannt, dass er als Einzelkämpfer nicht weit kommen würde.

Deshalb galt sein zweiter Anruf Nils.

Er bat seinen Bruder, ihn abzuholen und Flyer aus dem Büro mitzubringen. Wenn sie schon hier draußen waren, konnten sie die Gelegenheit auch nutzen. Bis nach Winsen waren sie mit ihrer Verteilaktion bisher nicht vorgedrungen.

Thomas setzte sich daher in ein Bäckereicafé mit Blick auf die Straße, simste Nils den Treffpunkt und bestellte sich einen Kaffee und ein Käsebrötchen. Hunger hatte er nicht, aber er wusste, er musste etwas essen. Seit er aus dem Krankenhaus entlassen worden war, hatte er fünf Kilo Gewicht verloren. Mittlerweile sah er so hohlwangig aus wie ein Krebspatient während der Chemotherapie und fühlte sich fahrig und unterzuckert.

Nach mehr als einer Stunde betrat sein Bruder das Café.

«Du siehst beschissen aus», sagte er und ließ sich in den Stuhl gegenüber fallen.

«Ich muss das nicht jedes Mal hören.»

«Dann ändere was daran. Rasieren würde schon helfen.»

Thomas fuhr sich übers Gesicht. Er hatte überhaupt nicht bemerkt, wie lang und ungepflegt sein Bart schon war.

«Was machst du hier?», fragte Nils.

Thomas erklärte es ihm.

«Du hast Scheurich eine verpasst? Cool.»

«Nicht so richtig, ich habe ihn eher geschubst.»

«Mädchenkloppe, wie damals in der Schule. Hoffentlich hast du ihn nicht an den Haaren gezogen.»

Damit traf Nils einen wunden Punkt, er wusste es nur nicht.

Damals in der fünften Klasse hatte er gegen den viel größeren Jungen keine Chance gehabt und nicht zugehauen, sondern ihm in den Haaren gerissen, wie es die Mädchen untereinander taten. Irgendwann war er unter dem Gelächter und den höhnischen Rufen der Mitschüler abgehauen. Feigling hatten sie ihn genannt, immer wieder. Seitdem war er jeder körperlichen Auseinandersetzung aus dem Weg gegangen, und wenn es sich überhaupt nicht hatte vermeiden lassen, dann hatte er auf Nils gebaut. Nils war zwar kaum größer und kräftiger gewesen, aber es schien, als hätte er überhaupt keine Angst.

Thomas hatte seinen Intellekt und sein Mundwerk geschärft und war damit ganz gut durchgekommen. Natürlich war er hin und wieder auf Jungs gestoßen, denen mit Argumenten nicht beizukommen gewesen war, aber für diese Fälle hatte es ja Nils gegeben. Nach der Sache mit dem Kieslaster hatte Thomas sogar den Eindruck gehabt, Nils verteidige ihn noch vehementer als zuvor. Irgendwann war die Phase, in der sich Jungen prügelten, vorbei gewesen. Was geblieben war, war die Angst vor körperlichen Auseinandersetzungen. Aber war er deshalb wirklich ein Feigling? Hätte jemand wie Nils an jenem Abend anders gehandelt und dem Täter die Stirn geboten? Wäre Saskia noch da, wenn er ein anderer Typ Mann wäre? Ein Draufgänger wie Nils?

«Lass uns Flyer verteilen», sagte Thomas und stand vom Tisch auf.

Plötzlich war er wütend auf seinen Bruder und musste das irgendwie verbergen.

Das Navi führte Priska in den Randbereich Augsburgs, in eine recht vornehme Wohngegend mit großen Grundstücken und teuren Autos in den gepflasterten Auffahrten. Priska suchte sich einen Parkplatz am Straßenrand, stieg aus, bog den vom langen Sitzen steif gewordenen Rücken durch und ging fünfzig Meter zurück zur Hausnummer 103. Es war still in der Siedlung, kein Kinderlachen, kein Rasenmäher, keine laute Musik. Dafür abgeschottete Grundstücke und Alarmanlagen an jedem Haus.

Die Lührings lebten in einer quadratischen weißen Villa mit grauem Dach, grauem Hofpflaster und grauen Fenstern. Alles sehr stylisch und neu. Der Rasen war dunkelgrün, die Koniferen perfekt gestutzt. Zur Straße hin grenzte ein grauer Metallzaun das Grundstück ein. Er erinnerte Priska an ein Gefängnis, und sie fragte sich, wer hier eingesperrt und wer frei war. In der Auffahrt parkte ein rotes Kettcar. Ein vielleicht sechsjähriger Junge saß darauf und sah Priska aus großen blauen Augen an. Ein Kind hinter Gittern, wohlbehütet, aber eingesperrt.

«Hallo, kleiner Mann», sagte Priska und ging vor dem Gefängniszaun in die Hocke. «Wohnen hier die Lührings?»

«Ja. Darfst du dich so anmalen?», fragte der Junge und zeigte ganz ungeniert auf die Tattoos, die aus dem tiefen Ausschnitt ihres Shirts ragten.

«Nee, eigentlich nicht», antwortete Priska. «Aber nicht verraten, dass ich es doch gemacht hab.»

«Geht das wieder ab?»

«Nein, das geht nicht wieder ab. Ist mit einem Stift gemalt, der für immer hält.»

«Meine Mama erlaubt mir nur Wachsmalstifte.»

«Als ich so alt war wie du, durfte ich auch nichts anderes benutzen.»

Der Junge stand von seinem Kettcar auf und kam an den Zaun.

«Warum sind da Diamanten?» Er streckte den Arm weit genug aus, um das Tattoo berühren zu können. Scheu war der Kleine jedenfalls nicht.

«Weil ich selbst wie ein Diamant bin. Ich funkele bei jedem Licht anders und bin ganz, ganz wertvoll.»

«Lukas!», kam es schrill von der Haustür her.

Priska erschrak, den Jungen schien es aber nicht zu stören. Weder zuckte er zusammen, noch wandte er den Blick von ihren Tattoos.

Silvia Lühring kam angelaufen. Sie war eine große, schlanke Frau mit blondiertem Haar und wirkte so edel und gebildet, wie man in dieser Gegend wohl wirken musste, um dazuzugehören. Haar und Teint waren perfekt, die Kleidung teuer. Ihr Alter schätzte Priska auf Mitte vierzig.

«Lukas», wiederholte sie und drückte ihren Sohn an sich. «Du darfst fremde Menschen nicht anfassen.»

«Meine Schuld, ich bin zu dicht an den Zaun gekommen», sagte Priska und bemühte sich um ein freundliches Lächeln.

Mama Lühring musterte sie durch die engstehenden Streben. Natürlich blieb auch ihr Blick kurz an den Tattoos hängen, aber nicht lange genug, um unhöflich zu wirken.

«Kann ich Ihnen helfen?», fragte sie.

«Das hoffe ich», antwortete Priska und zeigte ihren Ausweis. «Ich bin von der Kriminalpolizei. Landkreis Harburg.»

Silvia Lührings Augen verengten sich argwöhnisch.

«Polizei? Was ist passiert?»

«Keine Sorge. Es handelt sich nur um ein paar Routinefragen in einer Ermittlung.»

«Und was habe ich damit zu tun?»

«Jochen Buhlmann war Ihr Vater, richtig?»

«Ja.»

«Es geht um einen Einbruch in den ehemaligen Betrieb Ihres Vaters. Können wir vielleicht hineingehen und uns unterhalten?»

Silvia Lühring wirkte skeptisch und unentschlossen.

«Wir können es aber auch hier in der Auffahrt erledigen», schlug Priska vor.

«Nein, nein, kommen Sie herein. Einen Moment bitte.»

Sie ging in den Hausflur und drückte auf einen Schalter. Es summte an der Pforte.

«So, jetzt.»

Silvia Lühring kam zurück, schnappte sich ihren Sohn, trug ihn bis vor die Haustür, setzte ihn dort ab und befahl ihm, in sein Zimmer zu gehen. Lukas warf Priska noch einen letzten interessierten Blick aus seinen hellwachen blauen Augen zu, bevor er die Treppe ins Obergeschoss des Hauses hinauftrottete.

Silvia Lühring sah ihm nach und seufzte. «Er ist so vertrauensselig, zu jedem. Ich habe Angst, dass ihm irgendwann was passiert.»

«Ihr einziges Kind?», fragte Priska.

«Ja. Mit zweiundvierzig bekommen. Sozusagen auf den letzten Drücker.»

«Scheint ein kluger Junge zu sein.»

«Ist er. Aber das schützt ihn auch nicht vor der Welt da draußen.»

Priska war klar, dass Silvia Lühring nicht die Welt vor der

gutgesicherten Haustür, sondern die außerhalb dieses gepflegten Wohngebietes meinte. Sie hätte der Frau sagen können, dass es sowieso keinen Schutz gab. Stabile Zäune und teure Alarmanlagen waren allenfalls Hindernisse, die einen entschlossenen Täter nicht für immer aufhalten konnten. Man war den kranken und irren Menschen mehr oder weniger hilflos ausgeliefert, und es wurde schlimmer, je besser vernetzt die Welt war.

Aber davon wollte Silvia Lühring wohl lieber nichts hören.

«Kommen Sie, wir gehen ins Wohnzimmer. Kann ich Ihnen etwas anbieten? Einen Kaffee vielleicht?»

«Kaffee wäre toll.»

Die Dame des Hauses verschwand in die Küche, und Priska folgte ihr. Silvia Lühring bediente einen Vollautomaten, der aussah, als habe er mehr gekostet als Priskas Wagen.

«Mit Milchschaum?»

«Gerne.»

Priska wartete ein paar Handgriffe an der Maschine ab und fragte dann: «Das Haus wirkt neu. Sie wohnen noch nicht lange hier, oder?»

«Ein halbes Jahr. Es sind noch nicht einmal alle Kartons ausgepackt. Mein Mann ist Anwalt und hat nur sonntags Zeit für solche Dinge. Dadurch zieht sich alles ein wenig in die Länge.»

Priska nickte. «Das kenne ich. Ich bin schon so oft umgezogen, ich packe die Kartons schon gar nicht mehr aus.»

«Wie furchtbar! Ich hoffe, ich muss hier nie wieder weg. Umziehen finde ich grauenhaft. Ich brauche ein Nest, in dem ich mich wohl fühle.»

Wie die meisten Menschen, dachte Priska.

«Sie sind extra aus Buchholz angereist?», fragte Silvia Lühring.

«Ja, ging nicht anders. Ich wollte das nicht am Telefon besprechen.»

«Dann muss es wichtig sein.»

«Für uns ist es das.»

«Muss ich mir wirklich keine Sorgen machen?»

«Müssen Sie nicht. Ich schwöre.»

Priska machte mit Zeige- und Mittelfinger das Zeichen dafür und erntete ein Lächeln von Silvia Lühring.

Zwei Minuten später war der Milchkaffee fertig, sogar ein Herz aus Kakaopulver zierte die weiße Krone.

Sie setzten sich im Wohnzimmer an einen großen Tisch aus teuer aussehendem Holz. Nicht eine einzige Gebrauchsspur war zu erkennen, keine Kerbe, kein Ring von einem nassen Glas, kein Fleck und natürlich kein Staub. Priska dachte an ihre eigene Wohnung in Buchholz, die dringend mal wieder aufgeräumt werden musste. Sie hatte die Gabe, Staub und Unordnung zu übersehen, und das war nicht einmal eine Ausrede. Sie sah es wirklich nicht, zumindest so lange nicht, bis es wirklich schlimm wurde. In einem klinisch sauberen Raum wie diesem würde sie sich gar nicht wohl fühlen. Sie hatte schon jetzt das Gefühl, sie nicht bewegen und nichts berühren zu dürfen, und fragte sich, wie ein Kind hier aufwuchs. Spielte es im Dreck? Aß es Sand aus der Sandkiste? Lief es den ganzen Sommer mit schmutzigen Füßen und aufgeschürften Knien herum? Wahrscheinlich nicht. Lukas tat ihr ein wenig leid.

«Ich habe schon eine Weile nicht mehr an meine alte Heimat gedacht», sagte Silvia Lühring. «Dass ausgerechnet die Polizei mich daran erinnert …»

«Wann sind Sie denn aus Wechberg weggezogen?»

«Nach dem Abi. Ich habe dann in München Jura studiert und meinen Mann hier kennengelernt.»

«Kein Heimweh?»

«Meine Eltern sind tot, zu der restlichen Verwandtschaft hatte ich nie viel Kontakt ... nein, meine Heimat ist jetzt hier.»

Sie warf einen prüfenden Blick durchs Wohnzimmer, als müsse sie sich selbst von dem Gesagten überzeugen.

«Frau Lühring», begann Priska. «Wie gut kannten Sie Ihren Großvater?»

«Darum geht es also. Um den Mord an ihm?»

«Das weiß ich noch nicht. Aber da der Täter nie gefasst wurde ...»

Silvia Lühring biss die Zähne zusammen und nickte. «Unglaublich, nicht wahr! Ich war damals zwölf. Ich weiß noch, ich habe danach kaum noch schlafen können, weil ich dachte, der Mörder käme als Nächstes zu mir. Es gab Nächte, da lag ich zitternd unter der Bettdecke und spürte, wie er durchs Zimmer schlich. Ich konnte mich nicht bewegen, nicht schreien, lag einfach nur stocksteif da ...»

Silvia Lühring schien für eine Sekunde in ihren Erinnerungen gefangen zu sein, dann schüttelte sie den Kopf.

«Noch schlimmer war allerdings das Gerede der Leute. Einige haben ganz unverhohlen Freude über den Tod meines Großvaters gezeigt. Er wurde erschlagen, und sie haben sich gefreut!»

Sie schüttelte abermals den Kopf.

«Wie war denn Ihr Verhältnis zu Ihrem Großvater?»

Sie dachte einen Moment nach und lächelte versonnen. «Er war der beste Großvater, den man sich wünschen konnte. Wir wohnten damals ja alle zusammen in dem Haus neben der Schmiede, ich hatte ihn also dauernd um mich. Ich weiß, er konnte ein richtiger Tyrann sein, aber zu mir war er immer sehr lieb.»

«Sie waren zwölf damals, da macht man sich keine Gedanken, wer es getan haben könnte, aber wie sehen Sie das heute? Haben Sie einen Verdacht?»

Silvia Lühring schüttelte den Kopf.

«Mein Vater hat oft gesagt, es muss eine ganze Bande gewesen sein. Mein Großvater war ein kräftiger Mann, müssen Sie wissen, ein Schmied, wie er im Buche steht. Kaum vorstellbar, dass ein Einzelner mit ihm fertigwurde. Aber sagen Sie, warum interessieren Sie sich für einen Mord, der mehr als dreißig Jahre zurückliegt? Sie sagten vorhin etwas von einem Einbruch.»

Priska entschied sich dafür, der Frau reinen Wein einzuschenken. Sie berichtete ihr aber nur von dem Mord an Ulrike Bokelmann und der Spur des Setzhammers. Thomas Bennett ließ sie ebenso aus wie den neuen Mord und die Entführung, dafür erwähnte sie aber den Einbruch in die Schmiede und den ekligen Vandalismus.

«Ich verstehe», sagte Silvia Lühring. «Sie denken, der Täter im Fall Bokelmann muss im Alter des Opfers sein, also an die sechzig. Aber wenn man diesem Gedanken folgt und voraussetzt, dass der Mörder meines Großvaters auch der Mann ist, der den Einbruch begangen hat, dann muss er damals um die zwanzig gewesen sein oder jünger.»

Priska hob erstaunt die Augenbrauen. «Wow!», sagte sie.

Silvia Lühring zuckte mit den Schultern. «Zehn Jahre Staatsanwältin. Darum musste Lukas so lange warten.»

«Das sind fast genau meine Gedanken. Ein Teenager, der damals bei der Gruppe dabei war, die ihren Großvater tötete. Vor zwei Jahren hatte er dann irgendeinen Grund, in die Schmiede einzubrechen und sich noch einmal zu rächen. Und das Werkzeug, das er gestohlen hat, hat er bei dem Mord an Ulrike Bokelmann eingesetzt.»

«Wie kommen Sie eigentlich auf einen Setzhammer? Ich

meine, das ist immerhin Spezialwerkzeug. Kaum jemand kennt das.»

Priska erzählte ihr von ihrem Hobby und ihrem Hufschmied.

«Ich reite auch!», stieß Silvia Lühring begeistert aus. «Wir hatten damals zwei Ponys, die gehörten meinem Großvater. Ich durfte sie immer reiten. Fix und Foxi hießen sie, nach den beiden kleinen Füchsen aus den Comics, die ich damals gern gelesen habe. Ich habe zwar immer noch ein Pferd, aber wegen Lukas komme ich nur noch selten dazu.»

Sie unterhielten sich einen Moment übers Reiten, doch plötzlich wurde Silvia Lühring nachdenklich.

«Lupo», sagte sie leise. «Ich habe seit Ewigkeiten nicht mehr an Lupo gedacht.»

«Wer ist das?»

«Er hat damals eine Lehre zum Schmied bei meinem Großvater gemacht und durfte bei Fix und Foxi die Hufe machen. Ich hab ihn immer nur Lupo genannt, nach dieser Wolfsfigur aus Fix und Foxi.»

«Warum?»

«Na ja, Lupo aus Fix und Foxi lebt im Mäuseturm, und der Lehrling wohnte über der Schmiede in einem Zimmer unter dem Dach. Das Fenster ist ganz weit oben im Erker.»

«Wie hieß der Lehrling denn wirklich?»

Silvia Lühring dachte nach. Lange. Dann lachte sie ein wenig unsicher und fuhr sich mit der Hand durchs Haar.

«Das ist jetzt peinlich … aber ich weiß es nicht. Ich kann mich nur an Lupo erinnern.»

«Und warum müssen Sie gerade jetzt an ihn denken?»

«Lupo war … na ja, anders. Ganz still. Er hat nur selten gesprochen. Mein Großvater hat immer geschimpft, weil er sich so dumm angestellt hat. Lupo war ein bisschen langsam, vielleicht sogar zurückgeblieben, ich weiß es nicht. Wir hatten nicht viel Kontakt, ich glaube, ich gehörte auch zu denen, die sich über ihn lustig gemacht haben. Aber jetzt, wo ich darüber nachdenke, erinnere ich mich, dass Lupo abends oft lange an dem Turmfenster oben über der Schmiede saß und hinaus in die Dunkelheit starrte. Ich konnte ihn von meinem Zimmerfenster aus sehen. Ich fand das damals unheimlich, dieses Rausstarren. Ich hab mich immer gefragt, wonach er wohl sucht.»

Es war Abend, die Sonne längst untergegangen, und in den Fenstern der Häuser brannte Licht. Hier draußen auf dem Lande hatte es eine ganz andere Wirkung als in der Stadt, wo es niemals wirklich dunkel wurde. Hier war jedes Licht von einer erdrückenden Finsternis umgeben, kleine Inseln der Hoffnung, die einen aussichtslosen Kampf fochten. Es war die Schwärze, die dem Licht seine Macht verlieh.

Haus Nummer 4 stand auf einem zu allen Seiten durch Büsche und Bäume abgeschotteten Grundstück von der Größe mehrerer Fußballfelder. Es handelte sich dabei um einen ehemaligen Bauernhof, der nicht mehr landwirtschaftlich genutzt wurde und von den neuen Besitzern umgebaut und renoviert worden war. Von der Landstraße führte eine baumbestandene Schotterauffahrt bis vor das große Fachwerkhaus mit seinen Blumenkästen vor den Fenstern, in denen rote Geranien blühten. Ein Rondell, in dessen Mitte eine Rotkastanie wuchs, die von einer runden Holzbank umgeben war, bildete den zentralen Platz zwischen Haus, Scheune und Stall. Akkurat geschnittene Buchsbaumhecken säumten das Kiesrondell. Unter einem neuen Doppelcarport parkte ein Landrover.

Er saß auf einem Baumstumpf zwischen den dichten Büschen und beobachtete das Haus schon seit Stunden. Er wusste, die Bewohner würden ab morgen im Urlaub sein – was er nicht wusste, war, wann sie abfliegen würden. Also galt es zu warten, wenn er keine Minute verpassen wollte. Es war ihm wichtig, das Haus zu betreten, solange ihr Geruch und ihre Aura noch vorhanden waren, denn nichts war schlimmer, als in ein kaltes, lebloses Haus zu kommen.

In der Vorderfront des Hauses gab es sechs Fenster. Vier unten, zwei oben. In jedem der unteren Fenster stand eine kleine Lampe mit weißem Schirm, gerade hell genug, um eine heimelige Atmosphäre zu schaffen. Er war zu weit entfernt, um Genaueres erkennen zu können, glaubte aber, hin und wieder jemanden an den Fenstern vorbeihuschen zu sehen. Er stellte sich die beiden vor, eifrig damit beschäftigt, die letzten Vorbereitungen für den lang ersehnten Urlaub zu treffen. Aufgeregt und voller Vorfreude suchten sie eilig ein paar Dinge zusammen, die unbedingt mitsollten, hakten all das ab, was vor einem Urlaub abgehakt werden musste.

Mit der Zeit wurde er schläfrig, immer wieder sanken seine Lider schwer hinab. Die letzten Tage hatten Kraft gekostet, es war viel schwieriger als gedacht, alles zu schaffen. Wie lange würde er das durchhalten?

Mit der Müdigkeit kam die Erinnerung.

Mareike!

Ihr hübsches Gesicht mit den stets ein wenig erstaunt wirkenden Augen, ihr Lachen, so ansteckend und ehrlich, und dann war sie plötzlich traurig, unsagbar traurig, und er wollte sie einfach nur in den Arm nehmen und festhalten, beschützen, die Welt von ihr fernhalten.

Es war leicht gewesen, ihr zu ihrem Wohnort zu folgen, nachdem er ihr bei der Reifenpanne behilflich gewesen war. Sie war so arglos. Er hatte sich ein Versteck gesucht und bis tief in die Nacht hinein das Haus beobachtet, in dem sie lebte. Es war ein Vier-Parteien-Haus, sie bewohnte eine der beiden Dachgeschosswohnungen. Das war schade, denn er konnte nicht durch die schrägen Dachfenster hineinschauen. Vorerst reichte es ihm, die hellen Fenster zu betrachten und sich vorzustellen, wie es wohl wäre, dort oben mit ihr zusammenzuleben. Früher hatte er jeden Tag stundenlang auf beleuchtete Fenster gestarrt. Er erinnerte sich noch gut an den Blick aus seinem harten, kalten Leben heraus auf das wohlige, beschützte Leben der anderen, die abends beim Essen zusammensaßen, sich unterhielten, lachten, stritten und sich wieder vertrugen.

Mareike schien allein zu leben. Niemand kam sie an diesem Abend besuchen. Das steigerte seine Hoffnung ins Unermessliche, und er begann sich auszumalen, wie er sie für sich gewinnen konnte. Was mochten Frauen? Wie sollten Männer sich verhalten? Von seinen Kameraden bei der Bundeswehr hatte er sich einige Verhaltensregeln abgeschaut, und so wusste er, dass man Frauen Blumen schenkte. Zu Geburtstagen, zu Feiertagen, zu Kennenlerntagen oder auch, wenn man einen Fehler wiedergutmachen wollte. Frauen mochten Blumen, noch viel mehr mochten sie aber Männer, die an diese Geste dachten, ohne daran erinnert werden zu müssen.

Ja, er würde Mareike Blumen schenken. Viele Blumen. Gleich morgen!

Und so stand er am nächsten Nachmittag zu der gleichen Zeit, zu der sie gestern heimgekehrt war, vor ihrer Tür. Wieder trug er seine Uniform, damit sie ihn erkannte. Einhundert Mark hatte er für Blumen ausgegeben, und weil so viele nicht in einen Strauß passten, presste er nun drei große Sträuße an seine Brust. Mareike würde baden können in einem Meer von Blumen, sie würde darin schwelgen und erkennen, was er für sie empfand.

Bevor Mareike kam, fuhr ein anderer Wagen auf den Hof. Ein junger Mann stieg aus und ging auf die Haustür zu. Sein Grinsen war anzüglich.

«Ficken kann teuer sein, oder?», sagte er in einem Tonfall, der Abscheu in ihm auslöste. Hätte er nicht die Blumen gehalten, er hätte dem Typen mit seinen Fäusten die richtige Antwort gegeben. So aber schluckte er seinen Ärger hinunter und merkte sich das Gesicht des Mannes. Vielleicht zu einem späteren Zeitpunkt, dachte er bei sich. Er würde Mareike bald öfter besuchen, da würde sich die eine oder andere Gelegenheit ergeben.

Zehn Minuten später fuhr der kleine Wagen vor, den er bereits kannte. Mareike stieg aus, öffnete den Kofferraum, beugte sich hinein, holte einen Korb voller Einkäufe hervor, schlug die Klappe zu und kam auf das Haus zu. Dabei kramte sie in dem Einkaufskorb, sodass sie ihn erst bemerkte, als sie beinahe schon vor ihm stand.

Sie prallte zurück.

«Hallo», sagte er. «Ist der Reifen repariert?»

Einen Moment lang schien die Zeit stillzustehen. Der Wind wehte nicht mehr, die Geräusche der Straße waren verstummt, und die Welt schmolz zusammen auf diesen kleinen Fleck. Nur er und Mareike, sie beide, sonst nichts und niemand.

Die Überraschung war gelungen, er konnte es sehen. Sie blickte ihn an wie ein scheues Reh, das in die Scheinwerfer eines Autos starrte.

«Ich … nein … was, was soll das?»

Das klang ein wenig zu scharf für ein Mädchen wie sie.

«Blumen. Für dich. Weil du … na ja … magst du keine Blumen?»

So viele Worte hatte er in Gedanken zu Sätzen geformt,

und alle hatten in seinem Kopf romantisch geklungen, doch die waren nun fort, gähnende Leere, wo zuvor ein Heldenepos darauf gewartet hatte, aufgeführt zu werden.

«Schon, aber ... ich ... du kannst doch nicht einfach so mit Blumen hier auftauchen.»

Warum sollte er das nicht können? Warum reagierte sie so abweisend? Was hatte er falsch gemacht?

Nein, es lag nicht an ihm. Ihr zurückhaltendes Wesen ließ es einfach nicht zu, auf die Geschenke eines Fremden anders zu reagieren. Er wünschte sich zwar, sie würde schon jetzt seine Gefühle für sie erkennen und erwidern, aber natürlich wusste er, ein Mädchen wie Mareike musste erobert werden. Vertrauen wuchs durch Hartnäckigkeit.

«Es ... es tut mir leid», stotterte er.

«Okay ... schon okay. Mir tut es leid, falls ich gestern ... ich meine. Ach, Mist!»

Sie stellte den Einkaufskorb ab, kam auf ihn zu und nahm ihm einen der Blumensträuße ab, senkte das Gesicht in die Blüten, schloss für einen Moment die Augen und roch daran.

«Weißt du ... Ich sollte dir Blumen schenken für deine Hilfe gestern ... Es tut mir leid, die sind wirklich sehr, sehr schön. Ich habe aber nur eine Vase. Und leider habe ich heute keine Zeit. Ich muss kochen für ... es tut mir wirklich leid.»

Sein Blick fiel in den Einkaufskorb. Er sah Spaghetti, Gemüse, Salat und zwei Flaschen Rotwein.

«Ich hätte mich anmelden sollen.»

Er wandte sich ab und ging mit schnellen Schritten die Auffahrt hinunter, hochrot sein Kopf, schweißnass seine Achseln. Erst als er die Haustür ins Schloss fallen hörte, drehte er sich noch einmal um, aber da war sie schon weg. Auf dem Weg zu seinem Wagen, den er ein gutes Stück die Straße hinauf geparkt hatte, warf er die beiden übriggebliebenen Sträuße in den Graben am Straßenrand. Mit wild pochendem Herzen stieg er ein, seine Hände klammerten sich ans Lenkrad, und er musste sich zwingen, ruhig zu atmen.

Sie mochte Blumen.

Sie hatte nur gerade keine Zeit für ihn.

Es war ganz einfach der falsche Zeitpunkt.

Vor dem großen Bauernhaus ging das Licht an. Acht Lampen gleichzeitig, verteilt an den Wänden, rissen ihn aus seiner Erinnerung, und er zog sich rasch tiefer ins Gebüsch zurück.

Einen Moment später wurde die Haustür geöffnet. Ein kleiner Mann mit beachtlichem Bauch trat heraus, blieb stehen, sah sich um und atmete tief ein und aus. Unter dem Carport blinkte der Landrover auf. Dessen Scheinwerfer schnitten Lichttunnel in die Dunkelheit. Sie strahlten genau in seine Richtung, blendeten ihn, und er ahnte, hätte der Mann in diesem Moment herübergesehen, er hätte ihn entdeckt. Aber der Mann drehte sich um, trat ins Haus und kam mit zwei Koffern wieder heraus. Weil man die auf dem Schotter nicht hinter sich herziehen konnte, trug er sie bis zum Wagen. Er wuchtete die Koffer hinein und ging ins Haus zurück. Die Tür ließ er offen stehen.

Kurz entschlossen sprang er auf und arbeitete sich durch das Gebüsch auf den Stall zu, drückte sich an der Wand entlang, war sich bewusst, dass er dabei voll im Licht stand, spürte aber keine Furcht, nur Aufregung. Im Nu hatte er die Haustür erreicht und glitt in die Diele. Sie war groß und unterteilt von freistehendem Fachwerk, mit einem riesigen Kachelofen in der Mitte.

«Hast du meine Brille gesehen?», kam es von irgendwo aus den Tiefen des Bauernhauses.

«Auf deinem Kopf.»

«Sehr witzig. Ich finde sie einfach nicht.»

Die Stimme des Mannes war näher als die der Frau.

Er schob sich nach links hinter das offene Fachwerkgebälk. Dort standen ein Klavier, ein großer grüner Ohrensessel und einige Bücherregale. In der Ecke hinter dem Sessel war der Schatten tief und schwarz, dort ging er in die Hocke.

Der Mann kam in die Diele, er trug zwei Taschen an Riemen über der Schulter und stellte sie auf dem großen Tisch ab, der mittig auf der Diele stand. Darüber hing ein altes hölzernes Wagenrad mit gelben Lampenschirmen daran. Ihr Licht ergoss sich über den Tisch, erreichte die Ecken aber nicht.

«Ich hab sie!», rief die Frau.

Einen Augenblick später trat auch sie in die Diele. Sie mochte fünfundvierzig Jahre alt sein, wirkte aber mädchenhaft, war und groß und schlank und hatte langes, dunkles Haar.

«Klappt alles mit Nina?», fragte der Mann, während er die Reiseunterlagen durchsah.

«Ja, aber nicht mehr heute. Sie musste lange arbeiten. Die Brille lag auf dem Spülkasten, stell dir mal vor.»

«Die liegt doch immer dort, wo sie nicht liegen sollte. Bis morgen geht's auch so.»

«Was?»

«Wegen Nina.»

«Ach so. Ja, sicher. Haben wir alles?»

«Ich denke schon. Nur keine Lust.»

«Ach komm schon, das wird schön.»

«Hier ist es auch schön … und nicht so heiß.»

Die Frau trat zu ihrem Mann. Sie überragte ihn um einen Kopf. Ein merkwürdiges Bild. Was sie wohl an ihm fand?

«Schatz, bitte … ich freue mich so drauf. Eine Woche Madeira, das muss einfach drin sein nach all der Arbeit.»

Sie umarmte ihn. Er wirkte missmutig.

«Hier ist es doch auch wie Urlaub.»

«Ja, mit viel Arbeit. Wir brauchen beide eine Pause. Du hast es versprochen!»

«Ich komme ja auch mit, keine Sorge.»

Sie küsste ihn auf die Stirn.

«Wollte ich dir auch geraten haben. Bring doch schon mal die Taschen in den Wagen. Ich suche mir noch schnell ein Buch für den Flug aus.»

Er fügte sich in sein Schicksal und trug die Taschen hinaus.

Die Frau lief in die Küche, ließ kurz das Wasser laufen, kam wieder in die Diele und rieb mit einem Papiertuch die Brillengläser trocken. Sie kam direkt auf ihn zu. Er kauerte sich zusammen, behielt sie aber im Blick. Vor den Bücherregalen streckte sie den Arm aus und schaltete eine kleine Lampe am Regal ein. Das Licht fiel auf die Buchrücken. Sie legte den Kopf schief, ging durch die Titel und biss sich dabei leicht auf die Unterlippe. Sie hatte schöne Zähne, ebenmäßig und weiß. Er freute sich darauf, sie nach ihrem Urlaub besser kennenzulernen.

Oder sollte er es jetzt schon tun?

Einfach die Routine durchbrechen?

Zu viel sprach dagegen. Er würde dann nicht die nötige Ruhe haben, um tief in ihr Leben einzutauchen, und gerade diesen Teil, das Wohnen in fremden Häusern, hatte er sehr zu schätzen gelernt. Darauf zu verzichten kam nicht in Frage. Er wog den Gedanken ab, den Mann sofort zu töten und mit der Frau zusammen eine Woche hier zu verbringen, aber das war nicht ohne Risiko. Es würde auffallen, wenn sie nicht in den Flieger stiegen. Möglicherweise gab es jemanden aus der Familie, der sie am Flughafen verabschiedete. Nein, zu riskant. Es war besser, bei dem alten Ablauf zu bleiben. Er hatte sich bewährt.

Die Frau zog ein Buch heraus und schlug es auf.

Aus seinem Versteck heraus konnte er den Titel nicht lesen, ihr schien es jedoch zuzusagen, denn sie nahm es mit.

«Mausi, wo bleibst du denn. Der Flieger wartet nicht.»

«Komme schon.»

«Ist auch wirklich alles verriegelt?»

«Denke schon.»

Der Mann kam erneut herein, ging noch einmal durch das ganze Haus und überprüfte alle Fenster und Türen. Bevor er die Dielentür hinter sich zuzog, verharrte er einen Moment, sah sich mit einem sehnsüchtigen Blick um und seufzte.

Nachdem auch das Brummen des Automotors verklungen war, wurde es sehr still im Haus.

Jetzt hatte er es für sich allein.

Das Licht der Straßenlaterne fiel auf die weiße Vorderfront des Hauses, dennoch wirkte es abweisend und leblos. Thomas Bennett starrte es durch die Seitenscheibe des Wagens hindurch an. Es war weit nach zweiundzwanzig Uhr. Neben ihm saß sein Bruder Nils. Dessen Augen wirkten im Licht der Armaturenbeleuchtung wie die eines Zombies. Sie waren beide erschöpft und müde und hatten die letzten fünfzehn Minuten schweigend verbracht.

Zuvor hatte Nils ihn überredet, die Nacht in Thomas' Haus zu verbringen. Ihre Verteilaktion hatte sie in die Nähe geführt, und Nils würde sich dadurch eine Fahrt von beinahe einer Stunde zurück zu seiner eigenen Wohnung ersparen. Thomas hatte nicht gewollt, war aber gleichzeitig auch viel zu kraftlos, um wirklich dagegen aufzubegehren. Vielleicht würde es ja auch klappen, wenn Nils mit im Haus war.

«Bereit?», fragte Nils.

Als Antwort stieß Thomas die Autotür auf und stieg aus.

Die Pforte, der gepflasterte Fußweg, die Eingangstür, das alles kam ihm bereits fremd vor. Dies war irgendein Haus, aber nicht mehr seines. Die Zeitungsrolle war voll, darunter lagen mehrere Exemplare in einer Plastiktüte. Thomas hatte nicht daran gedacht, sie abzubestellen oder sich nachsenden zu lassen. Auch die Klappe des Briefkastens stand bereits offen, weil nichts mehr hineinpasste. Das allermeiste war ohnehin nur Werbung, aber auch der Rest interessierte Thomas nicht. Er nahm die Post und die Zeitungen und warf sie im Flur auf die Treppe.

Das Haus roch fremd.

Keine Spur mehr von Saskia oder ihm selbst. Nur Staub und Leere und …

Thomas schüttelte die Bilder ab, die sich in seinem Kopf breitmachen wollten, ging ins Wohnzimmer und machte Licht. Nils folgte ihm.

«Schick hier», sagte er.

Thomas fiel ein, dass sein Bruder noch nie in seinem Haus gewesen war.

«Die Firma scheint ja ordentlich abzuwerfen.»

Klangen da Neid und Missgunst mit?

«Gehört alles der Bank», sagte Thomas.

«Ist bei mir auch so, aber ich habe kein Haus. Ich brauch jetzt dringend einen Drink. Hast du was da?»

«Im Schrank neben dem Fernseher. Schenk mir auch einen ein, ich bin gleich wieder da.»

Thomas ging hinauf ins Obergeschoss und zog frische Kleidung an. Er wusch sich Hände und Gesicht, ging auf die Toilette und musste bei jedem Handgriff daran denken, dass der Täter all das ebenfalls getan hatte. Zwei Wochen lang hatte er hier gelebt, als sei es sein Zuhause. Es gab keine Stelle, die nicht von ihm entweiht worden war. Das hier war etwas anderes als ein normaler Einbruch, bei dem die Täter nur kurz im Haus waren. Auch das war schon schlimm genug. Aber zu wissen, dass ein fremder Mensch, dazu noch ein Mörder, sich in das eigene Leben gedrängt hatte, war weitaus schockierender.

Vielleicht ist genau das sein Ziel, dache Thomas. Er übernimmt mein Leben, sodass für mich kein Platz mehr darin ist. Darum sollte ich sterben.

Ihn fröstelte bei dem Gedanken.

Er lief hinunter ins Erdgeschoss. Nils wartete mit einem Whiskeyglas in der Hand vor dem Bücherregal. Das zweite Glas stand auf dem Tisch. Thomas nahm es und trat zu seinem Bruder.

Nils starrte die Fotos an, aus denen Thomas herausgeschnitten worden war.

«Echt krank», sagte er und deutete mit dem Glas darauf.

«Ich will mir gar nicht vorstellen, wie krank. Und dieser Typ hat Saskia …»

«Es geht ihm nur um sie, oder?», fragte Nils.

Thomas legte die Bilder flach auf die Regalbretter, er ertrug den Anblick nicht länger.

«Du musst weiterhin daran glauben, dass sie lebt», sagte Nils.

Hören Sie auf, diese Typen verstehen zu wollen … finden Sie sich damit ab, Saskia nicht lebend zu finden … Immer wieder hörte er Scheurichs Worte, und obwohl er sich dagegen wehrte, wuchsen sie wie hartnäckiges Unkraut in seiner Angst. Er hasste den Kommissar dafür.

«Ich weiß», sagte Thomas leise. «Aber …»

«Nein, kein Aber. Es gibt einen Beweis dafür, dass sie noch lebt.»

«Einen Beweis?», fragte Thomas.

«Klar. Denk doch mal nach. Das Maßband. Warum sollte er dir ein Bild davon schicken, wenn er die Bedeutung nicht kennt. Und die Bedeutung kann ihm nur Saskia verraten haben. Richtig?»

Der Enthusiasmus in Nils' Stimme war aufrichtig, und Thomas hätte sich nur allzu gern davon anstecken lassen, aber der Funke sprang nicht über. Nils hatte zwar recht mit dem, was er sagte, aber Saskia war seit nunmehr fast drei Monaten verschwunden. Sie könnte dem Täter gleich nach der Entführung von der Bedeutung des Maßbandes erzählt haben.

«Ich drehe durch, wenn ich keine Klarheit bekomme», sagte Thomas.

Nils legte ihm einen Arm auf die Schulter.

«Kleiner, wir schaffen das.»

Er hielt sein Whiskeyglas hoch. «Auf Saskia.»

Thomas stieß mit ihm an. Der Whiskey floss sanft und warm seine Kehle hinab.

«Lass uns rausgehen», sagte er und ging voran. Das Wohnzimmer war riesig, dennoch kam er sich darin eingesperrt vor. Er brauchte dringend frische Luft.

Als er die Terrassentür öffnen wollte, erstarrte Thomas. Er sah den weißen Kunststoffgriff nicht so, wie er jetzt war, makellos und sauber, sondern mit Spuren schmutziger Finger daran, und er wusste, das sollte ihm etwas sagen. Irgendeine wichtige Information steckte in diesem Detail, doch er bekam sie nicht zu fassen.

«Was ist?», fragte Nils hinter ihm und zerstörte den Moment.

«Nichts», sagte Thomas, öffnete die Tür und trat auf die Terrasse hinaus.

Draußen war die Luft alles andere als frisch. Immer wieder

zogen Gewitter übers Land, das Wetter brach zusammen, es wurde kühler, und dann ging das Spiel von vorn los. Ein Sommer der Extreme, in jeder Hinsicht.

Sie ließen sich in die Gartenstühle fallen. Nils fischte seinen Wagenschlüssel aus der Hosentasche und warf ihn klappernd auf den Tisch. Sie tranken schweigend. Das Konzert der Grillen war ohrenbetäubend. Der dunkle Nachthimmel wurde immer wieder von weit entfernten Blitzen erhellt. Nils hatte die Flasche mit nach draußen gebracht und schenkte nach. Der Alkohol benebelte Thomas' Sinne. Er trank selten, war es nicht gewohnt, hinzu kam die körperliche Erschöpfung. Aber das Gefühl war nicht schlecht, er fühlte sich leichter.

«Manchmal wünsche ich mir, er hätte mich getötet», sagte Thomas plötzlich und wusste selbst nicht, woher die Worte kamen. Sie waren einfach da.

«Red nicht so eine Scheiße.»

«Warum? Es wäre doch für alle einfacher.»

«Für dich wäre es vielleicht einfacher. Aber du bist kein Feigling, also hör auf damit.»

«Vielleicht bin ich ja doch einer.»

«Ich glaube, der Alkohol bekommt dir nicht.»

«An dem Abend ... als Saskia entführt wurde ... sie muss mich für einen ausgemachten Feigling gehalten haben.»

«Warum?»

Thomas erzählte seinem Bruder von dem peinlichen Vorfall auf dem Flughafengelände.

«Und Saskia hat dem Typen eine verpasst? Cool», sagte Nils.

«Ja, cool von ihr. Ich stand nur blöd daneben.»

«Tja, was soll ich sagen? Du warst in solchen Situationen schon immer eher ... zurückhaltend.»

«Schwach, ich war schwach. Aber das wird nicht wieder vorkommen.»

«Darauf noch einen Toast!», sagte Nils, hob prostend das Glas, trank und goss gleich noch einmal nach.

«Du hast das im Griff, nehme ich an», sagte Thomas. Er wusste ja, wie schlecht sich der Alkohol und Nils vertrugen.

«Wer hat schon immer alles im Griff?»

Thomas ging nicht weiter darauf ein.

Eine andere Erinnerung drängte sich in den Vordergrund. Sie war auch daran schuld, dass er an jenem Abend, als Saskia ihm von ihrer Schwangerschaft erzählt hatte, so zurückhaltend war. Thomas dachte nicht gern an diese Episode in seinem Leben zurück, doch der Alkohol machte es ein wenig leichter.

«Ich verliere mit Saskia vielleicht mein zweites Kind», sagte er.

Nils brauchte einen Moment, um darauf zu antworten.

«Erstens: Du verlierst weder Saskia noch das ungeborene Kind. Zweitens: Was willst du mir damit sagen?»

«Wenn ich es dir erzähle, kennst du mein größtes Geheimnis. Dann sind wir quitt.»

«Das heißt, ich muss dir nicht länger mein Taschengeld abtreten?»

«Ach ja, richtig ...»

Thomas stand auf und zog das Portemonnaie aus seiner Hosentasche. Er nahm zwei Fünfziger heraus und reichte sie seinem Bruder.

«Die trag ich schon den ganzen Tag mit mir rum.»

«Quatsch, die musst du mir nicht zurückgeben.»

«Doch, muss ich. Nicht um deinetwillen, sondern für mich.»

«Na dann ... bevor ich mich schlagen lasse.»

Nils nahm das Geld und steckte es ein.

«Du darfst es nicht unseren Eltern erzählen», mahnte Thomas.

Nils tat so, als würde er seinen Mund mit einem Reißverschluss verschließen.

«Kannst du dich an Claudia erinnern?», begann Thomas

«Claudia?» Nils zog die Stirn kraus. «Wann soll das gewesen sein?»

«In meinem ersten Studienjahr.»

«Da haben wir uns doch kaum gesehen.»

«Ja, aber sie war zu Weihnachten bei unseren Eltern.»

«Ach ja, diese umwerfende Brünette. Die Ärztin werden wollte!»

«Genau die. Ist sie auch geworden. Arbeitet jetzt irgendwo als Chirurgin.»

«Ich fand ja schon damals, ihr Blick hatte etwas Sezierendes. Aber was hat sie mit Saskia zu tun?»

«Claudia war damals von mir schwanger. Sie hätte das Kind bekommen, wenn ich sie darum gebeten hätte, aber das habe ich nicht. Also hat sie abgetrieben. Ich bin nicht einmal mit ihr zu diesem gesetzlich vorgeschriebenen Beratungsgespräch gegangen.»

Thomas staunte, wie leicht es ihm fiel, darüber zu sprechen.

«Oh», machte Nils und trank von seinem Whiskey.

«Hast recht, Mama darf das nicht erfahren. Sie quengelt schon so lange, weil ihre Söhne sie nicht zur Oma machen.»

«Ich weiß.» Thomas musste wieder an das Maßband denken. An Saskias Schwangerschaft. Wie gern hätte Saskia seiner Mutter diese Nachricht überbracht.

«Ich verstehe aber immer noch nicht», sagte Nils.

Thomas unterbrach ihn. «Ich habe schon mein erstes Kind durch Feigheit verloren und nun auch noch …»

Nils schnitt ihm das Wort ab. «Alter, so kannst du das aber nicht sehen. Du hast doch keine Schuld an dem, was Saskia passiert ist. Und wenn Claudia damals abtreiben wollte, dann war das doch auch ihre Entscheidung.»

«Vielleicht ist das, was jetzt passiert, die Strafe dafür.»

«Wenn du nicht aufhörst, haue ich sofort ab und helfe dir nicht mehr. Hätte ich dir bloß keinen Alkohol gegeben. Scheiße, Mann, auf so eine selbstmitleidige Tour habe ich echt keinen Bock. Das ist was für einen Hirntherapeuten.»

Innerlich zuckte Thomas zusammen.

«Der Arzt im Krankenhaus sagte, ich brauche genau so einen.»

«Der Mann hat den Durchblick!»

«Findest du?»

An dieser Stelle wäre ihm Nils' Schlagfertigkeit nur allzu recht gewesen, doch sein Bruder ließ sich Zeit mit einer Antwort. Viel zu viel Zeit.

«Du hast dich verändert seitdem ... ist ja auch verständlich. Aber ganz ehrlich, ich würde alles ganz genauso machen wie du, und ich wäre wahrscheinlich schon längst ausgeflippt, hätte zum Beispiel diesem Scheurich die Nase gebrochen. Also mach dir keinen Kopf. Oder benutz ihn besser für andere Dinge.»

«Zum Beispiel?»

«Warum dieser Irre ausgerechnet dich und Saskia ausgesucht hat, zum Beispiel.»

«Die Frage stelle ich mir unablässig.»

«Ich würde antworten: Er muss dich abgrundtief hassen.»

Thomas schüttelte den Kopf.

«Dachte ich anfangs auch, aber dazu passt nicht, dass es jetzt einen weiteren Fall gibt, der genauso liegt.»

«Warum nicht? Es hat mit dir angefangen, der Täter findet Spaß daran und macht weiter, aber du bist der Auslöser … aus welchem Grund auch immer.»

«Wenn ich nur darauf käme, woher er von unserem Urlaub wusste.»

«Da gibt es viele Möglichkeiten.»

«So viele nun auch nicht. Eigentlich wussten nur zwei Dutzend Leute davon, und die hat Scheurich alle gecheckt.»

Nils lachte trocken auf.

«Bist du wirklich so naiv? Du hast doch sicher im Web nach Reiseangeboten für einen bestimmten Zeitraum gesucht, hast die Reise online gebucht, vielleicht sogar das Parkhaus. Dein Handy hat aus dem Urlaub heraus dauernd seinen Standort übermittelt. Heutzutage weiß das ganze verdammte Internet, wann und wo einer im Urlaub ist.»

«Stimmt, die Reise haben wir online gebucht», sagte Thomas. Auf den Gedanken, dass der Täter seine Information aus dieser Richtung haben könnte, war er noch gar nicht gekommen. Hatte Scheurich je eine Frage in diese Richtung gestellt? Thomas konnte sich nicht erinnern.

«Siehst du! Das habe ich diesem Kommissar schon gesagt, da lagst du noch im Koma. Er meinte zwar, dafür lägen keine Hinweise vor, aber wer weiß, wie genau er hingeschaut hat.»

«Es geht immerhin um versuchten Mord und Entführung, da wird die Polizei schon genau hinsehen.»

«Versuchst du gerade, dich selbst zu beruhigen? Ich finde, wir sollten auch in diese Richtung was unternehmen. Nicht nur Flyer verteilen.»

«Warum hast du nicht schon vorher was gesagt?»

«Vielleicht, weil du kaum ansprechbar warst?»

Thomas presste die Lippen zusammen, nickte und kippte

den letzten Schluck Whiskey in sich hinein. «Ich kenne eine Kommissarin, die uns vielleicht dabei hilft.»

Er hatte seinem Bruder bisher nichts von Priska Wagner erzählt und holte es jetzt nach.

«Klingt gut», meinte Nils und gähnte. «Aber nicht mehr heute. Ich brauch unbedingt eine Mütze voll Schlaf.»

«Nimm die Couch», schlug Thomas vor. «Ich bleibe noch einen Moment hier sitzen.»

«Wie du meinst.»

Thomas lehnte sich zurück, ließ sich vom Licht der Blitze einlullen und schloss die Augen.

Das erste Tageslicht weckte ihn.

Mit abgeknicktem Kopf und in sitzender Haltung hatte er fast sechs Stunden geschlafen. Jeder Muskel, den er zu bewegen versuchte, tat weh. Vor allem seine Nackenmuskulatur schien aus Beton zu bestehen, es knirschte in der Halswirbelsäule, und die Wirbel knackten. Behutsam fuhr Thomas seinen Körper wieder hoch, blieb aber noch sitzen und ließ sich von dem besonderen Licht verzaubern. Noch nie hatte er zu dieser Zeit auf seiner Terrasse gesessen, das letzte Mal draußen geschlafen hatte er während seiner Zeit in Australien. Danach hatte sein Leben einzig und allein aus Arbeit bestanden. Ein Unglück dieses Ausmaßes war nötig gewesen, um seinen Alltag und seinen Blickwinkel zu verändern.

Hinter den Büschen auf der rückwärtigen Grundstücksseite erhob sich die Sonne aus ihrem Nachtquartier. Einzelne Blätter schienen von innen heraus zu leuchten, während andere noch schwarz waren wie die Nacht. Aufsteigende Feuchtigkeit fing das Licht, brach es und verlieh ihm virtuelle Farben von faszinierender Schönheit, bis der Himmel von Morgenröte übergossen war.

Das Lichtspiel weckte die Vögel. Sie fielen sofort in lebendigen Gesang.

Leider stand die Terrassentür noch offen, und aus dem Wohnzimmer drang Nils' lautes Geschnarche. Das sprichwörtliche Sägewerk war nichts dagegen.

Weil die friedliche Morgenstimmung damit zerstört war, kämpfte Thomas sich aus dem Gartenstuhl empor und absolvierte ein paar Lockerungsübungen für die Schultermuskulatur. Danach zog er die Schuhe aus und ging barfuß über den taufeuchten Rasen. Wann er das zum letzten Mal getan hatte, wusste er nicht mehr. Sein Weg führte ihn seitlich um das Haus herum, und er sah den Zeitungsausträger mit seinem Fahrrad die Straße herunterkommen.

Thomas stellte sich an die Pforte und wartete, bis der Mann ihn erreichte. Der Rentner stützte sich auf ein Fahrrad, das er neben sich herschob und in dessen Packtaschen die Zeitungen steckten. Richtig gut zu Fuß war er wohl nicht mehr, ein Hüftleiden erschwerte das Gehen. Thomas erinnerte sich daran, dass er seine Firma damals mit dieser Art von Jobvermittlung aufgebaut hatte: einfache Tätigkeiten, Zeitungen und für Supermärkte verteilen. Das war mühselig gewesen, da viele Austräger einfach nicht zuverlässig gewesen waren. Gerade Flyer waren oft paketweise in irgendwelchen Papiercontainern gelandet, und die Zeitungsausträger wechselten schneller, als er neues Personal bekommen konnte. Abgesehen von den Rentnern, die waren in der Regel zuverlässig.

Und jetzt verteilst du selbst Flyer, dachte Thomas. Vielleicht sollte er sie den Tageszeitungen beilegen lassen. Das war zwar teuer, würde aber eine Menge Zeit einsparen.

Der Rentner stand jetzt vor ihm. Thomas kannte den Mann nicht, normalerweise schlief er um diese Zeit noch.

«Guten Morgen», grüßte Thomas.

«Ebenso. Endlich treffe ich hier mal jemanden an. Ich hätte Ihnen sonst bald keine Zeitung mehr gebracht. Die stapeln sich ja schon auf dem Boden.»

Der Mann, Thomas schätzte ihn auf Ende sechzig, reichte ihm eine aufgerollte Zeitung über den Zaun.

«Tut mir leid, ich wohne zeitweise woanders und habe vergessen, sie mir nachsenden zu lassen.»

Der Mann nickte. Seine Wangen waren eingefallen, die Augen ein wenig trübe und feucht.

«Nach allem, was hier passiert ist …», er schüttelte den Kopf. «Ich glaube, ich könnte auch nicht mehr hier wohnen.»

Er wusste es, natürlich wusste er es. Postboten und Zeitungsausträger wussten alles. «Tut mir sehr leid für Sie», schob er nach.

«Danke.»

«Soll ich weiterhin die Zeitung bringen? Wenn die sich vor der Tür stapeln, zieht das Einbrecher an.»

«Ich bin nur heute hier. Es wäre schon besser, wenn Sie sie nicht mehr brächten. Kann ich sie über Sie abbestellen?»

Der Rentner schüttelte den Kopf.

«Leider nicht, dafür müssen Sie schon in die Filiale.»

«Okay, kein Problem, ich erledige das, aber falls es noch ein paar Tage dauert, lassen Sie lieber keine Zeitung mehr hier.»

«Mach ich.»

Er schob sein Fahrrad weiter, drehte sich aber noch einmal um.

«Ich hoffe, Ihre Frau kommt wohlbehalten zu Ihnen zurück.»

«Das hoffe ich auch.»

Der Mann verschwand, und Thomas entfernte sich von der Gartenpforte.

Ihre Frau. Er konnte ja nicht wissen, dass er nicht mit Saskia verheiratet war.

Thomas schlug im Gehen die Zeitung auf.

Die Schlagzeile überraschte ihn nicht.

«Polizei warnt vor dem Housesitter».

Das war pervers, aber eingängig. Es würde die Auflagen steigern.

In dem Artikel wurde tatsächlich davor gewarnt, Urlaubspläne in den sozialen Netzwerken oder anderweitig in der Öffentlichkeit kundzutun und Urlaube nur über gesicherte Seiten und private Router zu buchen. Also verfolgte die Polizei diesen Ermittlungsansatz doch. Thomas fragte sich, warum Scheurich ihn nicht darauf angesprochen hatte. Hatte erst die zweite Tat ihn auf diese Idee gebracht?

Thomas nahm sich vor, Nils' Idee von gestern aufzugreifen und zu verfolgen.

Vielleicht lauerte der Täter ja tatsächlich im Internet.

Aber vorher wollte er noch etwas anderes angehen.

Er fürchtete sich davor.

Nina Winter war gestresst.

Die letzten Tage vor dem Urlaub waren die Hölle gewesen. Sie hatte gestern bis spät in den Abend hinein die letzten Änderungen für die Newsletter des Kaffeeproduzenten erstellen müssen, die heute rausgingen. Wenn sie sich vor Augen führte, dass die meisten User diese Werbung einfach ungelesen löschten, zweifelte sie mitunter schon an dem, was sie tat.

Ihre Ausbildung lag jetzt ein Jahr zurück, und immer häufiger dachte sie darüber nach, etwas Neues anzufangen. Vielleicht eine eigene kleine Werbeagentur, in der sie ihre kreative Ader besser ausleben konnte. Oder für Reiseportale die Websites gestalten. Als sie für ihre Eltern den Urlaub online gebucht hatte, war ihr aufgefallen, wie wenig benutzerfreundlich die meisten Seiten waren. Auf dem Gebiet gab es noch Potenzial.

Vor zehn Minuten hatte sie eine SMS von ihrer Mutter bekommen. Die beiden waren an ihrem Urlaubsort angekommen und lagen schon am Pool. Papa nörgelte noch ein bisschen, aber das würde sich sicher legen. Er ließ fragen, ob Nina schon auf dem Hof sei, und sie hatte zurückgeschrieben, dass sie bald eintreffen würde. Eigentlich hätte sie schon gestern Abend zu ihren Eltern herausfahren sollen, aber sie war einfach zu müde gewesen. Die Fahrt dauerte knapp zwei Stunden und führte über dunkle Landstraßen. Eine Unaufmerksamkeit, und die nächstbeste Eiche wurde zur Todesfalle. Sie hatte sich telefonisch von den beiden verabschiedet und ihnen einen tollen Urlaub gewünscht. Zum ersten Mal, seit ihre Eltern vor vier Jahren den Hof gekauft hatten, fuhren sie gemeinsam in den Urlaub, vorher hatten sie mit diesem Großprojekt einfach zu viel Arbeit gehabt.

Auch wenn Nina den beiden ihren Urlaub von Herzen gönnte, war sie ein wenig neidisch. Sie selbst hatte sich vor zwei Monaten den neuen Mini gekauft und war nun mehr oder weniger pleite. An eine Urlaubsreise war gar nicht zu denken. Insofern traf es sich ganz gut, dass ihre Eltern sie gebeten hatten, während ihrer Abwesenheit auf den Hof aufzupassen. Es hätte ihnen zwar auch gereicht, wenn Nina alle paar Tage nach dem Rechten geschaut und, falls notwendig, den Garten bewässert hätte, aber sie war ohnehin urlaubsreif und würde statt Malediven, Mallorca oder Karibik eben Urlaub auf dem Lande machen. Ganz allein da draußen, ohne ihren Vater, der ständig etwas zu werkeln hatte, würde es Erholung pur werden. Nina freute sich auf lange Abende im Freien unter einem herrlichen Sternenhimmel, auf Sonnenbäder im Garten und die beruhigende Stille. All das hatte sie in ihrer kleinen Stadtwohnung nicht.

Aber bevor sie die perfekte Idylle genießen konnte, hatte sie ihre eigene Wohnung noch aufräumen und den Kühlschrank ausräumen müssen. Alles Verderbliche befand sich in der Kühlbox, die an den Zigarettenanzünder angeschlossen war und neben ihr auf dem Beifahrersitz vor sich hin summte. Außerdem war sie noch einkaufen gewesen. Nina war sich sicher, dass ihre Mutter Vorräte besorgt hatte, mit denen sie da draußen die Apokalypse überstehen würde, aber sie dachte nie an die Dinge, die Nina gern mochte. Fertig gemischte Piña colada zum Beispiel. Die würde sie ein wenig verfeinern, abends in der Hängematte unter der Rotbuche trinken und sich vorstellen, sie sei an der Copa Cabana.

Das Sonnendach des Minis weit geöffnet, die Musik von Adele laut aufgedreht, fuhr Nina durch das ländliche Niedersachsen, vorbei an Biogasanlagen, Schweinemastställen und unzähligen Windrädern, aber auch durch sich sanft im Wind wiegende Getreidefelder und ausgedehnte Wälder. Je weiter sie hinauskam, desto schöner und abwechslungsreicher wurde die Landschaft. Sanfte Hügel durchbrachen die Ebene, ein schmaler Bach wand sich durch die Felder.

Sie entspannte sich und dachte nicht mehr an die Arbeit, als sie den letzten Ort vor dem Hof ihrer Eltern erreichte. Hier würde sie in der kommenden Woche Brötchen und Milch bekommen, mehr aber auch nicht. Der nächste Supermarkt, der diese Bezeichnung verdiente, lag zwanzig Kilometer entfernt.

Ihre Eltern hatten die Einsamkeit gesucht und gefunden, und auch wenn es seine Reize hatte, so zu leben, war das auf Dauer nichts für Nina. Sie brauchte Menschen um sich herum, nicht nur Gräser und Bäume.

In einer von Wäldern durchzogenen Landschaft lagen wie hingeworfen einzelne Gehöfte zwischen den Feldern. Die Wege waren schmal, bei Gegenverkehr musste man auf den grünen Randstreifen ausweichen. Ein monströser Traktor zwang Nina dazu, die Straße ganz zu verlassen. Sie schimpfte auf den Typen am Steuer, weil ihr neues Auto dadurch schmutzig wurde. Der lenkte sein Ungetüm mit einer Hand und hielt ganz selbstverständlich ein Handy in der anderen.

Der Hof ihrer Eltern hatte eine eigene Zufahrt, die zunächst gerade von der Straße wegführte, dann einen scharfen Knick machte und im Rondell vor dem Haus endete. So konnte niemand von der Straße aus in die geschützte U-Form von Haus, Scheune und Stall hineinsehen.

Vorn an der Zufahrt überprüfte Nina den Holzkasten mit Deckel, den ihr Vater gebaut hatte. Es lag keine Zeitung darin. Wahrscheinlich hatten ihre Eltern sie für die Dauer des Urlaubs abbestellt. Nina las ohnehin keine Zeitung mehr. Sie bekam ihre Informationen übers Internet, was hier draußen allerdings schwierig werden würde. Hier gab es keine Hochleistungskabel, sondern lediglich eine LTE-Verbindung, die nicht besonders gut war.

Die helle Mittagssonne schien auf den Fachwerkgiebel, als Nina ankam. Hartriegelblüten wetteiferten mit denen der Rosen, in den Keramiktöpfen blühte Oleander. Wilder Wein reckte seine großen Blätter der Sonne entgegen.

Nina ließ den Mini vor dem Haus ausrollen, stellte den Motor ab, blieb aber noch sitzen. Der Anblick des jahrhundertealten Hauses beeindruckte sie. Das große, tief herabgezogene

Dach beschattete die Fenster und lag wie schützende Hände auf dem Haus. Diese erdgebundene Beständigkeit bot einen wohltuenden Pol zu der hektischen Zeit, in der Nina lebte. Generationen von Menschen hatten hier Schutz, Zuflucht und Heimat gefunden, und irgendwie strahlte das Haus das auch aus. Unwetter, Stürme und Kriege hatten ihm nichts anhaben können, und nun durften ihre Eltern eine Weile hier leben, bevor eine weitere Generation unter dem Dach Schutz suchen würde.

Nina stieg aus, reckte und streckte sich.

«Hallo Haus», sagte sie laut. «Dann lass uns mal zusammen Urlaub machen.»

Sie schloss die Dielentür auf, ging zurück zum Wagen, holte die Einkäufe und brachte sie in die Küche. Nachdem sie sie in den Kühlschrank einsortiert hatte, fuhr sie den Mini unter den Carport. Danach machte sie erst einmal eine Runde durch den Garten. Das Grundstück selbst hatte eine Größe von vier Hektar, bestand aber fast ausschließlich aus Weideland für die Schafe, die ihre Eltern züchteten. Um die musste Nina sich nicht großartig kümmern, die Wassertröge aufzufüllen reichte. Rings ums Haus hatten Mama und Papa jedoch einen großzügigen Bauerngarten angelegt, in dem es jetzt im Sommer blühte und duftete. Viele der Pflanzen waren neu oder erst ein oder zwei Jahre alt und mussten regelmäßig gewässert werden. Das war Ninas Hauptauftrag. Auf keinen Fall durfte irgendwas eingehen!

An Pflanzen, deren Namen sie nicht kannte, blieb Nina stehen, roch daran und erfreute sich an den Blüten.

Sahen die etwa schon vertrocknet aus?

Ihr Blick ging zu dem gemauerten Brunnen, neben dem einige Gießkannen standen, doch sie verschob die Arbeit auf den Abend, wenn es kühler war.

Vom Rande des Bauerngartens aus sah sie in einiger Entfernung eine Herde schwarzer Schafe friedlich grasen. Rauhwoller hieß die Rasse. Sie sahen zwar nett aus, aber wirklich begeistern konnte Nina sich nicht dafür.

Als ihr Magen sich bemerkbar machte, kehrte Nina zum Haus zurück.

An der Terrassentür blieb sie erschrocken stehen.

Für einen Moment hatte sie geglaubt, drinnen sei jemand an der Glasscheibe entlanggegangen. Es waren Butzenglastüren, durch die man nicht viel sehen konnte, und wahrscheinlich war es nur ihre eigene Spiegelung gewesen, dennoch rief es ihr in Erinnerung, wie einsam die Nächte hier draußen werden konnten. Ganz allein in einem riesigen alten Haus, das ständig irgendwelche Geräusche machte, das war schon eine echte Herausforderung.

Na ja, es waren ja nur vier Nächte allein. Freitag würde Niklas kommen und zunächst das Wochenende über hierbleiben. Abgesprochen war das mit ihren Eltern nicht, aber die würden sich denken können, dass Ninas Freund auch hier schlafen würde.

Nina kehrte zum Hof zurück und betrat das Haus durch die Dielentür. Sie schloss von innen ab, da sie im hinteren Teil des Hauses nicht hören würde, wenn jemand auf den Hof kam. Eigentlich gehörte auf so ein Anwesen mindestens ein Wachhund, der jeden Ankömmling lautstark anmeldete, aber Mama hatte seit jeher Angst vor Hunden gehabt.

In der Küche stutzte sie.

Vorhin, als sie nur schnell die Einkäufe und den Inhalt ihrer Kühlbox in den Kühlschrank geräumt hatte, war es ihr nicht aufgefallen: Auf dem Herd stand ein benutzter Topf, in dem sich Reste von Ravioli mit Tomatensoße befanden. Das war merkwürdig. Ihre Eltern aßen kein Dosenfutter, niemals, zudem hätte ihre Mutter nie einen schmutzigen Topf zurückgelassen.

Na, das muss ja ein hektischer Aufbruch gewesen sein, dachte Nina und ließ heißes Wasser in den Topf laufen, damit sich die verkrustete Tomatensoße löste.

Dann bereitete sie sich einen kleinen Salat und eine Portion Penne vor, unter die sie grünes Pesto mischte – die ideale Mahlzeit an einem warmen Tag wie heute. Sie stellte alles auf ein Tablett und balancierte es durch das große Wohnzimmer zur Terrassentür. Dort stellte sie es auf dem Tisch ab, um die Türen nach draußen öffnen zu können. Es waren relativ neue, weiße Türen, und ihre Mutter war eine Reinlichkeitsfanatikerin, deshalb wunderte Nina sich über die dunklen Fingerabdrücke auf den Griffen.

Nina öffnete die beiden Flügel und trug ihr Mittagessen auf die halbschattige Terrasse hinaus. Von dort hatte man eine weite Aussicht bis zur hinteren Grundstücksgrenze, die mindestens sechshundert Meter entfernt war. Ohne ihre Brille nahm Nina die weidenden Schafe nur als verschwommene schwarze Flecken wahr.

Stille umgab sie beim Essen.

Immer wieder blickte sie hinter sich, weil sie glaubte, im Haus bewege sich etwas. Es war aber nur der weiße Vorhang, mit dem der Wind spielte.

«Du musst dich erst eingewöhnen», sagte Nina zu sich selbst. Trotzdem graute ihr ein wenig vor der ersten Nacht. Die alten Eichenbalken im Dach konnten richtig knallen, das kannte sie schon.

Nach dem Mittagessen holte Nina ihren Koffer aus dem Mini und trug ihn ins Obergeschoss des Hauses, wo es einen kleinen abgeschlossenen Gästebereich nur für sie gab. Die Gaubenfenster gingen nach Westen hinaus und ließen abends das Licht des Sonnenuntergangs ins Zimmer. Es gab ein kleines Bad dort oben. Sobald es dunkel wurde, würde Nina sich dorthin zurückziehen und die Tür verriegeln. Niemals würde sie nachts allein durch das große Haus geistern, in dem es so viele Nischen, Zimmerchen, Abseiten und Verstecke gab.

Sie machte sich nicht die Mühe, den Koffer auszupacken, holte nur den Bikini heraus, zog ihn an, schnappte sich Handtuch und Handy und ging wieder auf die Terrasse hinaus. Unter dem Apfelbaum standen zwei Sonnenliegen. Eine schob sie aus dem Schatten in die Sonne, breitete das Handtuch aus und legte sich darauf. Dann steckte sie sich die kleinen Kopfhörer in die Ohren und wählte die neue CD von Adele, die sie schon auf der Fahrt hierher gehört hatte. Mit geschlossenen Augen und Konzentration auf die Musik entfaltete die Stimme der Sängerin eine noch größere Bandbreite.

Plötzlich huschte ein Schatten über ihr Gesicht.

Nina schreckte hoch, riss sich die Stöpsel aus den Ohren und sah sich um.

Nein, da war nichts. Wahrscheinlich nur ein Vogel.

Hör auf, dich verrückt zu machen, dachte sie. Kein Einbrecher der Welt kommt hierher. Viel zu weit draußen.

Dennoch ließ sie die Ohrstöpsel draußen, als sie sich wieder hinlegte. Vielleicht kommt ja der Postbote oder der Paketdienst, und so höre ich das Hupen oder Klingeln wenigstens, dachte sie.

Über eine hölzerne Stiege mit vier Stufen, die schwarz und schmierig waren von Öl, Fett und Schmutz unter den Schuhen, gelangte man in eine Art Kanzel, die nach vorne, zum alten Teil der Schmiede hin, mit großen Scheiben verglast war. Wie ein Kapitän auf der Brücke seines Schiffes thronte der Chef der Firma hier oben und blickte auf seine Mitarbeiter herunter. Es passte irgendwie zu dem, was Priska über den alten Buhlmann gehört hatte, dass er das Büro nicht ebenerdig hatte anlegen lassen.

Es bestand nur aus einem einzigen großen Raum mit einer drei Meter hohen Decke. Die komplette linke Seite nahm ein aus grobem Holz gezimmertes Regal von vier Metern Breite ein, rechts standen vor den Glasscheiben zwei Schreibtische nebeneinander, die sich unter der Last der Unterlagen, Broschüren, Kataloge und Papiere bogen. An den Scheiben klebten Kalender – einer war von 2011 – sowie Notizzettel, Anweisungen und Bilder von besonders schönen Landmaschinen. In der hinteren rechten Ecke stand ein Monstrum von Safe, mannshoch und mit einer vierzig Zentimeter dicken Stahltür, die offen stand.

«Ich bekomme hier einfach keine Ordnung rein», entschuldigte sich Hartmut Köster und lächelte. «Büro ist nicht so mein Ding.»

Das hatte Priska auch schon erkannt, aber sie sparte sich eine Bemerkung. «Und wo finde ich die Unterlagen?»

«Tja …», Köster deutete auf das lange Regal, in dem kein Platz mehr frei war und sich die Akten und Unterlagen nebeneinander, übereinander und miteinander stapelten.

«Ich schätze, irgendwo darin. Ich habe jedenfalls nichts weggeschmissen. Man kann ja nie wissen.»

Der Anblick ließ Priska verzweifeln.

Als sie aus Augsburg zurückgefahren war, hatte sie sich vorgenommen, in der Schmiede von Hartmut Köster nach Unterlagen über Lehrlinge zu suchen, die der alte Buhlmann vor dreißig Jahren ausgebildet hatte. Für den Fall, dass es keine

Unterlagen mehr gab, war Plan B gewesen, im Ort nach Zeitzeugen zu suchen. Jetzt, mit diesem überladenen Regal vor Augen, erschien ihr Plan B viel attraktiver, aber er barg auch ein Risiko: Sie war nach wie vor nicht im Dienst, und wenn sie durchs Dorf lief und ermittelte, bestand die Gefahr, dass jemand Wind davon bekam.

«Und es gibt kein Register oder so?», fragte Priska.

«Ich habe ein Ablagesystem für die Unterlagen, seit ich den Betrieb führe, aber davor ...», Köster zuckte mit den Schultern. «Ich fürchte, da werden Sie suchen müssen. Ich habe aber keine Zeit, Sie zu unterstützen. Die Ernte hat begonnen, da haben wir immer viel zu tun.»

«Darf ich denn allein hier herumwühlen?»

«Solange Sie nichts durcheinanderbringen.» Köster grinste jungenhaft.

«Ich passe auf, dass ich nicht unbeabsichtigt Ordnung schaffe.»

«Da bin ich aber beruhigt.»

Köster verließ das Büro und zog die Tür hinter sich zu.

Priska legte ihre Handtasche auf einem der Schreibtische ab, ließ sich in den alten quietschenden Drehstuhl fallen und seufzte mit Blick auf das Regal.

Es war warm und stickig hier oben, von draußen drangen gedämpft die Geräusche der Werkhalle herein, hin und wieder Rufe der Mitarbeiter oder das Dröhnen eines lauten Motors. Plötzlich fragte sich Priska, ob sie ihren Krankenstatus nicht besser dazu nutzen sollte, ein paar Tage an die Küste zu fahren. Die dänische Südsee sollte traumhaft sein, hatte eine Kollegin unlängst gesagt.

Aber dann dachte sie an Thomas Bennett und seine verschwundene Freundin, und der Wunsch nach Urlaub verschwand.

Priska zog ihre Bluse aus. Darunter trug sie ein olivfarbenes Top mit Spaghettiträgern. Sie trat vor das Regal und begann damit, sich einen Überblick zu verschaffen. Nach einer halben Stunde fand sie tatsächlich einen Ordner mit der Aufschrift «Ausbildung 1970 bis 1980». Er hatte sich in zweiter Reihe hinter neueren Ordnern versteckt, die Köster einfach davorgestellt hatte. Der Ordner war staubig und verbogen und roch intensiv, ohne dass Priska sagen konnte, wonach.

Sie legte ihn auf dem Schreibtisch ab und schaute aus dem Fenster in die Werkstatt.

Unten standen zwei Mitarbeiter vor einer Werkbank und starrten unverblümt zu ihr hinauf. Sie sahen auch nicht weg, als Priska ihren Blick erwiderte. Erst jetzt wurde ihr bewusst, wie sie aussah. Staubig und verschwitzt von der Suche, die Haare wahrscheinlich wieder völlig zerzaust, dazu die freien Schultern und das Dekolleté, bedeckt mit den bunten Tattoos, die sich im Laufe der Jahre angesammelt hatten.

Die beiden da unten hatten sichtlich ihren Spaß.

Priska ließ sich in den Schreibtischstuhl fallen und verschwand aus dem Blickfeld der beiden Männer. Sie schlug den Ordner auf und ging ihn durch.

So wie es auf den ersten Blick aussah, waren darin tatsächlich sämtliche Unterlagen über die Auszubildenden des Betriebes abgeheftet. Allerdings in keiner zeitlichen oder alphabetischen Reihenfolge, also musste Priska einmal durch den kompletten Ordner blättern. Im ersten Durchgang fand sie den Jahrgang nicht, in dem Buhlmann erschlagen worden war. Also nahm sie alle Unterlagen heraus, konzentrierte sich nur auf die Datumsangaben und heftete sie in zeitlicher Reihenfolge wieder ein.

Ausgerechnet der gesuchte Jahrgang fehlte.

Priska ließ sich gegen die Lehne sinken und kaute auf der Unterlippe. Das war erstaunlich.

Sie sprang auf, nahm den Ordner unter den Arm und ging in die Schmiede hinunter. Da sie vergessen hatte, ihre Bluse wieder anzuziehen, starrten sie nun alle anderen Mitarbeiter an. Viel Damenbesuch schien es hier nicht zu geben.

Sie fand Köster unter einem Traktor und sprach ihn auf die fehlenden Unterlagen aus dem betreffenden Jahrgang an.

«Den Ordner habe ich noch nie gesehen», sagte er und blätterte ihn oberflächlich durch. «Der war oben im Büro?»

«Hintere Reihe im Regal.»

«Es gibt eine hintere Reihe?»

«Die Kammer des Schreckens!», sagte ein Mitarbeiter, der ebenfalls an dem Traktor arbeitete. «Da verschwinden Dinge spurlos, und andere tauchen plötzlich auf.»

«Halt die Klappe, Ingo», fuhr Köster ihn an und gab Priska den Ordner zurück.

«Sie können also nicht sagen, ob damals bei dem Einbruch aus diesem Ordner bestimmte Unterlagen entwendet wurden?», fragte Priska.

«Nein, kann ich nicht. Der Saukerl war ja oben im Büro und hat die Kaffeekasse geplündert, aber die Ordner ... ich habe das damals nicht überprüft.»

Das war enttäuschend. Aber dennoch war Priska überzeugt, einen weiteren Hinweis gefunden zu haben. Der Täter hatte damals ein ganz anderes Ziel gehabt, als Werkzeuge und Geld zu stehlen und sein Statement auf dem Arbeitstisch zu hinterlassen. Er war auf der Suche nach Unterlagen über sich selbst gewesen, um seine Spuren zu verwischen.

«Eine Bitte habe ich noch», sagte Priska. «Darf ich den Ordner mitnehmen?»

«Meinetwegen.»

«Und gibt es dieses Zimmer unter dem Dach noch, in dem die Auszubildenden damals gewohnt haben?»

«Ja, steht aber leer.»

«Dürfte ich da wohl mal rein?»

«Das sind zwei Bitten. Das kostet was.»

«Aha. Und wie viel?»

«Meine Einladung zum Abendessen anzunehmen.» Ein wenig unsicher wirkte der sonst so eloquente Köster bei dieser Frage schon.

Priska wusste, sie musste ihm die Peinlichkeit vor seinen Mitarbeitern ersparen. «Nehme ich gern an. Nur nicht mehr diese Woche.»

«Wann immer Sie Zeit haben», sagte Köster, schnappte sich einen Lappen, wischte darin seine öligen Hände ab und ging voraus. «Wir haben den besten Griechen der Region hier im Ort, ich schwöre Ihnen, besseres Fleisch haben Sie noch nie gegessen, und wenn ich rechtzeitig einen Tisch bestelle, ist es auch kein Problem, draußen im Biergarten zu essen, das ist echt nett da, Sie werden begeistert sein, glauben Sie mir …»

Priska hörte kaum zu. Köster führte sie durch die alte Schmiede in einen Umkleideraum, in dem die Spinde der Mitarbeiter standen. Von dort ging es in einen kleinen Flur, von dem eine Treppe ins Obergeschoss führte. Die stiegen sie hinauf. Oben gingen von einem schmalen, fensterlosen Gang zwei weitere Türen ab sowie eine Stiege mit drei Stufen aus grobbehauenem Holz.

«Da müssen wir hinauf, das war früher das Lehrlingsquartier. Liegt praktisch genau über der Schmiede.»

Köster ging voran. Er schloss eine schmale Tür am Ende der Stiege auf und wollte sie aufdrücken, doch sie klemmte.

«Hat sich wohl verzogen wegen der Hitze. Kommt ja auch kaum noch mal jemand hier rauf. Moment, das haben wir gleich.»

Er stemmte sich mit der Schulter gegen das Türblatt und

drückte mit Kraft dagegen. Als sie nachgab, klang es, als öffne Graf Dracula seinen Sarg.

Unglaublich warme und trockene Luft schlug ihnen entgegen.

«War der Einbrecher damals auch hier oben?», fragte Priska.

«Ich weiß nicht, ich denke nicht. Hier gibt es nichts zu holen, die Kammer wird ja nicht mehr genutzt. Ehrlich gesagt war ich nicht mehr hier oben, seit ich das Haus gekauft habe.»

Köster drehte an einem uralten Lichtschalter – ohne Erfolg.

«Da wird die Glühbirne im Arsch sein. Moment …»

Er ging vor und verschwand in der Dunkelheit. Priska wartete auf der obersten Stufe der Stiege, hörte, dass sich Köster irgendwo stieß und wie er fluchte. Im nächsten Moment riss er einen Vorhang vor dem einzigen Fenster beiseite, und grelles Sonnenlicht fiel in die kleine Dachkammer.

Staub tanzte durchs Licht. Eine fette Motte flatterte davon. Wenn Priska sich nicht täuschte, huschte eine Maus unter den Schrank in der hinteren rechten Ecke.

Das Zimmer unterm Dach der Schmiede maß ungefähr vier mal vier Meter. Möbliert war es mit einem Bett, einem Nachtschrank, Tisch und Stuhl und einem Kleiderschrank. Außerdem gab es hier ein Waschbecken mit Wasserhahn. Der Fußboden bestand aus wurmstichigen Fichtendielen, in die schmutzige Schuhe Laufwege getreten hatten. Vor dem Bett lag ein in Auflösung begriffener Flickenteppich. Das einzige Fenster war klein, viereckig und durch Sprossen in sechs Segmente aufgeteilt. Die Tapeten an den niedrigen Wänden waren verblichen. Früher mochten sie einmal braun gewesen sein, ein altmodisches Blumenmuster wiederholte sich in gleichmäßigen Abständen. Helle Flecken über dem Bett und dem Waschbecken zeugten davon, dass hier ein Bild und ein

Spiegel gehangen hatten. Durch die niedrige Deckenhöhe von vielleicht zwei Metern und die dunklen Möbel wirkte der Raum bedrückend und eng. Ein Sarg konnte nicht schlimmer sein.

«Nett», sagte Priska und spürte bei jedem Atemzug den Staub auf der Lunge. «Und hier hat jemand gelebt?»

«Dafür haben die Lehrlinge früher sogar bezahlt», sagte Köster. «Vom Lohn blieb ihnen oft kaum noch etwas übrig. Versuchen Sie mal, das den Jungs heute schmackhaft zu machen. Die lachen Sie aus.»

«Drei Jahre in diesem ... Verlies», sagte Priska nachdenklich, ging zum Tisch hinüber und zog mit dem Finger eine Spur durch den Staub. «Das muss hart gewesen sein.»

«Lehrjahre sind keine Herrenjahre, hat mein Chef immer gesagt.»

Priska trat an das kleine Fenster, das erst in Brusthöhe begann. Da sie nicht besonders groß war, musste sie sich strecken, um mehr als nur den Himmel sehen zu können.

Direkt unter ihr befand sich das Schleppdach, unter dem die Traktoren und Maschinen parkten. Darauf lag altes Laub, Moos wuchs hier in großen Placken. Auf der anderen Straßenseite standen nebeneinander vier Häuser, dahinter eine zweite Reihe. In einiger Entfernung standen mehrere Höfe und kleinere Häuser verstreut. Priska versuchte sich vorzustellen, wie der Lehrling früher, von Heim und Familie getrennt, an langen Abenden aus diesem Verlies die beleuchteten Fenster der umliegenden Häuser beobachtet hatte.

Eine deprimierende Vorstellung.

«Und Sie haben den Raum nie benutzt?»

«Nee, wofür auch? Sie merken es ja selbst. Im Sommer ist es hier unerträglich heiß, im Winter eiskalt. Ist ja nichts gedämmt.»

Priska nickte und sah sich nachdenklich um. Plötzlich nahm sie über sich ein Scharren wahr und gleich darauf das leise Geräusch von trappelnden Füßen.

«Hört sich nach einem Marder an», sagte Köster.

In der getäfelten Decke entdeckte Priska eine Luke.

«Was ist da oben?», fragte sie.

«Gute Frage. Der Spitzboden, nehme ich an. Ehrlich gesagt ist mir die Luke nie aufgefallen.»

«Kann ich nachschauen?»

«Wenn Sie keine Angst vor dem Marder haben.»

Priska wollte nach dem metallenen Haken greifen, der aus der Luke ragte, verfehlte ihn aber beim ersten Versuch. Sie war schlicht zu klein.

«Lassen Sie mich mal», bot Köster an.

Er kam mühelos an den Haken und zog daran. Der Schließmechanismus löste sich, und die Klappe fiel herunter. Köster bekam sie zu fassen, bevor sie ihm auf den Kopf schlagen konnte. Dreck und Staub fielen ihm ins Gesicht. Er öffnete sie vollends und klappte die daran befestigte Holzleiter aus.

«Wenn da oben Goldbarren lagern, bekommen Sie die Hälfte ab», sagte er und wischte sich den jahrzehntealten Dreck aus Gesicht und Haaren.

Priska stieg vorsichtig die Leiter hinauf.

Auf dem Spitzboden war es stockdunkel, und jetzt fürchtete sie doch, der Marder könnte ihr ins Gesicht springen.

Sie nahm ihr Handy und schaltete die Taschenlampenfunktion ein.

«Und? Was gefunden?», fragte Köster unter ihr.

Priska drehte sich um sich selbst. Sie sah Dachbalken, Sparren, nackte Pfannen und Spinnweben von phänomenaler Größe.

«Hier hat lange keiner …»

Priska erstarrte.

«Was ist?», fragte Köster.

«Ach du Scheiße!», stieß sie aus.

Saskias Elternhaus lag in einer Wohnsiedlung aus den fünfziger Jahren, eine kleine Nachkriegskolonie am westlichen Stadtrand, bestehend aus drei Dutzend Häusern an zwei Straßen verteilt, die als Sackgassen an einem Waldrand endeten. Eine idyllische, ruhige Lage abseits des Großstadtlärms. Die Straßen waren eng, Parkplätze gab es nicht, deshalb ließ Thomas seinen Wagen außerhalb der Siedlung stehen und ging zu Fuß weiter.

Sein Handy klingelte. Es war Nils.

Thomas war aufgebrochen, ohne seinen Bruder zu wecken, der sich zu dem Zeitpunkt in einer Art komatösen Tiefschlaf befand. Jetzt war er verzweifelt auf der Suche nach seinem Wagenschlüssel, der immer noch draußen auf dem Terrassentisch lag. Nils' Stimme am Handy klang benommen. War wohl doch zu viel Whiskey gewesen in der Nacht. Da war er also wieder, sein großer Bruder, der die Finger nicht vom Alkohol lassen konnte. Na ja, beim Verteilen der Flyer konnte er ja nicht viel kaputtmachen. Sie einigten sich darauf, dass er das heute allein übernehmen sollte.

Jeder Schritt auf Saskias Elternhaus zu fiel Thomas schwer. Er wusste nicht, wie die beiden auf ihn reagieren würden oder was er sagen sollte. Thomas ging nur ungern in wichtige Gespräche, ohne diese im Kopf mindestens ein Mal durchgegangen zu sein. Sich für eine solche Situation Worte zurechtzulegen war aber schlichtweg unmöglich.

Dennoch: Er wusste, er war es Saskia schuldig.

Wenn sie zurück war, würde sie es ihm übelnehmen, wenn er sich davor gedrückt hätte. Und darüber hinaus bestand ja auch noch die Möglichkeit, dass er von Saskias Eltern etwas erfuhr, das ihn weiterbrachte. Scheurich oder einer seiner Mitarbeiter hatte natürlich mit den beiden gesprochen, aber was bedeutete das schon.

Viel zu schnell erreichte Thomas das Haus mit der Nummer siebzehn: ein kleines Einfamilienhaus, weiß verputzt, rotes Dach, schmale Einfahrt mit einer Garage am Ende. Vor der Garage parkte Saskias Wagen. Bei dessen Anblick zog sich Thomas' Magen schmerzhaft zusammen. Der Wagen gehörte nicht hierher, er gehörte in die Auffahrt seines Hauses, dort sollte er stehen, nirgends sonst. Warum nur hatten Saskias Eltern nichts Besseres zu tun gehabt, als ihn zu sich zu holen? Was wollten sie ihm damit sagen?

Thomas kämpfte den Ärger nieder, der in ihm erwachte. Er war nicht hier, um den beiden Vorwürfe zu machen, und musste aufpassen, ruhig zu bleiben.

Er nahm all seinen Mut zusammen, öffnete die Gartenpforte und zuckte unter dem Quietschen zusammen. Auf dem kurzen Weg zur Haustür fühlte er sich durch die blickdichten Gardinen vor den Fenstern beobachtet. Saskia mochte keine Gardinen, das hatte sie oft genug gesagt.

Er drückte auf die Klingel mit dem Namen Laak darauf.

Drinnen klingelte es wie vor fünfzig Jahren.

Weil er nicht wusste, wohin mit seinen Händen, steckte er sie in die Hosentaschen.

Ein kleiner, gebeugter Mann mit grauem Haar und grauem Gesicht öffnete – Saskias Vater. Er war sein Leben lang Tischler gewesen, zehn Jahre vor der Rente aber aussortiert und in die Arbeitslosigkeit geschickt worden. Zu diesem Zeitpunkt hatten Saskias Eltern ihr kleines Häuschen bereits abbezahlt, und ihre Tochter verdiente eigenes Geld, sodass sie mit Aushilfsjobs ganz gut über die Runden kamen. Thomas hatte Saskia zu Beginn ihrer Beziehung angeboten, ihren Vater über seine Firma zu vermitteln, doch sie hatte abgelehnt. Er sei zu stolz für Zeitarbeit, hatte sie gesagt, außerdem würde er sich niemals von dem Freund seiner Tochter helfen lassen. Danach hatte Thomas das Angebot nicht wiederholt.

Aus leeren, feuchten Augen sah Herbert Laak ihn nun an.

Ein optimistisches Energiebündel war er nie gewesen, aber sein jetziger Zustand zerriss Thomas das Herz. Dieser Mann hatte alles verloren, was ihm lieb und teuer war.

«Thomas», sagte er nicht unfreundlich, machte aber keine Anstalten, die Hand auszustrecken.

«Habt ihr einen Moment Zeit für mich?»

Er schien darüber nachdenken zu müssen.

«Komm rein», bot er schließlich an.

Der Flur war so schmal, dass man nicht nebeneinanderstehen konnte, und als die Haustür wieder geschlossen war, war es zusätzlich auch noch düster. Herbert führte Thomas geradeaus durch ins Wohnzimmer. Bei den Laaks wurden Gäste im Wohnzimmer empfangen, nicht in der Küche, in der sich das Familienleben abspielte. Das Wohnzimmer war nicht halb so groß wie das von Thomas. Die Möbel waren altmodisch, viel dunkle Eiche, blickdichte Gardinen auch hier, obwohl das Fenster zum Garten hinausging. Die Luft roch abgestanden. In der Ecke stand ein alter Röhrenfernseher.

«Nimm bitte Platz, ich hole meine Frau.»

Herbert verschwand und schloss die Tür hinter sich.

Thomas wagte es nicht, sich hinzusetzen. An der Wand tickte eine hoffnungslos kitschige Schwarzwälder Kuckucksuhr, ansonsten war es still wie in einem Grab. Auf dem Couchtisch lag die Fernbedienung ordentlich ausgerichtet neben der Fernsehzeitschrift, einer «Hörzu».

Wie hatte Saskia nur so lange hier leben können, fragte er sich. Sie war mit sechsundzwanzig direkt aus ihrem Elternhaus zu ihm gezogen – gegen den Willen ihrer Eltern. Saskia hatte gesagt, es sei längst überfällig gewesen, und hätte sie ihre Eltern nicht mit einer kleinen Miete für ihr Zimmer unter dem Dach unterstützt – Geld, das sie gut gebrauchen konnten –, dann hätte sie sich schon vor Jahren eine eigene Wohnung gesucht. Saskia und Thomas hatten sich oft über ihre Eltern ausgetauscht, und Thomas konnte sich noch gut daran erinnern, wie sie darüber geschimpft hatte, dass ihre Mutter und ihr Vater jeden Abend von neunzehn Uhr an vor dem Fernseher saßen und ab dem Zeitpunkt so gut wie kein Wort mehr miteinander sprachen. Um dreiundzwanzig Uhr wurde die Kiste abgeschaltet, und man ging ins Bett. Das war an jedem Abend so, sommers wie winters, und Unterbrechungen der Routine aufgrund von Geburtstagen oder Feiertagen waren nicht willkommen.

Thomas hörte leise Geräusche auf dem Flur.

Herbert betrat das Wohnzimmer, Waltraud folgte.

Saskia hatte viel Ähnlichkeit mit ihrer Mutter. Waltraud Laak war ein wenig kleiner, aber immer noch schlank, ihr Haar war ergraut, sie trug es halblang. Die Augen, die Nase, die Mundpartie, das alles hatte Saskia von ihr.

Waltraud schaffte es, ihn zu umarmen, aber es fühlte sich steif und falsch an.

«Setzen wir uns», sagte Herbert.

«Möchtest du etwas trinken?», fragte Waltraud.

Thomas lehnte ab und ließ sich auf einem Sessel nieder. Saskias Eltern setzten sich nebeneinander auf die Couch.

«Wie geht es euch?», fragte Thomas.

«Es geht schon», antwortete Herbert.

Waltrauds Mundwinkel zuckten.

«Ich … ich wollte euch sagen, wie leid mir das alles tut und dass ich nicht aufhören werde, nach Saskia zu suchen. Ich verfolge gerade sehr vielversprechende Spuren, und ich bin mir sicher, dass ich …»

«Die Polizei findet sie nicht», unterbrach Herbert ihn. «Wieso glaubst du, du könntest es?»

Es war unhöflich, ihn so abzuwürgen, aber Thomas nahm es hin.

«Weil ich Saskia liebe», sagte er.

Aus dem Zucken in Waltrauds Mundwinkel wurde ein Vibrieren.

«Wir haben sie gewarnt.» Herberts Stimme klang mechanisch, beinahe kalt. «Wenn sie bei uns geblieben wäre, in diesem Haus, dann wäre ihr nichts passiert.»

Den Vorwurf konnte man gar nicht überhören. Thomas hatte inständig gehofft, dass Saskias Eltern ihm nicht die Schuld geben würden, doch das taten sie. Dass er selbst beinahe getötet worden war, schien sie dabei überhaupt nicht zu interessieren.

«Meinst du wirklich?», sagte Thomas mit einem Unterton, der wie eine Warnung klang, aber vielleicht hatte Herbert Laak ja die ganzen letzten Wochen nur darauf gewartet, diese Sätze loszuwerden.

«Meine ich. Ich habe mein Mädchen sechsundzwanzig Jahre lang beschützt. Du konntest es nicht einmal zwei Monate.»

«Herbert!», zischte Waltraud und wollte seinen Arm berühren, doch er schüttelte sie ab und sah Thomas jetzt direkt an.

«Glaub mir», begann Thomas und hielt seinem Blick stand.

«Es vergeht kein Tag, an dem ich mir keine Vorwürfe mache. Ich vermisse sie genauso wie ihr, und ich weiß, ich hätte besser auf sie aufpassen müssen. Es tut mir leid, mehr als das kann ich nicht sagen.»

«Und wie soll uns das helfen?»

Herberts Blick war unerbittlich.

«Ich bin heute nicht gekommen, um euch zu helfen, sondern wegen Saskia. Ich suche so lange, bis ich sie finde. Ich wollte euch fragen, ob ihr einen Verdacht habt, wer ein Interesse daran haben könnte, sie zu entführen.»

Herbert Laak schüttelte den Kopf.

«All diese Fragen haben wir tagelang der Polizei beantwortet, und sie hat Saskia nicht gefunden. Und jetzt, nach fast drei Monaten, kommst du hier an und tust so, als könntest du es besser.»

«Zumindest sitze ich nicht zu Hause herum und warte, dass etwas passiert.»

Thomas' Stimme klang schneidender, als er es beabsichtigt hatte. Es kostete ihn viel Kraft, ruhig zu bleiben, aber er spürte, lange würde er es nicht mehr schaffen.

«Was willst du damit sagen?», fragte Herbert.

«Nichts. Ich will nur, dass ihr mir helft.»

«Aber wir wissen doch nichts», meldete sich zum ersten Mal Waltraud zu Wort. «Das haben wir auch schon der Polizei gesagt. Niemand würde unserer Kleinen so etwas antun.»

«Jemand hat es aber getan», fuhr Herbert seine Frau an. «Und das nur, weil sie mit ihm zusammen war.»

«Ihm» sprach er so aus, als müsse er das Wort erbrechen.

«Das kannst du nicht wissen», verteidigte Thomas sich.

«Oh doch, ich weiß es.»

Da saß dieser selbstgerechte Mistkerl und weidete sich daran, Thomas leiden zu sehen. Er wollte jemandem die Schuld für das geben, was seiner Tochter passiert war, und natürlich war Thomas der richtige Adressat dafür, aber es war schwer, das auszuhalten. Sich selbst Vorwürfe zu machen war eine ganz andere Sache. Natürlich hatte Thomas gehofft, hier heute ein wenig Absolution zu bekommen, zumindest Mitleid, doch weit gefehlt. Die Heftigkeit der Vorwürfe machte ihn gleichzeitig traurig und wütend. Darin klang nämlich mit, dass zumindest Herbert mit Saskias Wahl des Vaters ihres Kindes überhaupt nicht einverstanden gewesen war.

«Vielleicht sollte ich besser gehen», schlug Thomas vor.

«Ja, solltest du.»

Bei Waltraud liefen nun die Tränen, aber sie wagte es nicht, gegen ihren Mann aufzubegehren. Thomas stellte sich vor, wie er in den letzten Wochen auf sie eingewirkt hatte. Wahrscheinlich glaubte auch sie inzwischen, allein Thomas sei schuld an allem.

Er stand ruckartig auf. Herbert ebenfalls. Waltraud blieb zunächst noch sitzen.

«Ich hoffe, wir können irgendwann wieder vernünftig miteinander reden … wenn Saskia wieder da ist.»

Dazu sagte Herbert nichts, er starrte ihn nur an.

Thomas presste die Lippen zusammen, nickte Saskias Mutter zu und folgte Herbert, der ihm die Tür öffnete.

Es war eine Wohltat, wieder ins Sonnenlicht zu treten.

«Das ist nicht fair, und das weißt du auch», sagte Thomas auf der Treppe vor dem Haus.

«Sag mir nicht, was ich weiß und was nicht.»

«Wir sollten jetzt zusammenhalten. Das würde Saskia wollen.»

Herbert riss den Arm hoch und zeigte mit dem Finger auf Thomas.

«Du weißt gar nichts darüber, was meine Kleine will. Du

bist ein egoistischer Möchtegern-Unternehmer, der sich nie einen Deut um meine Tochter gekümmert hat. Wo warst du denn all die Abende, an denen sie allein in deinem scheißteuren Haus gesessen und sich gefürchtet hat? Hast du dein Geld gezählt, oder was? In unserer Familie quatscht man vielleicht nicht den ganzen Tag, aber man steht zueinander und kann sich aufeinander verlassen.»

Die Wut, die ihm entgegengeschleudert wurde, fachte seine eigene an, und nur weil Thomas in diesem Moment an Saskias Worte dachte, dass ihre Eltern es nicht anders kannten und man Geduld mit ihnen haben musste, hielt er sich zurück. Seine Kiefer mahlten, seine Hände ballten sich zu Fäusten, doch er brachte es fertig zu schweigen. Er starrte seinen Schwiegervater in spe nur an, drehte sich dann um und ging.

«Ich hätte mein Leben gegeben für meine Kleine», rief er ihm hinterher. «Aber nicht einmal das konntest du für sie tun.»

Er kannte kaum jemanden, dem er genug vertraute, um diese eine besondere Frage zu stellen, aber es gab da einen Kameraden, bei dem er hoffen konnte, nicht verarscht oder veralbert zu werden. Torsten König, im Dienstrang eines Feldwebels, so wie er auch, aber fünf Jahre jünger, war ein stiller, zurückhaltender Typ, der sich nur selten an den üblichen Besäufnissen im Unteroffizierskeller beteiligte. Mitunter waren diese Feierlichkeiten aber dienstlich befohlen, dann ging es nicht anders, so wie an diesem Abend: Der Spieß der Kompanie war vom Hauptfeldwebel zum Stabsfeldwebel befördert worden, Anlass genug für den Chef der Kompanie, ein geselligen Abend zu befehlen.

Für ihn war seine Einheit so etwas wie eine große Familie, ein Ort, an dem er sich die meiste Zeit wohl fühlte und alles seinen geordneten Gang ging, wo die Dinge einfach und überschaubar waren und er sich sicher fühlte. Man schätzte sein Können hier und respektierte ihn. Es war die beste Entscheidung seines Lebens gewesen, zur Bundeswehr zu gehen. Aber es gab eben auch diese Abende, und davor graute es ihm jedes Mal. Heute aber hatte er geradezu darauf hingefiebert, weil es im Dienstalltag kaum eine Möglichkeit gab, derart private Fragen zu stellen. Heute würde er Torsten König um Rat bitten.

Doch er schaffte es wie immer nicht, sich zu überwinden. Es wurde später und später, die Kameraden immer betrunkener und die Stimmung aggressiver – der übliche Verlauf eines solchen Abends. Irgendwann wollte es der Zufall, dass er Torsten König auf der Toilette am Pissoir traf. Normalerweise wäre er jetzt in eine der Kabinen verschwunden, weil er nicht konnte, wenn jemand danebenstand, doch aus einem Impuls heraus, der ihn selbst überraschte, stellte er sich neben König, öffnete den Reißverschluss und holte ihn raus.

König warf ihm einen alkoholtrüben Blick zu.

«Na, Tony, altes Haus, wie läuft's?»

«Kann ich dir eine Frage stellen?»

«Klar, schieß los.»

«Wie kriegst du Frauen rum?»

«Hä?»

«Wenn sie sich nicht sicher sind, wie kann man sie überzeugen? Außer mit Blumen, das habe ich schon versucht.»

König grinste ihn an.

«Du willst einen wegstecken und weißt nicht, wie du an sie rankommst?»

Er hasste diesen Tonfall. Er hatte ihn von König auch nicht erwartet. Wahrscheinlich lag es am Alkohol.

«Nein. Ich will … ihr Freund sein.»

Torsten König war fertig mit seinem Geschäft, schloss seine Hose und klopfte ihm kameradschaftlich auf die Schulter.

«Ich geb dir kostenlos einen guten Tipp, weil wir Kameraden sind. Wer ficken will, muss freundlich sein. Lauf halt nicht immer mit einer Miene herum, als befänden wir uns im Krieg, Alter. Dann klappt das auch.»

Damit ließ er ihn stehen. Und als die Tür zu den Toiletten zuschlug, konnte er endlich auch Wasser lassen. Dabei fragte er sich, ob etwas dran war an dem, was König gesagt hatte. War er zu ernst? Lachte er zu wenig? Er hatte nur selten Grund zum Lachen, eigentlich nie. Seine Aufgabe hier erforderte Ernsthaftigkeit, denn wenn die Maschinen nicht liefen, fiel es auf ihn zurück. Die Verteidigungsfähigkeit einer Truppe stand und fiel mit der Einsatzbereitschaft der Fahrzeuge und Panzer, die er reparierte. Und auch sonst, draußen, außerhalb der Kaserne, in seiner Freizeit, gab es nicht viel zu lachen. Er fand die Menschen nun mal nicht komisch, sondern eher gemein, mitunter sogar grausam. Die meisten waren doch verlogen. Nie hatte er jemanden getroffen, der es gut mit ihm meinte, außer Fred Martens. Aber das war lange her und hatte ihm nur eines bewiesen: Man musste hart sein in dieser Welt, musste sich wehren können, sonst lag man am Ende blutend am Boden. Denn die, die vor nichts zurückschreckten, waren in der Überzahl.

Das traf aber nicht auf Frauen zu. Die waren ganz anders. Frauen waren sanft und fürsorglich und mussten beschützt werden, vor Typen wie Heinz Gruga oder den allermeisten Kameraden hier in der Kompanie. Die meisten waren grob und rücksichtslos, und er verstand nicht, wie sie alle Frauen haben konnten. Verstellten sie sich? Hatten sie zwei Gesichter? Eines für die Männerwelt und eines für die Frauenwelt?

Vielleicht hatte König recht, und er musste es ebenfalls auf diese Art versuchen. Nett und lustig sein. Humor beweisen, gleichzeitig aber forsch vorangehen, nicht zögernd und zaudernd.

Ja, das würde er versuchen!

Seit er vor drei Wochen Mareike mit den Blumen überrascht hatte, war nichts weiter passiert. Sie hatte nicht den geringsten Versuch unternommen, mit ihm in Kontakt zu treten. Dabei war doch ganz offensichtlich, dass ihr etwas an ihm lag. Er hatte es an jenem Tag, als er ihr bei der Reifenpanne geholfen hatte, deutlich in ihren Augen gesehen. Leider war er zwei Wochen lang mit der Kompanie auf dem Truppenübungsplatz Bergen gewesen, sodass er keine Möglichkeit gehabt hatte, Mareike zu besuchen. Und auf die Karten, die er ihr von dort aus geschrieben hatte, hatte sie nicht reagiert. Es war schon eine Enttäuschung gewesen, als er von der Übung zurückgekehrt war und seinen Briefkasten leer vorgefunden hatte. Dabei hatte er sie mit jeder Karte gebeten, ihm zu antworten.

Aber er würde nicht aufgeben, Mareike und er waren füreinander bestimmt.

Und vielleicht funktionierte Königs Masche ja!

Er wusch sich die Hände mit heißem Wasser und viel Seife und dachte mit Ekel daran, dass König das nicht getan und ihn mit der Hand an der Schulter berührt hatte. Er würde gleich heute Abend noch sein Hemd in die Waschmaschine geben.

Zurück auf dem Gang im Keller des Kompaniegebäudes, hörte er schon von weitem den Feierlärm. Die Männer zogen wieder irgendeines ihrer Spiele ab, bei denen man beweisen musste, was für ein harter Kerl man war. Sie liebten diese Spiele. Hin und wieder musste er auch mitmachen.

Im Unteroffizierskeller war der Lärm ohrenbetäubend. Inmitten des Raumes stand Unteroffizier Keller mit freiem

Oberkörper und einem Damenslip auf dem Kopf, der seine Augen verdeckte. In dem Slip steckte eine Binde, damit Keller auch wirklich nichts sah. Zwischen den Lippen hatte er einen fleischfarbenen Dildo. Es war ein widerlicher Anblick. Jemand packte Keller bei den Schultern, drehte ihn zehnmal im Kreis und ließ ihn dann plötzlich los. Kellers Aufgabe war es, den Dildo in seinem Mund in das offene Ende einer Granathülse einzuführen, die in einer Wand steckte. Das Gegröle wurde mit jedem Fehlversuch lauter. Erst beim sechsten Versuch versenkte Keller den Dildo in dem Loch und durfte sich den Slip vom Gesicht reißen.

Das Corps klatschte Applaus.

Plötzlich rief Torsten König laut: «Ey, Tony, du willst doch endlich mal einen wegstecken, oder. Hier kannst du schon mal trainieren. Dann blamierst du dich später nicht.»

Und plötzlich stand er im Fokus des gesamten Corps. «Tony, Tony, Tony»-Rufe wurden lauter, und jemand warf den Damenslip mit der Binde darin in seine Richtung. Fäuste wurden in die Höhe gereckt, Bier schwappte aus Flaschen, applaudierende Hände feuerten ihn an. Die Stimmung kochte noch weiter hoch, und mittendrin stand Torsten König und machte mit.

König hatte ihn verraten. Die Frage auf der Toilette war privat gewesen, und das wusste König auch.

Einer der jüngeren Kameraden, gerade erst Unteroffizier geworden, kannte Tony nicht. Er wagte sich aus dem Kreis der Jubelnden nach vorn, hob den Slip auf und wollte ihn Tony über den Kopf ziehen.

Er hatte die Hand noch nicht ganz ausgestreckt, da schlug Tony ihm schon die Faust ins Gesicht. Seine Wut über den Verrat war so groß, dass er sich nicht zurückhalten konnte. Der Schlag war heftig, und der Kamerad ging wie ein gefällter

Baum zu Boden. König würde er sich später vornehmen, mit kalter Wut im Bauch, so wie er es immer tat, aber die ohnehin schon aggressive Stimmung kippte jetzt, und einige seiner Kameraden gingen auf ihn los. Tony hatte nicht damit gerechnet, daher bekamen sie ihn zu fassen, packten ihn an den Armen und hielten ihn fest, während andere ihm in den Magen und ins Gesicht schlugen.

Endlich ließen sie ihn los, und Tony fiel auf die Knie. Blut tropfte aus seiner Nase, und plötzlich war er wieder dort, hinter dem Sportplatz mit Fred Martens, als Heinz Gruga kam. Der Schmerz in der Nase und im Kopf, der Geruch von Blut, die Demütigung …

Nein! Noch einmal würde er sich das nicht gefallen lassen. All die Jahre hatte er darunter gelitten, dass er damals keinen Widerstand geleistet hatte, dass er Fred Martens nicht geholfen hatte. Sein Leben wäre anders verlaufen, wenn er nicht so ein Feigling gewesen wäre.

Er kämpfte sich auf die Beine, steckte drei oder vier weitere Schläge ein und begann dann auszuteilen.

Hart und erbarmungslos.

Damals, als er wie im Blutrausch auf seine Kameraden eingeschlagen hatte, war es ihm noch nicht bewusst gewesen, aber damit gab er seinem Leben zum zweiten Mal eine entscheidende Wendung. Bei Grugas Überfall auf Fred Martens war es seine Untätigkeit gewesen, die alles verändert hatte. An jenem Abend im Unteroffizierskeller war es seine Wut. Beides hatte ihn schließlich hierhergeführt, in die kleine Kammer neben der Treppe, in der er sich versteckt hielt, seit überraschend dieses Mädchen auf dem abgelegenen Bauernhof aufgetaucht war.

Zwischendurch hatte er die Kammer immer wieder verlassen, hatte das Mädchen durch die Fenster beobachtet, als sie im Garten spazieren ging. Hatte ihr beim Kochen zugesehen und sie später betrachtet, wie sie halbnackt auf der Terrasse in der Sonne lag. Sie war hübsch, hatte langes dunkelbraunes Haar und schöne Augen, er hätte sie stundenlang beobachten können. Irgendwann hatte ihr Handy geklingelt, und er hatte dem Gespräch entnehmen können, dass sie hier war, um während der Abwesenheit ihrer Eltern auf Haus und Hof aufzupassen. Damit hatte er nicht gerechnet. Sein erster Gedanke war gewesen, abzubrechen und sich eine neue Familie zu suchen, aber dann hatte er noch einmal darüber nachgedacht. Die Kleine sah ihrer Mutter sehr ähnlich, sie war genau der Typ Frau, den er mochte, sie hatte diese anmutige Art, die seinen Beschützerinstinkt weckte. So wie Mareike damals. Warum sollte er warten, bis die anderen aus dem Urlaub zurückkehrten, wenn er doch jetzt sofort schon alles haben konnte, was er wollte?

Allerdings würde der Ablauf dadurch verändert, und er war kein Freund von Spontanität. Deshalb hielt er sich weiterhin versteckt und beobachtete sie. Gerade eben hatte sie ihr Sonnenbad beendet und war ins Haus gekommen. Er war rasch in die Kammer neben der Treppe gehuscht und hatte sie ein paar Minuten lang im Haus rumoren hören.

Jetzt schien sie sich in der Küche aufzuhalten. Er hörte Wasser rauschen und Geschirr klappern. Behutsam öffnete er die Tür einen Spaltbreit und spähte hinaus. Die Küche befand sich gegenüber, er konnte sie sehen. Sie hatte sich nichts angezogen, war immer noch halbnackt, das gefiel ihm nicht, aber er konnte ihr keinen Vorwurf machen, sie glaubte ja, sie wäre allein. Mit dem Rücken zu ihm stand sie vor der Spüle und erledigte ihren Abwasch. Dabei wusch sie auch den Topf ab, den er für die Ravioli benutzt hatte.

Als sie damit fertig war, ging sie hinauf ins Obergeschoss.

Einen Moment später hörte er eine Dusche rauschen.

Er zog in seinem Versteck die Schuhe aus, schob sie unter ein Regal, wagte sich heraus, schloss leise die Tür und schlich in die Küche.

Auf der Arbeitsplatte lag ihr Handy. Er schaltete es aus und steckte es ein. Dann folgte er ihr nach oben. Durch die geschlossene Badezimmertür hörte er das Wasser rauschen und ihre nackten Füße auf der Emailwanne quietschen. Ganz vorsichtig drückte er die Klinke hinunter, musste aber feststellen, dass sie die Tür verriegelt hatte – so wie es sich für ein vernünftiges Mädchen gehörte.

Also wartete er. Er hatte sein bisheriges Leben mit Warten verbracht und war gut darin, aber es fiel ihm immer schwerer, seit er wusste, dass ihm die Zeit zwischen den Fingern verrann. Das war neu. Zeit hatte er immer genug gehabt, meist sogar zu viel. So viele Stunden, Tage und Wochen, die einfach nicht vergehen wollten – und jetzt rasten sie dahin.

Was sie nach dem Duschen wohl tun würde? Neben dem Bad lag das Zimmer, in das sie vorhin ihren Koffer gebracht hatte. Er schlich hinüber und sah sich um. Der Koffer lag geöffnet auf dem Bett, Kleidung quoll heraus. Das sah unordentlich aus, so etwas gehörte sich nicht, aber er ließ es unangetastet. Zwei Möglichkeiten, sich zu verstecken, bot das Zimmer: unter dem Bett oder im Schrank. Wenn er davon ausging, dass sie nach dem Duschen ihre Kleidung in den Schrank räumen würde, war es nur noch eine.

Ihm gefiel dieses Spiel. Er beschloss, es noch eine Weile zu spielen.

Wann würde sie wohl merken, dass sie nicht allein im Haus war?

Nebenan wurde das Wasser abgestellt.

Schnell klappte er ihren Koffer zu, legte sich auf den Rücken vors Bett und schob sich darunter. Es war eng und staubig, und er musste den Kopf zur Seite drehen, um nicht mit der Nase gegen den Lattenrost zu stoßen. Kaum lag er still, kam sie schon herein. Aus seiner Position konnte er nur ihre nackten Füße auf dem Holzfußboden sehen. Sie blieb vor dem Bett stehen, die rot lackierten Zehennägel schauten in seine Richtung, Wasser tropfte von ihrem Körper zu Boden. Er hörte sie das Haar trocken rubbeln, einen Moment später fiel das Handtuch zu Boden. Aus den Geräuschen und den Bewegungen am Bett schloss er, dass sie sich etwas zum Anziehen aus dem Koffer suchte. Schließlich stieg sie in einen weißen Slip und danach in ein buntes Sommerkleid. Dann stand sie still neben dem Bett und schien ihre Sachen zu sortieren. Er streckte die Hand nach ihrem Fußgelenk aus. Es reizte ihn, sie zu berühren, ihr einen Schrecken zu versetzen, doch im letzten Moment trat sie plötzlich vom Bett weg.

Priska Wagner saß in der Fahrerkabine eines gigantischen nagelneuen Traktors anderthalb Meter über der Erde und beobachtete das Geschehen aus dieser erhabenen Position. Sie saß dort bereits seit einer Stunde, und so langsam wanderte die Sonne um das Schmiedegebäude, erfasste die Frontscheibe des Traktors und ließ es darin immer wärmer werden. Aus ihrer erhöhten Position beobachtete sie den Aufmarsch der Kavallerie: Streifenwagen, Kripo, Rechtsmediziner, Spurentechniker – und die Nachbarschaft nicht zu vergessen. Alles, was laufen konnte, hatte sich vor der Schmiede des bedauernswerten Hartmut Köster versammelt – auch ein paar wenige, die es gerade noch mit Hilfe eines Rollators konnten.

Priska hatte wirklich Mitleid mit Köster und fühlte sich

schuldig, denn wenn sie nicht so neugierig gewesen wäre, hätte auch in den nächsten Jahren vermutlich niemand die Leiche auf dem Spitzboden entdeckt. Auf ihre Bitte hin hatte er die Polizei informiert. Priska war ja schließlich im Krankenstand. Sie hatte ihm gesagt, er solle Kerkmann anrufen, auch auf die Gefahr hin, dass er zu sehr unter Klöckners Fuchtel stand. Denn nur so würde Priska all die Informationen erhalten, die sie brauchte, um weiterhin an der Sache dranzubleiben. Über den Punkt, sich selbst und ihr Handeln in Frage zu stellen, war Priska längst hinaus. Sie würde jetzt keinen Rückzieher mehr machen, die Auflösung des Falls stand kurz bevor, das spürte sie, und wenn der Erfolg auf ihre Kappe ging, dass ein Serientäter wegen ihrer Hartnäckigkeit gefasst wurde, dann konnte auch Klöckner nichts anderes tun, als ihr zu gratulieren.

In der Hand hielt sie den Beweis dafür, dass sie richtiglag: einen Setzhammer. Köster hatte ihr den Aufbau und die Benutzung genau erklärt und ihn ihr dann geschenkt. Der Hammer bestand aus einem langen Stiel, damit man einen gewissen Abstand zum Amboss einhalten konnte, und einem großen Kopf. Der Kopf teilte sich in Bahn und Finne auf. Bei diesem speziellen Hammer war die ansonsten keilförmige Finne durch zwei Setzflächen ersetzt, die durch eine zwei Zentimeter breite und einen Zentimeter tiefe Furche getrennt waren. In diese Furche klemmte der Schmied das heiße Eisen und schlug mit einem weiteren Hammer auf die ovale Bahn des Setzhammers.

Priska wog den ungefähr zwei Kilogramm schweren Hammer in der Hand und versuchte sich vorzustellen, wie es wohl war, damit auf den Kopf eines Menschen einzuschlagen. Wie abgestumpft musste jemand sein, der auf diese Art und Weise tötete? Sie hatte noch immer kein klares Bild des Mannes vor

Augen, nach dem sie suchte. Groß musste er sein, und stark, so viel stand fest, aber ansonsten war er in Priskas Vorstellung nichts weiter als ein Schemen.

Aus dem Schatten des Schleppdaches schälte sich eine Gestalt: Hannes Kerkmann kam auf den Traktor zu. Er sah alles andere als glücklich aus. Seine Schultern hingen, er schlurfte und blinzelte unsicher in die Sonne. Nichts war mehr zu erkennen von dem Enthusiasmus der vergangenen Tage. Willkommen in meiner Welt, dachte Priska und stieg aus dem Traktor. Sie war froh, der warmen Glaskanzel endlich zu entkommen. Im Schutz des Monstrums wartete sie auf ihren Assistenten.

Kerkmann brachte ein halbes Lächeln zustande.

«Klöckner sagte, Sie sind krank. Aber wie ich sehe, geht es Ihnen gut.»

«Ich leide still.»

«Warum haben Sie ausgerechnet mich anrufen lassen?», fragte Kerkmann, und es klang sehr nach einem Vorwurf.

«Na, warum wohl?»

Kerkmann schüttelte den Kopf.

«Wenn Klöckner das erfährt ...»

«Wird er nicht, ich verspreche es. Erzählen Sie, na los!»

Priska konnte es kaum erwarten, Einzelheiten zu hören.

Kerkmann zögerte einen Moment, begann dann aber doch zu reden.

«Der Rechtsmediziner kann den Todeszeitpunkt noch nicht bestimmen. Er sagt, wegen der extremen Hitze im Sommer und der großen Kälte im Winter dort oben auf dem Dachboden laufen die üblichen Verwesungsprozesse in einem anderen Tempo ab. Erst nach der Laboruntersuchung will er sich dazu einlassen.»

«Ja, aber was schätzt er?»

«Zwei Jahre, mindestens», sagte Kerkmann.

«Todesursache?»

«Schlag gegen den Schädel.»

«Mit einem Hammer?»

Kerkmann zuckte mit den Schultern. «Möglich.»

«Ha! Ich wusste es.» Priska schlug sich mit der Faust in die Handfläche. Dann stieg sie die drei Stufen hinauf in die Glaskanzel des Traktors und holte, was sie dort oben liegen gelassen hatte.

«Das ist ein Setzhammer», klärte sie Kerkmann auf. «Damit fixiert der Schmied ein heißes Eisen auf dem Amboss. Er schlägt nicht auf das Eisen selbst, sondern auf den Kopf des Hammers, das Eisen wird durch diese Furche hier in Form gebracht. Und genau so ein Hammer hinterlässt die charakteristische Spur, die ich auf der Bettwäsche von Ulrike Bokelmann gefunden habe. Solch einen Hammer hat der Einbrecher vor zwei Jahren von hier mitgehen lassen, und ich bin mir sicher, er hat bei seinem Einbruch die Leiche dort oben auf dem Spitzboden deponiert.»

«Welcher Einbrecher?»

Priska erinnerte Kerkmann noch einmal an den Einbruch in die Schmiede vor zwei Jahren und das ungewöhnliche «Statement» auf dem Arbeitstisch. Dann erzählte sie ihm von ihrem Gespräch mit der Tochter des ehemaligen Besitzers der Schmiede und von den fehlenden Unterlagen über Lehrlinge, ausgerechnet aus dem Jahrgang, in dem der alte Buhlmann erschlagen worden war.

«Rekapitulieren Sie», forderte sie Kerkmann anschließend auf.

Der sah sie für einen kurzen Moment an, als wolle er sich widersetzen. Doch dann senkte er den Blick, hob ihn wieder, fixierte einen Stapel alter Traktorreifen, die am Rande des Betriebsgrundstückes lagerten, und begann: «Aus welchem

Grund auch immer bringt der Auszubildende des betreffenden Jahrgangs den alten Buhlmann um. Dann verschwindet er von hier, nach Aussage der Enkelin war seine Ausbildung in dem Sommer ohnehin beendet. Nach sechsunddreißig Jahren kehrt er an diesen Ort zurück, bricht in die Schmiede ein, stiehlt Werkzeug, Geld, hinterlässt eine stinkende Erinnerung sowie eine Leiche, deren Identität wir noch nicht kennen. Zudem entwendet er Unterlagen, die uns Informationen über ihn liefern könnten.»

«Nicht uns, sondern den Ermittlern, die vor zwei Jahren für den Einbruch zuständig waren, aber die haben den Mord am alten Buhlmann und den Einbruch in der Schmiede ja nicht einmal in Verbindung gebracht und folglich auch nicht nach diesen Unterlagen gesucht.»

«Wenn ich ehrlich sein soll», sagte Kerkmann, ohne Priska anzuschauen, «bringe ich beides auch nicht in Verbindung. Auch jetzt nicht, nach dem Leichenfund. Und was ich überhaupt nicht damit in Verbindung bringe, ist der Mord an Ulrike Bokelmann, dem wir …»

«Der Hammer ist die Verbindung», unterbrach sie ihn.

«Sehr schwach.»

«Eben nicht, Kerkmann. Oder haben Sie eine bessere?»

«Wir ermitteln jetzt in Richtung der Patienten von Frau Bokelmann. Die sind zwar alle hochbetagt und krank und zu einem Mord nicht in der Lage, aber vielleicht gab es Streitigkeiten mit der Verwandtschaft. Bei den Pflegestufen geht es immer um viel Geld und oftmals auch um …»

«Kerkmann, ich fasse es nicht», unterbrach sie ihn erneut. «Und wieso überhaupt wir? Ich dachte, Holtermann wäre jetzt für den Fall verantwortlich.»

«Ich habe darum gebeten, und der Chef hat zugestimmt. Also führe ich die Ermittlung im Fall Bokelmann weiter.»

Sieh an, der kleine Vogel wird langsam flügge, dachte Priska, und plötzlich überkam sie der Verdacht, sie könnte sich selbst aus dem Spiel manövriert haben.

«Dann lassen Sie sich von mir helfen», sagte sie.

«Sie sind offiziell krank. Dass ich hier stehe und mit Ihnen rede, kann mich in Teufels Küche bringen. Bei allem Respekt, es geht nicht.»

Priska sah ihn prüfend an.

«Wo ist nur der Kerkmann geblieben, den ich kenne.»

«Ich glaube nicht, dass Sie sich die Mühe gemacht haben, mich wirklich kennenzulernen.»

«Wenn ich recht behalte, hat unser Täter vor sechsunddreißig Jahren zum ersten Mal getötet, dann vor zwei Jahren und jetzt wieder im Fall von Thomas Bennett und dem jungen Pärchen in Hamburg. Wollen Sie diese Spur wegen persönlicher Befindlichkeiten wirklich kaltstellen?»

«Zumindest will ich mich wegen persönlicher Befindlichkeiten nicht auf eine Spur versteifen, die vollkommen grotesk ist. Haben Sie sich mal gefragt, wie alt dieser Täter mittlerweile sein müsste?»

«Weit über fünfzig.»

«Eben.»

«Ja und? Seit wann dürfen ältere Männer nicht töten?»

«Die statistische Wahrscheinlichkeit …»

«Kerkmann, kommen Sie mir nicht mit Statistik. Polizisten brauchen Instinkte, keine Statistiken. Und mein Instinkt sagt mir …»

«Ist Ihnen eigentlich mal aufgefallen, dass Sie mich nie zu Wort kommen lassen?», unterbrach Kerkmann sie.

Dann drehte er sich um und ging einfach weg.

Und Priska wünschte sich, er würde noch einmal «Is gebongt» sagen. Nur noch ein Mal.

Nina Winter wusste es nicht genau, glaubte aber, ihr Handy in der Küche liegen gelassen zu haben, aber dort war es nicht. Es lag nicht draußen bei der Sonnenliege und auch nicht oben im Bad oder in ihrem Schlafzimmer. Ohne ihr Handy war sie nur ein halber Mensch! So langsam breitete sich Panik bei ihr aus.

Nach fünf Minuten Suche hatte sie die Nase voll, schnappte sich das Festnetztelefon ihrer Eltern und rief damit ihre eigene Handynummer an. Mit dem Telefon am Ohr lief sie durch die Diele in den Garten und wartete auf den Klingelton ihres Handys. Der wechselte immer mal wieder, zurzeit war es «Astronaut» von Sido. Es dauerte einen Moment, ehe Nina bemerkte, dass der Festnetzanschluss keine Verbindung hergestellt hatte. Aus dem Handgerät drang nicht einmal ein Freizeichen.

Sie starrte es verständnislos an.

Die Akkus waren gefüllt, das konnte sie dem Display entnehmen. Vielleicht ist es kaputt, dachte Nina, lief ins Haus zurück und suchte das zweite Handgerät. Sie fand es auf dem Buffet in der Diele. Es war ebenso still wie das andere.

Hatten ihre Eltern vor der Abreise den Stecker der Basisstation herausgezogen?

Es war die einzig logische Erklärung. Aber warum sollten sie das tun?

Nina wusste nicht, wo sich die Basisstation befand, also ging die Suche weiter, zuerst in der großen Diele. Während sie alle Stellen absuchte, die in Frage kamen, knarrte es plötzlich über ihr.

Erschrocken blieb Nina stehen und starrte zur Decke hinauf. Hier in der Diele lagen die uralten Eichenbalken des Fachwerkhauses frei. Gewaltige schwarze Rippen, auf denen das Dach lagerte. Dazwischen war die Decke mit Lehm verputzt und weiß angestrichen. Nina wusste, in diesem Haus knarrte und knackte es andauernd, aber das gerade hatte sich angehört, als ginge im Obergeschoss jemand über die Dielenbretter.

Sie lauschte.

Das Geräusch wiederholte sich nicht.

Von draußen drang leise das Blöken der Schafe herein.

Die Angst war plötzlich einfach da. Eine Gänsehaut legte sich auf ihre nackten Arme, und Nina verspürte den Wunsch, sich irgendwo in den dunklen Ecken der großen Diele zu verstecken.

Aber was, wenn sich in diesen Ecken Eindringlinge verbargen?

Augen, die sie aus dem Schatten heraus beobachteten …

«Jetzt reiß dich aber mal zusammen», sagte Nina laut zu sich selbst.

Seit sie im ersten Ausbildungsjahr von ihren Eltern in die Stadt gezogen war und von einem Tag auf den anderen nicht mehr ständig jemanden um sich herum hatte, mit dem sie reden konnte, hatte ihr Handy die drohende Einsamkeit ganz gut in Schach gehalten. Die Kehrseite war, dass sie von ihrem Handy abhängig geworden war. Es vergingen keine zehn Minuten, ohne dass sie draufschaute oder die sozialen Netzwerke checkte, und wenn mal der Akku leer war oder sie das Handy verlegt hatte, so wie jetzt, dann zeigten sich sofort Entzugserscheinungen wie gesteigerte Nervosität oder Angstgefühle. Nina ärgerte sich darüber, konnte es aber nicht abstellen. Selbst wenn sie sich ganz fest vornahm, mal einen halben Tag lang auf das Handy zu verzichten, schaffte sie es nicht.

In der Diele stand die Basisstation des Festnetztelefons nicht.

Ihre Suche führte sie in den Arbeitsraum ihres Vaters. Er war Architekt und arbeitete viel von zu Hause aus. Das Büro ihres Vaters war für Nina immer mehr oder weniger tabu gewesen, auch schon in der alten Wohnung. Entsprechend respektvoll und vorsichtig betrat sie es jetzt.

Die Basisstation mit dem Anrufbeantworter stand auf dem großen antiken Schreibtisch in der Mitte des Zimmers. Die Standbyleuchte leuchtete nicht. Nina verfolgte die beiden schwarzen Kabel, die von der Rückseite des Gerätes zu der Steckerleiste am Boden führten. Sie musste hinunter auf die Knie und unter den Schreibtisch kriechen.

Der Stecker des Stromkabels war herausgezogen.

Also doch!

Sie steckte ihn wieder hinein. Als sie unter dem Schreibtisch hervorkriechen wollte, bemerkte sie, dass das zur Telefonbuchse führende Kabel durchtrennt war.

Nina hielt die beiden Enden in der Hand und starrte sie verständnislos an. Wie hatte denn das passieren können? Durchgerissen beim Staubsaugen vielleicht? Ihre Mutter ging dabei oft sehr energisch zur Sache. Aber warum hatten ihre Eltern ihr nichts gesagt? Hatten sie es selbst noch nicht bemerkt? Das letzte Telefongespräch kurz vor ihrem Abflug hatten sie übers Handy geführt.

Ein erneutes Geräusch ließ Nina zusammenzucken.

Es klang, als sei die Terrassentür zugefallen.

Durch Zugluft vielleicht?

Aber alle anderen Türen waren verschlossen.

Ihr verschwundenes Handy, das durchtrennte Kabel, das Knarren der Bodendielen, der schmutzige Topf in der Küche …

Nina brach der Schweiß aus, und ihr Magen zog sich schmerzhaft zusammen.

Jemand war im Haus!

Sie kroch noch ein Stück weiter unter den Schreibtisch,

dorthin, wo es dunkel war, und kauerte sich mit Blick zur Tür zusammen. Ihr Herz pochte wie wild in ihrem Brustkorb, ihre Hände zitterten, und sie hatte das Gefühl, sich übergeben zu müssen.

Sie musste weg von hier. Sofort!

Wo hatte sie den Autoschlüssel gelassen?

Als sie angekommen war, hatte sie zuerst die Lebensmittel in der Küche verstaut, dann war sie wieder hinausgegangen und hatte den Mini unter den Carport gestellt. Und dann? Was hatte sie dann getan?

Sie war durch den Garten gegangen.

Hatte sie den Schlüssel etwa im Wagen stecken lassen? Es wäre nicht das erste Mal. Nina neigte zur Schusseligkeit.

Sie kam nicht dazu, weiter darüber nachzudenken, denn in diesem Moment schob sich jemand in die Tür zum Arbeitszimmer. Sie hatte ihn nicht kommen hören, weil er geräuschlos auf Socken lief. Aus ihrem Versteck tief unter dem wuchtigen Schreibtisch sah Nina nur die Füße und die Hose bis hinauf zu den Knien. Der Mann trug eine altmodische braune Cordhose, die an den Knien abgewetzt war. Breitbeinig blieb er im Türrahmen stehen, seine großen Zehen bewegten sich auf und ab. Nina machte sich noch kleiner und presste sich eine Hand vor den Mund, um nicht zu schreien. Ewig zog sich die Zeit dahin, bis der Mann sich umdrehte und zurück in die Diele ging. Nina lauschte, hörte ein metallenes Geräusch, das sie nicht einordnen konnte, dann eine Weile nichts und schließlich das Knarren der Treppenstufen. Er ging hinauf ins Obergeschoss.

Das ist meine Chance, dachte Nina. Selbst wenn der Schlüssel nicht im Mini steckte, würde sie einfach davonlaufen. Der nächste Nachbar war zehn Minuten entfernt, aber sie war eine gute Läuferin.

Langsam und geräuschlos kroch Nina unter dem Schreibtisch hervor und schlich auf nackten Füßen an die Tür. Dort verharrte sie und lauschte. Erneut knarrten im Obergeschoss die Dielenbretter. Nina huschte in die Diele, lief zur Vordertür, wollte sie aufreißen, musste aber feststellen, dass sie abgeschlossen war – und der Schlüssel steckte nicht wie üblich im Schloss. Er hatte ihn abgezogen. Die Fenster rechts und links der Tür ließen sich zwar öffnen, aber es waren kleine Butzenfenster im Fachwerk. Durch die würde sie sich niemals hindurchzwängen können.

Also die Terrassentür.

Doch um dorthin zu gelangen, musste Nina an der Treppe ins Obergeschoss vorbei.

Sie wollte nicht, wollte sich lieber wieder verkriechen, doch sie wusste, wenn sie ihre Angst nicht in den Griff bekam, würde der Mann sie erwischen.

Geh, schrie sie sich in Gedanken an. Oder willst du hier sterben?

Sie ging. Unendlich langsam, die nackten Füße so abrollend, dass die Gelenke nicht knackten, beide Hände zu Fäusten geballt. Auf Höhe der Küchentür blieb sie stehen und schaute hinein. Sollte sie sich mit einem Messer bewaffnen?

Sie verwarf den Gedanken. Wahrscheinlich würde sie sich damit gar nicht verteidigen können, sondern nur selbst verletzen.

Den Autoschlüssel sah sie nirgends. Folglich steckte er wohl doch im Zündschloss.

Ein kurzer Blick die Treppe hinauf. Niemand zu sehen. Sie huschte daran vorbei, gab das behutsame Schleichen auf und lief auf die Terrassentür zu. Sie wusste, sie hatte sie vorhin offen stehen lassen, doch jetzt war sie verschlossen. Die Griffe ließen sich von innen abschließen. Sie waren verriegelt, die Schlüssel abgezogen.

Sie saß in der Falle.

Es sei denn …

Links und rechts gab es Fenster, durch die sie hindurchpassen würde. Nina schlich auf eines zu und nahm die Blumentöpfe von der Fensterbank. Dabei glitt ihr einer aus der Hand, fiel zu Boden und zersprang. Der Lärm war ohrenbetäubend.

Im nächsten Moment polterte es auf der Treppe.

Nina riss das Fenster auf und stieß dabei einen weiteren Blumentopf zu Boden. Sie krabbelte auf die Fensterbank, stieß sich ab, fiel mit dem Gesicht voran ins Blumenbeet, zerdrückte die Nigella und schlug sich die Stirn an der Beeteinfassung auf. Der Schmerz ließ sie für einen kurzen Moment Sterne sehen, trotzdem krabbelte sie auf allen vieren vorwärts, hinaus aus dem Blumenbeet auf den Rasen. Dort richtete sie sich auf und sah zurück.

Im geöffneten Fenster stand ein Mann.

Groß, bullig, mit Vollbart und kurzrasiertem Haar.

Er starrte sie an, und es war, als würde Nina dem Bösen ins Gesicht blicken.

Sie lief los, an der Hausseite entlang nach vorn zum Hof. Dabei musste sie eine Gartenpforte öffnen, schaffte es mit ihren zitternden Händen nicht gleich und verschwendete wertvolle Zeit. Als sie endlich über den mit Kies befestigten Hof lief, war es wie in einem dieser Träume, in denen man vor etwas floh, aber nicht vorwärtskam. Der lockere Kies nahm ihren Schritten alle Energie.

Nina blickte sich nicht um, sie rannte schnurstracks auf ihren Mini zu.

Bitte, Gott, lass den Schlüssel stecken!

Ja! Er steckte im Zündschloss.

Nina warf sich hinter das Steuer, ließ den Motor an, legte den Rückwärtsgang ein, rutschte aber von der Kupplung, der Wagen machte einen Satz nach hinten, dann soff der Motor ab.

«Scheiße!», schrie Nina.

Beim nächsten Versuch sprang der Motor nicht an.

Plötzlich zerplatzte die linke hintere Seitenscheibe. Nina sah, wie der Mann mit einem Hammer ausholte. Sie warf sich über die Mittelkonsole, im nächsten Moment zerbarst das Fenster neben ihr, und ein Scherbenregen ging über sie nieder.

Die Tür wurde aufgerissen, eine Hand packte ihr langes Haar und riss daran. Nina schrie auf, versuchte die Hand zu erreichen, schaffte es aber nicht. Der Zug an ihrer Kopfhaut war unerbittlich, ihr blieb nichts anderes übrig, als ihm zu folgen. An ihren Haaren zerrte der Mann Nina aus dem Wagen, bis sie auf dem Boden lag. Erst dann ließ er sie los.

Nina trat und schlug um sich und schrie wie von Sinnen.

Nur nicht still und passiv sein, das hatte sie irgendwann mal in einem Selbstverteidigungskurs gelernt. Manche Täter ließen sich allein durch Lärm abschrecken.

Dieser hier stand jedoch nur reglos da.

Als Nina einen Moment innehielt, sah sie den Hammer auf sich zufliegen.

Kalter Stahl traf sie hart am Kopf und löschte alle Lichter.

Ihr schmaler Körper lag zwischen seinen Beinen, ihr blutender Kopf war in seinen Schoß gebettet. Das warme Blut sickerte durch seine Hose, er spürte es auf seiner Haut erkalten.

Wie damals bei Mareike, dachte er, und die Erinnerung überkam ihn mit voller Wucht.

Nach dem Zwischenfall im Unteroffizierskeller der Kompanie hatte er zwei Wochen im Arrest in der Kaserne verbracht. Es wurde Anklage gegen ihn erhoben wegen schwerer Körperverletzung in sieben Fällen. Drei Kameraden, darunter Torsten König, befanden sich noch im Krankenhaus, vier weitere waren dienstunfähig und würden es noch eine Weile bleiben. Ihre Aussagen glichen sich. Angeblich hatte niemand einen Streit provoziert, aus einem harmlosen Scherz heraus sei er auf seine Kameraden losgegangen, behaupteten sie.

Es spielte keine Rolle, was er sagte.

Niemand glaubte ihm.

Alles wiederholte sich.

Eine Weile war er sich sicher gewesen, zu der großen Familie zu gehören, die seine Kompanie darstellte. Die Jungs arbeiteten, aßen, tranken und lebten zusammen, einer stand für den anderen ein, Kameradschaft bedeutete alles – das hatte er geglaubt. Aber hinter den Mauern der Kaserne war es auch nicht viel anders als draußen. Sie hatten ihn belogen und getäuscht, sie waren nie seine Familie gewesen. Hatten gelacht über ihn, zuerst hinter seinem Rücken, dann immer häufiger auch, wenn er dabei war. Sein durch Fähigkeiten und Dienstjahre erworbener Feldwebelrang hatte ihm Respekt verschafft, jedenfalls eine Zeitlang. An jenem Abend im Unteroffizierskeller hatte sich jedoch gezeigt, wie viel dieser Respekt wert war, wenn man nicht wirklich dazugehörte. Wenn man nicht mitsaufen wollte.

Nichts.

Keine Familie, nicht für ihn.

Sie würden ihn verstoßen. Unehrenhaft entlassen.

Noch war er offiziell im Dienst, aber beurlaubt.

Das verschaffte ihm Zeit. Nach zwei Wochen im Arrest würde Mareike ihn sicher schon vermissen. Dauernd hatte er an sie denken müssen, ebenso an Torsten Königs Rat, freundlicher zu sein.

Er musste es versuchen. Unbedingt.

Nach seiner Entlassung war er zunächst in die kleine Wohnung zurückgekehrt, die ihm die Bundeswehr in einer Siedlung zur Verfügung stellte, in der nur Soldaten wohnten. Auch diese Wohnung würden sie ihm wegnehmen. Scheiß drauf! Er würde mit Mareike zusammenziehen, irgendwohin, wo es schön war und sie eine Familie gründen konnten.

Er hatte geduscht und sich umgezogen. Die Uniform war ihm jetzt zuwider, er wollte sie nicht mehr tragen. Zum ersten Mal würde er sich Mareike in ziviler Kleidung zeigen. Dafür hatte er das Beste herausgesucht, was sein Kleiderschrank hergab. Er trug eine ordentlich gebügelte graue Bundfaltenhose, dazu ein gestärktes, kurzärmeliges weißes Hemd. Der Kragen war blütenrein, darauf legte er Wert. Mit auf Hochglanz polierten schwarzen Schuhen – die gehörten zur großen Ausgehuniform, er besaß keine anderen – verließ er das Haus und fuhr aus dem Soldatenghetto. Er war sich der Blicke der Männer und Frauen bewusst. Jeder hatte mittlerweile davon gehört, was er seinen Kameraden angetan hatte, und keiner von denen wusste, was wirklich passiert war. Dass er gar nicht anders hatte handeln können.

Es spielte keine Rolle.

Mareike würde es verstehen. Bei Mareike würde alles anders werden.

Die Fahrt dauerte eine halbe Stunde. Unterwegs holte er einen Blumenstrauß aus einem Fachgeschäft in der Innenstadt. Er nahm keinen vorgefertigten, sondern ließ extra einen von der Mitarbeiterin binden. Sie fragte ihn, welche Blumen seine Freundin am liebsten mochte, und er erinnerte sich, welchen Strauß Mareike damals angenommen hatte. Er kannte die

Namen der Blumen nicht, zeigte der Mitarbeiterin aber die richtigen, und sie band ihm einen schönen Strauß. Nur einen diesmal. Mareike hatte ja gesagt, sie besitze nur eine Vase. Er merkte sich solche Dinge.

Da er viel zu früh dran war, musste er im Wagen warten, bis Mareike Feierabend hatte. Es machte ihm nichts aus, nur die Blumen litten unter dem Wassermangel. Bei den kleinen gelben Blumen, die wie Sonnen aussahen, welkten bereits die Blätter. Er musste etwas tun, stieg mit dem Blumenstrauß aus und lief die Straße entlang. Irgendwo musste es doch Wasser geben. Wasser für Mareikes Blumen, damit sie sich über den Strauß freuen konnte. Später würde er ihr jeden Tag frische Blumen mitbringen, er würde ihr Dutzende Vasen schenken, damit sie sie alle aufstellen konnte, aber jetzt galt es erst einmal, diesen Strauß zu retten. Weil er aber kein Wasser finden konnte, klingelte er in seiner Verzweiflung an einer Haustür.

Eine junge Frau mit einem kleinen Kind auf der Hüfte öffnete ihm. Auf ihrer Schulter lag ein bespucktes weißes Tuch, ihr verschwitztes Haar war kurz geschnitten, die braunen Augen wirkten übernächtigt. Sie sah ihn überrascht an, glaubte wohl, die Blumen seien für sie. Er stellte das richtig, erklärte ihr, dass die Blumen für seine Freundin waren, er aber leider viel zu früh sei und die Blumen bei der Wärme eingehen würden, wenn sie kein Wasser bekamen.

Sie lächelte und klopfte dem Kleinkind sanft auf den Rücken.

Ihre Kurzhaarfrisur mochte er nicht, aber ihr Lächeln gefiel ihm. Es machte sie gleich viel hübscher. Eine hübsche, freundliche junge Frau. Er spürte, wie ihm das Blut in die Ohren schoss.

Sie bat ihn zu warten, ließ die Tür offen stehen, und er hörte sie drinnen klappern. Kurz darauf kam sie mit einem lilafarbenen Plastikteil zurück, das zur Hälfte mit Wasser gefüllt war. Es hatte eine Maßtabelle auf der einen Seite und lustige Aufdrucke. Bienen, Schmetterlinge und Blumen.

«Ich habe nichts anderes, aber irgendwie passt es ja auch. Ich muss es aber wiederhaben.»

«Ja, sicher, natürlich ... ich bringe es Ihnen sofort nach meinem Besuch bei Mareike wieder.»

«Ach, Mareike ist Ihre Freundin», sagte die Frau und klang überrascht. «Und ich dachte ... ach, ist auch egal. Lassen Sie das Litermaß einfach bei Mareike, ich hole es mir später bei ihr ab.»

«Ehrlich?»

«Ja, kein Problem, wir kennen uns gut.»

Er bedankte sich.

Die Frau stand noch eine Weile mit dem Kleinkind auf der Hüfte in der Tür und sah ihm nach.

Er stellte das Wassergefäß mit den Blumen darin im Fußraum vor dem Beifahrersitz ab und setzte sich wieder hinters Steuer. Eine Stunde verging, ohne dass er sich bewegte. Das weiße Hemd klebte an seinem Rücken, bestimmt war es zerknittert, aber das konnte er jetzt nicht ändern. Irgendwann kam die junge Nachbarin mit einem blauen Kinderwagen vorbeigeschoben. Sie lächelte ihm schüchtern zu. Wieder dieses schöne Lächeln, das ihm tief in den Bauch fuhr. Er sah ihr durch den Innenspiegel nach. Sie drehte sich um, und jetzt lächelte sie nicht mehr. Ihr Gesicht war plötzlich ganz anders, misstrauisch und abweisend. Sie nahm einen Notizblock aus dem Netz des Kinderwagens und notierte etwas.

Vielleicht ist sie unterwegs zum Einkaufen, dachte er.

Als sie hinter der nächsten Ecke verschwand, hatte er sie auch schon vergessen.

Zehn Minuten später fuhr ein Wagen vor das Haus, in

dem Mareike lebte. Es war nicht ihr Wagen, sondern ein angeberischer, aufgemotzter Golf GTI. So eine Machokarre, wie Heinz Gruga sie gefahren hatte. Mit Rallyestreifen, vier Auspuffendrohren, natürlich tiefergelegt und die hinteren Scheiben abgedunkelt.

Der Fahrer war ein junger sportlicher Typ in kurzen Hosen. Er trug eine coole Pilotensonnenbrille, man sah seine Muskeln unter dem enganliegenden weißen Shirt. Das war keine Überraschung, der Junge passte zu dem Wagen, aber ihm stockte der Atem, als auf der Beifahrerseite seine Mareike ausstieg.

Heute trug sie einen kurzen Rock, der viel zu viel von ihrem Oberschenkel zeigte, dazu aufreizend hohe Schuhe und eine Bluse mit tiefem Ausschnitt. Kleidung, die sich für ein vernünftiges Mädchen nicht gehörte.

Mareike blieb am Wagen stehen und sagte etwas. Der Junge kam über die Straße auf ihn zu. Er ging betont lässig und spreizte die Arme ab, als könne er vor Kraft kaum laufen. Wenige Schritte vor seinem Wagen nahm der Junge die Sonnenbrille ab und hakte sie in den Ausschnitt seines Shirts.

«Alter, verpiss dich», sagte er.

Er reagierte nicht, sah an dem Jungen vorbei zu Mareike, die mit verschränkten Armen und schüchternem Blick in der geöffneten Autotür stand.

«Hast du nicht gehört, Alter. Du hast hier nichts zu suchen. Verpiss dich, oder ich rufe die Bullen.»

Er zog den Blumenstrauß aus dem Gefäß, stieß die Tür auf, und der Junge musste einen Schritt zurückspringen. «Mareike», rief er und ging auf sie zu. «Ich habe dir Blumen mitgebracht!»

Er spürte eine Hand an seiner Schulter, die ihn herumreißen wollte. Ein harter Stoß mit dem linken Ellenbogen befreite ihn von dem lästigen Jungen. Er hörte ihn aufschreien und zu Boden gehen, kümmerte sich aber nicht weiter um ihn, sondern hielt auf Mareike zu.

Sie wich so weit vor ihm zurück, wie es die offen stehende Autotür zuließ.

«Ich konnte leider nicht früher ...», begann er, brach dann aber ab, als er die Angst in ihrem Blick sah.

«Lass mich in Ruhe!», schrie sie ihn an. «Hau ab mit deinen Blumen. Ich will nichts von dir, begreifst du das nicht?»

Thomas Bennett parkte vor dem Gutshof und stieg aus. Es war still hier draußen, bis auf das Wiehern der Pferde hörte man nichts. Die Luft war warm und stickig. Er suchte Schutz im Schatten einer Kastanie, dorthin folgten die Bremsen ihm nicht, und es war merklich kühler darunter. Ein Blick auf seine Armbanduhr verriet ihm, dass er mehr als pünktlich war. Nervös trat er von einem Fuß auf den anderen.

Zwei Stunden hatte er nach dem Besuch bei Saskias Eltern gebraucht, um sich davon zu erholen. Er hatte sich gefragt, ob es richtig gewesen war, die Anschuldigungen über sich ergehen zu lassen. Den Lohn dafür würde er bekommen, wenn Saskia wieder da war, aber bis es so weit war, füllten Herbert Laaks Worte seinen Kopf wie bösartige kleine Krebse.

Als er wieder klar denken konnte, hatte Thomas Priska Wagner angerufen. Er musste unbedingt weiterkommen, das Flyer- und Plakate-Verteilen allein schien keinen Erfolg zu bringen. Niemand rief mehr an, weil er glaubte, Saskia gesehen zu haben. Er musste andere Wege gehen und erhoffte sich, dass die Kommissarin ihm dabei helfen würde, die Online-Sache zu verfolgen. Bei der Polizei hatten sie doch bestimmt

Möglichkeiten herauszufinden, ob sein PC gehackt war, und wenn ja, von wem. Und wenn Priska Wagner es nicht offiziell tun durfte, kannte sie vielleicht jemanden, der es unter der Hand tat. Irgendein Hacker.

Scheurich hatte Thomas damit nicht behelligen wollen. Er würde heute nicht noch jemanden ertragen, der ihn mit vorwurfsvollen Blicken ansah und ihn einen Feigling schimpfte.

Herbert Laak war mehr gewesen, als er vertragen konnte.

Während er wartete, rollte ein SUV mit einem großen Pferdeanhänger vom Hof an ihm vorbei. Am Steuer saß eine blonde Frau mit einer immens großen Sonnenbrille auf der Nase. Sie winkte ihm kurz zu, er winkte zurück. Das Pferd im Inneren des Hängers trat gegen die Klappe und wieherte laut, es schien keine Lust auf eine Ausfahrt zu haben. Das Gespann verschwand, und es wurde wieder still. Hinter einem kleinen Eichenhain konnte Thomas die Sonne glutrot untergehen sehen. In einer Stunde würde es dunkel sein.

Priska Wagner hatte diesen Treffpunkt außerhalb Hamburgs vorgeschlagen. Sie war sehr aufgeregt gewesen und hatte etwas von einer heißen Spur gesagt, wollte am Telefon aber nicht weiter darauf eingehen. Da sie sich nicht in Hamburg und damit in Scheurichs Zuständigkeitsbereich mit ihm treffen wollte, hatte sie Thomas diese Adresse genannt.

Nils hatte angeboten mitzukommen, aber das hatte Thomas abgelehnt. Für ein konspiratives Gespräch mit einer Kommissarin war Nils vielleicht nicht der richtige Partner.

Ein Wagen näherte sich auf der langen Zufahrt von der Landstraße her. Thomas erkannte die Kommissarin hinter dem Steuer des Toyotas. Er trat aus dem Schatten der Kastanie und machte sich bemerkbar. Sie winkte ihm kurz zu und parkte ihren Wagen neben seinem.

«Wie war die Fahrt?», fragte Priska Wagner, nachdem sie ausgestiegen war.

Sie trug Blue Jeans, dazu eine lockere Bluse, aus der oben die bunten Tattoos herausragten. Ihr dunkles, lockiges Haar stand widerspenstig vom Kopf ab. Um die Augen war sie dunkel geschminkt, in den Ohrläppchen trug sie große Kreolen. Ihre Füße steckten in knöchelhohen Lederstiefeln, die wohl eher für Männer gemacht waren. Auf den ersten, zweiten und dritten Blick würde niemand diese kleine, kräftige Frau für eine Polizistin halten. Thomas glaubte, die Energie förmlich spüren zu können, die sie ausstrahlte.

«Gut», antwortete er. «War gar nicht so weit.»

«Niemand ist Ihnen gefolgt?»

Daran hatte Thomas überhaupt nicht gedacht. Dabei war Scheurich so etwas durchaus zuzutrauen.

«Ich glaube nicht.»

Priska Wagner sah ihn prüfend an. Die Frau war unergründlich und passte in kein Schema – oder jedenfalls in keines, das Thomas bekannt war.

«Okay, lassen Sie uns ein paar Schritte gehen», sagte die Kommissarin. «Am besten bleiben wir im Schatten, dort fressen uns die Bremsen nicht auf.»

Sie folgten einer mit Feldsteinen gepflasterten, von jungen Kastanien gesäumten Zufahrt zum Gutshof. Rechts davon lagen weite, durch weiße Holzzäune eingefriedete Wiesen. Grasende Pferde schlugen mit ihrem Schweif nach den Bremsen. Thomas erinnerte sich, dass sie die Viecher als Kinder Blinde Fliegen genannt hatten und dass Thomas Angst vor ihnen gehabt hatte, weil ihr Biss so schmerzhaft war. Nils hatte ihn oft auf den Arm genommen und behauptet, ein ganzer Schwarm sei auf der Jagd nach ihm.

«Wieso treffen wir uns hier?», wollte er wissen.

«Ich habe hier ein Pferd stehen und muss sowieso noch nach ihm sehen.»

«Sie reiten?»

«Ja. Seit meiner Kindheit. Können Sie reiten?»

«Nein.»

«Bedauerlich. Sie wissen doch, was man über Pferde sagt, oder?»

«Das Glück der Erde liegt auf dem Rücken der Pferde.»

«Nein, den meinte ich nicht, der ist blöd. Goethe hat etwas viel, viel Klügeres über Pferde gesagt.»

«Goethe hat viel gesagt.»

«Mag sein, aber dieses hier stimmt: Dem edlen Pferde, das du reiten willst, musst du seine Gedanken ablernen, du musst nichts Unkluges, nichts unklug von ihm verlangen.»

«Ich verstehe», sagte Thomas nach einem Moment des Nachdenkens.

«Wirklich?»

«In Anbetracht Ihres Berufes wird eine Metapher daraus, nicht wahr?»

Priska Wagner sah ihn von der Seite an.

«Nicht schlecht für einen, der nicht reitet.»

«Metaphorisch gesehen ist mein Vater ein sturer alter Gaul, und meine Mutter ist die kluge Reiterin», sagte Thomas. Er hatte das noch nie so gesehen, es war ihm gerade erst eingefallen.

«Also kann Ihre Mutter Ihren Vater führen, ohne dass er sich geführt fühlt?»

«Was er dann auch ablehnen würde. Ja, kann sie. Ich habe viel von ihr gelernt, deshalb dachte ich bisher auch, ich könnte gut mit Menschen umgehen.»

«Bisher?»

Thomas zuckte mit den Schultern. «Ich weiß nicht … ich

glaube, ich habe immer versucht, sie zu manipulieren. Das ist ein Unterschied, oder?»

«Letztendlich geht es um Einfühlungsvermögen», sagte Priska Wagner. «Ich erkenne eine Absicht, eine Vorstellung, einen Gedanken und versuche, davon ausgehend meine Schlussfolgerungen zu ziehen. In meinem Job muss ich die Gedanken der Täter ablernen, muss sie zu den meinen machen. Beim Reiten ist es ähnlich. Nur die Konsequenzen sind andere. In diesem Fall habe ich gelernt, dass derjenige, der Sie und Ihre Freundin überfallen hat, auch Ulrike Bokelmann getötet sowie die zweite junge Frau in Hamburg entführt und den Mann getötet hat. Ich kenne leider die Zusammenhänge zum Fall Bokelmann noch nicht, aber ganz offensichtlich gehört die Frau nicht zu seinem Beuteschema. Vielleicht ist sie nur zufällig in sein Blickfeld geraten, vielleicht hat sie etwas beobachtet, was sie besser nicht gesehen hätte. Ich weiß auch nicht, wie er seine Opfer aussucht, aber ich weiß, der Mann hat eine lange Geschichte, die ihn zu dem gemacht hat, was er heute ist.»

«Vielleicht weiß ich, wie er seine Opfer aussucht.»

«Was? Woher?»

«Deshalb habe ich angerufen. Mein Bruder hat mich auf den Gedanken gebracht.»

«Na los, erzählen Sie.»

Also erzählte Thomas von seinem Verdacht, dass der Mann, der ihn fast tötete und Saskia entführte, von ihrem Urlaub wusste, weil er seinen PC gehackt hatte. Alles, was mit dem Urlaub zusammenhing, hatte Thomas online erledigt, und zwar von der Firma aus.

Priska schüttelte den Kopf. Ihre Locken sprangen dabei hin und her. «Glaube ich nicht.»

«Warum nicht?» Thomas war überrascht.

«Der Mann, den ich suche, ist über fünfzig Jahre alt. Eher ein Typ alter Schule, mit festgefahrenen Denkmustern und überholten Ansichten. Ich gehe davon aus, dass er seine Opfer durch Beobachten aussucht. Er muss Sie und Saskia zusammen gesehen haben, wahrscheinlich zu Hause, vielleicht aber auch in der Firma. Bei einer dieser Begegnungen ist dann der Entschluss gefallen, Sie beide als Opfer auszuwählen. Vielleicht haben Sie den Entschluss auch selbst ausgelöst.»

«Wie das?»

«Das kann alles Mögliche gewesen sein. Mitunter reicht eine kurze Begegnung, ein nettes Wort. Oder Sie sind dem Mann versehentlich auf die Füße getreten. Er kommt aus Ihrem direkten Umfeld oder aus Saskias, vielleicht sogar aus Ihrer Firma. Haben Sie vielleicht jemanden entlassen, der dadurch einen Groll gegen Sie hegt?»

«So etwas mache ich schon lange nicht mehr selbst, dafür habe ich ein Personalbüro.»

«Hm», machte Priska Wagner. «Aber es hat mit Ihnen und Saskia angefangen. Sie sind der Auslöser. Dafür muss es einen Grund geben.»

«Aber ich habe doch niemandem einen Grund gegeben, mich zu erschlagen oder Saskia etwas anzutun! So einen Grund kann es doch gar nicht geben.»

«Tut mir leid, Sie da enttäuschen zu müssen, aber mitunter sind die Gründe banal. Schauen Sie sich doch um in der Welt. Ein verlorenes Fußballspiel reicht, um jemandem den Kopf einzuschlagen. Saskia kann dem Täter irgendwo über den Weg gelaufen sein, vielleicht war sie besonders freundlich zu ihm, und er hat das falsch interpretiert.»

«Wissen Sie, dass er mich aus sämtlichen Fotos herausgeschnitten hat, auf denen Saskia und ich gemeinsam zu sehen sind?»

«Nein, das wusste ich nicht. Scheurich hat nichts gesagt. Aus allen Fotos? Nur Sie?»

«Es sieht so aus, als wünsche er sich Saskia als Single.»

«Bemerkenswert. Deshalb hat er also versucht, Sie zu töten.»

«Weil ich mit ihr zusammen bin?»

Priska Wagner blieb stehen und sah Thomas an.

«Ich versuche mich mal an einem gedanklichen Konstrukt. Unser Mann dringt in Ihr Haus ein und wohnt dort vierzehn Tage lang. Er okkupiert sozusagen Ihr Leben. Gedanklich und auch auf den Fotos entfernt er Sie und träumt davon, mit Saskia zusammen sein zu können. Wenn Sie aus dem Urlaub zurückkehren, weiß er so gut wie alles über Sie und glaubt, Sie problemlos ersetzen zu können. Er tötet Sie – oder versucht es zumindest –, nimmt Saskia mit und beginnt mit ihr ein neues Leben.»

«Dann lebt Saskia also noch!»

Priska legte ihm eine Hand auf den Unterarm.

«Nicht zwangsläufig. Wenn sie sich wehrt oder ihn zurückweist, verliert er die Kontrolle, weil er nicht bekommt, was er will. Tut mir leid, aber so ist es nun einmal. Sie haben keine weitere MMS mit dem Maßband bekommen?»

Thomas schüttelte den Kopf. «Nein. Und ich glaube auch nicht, dass es Saskias Bauch ist. Das Foto ist nicht wirklich gut, deshalb war ich mir anfangs nicht sicher, aber Scheurich hat das Maximale herausgeholt ... Saskias Haut ist dunkler.»

«Kann an der Belichtung liegen.»

«Ihr Nabel hat eine andere Form.»

Scheurich hatte diese Aussage noch hinterfragt. Priska nickte nur. Sie schien zu wissen, wie gut ein Mann den Nabel seiner Freundin kannte.

«Rechnen Sie mit dem Schlimmsten», sagte sie leise und

sah ihm dabei in die Augen. «Aber verlieren Sie nicht die Hoffnung.»

«Ich versuche es.»

«Sie wissen, ich darf in Ihrer Sache nicht ermitteln, aber ich helfe Ihnen trotzdem, so gut ich kann.»

«Sie sprachen am Telefon von einer Spur?»

Priska blieb plötzlich stehen. «Warten Sie mal einen Moment.»

Sie lief zum Wagen, schloss auf, beugte sich hinein und kam mit einem Hammer in der Hand zurück.

«Das ist meine Spur», sagte sie und hielt ihn hoch.

«Ein Hammer? Hat er damit zugeschlagen?»

«Nicht mit diesem hier, aber wahrscheinlich mit einem ähnlichen. Man nennt so etwas einen Setzhammer, es ist ein Spezialwerkzeug für Schmiede. Ich habe bei unserem Opfer einen Abdruck gefunden, der ziemlich genau dazu passt.»

Priska zeigte ihm die Seite mit der Furche, erzählte ihm von dem Einbruch in eine Schmiede in der Nähe von Winsen an der Luhe und davon, dass sie am Vormittag dort eine Leiche gefunden hatte, die seit mindestens zwei Jahren auf dem Dachboden herumlag.

«Okay», sagte Thomas. «Jetzt bin ich verwirrt. Wie soll mir das weiterhelfen?»

«Sie sind zwar kein Kriminalist, aber klingt es für Sie plausibel, dass das alles Zufälle sind, die in keinem Zusammenhang stehen?»

Thomas schüttelte den Kopf. «So wie Sie es erzählen … nein, da muss es einen Zusammenhang geben.»

«Sehe ich auch so. Und wenn wir den erkannt haben, finden wir auch Ihre Saskia.»

«Und was tun wir jetzt?»

«Ich habe einen Verdacht, was den Täter betrifft. So wie es

aussieht, reicht die Geschichte mehr als dreißig Jahre zurück. Ich muss unbedingt mit ein paar Leuten reden, die sich noch an die Zeit damals erinnern können. Begleiten Sie mich morgen doch.»

«Was wird Scheurich dazu sagen?»

Priska Wagner verzog das Gesicht, als hätte sie in eine Zitrone gebissen.

«Dazu muss ich Ihnen etwas beichten», begann sie.

Eigentlich mochte Hannes Kerkmann Donuts für sein Leben gern, besonders zum Frühstück. Doch heute schmeckte selbst der Schokoladendonut von seinem Lieblingsbäcker irgendwie zäh und pappig. Er hatte sich dazu einen großen Coffee-to-go bestellt und spülte das Gebäck damit hinunter.

Schon beim Aufstehen war er bedrückt gewesen. Ein Zustand, den er nicht von sich kannte – Vero auch nicht. Sie hatte sofort bemerkt, dass irgendwas mit ihm nicht stimmte. Und ja, sie hatte recht. Hannes litt wegen der Sache mit seiner Chefin. Priska Wagner mochte zu dominant, zu impulsiv, zu überwältigend sein, und sie hatte bisher kaum Interesse an dem Menschen Kerkmann gezeigt, dennoch kam Hannes nicht drum herum, zuzugeben, dass er sie mochte. Er mochte es, wie sie mit diesen aufgeplusterten Macho-Ermittlern umging, mochte es, dass sie sich nichts gefallen ließ und ihr eigenes Ding gegen alle äußeren Widerstände durchzog. Und jetzt war sie drauf und dran, ihren Job zu verlieren, merkte es aber nicht. Sie bekam das Getratsche auf dem Flur nicht mit, weil sie im Krankenstand war. *Die ist so gut wie gegessen. Der Posten wird bald neu besetzt.* Solche Sätze hört Hannes seit Tagen überall.

Wenn Priska wüsste, wie viele Neider und Feinde sie in den eigenen Reihen hatte, würde sie wahrscheinlich von selbst kündigen.

Das Problem war, Hannes gehörte nicht zu denen.

Er wollte Priska gegenüber loyal sein, aber sie machte es ihm so verdammt schwer!

Vero hatte gesagt, er müsse in erster Linie an seine eigene Karriere denken und dass es unfair sei von Priska, ihn in ihre Privatfehde mit Scheurich hineinzuziehen. Anders als üblich hatte Hannes heute in der Früh keine Lust gehabt, mit Vero darüber zu diskutieren. Sie diskutierten gern miteinander und fanden am Ende immer einen gemeinsamen Nenner, deshalb passten sie ja so gut zueinander. Hannes hätte ihr entgegenhalten können, dass er nicht glaubte, Priska ginge es um Rechthaberei oder darum, Scheurich eins auszuwischen. Nein, sie wollte schlicht und einfach den Fall aufklären. Nicht in erster Linie den Mord an Ulrike Bokelmann, sondern den Fall Thomas Bennett und Saskia Laak. Der hatte sie von Anfang an viel stärker interessiert, deshalb hatte Priska sich ja auch so in die angebliche Verbindung mit dem Fall Bokelmann hineingesteigert.

Eine Verbindung, die nur sie sah.

Okay, nach dem Leichenfund in der Schmiede sah die Sache ein wenig anders aus. Auch Klöckner war sich nicht mehr so sicher wie zuvor. Trotzdem würde er Priska den Fall Bokelmann nicht wiedergeben, so viel hatte er Hannes gegenüber bereits durchblicken lassen. Klöckner war nicht dumm, er hatte sofort geargwöhnt, dass Priska hinter der Sache mit der Schmiede steckte, und Hannes hatte ihn zum ersten Mal anlügen müssen. Es war nicht so, dass er nie log, aber bei Klöckner hatte er sich das bisher noch nicht getraut. Klöckner hatte den Schmiede-Fall an den Kollegen Minke abgegeben, und Hannes sollte sich ausschließlich um den Fall Bokelmann kümmern. Damit war Priskas Plan, sie auf den Laufenden zu halten, nicht aufgegangen.

Hannes stopfte sich den letzten Bissen des Donuts in den Mund, kaute lustlos darauf herum und trank dazu kleine Schlucke Kaffee – alles während der Fahrt.

Er war unterwegs, um die Liste abzuarbeiten. Klöckner hatte das genehmigt und hielt es sogar für einen guten Ansatz.

Hannes glaubte allerdings selbst nicht mehr so richtig daran. Würde ein Familienmitglied eines Pflegebedürftigen wirklich eine Pflegerin töten, weil die eine höhere Einstufung in der Pflegetabelle verweigerte? Anfangs hatte sich das plausibel angehört, aber dann war Priska mit ihrer kreativen Art zu denken gekommen und hatte Hannes' Überzeugung ordentlich ins Wanken gebracht.

Die Leiche auf dem Dachboden der Schmiede ging ihm nicht aus dem Sinn. Ohne Priska wäre sie nie entdeckt worden.

Natürlich verdächtigte Kollege Minke den Besitzer der Schmiede, Hartmut Köster.

Hannes wusste nicht, was er glauben sollte, und wartete gespannt auf die Identifizierung des Toten. Sie würde Licht in die Sache bringen. Ausweispapiere hatte man nicht bei der Leiche gefunden, aber das Zahnbild würde im Abgleich mit den Vermisstenfällen aus dem betreffenden Zeitraum von vor zwei Jahren sicher rasch einen Erfolg bringen. Wenn dieser Tote irgendwie mit dem Fall Bennett oder Bokelmann in Verbindung zu bringen wäre, dann würde Klöckner nicht anders können, als Priska zu rehabilitieren.

Das wünschte sich Hannes am meisten. Dabei misstraute er aber seinen Gründen. Wollte er es um Priskas willen oder damit er nicht länger in der Zwangslage steckte, sich entscheiden zu müssen, ob er ihr helfen sollte oder nicht?

Vielleicht von beidem ein bisschen.

Die erste Adresse von der Liste, die Hannes Kerkmann ansteuerte, führte ihn weit aus der Stadt heraus aufs Land. Ulrike Bokelmann hatte hauptsächlich Patienten in den ländlichen, abgelegenen Gebieten betreut und war dafür jeden Tag zwei- bis dreihundert Kilometer gefahren. Sie schien einen besonderen Draht zur Landbevölkerung gehabt zu haben, oder ihr hatte die Landschaft gut gefallen. Die war aber auch wirklich schön, gerade jetzt, da die Getreidefelder goldgelb in der Sonne glänzten. Es war einsam und still hier draußen und der Verkehr übersichtlich. Hannes genoss nicht nur die Fahrt, sondern auch den Umstand, allein unterwegs zu sein. Wegen der vielen Fälle, der knappen Personaldecke und Priskas Krankheit war es gar nicht mehr möglich, Zweierteams hinauszuschicken. Heute fühlte Hannes sich zum ersten Mal, seitdem er in Buchholz seinen Dienst angetreten hatte, wie ein echter Ermittler. Selbständig, kompetent, zielstrebig.

Wenn nur dieser innere Zwiespalt wegen Priska nicht wäre.

Das Navigationsgerät führte ihn immer weiter weg von den großen Durchgangsstraßen. Bald fuhr er nur noch über asphaltierte Wirtschaftswege, an denen kaum Häuser standen. Hier und da ein Bauernhof, das war auch schon alles. Keine Infrastruktur, keine Geschäfte, keine Ärzte, keine Kirchen, dafür aber die eine oder andere kleine Kneipe. Auch gut, fand Hannes. Irgendwo mussten die Menschen ja zusammenkommen. Und ob sie dabei das Abendmahl feierten oder ein Bier tranken, war eigentlich egal, Hauptsache, sie trafen sich und redeten miteinander. Es war nämlich das größte Übel dieser Zeit, dass die Menschen nicht mehr miteinander sprachen, nur noch übereinander. Das Internet mit seinen sozialen Netzwerken hatte diese Entwicklung gefördert und beschleunigt.

Das Navi signalisierte ihm, er habe sein Ziel erreicht. Angeblich lag es auf der linken Seite. Doch da war nichts. Nur eine dichte Buschreihe, durch die er nicht hindurchblicken konnte.

Vielleicht dahinter?

Hannes rollte langsam weiter, und tatsächlich fand er nach zweihundert Metern eine schmale Einfahrt. Sie führte gerade von der Straße ab, knickte dann aber ab, sodass er das Haus, das es ja geben musste, nicht sehen konnte.

Gerade als er einbiegen wollte, klingelte sein Handy. Es steckte vorschriftsmäßig in der Halterung der Freisprecheinrichtung. Die angezeigte Nummer war die seines Kollegen Minke. Minke war sechsunddreißig Jahre alt, verheiratet und hatte zwei Kinder im Alter von sechs und acht Jahren. Er war ein Familienmensch durch und durch und sorgte auf dem Revier meistens für eine ausgeglichene Stimmung. Ein Gemütsmensch, der auf Harmonie bedacht war. Hannes mochte ihn.

«Ich wollte dich darüber informieren, wer der Tote in der Schmiede ist», sagte Minke.

«Ich bin gespannt.»

«Sein Name ist Heinz Gruga. Er verschwand vor zwei Jahren und sieben Monaten spurlos, da war er sechsundsiebzig Jahre alt. Anzeichen für ein Verbrechen gab es damals nicht. Gruga lebte in Hamburg-Altona in einer Mietwohnung, zusammen mit seiner Frau.»

«Gibt es irgendeine Verbindung zum Fall Bokelmann oder Bennett?», wollte Hannes wissen.

«Bisher nicht. Aber ich bleibe natürlich dran.»

Hannes beendete das Gespräch und seufzte enttäuscht.

Oder hatte er dafür gar keinen Grund? War der Umstand, dass es keine offensichtliche Verbindung gab, nicht ein Hinweis darauf, dass Priska recht haben könnte?

Wie auch immer, Hannes entschied sich, Priska über die

Entwicklung zu informieren. Aber erst nach dem Gespräch mit dem ehemaligen Patienten von Ulrike Bokelmann beziehungsweise dessen Kindern, vor deren Zufahrt Hannes gerade stand. Der Patient selbst lebte seit drei Jahren in einem Altenheim in Buchholz und hatte keine sachdienlichen Hinweise geben können, aber es waren ja auch gerade die Angehörigen, die Hannes interessierten.

Er legte den Gang ein und befuhr den Schotterweg des Grundstückes.

Zuallererst spürte Nina Winter Schmerzen.

Von einer Stelle an ihrer rechten Schläfe strahlten sie in den gesamten Kopf aus, fiese, stechende Schmerzen, die keine Bewegung zuließen. Irgendwann schaffte sie es, die Augen zu öffnen – das rechte war verklebt, sie musste mit den Fingern nachhelfen, und als sie sich ihre Fingerkuppen besah, entdeckte sie getrocknetes Blut daran.

Damit kehrte schlagartig die Erinnerung zurück – und die Angst.

Sie wollte sich umsehen, wollte wissen, wo sie sich befand, doch die Bewegung war zu schnell und hatte auf ihren Kopf die gleiche Wirkung wie ein Schürhaken, den man in die Glut stieß: Flammen schossen empor.

Sofort schwanden ihr die Sinne, Tränen schossen ihr in die Augen, und ihr Magen stülpte sich um.

Nina kämpfte die Panik nieder und zwang sich, ruhig liegen zu bleiben. Erst als die Schmerzen abebbten, wagte sie es, mit den Fingern vorsichtig die Wunde an ihrer Schläfe zu erkunden. Sie erinnerte sich, dass der Angreifer mit einem Hammer ausgeholt hatte, und erwartete das Schlimmste. Haar und

Haut waren an dieser Stelle mit getrocknetem Blut bedeckt, darunter ertastete Nina eine starke Schwellung, die sehr berührungsempfindlich war, sowie einen Riss in ihrer Haut – aber keine Verletzung des Schädelknochens.

Gott sei Dank!

Behutsam drehte sie den Kopf.

Sie befand sich in ihrem Gästezimmer im Dachgeschoss, lag im Bett, die Bettdecke bis unter die Achseln hochgezogen. Durch das Gaubenfenster fiel helles Morgenlicht herein, der Wecker auf dem Nachtschrank zeigte halb elf an. Nina hob die Bettdecke an und schaute darunter. Sie trug noch das bunte Sommerkleid und den Slip.

In ihrer Erinnerung sah sie das Seitenfenster ihres Minis explodieren und einen Glasregen auf sich niedergehen – das war irgendwann gestern Abend gewesen. Danach nichts mehr. Er musste sie hinaufgetragen und zugedeckt haben. Da sie das Kleid und den Slip noch trug und keine weiteren Schmerzen außer denen am Kopf hatte, hatte er sie wohl nicht vergewaltigt.

Sollte sie froh sein darüber?

Wo war er überhaupt?

Hatte er das Weite gesucht in der Annahme, sie sei tot?

Ich muss an mein Handy, dachte Nina und suchte mit den Augen den Raum danach ab. Es war äußerst anstrengend, sich auf diese eine Sache zu konzentrieren, und Nina spürte, wie sich das Hirn in ihrem Kopf gegen den Uhrzeigersinn zu drehen begann. Außerdem schienen alle Gegenstände im Raum plötzlich anzuschwellen und größer zu werden. Immer wieder musste sie die Augen schließen, um diesen merkwürdigen Effekt zu stoppen.

Sollte sie sich hier oben verschanzen und darauf hoffen, dass irgendwie von selbst Hilfe kam oder der Angreifer verschwinden würde? Oder sollte sie versuchen, von dem Grundstück zu flüchten?

Erst einmal musste sie versuchen aufzustehen. Alles Weitere hing davon ab, wie es ihr dabei ging. Wenn sie eine schwerwiegende Kopfverletzung davongetragen hatte, würde sie das sicher sofort merken.

Ganz langsam schob sie sich an den Rand des Bettes und ließ die Unterschenkel über die Kante gleiten. Sie bemerkte, wie schmutzig sie war. Erde aus dem Beet vor dem Wohnzimmerfenster klebte an ihrer Haut, dazwischen verkrustetes Blut. Beinahe wäre sie wegen ihres Zustandes in Tränen ausgebrochen, riss sich zusammen, konnte das heftige Zittern ihres Unterkiefers aber nicht verhindern. Sie hörte ihre Zähne klappern.

Und im nächsten Moment die Schritte auf der Treppe.

Er kam!

Nina wusste, hier oben hatte sie keine Chance, ihm zu entkommen, also schob sie sich zurück in die Kissen, schloss die Augen und tat so, als sei sie nach wie vor ohne Bewusstsein. Sie spürte, wie unter der Angst ihre Atmung schneller wurde und ihre Bauchdecke flatterte.

Sie konnte ihn nicht hören, aber fühlen. Schlagartig fiel ihr ein, dass sie vergessen hatte, die Bettdecke wieder bis unter die Achseln hochzuziehen, sie bedeckte jetzt nur ihren Unterkörper. Ihr brach der Schweiß aus, und es kostete sie Mühe, nicht in Tränen auszubrechen. Nina hörte, wie er etwas auf dem Nachtschrank neben ihr abstellte.

Im nächsten Moment plätscherte auch schon Wasser.

«Geht es dir besser?», fragte er. Seine Stimme hatte eine dunkle Färbung und ein tiefes Grollen, aber er klang aufrichtig.

Nina konnte nicht anders, sie musste die Augen öffnen. Er

war gerade dabei, ein Tuch in die Wasserschüssel zu tauchen, nahm es heraus und wrang es aus. An seinen Unterarmen spielten gewaltige Muskeln.

«Da bist du ja wieder. Wie geht es dir? Das Wasser ist schön warm. Wir müssen dich ein bisschen sauber machen, ich fürchte, du bist sehr schmutzig. Es macht dir doch nichts aus, oder?»

Er nahm die Finger ihrer linken Hand, hob ihren Arm an und begann ihn zu säubern. Dabei ging er durchaus feinfühlig vor, mit gerade so viel Druck, dass der Schmutz sich löste. Nach und nach arbeitete er sich zum Oberarm hinauf. Dort klebte ein wenig Blut, und er musste sich mehr Mühe geben. Nina ließ es einfach geschehen, sah ihn nur an und konnte nicht fassen, was gerade geschah. Dieser vollkommen fremde Mann war kein Einbrecher. Er war aus einem anderen Grund im Haus ihrer Eltern. Wie es aussah, war sie dieser Grund.

«Nun sieh nur, was du angestellt hast. Dabei wäre das doch gar nicht nötig gewesen.»

Sprich mit ihm, sagte sie sich. Du musst versuchen, ihn auf deine Seite zu ziehen, damit er dich nicht als Opfer, sondern als Mensch begreift, dann fällt es ihm schwerer, dich zu töten. Das hatte sie irgendwo mal gelesen. Aber was sagte man zu einem fremden Mann, der sie mit einem Hammer niedergeschlagen hatte und jetzt beinahe liebevoll Schmutz und Blut von ihrem Körper wusch?

Nina versuchte es mit: «Wer sind Sie?»

«Ein Freund.»

Er sah kurz zu ihr auf, lächelte schüchtern, und plötzlich liefen seine Ohren rot an. In einer anderen Situation hätte Nina das süß gefunden, aber hier war es geradezu aberwitzig.

«Du musst keine Angst haben», schob er nach, sah sie aber nicht wieder an, sondern konzentrierte sich jetzt auf ihren

Handrücken und die Finger. Nina musste den Reflex zurückkämpfen, die Hand wegzuziehen.

«Ich habe aber Angst», sagte sie, und nun begannen die Tränen doch zu laufen. «Ich möchte nicht sterben. Bitte ... tun Sie mir nichts ...» Sie heulte drauflos, ihr Oberkörper zitterte, und die Tränen rannen wie Sturzbäche über ihre Wangen.

Er ließ ihre Hand einfach fallen und zog sich mit einer kleinen Bewegung des Oberkörpers von ihr zurück. Es war, als ekele er sich vor ihren Tränen. Nina kapierte, dass es ein Fehler gewesen war, sich schwach zu zeigen, aber was sollte sie tun? Sie konnte das nicht kontrollieren. Durch ihre tränennassen Augen sah sie ihn nur schemenhaft.

Er schien zu überlegen, was er tun sollte. Schließlich tauchte er das Tuch in die Emailschüssel, spülte und wrang es sorgfältig aus. «Ich bin bei dir. Du musst keine Angst haben. Ich kann dich vor allem beschützen.»

Das klang mechanisch, wie aufgesagt, so als habe er sich die Worte antrainiert.

Er streckte die Hand mit dem feuchten Tuch nach ihrem Gesicht aus, und Nina zuckte zurück. Trotz des Heulkrampfes bemerkte sie, wie er darauf reagierte. Für einen Moment blitzte Enttäuschung, dann Ärger in seinem Gesicht auf, also ließ Nina es zu, dass er ihr die Tränen von den Wangen tupfte. Zärtlicher als er es tat, hatte es ihre Mutter nie getan und würde auch kein Mann es tun, der Liebe für sie empfand. Um die Wunde an ihrer Schläfe tupfte er besonders vorsichtig und verzog dabei sogar das Gesicht, als litte er Schmerzen.

«Warum tust du das?», fragte Nina. Sie setzte das Du ganz bewusst ein. Er schien eine Beziehung zu ihr aufbauen zu wollen, und wenn sie zum Schein darauf einging, ergab sich eventuell die Möglichkeit, ihm zu entkommen.

Einen Moment machte er noch weiter, dann hielt er inne, senkte den Blick, und sein gesamter kräftiger Oberkörper schien in sich zusammenzufallen.

Traurigkeit schlich sich in seinen Blick, er sah an ihr vorbei zur Wand, als liefe dort ein Film ab, den er unbedingt sehen musste. Seine Lider bewegten sich langsam und schwer. Auf der Oberseite des linken Lides wuchs eine kleine Warze. Seine Augen hatten keine besonders schöne Färbung, irgendwas zwischen grau und blau, außerdem lagen sie tief in den Höhlen und wurden von wuchernden Augenbrauen beschattet.

«Es tut mir leid, ich wollte das nicht ... aber du hast so geschrien, und ich ... ich ertrage diese Schreie nicht ...»

«Ist schon gut», sagte Nina.

Er schüttelte heftig den Kopf.

«Nein, ist es nicht. Immer muss ich alles zerstören ...»

Er machte einen so verzweifelten Eindruck, dass Nina sich fragte, ob sie jetzt seine Hand nehmen und ihn trösten sollte. Sie traute sich nicht und ließ es sein.

«Wie heißt du?», fragte sie ihn.

Er sah sie an, aber ihre Frage schien nicht zu ihm durchgedrungen zu sein. Sein Blick wirkte abwesend.

«Du bist so jung», stieß er hervor und schüttelte den Kopf. «Wie Mareike damals. Das Unschuldige verschwindet mit dem Alter, weißt du. Das ist die größte Ungerechtigkeit, dass Schuld sich immer weiter aufbaut. So lange, bis man stirbt. Vorher geht nichts verloren.»

Nina hatte nicht das Gefühl, er würde mit ihr sprechen, aber sie ahnte, dass sie irgendetwas erwidern sollte. Es musste aber seiner Gefühlslage entsprechen. «Menschen können einander Schuld vergeben», sagte sie.

Er schob die Unterlippe ein Stück vor und nickte gedankenverloren.

«Könnten sie, aber sie tun es nicht. Du bist zu jung, um das zu verstehen, aber ich weiß es, glaub mir. Sie halten es dir vor, immer und immer wieder, und niemanden interessiert, wie es dazu kommen konnte. Wenn ich dich gehen ließe, würdest du es ganz genauso machen.»

«Nein … nein, bestimmt nicht», beeilte Nina sich zu sagen. «Ich würde niemals jemandem etwas erzählen.»

Jetzt sah er sie direkt an.

«Warum nicht?»

«Weil … weil …»

Nina wusste nicht, was sie sagen sollte. Sein Blick war so intensiv und einschüchternd, dass es ihr die Sprache verschlug. In diesem Moment wusste sie, er würde jede Lüge durchschauen.

«Mach dir keine Gedanken, es spielt keine Rolle», sagte er.

«Doch, bitte, es spielt eine Rolle.»

Er schüttelte in einer verzweifelt anmutenden Geste den Kopf. «Vielleicht gibt es das gar nicht, das perfekte Zuhause. Vielleicht findet man es nie, wenn man es nicht hier drinnen mit sich trägt.»

Er schlug sich mit der Hand, die immer noch den feuchten Lappen festhielt, gegen die Brust.

«Und da ist nichts … nicht bei mir.»

«Lass mich dir helfen», sagte Nina. «Zusammen finden wir bestimmt eine Lösung. Es gibt immer eine Lösung, weißt du.»

Nina spürte, sie war zu ihm durchgedrungen, er reagierte auf sie, und wenn sie jetzt dranblieb, wenn sie die richtigen Worte fand, hatte sie eine Chance. Dieser Mann schien zutiefst verunsichert zu sein, er war kein normaler Einbrecher, dem es um Geld und vielleicht Vergewaltigung ging. Mit diesem Mann stimmte etwas nicht, so viel stand fest, aber er schien selbst darunter zu leiden und auf der Suche nach Hilfe zu sein.

Sie hörten das Geräusch gleichzeitig.

Reifen auf dem Schotter des Hofes.

«Wer kommt da?», fragte er, und sofort änderte sich die Stimmung. Es war, als kühle sich von einer Sekunde auf die andere die Luft ab, und Nina konnte spüren, wie der Mann sich abschottete. Jetzt würde sie ihn nicht mehr erreichen, er war meilenweit entfernt.

«Ich weiß nicht ...»

Er stand auf und ging ans Fenster, doch von dort konnte man den Hof nicht einsehen. Als er wieder ans Bett trat, hatte er einen Hammer in der Hand, einen langstieligen Hammer, ganz beiläufig, als sei er ein vollkommen belangloser Gegenstand.

«Ich gehe nachschauen», sagte er mit veränderter Stimme. «Du bleibst hier. Wenn du einen Ton von dir gibst, erschlage ich den Besucher ... und danach dich.»

Vor Thomas Bennett ragte das Polizeipräsidium auf.

Er drehte sich noch einmal zu dem Wagen um, ein letzter Versuch, das Unumgängliche doch noch zu verhindern. Priska Wagner nickte ihm zu. Thomas hatte ihrem Plan zugestimmt, und nun erwartete sie von ihm, dass er sich auch daran hielt.

Ihr Geständnis gestern Abend hatte Thomas schockiert.

Priska war krankgeschrieben und hatte derzeit keinen Zugriff auf polizeiliche Ermittlungsmethoden. Zudem war ihr nach dem Desaster bei MenAtWork der Fall Bokelmann entzogen worden, und man hatte ihr verboten, in seinem Fall aktiv zu werden oder Scheurich noch einmal zu behelligen.

Priska war im Moment ebenso Zivilist wie er, darauf lief es hinaus, und Thomas war sich nicht sicher, ob sie ihm überhaupt helfen konnte. Sie glaubte nicht daran, dass der Täter sich seine Opfer online suchte, aber da Thomas nicht von dieser Idee lassen konnte, hatte sie vorgeschlagen, er solle zu Scheurich gehen und ihm davon erzählen, um herauszufinden, ob er in diese Richtung etwas unternommen hatte. Gleichzeitig sollte Thomas den Stand der Ermittlungen erfragen. Priska erhoffte sich wertvolle Informationen.

Thomas war also von einem Mann, der seine Freundin suchte, zu einem Spion innerhalb der Polizei mutiert. Das gefiel ihm nicht, aber er war Priska etwas schuldig, und die Spur, die sie gegen jeden Widerstand verfolgte, klang für Thomas vielversprechend, deshalb wollte er sich an sie halten.

Sie hatten gestern Abend auf dem Gestüt viel Zeit miteinander verbracht und über alles Mögliche gesprochen, auch über private Dinge. Thomas hatte ihr zugesehen, wie sie sich um ihr Pferd Sylvester kümmerte, und dabei eine ganze andere Priska entdeckt. Das war nicht die taffe, harte, selbstbewusste Kommissarin gewesen, sondern eine liebevolle und empathische Frau. Im Laufe der Unterhaltung hatte sie ihm das Du angeboten. Später waren sie auf dem Rückweg noch in ein Restaurant eingekehrt und hatten zusammen gegessen, sie eine Pizza, er Lachsgratin. Thomas hatte sich sogar getraut zu fragen, warum sie am Oberkörper so auffällig tätowiert war. Priska hatte mit den Schultern gezuckt und gesagt, dafür gäbe es keine richtige Erklärung. Sie fand bunt tätowierte Haut sexy, das war es auch schon. Manche der Motive hatten eine Bedeutung, andere nicht. Der Anker zum Beispiel sollte sie erden und für Beständigkeit sorgen, denn sie kannte ihre Sprunghaftigkeit und fürchtete sie.

Sie hatte ihn gefragt, wie er damit zurechtkam, dass Saskia

immer noch verschwunden war, und sie hatte sich nicht mit oberflächlichen Antworten abspeisen lassen. Obwohl sie eigentlich eine Fremde war für ihn, hatte Thomas ihr von dem Vorfall auf dem Flughafen berichtet und von seiner Angst, sie könnte ihn in ihren letzten Minuten für einen Feigling gehalten haben.

Mit dem, was sie darauf gesagt hatte, hatte sie Thomas überrascht.

Jeder von uns ist irgendwann ein Feigling, wir können nicht ständig gegen unsere Ängste bestehen, dafür sind Menschen nicht gemacht. Es geht auch nicht darum, den anderen zu beweisen, wie mutig man ist, sondern darum, aus den eigenen Ängsten zu lernen. Lerne kennen, was du fürchtest, und du fürchtest es nicht länger.

Sie bewundere ihn dafür, dass er nicht lockerließ, hatte sie gesagt, denn das sei alles andere als feige, aber er dürfe nicht den Wunsch nach Vergeltung mit Rache verwechseln, denn beides sei nicht dasselbe und würde es niemals sein.

Damit hatte Thomas genug zum Nachdenken gehabt, und er hatte befürchtet, mal wieder nicht schlafen zu können, aber zum ersten Mal seit dem Überfall hatte er sieben Stunden durchgeschlafen. Ein Zeichen dafür, dass er auf dem richtigen Weg war.

Und zu diesem Weg gehörte nun einmal der Besuch bei Scheurich. Schlimmer als der Gang zu Saskias Eltern konnte es nicht werden.

Thomas betrat das Gebäude und steuerte den Empfang an. «Mein Name ist Thomas Bennett. Ich bin mit Kommissar Scheurich verabredet.»

Thomas hatte sich vorher telefonisch davon überzeugt, dass Scheurich da war, und um diesen Termin gebeten. Er hatte aber nicht mit Scheurich selbst gesprochen, sondern mit einer Sekretärin, und es hatte eine Weile gedauert, bis die den Termin bestätigt hatte.

Der Beamte konsultierte seinen PC, nickte dann und führte ein kurzes Telefonat.

«Warten Sie bitte», wurde Thomas angewiesen.

Er setzte sich auf eine unbequeme Holzbank an einer weiß getünchten Wand, daneben stand ein kleines Tischchen mit einigen Zeitschriften darauf. An der Wand hing ein Plakat mit Männerporträts. Es handelte sich um gesuchte Verbrecher, die Polizei bat unter verschiedenen Telefonnummern um sachdienliche Hinweise. Thomas musste an seine Plakate denken. Nils war immer noch unterwegs und verteilte Flyer. Bisher hatte das nichts gebracht, aber es war eine Aufgabe, die ihnen das Gefühl gab, etwas zu tun, nach Saskia zu suchen. Und selbst Priska fand die Aktion gut, sie hatte gesagt, man könne nie wissen, was passierte. Im engbebauten Deutschland machte immer irgendjemand eine Beobachtung. Polizeiarbeit war ohne diese Hinweise aus der Bevölkerung gar nicht möglich, wenn es auch eine Mordsarbeit war, die wichtigen von den unwichtigen Hinweisen zu trennen.

Scheurich trat auf ihn zu. Sein Gesichtsausdruck war alles andere als freundlich. An der rechten Seite seines Kopfes stand sein Haar ab, als sei er gerade erst aufgestanden.

«Was gibt's?», fragte er kurz angebunden und ging an Thomas vorbei zum Kaffeeautomaten, suchte in seiner Hosentasche nach Münzen und steckte sie in den Schlitz.

Einen Moment lang stand Thomas etwas unschlüssig da. So hatte er sich den Ablauf nicht vorgestellt. Scheurichs Verhalten brachte ihn aus dem Konzept. Er beobachtete den Kommissar dabei, wie er die Tasten des Automaten bediente, riss sich zusammen und legte schließlich los.

«Ich möchte mich bei Ihnen für mein Verhalten entschuldigen.» Das waren die Worte, die Thomas sich zurechtgelegt hatte. Es fiel ihm äußerst schwer, sie auszusprechen.

«Aha», machte Scheurich, ohne sich umzudrehen. Stattdessen beobachtete er, wie der Kaffee in den Plastikbecher lief.

«Das war unangemessen, und es tut mir leid.»

Thomas hatte zwar nicht erwartet, dass Scheurich ihm um den Hals fallen würde, aber der tat, als habe er ihn gar nicht gehört.

«Ich kenne mich gar nicht mehr», fuhr Thomas fort. «Normalerweise verabscheue ich körperliche Gewalt. Aber die Anspannung … der Stress … der Arzt sagt, ein Trauma mit nachfolgendem Koma kann durchaus zu Persönlichkeitsveränderungen führen. Ich denke, deswegen bin ich plötzlich so … aufbrausend.»

Endlich war der Kaffee durchgelaufen. Scheurich nahm den Becher aus dem Fach und drehte sich zu Thomas um.

«Wollen Sie auch einen?», fragte er und überraschte Thomas damit abermals.

«Ich … äh, ja, gern.»

Scheurich nickte, stellte den Becher auf einem Bistrotisch ab und wiederholte den Vorgang, ohne sich um Thomas zu kümmern. Erst als er sich mit dem zweiten Becher Kaffee umdrehte, sah er Thomas an.

«Akzeptiert», sagte er. «Vielleich hätte ich das mit Ihrer Freundin auch nicht sagen sollen. Nicht in dem Moment. Aber ich möchte dennoch wiederholen, dass Sie mit dem Gesagten rechnen müssen. Milch oder Zucker?»

«Schwarz. Danke. Ja, ich weiß. Natürlich weiß ich das, immerhin sind fast drei Monate vergangen. Aber es ist so verdammt schwer, sich mit dem Gedanken anzufreunden.»

«Leben Sie denn lieber mit der Vorstellung, dass Saskia

sich seit drei Monaten in der Hand eines brutalen Entführers befindet?», fragte Scheurich und schüttete Milchpulver in seinen Kaffee.

Thomas starrte ihn an. Wie konnte der Mann in dieser Situation nur so gnadenlos ehrlich sein? Andererseits brachte Taktgefühl ihn auch nicht weiter. Und Scheurich hatte recht: Diese andere Vorstellung war mindestens ebenso grausam.

«Ich habe da eine Idee», sagte Thomas, um einer Antwort auszuweichen.

«Schon wieder?» Scheurich rührte in seinem Kaffee.

«Ja, aber diesmal keine Plakate.»

«Hat Frau Wagner etwas mit Ihrer Idee zu tun?» Scheurich warf ihm einen prüfenden Blick zu.

«Nein. Ehrlich gesagt hat mein Bruder mich drauf gebracht. Ich hatte es total vergessen, aber ich habe den Urlaub mit allem Drum und Dran online gebucht. Was, wenn der Täter sich seine Informationen im Internet beschafft? Irgendwoher muss er ja wissen, wann die Leute in Urlaub sind.»

Scheurich trank von seinem Kaffee, doch der war noch zu heiß, sodass er sich verbrannte und schmerzlich das Gesicht verzog.

«Haben wir längst überprüft, nichts deutet darauf hin. Das andere Pärchen in Hamburg hat seinen Urlaub ganz klassisch im Reisebüro gebucht.»

«Oh … ach so.» Thomas fehlten die Worte.

«Selbst wenn der Täter in der Lage wäre, Sie online auszuspionieren, dann würde er es so tun, dass wir ihm nicht auf die Schliche kommen. Hören Sie, Herr Bennett, auch wenn Sie das anders sehen, wir tun hier wirklich alles, um den Fall zu lösen. Wir haben die Mitarbeiter des Parkhauses überprüft, in dem Ihr Wagen während Ihres Urlaubs stand. Wir haben die Mitarbeiter der Versicherung überprüft, bei der Sie online die Rücktrittsversicherung abgeschlossen haben – die Bestätigung lag ausgedruckt auf Ihrem Schreibtisch. Wir sind noch dabei, Ihre und Frau Laaks Bekannte und Arbeitskollegen, in Ihrem Fall Mitarbeiter, auch ehemalige, zu überprüfen. So etwas braucht Zeit und bindet jede Menge Kollegen und Kolleginnen, zumal wir jetzt noch diesen zweiten Fall haben.»

«Gibt es eine Verbindung zwischen dem Pärchen und uns?»

Scheurich schüttelte den Kopf. «Nein, keine, von der wir wüssten. Darauf haben wir uns natürlich zuallererst gestürzt, und Sie können mir glauben, niemand ist enttäuschter darüber als ich, dass da nichts ist.»

«Also sind Saskia und ich zufällig zu Opfern geworden», konstatierte Thomas.

«Das dachte ich anfangs, aber mittlerweile glaube ich nicht mehr daran. Wenn wir den Täter gefasst haben, und das werden wir, wird die Überraschung darüber groß sein, wie einfach die Lösung ist. Aber bis dahin …» Scheurich zuckte mit den Schultern und machte damit schon wieder diesen gleichgültigen Eindruck, der ihn so unsympathisch erscheinen ließ. «Diese Art von Ermittlungsarbeit ist mühselig und dauerte lange, aber sie ist nicht ungewöhnlich. Sie müssen sich gedulden.»

«Das kann ich nicht.»

«Ihnen bleibt nichts anderes übrig.»

«Doch, ich kann selbst nach Saskia suchen.»

«Sicher, und niemand hält Sie davon ab, solange Sie es mit legalen und rechtsstaatlichen Methoden tun.»

«Und wenn nicht?»

Scheurich trat einen Schritt auf Thomas zu. «Dann erschweren Sie mir meine Arbeit noch zusätzlich, und ich muss Zeit opfern, die ich sonst für die Suche nach Ihrer Freundin gehabt hätte. Finden Sie wirklich, damit ist ihr geholfen?»

Nina Winter war allein im Zimmer. Der fremde Mann war vor wenigen Minuten die Treppe heruntergegangen, um nachzuschauen, wer auf den Hof gefahren war. Der Schotter im Rondell zwischen Scheune, Haus und Stall knirschte, verstummte, einen Moment später wurde eine Autotür zugeschlagen. Wer auch immer da kam, er befand sich in Lebensgefahr, ohne es zu wissen.

Ninas Gedanken rasten. Sie musste etwas tun!

Sie schob sich an den Rand des Bettes und stand auf. Der leichte Schwindel kehrte sofort zurück, aber sie blieb auf den Beinen und hatte das Gefühl, gehen zu können. Sie stützte sich an Wand und Möbel ab, schlich zur Tür und hinaus auf den Treppenabsatz. Dort blieb sie stehen und lauschte. Draußen und unten im Haus war es still.

Nina packte das glatte hölzerne Treppengeländer mit beiden Händen und arbeitete sich langsam die Stufen hinunter. Sie hatte gerade die Hälfte geschafft, da klingelte es an der Haustür. In der atemlosen Stille war der melodische Gong entsetzlich laut. Nina blieb stehen und hielt die Luft an. Sie konnte den fremden Mann mit dem Hammer nirgends entdecken, und hier auf der Treppe war ihr der Blick zur Haustür versperrt. Irgendwo dort unten in der Diele, in der es Dutzende Verstecke gab, hielt er sich verborgen. Nina wusste, sie würde es niemals rechtzeitig bis zur Haustür schaffen, und mit ihrer Flucht würde sie nicht nur sich selbst, sondern auch den Besucher in Lebensgefahr bringen.

Sie überwand ihre Angst und stieg die Treppe weiter hinab.

Plötzlich tauchte der Fremde in der gegenüberliegenden Küchentür auf. In der rechten Hand hielt er den langstieligen Hammer, die linke führte er mit ausgestrecktem Zeigefinger an die Lippen. Er bedeutete ihr, still zu sein.

Nina nickte, und weil ihre Beine immer stärker zitterten, setzte sie sich auf die unterste Treppenstufe.

Es klingelte abermals, zusätzlich klopfte es am Glas der Haustür.

«Hallo? Jemand da?»

Durch die Tür klang die Stimme gedämpft, dennoch kam sie Nina bekannt vor.

Sie hörten beide, wie der Besucher von der Tür weg auf den Hof trat und dann an der linken Längsseite des Hauses entlangging. Wer auch immer das war, er schien sich nicht damit zufriedengeben zu wollen, dass auf sein Klingeln und Klopfen niemand reagierte. Folglich musste er wissen, dass Nina hier war.

Der Fremde trat aus der Küche und winkelte den Arm mit dem Hammer an.

Nina zog sich am Treppengeländer hoch. «Nicht! Ich rede mit ihm und schicke ihn weg», flüsterte sie.

Er starrte sie an, suchte nach der Lüge in ihren Augen.

«Aber nur durchs Fenster», sagte er schließlich. «Und wehe, du versuchst etwas …»

Drohend hob er den Hammer an.

«Ich verspreche es», sagte Nina.

Sie durchquerte die Diele und steuerte eines der Fenster an der linken Seite an. Sie öffnete es nicht komplett, sondern kippte es nur an. Davor war ein dunkles Fliegengitter angebracht, das die Sicht zusätzlich einschränkte.

«Hallo», rief sie. «Ich bin hier.»

Der Besucher kam von rechts und blieb vor dem Fenster stehen.

«Nina?», fragte er, und jetzt erkannte sie den Mann. Es war einer der Nachbarn, Heinz Wegener. Nina hatte ihn damals auf der Einweihungsparty ihrer Eltern kennengelernt und danach noch zwei- oder dreimal getroffen. Heinz Wegener war ein pensionierter Ingenieur, der auf dem nahe gelegenen Hof seiner Eltern lebte, die ihre Landwirtschaft schon vor Jahren an den Nagel gehängt hatten. Er war nett, lustig und trinkfest, und laut ihren Eltern immer zur Stelle, wenn man Hilfe brauchte.

«Du hast mich geweckt», sagte Nina und bemühte sich um eine schlaftrunkene Stimme.

Als Heinz Wegener zu nah ans Fenster trat, schob sie nach: «Entschuldige, ich hab kaum etwas an.»

«Oh, Verzeihung», er zog sich ein Stück zurück. «Deine Eltern haben mich angerufen, weil du nicht ans Telefon gehst. Sie machen sich Sorgen. Ist denn alles in Ordnung?»

Das hätte Nina sich denken können. Seit gestern Abend war sie nicht mehr an ihr Handy gegangen, und der Festnetzanschluss war ja auch tot. Natürlich hatten Mama und Papa versucht, sie zu erreichen, wahrscheinlich viele Male. Ein Wunder, dass sie nicht sofort die Polizei informiert hatten.

«Ach ja, mein Handy.» Nina tat verwirrt. «Der Akku ist leer. Und ich bin gestern früh zu Bett. Ich war so erschöpft von der Arbeit.»

«Deine Mutter sagt, der Festnetzanschluss funktioniert nicht.»

«Echt? Ist mir gar nicht aufgefallen.»

«Soll ich mal nachschauen?»

«Nee, nicht nötig. Ich hab ja mein Handy. Ich muss mich auch erst mal duschen und anziehen.»

Von Heinz Wegener unbemerkt, schob sich von links der Fremde an das Fenster heran. Er hielt den Hammer schlagbereit in Brusthöhe. Immer wieder blickte Nina zu ihm hinüber.

«Ist denn auch wirklich alles in Ordnung?», fragte Heinz Wegener. Es klang misstrauisch.

Täuschte sie sich, oder blinzelte er ihr wirklich zu? Auf

eine Art und Weise, die einem geheimen Code glich? Aber wie sollte sie darauf reagieren, wenn der Fremde sie die ganze Zeit über ansah? Er würde jede noch so kleine Regung ihrer Mimik bemerken.

«Jaja, alles bestens. Ich rufe meine Eltern gleich an.»

Nina war bis in die letzte Muskelfaser angespannt und rechnete damit, dass der Fremde jeden Moment vorspringen und auf Wegener losgehen würde. Am Beginn des Gespräches hatte sie noch geglaubt, die Situation irgendwie für sich nutzen zu können, doch die Hoffnung hatte sie aufgegeben. Sie wollte Wegener auf keinen Fall in Lebensgefahr bringen.

«Ich geh dann mal duschen», sagte sie, damit der Nachbar endlich verschwand.

«Ja, gut. Dann mach ich mich auch wieder auf den Weg. Aber ruf deine Eltern an, die machen sich wirklich Sorgen.»

«Mach ich. Versprochen. Danke, dass du nachgesehen hast.» Nina zog sich in die Dunkelheit der Diele zurück, Heinz Wegener verschwand vom Fenster.

Sie und der Fremde sahen sich an und lauschten, hörten die Autotür zuschlagen und den Motor starten. Wieder knirschte der Schotter. Dann wurde es still.

Der Fremde ließ den Hammer sinken und kam auf sie zu.

«Pack deine Sachen, wir ziehen zu mir», sagte er.

Als das gelbe Ortsschild auftauchte, spürte Thomas Bennett sein Herz aussetzen.

Winsen an der Luhe.

«Das gibt's doch nicht», stieß er aus.

Priska Wagner bremste ihren Wagen ab, schaltete einen Gang herunter und warf ihm einen irritierten Blick zu.

«Was ist los?»

«Dieser Ort», Thomas zeigte auf das Ortsschild, an dem sie gerade vorbeirollten. «Hier war ich mit Scheurich. Von hier aus wurde die MMS von Saskias Handy an mich verschickt.»

«Nicht dein Ernst?»

«Wenn ich es doch sage! Wir waren etwas außerhalb der Ortschaft, in der Nähe eines Friedhofs.»

Priska hielt am Straßenrand an und nahm den Gang raus. Ein nachfolgender Wagen hupte, machte einen Schlenker und zeigte ihr im Vorbeifahren einen Vogel – was Priska nicht bemerkte, weil sie Thomas anschaute. «Da brat mir doch einer einen Storch», sagte sie. «Ein Zufall ist das ganz sicher nicht.»

«Wir müssen Scheurich informieren.»

Priska schüttelte den Kopf. «Nee, das lassen wirst erst einmal. Wir müssen die Ressourcen aufteilen. Scheurich kann uns hier nicht helfen.»

«Okay, wenn du meinst. Aber was sagt es uns, dass die MMS von hier verschickt wurde?»

«Warum ist Scheurich mit dir hierhergefahren?»

«Weil er meinte, Saskia oder ich hätten einen Bezug zu diesem Ort – was aber nicht der Fall ist.»

«Aber der Täter offenbar. Liegt ja auch auf der Hand. Versetz dich mal in seine Lage. Er will dieses Foto verschicken, weiß aber, dass wir den Ort, von dem aus er es verschickt, ermitteln können. Also verlässt er sein Versteck und fährt woandershin. Aber wir Menschen sind nun einmal Gewohnheitstiere, er fährt also nicht wahllos in der Gegend herum, sondern zu seinem Ort, den er kennt, zu dem er eine Beziehung hat.»

«Er muss sich doch aber denken können, dass wir eine Verbindung herstellen.»

«Muss er? Niemand außer mir hat bisher diese Verbindung

gezogen. Und er ist ja auch nicht leichtsinnig. Denk nur an die Zeitabstände. Vor circa zwei Jahren wurde in die Schmiede eingebrochen, ungefähr so lange lag auch die Leiche dort auf dem Dachboden. Wenn er das alles von Beginn an geplant hat, dann geht er sehr diszipliniert vor. Zwei Jahre auf etwas zu warten, was man unbedingt tun will, das erfordert Durchhaltevermögen.»

«Hört sich beinahe so an, als respektiertest du das Schwein.»

«Keineswegs. Denk an Goethes Satz über Pferde! Das ist es, was ich tue, sonst nichts.»

Thomas sah ein, dass Priska recht hatte.

«Okay, und was machen wir jetzt?»

«Genau das, was wir sowieso vorhatten. Wir suchen jemanden, der den Schmiedelehrling damals kannte. Dass unser Täter nachweislich hier gewesen ist, bestärkt mich nur in meiner Überzeugung, auf dem richtigen Weg zu sein.»

«Und wo finden wir so jemanden?»

Priska griente.

«Ich hab da so eine Idee.»

Sie verließen Winsen an der Luhe und fuhren einige Kilometer, bis sie die Ortschaft Wechberg erreichten. Priska steuerte nicht die Schmiede an, sondern einen Bungalow aus den siebziger Jahren. Der Vorgarten war gepflegt, in den Fugen des gepflasterten Weges zur Haustür spross kein Unkraut, auf dem Klingelschild an der Tür stand der Name Westermann.

Priska klingelte.

Drinnen regte sich nichts.

«Ralf Westermann war früher Polizist in diesem Ort. Der Mann ist ein Macho-Arsch, aber sein ehemaliger Chef hat damals im Fall Buhlmann ermittelt, also wird er wohl jemanden kennen, der uns weiterhelfen kann.»

Priska klingelte noch zweimal ohne Erfolg.

«Tja, da haben wir wohl Pech gehabt. Dann also doch zur Schmiede.»

Sie wollten gerade in Priskas Toyota einsteigen, da kam von rechts ein grauer VW Golf die Straße herunter und bog in die Garagenzufahrt des Hauses ein.

«Da ist er ja», sagte Priska, schlug die Autotür wieder zu und setzte sich in Bewegung. Thomas folgte ihr.

Aus dem Golf stieg ein großer, hagerer Mann Anfang siebzig. Er öffnete die hintere Tür, holte einen gefüllten Einkaufskorb hervor und ging damit auf die Haustür zu.

«Herr Westermann», rief Priska ihm zu. «Auf ein Wort.»

Westermanns Gesichtsausdruck war alles andere als erfreut.

«Sie schon wieder», stieß er aus. «Ich muss gleich wieder los. Zahnarzttermin.»

«Es dauert auch nicht lange.»

Thomas hielt drei Schritte Abstand, Priska hingegen rückte dem Mann richtig auf die Pelle. So nahe, dass Westermann automatisch ein Stück zurückwich. Damit zwang Priska ihn in die Defensive.

«Von der Sache in der Schmiede haben Sie gehört?», fragte sie.

«Das ganze Dorf spricht über nichts anderes.»

«Tja, kommt ja auch nicht alle Tage vor in so einer kleinen Gemeinde. Zum Glück müssen Sie sich nicht um die Sache kümmern.»

«Genau. Deshalb frage ich mich auch, was Sie schon wieder hier wollen.»

Westermann klimperte auffällig mit seinem Schlüsselbund herum und suchte den Schlüssel heraus, der zur Haustür passte. Priska ignorierte das Getue und wich keinen Zentimeter.

«Als der alte Buhlmann starb, gab es einen Auszubildenden im Betrieb. Ich brauche dessen Namen.»

«Fragen Sie Köster.»

«Hab ich. Der kennt ihn nicht. War ja auch weit vor seiner Zeit. Aber es war genau zu Ihrer Zeit. Sie müssen den Jungen damals kennengelernt haben.»

«Wissen Sie, wie lange das her ist?»

«Polizeibeamte haben in der Regel ein phänomenales Gedächtnis.» Priska grinste den Mann herausfordernd an.

Westermann schüttelte den Kopf. «Ich hab den Jungen nicht kennengelernt. Und jetzt lassen Sie mich bitte vorbei, ich habe es eilig.»

«Es geht hier um Mord, Herr Westermann. Wie wichtig kann da ein Zahnarzttermin sein. Oder die Hortensien?»

Falls Priska damit an Westermanns Ehrgefühl als ehemaliger Polizist appellierte, hatte sie Erfolg damit. Thomas konnte beobachten, wie der Mann es aufgab, sich an Priska vorbeischieben zu wollen. Er stellte jetzt sogar den Einkaufskorb ab.

«Noch so ein Spruch, und ich unterhalte mich mit Ihrem Chef», sagte Westermann.

«Das steht Ihnen frei. Aber vorher könnten Sie bei dieser Mordermittlung helfen und uns jemanden nennen, der den Lehrling damals kannte.»

«Mein Gott! Das ist mehr als dreißig Jahre her, da erinnert sich doch keiner mehr dran.»

«Irgendjemand erinnert sich immer.»

Westermann schüttelte den Kopf. «Ich weiß nicht, vielleicht Doktor Gente. Der hatte vierzig Jahre die Arztpraxis hier im Ort. Jetzt ist er in Pension, aber wenn dieser Lehrling damals in Behandlung war, dann bei Gente.»

«Na, das ist doch schon mal was. Wo finde ich den Herrn Doktor?»

«Moorstraße fünf. Aber ich muss Sie warnen. Der Alte ist nicht mehr ganz dicht im Kopf.»

Als sie wieder im Wagen saßen, sagte Thomas: «Freunde werdet ihr beide wohl nicht mehr.»

«Der Mann ist wie gesagt ein Macho-Arsch, und solche Typen kann ich auf den Tod nicht ausstehen.»

«Echt? Hat man fast gar nicht gemerkt. Du hast dich gut im Griff.»

Priska lächelte ihm zu. «Noch ein bisschen Übung, dann haben wir den gleichen Humor. Gefällt mir!»

Auf dem Weg zur Moorstraße klingelte Priskas Handy. Es war Hannes Kerkmann. Über die Freisprecheinrichtung konnte Thomas alles mithören.

Kerkmann berichtete, dass die Leiche vom Dachboden der Schmiede identifiziert sei. Es handelte sich um den sechsundsiebzigjährigen Heinz Gruga, der vor zwei Jahren und vier Monaten von seiner Frau als vermisst gemeldet worden war. Gruga hatte in Hamburg-Altona gelebt. Polizeiintern lag zu dem Mann nichts weiter vor.

«Vielen Dank», sagte Priska. «Das vergesse ich Ihnen nicht.»

«Schon gut, aber darüber hinaus kann ich Ihnen nicht mehr helfen.»

«Woran arbeiten Sie gerade?», wollte Priska wissen.

«Am Fall Bokelmann. Ich arbeite die Liste ihrer letzten Patienten beziehungsweise deren Angehörigen ab. Bislang leider Fehlanzeige.»

«Kerkmann, ich sage das nicht gern, aber es kann sein, dass ich mich in dieser Sache getäuscht habe. Vielleicht ist doch etwas dran an der Patientenspur.»

«Oha!», machte Kerkmann. «Woher die plötzliche Einsicht?»

«Steht der Name Gruga auf der Liste?»

«Frau Wagner, glauben Sie wirklich, das hätte ich nicht sofort überprüft?»

«'tschuldigung. Aber mit Gruga taucht jetzt die nächste ältere Person auf, die in den Fall involviert ist. Ulrike Bokelmann, Ludwig Buhlmann, Heinz Gruga, dann der Lehrling von damals, der auch schon über fünfzig sein dürfte. Das kann kein Zufall sein. Seien Sie vorsichtig.»

Dem Gebäude, in dem Doktor Gente lebte, sah man an, dass es sich dabei um eine ehemalige Arztpraxis handelte. Das Einfamilienhaus war im vorderen Bereich um einen großen Flachdachanbau erweitert worden, statt eines Vorgartens gab es sechs Parkplätze. Ungewöhnlich war nur die breite Rampe, die zu einer drei Meter breiten Eingangstür hinaufführte. Selbst wenn man bedachte, dass früher einmal Rollstuhlfahrer in die Praxis gekommen waren, erschien sie doch sehr überdimensioniert. Sämtliche Fenster waren mit blickdichter, weißer Folie beklebt. Offenbar war die Praxis schon eine ganze Weile nicht mehr in Betrieb; die Fenster waren schmutzig, die Schilder mit den Öffnungszeiten abmontiert.

Priska lenkte den Toyota auf den verwaisten Parkplatz und stellte den Motor ab.

«Landleben kann auch trist sein», sagte Thomas und stieß die Tür auf.

«Kommt mir so vor, als wäre hier die Vergangenheit präsenter als die Gegenwart», meinte Priska.

Vor dem Eingang der ehemaligen Praxis blieben sie stehen und glaubten ihren Ohren nicht zu trauen.

«Ist das eine Flex?», fragte Priska.

«Hört sich so an. Und es kommt von drinnen.»

Tatsächlich klang es so, als würde im Inneren der ehemaligen Praxis jemand Metall zerschneiden.

«Vielleicht behandelt er noch Patienten und setzt gerade eine neue Hüfte ein», sagte Priska und schritt voran.

Da es vorn keine Klingel mehr gab – wo sie einmal gewesen war, schauten zwei nackte Drähte aus einem Loch in der Wand –, folgten sie einem Pflasterweg an der rechten Seite des Anbaus zu einer Seitentür. Thomas klopfte gegen die Scheibe.

«Bei der Lautstärke dadrinnen hört uns niemand», vermutete er.

In diesem Moment verstummte die Flex, und zwei Minuten später wurde die Tür von einem sehr alten Mann geöffnet. Er ging sehr aufrecht, war glatzköpfig, trug dafür aber einen gepflegten weißen Vollbart und buschige Brauen. Er war braun gebrannt und steckte in einem sauberen blauen Overall. Aus der rechten vorderen Hosentasche hing ein schmutziger Lappen heraus. Aus klaren blauen Augen blickte er seine Besucher an.

«Sind Sie Dr. Gente?», fragte Priska.

«War ich mal. Jetzt bin ich der verrückte Alte. Wie kann ich helfen?»

Priska stellte sich als Polizistin und Thomas als Kollegen vor und sagte, dass sie auf Empfehlung von Ralf Westermann kämen.

«Westermann? Glaube ich nicht. Der empfiehlt doch höchstens die nächste Kneipe.»

«Na ja, ich kann hartnäckig sein, wenn ich eine Information benötige.»

«Und die glauben Sie von mir bekommen zu können?»

«Möglicherweise.»

«Worum geht es denn überhaupt? Ach nein, warten Sie: der Leichenfund in der Schmiede.»

«Sie wissen also davon?»

«Man kann nicht vor die Haustür treten, ohne dass diese Tratschweiber hier im Dorf einem davon erzählen. Wenn in diesem Kaff eines funktioniert, dann der Tratsch. War hier schon immer so. Deshalb kommen Sie lieber herein, bevor meine Nachbarinnen sich den Hals verrenken und mich dann bitten, ihn wieder zu richten.» Dr. Gente bat sie in einen geräumigen Hausflur. Die Wände waren zugehängt mit gerahmten Fotos amerikanischer Sportwagen. Thomas entdeckte einen Mustang, wie ihn sein Bruder Nils fuhr.

«Oh, ein Autofan», sagte er.

«Irrtum, junger Mann. Ein Liebhaber alter amerikanischer Sportwagen. Die haben nichts gemein mit dem, was Sie unter Auto verstehen. Das sind Kunstwerke.»

«Findet mein Bruder auch. Der fährt so einen.»

Thomas zeigte auf den roten Mustang mit den schwarzen Rallyestreifen.

Gente trat auf ihn zu und fixierte ihn aus schmalen, wissbegierigen Augen. «Ihr Bruder hat einen 69er-Mustang?»

«Einen Mustang, ja. Welches Baujahr, weiß ich nicht.»

«Er will den nicht zufällig verkaufen?»

«Mein Bruder verkauft alles, wenn der Preis stimmt.»

Gente legte ihm eine Hand auf die Schulter. «Junger Mann, was möchten Sie trinken? Wir müssen uns unterhalten. Kommen Sie, wir gehen in meine Praxis.»

Dort wartete die nächste Überraschung auf Priska und Thomas.

Der Anbau war offensichtlich irgendwann entkernt worden, es gab keine Zwischenwände mehr. Vor ihnen öffnete sich eine große, niedrige Halle. Metallträger stützten die Decke.

Drei Autos standen darin. Sie waren dem Mustang auf dem Foto nicht unähnlich, wenngleich an jedem irgendwas fehlte, keines schien fahrbereit zu sein.

«Eine Werkstatt!», sagte Priska überrascht.

«Eine Praxis für misshandelte Kunstwerke», korrigierte Gente sie.

«Das ist ... ungewöhnlich», sagte Priska, die aus dem Staunen nicht mehr herauskam. Jetzt war auch klar, wofür die breite Eingangstür und die Rampe gebraucht wurden.

«Tja, wie man's nimmt. Bevor ich Arzt wurde, war ich Autoschlosser, jetzt bin ich Autoarzt. Eigentlich eher konsequent als ungewöhnlich. Und glauben Sie mir, seit ich an Motoren und Chassis arbeite, bin ich viel zufriedener und glücklicher als damals, als ich noch Menschen zusammenschraubte. Aber Sie sind ja nicht meinetwegen hier. Was für Informationen benötigen Sie?»

Priska konnte nicht umhin, den alten Mann zu mögen. Er war drahtig, direkt, hellwach und unangepasst. Wäre er nicht mindestens vierzig Jahre älter als sie, sie hätte sich in ihn verliebt.

«Es geht um einen jungen Mann, der zu der Zeit, als der alte Buhlmann getötet wurde, in der Schmiede Lehrling war.»

Dr. Gente hatte gerade nach einem Teil auf der Werkbank gegriffen, das wie ein Zylinder aussah. Jetzt verharrte er, dann legte er es zurück und sah Priska direkt an.

«Lupo.»

«Ja, genau! Sie kannten ihn also.»

Dr. Gente nickte. Eine Veränderung war mit ihm vorgegangen. Plötzlich wirkte er bedrückt, so als hole ihn in diesem Moment eine Bürde wieder ein, der er längst entkommen zu sein glaubte.

«Er war ein paarmal bei mir in Behandlung.»

«Das hatte ich gehofft», sagte Priska. «In der Schmiede fehlen alle Unterlagen, die mir etwas über diesen Lehrling verraten würden, und Hartmut Köster weiß nichts über ihn. Westermann auch nicht.»

«Pah!», machte Gente. «Westermann müsste es genauso gut wissen wie ich. Aber Alkohol ist ein Zellgift, und das tötet nach und nach seine Gehirnzellen ab – so wie bei den meisten hier im Dorf.»

«Können wir uns setzen und darüber sprechen?», fragte Priska.

«Ja, natürlich, gleich hier drüben. Bitte.»

Dr. Gente führte sie zu einer Sitzgruppe innerhalb seiner zu einer Werkstatt umgebauten Praxis. Eine alte, abgewetzte, weiße Ledercouch stand dort mit zwei Sesseln zusammen, dazwischen ein niedriger Tisch mit weißer Rauchglasplatte, von der nicht allzu viel zu sehen war, da sie eine Unmenge von Autozeitschriften tragen musste.

Gente ließ sich in einen der Sessel fallen. Priska und Thomas nahmen nebeneinander auf der Couch Platz.

«Kennen Sie den richtigen Namen des Lehrlings?», wollte Priska zuerst wissen.

Gente nickte. «Berg. Anton Berg.»

«Und warum war er bei Ihnen in Behandlung?»

Gente lächelte schmallippig. «Schon einmal etwas von ärztlicher Schweigepflicht gehört, Frau Kommissarin?»

«Nein. Was soll das sein?» Sie grinste den Doktor an.

«Wenn Sie mich so fragen … ich weiß es auch nicht mehr.» Gente nickte und dachte einen Moment nach.

«Der Junge war gerade mal ein paar Monate bei Ludwig Buhlmann im Betrieb, da musste er schon das erste Mal behandelt werden. Er kam nicht allein in die Praxis, der alte Buhlmann begleitete ihn. Der Junge war damals gerade fünfzehn geworden, er war sehr schüchtern und zurückhaltend. Hat kaum zwei Worte mit mir gesprochen. Er hatte starke Brandverletzungen an beiden Händen, die schon drei Tage alt waren und sich entzündet hatten, weil sie nicht sofort behandelt worden waren. Natürlich habe ich gefragt, wie das passiert ist, aber nicht der Junge, sondern der alte Buhlmann antwortete für ihn. Angeblich sei Anton dumm und unfähig und zu nichts zu gebrauchen, und Ludwig überlegte, ihn fortzuschicken. Ludwig regte sich richtig auf, bevor er damit herausrückte, dass sein Lehrling mit den Händen voran ins Schmiedefeuer gestolpert sei. Ludwig konnte sich ganz hervorragend aufregen, müssen Sie wissen, und ich hatte damals schnell durchschaut, dass er es als Gesprächstechnik ganz bewusst einsetzte. Die Menschen hatten Angst vor ihm, er galt als Choleriker, aber ich glaube, er hat das nur vorgespielt, um sein Dorf im Griff zu haben. Na ja, jedenfalls nickte der Junge, als ich ihn fragte, ob das tatsächlich so passiert sei.»

«Sie hatten Zweifel?», fragte Priska.

«Ja, ganz erhebliche. Die Verletzungen waren ganz sicher durch einen Sturz ins Schmiedefeuer entstanden, ich habe aus den Wunden Kohlereste entfernt. Aber ich kannte Buhlmann und seine Art. Meiner Meinung nach hatte er Anton gestoßen. Vielleicht nicht mit der Absicht, ihm diese wirklich schmerzhaften Verletzungen zuzufügen, aber er hat ihn gestoßen.»

«Aber Anton hat sich Ihnen nicht anvertraut?»

Gente schüttelte den Kopf. «Nein. Ich habe an diesem Tag die Wunden behandelt und den Jungen in den folgenden Wochen noch drei- oder viermal zur Nachbehandlung gesehen. Er kam aber nie allein. Buhlmann war immer dabei.»

«Wie schlimm waren die Verbrennungen?», fragte Thomas.

«Na ja, der Junge hatte versucht, seinen Sturz mit den Händen abzufangen, so wie es jeder im Affekt eben tut. Sämtliche

Fingerkuppen waren verbrannt, die Ballen und die Handkanten. Und das im zweiten bis teilweise dritten Grad. Streng genommen hätte der Junge in ein Krankenhaus gehört, aber Buhlmann wollte das nicht.»

«Buhlmann wollte das nicht?», wiederholte Priska entrüstet. «Sie als Arzt hätten das aber doch durchsetzen können. Oder die Eltern des Jungen. Haben Sie mit denen gesprochen?»

«Nein, die Eltern habe ich nie kennengelernt, die lebten nicht hier. Anton hatte Kost und Logis bei Buhlmann, er lebte dort während seiner Ausbildung, damals war das nicht unüblich.»

«Trotzdem ...», Priska schüttelte den Kopf. «Warum haben Sie nichts gegen diese Misshandlung unternommen?»

Doktor Gente senkte den Blick. Man konnte ihm ansehen, wie peinlich es ihm war, mit dieser alten Geschichte konfrontiert zu werden.

«Damals rechtfertigte ich mich vor mir selbst damit, dass es mich nichts anginge. Außerdem hatte ich genug zu tun und keine Zeit, allzu viel darüber nachzudenken. In Wahrheit war es aber so, dass ein Wort von Ludwig Buhlmann gereicht hätte, und die Leute aus dem Dorf wären zu einem anderen Arzt gegangen. Ich hatte meine Praxis damals gerade erst eröffnet und mich mühsam in dieser Gemeinschaft etabliert, außerdem war ich bis über beide Ohren verschuldet wegen der Kredite für die Praxis. Ich war auf Patienten angewiesen.» Gente sah Priska und Thomas beinahe flehentlich an.

«So viel Macht hatte Buhlmann?», fragte Priska.

«Ich habe ihn mal sagen hören, dies sei sein Ort. Und genau so ist es auch gewesen. Über Jahre hinweg hat Buhlmann die Geschicke hier gelenkt, und er war sehr gut darin, die Leute zu manipulieren.»

«Bis er getötet wurde», sagte Priska.

«Bis er getötet wurde», wiederholte Gente und sah Priska an. Sein Blick war schwer zu deuten.

«Haben Sie den Tod festgestellt?»

«Ja, habe ich. Er starb durch Schläge gegen den Kopf, vermutlich mit einem Hammer.»

«Könnte Anton Berg der Täter gewesen sein?», fragte Priska geradeheraus. Sie hatte das Gefühl, bei diesem Mann nicht um den heißen Brei herumreden zu müssen. Der Doktor würde sich den Grund ihres Besuches ohnehin schon zusammenreimen können.

«Jeder im Dorf hätte es sein können. Jeder und niemand. Anton hätte sicher ein Motiv gehabt, sogar mehrere, aber ich kann es mir nicht vorstellen. Dazu war er einfach zu schüchtern.»

«Mehrere Motive?», hakte Priska nach.

Gente presste die Lippen zusammen und nickte.

«Der Junge ist noch zweimal ins Feuer gestolpert. Nach dem letzten Mal waren seine Fingerkuppen nichts weiter als Kraterlandschaften. Davon hätten Sie nicht mal mehr Fingerabdrücke nehmen können.»

«Dreimal! Und Sie haben geschwiegen?» Priska war fassungslos.

«Beim dritten Mal nicht mehr», sagte Gente. «Ich habe Buhlmann deutlich gemacht, dass ich bei einer erneuten Verletzung das Jugendamt und die Gewerbeaufsicht informieren würde. Danach ist dann auch nichts mehr passiert.»

«Na, da hatte der Junge ja wirklich großartige Hilfe», spottete Priska.

Gente sog die Luft tief ein, sah zu Boden und nickte vor sich hin.

«Ich habe Demütigung verdient», sagte er schließlich.

«Aber nicht von Ihnen. Sie lebten damals nicht hier. Sie waren nicht in dieses enge Korsett gequetscht, aus dem das Leben in einer solch kleinen Gemeinschaft besteht. Man hilft sich gegenseitig, eine Gefälligkeit gegen eine andere, wer nicht mitmacht, wird mit Missachtung gestraft. Wer kann schon dauerhaft im Abseits leben? Ich konnte es nicht. Ich habe mich integriert. Dieser heutzutage so häufig genutzte Begriff bedeutet für mich nichts anderes als die Anpassung an Werte und Normen, die nicht die eigenen sind.»

«Okay, Sie haben recht, es steht mir nicht zu, mir ein Urteil darüber zu bilden», sagte Priska. «Und deswegen sind wir auch nicht hier. Es geht uns um diesen Anton Berg. Sie glauben also nicht, dass er den alten Buhlmann getötet hat?»

Gente schüttelte den Kopf. «Anton war verschlossen und schüchtern, der hätte nie den Mut aufgebracht zu so einer Tat. Ich hatte sogar den Eindruck, dass er in dem alten Buhlmann so etwas wie eine Vaterfigur sah. Als ich einmal zwei Minuten mit dem Jungen allein war, weil Buhlmann zur Toilette musste, habe ich ihn gefragt, wie ihm die Ausbildung zum Schmied gefällt. Der Junge sagte nur ein Wort. Gut. Verstehen Sie? Er hätte die Chance gehabt, sich mir anzuvertrauen, schlug sie aber aus. Ich denke, er hatte sich mit den Umständen abgefunden. Ich hätte es ja verstanden, wenn der Junge Buhlmann im Affekt verletzt oder getötet hätte, aber sich in dem Alter seine Wut über Monate, ja sogar Jahre hinweg aufsparen, um dann zu einem günstigen Zeitpunkt zuzuschlagen … nein, das halte ich für unwahrscheinlich.»

«Sie wissen nicht, was aus Anton Berg geworden ist?», fragte Thomas.

«Nein. Ich habe ihn dann aus den Augen verloren. Ich habe mal gehört, er sei zur Bundeswehr gegangen. Diese Leiche auf Kösters Dachboden? Ist das Anton?»

Priska schüttelte den Kopf. «Nein. Sagt Ihnen der Name Heinz Gruga etwas?»

«Heinz Gruga», wiederholte Gente nachdenklich und legte die Stirn in Falten. «Nein, nie gehört. Ist das der Tote?»

«Das darf ich Ihnen nicht sagen. Haben Sie Informationen über die Eltern von Anton Berg? Wo lebten sie damals?»

«Ich glaube, in Reinbek, aber sicher bin ich mir nicht. Es ist ja auch schon sehr lange her.»

Priska erhob sich von der Couch. Sie wusste, was sie wissen musste, und hatte keine Lust mehr, sich noch länger mit Gente zu unterhalten. Dieses Gespräch hatte ihn in ihrer Wahrnehmung verändert. Sie sah nicht mehr den unangepassten Freigeist, sondern einen Mann, der seine jetzige Unabhängigkeit seiner Fähigkeit verdankte, im passendem Moment mit den Wölfen zu heulen. Auch wenn sie seine Beweggründe verstehen konnte, sie mochte das nicht.

«Dann wollen wir Sie nicht länger aufhalten.»

Thomas folgte ihr.

«Junger Mann», sagte Doktor Gente. «Vielleicht können Sie mir die Telefonnummer Ihres Bruders geben. Wegen des Mustangs.»

«Da muss ich ihn erst fragen. Er wird sich bei Ihnen melden, wenn er den Wagen verkaufen will.»

Gente brachte sie bis an die Tür.

«Eines noch», rief er ihnen nach. «Falls Sie herausfinden, dass der Junge den alten Buhlmann erschlagen hat, lassen Sie ihn laufen.»

«Merkwürdiger Kerl», sagte Thomas auf dem Rückweg zum Wagen. «Autoschlosser und Arzt, was für eine Kombination.»

«Ja, aber jetzt wissen wir, dass wir auf der richtigen Spur sind. Hast du genau zugehört?»

«Was meinst du?»

«Die Verbrennungen an den Händen. Als du noch im Krankenhaus warst, habe ich zum ersten Mal mit Scheurich gesprochen. Damals hat er noch mit mir geredet. Da hat er mir erzählt, sie hätten zwar Fingerabdrücke in deiner Wohnung gefunden, aber die waren nicht zu gebrauchen. Irgendwie unkenntlich gemacht durch Wachs auf den Fingerkuppen oder dadurch, dass der Mann sie abgeschliffen hat.»

«Verdammte Scheiße», entfuhr es Thomas. «Dieser Lehrling ist der Täter!»

Bevor Priska etwas erwidern konnte, klingelte Thomas' Handy. Sein Bruder rief an. Er klang aufgeregt.

«Alter, vergiss das mit der Online-Spur. Ich weiß, woher der Wichser von eurem Urlaub wusste.»

«Was? Woher?»

«Das wirst du nicht glauben. Ich bin hier gerade mit den Flyern unterwegs und da ...»

Von Dunkelheit umgeben, eingehüllt in stickige Wärme, kaum Luft zum Atmen. Seine Haut war klebrig vom Schweiß und roch nach einem langen, harten Tag, an dem er wieder nichts anderes getan hatte, als Hilfsarbeiten zu verrichten. Draußen zog das schwere Gewitter ab, noch immer grollte der Donner, zuckten die Blitze, prasselte der Regen auf die Pfannen. Abkühlung hatte das Unwetter nicht gebracht, jedenfalls nicht hier oben in der kleinen Kammer unter dem Dach, in der sich die Luft staute und es keine Chance auf Durchzug gab. Der Junge stand vor dem weit geöffneten Fenster und starrte hinaus. Es war noch nicht so spät, wie es draußen aussah, das Gewitter hatte die Nacht vor sich hergetrieben, früher als sonst waren die Lichter in den umliegenden Häusern und Höfen angegangen, und das übliche Spiel hatte begonnen. Mittlerweile, nach einem halben Jahr in dieser Hölle, wusste er genau, welche Familie wann hinter welchem Fenster zu Abend aß. Er kannte niemanden aus diesen Häusern, hatte vielleicht den einen oder anderen flüchtig in der Schmiede gesehen, aber nicht mit ihnen gesprochen, so wie er mit niemandem hier sprach, sondern nur Befehle entgegennahm und sie ausführte. Oft nicht zur Zufriedenheit des Chefs, und dann setzte es eine Ohrfeige, und er bekam Stubenarrest für den Abend. Eingesperrt in der kleinen Kammer unter dem Dach, hungrig und müde, aber zu aufgewühlt, um zu schlafen, blieb ihm nichts anderes übrig, als aus dem Fenster zu starren, heraus auf die Häuser, in denen Menschen ein Familienleben führten, in denen warmes Licht sie einhüllte, in denen gelacht und gesprochen wurde, nicht nur geschimpft und geschrien wie hier. Und dann stellte er sich vor, wie es wohl wäre, dort zu leben, sich in dem Licht statt in der Dunkelheit aufzuhalten. Doch je länger er hier war, desto schwerer fiel es ihm. Er spürte, wie er sich immer weiter von dem Leben da draußen entfernte und nichts dagegen tun konnte. Hier saß er in dem Gefängnis, in das Heinz Gruga ihn zur Strafe für seinen Frevel an der Heiligen Ecke gesteckt hatte.

Fred Martens und seine Zauberwerkstatt waren nur noch eine ferne Erinnerung, ein schöner Traum, nichts weiter. Seit jenem Tag hinter dem Sportplatz hatte der Junge Fred Martens nicht wiedergesehen. Heinz Gruga war in der Zwischenzeit nach Reinbek übergesiedelt, und seine Mutter und er waren erneut zu ihm gezogen. Anfangs hatte er sich geweigert, aber Gruga hatte genau gewusst, wie er ihn auf Linie bringen musste. Den Jungen zu schlagen wäre sinnlos gewesen, seine Mutter zu prügeln brachte schon mehr, aber immer wieder damit zu drohen, er würde hinausfahren und sich Fred Martens noch einmal vornehmen, das hatte gewirkt. Der Junge wollte nicht an Martens' Tod schuld sein, und irgendwie hatte er die ganze Zeit gehofft, dort doch noch seine Ausbildung machen zu können.

Aber Gruga wollte das nicht. Gruga hatte einen Kumpel aus dem Fußballverein, der ihm eine Lehrstelle für den Jungen angeboten hatte, mit Kost und Logis, weit genug entfernt von Zickzackhausen, sodass der Junge wegziehen musste und Gruga ihn endlich los war. Er hatte gebettelt, immer wieder, seine Mutter auch, aber Gruga hatte nichts davon hören wollen. Noch immer klangen ihm Grugas Worte in den Ohren, die er heimlich mitgehört hatte.

Der Junge ist dumm, kapier das endlich. Der hat eine Fünf in Mathe, wie soll aus dem ein Elektriker werden. Nein, nichts da, er geht zu meinem Kumpel Ludwig, ist schon alles geregelt. Vielleicht hilft das ja, aus dem kleinen Scheißer einen richtigen Mann zu machen.

Mutter war nun weit weg. Fred Martens auch, aber wenigstens lebten die beiden. Der Gedanke war tröstlich und rief gleichzeitig eine tiefe Traurigkeit in ihm hervor, bedeutete er doch, dass sie ihn vergessen hatten. Vielleicht war es besser, wenn er sich einfach damit abfand und nicht immer wieder darüber nachdachte, wie es wohl wäre, wenn er bei Fred Martens hätte bleiben können. Mama hatte sich nie für ihren Verrat entschuldigt, jedenfalls nicht richtig, hatte nur herumgedruckst und gemeint, bei Gruga ginge es ihnen doch viel besser. Er hatte ein ordentliches Einkommen und konnte ihnen etwas bieten. Der Junge verstand noch immer nicht, wie seine Mama sich wieder auf Gruga hatte einlassen können. Wie hatte sie den gutherzigen Fred Martens nur so verraten können?

Mein Kumpel macht einen Mann aus dem kleinen Scheißer.

Der Junge öffnete die Faust und betrachtete die Brandwunden. So wurden hier Männer gemacht.

Am frühen Morgen, noch vor dem Frühstück, war es seine Aufgabe, die Esse einzuheizen. Dazu musste er spezielle Schmiedekohle auf dem Rost aufschichten, nicht zu hoch, sonst konnte die oberste Schicht nicht die Temperatur erreichen, die notwendig war, um Eisen zu schmieden. Und dann musste er den Blasebalg bedienen, der von unten Luft an die Glut blies, sodass sie sich immer weiter durch den Kohleberg fressen konnte. *Tritt den Balg, tritt den Balg.* Immer wieder und wieder. War das eine Bein müde, nahm er das andere. Pause machen durfte er erst, wenn der Chef das Eisen aus der Glut nahm, um es auf dem Amboss zu formen. Heute, nach einem halben Jahr, hatte er zum ersten Mal selbst auf das Eisen einschlagen dürfen.

Schlag, Schlag, Pause ...

Schlag, Schlag, Pause ...

Immer wieder von vorn, zwischendurch das Eisen wieder in die Glut, damit es nicht auskühlte. Und dann war es ihm passiert, weil er durch die Anstrengung bereits am ganzen Körper gezittert hatte: Das Eisen war ihm aus der Zange geglitten, auf den Boden gefallen und gebrochen.

Der Chef hatte ihm einen Schlag gegen den Hinterkopf versetzt und ihm mit der flachen Sohle in den Hintern getreten. Er war nach vorn in die Esse gestolpert und hatte sich mit der Hand in der heißen Kohle abstützen müssen. Er hatte riechen können, wie sein Fleisch verbrannte, ein ekelhafter Geruch, den er immer noch in der Nase hatte.

Jod war das Einzige, was der Chef ihm gegeben hatte, um die Wunde zu behandeln.

Das war faules Fleisch, das musste sowieso weg.

Es tat noch weh, aber nicht mehr so sehr. Morgen früh würde er sich einen Verband umlegen und weitermachen.

Draußen zerschnitten Scheinwerfer die Dunkelheit. Regen fiel durch das grelle Licht. Der Wagen fuhr auf den Hof der Schmiede und hielt dort mit laufendem Motor. Eine Tür ging auf, die kleine Enkelin des Chefs sprang heraus. Mit dem Turnbeutel in der Hand lief sie zur Haustür. Im Schutze des Vordachs blieb sie stehen und winkte dem abfahrenden Wagen hinterher. Dann drückte sie auf die Klingel. Bevor jemand öffnete, sah sie zu ihm hinauf.

Das tat sie häufig. Immer mit diesem Blick, den er nicht deuten konnte. War das Trauer? Mitleid? Argwohn? Viel Kontakt hatten die beiden bisher nicht gehabt, und es kam ihm so vor, als hielte sie sich absichtlich von ihm fern. Vielleicht verbot ihr Großvater ihr ja den Kontakt.

Ihre Blicke trafen sich für einen kurzen Moment, dann verschwand das Mädchen im Haus, und er war wieder mit sich allein.

Die Hitze erdrückte ihn, lähmte die Gedanken, bis er nichts mehr fühlte.

Nicht einmal mehr Wut.

Nur noch stumpfe Leere.

Die Erinnerung an die Zeit in der Schmiede hatte ihn getroffen wie ein wuchtig geführter Vorschlaghammer. Er saß in dem Transporter, seine Hände lagen zuckend im Schoß, und er spürte Schmerz in seinen verunstalteten Fingerkuppen, in denen er sonst nie etwas spürte. Die Schmiede ließ ihn nicht los, niemals. Ob nachts oder in Tagträumen, sie war immer präsent. Im Laufe der Jahre hatte er sich daran gewöhnt, es schreckte ihn nicht mehr, aber so intensiv wie heute war die Erinnerung lange nicht mehr gewesen. Das Brennen in seinen

Fingerkuppen glich den Schmerzen, die er damals gespürt hatte, als er sich in den glühenden Kohlen abgestützt hatte. Buhlmann war selbst erschrocken gewesen darüber, aber nur für einen Moment, dann hatte er ihm auch noch die Schuld für das Missgeschick gegeben und ihn verhöhnt. Und jedes Wort hatte die Wut in ihm anwachsen lassen, diese kalte, berechnende Wut, die er sammelte, bis sich eine passende Gelegenheit ergab. Es war nicht so gewesen, dass er jeden Tag darüber nachgedacht hatte, es Buhlmann heimzuzahlen, nicht einmal nach den drei Fußtritten, die ihn jeweils in die Glut befördert hatten. Er hatte es hingenommen und weitergemacht. Viel schlimmer waren die langen einsamen Winterabende oben in der Kammer gewesen. Die warmen Lichter dort draußen, um Weihnachten herum die Kerzen und Girlanden, die Christbäume, die er durch die Fenster hindurch hatte sehen können.

Der Abstand. Das Wissen, niemals dazuzugehören. Nicht Teil einer Familie zu sein. Niemals.

Würde es mit Nina Winter anders werden?

Sie war nicht wie Saskia und Swantje – viel offener und zugänglicher, und sie schien zu verstehen, worum es ihm ging. Respektierte sie ihn? Es sah danach aus. Zumindest hatte sie sich korrekt verhalten, als dieser neugierige Nachbar aufgetaucht war. Hatte ihn nicht verraten, nicht einmal den Versuch unternommen.

Er würde sie nach Hause nehmen und es ein weiteres Mal versuchen.

Voller Vorfreude startete er den Motor des alten Transporters und fuhr ihn aus der großen leeren Scheune auf den Hof hinaus.

Noch in der ersten Nacht auf dem Hof war er nach Mitternacht zu Fuß zurück zu seinem Wagen gelaufen, hatte ihn hergeholt und in der Scheune geparkt. Es war ein Fußmarsch von mehr als zwei Stunden zu dem Friedhof gewesen, auf dessen Parkplatz er den Transporter abgestellt hatte. Die Sache mit dem Wagen war von Anfang an das größte Problem gewesen. Er brauchte ihn, um die Frauen abzutransportieren, auch in der Stadt, konnte ihn aber beim ersten Besuch und in der Zeit, in der er in den Häusern lebte, nicht dabeihaben, weil er sonst auffiel. Hier draußen, auf dem abgeschotteten Hof mit der großen Scheune, war das schon einfacher, und er hatte darüber nachgedacht, nur noch einsam gelegene Häuser auszuwählen.

Nachdem der neugierige Nachbar gegangen war, hatte Nina Winter unter seiner Aufsicht ihre Sachen gepackt. Sie war sehr langsam gewesen, sie wollte nicht vom Hof weg und hatte immer wieder gesagt, sie müsse sofort ihre Eltern anrufen, sonst würden sie die Polizei informieren. Doch das hatte er nicht zugelassen. So dumm war er nicht. Der Nachbar war eine Sache gewesen – am liebsten hätte er ihm den Hammer auf den Schädel geschlagen –, die Eltern waren eine ganz andere. Einen in einem solchen Gespräch versteckten Hinweis würde er vielleicht überhören.

Er setzte den Transporter rückwärts vor die Eingangstür des Hauses und öffnete die beiden Hecktüren. Die eine klemmte, er musste daran reißen, damit sie aufging. Der Mangel kam auf seine Liste der zu reparierenden Dingen. Er freute sich schon darauf, den Wagen wieder in Schuss zu bringen.

Im Haus stieg er die Treppe ins Obergeschoss hinauf. Nina lag auf dem Bett, sie trug Jeans und T-Shirt. Die Arme waren auf den Rücken gefesselt, die Beine zusammengebunden, im Mund steckte ein Knebel aus einem Handtuch, das er aus dem Bad genommen hatte. Aus panischen Augen sah sie ihn an. Sie schwitzte stark, er vermutete, dass sie die ganze Zeit versucht hatte, sich zu befreien. Zwecklos. Knoten beherrschte er perfekt.

«Wir sind so weit», sagte er. «Dein neues Zuhause wartet auf dich.»

Er wollte sie vom Bett heben, doch sie trat nach ihm aus. Na, das fing ja gut an. Bisher hatte sie sich gut benommen, sodass er schon zu hoffen gewagt hatte, endlich die Richtige gefunden zu haben. Eine, die zu schätzen wusste, was er für sie tat. Doch jetzt hatte sie Angst, so wie damals Mareike, und wenn die Menschen Angst hatten, zeigten sie ihr wahres Gesicht. Dieses wahre Gesicht, so viel hatte er gelernt, blieb die meiste Zeit des Lebens über verhüllt, war aber immer da und bestimmte alles Denken und Handeln. Gruga hatte auch zwei Gesichter gehabt: eines für die Freunde, Nachbarn und Arbeitskollegen, das andere für ihn und seine Mutter. Nur Fred Martens nicht. Fred war stets er selbst gewesen, das hatte Tony sich von ihm abgeschaut.

Sollte er sich wirklich die Mühe machen und das Mädchen nach Hause bringen? Sich erneut eine holen, die nichts als Ärger machen würde? Oder sollte er ihr lieber mit dem Hammer den Schädel spalten und die Sache hier abbrechen? Es gab so viele andere Häuser, bei denen er es versuchen konnte. Allein in den letzten zwei Wochen hatte er sechs weitere Häuser ausfindig gemacht, deren Bewohner in der nächsten Zeit in den Urlaub fuhren.

Nina hielt seinem Blick stand. Sie hatte wunderschöne Augen. Sie war überhaupt wunderschön, und als er sie so hilflos daliegen sah, glaubte er, für sie ebenso zu empfinden wie damals für Mareike.

Ein letzter Versuch, sagte er sich, trat wieder ans Bett und beugte sich vor. Und diesmal hielt sie tatsächlich still, ließ sich von ihm auf die Arme nehmen und die Treppe hinuntertragen.

Dabei sah sie ihn sogar an, so intensiv, dass er spürte, wie er wieder rot anlief.

So sanft es ging, legte er sie im Heck des Transporters auf der Decke ab, die er extra dafür mitführte. Mit einem weiteren Seil fesselte er ihre Beine so, dass sie während der Fahrt nirgendwo gegentreten konnte. Als er damit fertig war, strich er ihr die verschwitzten Haare aus dem Gesicht.

«Die Fahrt dauert nicht lange. Ich möchte, dass du dich ganz still verhältst. Wirst du das für mich tun?»

Sie nickte, und er glaubte ihr.

Er verschloss das Haus, betrachtete es noch einen Moment und wünschte sich, länger hierbleiben zu können, vielleicht sogar für immer. Es war schön hier, schön und abgeschieden, und nachts leuchteten die Fenster weit in die Dunkelheit hinaus wie kleine Leuchtfeuer, an denen man sich orientieren konnte.

Aber es ging nicht, die Gefahr war zu groß.

Der neugierige Nachbar würde wiederkommen, da war er sich sicher.

Also nahm er schweren Herzens Abschied, stieg in den Transporter und startete den Motor. Der wollte nicht auf Anhieb anspringen, das kannte er schon. Auf seiner Liste stand längst ein neuer Anlasser, den er von einem Schrottplatz besorgen wollte. Nach mehreren Versuchen sprang der Motor dann doch an. Langsam rollte er vom Hof, der Schotter knirschte unter den Reifen. Vorn an der Straße stoppte er und sah sich um: Niemand zu sehen. Er bog auf die schmale Teerstraße ein und fuhr an dem Grundstück der Winters entlang, bis er an eine Kreuzung kam, an der sich vier schmale, einspurige Straßen trafen. Das Wegenetz war hier draußen ein wenig unübersichtlich, er hatte es in den letzten Wochen aber ganz gut kennengelernt und fand sich zurecht. Zuerst ging es nach rechts, nach zwei Kilometern musste er links abbiegen.

Und genau dort kam ihm der Wagen entgegen.

Er war silberfarben, eines dieser modernen koreanischen Autos, die es heute überall gab. Der Fahrer betätigte die Lichthupe und machte keinen Platz, sodass er gezwungen war abzubremsen.

Was sollte das?

Der Fahrer stieg aus, und er erkannte ihn im selben Moment: der Nachbar, der vor zwei Stunden auf dem Hof gewesen war. Freundlich lächelnd kam er auf ihn zu. Ihm blieb nichts anderes übrig, als die Scheibe herunterzukurbeln.

«Moin», sagte Wegener. «Hab ich mir gedacht, dass Sie das sind. Der Wagen kam mir bekannt vor. Die Tour gerade beendet? Spät dran heute, oder?»

«Ich hatte zwischendurch Probleme mit dem Wagen. Der Anlasser. Ich muss dringend einen neuen besorgen.»

Wegener klopfte gegen das Blech des Transporters.

«Ist ja auch nicht mehr der Jüngste, das gute Stück. Sagen Sie, ist Ihnen vielleicht etwas Ungewöhnliches aufgefallen?»

«Was meinen Sie?»

«Na ja, Sie kennen die Leute hier und deren Autos. Ich dachte an einen fremden Wagen oder so.»

«Warum? Stimmt etwas nicht?»

«Ich weiß nicht. Sie kennen doch den Hof der Winters, oder?»

«Ja, sicher, sehr nette Menschen. Sind auf meiner Zustelltour. Was ist denn mit ihnen?»

«Ich weiß nicht, wahrscheinlich nichts. Die sind gerade im Urlaub, und ihre Tochter passt auf den Hof auf. Ich war da vorhin, und die Kleine hat sich irgendwie merkwürdig verhalten. Außerdem war eine Scheibe an ihrem Wagen kaputt. Ich dachte mir, ich fahr noch mal hin. Sie haben also keinen fremden Wagen hier bemerkt, oder jemanden, der hier nicht lebt?»

«Nur mich.»

Wegener lachte. «Sie gehören doch längst zum Inventar, auch wenn Sie noch nicht so lange hier sind.» Er klopfte auf das Dach der Fahrerkabine.

«Na dann, gute Fahrt. Passen Sie auf sich auf, Anton.»

Wolfgang Thalmann, Thomas' Prokurist, wirkte bedrückt, als Thomas mit Priska im Schlepptau das Büro betrat. Seine runden Schultern hingen herab, als trüge er ein schweres Gewicht. Thomas hatte ihn eine Weile nicht gesehen, oder besser gesagt: bewusst gemieden. Er hatte ihm de facto die Führung der Firma allein überlassen, weil er sich voll und ganz auf die Suche nach Saskia konzentrieren wollte.

Thomas stellte Priska als Kommissarin vor und kam dann gleich zur Sache.

«Ist der Pullmann-Verlag noch unser Partner?»

«Pullmann? Ja, sicher.»

«Was machen wir für ihn?»

«Packen und Verteilen. Macht insgesamt dreißig Dauerkräfte. Es waren mal doppelt so viele, aber nachdem wir ein paarmal nicht liefern konnten, hat Pullmann sich …»

«Jaja, schon gut. Wir stellen Pullmann also Mitarbeiter zur Verfügung, um seine Verlagsprodukte, vornehmlich Zeitungen, zu verteilen. Ich kann mich erinnern, wie ich Pullmann als Kunden gewonnen habe, aber ich weiß nicht mehr, wann das war.»

«Vor drei Jahren», half Wolfgang Thalmann ihm auf die Sprünge.

Thomas nickte nachdenklich. Vor drei Jahren hatte er auch angefangen, sein Haus bauen zu lassen. Schon damals war der Arbeitsanfall bei MenAtWork Monat für Monat gestiegen, und er hatte sich nicht mehr so wie früher um die Einstellung oder Entlassung von Leiharbeitern gekümmert, sondern war mit administrativen Aufgaben und der Neukundengewinnung beschäftigt gewesen. Thomas wusste schlichtweg nicht mehr, für welche Partnerfirmen wie viele Leiharbeiter welche Aufgaben übernahmen. Es war ihm bekannt, dass sie für verschiedene Partner zum Beispiel Werbeflyer für Supermärkte, Sonntagszeitungen und andere Druckerzeugnisse verteilten, auch Tageszeitungen, aber nicht wo und wann.

«Haben wir einen Überblick darüber, wo wir für Pullmann die Tageszeitung verteilen?»

«Nein. Darum kümmert Pullmann sich selbst. Wir liefern nur die Leute.»

«Rufen Sie dort an. Ich muss wissen, ob unsere Leute in dem Gebiet, in dem ich wohne, die Tageszeitung verteilen.»

Wolfgang Thalmann starrte seinen Chef verständnislos an.

«Sofort!», herrschte Thomas ihn an.

Thalmann zuckte zusammen und ging zum Telefon.

«Wir gehen in die Personalabteilung», sagte Thomas und lief voran. Priska folgte.

Zwei Büros weiter war die Personalabteilung von MenAtWork untergebracht. Dort arbeiteten Maja Richter, Carolin de Vries und Elke Sommer. Sie waren für die Einstellung und Entlassung der Leiharbeiter zuständig. Thomas hatte sie selbst ausgesucht und eingestellt, denn für diese Aufgabe brauchte es ein Höchstmaß an Einfühlungsvermögen und Menschenkenntnis. Die drei machten ihren Job ganz hervorragend.

Sie waren zwischen fünfundzwanzig und fünfunddreißig Jahre alt, und anders, als es häufig in reinen Frauenbüros der Fall war, herrschte zwischen ihnen niemals Zickenkrieg. Maja Richter und Elke Sommer waren in den letzten Jahren schwanger gewesen, Carolin de Vries war es gerade und nicht anwesend. Während der Schutz- und Elternzeit hatten die jeweils anderen beiden die Arbeit mit übernommen. Thomas hatte nicht nachgefragt, aber er glaubte, dass sie die Schwangerschaften terminlich abgestimmt hatten, damit es nicht zu Überschneidungen kam. Allen dreien zahlte er ein Gehalt weit über dem Durchschnitt.

Auch hier stellte er Priska als Kommissarin vor.

«Stellen Sie doch bitte kurz Ihre Arbeit ein. Ich habe ein wichtiges Anliegen.» Und dann gab er mehr oder weniger wieder, was Nils ihm am Telefon erzählt hatte.

Nils hatte an einem Einfamilienhaus einen Flyer in einen Briefkasten stecken wollen. Auf dem Briefkasten war ein Aufkleber angebracht, der es verbot, Werbung, Zeitschriften oder sonstige Druckerzeugnisse einzuwerfen. Natürlich hatte Nils sich davon nicht abhalten lassen, und als er den Flyer eingeworfen hatte, war die Haustür aufgesprungen, ein wütender kleiner Mann war herausgeschossen und hatte geschrien:

«Können Sie nicht lesen, Mann?»

Mit so einem Verhalten war er bei Nils genau an der richtigen Adresse. Er hatte den Mann in ein Gespräch verstrickt, in dessen Verlauf klargeworden war, warum er keine Werbung und keine Zeitungen in seinem Briefkasten wollte. Nachdem dreimal in sein Haus eingebrochen worden war, war er darauf gekommen, dass die Einbrecher sich an seinem Briefkasten orientiert hatten. Der kleine wütende Mann war beruflich häufig unterwegs, und wenn er fort war, füllte sich der Briefkasten binnen weniger Tage mit Werbeflyern und kostenlosen

Zeitungen. Die Zusteller waren so blöd, einfach alles immer weiter hineinzustopfen, auch wenn es oben schon herausquoll. Ein sicheres Zeichen für Einbrecher, dass niemand zu Hause war. Da brachte es auch nichts, die bezahlte Tageszeitung abzubestellen.

Nils hatte gefragt, ob Thomas für die Dauer des Urlaubs die Tageszeitung abbestellt hatte. Hatte er. Direkt bei der Kundenhotline der Zeitung. Und wer wird ganz sicher darüber informiert, war Nils nächste Frage gewesen, die er auch gleich selbst beantwortet hatte: der Zeitungsausträger.

Die Austräger wussten, wann die Bewohner der Häuser, für die sie zuständig waren, im Urlaub waren. Zeitungsboten kannten oft auch die Bewohner persönlich, Gespräche über den Gartenzaun blieben nicht aus, Thomas hatte diese Erfahrung gerade heute am Morgen gemacht, zum allerersten Mal, und er konnte sich vorstellen, wie solche Gespräche abliefen. *Ach, Sie fahren in den Urlaub, wohin soll es denn gehen? Nach Mallorca, wie schön. Vierzehn Tage, das ist doch toll. Frau und Kinder kommen mit?* Zeitungsboten waren so etwas wie Vertrauenspersonen, die das Grundstück betreten und damit in die Privatsphäre eindringen durften. In den meisten Fällen wurden sie sogar von den Hunden toleriert, sie waren in der Nachbarschaft bekannt und fielen nicht weiter auf. Und zu den Feiertagen bekamen sie oft kleine Geschenke, die die Freundschaft erhielten.

Und die Firma MenAtWork, seine Firma, vermittelte genau solche Jobs!

Die beiden Damen hörten ihm aufmerksam zu.

«Vielleicht ist unter unseren Zustellern der Täter, der Saskia entführt hat», endete Thomas.

Elke Sommer nickte. «Dann hat dieser Polizist, dieser unhöfliche …»

«Scheurich», half er ihr auf die Sprünge.

«Ja, Scheurich. Dann lag er mit seinem Verdacht doch richtig. Er hat ja bereits alle Mitarbeiterunterlagen bekommen.»

Das war ein wunder Punkt, in den Elke Sommer ihren Finger legte. Seit Beginn der Ermittlungen konzentrierte Scheurich sich auf Thomas' und Saskias Bekanntenkreis und die Mitarbeiter von MenAtWork, und auch wenn er damit bisher nicht erfolgreich war, musste Thomas nun eingestehen, dass Scheurich vielleicht doch nicht so falschlag.

«Der Kommissar sucht nach irgendjemandem», sagte Thomas. «Aber ich habe einen Namen. Kennt jemand von Ihnen einen Anton Berg?»

Kopfschütteln.

Damit hatte Thomas gerechnet. Bei mehr als sechshundert Leihkräften konnte man nicht jeden persönlich kennen oder sich alle Namen merken.

«Okay. Dann gehen Sie bitte das aktuelle Personalverzeichnis nach Anton Berg durch.»

«Das wird nicht reichen», sagte Maja Richter.

«Warum nicht?»

«Weil wir gerade in diesem Segment eine hohe Fluktuation haben. Zeitungsboten kommen und gehen beinahe im Monatsrhythmus.»

«Dann gehen wir ein halbes Jahr zurück. Suchen Sie bitte auch unter den Ehemaligen nach Anton Berg.»

Der Wagen hielt, der Motor wurde abgestellt.

Nina Winter lauschte angespannt.

Auf der Ladefläche des Transporters war es stockdunkel, nur die Bremsleuchten und die Blinker sorgten zwischendurch immer wieder für etwas Licht. Nicht, dass etwas zu sehen gewesen wäre – die Ladefläche war leer.

Lange waren sie nicht unterwegs gewesen, vielleicht eine halbe Stunde. Nina hatte das Gespräch zwischen ihrem Entführer und Heinz Wegener mithören können, die Blechwände des alten Wagens waren dünn. Selbst wenn sie gekonnt hätte, hätte sie nicht auf sich aufmerksam gemacht, wusste sie doch, es wäre Wegeners Tod gewesen. Was sie gehört hatte, war aufschlussreich. Wegener und ihr Entführer kannten sich, da der Mann in der Gegend, in der ihre Eltern und Wegener lebten, Zeitungen austrug. Weil die Zeitung früh am Morgen kam, Nina aber immer lange schlief, wenn sie bei ihren Eltern auf dem Hof zu Besuch war, war sie sich sicher, dem Mann nie begegnet zu sein. Nina konnte sich erinnern, dass es in ihrem früheren Haus in der Stadt ähnlich gewesen war. Da sie zu Schulzeiten früh rausgemusst hatte, hatte sie zusammen mit Papa die Zeitung aus dem Kasten geholt oder sie sogar direkt vom Austräger entgegengenommen. Sie erinnerte sich an den alten Herrn Meyerdierks, der bei ihnen die Zeitungen gebracht hatte, bis er eines Tages überraschend nicht mehr gekommen war. Als Kind hatte Nina ihn immer Herr Meyerdings genannt. Klein war er gewesen, mit dickem Bauch, weißem Haar und weißem Vollbart. Eine Weile hatte Nina sogar geglaubt, Herr Meyerdings sei der Weihnachtsmann. Dann war er auf seiner Tour von einem Milchlaster überrollt worden.

Nina versuchte, sich ihren Entführer in dieser Rolle vorzustellen. Er war groß und kräftig, ein Mann wie ein Baum, mit Muskeln an den Unterarmen, die einem Angst machen konnten. Er trug einen weißen Vollbart, sodass von seinem Gesicht nicht viel zu sehen war, außer den traurigen Augen. Konnte dieser Mann so freundlich sein, dass die Menschen ihm vertrauten? Nina konnte und wollte es sich nicht vorstellen, aber es musste wohl so sein.

Nachdem es ein paar Minuten vollkommen still gewesen war, hörte Nina, wie er die Tür öffnete und ausstieg.

Die Angst, die sich während der Fahrt ein wenig gelegt hatte, war sofort wieder da. Ihr Entführer hatte von einem neuen Zuhause gesprochen, aber was meinte er damit? Wollte er Nina wirklich irgendwo anders unterbringen, wo es ihm sicherer erschien als auf dem Bauernhof? Oder würde er sie irgendwo im Wald töten und verscharren? Nina glaubte, durch die kurzen Gespräche eine Beziehung zu dem Mann aufgebaut zu haben, sie glaubte sogar, dass er genau das suchte: eine Beziehung. Sicher war sie sich aber nicht, und immer wieder schlich sich ein hartnäckiger Gedanke ein: Wann war so etwas für das Opfer je gutgegangen?

Warum holte er sie nicht endlich hier raus? Nina hätte sich gern bemerkbar gemacht, doch das ging nicht. Er hatte sie sehr geschickt gefesselt. Nicht mehr lange, dann würde sie Krämpfe in den Beinen bekommen.

Plötzlich ein Geräusch.

Es quietschte und scharrte und klang, als würde ein Tor geöffnet.

Also doch nicht irgendwo mitten im Wald! Das ließ Nina hoffen.

«Hallo!»

Der Ruf kam unvermittelt, und Nina zuckte zusammen. In der Dunkelheit riss sie die Augen noch weiter auf, so als könne sie dadurch besser hören.

«Kann ich Sie kurz sprechen. Ich suche ...»

Der Rest ging in einem metallenen Scheppern unter. Nina stellte sich vor, dass das geöffnete Tor irgendwo einrastete oder gegenschlug.

«Mein Name ist Kerkmann, ich bin von der Kripo Harburg.»

Kripo! Polizei!

Jetzt kämpfte Nina doch gegen ihre Fesseln an. Ihr Entführer hatte sie mit einem groben Hanfseil gefesselt, und er schien sich mit Knoten auszukennen, da löste sich gar nichts, der Spielraum wurde nicht größer. Sie konnte die Fersen leicht anheben und auf den Boden drücken, aber das erzeugte kein Geräusch, zumal sie auf einer Decke lag.

«Polizei?», fragte ihr Entführer draußen. «Ist etwas passiert?»

Die Worte waren jetzt klar und deutlich zu hören. Die beiden Männer mussten direkt neben dem Wagen stehen.

Nina schrie gegen den Knebel an. Mehr als ein gedämpftes «Unghh» kam dabei nicht heraus. Ihre Zunge fühlte sich taub an, ihr Mund war trocken, weil der Speichel vom Knebel aufgesaugt wurde.

«Was war das?», fragte der Polizist.

«Ich habe einen Hund hinten im Wagen. Leo. War gerade mit ihm beim Tierarzt, er hat wegen der Operation eine Narkose bekommen. Ich denke, er wacht gerade auf.»

«Was ist das für ein Hund?»

«Leonberger. Er ist alt und hat leider Krebs.»

Wieder schrie Nina gegen den Knebel an.

«Können Sie sich ausweisen?», fragte der Polizist.

«Ja, sicher. Ich habe meine Papiere vorn im Handschuhfach. Moment, ich hole sie.»

Nina schrie mit aller Macht, und sie glaubte, dass ihre Geräusche lauter wurden.

«Dem Hund scheint es wirklich nicht gutzugehen», sagte der Polizist.

Er hatte seine Position geändert, schien sich jetzt bei den Heckklappen zu befinden.

«Nicht aufmachen!», rief ihr Entführer aus der Fahrerkabine. «Manchmal beißen sie, wenn sie aus der Narkose erwachen.»

Von vorn kam ein metallenes Geräusch, und Nina stellte sich vor, wie dem Mann sein Hammer entglitten und auf den Boden gefallen war.

Sie kämpfte wie wild gegen die Fesseln, schrie dabei in den Knebel, war mittlerweile schweißgetränkt, und in ihren Beinen zogen sich die hinteren Oberschenkelmuskeln schmerzhaft zusammen.

«Wenn ich trotzdem mal ... hey, was soll ... nein ...!!»

Der Polizist schrie laut auf. Nina glaubte, ein klatschendes Geräusch zu hören, dann brach der Schrei ab. Auch Nina verstummte, lauschte. Kein Laut mehr da draußen. Ihr schossen die Tränen in die Augen.

Sie hatte es versaut. Hatte den Polizisten auf dem Gewissen. Wenn sie sich ruhig verhalten hätte, wäre wahrscheinlich nichts passiert.

Die Hecktüren wurden aufgerissen, und grelles Sonnenlicht fiel herein. Nina war geblendet und konnte nichts weiter sehen als einen schwarzen Umriss innerhalb dieser grellen Explosion.

Dann flog etwas in den Laderaum, und der alte Transporter ging in die Federn. Nina spürte eine Berührung an der Hüfte und zuckte zurück. Die Türen wurden zugeschlagen, abrupt war es wieder dunkel auf der Ladefläche.

Nina spürte die Wärme eines anderen Körpers und meinte, den metallenen Geruch von Blut zu riechen.

Anton Berg steht nicht auf der aktuellen Liste», sagte Thomas Bennett enttäuscht und ließ sich in den Sessel in seinem Büro sinken. Plötzlich fühlte er sich ganz kraftlos. «Und es war auch nie ein Mann namens Anton Berg bei MenAt-Work beschäftigt.»

«Dann ist das mit den Zeitungsausträgern eine falsche Fährte», sagte Priska Wagner. Sie stand mit verschränkten Armen vor dem Fenster und kaute nachdenklich auf der Unterlippe herum.

«Aber es klingt so plausibel. Es wäre die einfachste Methode, zu erfahren, wann die Leute im Urlaub sind. Und dann die Verbindung zu mir über die Firma!» Für Thomas war nach Nils' Anruf alles klar gewesen, er wollte nicht akzeptieren, auf der falschen Fährte zu sein.

«Vielleicht ist Anton Berg einfach nicht unser Mann», sagte er.

Sein Prokurist Thalmann klopfte, wartete auf ein Herein und betrat zögernd das Büro.

«Bei Pullmann hatte endlich jemand Zeit, sich mit meiner Anfrage zu beschäftigen. Sie sagen, in Bergedorf in der Gartenstraße, wo Ihr Haus steht, verteilt niemand von unseren Leiharbeitern Zeitungen.»

«Wie kann das sein?», fragte Priska.

«Wir sind nicht das einzige Unternehmen, das für Pullmann arbeitet. Er hat zwei weitere Personaldienstleister unter Vertrag.»

«Und wer ist für die Gartenstraße zuständig?»

Thalmann druckste herum. «Wollte man mir nicht sagen. Geschäftsinterna, die nicht an die Konkurrenz herausgegeben werden.»

Thomas schlug mit der flachen Hand auf den Tisch, dass es knallte.

«Verdammte Scheiße!», schrie er. «Haben Sie denen nicht gesagt, worum es geht?»

«Doch. Dort meint man aber, die Polizei wäre für so etwas zuständig.»

Thomas starrte seinen Prokuristen an und musste sich zusammenreißen, um nicht abermals laut zu werden. Thalmann konnte ja nichts dafür, auch wenn Thomas sich wünschte, er hätte sich besser durchgesetzt.

«Das wollen wir doch mal sehen», stieß Thomas heiser aus und schnappte sich das Telefon auf seinem Schreibtisch. «Wie ist die Nummer von Pullmann?»

Priska löste sich aus ihrer Haltung und berührte ihn an der Schulter.

«Wir machen das anders», sagte sie.

Thomas ließ den Hörer sinken.

«Und wie?»

«Jetzt gehen wir den offiziellen Weg. Komm mit!»

Priska verließ das Büro, und Thomas folgte ihr. Thalmann blickte ihnen ratlos hinterher.

«Wir beziehen Scheurich mit ein», sagte sie auf dem Weg durchs Treppenhaus.

«Scheurich? Der wird alles andere als begeistert sein.»

«Es geht nicht anders. Wir kommen so nicht weiter. Wenn ich mir mit Scheurich einig bin, gehe ich zu meinem Chef. Dann kann ich wieder offiziell ermitteln.»

Sie stiegen in ihren Wagen und fuhren los. Ein paar Minuten saßen sie schweigend nebeneinander, im Wagen breitete sich eine ungute Stimmung aus. Die Euphorie war verflogen.

«Was, wenn es doch zwei verschiedene Personen sind, der Mann, der Ulrike Bokelmann tötete, und der, der Saskia in seiner Gewalt hat?», sprach Thomas seine Gedanken laut aus.

Es ließ ihn nicht los, warum Anton Berg nicht auf seiner Liste auftauchte und auch niemals bei MenAtWork beschäftigt gewesen war.

«Dann hätte ich mich getäuscht», sagte Priska und klang bedrückt. «Möglich ist es natürlich, aber es spricht so vieles dafür, dass es ein und dieselbe Person ist. Doktor Gente sagte, er glaube, Anton Berg sei nach seiner Ausbildung zum Schmied zur Bundeswehr gegangen. Du hast mir wegen dieser Sache mit dem Maßband von der Möglichkeit erzählt, dass der Täter Soldat ist oder war.»

«Mein Vater hat den Bezug hergestellt», wandte Thomas ein.

«Wer auch immer, es klingt plausibel. Jemand, der nie davon gehört hat, dass man von einem Maßband etwas abschneidet, um eine sich verringernde Zeitspanne zu messen, würde nicht darauf kommen. Und dann die Sache mit den verbrannten Fingerkuppen.»

Priska schlug mit der Hand aufs Lenkrad.

«Das kann alles kein Zufall sein. Und dann noch etwas: Jochen Buhlmanns Tochter hat mir erzählt, dass der Lehrling, den sie nur Lupo nannte, weil er dort oben in seinem Turmzimmer hockte, immerzu nach draußen gestarrt hat. Du hast es von Gente gehört: Anton Berg wurde misshandelt und war mehr oder weniger von seiner Familie getrennt unter Kost und Logis bei Buhlmann untergebracht. Er war in einer fremden Welt vollkommen isoliert. Ich bin dort oben gewesen, habe hinausgesehen und mir vorgestellt, wie er total einsam dort oben in diesem furchtbaren Zimmer unter dem Dach hockte, nach draußen starrte und all die erleuchteten Fenster der Wohnhäuser sah, hinter denen sich ganz normales Familienleben abspielte.»

«Du meinst, er hat in dieser Zeit diesen Hass auf solche

Familien bekommen? Auf Pärchen wie Saskia und mich oder dieses andere Pärchen in Hamburg?»

«Womöglich.»

«Aber wie passt Ulrike Bokelmann da rein?»

«Die Frage stelle ich mir auch die ganze Zeit», sagte Priska. «Es muss eine Verbindung geben, ich sehe sie nur nicht. Noch nicht.»

«Vielleicht ist dieser Heinz Gruga die Verbindung», schlug Thomas vor.

«Die Leiche auf dem Dachboden der Schmiede ist ein weiterer Grund dafür, warum ich davon überzeugt bin, mich nicht getäuscht zu haben. Wenn Anton Berg unser Mann ist, dann hat er vor zwei Jahren Heinz Gruga getötet und vor drei Monaten Ulrike Bokelmann. Zeitgleich fängt er an, in die Wohnungen von Menschen einzuziehen, die sich im Urlaub befinden, die Männer auszuschalten und die Frauen zu entführen. Gruga und Bokelmann waren nur Vorbereitungen für das, was er sich wirklich wünscht.»

«Eine Beziehung», sagte Thomas. «Deshalb hat er mich aus den gemeinsamen Fotos mit Saskia geschnitten.»

«Eine Beziehung, ja. Vielleicht standen sowohl Gruga als auch Bokelmann ihm dabei im Weg. Wie auch immer.»

«Könnte Gruga der Vater von Ulrike Bokelmann gewesen sein?»

«Vom Alter her ginge es gerade so. Aber sie war nie verheiratet, also passt der Name nicht, außerdem taucht sie nicht in den Unterlagen über den Vermisstenfall Gruga auf. Zumindest hat Scheurich nichts verlautbaren lassen.»

«Es könnte ihm entgangen sein. Ganz ehrlich, für wirklich kompetent halte ich ihn nicht. Und du auch nicht, sonst hättest du mir damals im Krankenhaus nicht deine Karte dagelassen.»

Priska sah ihn an und lächelte. «Doch, hätte ich in jedem

Fall. Du sahst so verloren und verzweifelt aus in diesem Krankenbett, selbst wenn ich Scheurich für den zweiten Sherlock Holmes gehalten hätte – was nicht der Fall ist –, hätte ich dir meine Hilfe angeboten. Aber du hast recht, er könnte es übersehen haben.»

«Deine Worte damals haben mir Mut gemacht. Ich weiß nicht, ob ich sonst die Suchaktion gestartet hätte.»

«Hättest du! Schließlich ist Saskia dein Mädchen.»

Thomas nickte nur. Die Erwähnung ihres Namens tat immer noch weh und sorgte für einen Kloß in seinem Hals.

«Wir finden heraus, was mit ihr passiert ist», sagte Priska. «Schau dir doch nur an, was für ein gutes Ermittlerduo wir beiden abgeben. Ich bin von dem Fall abgezogen und krankgeschrieben, du hast keinerlei kriminalistische Ausbildung, und trotzdem kommen wir voran.»

«Findest du, dass wir vorankommen? Im Moment bin ich nur verwirrt.»

«Das ist bei Ermittlungen häufig so. Uns fehlen noch die entscheidenden Puzzlestücke. Du kannst das gesamte Bild ohne diese Stücke aber nicht erkennen.»

«Vielleicht kann Scheurich die Stücke beitragen.»

Priska lachte trocken auf.

«Damit wären wir das unwahrscheinlichste Ermittlertrio der Welt.»

Scheurich kochte!

Kaum hatte er Priska und Thomas im Wartebereich des Präsidiums entdeckt, änderte sich seine Gesichtsfarbe von weiß über rot zu lila. Er schob sie in den kleinen Vernehmungsraum. «Ich fasse es nicht! Das wird Konsequenzen haben für

Sie!», fuhr er Priska an, die sich zunächst einmal kleinlaut gab.

Sie wollte etwas von ihm, kam ohne seine Hilfe nicht mehr weiter, da war es klüger, die Reumütige zu geben, auch wenn sie Scheurichs gockelhaftes Verhalten völlig überzogen fand.

«Ich werde umgehend meinen Chef darüber informieren, und der wird sich mit Ihrem Chef in Verbindung setzen. So etwas habe ich ja überhaupt noch nicht erlebt. Und von Ihnen bin ich maßlos enttäuscht.»

Sein Finger stach in Thomas' Richtung. «Sie kommen hierher, tun so, als würden Sie sich entschuldigen wollen, und haben doch nichts anderes vor, als meine Gutmütigkeit auszunutzen.»

«Das stimmt nicht», versuchte Thomas sich zu verteidigen. «Bei allem, was ich tue, geht es mir einzig und allein darum, Saskia zu finden. Ich entschuldige mich tausendmal bei Ihnen, wenn es dem Ziel dient, und noch öfter enttäusche ich Sie.»

Scheurich starrte Thomas an. An seinem Hals pulsierte eine Ader in ungesundem Rhythmus.

«Wir drei stehen so kurz davor, diesen Fall zu lösen», mischte sich Priska ein und demonstrierte mit Daumen und Zeigefinger, wie kurz. «Wir müssen nichts weiter tun, als zusammenzuarbeiten. Es geht nicht um uns, es geht um die Opfer, da sollten alle persönlichen Belange außen vor bleiben.»

«Das lässt sich leicht sagen, wenn man die Regeln mit den Füßen tritt und so tut, als könne man sich alles erlauben», fuhr Scheurich sie an.

«Falls ich Ihnen damit einen Schaden zugefügt haben sollte, entschuldige ich mich ebenfalls dafür», sagte Priska und meinte es in diesem Moment sogar ernst. «Aber ich glaube eher, ich habe mir selbst Schaden zugefügt, und ich würde es wieder tun, wenn ich den Opfern damit helfen kann. Aber jetzt kommen wir ohne Ihre Hilfe nicht weiter, deshalb bitte ich Sie eindringlich, hören Sie sich an, was wir haben.»

Es fiel Priska nicht schwer, Scheurichs bösem Blick standzuhalten. Sie wusste, es steckte nicht viel Rückgrat dahinter, er nutzte in diesem Moment nur seine vermeintlich bessere Position aus. Darüber hinaus konnte sie sehen, wie er ins Grübeln geriet und seine Wut sich abkühlte. Scheurich war der Typ Ermittler, der auf den Zug aufsprang, wenn es ihm dienlich erschien.

Einen Augenblick standen sie sich schweigend gegenüber, und jeder Außenstehende hätte den Eindruck gewinnen müssen, hier fände gleich ein Faustkampf statt. Dann jedoch entspannte sich die Atmosphäre plötzlich.

«Und was haben Sie?», fragte Scheurich widerwillig.

«Einen Namen», sagte Priska.

«Reden Sie. Dann entscheide ich, ob ich helfe.»

Also klärte Priska ihn über den Leichenfund in der Schmiede von Hartmut Köster auf. Dabei gab sie sich die Blöße und verriet, dass es eigentlich sie gewesen war und nicht Köster, die die Leiche gefunden hatte, und dass sie ohne Befugnis in der Schmiede gewesen war. Priska hoffte, dadurch etwas Vertrauen bei Scheurich zu gewinnen, denn er glaubte sicher, sie damit in der Hand zu haben. Sie weihte ihn auch in den gesamten Hintergrund ein: die Ermordung des alten Buhlmann, der Einbruch sechsunddreißig Jahre später in der Schmiede, die gestohlenen Unterlagen des Auszubildenden von damals. Priska berichtete ausführlich und ließ sich Zeit, denn Scheurich musste alle Zusammenhänge begreifen, sonst würde er sie abblitzen lassen. Zuletzt berichtete sie von den verbrannten Fingerkuppen des Lehrlings.

Danach war Thomas an der Reihe. Er erzählte Scheurich von der Idee, dass ein Zeitungsausträger der Täter sein könnte, die Verlagsgruppe sich aber weigerte zu kooperieren.

Scheurichs Blick war schwer zu deuten. Er schien in Schockstarre gefallen zu sein.

Priska befürchtete schon, ihn nicht überzeugt zu haben. Doch dann fragte er endlich:

«Wie heißt dieser Lehrling?»

«Anton Berg.»

«Kommen Sie mit», sagte Scheurich. «Wir gehen in mein Büro.»

Priska fiel ein Stein vom Herzen. Er hatte es geschluckt. Als Scheurich vorausging, wechselte sie einen schnellen Blick mit Thomas. Der wirkte ebenfalls erleichtert.

Auf dem Gang fragte Scheurich an Thomas gewandt:

«Und ein Mann mit diesem Namen hat nie in Ihrem Unternehmen gearbeitet?»

«Nein», gab Thomas zu. «Leider nicht. Da endet die Spur. Er könnte wie gesagt bei einem anderen Unternehmen arbeiten.»

«Was ist mit Ihrer Freundin? Frau Laak ist doch erst zwei Monate vor dem Überfall bei Ihnen eingezogen. Hat der Täter eventuell zuvor bei ihrer alten Adresse Zeitungen verteilt, und nicht Sie selbst, sondern Frau Laak war von Anfang an sein Ziel?»

«Sie wohnte vorher bei ihren Eltern», sagte Thomas nachdenklich. «Und dann hätte er nichts von unserem gemeinsamen Urlaub gewusst.»

«Auch wieder wahr.»

«Ist im Moment nicht entscheidend, wie er auf Sie gekommen ist. Zuerst einmal müssen wir diesen Anton Berg finden», sagte Scheurich und führte sie in sein Büro.

Das war penibel aufgeräumt. Es gab keine Grünpflanzen und keinen Nippes, alles diente der Arbeit. Auf dem Schreibtisch lagen zwar Unterlagen, doch sie schienen kantengenau ausgerichtet zu sein, genau wie die vier Bleistifte, deren Abstand zueinander wie ausgemessen wirkte.

Scheurich ging hinter seinen Schreibtisch, zog den Stuhl heran, setzte sich und begann sofort, die Anfrage in das interne Datensystem einzugeben.

Priska und Thomas standen herum wie bestellt und nicht abgeholt. Es war Thomas, der sich schließlich in einen der ungemütlichen Besucherstühle sinken ließ. Priska folgte seinem Beispiel. Gebannt starrten sie Scheurich an, auf dessen Gesicht das blaue Licht des Monitors fiel. Bis auf das Klappern der Tastatur war es still im Raum. Priska glaubte, Thomas Herz schlagen zu hören. Sie warf ihm einen Blick zu. Er war nach vorn auf die Kante des Stuhls gerutscht, hatte die Ellenbogen auf die Knie gestellt und die Finger wie zum Gebet gefaltet. Sein gesamter Körper stand unter Spannung. Natürlich hoffte er, dass diese Spur ihn zu seiner Freundin führte, und Priska mochte sich nicht vorstellen, was passieren würde, wenn sie Saskia tot fanden. Nach drei Monaten war das leider wahrscheinlich, zumal sich der Täter danach noch ein weiteres Opfer gesucht hatte.

«Wie sieht es mit dem anderen Fall in Wilhelmsburg aus?», fragte Priska in die Stille hinein. «Gibt es da eigentlich etwas Neues? Hat das Pärchen während seines Urlaubs die Zeitung abbestellt?»

Scheurich brachte sie mit einer überheblichen Handbewegung zum Schweigen und konzentrierte sich auf den Bildschirm.

«Da haben wir ihn doch. Anton Berg, geboren am 01. 12. 1961. Gelernter Schmied. Später Berufssoldat. 1987 unehrenhaft entlassen, der Grund steht hier nicht. Und jetzt wird es interessant: Im gleichen Jahr tötete er einen jungen Mann namens Carsten Bolte. Er erschlug ihn mit einem Aschenbecher aus der Wohnung des Getöteten. Nach der Tat entführte er die 22-jährige Mareike Schulz aus deren Wohnung. Da er sie vorher schon einmal bedrängt hatte, kam man ihm schnell auf die Spur. Leider nicht schnell genug, für Mareike Schulz kam jede Hilfe zu spät. Er hat sie mehrfach gegen eine Wand gestoßen, sie ist später an ihren schweren Kopfverletzungen gestorben. Schulz und Bolte waren ein Paar.»

Der Drucker auf Scheurichs Schreibtisch hatte vor sich hin gerattert, während Scheurich vorgelesen hatte, und zwei Fotos ausgespuckt. Priska nahm eines davon und hielt es so, dass Thomas es auch betrachten konnte.

Anton Berg hatte einen großen und breiten Schädel mit kräftigem Kiefer. Als das Foto gemacht worden war, hatte er volles braunes Haar gehabt und war glatt rasiert. Seine Nase war offensichtlich gebrochen gewesen. Die Augen waren auf dem Ausdruck nicht besonders gut zu erkennen, sie lagen tief in den Höhlen und standen dicht beieinander. Darüber wölbte sich eine markante Stirn.

«Anton Berg wurde zu einer lebenslangen Haftstrafe mit anschließender Sicherheitsverwahrung verurteilt. Er hat die höchstmögliche Strafe abgesessen: fünfundzwanzig Jahre. Im Arrest hat er den Beruf des Elektrikers erlernt. Vor drei Jahren wurde er entlassen. Gemeldet ist er hier in Hamburg unter ...»

Scheurich stockte.

Dann stand er auf und trat an die Wandkarte an der rechten Seite des Raumes. Priska und Thomas sprangen ebenfalls auf.

Scheurich nahm ein gelbes Fähnchen und steckte es neben ein rotes, das sich bereits auf der Karte befand.

«Anton Berg wohnt eine Straße von Ulf und Swantje Bergmann entfernt.»

Du kannst da nicht mit hinein, keine Chance. Aber ich berichte dir alles, sobald der Einsatz beendet ist.»

Priska sah Thomas an, dass er gegen diese Anweisung rebellieren wollte.

«Bitte», setzte sie nach. «Sollten wir Saskia dort oben finden, was ich nicht glaube, dann hole ich dich.»

«Versprichst du es? Egal, was mit ihr ist?»

«Ich verspreche es.»

Sie sahen sich in die Augen, dann nickte Thomas.

«Okay, ich warte hier.»

«Danke.»

Priska sprang aus ihrem Wagen. Während sie über die Straße lief, wollte sie nach ihrer Dienstwaffe greifen, doch die war nicht da. Natürlich nicht. Priska war schließlich im Krankenstand und die Waffe auf dem Revier eingeschlossen. Die Zeit war zu knapp gewesen, um ihren Chef darüber zu informieren, dass sie an diesem Einsatz in Hamburg-Wilhelmsburg teilnahm. Natürlich würde sie es ihm nachträglich beichten müssen, denn ihr Name würde in den offiziellen Berichten auftauchen. Deshalb konnte Priska nur hoffen, dass Anton Berg ihr Mann war – nur ein durchschlagender Erfolg würde sie vor einer drohenden Suspendierung retten. In diesem Moment stand so einiges auf dem Spiel – viel mehr als ihre Karriere bei der Polizei. Es tat ihr leid, Thomas im Wagen zurücklassen zu müssen, aber anders ging es nicht. Scheurich duldete keinen

Zivilisten bei diesem Zugriff, das hatte er deutlich gemacht. Diese Wartezeit, so kurz sie auch sein mochte, musste für Thomas unerträglich sein.

Auf der Fahrt hierher hatte Priska ihm klarzumachen versucht, dass es unwahrscheinlich war, Saskia hier zu finden. Eine kleine Einzimmerwohnung in einem Mietsblock in einer belebten Stadt war nicht dazu geeignet, entführte Personen gefangen zu halten. Wie sollte er die Frauen hineinbekommen, ohne gesehen zu werden? Thomas hatte daraufhin nur erwidert, der Täter habe Swantje Bergmann nur eine Straße weiter aus einer ähnlichen Wohnlage entführen können, ohne gesehen zu werden. Thomas setzte alle Hoffnung auf diesen Einsatz, und er stand bis in die Haarspitzen unter Adrenalin. Allein schon deshalb durfte er nicht dabei sein, und streng genommen hätten sie ihn im Revier lassen müssen, am besten an einen Heizkörper gefesselt, doch das hatte Priska nicht übers Herz gebracht.

Nachdem Anton Bergs Wohnort feststand, hatte Scheurich sofort ein Sondereinsatzkommando aktiviert und ein paar Kollegen dazugeholt, die an den Ermittlungen im Fall Bennett / Laak beteiligt waren. Thomas und sie waren schneller als das SEK vor dem heruntergekommenen Mietshaus angekommen, hatten auf Scheurichs Anweisung hin aber warten müssen. Im Hinterhof der gegenüberliegenden Bäckerei hatten die Männer sich versammelt: Scheurich, seine Kollegen und der Einsatzleiter des SEK, der von dort aus seine Truppe befehligte.

Priska stieß zu ihnen.

«Ich will Bennett hier nicht sehen», wiederholte Scheurich.

«Alles klar! Er hält sich zurück.»

«Ich hoffe es. Es geht auf Ihre Kappe, wenn nicht.»

Damit wandte er sich an den Einsatzleiter. «Kann losgehen.»

Der bellte einige kurze Befehle in sein Funkgerät. Priska hielt sich hinter den Männern. Es war Scheurichs Aktion, und sie wollte ihn nicht schon wieder gegen sich aufbringen, indem sie sich in die erste Reihe drängte. Sie konnte nicht sehen, was sich auf der Straße und in dem Gebäude abspielte, in dem Anton Berg seit drei Monaten gemeldet war, aber da sie die Abläufe kannte, war es nicht schwer, es sich vorzustellen. Diese Kommandos liefen immer nach einem bestimmten, eintrainierten Muster ab.

Aus einem Lüftungsschacht in der Wand über ihr drang der Geruch nach frischem Brot, und sie hörte Stimmen aus der Backstube. Kurios, dachte Priska. Die backen dadrinnen Brot und Brötchen, und wir versuchen hier draußen, einen Mehrfachmörder festzunehmen – jeder tut, was er am besten kann. Das war ein Spruch ihres Vaters gewesen, und Priska hatte ihn sich zu eigen gemacht. Er half, schwierige Zeiten zu überstehen.

Priska begann zu schwitzen. Es war heiß und stickig in dem Hinterhof. Ihr Shirt klebte am Rücken. Dem Einsatzleiter, einem großen schlanken Kerl, lief der Schweiß aus dem kurzen Haar im Nacken in den Kragen seiner Uniform.

Nach unerträglich langen Minuten kam von dem SEK-Kommando über Funk die Entwarnung: In der Wohnung war niemand.

Scheurich nickte seinen Männern zu. Sie setzten sich in Bewegung. Priska folgte ihnen ungefragt. Scheurich schien sie bereits vergessen zu haben.

Vor dem Gebäude, im Eingangsbereich, auf jedem Treppenabsatz standen SEK-Beamte in ihren martialischen Schutzanzügen. Die Läufe ihrer Waffen waren zu Boden gerichtet, sie wirkten entspannt. In Zeiten von Terroranschlägen war dies hier für sie wahrscheinlich ein vergleichsweise harmloser Einsatz. Neben diesen Jungs, die alle groß und wuchtig waren, kam Priska sich sehr klein vor, fast wie ein halber Mensch. Ein Hobbit in einer Welt voller Riesen.

Die Tür zur Wohnung von Anton Berg war zerstört. Nur noch Reste hingen in den Angeln. Es war eine sehr dünne, billige Tür, die sicher kaum Widerstand geleistet hatte.

Scheurich drang als Erster in die Wohnung vor. Er hielt dabei seine Dienstwaffe so, als müsse er die Räume sichern. Eine affektierte, überflüssige Aktion, die ihm bei den SEK-Kollegen sicher keinen Respekt verschaffte. Der Gruppenleiter trat ihm entgegen. Seine Waffe steckte längst wieder im Holster am rechten Oberschenkel.

«Zielsubjekt ist nicht in der Wohnung», sagte er. «Auch keine weiteren Personen.» Dann verschwand er, ohne Scheurich auch nur eines Blickes zu würdigen. Seine Männer folgten ihm. Sie wirkten enttäuscht und gelangweilt. Priska selbst war jedenfalls enttäuscht.

Sie hatte zwar nicht damit gerechnet, Bergs Entführungsopfer hier zu finden, aber sie hatte sich erhofft, ihn selbst festnehmen zu können. Wie sollten sie ohne seine Hilfe sein Versteck ausfindig machen?

Die Wohnung bot dann aber doch noch eine Überraschung.

«Hier lebt doch niemand!», stieß Scheurich aus.

Er hatte recht. Außer der klapprigen Einbauküche gab es kein einziges Möbelstück. Die kleine, schäbige Wohnung war genauso leer wie der abgeschaltete Kühlschrank.

«Kein Irrtum mit der Adresse?», fragte Priska.

«Wir sind doch nicht vom Lande», schnauzte Scheurich sie an.

«Schönen Dank auch», schnauzte sie zurück. Warum

schauten die Kollegen aus der Stadt immer auf die Kollegen vom Lande herunter?

Etwas bedröppelt standen sie beieinander und mussten erst einmal ihre Gedanken ordnen. «Dass er die entführten Frauen nicht hierherbringt, war zu erwarten», sagte Priska. «Aber dass er selbst nicht mal hier wohnt ...» Sie ließ den Satz unvollendet.

«Eine Alibiadresse für die Behörden», vermutete Scheurich. «Berg muss sich immer noch in regelmäßigen Abständen melden, er steht unter der Beobachtung des psychiatrischen Dienstes.»

«Dann war von denen aber keiner hier», mutmaßte Priska.

«Er hat die Wohnung kurz nach dem Angriff auf Bennett angemietet. Vielleicht finden wir ihn unter der vorherigen Adresse.»

«Glaube ich nicht», sagte Priska.

«Warum nicht?»

«Weil er schlau ist.»

«Das heißt, er lebt anonym woanders», sagte Scheurich.

«Ja, und wahrscheinlich sogar zusammen mit den Frauen.»

Scheurich sah sie aus schmalen Augen an.

«Wie kommen Sie darauf?»

«Ist nur so ein Gefühl.»

«Ein Gefühl. Aha. Und sagt Ihnen Ihr Gefühl auch, wo das sein könnte?»

Priska schüttelte den Kopf.

Thomas saß schwitzend in Priskas Wagen. Es war warm und stickig, aber er wollte seine leichte Sommerjacke nicht ausziehen. Sein Körper vibrierte, er musste sich zwingen, nicht auszusteigen und hinüberzulaufen. Er hatte es Priska versprochen und würde sich daran halten, aber es war verdammt schwer.

In seinen Händen hielt er den Computerausdruck von Anton Bergs Foto.

So sah also ein Mörder aus! Dieser Mann hatte nachweislich zwei Menschen getötet, und wenn er derjenige war, den sie suchten, sogar noch einige mehr. Berg wirkte grobschlächtig und einfach gestrickt, aber wenn Thomas ihm auf der Straße begegnet wäre, hätte er ihn sicher nicht für einen Mörder gehalten.

Das Foto stammte aus der Zeit, als Berg wegen der Morde verhaftet worden war. Es war folglich fünfundzwanzig Jahre alt. Jetzt war der Mann über fünfzig, viel älter also. Vielleicht hatte er sein Haar eingebüßt, vielleicht trug er einen Vollbart. Thomas versuchte ihn sich so vorzustellen: ein älterer Mann mit Vollbart und Halbglatze, kräftig, mit groben Zügen. Er konnte sich an niemanden erinnern, der so aussah, musste aber zugeben, dass er seinen Zeitungszusteller bis heute noch nie gesehen hatte. Und sollte sich Berg je bei MenAtWork vorgestellt haben …

Thomas zuckte zusammen.

Es gab eine Direktive bei MenAtWork, die er ganz am Anfang, unmittelbar nach der Firmengründung, selbst erlassen hatte: Alle Bewerber wurden nach eventuellen Vorstrafen befragt.

Thomas wusste, dass war in der Form nicht zulässig. Man durfte in Vorstellungsgesprächen nicht nach Vorstrafen fragen, wenn diese keinen konkreten Bezug zu dem geplanten Arbeitsverhältnis hatten. Thomas hatte sich dafür entschieden, in den Fragebogen eine allgemeine Frage zu Vorstrafen aufzunehmen und erst dann genauer nachzufragen, wenn diese Frage mit Ja beantwortet wurde oder aber überhaupt nicht. Rein rechtlich gesehen waren Bewerber nicht verpflichtet, diese Frage zu beantworten, sie durften dann sogar lügen, aber wer schwieg, die Auskunft verweigerte oder sich in Widersprüche verstrickte, machte sich natürlich verdächtig.

Hatte Anton Berg sich bei MenAtWork beworben und war aus diesen Gründen abgelehnt worden? Was, wenn er bei einem anderen Unternehmen angenommen worden war und dann zufällig in der Gartenstraße Zeitungen verteilen musste? Er könnte Thomas wiedererkannt und beschlossen haben, sich für die Abfuhr zu rächen. Waren Saskia und er so in sein Fadenkreuz geraten? Oder hatte Scheurich recht mit seiner Annahme, der Täter könnte bei Saskias Eltern Zeitungen ausgetragen haben und dort auf sie aufmerksam geworden sein?

Thomas zog sein Handy hervor und rief in der Firma bei Elke Sommer von der Personalabteilung an. Er fragte sie, ob sie sich an einen Mann erinnern könne, der wegen seiner Vorstrafe abgelehnt worden war und sich deswegen aufgeregt hatte. Auf Anhieb fiel ihr niemand ein, sie wollte aber mit den Kolleginnen sprechen, auch mit Carolin de Vries, die gerade in Mutterschutz war. Thomas kündigte an, ihr ein Bild des Mannes zu schicken. Nachdem er aufgelegt hatte, fotografierte er den Ausdruck von Anton Berg und schickte ihn an Elke Sommer.

Danach hielt ihn nichts mehr im Wagen. Er stieß die Tür auf und sprang raus. Es war wie eine Befreiung. Er atmete tief durch und zerknüllte mit seinen schweißnassen Händen das Foto von Anton Berg.

Was dauerte da nur so lange?

Thomas lief um den Wagen herum, seine Nervosität wuchs und wuchs. Wenn die Polizei Anton Berg fasste, würde er ihnen sagen können, wo er Saskia gefangen hielt. Aber würde er es auch tun?

Er kontrollierte sein Handy, obwohl es nicht lautlos gestellt war. Kein Anruf, weder von Elke Sommer noch von Priska. Dabei bemerkte er die Druckerschwärze an seinen Fingern. Sein Schweiß hatte die Farbe vom Computerausdruck gelöst. Plötzlich fiel es ihm wie Schuppen von den Augen.

Die schwarzen Fingerabdrücke an der Terrassentür! Sie stammten von dem Täter, natürlich! Als er in seiner Wohnung gewohnt hatte, hatte er weiterhin Zeitungen ausgetragen und davon Druckerschwärze an den Fingern gehabt. Ein Beweis dafür, dass Nils' Theorie stimmte! Das musste er unbedingt Priska sagen.

Thomas entfernte sich ein Stück vom Wagen in die Richtung, in die Priska vor zehn Minuten verschwunden war. Nach fünf Metern blieb er stehen. Er hatte versprochen, ihr nicht zu folgen. Aber wo zum Teufel blieb sie? Als er gerade so weit war, auf sein Versprechen zu pfeifen, kam Priska angelaufen. Sie wirkte angespannt.

«Die Wohnung ist leer», rief sie. «Und es sieht so aus, als hätte Berg nie wirklich darin gelebt. Die Kollegen befragen jetzt die Nachbarn und den Vermieter. Scheurich kümmert sich um den vorherigen Wohnort.»

«Und Saskia?»

Priska schüttelte den Kopf. «Da oben gibt es nicht ein einziges Anzeichen dafür, dass sie je dort gewesen ist oder dass Anton Berg überhaupt unser Mann ist. Ich bin aber nach wie vor überzeugt davon. Warum sonst sollte er so eine Alibiwohnung vorhalten? Er hat ein anderes Versteck, und das müssen wir finden.»

«Hast du eine Ahnung, wo das sein könnte?»

Priska schüttelte den Kopf.

«Leider nicht. Aber ich verspreche dir, wir werden es herausfinden. Wir fahren jetzt nach Buchholz, und ich spreche mit meinem Chef. Er muss von diesem Einsatz erfahren und mich wieder an dem Fall arbeiten lassen.»

Der Geruch von Blut hing schwer im Inneren des dunklen Wagens. Sie kämpfte gegen die Fesseln an, wälzte sich hin und her, drehte ihre Handgelenke, bis die Haut aufriss und zu bluten begann. Die schmierige Schicht zwischen Haut und Fesseln erhöhte den Spielraum, und für einen Moment glaubte Nina, aus den Fesseln schlüpfen zu können, aber es klappte nicht.

Nachdem ihr Entführer den halbtoten Polizisten auf die Ladefläche geworfen hatte, war der Wagen noch ein paar Meter weitergefahren und abgestellt worden. Das lag ungefähr zehn Minuten zurück. Seitdem war es still, bis auf das Vibrieren des Handys in der Jackentasche des Polizisten! Dreimal war er bisher angerufen worden, und Nina begriff: Wenn sie es nicht schaffte, an das Handy zu kommen, war der Polizist nicht ihre Rettung, sondern ihr Untergang.

Wenn ihr Entführer unter Stress geriet, würde er sie töten, da war sich Nina sicher. Plötzlich hasste sie den Polizisten dafür, dass er so dumm gewesen war, sich von dem Entführer überrumpeln zu lassen. Er war doch Polizist, er hätte ihn erschießen müssen!

Andererseits: Wenn der Polizist sich nicht meldete, würde doch bestimmt jemand nach ihm suchen, dachte Nina. Seine Kollegen mussten doch wissen, wo er sich aufhielt. Sie würden kommen, den Täter festnehmen und sie befreien. Sie mussten sich nur beeilen und …

Nina hörte ein Geräusch.

Sekunden später wurden die Türen des Transporters geöffnet. Helles Licht fiel herein und blendete Nina. Sie musste die Augen zusammenkneifen und konnte nicht mehr erkennen als einen schwarzen Schemen im Zentrum des Lichtes. Sie spürte den Wagen in die Federn gehen, und der Körper des Polizisten neben ihr wurde von der Ladefläche gezogen.

Erneut Stille.

Ihre Augen gewöhnten sich an das Licht, ihr Blick folgte einer blutigen Spur auf dem Boden, die an der Ladekante abriss. Dahinter sah sie den rostigen Kopf einer Anhängerkupplung, graue Pflastersteine und schließlich eine Hauswand aus roten Ziegelsteinen. Ein metallenes Rohr verlief an der Wand.

Nina unternahm noch einen letzten Versuch, den Fesseln zu entkommen, aber es war hoffnungslos. Sie wimmerte vor Schmerzen und ergab sich ihrem Schicksal.

Jetzt kehrte ihr Entführer zurück. Er hatte den Polizisten auf der Schulter getragen, an seinem Ohr und dem Bart klebte Blut. Wieder stieg er auf die Ladefläche, kam gebückt auf sie zu und entfernte den Knebel aus ihrem Mund. «Wenn du schreist, töte ich dich», sagte er.

Nina sog gierig die Luft ein.

Der Mann wollte ihre Handfesseln lösen, hielt aber inne. Er hatte das Blut bemerkt.

«Was soll das?», fragte er. «Du hast doch versprochen, bei mir zu bleiben.» Verärgerung und Enttäuschung klangen in seiner Stimme mit.

«Ich ... ich wollte nicht abhauen, bestimmt nicht, glaub mir, ich wollte nur dem Polizisten helfen.»

Er starrte sie an, und Nina war sich sicher, dass sie die Lüge nicht vor ihm verstecken konnte. Dennoch löste er zuerst ihre Hand- und dann die Fußfesseln. Selbst wenn sie es gewollt hätte, hätte Nina nicht flüchten können. Ihre Gliedmaßen ließen sich kaum bewegen.

«Die Polizei ... sie wird herkommen», sagte sie. «Sie werden nach dem Polizisten suchen. Wenn du mich jetzt gehen lässt, kann alles noch gut werden. Bitte, lass mich doch gehen.»

«Niemand wird uns hier finden.»

Fast hätte Nina erwidert, dass man das Handy des Polizisten orten konnte. Sie tat es nicht und setzte ihre Hoffnung darauf, dass ihr Entführer das Handy nicht bemerkt hatte.

«Komm jetzt», sagte er und schob sich rückwärts von der Ladefläche.

Draußen blieb er stehen und streckte die Hand aus.

«Hier ist dein neues Zuhause.»

Frau Wagner! Endlich!»

Klöckner kam Priska schon auf dem Gang entgegen. Unter den Achseln war sein weißes Hemd feucht, auf seiner Stirn standen Schweißperlen, sein Gesicht war gerötet.

«Hier brennt die Hütte. Ich brauche Sie dringend.»

«Was ist denn los?»

«Vor einer Stunde kam eine alarmierende Meldung rein. Ich habe mich selbst darum gekümmert, Sie wissen ja, wie knapp wir besetzt sind, jetzt, da Sie auch noch krank sind.»

«Spontanheilung», sagte Priska. «Ich kann sofort wieder loslegen.»

«Werden Sie auch müssen. Kommen Sie mit in mein Büro.»

Klöckner wollte schon vorausgehen, hielt aber noch mal inne und sah Thomas an.

«Wer sind Sie?»

Priska stellte Thomas vor.

«Okay. Wenn Sie absolutes Stillschweigen bewahren, dürfen Sie mit.»

In Klöckners Büro angekommen, wollte sich niemand hinsetzen. Priskas Chef lief auf und ab wie ein eingesperrtes Raubtier. «Ein junges Mädchen wird vermisst. Sie hat auf das Haus ihrer Eltern aufgepasst, die im Urlaub sind.»

«Oh nein!», stieß Priska aus.

Klöckner nickte. «Oh doch. Ein Nachbar hat morgens nach dem Rechten gesehen, weil die junge Frau, Nina Winter, ihre Eltern nicht wie verabredet angerufen hat und auch nicht ans Handy ging. Er traf sie an, aber sie benahm sich merkwürdig. Die Sache ließ ihm keine Ruhe, zumal Nina Winter nicht sofort ihre Eltern anrief, so wie sie es dem Nachbarn versprochen hatte. Bei seinem zweiten Besuch fand er das Haus leer vor. Es gibt Spuren eines Kampfes und Blutspuren. Nina Winters Auto ist beschädigt, die Scheiben wurden eingeschlagen. Ich habe die Spurensicherung schon hinausgeschickt. Wenn Sie nicht angerufen hätten, hätte ich mich selbst auf den Weg gemacht.»

«Was ist mit Kerkmann?», fragte Priska.

«Den kann ich nicht erreichen. Er ist im Fall Bokelmann unterwegs. Ich hab auf seine Mailbox gesprochen und um Rückruf gebeten, aber er hat sich noch nicht gemeldet.»

«Wie lange ist das her?» Priska runzelte die Stirn.

«Noch nicht sehr lange. Fünfundvierzig Minuten vielleicht. Mir gefällt Ihre Stirn nicht, Frau Wagner. Was ist los?»

«Kerkmann geht doch immer an sein Handy», sagte sie.

«Wahrscheinlich ist er im Gespräch. Versuchen Sie bitte, ihn weiterhin zu erreichen. Aber fahren Sie jetzt bitte so schnell wie möglich zum Tatort hinaus. Das ist Ihr Fall.»

«Ist er das?»

Klöckner sah Priska streng an.

«Eine Entschuldigung bekommen Sie von mir nicht zu hören. Nur so viel: Ich hätte gleich auf Ihre Instinkte hören sollen.»

Eine Stunde später fuhr Priska auf den Hof der Familie Winter in der Nähe von Handorf, einem kleinen Ort südöstlich von Hamburg, unweit von Winsen an der Luhe.

Mehrere Fahrzeuge parkten bereits auf dem großen Hof. Spurentechniker untersuchten einen neuen Mini Cooper, der unter einem Carport stand. Andere arbeiteten im Haus. Der Zugang war mit Flatterband abgesperrt, ein Korridor führte auf die Eingangstür zu.

Bevor Priska ausstieg, versuchte sie erneut, Kerkmann zu erreichen – wie schon die Male zuvor ohne Erfolg. Sie ließ das Handy sinken und schüttelte den Kopf.

«Wieder nichts.»

Thomas sah ihr die Besorgnis an.

«Es wird schon nichts passiert sein», sagte er.

Priska dachte noch einen Moment nach, dann stieß sie den Wagenschlag auf.

«Okay, bleib bitte am Wagen, damit du keine Spuren zerstörst.»

Sie hatte Thomas während der Fahrt erklärt, dass sie ihn jetzt, da sie wieder offiziell im Dienst war, nicht mit zu einem Tatort nehmen durfte. Sie würde ihn jedoch weiterhin an den Ermittlungen teilhaben lassen, wenn er genau tat, was sie sagte. Natürlich hatte Thomas dem zugestimmt. Also blieb er beim Wagen.

Priska sprach mit einem der Spurentechniker. Der nickte und zeigte auf einen anderen Mann, der bei dem Mini mit den zerstörten Scheiben stand. Mit diesem Mann unterhielt sie sich länger und kam dann zurück zu Thomas.

«Er war es. Es gibt Spuren eines Kampfes im Haus. Blut. Haare. Abdrücke von Fingern, deren Kuppen unkenntlich sind. Rate mal, wovon diese Abdrücke wahrscheinlich stammen?»

«Druckerschwärze», sagte Thomas. Er hatte Priska während der Fahrt von seinem Verdacht erzählt.

«Genau. Es passt alles zusammen. Vermisst wird die zweiundzwanzigjährige Nina Winter. Sie lebt und arbeitet in Hamburg, sollte aber für eine Woche auf den Hof aufpassen, während ihre Eltern in Urlaub sind. Die Eltern sind bereits informiert und auf dem Rückweg, aber nicht vor morgen Vormittag hier.»

«Das ist nicht sein gewohnter Ablauf», bemerkte Thomas.

«Wahrscheinlich wurde er von Nina Winter überrascht. Er hat sicher nicht gewusst, dass es hier einen echten Housesitter gab. Ihre Eltern hat sie damit gerettet ...»

Priska ließ den Satz unvollendet und sah sich um.

«Ideale Bedingungen für das, was er tut. Viel besser als in der Stadt.»

Ein Kripobeamter führte einen kräftigen Mann mit weißem Haar heran und stellte ihn als den Nachbarn Heinz Wegener vor.

«Sie haben also zuletzt mit Nina Winter gesprochen», begann Priska. «Was genau ist Ihnen dabei aufgefallen?»

«Sie war im Haus und ich draußen. Durch diese kleinen Butzenfenster sieht man ja nicht viel, vor allem, wenn es drinnen dunkel ist, und dann sind ja auch noch die Fliegengitter davor. Nina ist auch nicht nah ans Fenster herangekommen, sie hielt sich im Hintergrund, sagte, sie hätte nicht viel an. Na ja, da mochte ich dann auch nicht so genau hinsehen. Ich habe sie gefragt, ob denn alles in Ordnung sei, und sie sagte ja. Sie versprach auch, sofort ihre Eltern anzurufen. Aber die ganze Zeit über hatte ich das Gefühl, dass sie nicht allein war. Erst habe ich gedacht, sie hat einen Freund da, das hätte ja auch erklärt, warum sie vergessen hat, ihre Eltern zu benachrichtigen. Aber als ich vom Hof fuhr, habe ich die kaputte Scheibe bei ihrem Mini bemerkt, das hat mich dann doch stutzig werden lassen. Ich habe dann noch eine Stunde gewartet und schließlich Ninas Eltern angerufen. Sie hat sich nicht gemeldet. Da wusste ich, ich muss die Polizei einschalten.»

«Und das war genau richtig», sagte Priska. «Ist Ihnen in der Gegend jemand aufgefallen, der hier nicht hierhergehört? Ein Wagen vielleicht?»

Wegener schüttelte den Kopf. «Ich habe zwischendurch mit meiner Frau gesprochen, aber sie hat auch nichts bemerkt. Der Zeitungsausträger auch nicht.»

«Der Zeitungsausträger?», wiederholte Thomas.

«Ja, den habe ich unterwegs getroffen. Aber der hat wie gesagt auch nichts bemerkt.»

«Kennen Sie den Mann?», fragte Priska.

«Na ja, was heißt kennen. Er verteilt seit fast zwei Monaten die Zeitung hier, ist sehr zuverlässig und immer freundlich. Wissen Sie, die Verteiler wechseln hier oft, und manchmal sind welche dabei, die bringen die Zeitung erst gegen Mittag oder gar nicht. Tony war jeden Morgen pünktlich um fünf an unserem Haus, bei Wind und Wetter.»

«Tony? Kennen Sie den vollständigen Namen?»

Wegener schüttelte den Kopf. «Nein. Aber wenn Sie mit ihm sprechen wollen, müssen Sie nur bei der Zeitung anrufen.»

«Was für einen Wagen fährt er?»

«Einen uralten Ford Transit in Blau. Dass die Kiste überhaupt noch läuft, ist ein Wunder. Na ja, ich denke, er verdient sich etwas zur Rente hinzu, allzu dicke wird er es also nicht haben.»

«Und das Kennzeichen?»

«Tut mir leid. Habe ich mir nicht gemerkt.»

Die Kollegin Wagner aus Buchholz war wirklich zu penetrant, zu auffällig, eigentlich zu viel von allem. Diesen Typ Frau mochte Scheurich überhaupt nicht, weder privat noch als Kollegin, aber er musste ihr zugestehen, sie hatte Biss. Ihr Verhalten war völlig inakzeptabel und gehörte mindestens gerügt, wenn nicht sogar bestraft, und wenn er etwas zu sagen hätte, würde sie einen Eintrag in die Personalakte bekommen. Aber wenn Anton Berg der Täter im Fall Laak / Bennett sowie Ulf und Swantje Bergmann war, ging dieser Erfolg eindeutig auf die Kappe der Kollegin. Scheurich war bereit, das zuzugeben.

Und nun blieb ihm nicht anderes übrig, als ihrer Spur zu folgen. Vielleicht konnte er noch ein paar Kastanien aus dem Feuer holen, indem er das Versteck von Anton Berg fand. Möglicherweise lebte das letzte Entführungsopfer noch, und er konnte es retten.

In dem Wust an nicht ausermittelten Spuren war eine besonders interessant: die Leiche auf dem Dachboden der Schmiede, Heinz Gruga. Zum Zeitpunkt seines Verschwindens hatte der alte Mann in Hamburg gelebt, und Scheurich war nun auf dem Weg zu der Adresse, um sich mit Grugas Frau zu unterhalten.

Scheurich hatte die Protokolle von vor zwei Jahren gelesen, nachdem er von dem Einsatz in Anton Bergs Wohnung zurückgekehrt war. Die Ehefrau hatte damals zu den Ermittlungen, die ein Kollege von Scheurich geleitet hatte, nicht viel beitragen können, aber im heutigen Kontext der Ereignisse war ihr Mädchenname äußerst bemerkenswert. Scheurich war die Kinnlade heruntergefallen, als er darüber gestolpert war.

Bevor die Frau Heinz Gruga geheiratet hatte, hieß sie Berg. Cordula Berg. Die weitere Überprüfung hatte ergeben, dass sie einen Sohn hatte, Anton Berg. Allerdings war Gruga nicht der leibliche Vater von Anton. Wenn die Kollegin Wagner recht hatte und Anton Berg die Leiche von Heinz Gruga auf dem Dachboden der Schmiede versteckt hatte, dann hatte er seinen Stiefvater entführt und getötet.

Was für ein Mistkerl.

Wie viele Leichen gingen am Ende noch auf sein Konto?

Scheurich hatte noch nicht mit Priska Wagner deswegen telefoniert. Erst würde er sich mit der Frau unterhalten. Für den Fall, dass sie wusste, wo sich ihr Sohn versteckt hielt, wollte Scheurich das für sich nutzen. Es war ja nicht gerecht, dass die Wagner am Ende die ganzen Lorbeeren einheimste, während er in den vergangenen drei Monaten nur die Laufarbeit erledigt hatte.

Dem Kollegen Kerkmann aus Buchholz, der den Leichenfund in der Schmiede aufgenommen hatte, war der familiäre Zusammenhang nicht aufgefallen, weil er zu dem Zeitpunkt den Namen Anton Berg noch nicht gekannt hatte. Somit war Scheurich im Moment der Einzige, der davon wusste.

Dieser Vorteil ließ ihn wieder dieses Kribbeln spüren, wie es früher immer da gewesen war, auch zu Beginn einer neuen Ermittlung. Im Laufe der Jahre hatte es sich abgenutzt und war irgendwann ganz verschwunden, mit ihm der Spaß und die Leidenschaft. Dienst nach Vorschrift zu verrichten konnte wirklich zermürbend sein.

Als er sich vor dem zehngeschossigen Gebäude, in dem

Cordula Berg wohnte, einen Parkplatz suchte, klingelte sein Handy.

Der Kollege Budnick war dran, den Scheurich losgeschickt hatte, um die benötigten Informationen vom Zeitungsverlag Pullmann einzuholen. Er berichtete, die Sachbearbeiterin der Personalleasingfirma, die neben MenAtWork noch für Pullmann arbeitete, habe bestätigt, ein Mann namens Anton Berg habe für sie gearbeitet. Er hatte an der Adresse von Thomas Bennett die Tageszeitung verteilt, nicht aber an der Adresse von Swantje und Ulf Bergmann. Vor drei Monaten, und zwar genau eine Woche vor dem Überfall auf Bennett, hatte Berg allerdings gekündigt. Einen Tag zuvor hatte Bennett selbst die Tageszeitung für die Dauer seines Urlaubs abbestellt.

Damit war geklärt, wie er auf Bennett und seine Freundin aufmerksam geworden war. Bei den Bergmanns griff wohl eher der Zufall. Von dem großen Fenster in Bergs Wohnung aus konnte man direkt in ihre Wohnung schauen. Einfach nur Pech gehabt, dachte Scheurich.

Diese Information interessierte die Wagner und Bennett sicher brennend, aber Scheurich wollte erst einmal mit der Mutter von Anton Berg sprechen. Wer konnte schon sagen, was dabei noch alles herauskam?

Er stieg aus, lief über die Straße und betrachtete die Klingeltafel. Dutzende Namen dicht an dicht, teilweise unleserlich geschrieben, teilweise verblichen, erschwerten die Suche. Mit dem Finger ging Scheurich die Namen durch, bis er auf Berg stieß. Er klingelte und wartete. Eine weibliche Stimme meldete sich über die Gegensprechanlage. Scheurich gab sich als Polizist zu erkennen und wurde eingelassen. Er fuhr mit dem Fahrstuhl in die achte Etage hinauf. Es stank in der kleinen Kabine, als habe vor kurzem jemand hineingekotzt. Die metallenen Wände waren mit Kritzeleien beschmiert, vulgären

Kraftausdrücken, kindischen Sprüchen, das Übliche eben, und Scheurich erfuhr, dass Nele eine Lesbe war und Vivian eine Schlampe. Außerdem war Gott angeblich tot. Scheurich war geneigt, das zu glauben.

Im achten stieg er aus und fand die Wohnung von Cordula Gruga, geborene Berg, auf der linken Seite. Vor der Wohnungstür lag eine Herzlich-willkommen-Fußmatte, an der Tür hing ein Blumenkranz aus Plastik.

Scheurich klingelte abermals.

Cordula Gruga war eine kleine, schwere Frau, die sich mühevoll auf einen Rollator stützte. Aus den Unterlagen wusste Scheurich, dass sie siebenundsiebzig Jahre alt war. Man sah ihr jedes Jahr an. Aus einem verlebten, aufgedunsenen Gesicht blickten ihn blutunterlaufene Augen an. Der Damenbart auf der Oberlippe war üppig, das Haar auf dem Kopf dagegen dünn und fedrig.

Wie Schimmelflaum, dachte Scheurich und unterließ es, zur Begrüßung die Hand auszustrecken. Zeigte man seinen Dienstausweis vor, konnte man das umgehen, ohne unhöflich zu wirken.

«Über Heinz weiß ich schon Bescheid», sagte die alte Frau. «Dass er gefunden wurde.»

«Ich würde dennoch kurz mit Ihnen darüber sprechen wollen», sagte Scheurich.

«Ist aber nicht aufgeräumt.»

Widerwillig ließ sie ihn in die Wohnung. Sie hatte nicht übertrieben. Man konnte die Wohnung nicht unbedingt schmutzig nennen, sauber aber auch nicht. Staub und Spinnweben gab es nicht, aber der Boden im Flur war klebrig, der Teppich im Wohnzimmer fadenscheinig. Dunkle Spuren verrieten die üblichen Laufwege. Überall stand etwas herum: Nippes, Tinnef, Fußball-Memorabilien des BVB, Blumen,

Puppen, Kissen, Decken – ein leeres Leben voller Gegenstände. Es roch muffig, unterschwellig auch nach Urin.

Cordula Gruga rollte zur Couch und ließ sich schwer hineinfallen, stöhnte dabei, als habe sie Schmerzen. Scheurich setzte sich auf die wuchtige Lehne eines Sessels. Auf der Sitzfläche saßen schon Stoffpuppen.

Einen Moment fragte er sich, ob er der Frau sein Beileid aussprechen sollte, ließ es dann aber bleiben und kam ohne Umschweife zum Thema.

«Haben meine Kollegen Sie dazu befragt, ob Sie sich vorstellen können, wer Ihren Mann getötet haben könnte?»

Cordula Grugas Zunge schnellte heraus, leckte über Ober- und Unterlippe und verschwand wieder. Als würde das nicht reichen, bohrte sie sich noch mit dem Zeigefinger im rechten Ohr.

«Ich weiß das nicht, habe ich auch gesagt. Der Heinz ging wie immer in die Kneipe und kam nicht zurück. Gesagt hat er nichts. Von wegen Ärger oder so. Is einfach verschwunden.»

Scheurich hatte keine Lust, die Frau durch geschickte Fragen der Lüge zu überführen. Er wollte diese trostlose Wohnung so schnell wie möglich wieder verlassen. Also stellte er seine Fragen direkt und ohne Rücksicht.

«Die Leiche Ihres Mannes wurde auf dem Dachboden der Schmiede gefunden, in der Ihr Sohn Anton eine Ausbildung zum Schmied gemacht hat. Das macht Sie nicht stutzig?»

Das Gesicht der Frau veränderte sich. Es wurde härter und verschlossener, und wenn in dieser Person überhaupt ein bisschen Intelligenz vorhanden war, dann nutzte sie sie, um zu lügen. «Anton? Der ist im Gefängnis.»

«Schon seit drei Jahren nicht mehr, Frau Gruga. Und ich glaube, Sie wissen das.»

«Nichts weiß ich, gar nichts. Ich hab keinen Kontakt zu

meinem Sohn, schon ewig nicht mehr. Eigentlich hab ich gar keinen Sohn mehr.»

«Er hat sich also nicht bei Ihnen gemeldet, nachdem er aus dem Gefängnis entlassen wurde?»

«Nee, hat er nicht. Warum? Was ist mit Anton?»

Aha, dachte Scheurich, ein wenig Neugierde ist aber doch vorhanden.

«Wir verdächtigen ihn des Mordes an Ihrem Mann. Außerdem steht er im Verdacht, noch weitere Straftaten begangen zu haben. Aktuell wird nach ihm in einem Entführungsfall gefahndet. Wenn Sie also wissen, wo Anton sich aufhält, dann sollten Sie mir das jetzt sagen, Frau Gruga.»

«Nee, weiß ich nicht. Ich weiß gar nichts. Wieso denn Entführungsfall? Ich versteh das alles nicht.»

«Wollen Sie auf Ihre alten Tage wirklich noch vor Gericht gestellt werden, weil Sie Ihren Sohn decken? Einen verurteilten Mörder, der wahrscheinlich Ihren Mann getötet hat?»

«Aber wenn ich doch nichts weiß.»

«Ihr Sohn entführt junge Frauen», sagte Scheurich. «Und wir glauben, er tötet sie irgendwo in einem Versteck. Möglicherweise leben diese jungen Frauen noch, und wenn wir sie nicht rechtzeitig finden, weil Sie uns nicht helfen, dann sorge ich dafür, dass Sie wegen Beihilfe zum Mord angeklagt werden.»

«Ich bin Dialysepatientin, ich kann gar nicht ins Gefängnis.»

«Sie haben keine Ahnung, was im Gefängnis alles möglich ist.»

Einen Moment starrten sie sich schweigend an. Cordula Gruga atmete schwer, ihr riesiger Busen hob und senkte sich. Schließlich führte die Zunge abermals ihren Tanz auf, sie bohrte sich im Ohr herum und senkte den Blick.

«Ich weiß nichts, gar nichts.»

«Gut. Wie Sie wollen.»

Scheurich holte sein Handy hervor und tat so, als wähle er eine Nummer.

«Ja, ich bin's», sprach er in die Leere. «Schick die Kollegen rauf, wir nehmen Frau Gruga mit. Und sie sollen die Handschellen nicht vergessen.»

Die Angst stand der Frau ins Gesicht geschrieben, noch ehe Scheurich das Handy wieder eingesteckt hatte. «Das können Sie nicht machen, ich habe Rechte.»

Scheurich erhob sich von der Sessellehne.

«Frau Gruga, ich nehme Sie hiermit vorläufig fest wegen Behinderung der Polizei und Verschleierung einer Straftat. Suchen Sie bitte einige Sachen zusammen, Sie werden die nächsten Nächte in Untersuchungshaft verbringen.»

Scheurich wusste, er würde das nicht tun, nicht bei einer so kranken alten Frau, aber er glaubte, sie mit dieser Androhung kleinkriegen zu können. Die alte Schachtel wusste etwas, da war er sich sicher. Cordula Gruga sah ihn an, und ihre Augen füllten sich mit Tränen.

Dann schüttelte sie verzweifelt den Kopf.

«Mein armer Junge, er kann doch nichts dafür», sagte sie.

Bingo, dachte Scheurich und zückte den Notizblock.

Priska hatte auf dem Hof der Winters eine Weile telefoniert, und Thomas hatte die Beamten der Spurensicherung bei der Arbeit beobachtet. Dabei hatte er sich vorzustellen versucht, was sich hier abgespielt hatte.

Der Himmel hatte sich in der vergangenen Stunde dramatisch verändert. Gewaltige Kumuluswolken türmten sich ringsherum auf, riesige Gebirge mit dunklen Rändern. Die Luft war drückend geworden, es war, als stünde ein Unheil kurz bevor. Thomas schwitzte in seiner leichten Sommerjacke. Eine, vielleicht zwei Stunden noch, bis sich heftige Wärmegewitter entladen würden – wieder einmal.

Priska kam auf ihn zu. «Die Fahndung nach einem alten blauen Ford Transit läuft», sagte sie und fuhr sich durchs Haar, um die störrischen Locken zu bändigen. «Kerkmann habe ich immer noch nicht erreicht.»

«Und was machen wir jetzt?», fragte Thomas.

«Ich habe im Büro darum gebeten, dass man mir die Liste der ehemaligen Patienten von Ulrike Bokelmann abfotografiert und zuschickt», sagte Priska. «Kerkmann ist mit dieser Liste unterwegs, und ich sage dir, da stimmt etwas nicht. Vielleicht ist Kerkmann zufällig auf das Versteck von Anton Berg gestoßen.»

«Das wäre aber ein sehr unwahrscheinlicher Zufall, findest du nicht?»

Priska schüttelte den Kopf, und die Locken waren wieder da, wo sie hinwollten.

«Ich bin eine Idiotin», sagte sie. «Kerkmann hatte von Anfang an die Idee, die Patienten und Angehörigen von Ulrike Bokelmann unter die Lupe zu nehmen. Ich fand das zu weit hergeholt. Er meinte, der Mord könnte etwas damit zu tun haben, dass die Bokelmann Pflegebedürftigen eine höhere Pflegestufe verweigerte. Ich selbst habe Kerkmann mit einem blöden Witz auf diese Idee gebracht. Was aber, wenn Ulrike Bokelmann bei ihrer Arbeit Kontakt zu Anton Berg hatte? Was, wenn sie etwas beobachtet hat, was ihn seiner Meinung nach in Gefahr gebracht hätte?»

Priskas Handy meldete den Eingang einer Nachricht.

«Das ist die Liste», sagte sie. «Da stehen fünfunddreißig

Namen und Adressen drauf. Das dauert eine Ewigkeit, die abzuklappern.»

«Wir teilen uns auf», schlug Thomas vor. «Ich eine Hälfte, du die andere.»

«Kommt gar nicht in Frage, du bist kein Polizist. Aber wir müssen sofort loslegen, wenn wir Nina Winter noch retten wollen.» Priska hatte sich bereits abgewandt, um zu ihrem Wagen zu laufen, doch Thomas folgte ihr nicht. Erst als sie ihn ansah, bemerkte sie ihren Fehler.

«Scheiße! Tut mir leid. Das sollte nicht heißen, dass Saskia nicht mehr lebt.»

«Aber du glaubst nicht daran.»

Priska kam zu ihm zurück. «Wenn du ganz ehrlich bist, tust du es doch auch nicht mehr, oder?»

Thomas ließ sich Zeit mit einer Antwort. Einen Moment schaffte er es, Priskas Blick standzuhalten, dann wendete er sich ab. «Ich will sie wiederhaben, egal wie», flüsterte er.

Priska berührte ihn an der Schulter und drehte ihn sanft zu sich. «Und du wirst sie wiederbekommen, ich verspreche es dir. In dieser Liste ist das Versteck von Anton Berg verborgen. Also komm, lass uns aufbrechen.»

Sie waren gerade fünf Minuten unterwegs und folgten den Anweisungen des Navigationsgerätes in Priskas Wagen, da klingelte ihr Handy.

«Scheurich hier.»

«Was gibt's?», fragte Priska.

«Anton Berg hat an der Adresse von Bennett Zeitungen ausgetragen und eine Woche vor dem Überfall seinen Job gekündigt.»

«Das passt», sagte Priska. «Wir haben hier einen aktuellen Fall bei Handorf in der Nähe von Winsen. Ein Zeuge hat den Zeitungsausträger beobachtet.»

«Noch eine Entführung?»

«Ja, aber bisher ohne Todesopfer. Unser Mann hat die Tochter der Bewohner entführt. Sie hat auf das Haus aufgepasst, während die Eltern im Urlaub sind.»

Schweigen am anderen Ende der Leitung.

«Scheurich?», fragte Priska.

«Wo sind Sie jetzt?», wollte er wissen.

«Immer noch in der Nähe von Handorf.»

Wieder dauerte es einen Moment, ehe Scheurich weitersprach. Er schien mit sich selbst zu ringen.

«Ich habe mit Anton Bergs Mutter gesprochen», sagte er schließlich.

«Sie haben was?»

«Heinz Gruga war sein Stiefvater. Anton Berg ist Cordula Grugas Sohn.»

Der Schock war heftig genug, um Priska die Sprache zu verschlagen. Sie bremste den Wagen ab und fuhr an den Straßenrand.

«Sind Sie noch da?», fragte Scheurich.

«Ja, reden Sie.»

«Die Frau war verstockt, wollte nichts sagen. Ich musste ihr drohen. Letztendlich ist sie dann damit rausgerückt, dass ihr Sohn nach seiner Entlassung aus dem Gefängnis ihr gegenüber angekündigt hat, Gruga zu töten. Sie bleibt aber dabei, dass sie ihn nur dieses eine Mal gesehen hat und danach nicht wieder.»

«Weiß die Mutter, wo wir ihn finden?»

«Sie konnte mir keine Adresse nennen, das nicht, aber einen Namen. Angeblich hatte Berg als Teenager einen väterlichen Freund namens Fred Martens. Cordula Berg weiß nicht, ob der Mann noch lebt, wenn, dann muss er steinalt sein, sie schätzt, so um die neunzig. Aber sie sagt, wenn Martens noch lebt, könnte ihr Sohn bei ihm sein. Ich habe der Frau wirklich zugesetzt, aber sie ist geistig nicht mehr so gut beieinander, erinnert sich nur noch daran, dass Martens irgendwo auf dem Lande eine Elektrowerkstatt hatte.»

«Warten Sie mal einen Moment», sagte Priska und öffnete auf ihrem Handy erneut die Liste, die ihr aus dem Büro zugeschickt worden war.

Fred Martens stand darauf. Er war ein Patient von Ulrike Bokelmann gewesen.

«Ich habe die Adresse», sagte sie zu Scheurich.

Priska lenkte den Wagen in eine Bushaltebucht in Altengamme, südöstlich von Hamburg. Hier lebte Fred Martens.

«Was ist?», fragte Thomas.

Priska deutete auf einen kleinen Hofladen, der sich im Fachwerkanbau eines Bauernhofes befand. Ein Aufsteller bot frische Landeier, Kartoffeln ohne Gülle und Imkerhonig an. Rote Geranien schmückten die Fenster, das Hofpflaster in Herbstfarben war neu, eine schmiedeeiserne Sitzgruppe lud zum Verweilen ein. Aus einer hölzernen Schubkarre wucherten weiß-blaue Petunien, ebenso Weihrauch aus dem Weidekorb eines vor sich hin rostenden Damenfahrrades, das an einer Eiche lehnte. Eine Eisfahne flatterte im Wind. Auf der knapp halbstündigen Fahrt waren für einen kurzen Moment dicke Tropfen auf die Windschutzscheibe geklatscht, Vorboten eines Unwetters. Der Wetterdienst warnte vor örtlichen Überflutungen.

«Wir wissen so gut wie nichts über Fred Martens. Ich denke, wir sollten kurz da reingehen und uns ein bisschen über ihn umhören. Ist mir lieber, vorbereitet bei dem alten Mann aufzukreuzen», sagte Priska.

Sie stiegen aus. Der Unterschied zwischen der Klimaanlagenluft im Inneren des Wagens und der drückenden Luft außerhalb war wie ein Schlag ins Gesicht. Augenblicklich begann Thomas zu schwitzen, zog seine dünne Sommerjacke aber nicht aus.

Im Laden selbst war es ein wenig kühler. Auf den ersten Blick war niemand zu sehen. Links zog sich ein langer Holztresen entlang, auf dem Honig, Weine, Marmeladen, Konserven und Backwaren angeboten wurden. Gegenüber lagerte in Holzkisten Gemüse und Obst. Es roch nach Erde, Kartoffeln und Karotten.

«Hallo?», rief Priska in den Laden hinein.

«Ich komme», kam es aus einem Lagerraum zurück.

Einen Augenblick später betrat eine circa fünfzigjährige Frau den Laden. Sie hatte kurzes graues Haar, das verschwitzt an ihrem Kopf klebte, trug eine karierte Schürze zu einer kurzen Hose und ein ärmelloses T-Shirt. Ihre gebräunten Arme waren muskulös, ihr Gesicht ein einziges zufriedenes Lächeln.

«Wie kann ich helfen?» Sie wischte sich die Hände in der Schürze ab und sah sie auffordernd an. Priska zückte ihre Dienstmarke und spürte, wie gut es tat, es wieder reinen Gewissens tun zu können. Bei den meisten Menschen sorgte die Marke für Unbehagen, nicht so bei dieser Frau. Sie behielt ihr Lächeln bei und wirkte jetzt noch interessierter.

«Kennen Sie einen Fred Martens?», fragte Priska ohne Umschweife drauflos.

«Fred. Na klar. Den kennt hier jeder. Was ist mit ihm?»

«Können Sie mir etwas über ihn erzählen?», hakte Priska nach.

«Na ja, was gibt's da groß zu erzählen. Wir bekommen ihn leider kaum noch zu Gesicht in den letzten Jahren. Er muss jetzt fast neunzig sein, und um seine Gesundheit steht es wohl nicht zum Besten. Bis zum Fünfundachtzigsten kam er noch jede Woche mit dem Fahrrad hierher zum Einkaufen. Und das ist von ihm da draußen ein ganz ordentlicher Weg.»

«Hatte er früher ein Geschäft hier im Ort?»

«Das war vor meiner Zeit hier. Ich weiß aber vom Hörensagen, dass Fred ein Laden für Elektrogeräte und einen Reparaturservice hatte. Fernseher, Radios, Haushaltsgeräte, so etwas eben. Ist aber schon eine Ewigkeit her. Heutzutage kann davon ja keiner mehr leben. Wenn was kaputt ist, wird es weggeworfen und neu gekauft. Ihn hat man gleich mit weggeworfen, habe ich den alten Fred mal sagen hören. Traurig, so was.»

«Und lebt er allein?»

«Soweit ich weiß, ja. Die Leute sagen, er war nie verheiratet, eine Schande bei einem so herzensguten Kerl. Vor ein paar Monaten ist sein Sohn aufgetaucht, das hat ganz schön für Tratsch im Ort gesorgt. Hat ja niemand geahnt, dass der alte Fred ein uneheliches Kind hat. Was ich immer sage: Stille Wasser sind tief.»

«Haben Sie seinen Sohn mal kennengelernt?»

«Nein, der war nie hier, und gesehen habe ich ihn auch nicht. Ich komme im Sommer ja kaum raus aus dem Laden. Aushilfen sind schwierig zu finden. Ich habe das nur vom Hörensagen. Meyers Irmgard hat das erzählt. Sie hat vor dem Haus einen Fremden gesehen, und der hat sich als Freds Sohn vorgestellt. Finde ich gut, dass er sich jetzt um seinen Vater kümmert. Besser spät als nie. Den Schritt ins Altenheim sollte man so lange wie möglich hinausschieben. Da steht man nämlich mit einem Bein im Grab.»

«Und Sie wissen nicht zufällig, was für einen Wagen der Sohn fährt?»

«Doch. Er ist mit dem alten blauen Lieferwagen von Fred unterwegs. Ich habe ihn ein-, zweimal frühmorgens durch den

Ort fahren sehen. Ich bin ja schon immer um vier Uhr hier. Ist so ein Kastenwagen, uralt. Wenn man genau hinsieht, kann man in dem verblichenen Lack sehen, wo mal der Schriftzug vom Geschäft klebte. Hat es einen Unfall gegeben, oder warum fragen Sie?»

«Ja, genau, einen Unfall», log Priska. «Es ist aber niemandem etwas passiert», schob sie schnell hinterher, weil sie die nächste Frage der redseligen Frau erahnte. «Vielen Dank für Ihre Hilfe», schloss sie das Gespräch ab. «Wir müssen dann auch weiter.»

«Wollen Sie nichts mitnehmen? Unser Blaubeerwein ist himmlisch.»

Priska sagte «Nein danke», bekam aber trotzdem eine Flasche in die Hand gedrückt.

«Mit besten Grüßen an Fred», sagte sie. «Der hat ihn immer gern getrunken.»

Priska und Thomas wandten sich zum Gehen. «Und passen Sie auf, das gibt einen ordentlichen Sturm gleich», rief die Ladenbesitzerin ihnen hinterher. Wie um ihre Warnung zu unterstreichen, fuhr eine Böe in die gewaltige Eiche neben dem Laden und schüttelte die Blätter durch.

Im Wagen übergab Priska die Flasche Blaubeerwein an Thomas. «Man soll immer mit einem Geschenk zu einer Party erscheinen», sagte sie und startete den Motor. «Und ich glaube, das wird eine echte Überraschungsparty.»

Der Weg führte sie durch den kleinen Ort an der Elbe, der nahezu leblos in der flirrend heißen Luft dalag. Wer konnte, hatte die Rollläden heruntergelassen. Fenster und Türen waren geschlossen. Es schien, als bereite sich der ganze Ort auf das Unwetter vor. Mittlerweile war auch das letzte bisschen Blau vom Himmel verschwunden. Die Wolkenberge zerfaserten in großer Höhe, ein sicheres Zeichen für eiskalte Luft dort oben. Thomas hatte mal gehört, dass man sich einen Unterschlupf suchen sollte, wenn man dergleichen beobachtete.

«Du bist so schweigsam», sagte Priska.

«Ich frage mich, ob wir dort auf Saskias Entführer treffen werden.»

«Davon gehe ich aus.»

«Der Mann ist gefährlich.»

«Schon, aber mach dir keine Sorgen. Du als Zivilist darfst ohnehin nicht an dem Einsatz teilnehmen.»

«Aber du kannst doch nicht ganz allein da reingehen!»

«Werde ich auch nicht, ich bin ja nicht lebensmüde. Ich sichere das Gebäude und warte, bis das SEK da ist.»

Sie folgten einer Straße, die aus dem neueren Teil des Ortes in den älteren führte. Dort wurde es noch einsamer und ländlicher. Zwischen hohem Gras auf ausgedehnten Wiesen sahen sie die graue Elbe gemächlich dahinfließen. Eine Herde Kühe stand unter einem Eichenhain, so als suchten die Tiere Schutz vor dem herannahenden Gewitter.

«Also bekomme ich den Mann gar nicht zu sehen – falls er überhaupt dort ist?», fragte Thomas.

«Das kann ich nicht zulassen, und das weißt du auch», entgegnete Priska. «Ich muss dich wieder bitten, den Wagen nicht zu verlassen.»

«Und wenn ich mich nicht daran halte?»

Sie warf ihm einen strengen Blick zu.

«Dann fessele ich dich mit Handschellen ans Lenkrad.»

«Du hast doch gar keine.»

«Im Handschuhfach. Und glaub ja nicht, ich würde das nicht tun. Noch einen Schlag mit dem Hammer überstehst du nämlich nicht. Du bleibst schön außerhalb der Gefahrenzone.»

Thomas blickte aus dem Fenster. «Keine Rache also für mich», sagte er.

«Aber Vergeltung, wenn wir ihn denn dort finden. Ich habe dich so nah rangelassen, wie es ging. Mehr ist nicht drin. Tut mir leid.»

Sie überquerten die Elbe und bogen auf der anderen Flussseite links ab. Aus der Teerstraße wurde eine Kopfsteinallee. Die Stoßdämpfer des Wagens polterten. Im Schatten der Eichen war es noch dunkler, sodass Priska die Scheinwerfer einschalten musste. «Das ist die richtige Straße. Hausnummer sieben», sagte Priska.

Sie fuhren an einigen Gebäuden vorbei, allesamt große alte Rotsteinhäuser mit Nebengebäuden und viel Land drum herum. Auf der linken, dem Fluss zugewandten Straßenseite befanden sich die Nummern 1, 3 und 5. Nach der 5 kam ein zugewuchertes Grundstück. «Da», sagte Priska und deutete auf ein langgestrecktes Gebäude.

Es war ein großes Haus mit langem Dach, unter dem auch der Laden Platz gefunden hatte. Zur Straße hin gab es eine Fensterfront, früher wahrscheinlich das Schaufenster, in dem die neuesten Fernseher, Radios und Küchengeräte präsentiert worden waren. Zu Zeiten, in denen man noch vom Einzelhandel auf dem Lande leben konnte. Das Glas war ein wenig milchig und mit einem Gitter, das eigentlich zu einem Zaun gehörte, provisorisch gesichert. Von innen hatte man Holzplatten davorgenagelt, um Einblicke zu verhindern. Tür und Fenster bestanden aus altem Holz, von dem die Farbe abblätterte. Über dem Fenster hing ein Kunststoffkasten. Ein Schriftzug, der längst nicht mehr vorhanden war, hatte seine helleren Spuren auf dem schmutzigen Plastik hinterlassen: *Fred Martens. Elektro, Hi-Fi und TV.* Ein Stück Plastik war herausgebrochen, dahinter schaute eine uralte Neonröhre hervor.

Rechts neben dem Gebäude führte eine Einfahrt in einen Hinterhof, der von der Straße aus nicht einsehbar war. Er war durch ein brusthohes, schmiedeeisernes Tor gesichert. Büsche behinderten die Durchfahrt, an der Giebelseite des Hauses wucherte Efeu empor, der bereits die Hälfte des Daches und alle Fenster überwachsen hatte.

«Unheimlich», bemerkte Thomas.

Priska fuhr in normaler Geschwindigkeit an dem Haus vorbei und sah hinüber. Es war nicht zu erkennen, ob jemand zu Hause war. «Sieht verlassen aus», murmelte sie. «Ideal, um seine Opfer zu verstecken.»

«Was ist mit den Häusern vorn an der Straße?», fragte Thomas. «Die Bewohner müssten doch was bemerkt haben.»

«Nicht unbedingt. Vielleicht hält er sie im Keller gefangen.»

Priska entdeckte einen Feldweg, stieß mit dem Wagen hinein und stellte den Motor ab. «Ich habe Kerkmanns Wagen gar nicht gesehen», sagte sie.

«Glaubst du wirklich, er ist hier?»

«Ich hoffe nicht.»

«Und wenn doch?»

Priska schüttelte den Kopf. «Ich mag gar nicht daran denken. Pass auf. Du bleibst hier beim Wagen. Ich gehe ein Stück zurück und schaue mir das Haus aus der Nähe an. Vielleicht steht Kerkmanns Wagen im Hinterhof.»

«Und wenn er dort steht? Gehst du dann allein rein?»

«Ich weiß nicht. Scheurich und das SEK müssten in zehn Minuten hier sein.»

Thomas öffnete das Handschuhfach. Darin lagen tatsächlich Metallhandschellen. Er nahm sie heraus und hielt sie Priska hin.

«Was soll das?»

«Ich bleibe nicht freiwillig im Wagen.» Thomas beugte sich ein Stück vor und zog die Waffe aus dem Hosenbund, die er Nils an dem Morgen aus dem Wagen gestohlen hatte, als er auf der Terrasse eingeschlafen war. Er zielte damit in Bauchhöhe auf Priska.

«Mach dich bitte am Lenkrad fest», sagte er.

«Das ist jetzt nicht dein Ernst!»

«Die Waffe ist entsichert, und ich weiß damit umzugehen. Also tu, was ich sage.»

«Thomas ... sei vernünftig, wir ...»

«Leg dir die verdammten Handschellen an!», schrie Thomas und riss die Waffe hoch. Sie zuckte zurück, studierte sein Gesicht, nahm schließlich die Handschellen und legte eine um ihr rechtes Handgelenk. «Ich habe dir vertraut», sagte sie dabei.

«Ich tue das nicht gern, aber du musst verstehen ... ich kann nicht anders. Wenn Saskia dadrinnen ist ... es ist meine Aufgabe, sie zu retten. Vergeltung und Rache ist nicht dasselbe, damit hast du recht. Ich will Rache.»

«Nein, das ist Aufgabe der Polizei. Du begibst dich in Lebensgefahr. Bitte, Thomas, beruhig dich und lass uns darüber reden.»

«Ums Lenkrad, mach schon.»

Widerwillig und mit langsamen Bewegungen legte Priska die zweite Schelle um das Lenkrad und drückte sie mit einem metallenen Ratschen zusammen.

«Ich habe immer geglaubt, mit Reden ließen sich alle Probleme lösen», sagte Thomas. «Aber das stimmt nicht. Es gibt Menschen, die erreicht man mit Worten nicht. Vielleicht ist der Mensch deshalb zur Gewalt fähig. Weil es eben doch eine Alternative ist.»

Priska schüttelte den Kopf. «Für manche ist Gewalt das

Mittel der Wahl, aber doch nicht für dich. Du bist ganz anders, friedfertig und intelligent, und deswegen kannst du gegen jemanden wie Anton Berg nicht bestehen. Geh nicht hinein, ich bitte dich.»

«Schließ ab und gib mir die Schlüssel. Na mach schon!»

Thomas wedelte mit der Waffe, er wusste, ihm blieb nicht mehr viel Zeit. In weniger als zehn Minuten würde das SEK hier auftauchen, und dann wäre sein Chance vertan.

Priska drehte den kleinen Schlüssel herum, zog ihn ab und gab ihn Thomas.

«Wenn du jemanden tötest, wanderst du in den Knast», warnte sie.

«Schon klar.» Thomas stieß den Wagenschlag auf und stieg aus. Er klemmte den Schlüssel hinter den Scheibenwischer, beugte sich noch einmal hinein und sagte: «Du hast eine Hand frei und kannst Scheurich anrufen, damit er dich befreit. Ich hoffe, bis dahin habe ich getan, was ich tun muss.»

«Warum? Ich verstehe das nicht.»

«Weil ich nicht für den Rest meines Lebens ein Feigling sein kann.» Damit schlug Thomas die Tür zu und ging davon. Nach wenigen Schritten drehte er sich noch einmal um. Priska hatte bereits das Handy am Ohr.

Thomas ging schneller. Je näher er dem Haus kam, desto heftiger klopfte sein Herz. Die Angst wurde größer und größer, aber dank der Waffe in seiner Hand ließ sie sich in Schach halten. Jetzt verstand Thomas, warum die Menschheit versessen war auf Waffen. Egal wer man war, ob man Macht hatte oder nicht, ob man kräftig war oder schwach, mutig oder feige, kampferprobt oder unbescholten – eine Waffe sorgte für

Überlegenheit. Ein geübter Redner, ein genialer Rhetoriker konnte seine Gegner an die Wand reden und wieder zurück, konnte sie demütigen oder wahlweise manipulieren, aber gegen einen Mann mit einer Waffe kam er nicht an.

Vor Fred Martens' altem Elektroladen blieb Thomas stehen. Die Waffe hielt er offen am langen Arm. Sollte sie ruhig jeder sehen, auch Anton Berg, wenn er dadrinnen war. Von außen sah es allerdings so aus, als seien alle Fenster von innen mit Holzplatten vernagelt. Thomas ging weiter bis zur Hofeinfahrt und kletterte über das Tor. Es klapperte metallen und wurde dann von einem bedrohlichen Donnergrollen abgelöst, das die Luft erzittern ließ. Unwillkürlich zog Thomas die Schultern ein und schaute zurück. Auf der anderen Seite des Flusses war der Himmel schwarz wie die Nacht. Es sah aus, als stünde der Weltuntergang bevor. Und vielleicht stimmte das für ihn sogar.

Thomas schlich zur Hausecke vor, drückte sich in den Efeu und spähte um die Ecke. Im Hinterhof parkte ein blauer Transporter. Auf der ihm zugewandten Seite war gerade noch der Schriftzug erkennbar, von dem die Ladenbesitzerin gesprochen hatte, außerdem ein stilisiertes Gesicht mit einem Fieberthermometer im Mund. Auf den ersten Blick wirkte der Ford Transit nicht so, als sei er noch fahrtüchtig. Kerkmanns Wagen sah Thomas nicht.

Ohne zu zögern, trat er in den Hinterhof. Viel Zeit blieb ihm nicht mehr. Wie lange würde es dauern, das Haus zu durchsuchen, Saskia zu befreien und Anton Berg zu töten? Wenn Berg sich versteckte und Katz und Maus mit Thomas spielte, würden fünf Minuten nicht reichen. Mit etwas Glück verspätete sich das Einsatzteam aus Hamburg, und er hatte ein paar Minuten mehr.

Thomas zweifelte nicht mehr daran, dass er das Richtige tat.

Er hatte seine Entscheidung getroffen, und es war die einzig mögliche. Weder Priska noch Scheurich noch irgendein Beamter des SEK durfte diese Sache für ihn zu Ende bringen. Sein Leben war in den Grundfesten erschüttert und würde niemals wieder werden wie vorher, ganz gleich ob er Saskia lebend fand oder nicht, deshalb stand es ihm zu, sich an Anton Berg zu rächen. Das Gesetz sah Rache nicht vor, sein inneres Selbstverständnis aber sehr wohl, es verlangte sogar danach. Die Konsequenzen spielten für ihn keine Rolle. Er war durch die Hölle gegangen, fast gestorben, hatte sich in den Dreck stoßen lassen und war wieder aufgestanden. Nichts und niemand würde ihn jetzt noch aufhalten.

Im Hinterhof gab es eine Eingangstür ins Haus. Sie war nicht mit Holzplatten verrammelt, ebenso wenig das Fenster daneben. Thomas presste seine Nase an die Scheibe, schirmte das Gesicht mit den Händen ab und spähte hinein. Durch die Gardine sah er schemenhaft eine Küche, aber niemanden darin.

Ein weiteres Donnergrollen erschütterte den Himmel. Es baute sich langsam auf, rollte übers Land, und Thomas glaubte, die Schwingungen in der Glasscheibe spüren zu können. Heftige Windböen schüttelten die Büsche und Bäume, die Luft roch nach Ozon, und aus einer hohen Kastanie stieg lärmend ein Schwarm Krähen auf.

Thomas streckte die Hand nach dem Klingelknopf neben der Tür aus, hielt aber inne. Nein, er musste sich anders bemerkbar machen. Musste sofort klarmachen, wer hier der Jäger und wer das Wild war.

Er richtete die Waffe auf das gelbe Glas der Tür und legte den Finger an den Abzug. Krümmte ihn langsam. Zum ersten Mal in seinem Leben würde er eine Waffe abfeuern, da war es besser, er übte mit der Tür statt mit Anton Berg.

Der Schuss war höllisch laut, der Rückschlag erträglich, aber Thomas kniff die Augen zusammen und fuhr zusammen. Das Glas zerbarst, und für einen Moment waren Thomas' Ohren wie taub. Er trat mit dem Fuß nach den noch im Rahmen steckenden Scherben, dann griff er nach dem Schlüssel, der von innen im Schloss steckte, und öffnete die Tür.

Er rechnete jeden Moment mit einem Angriff und war aufs äußerste gespannt. Die Waffe mit beiden Händen umklammert, sicherte er den kleinen Flur, so wie die Bullen es im Fernsehen immer taten. Er trat über die Scherben hinweg, die unter den Sohlen seiner Schuhe knirschten, und steuerte die mittlere der drei Türen an, die vom Flur wegführten. Mit der Linken öffnete er sie, mit der Rechten zielte er.

Die Tür führte in die Küche.

«Saskia?», rief Thomas. «Wo bist du?»

Priska kochte vor Wut.

«Scheiße, Scheiße, Scheiße!», schrie sie und hieb mit der freien linken Hand auf das Lenkrad. Sie hatte mit Scheurich telefoniert, nachdem Thomas Bennett ausgestiegen und verschwunden war. Sie hatte ihm hastig erklärt, dass sie durch Ulrike Bokelmann auf Fred Martens' Adresse gekommen war. Bokelmann war Altenpflegerin im mobilen Dienst gewesen und hatte auch Fred Martens zu Hause besucht, Anton Bergs väterlichen Freund. Irgendwie musste sie mit Berg aneinandergeraten sein – ihr Todesurteil.

Scheurich war mit seinem Team jetzt noch zwölf Minuten entfernt, und in zwölf Minuten konnte eine Menge passieren. Priska war nichts anderes übriggeblieben, als Scheurich ihre

Lage zu schildern. Das war peinlich gewesen, aber Scheurich hatte sich jeden Kommentar gespart.

Priska hatte Thomas' Reaktion nicht kommen sehen, wie hätte sie das auch voraussagen sollen. Sie hatte nicht wissen können, dass er im Besitz einer Waffe war. Und er war im Grunde gar nicht der Typ, der auf Rache aus war – das hatte sie zumindest gedacht. Aber so konnte man sich täuschen.

Unter dem rechten Scheibenwischer klemmte der kleine Schlüssel für die Handschellen, so nah und doch so unerreichbar für sie. Priska hatte alles versucht. Sie hatte das Fenster auf der Beifahrerseite heruntergelassen, sich so weit hinübergebeugt, wie es die Handschellen zuließen, war mit der linken Hand aber nur bis zum Außenspiegel gekommen. Es war hoffnungslos, allein würde sie sich nicht befreien können.

Im Fußraum vor dem Beifahrersitz lag die Flasche Heidelbeerwein. Irgendwie machte der Anblick Priska Durst. Sie betrachtete die Flasche, sah wieder hoch – und erstarrte.

Auf dem Feldweg, der leicht abschüssig vermutlich hinunter zum Fluss führte, stand in einhundert Metern Entfernung ein Mann und glotzte zu ihr herüber.

Er war groß, schätzungsweise fast zwei Meter, hatte breite, muskulöse Schultern und kräftige Unterarme. Sein kurzes Haar war weiß, der Vollbart ebenso. Er trug eine olivfarbene Bundeswehrhose, ein weißes T-Shirt und um die Hüfte einen braunen Ledergürtel, wie ihn Handwerker benutzten, um Werkzeug griffbereit darin zu verstauen. Ein Hammer hing in einer Lasche, der lange Stiel ruhte an seinem Oberschenkel.

Priska spürte, wie ihr Magen sich zusammenzog und ihre Blase sich entleeren wollte. Sie konnte es nur mit Mühe verhindern. In zehn Minuten ist die Kavallerie da, dachte sie.

Eine Ewigkeit. Für Priska gab es keinen Zweifel, wer da vor ihrem Wagen auf dem Weg stand. Das war Anton Berg.

Warum er sich hier herumtrieb statt im Haus, darüber konnte sie nur spekulieren, und es spielte im Moment auch überhaupt keine Rolle. Seine rechte Hand bewegte sich. Langsam löste er den Setzhammer mit dem langen Stiel aus der Gürtelschlaufe. Wie er ihn in der Hand hielt, hatte es etwas Beiläufiges, so als sei es für ihn das Normalste der Welt, mit einem Hammer auf Menschen einzuschlagen und ihnen den Schädel zu zertrümmern.

Anton Berg setzte sich in Bewegung. Priska geriet in Panik. Es war verdammt schwierig, mit der linken Hand ihre Dienstwaffe aus dem Achselholster zu ziehen. Sie musste Schulter, Ellenbogen und Handgelenk schmerzhaft verdrehen, erst dann kam sie an den Griff der Walther PPK heran.

Anton Berg hatte lange Beine und schritt kräftig aus. In kürzester Zeit überwand er die Distanz zum Wagen. Er wuchs heran, sein Gesicht wurde immer deutlicher, die gleichgültige Kälte darin, die selbstverständliche Entschlossenheit. Schon hob er den Arm und holte aus. Der schwere Hammer fuhr in die Windschutzscheibe, die sofort von Tausenden Rissen durchzogen wurde. Priska schrie auf, die Waffe entglitt ihr und fiel in den Fußraum. Die Windschutzscheibe zerplatzte nicht, aber ein Stück des Hammerkopfes drang hindurch. Priska starrte darauf. Es war dieser charakteristische, zweigeteilte Kopf, der die Spur auf der Bayern-München-Bettwäsche von Ulrike Bokelmann hinterlassen hatte.

Hastig bückte sie sich in den Fußraum, schlug sich dabei die Stirn am Lenkrad, tastete mit der Hand nach der Waffe und versuchte gleichzeitig, Berg im Auge zu behalten. Durch die Windschutzscheibe konnte sie kaum noch etwas sehen, sie war nur noch ein Mosaik aus Splittern. Berg zog seinen Hammer heraus, und wo er zuvor gesteckt hatte, war nun ein Loch. Durch dieses Loch sah Priska ihn neben der Kühlerhaube stehen. Jetzt kam er auf ihr Seitenfenster zu – und das war wegen der Hitze im Wageninneren geöffnet!

Priska konnte nur eines: Nach der Waffe suchen oder die Scheibe hochfahren.

Da das Seitenfenster anders als die doppelt gesicherte Windschutzscheibe dem Hammer ohnehin nicht standhalten würde, tastete Priska mit wachsender Verzweiflung und Panik im Fußraum umher.

Endlich bekam sie die Waffe zu fassen. Sie zu packen, zu entsichern und hochzureißen war eine Bewegung, doch mit links hatte Priska noch nie geschossen, zudem war der Winkel ungünstig.

Sie zögerte, und bevor Anton Berg erneut ausholen oder sie auf ihn schießen konnte, hörten sie beide aus der Entfernung einen Schuss.

Das kam vom Haus. Berg fuhr herum. Zögerte einen Moment. Dann rannte er los.

«Nein!», schrie Priska und zerrte so heftig an den Handschellen, dass es ihr die Haut am Handgelenk aufriss. «Komm zurück … komm zu mir, du krankes Arschloch!»

Doch Anton Berg hörte nicht.

Thomas spürte es sofort: Jemand war im Zimmer neben der Küche. Seine Präsenz war überdeutlich, dazu der Geruch, der ihm schon auf der Schwelle den Atem verschlagen hatte. Da der Rollladen heruntergelassen war, war es zu dunkel, um etwas zu erkennen. Thomas suchte mit der freien Hand neben der Tür nach einem Lichtschalter. Er fand einen dieser altmodischen Schalter, die man herumdrehen musste.

Unter der vertäfelten, vor Fliegendreck starrenden Decke flammte eine Glühbirne auf, die in einem mit orangefarbenem Stoff bezogenen Lampenschirm steckte. Das Licht war spärlich und reichte kaum bis in die Ecken.

Neben dem Fenster stand ein Bett. Kein normales, sondern ein Krankenhausbett mit Gittern an den Seiten, die sich hochschieben ließen. Das verstellbare Kopfteil war hochgestellt. Daraus blickte Thomas ein steinalter Mann entgegen. Er war auf mehrere Kissen gebettet, trug ein Pyjamaoberteil, sein dürrer kleiner Körper verschwand fast unter einer weißen Bettdecke. Er blinzelte ins Licht und hob eine Hand, um seine Augen abzuschirmen.

«Bist du es, mein Junge? Warum machst du Licht, du weißt doch, meine Augen vertragen das nicht.»

Die Stimme war dünn und brüchig. Der alte Mann hustete am Ende des Satzes, und Thomas hörte ein schleimiges Rasseln.

Neben dem Bett stand ein Rollwagen aus Holz. Darauf befanden sich unzählige Medikamente, eine Wasserflasche, eine große Tasse mit zwei Griffen sowie zwei mächtige Folianten, die sich auf den zweiten Blick als Fotoalben herausstellten. Dazwischen ein Teller mit einigen Keksen darauf, einer war angebissen. Vor dem Bett entdeckte Thomas ein Paar Pantoffeln aus braunem Cord, über und über bekleckert und so ausgerichtet, dass der alte Mann beim Aufstehen nur hineinzuschlüpfen brauchte. Eine Urinflasche aus Kunststoff hing am Bettgestell, sie war zu einem Drittel gefüllt.

«Sind Sie Fred Martens?», fragte Thomas.

«Was …», der alte Mann hustete. «Was machen Sie in meinem Haus? Wer sind Sie?»

Thomas ging auf das Bett zu. Erst jetzt erkannte er, der Mann war so gut wie blind.

«Ich helfe Ihnen. Die Polizei wird gleich hier sein. Wo ist Anton Berg? Wo hat er die Frauen versteckt?»

«Die Polizei? Ich ... mein Junge, wo ist mein Junge. Was soll das ... ich brauche keine Hilfe, mein Junge hilft mir ...» Ein Sabberfaden lief dem Alten aus dem Mundwinkel.

Thomas dämmerte, dass dieser Mann wirklich keine Hilfe brauchte. Zumindest musste er nicht gerettet werden, so wie Thomas es sich vorgestellt hatte. Anton Berg schien sich gut um ihn zu kümmern. Was war das für ein Mensch, der unbefugt in fremden Häusern lebte, Männer erschlug und Frauen entführte und sich gleichzeitig aufopferungsvoll um einen alten, pflegebedürftigen Freund kümmerte?

«Wo ist Ihr Junge?», fragte Thomas.

«Er will bei mir bleiben, verstehen Sie das doch. Hier ist sein Zuhause.»

«Verdammt noch mal, sagen Sie mir, wo er ist!», sagte Thomas heftiger, als er es vorgehabt hatte.

Der alte Mann hob schützend die Hände vors Gesicht.

«Nicht schlagen! Bitte ... nicht wieder schlagen.»

Thomas zog sich vom Bett zurück. Von Fred Martens hatte er keine Hilfe zu erwarten. Anton Berg musste er allein finden, und die Zeit drängte. Mehr als ein paar Minuten blieben ihm nicht mehr bis zum Eintreffen des SEK.

«Lassen Sie meinen Jungen bei mir», hörte Thomas den Alten wimmern. Er ging zurück in die Küche. Dort gab es noch eine weitere Tür, die er nicht überprüft hatte. Sie war zwar verschlossen, doch der Schlüssel steckte. Thomas schloss auf. Vor ihm erstreckte sich ein vielleicht zehn Meter langer, schmaler und dunkler Gang. Das musste der ehemalige Ladenbereich des Hauses sein. Thomas stieg eine Stufe hinunter. Zwei Türen gab es auf dem Gang. Eine auf der rechten Seite ungefähr in der Mitte, die andere am Ende des Ganges.

Er hielt darauf zu, die Waffe in Schussposition.

Sein Atem war das einzige Geräusch, und als er die Tür erreichte, hörte und spürte er einen weiteren Donnerschlag. Das klang nicht mehr so weit entfernt.

Vorsichtig öffnete er die Tür.

Dahinter befand sich in einem großen quadratischen Raum eine uralte Elektrowerkstatt. An allen vier Wänden standen Regale, übervoll mit Dingen, die Thomas auf einen Blick kaum erfassen konnte. Darunter befanden sich uralte Fernseher und Radios. In der Mitte standen zwei große Arbeitstische Kopf an Kopf, darauf allerhand Werkzeuge.

Und etwas Gelbes, das Thomas' Blick anzog.

Er ging hinüber und nahm das Maßband an sich. Die ersten zwei Zentimeter waren abgeschnitten. Thomas rieb mit den Fingern über den Kunststoff, seine Hand begann zu zittern, und Tränen stiegen ihm in die Augen.

«Saskia?», rief er in den Raum hinein.

Keine Antwort. Hier war sie nicht.

Thomas steckte das Maßband ein und eilte zurück in den Gang.

Neben der Tür in der Mitte war ein flaches, quadratisches Loch in die Wand gestemmt worden, Kabel hingen heraus. Thomas ignorierte das, drehte den Schlüssel herum und stieß die Tür auf.

Er fand sich in einer Art Lagerraum wieder. Niedrig, aber lang gestreckt, und leer bis auf eine merkwürdige Holzkonstruktion in der Mitte. Jemand hatte sich viel Arbeit damit gemacht, eine Holzhütte in der Größe eines Gartenhäuschens in die Lagerhalle hineinzubauen. Im Lagerraum selbst, dessen Fenster allesamt mit Holzplatten blind gemacht worden waren, war es dunkel, aber in der Vorderseite der Holzhütte gab es ein quadratisches Fenster mit einem Holzkreuz darin. Aus diesem Fenster fiel warmes Licht auf den Fußboden. Thomas wusste sofort, wozu die Hütte diente.

«Saskia», rief er laut. «Wo bist du?»

«Hier, ich bin hier drinnen, helfen Sie mir, oh Gott, helfen Sie mir doch.»

Das kam aus der Hütte. Eine weibliche, angstverzerrte Stimme.

«Ich komme, Saskia, ich bin gleich bei dir.»

Die massive Holztür in der Vorderfront der Hütte war von außen durch drei Metallriegel gesichert. Thomas griff nach dem Metallriegel, zog ihn zurück und riss die Tür auf. Ein Körper stürzte ihm entgegen. Im selben Augenblick erlosch das Licht. Von einem Lidschlag auf den nächsten war es stockdunkel in der Halle.

Thomas wollte Saskia festhalten, doch sie stieß ihn von sich und war im nächsten Moment schon in der Dunkelheit verschwunden.

Nichts, kein Funken Licht, nur Schwärze ringsherum. Thomas spürte die Wand des Holzhauses in seinem Rücken. Er riss die Waffe hoch und zielte wahllos in die Dunkelheit. Draußen donnerte es heftig. Hatte ein Blitzschlag den Strom unterbrochen, oder war es Anton Berg gewesen?

Irgendwo in der Nähe atmete Saskia.

«Saskia, wo bist du, komm zurück, ich bin es, Thomas.»

Wahrscheinlich hatte sie ihn nicht erkannt, weil sie nach der langen Zeit in Gefangenschaft tief traumatisiert war. Vielleicht hatte er sie am Kopf verletzt, und sie hatte eine Amnesie. Es gab so viele Gründe, aus denen sie ihn weggestoßen haben konnte.

«Jetzt ist es dunkel, und du hast Angst», sagte eine tiefe

männliche Stimme von irgendwoher. «Jetzt wünschst du dir das Licht herbei, nicht wahr.»

Thomas versuchte die Richtung auszumachen, aus der die Stimme kam, doch das war in diesem großen Raum nicht so einfach. Die Worte hallten zwischen den Wänden hin und her.

«Ich habe hier für dich ein Zuhause voller Licht erschaffen, verstehst du das jetzt? Niemand sollte in der Dunkelheit leben. Ich weiß, wie das ist, glaub mir.»

Thomas verstand, dass der Mann, vermutlich Anton Berg, gar nicht zu ihm, sondern zu Saskia sprach. *Sprich weiter*, dachte Thomas, *damit ich weiß, wohin ich schießen muss.*

«Für dich war es immer nur ein Schalter an der Wand, nicht wahr. Du drückst ihn, und es wird hell. Du weißt nicht, wie es passiert, weißt nicht, wie man aus Strom Licht macht. Du weißt auch nicht, wie es sich anfühlt, in einem dunklen Raum am Fenster zu stehen und ins Licht zu schauen. Wie still und einsam es dort ist. Die Dunkelheit ... ich konnte sie nie abstreifen, sie war immer bei mir, überall, wie eine zweite Haut ... aber ich habe sie beherrschen gelernt, die Dunkelheit ...»

Thomas hatte jetzt eine ungefähre Vorstellung davon, wo sich der Mann aufhielt. Er hielt die Waffe in diese Richtung, zögerte aber noch. Was, wenn er Saskia traf? «Saskia, geh in Deckung!», rief Thomas.

Plötzlich schlug etwas hart gegen die Hand, mit der er die Waffe hielt. Sie wurde sofort taub, die Waffe flog davon, heißer Schmerz schoss hinauf bis ins Schultergelenk. Thomas schrie auf und ließ sich instinktiv fallen. Berg musste mit dem Hammer nach ihm geschlagen haben.

Der nächste Schlag sauste knapp über seinem Kopf vorbei. Wuchtig traf der Hammer die Wand hinter Thomas. Holz splitterte. Irgendwo schrie Saskia auf, und Anton Berg grunzte wütend, während er den Hammerkopf knirschend aus dem Holz riss.

Thomas stieß sich mit den Beinen ab und rutschte auf dem Hintern in die Lücke zwischen der Außenwand des Hauses und der Holzkonstruktion. Er verstand nicht, wie Berg ihn in dieser absoluten Finsternis sehen konnte. Und er musste ihn gesehen haben, sonst hätte er ihn nicht an der Waffenhand treffen können. Die verletzte Hand hielt Thomas vor seinen Bauch. Er war sich sicher, dass sie im Handgelenk gebrochen war. Damit würde er auf keinen Fall mehr eine Waffe abfeuern.

Saskia schrie. Laut und gellend.

«Saskia, lauf, die Polizei ist draußen», rief Thomas.

«Nein, nicht, lass mich los!» Er hatte sie in der Dunkelheit gefunden, und Thomas wusste nicht einmal, wohin er sich wenden musste, um ihr zu helfen.

Scheurich schloss die Handschellen auf.

«Mein Reden. Zivilisten haben bei Ermittlungen nichts zu suchen. Und diesem Bennett habe ich die ganze Zeit über nicht getraut.»

«Sparen Sie sich Ihre Sprüche», murmelte Priska, stieg aus dem Wagen und rieb sich das Handgelenk. Sie war immer noch stinksauer, gleichzeitig aber auch fast starr vor Angst. Sie wusste nur allzu gut, wie knapp sie mit dem Leben davongekommen war. Der Schuss im Haus war sicher von Thomas abgegeben worden, damit hatte er ihr das Leben gerettet – allerdings, nachdem er sie überhaupt erst in diese Situation gebracht hatte. «Anton Berg ist hier», sagte sie. «Er hat die Windschutzscheibe meines Wagens eingeschlagen.»

«Was? Er war hier?»

Priska zeigte den Feldweg hinunter, der an beiden Seiten von Büschen und Bäumen gesäumt war und einen natürlichen Tunnel bildete.

«Er stand plötzlich dort vorn auf dem Weg ... wie aus dem Nichts. Ich vermute, der Weg führt zum Fluss hinunter. Irgendwas ist dort unten.»

«Was soll dort sein?»

«Keine Ahnung. Schicken Sie ein paar Männer hin, die sich umsehen sollen.»

«Wir brauchen die Männer für die Hausstürmung.»

«Scheurich ... mein Kollege Kerkmann, er ist Berg wahrscheinlich in die Hände gelaufen. Vielleicht ist er da unten.»

«Der in kurzen Hosen? Wie das?»

«Wir haben jetzt keine Zeit für Erklärungen. Wir teilen uns auf. Geben Sie mir zwei Männer, und ich schaue mich da unten um. Sie stürmen mit dem Rest das Haus.»

«Sie wollen nicht mit?»

«Was, wenn er Kerkmann in den Fluss geworfen hat? Nein, wir müssen uns aufteilen.» Scheurich ging Priska mit seiner langsamen Art schon wieder auf den Wecker. «Na los, machen Sie schon!», schrie sie ihn an.

Scheurich nickte und sprach mit dem Gruppenführer des SEK, den Priska schon vom Einsatz in Bergs Stadtwohnung kannte. Der kommandierte zwei Männer ab. In voller Schutzmontur und mit Maschinengewehren im Anschlag kamen sie zu ihr.

«Halten Sie Bennett davon ab, noch mehr Scheiße zu bauen», rief Priska Scheurich zu und lief den Feldweg zum Fluss hinunter.

Der Himmel hatte sich verfinstert, die ersten schweren Regentropfen klatschten in den Staub.

Armageddon, dachte Priska.

Alles geschah jetzt gleichzeitig, sodass Thomas nicht begriff, wo was in welcher Reihenfolge geschah.

An mehreren Stellen im Gebäude hörte man dumpfe Schläge, und Menschen schrien. In der Lagerhalle zerbarst eine der Holzplatten, mit denen das Fenster vernagelt worden war, und der helle Lichtstrahl einer starken Taschenlampe fiel durch das faustgroße Loch. Das SEK stürmte das Gebäude.

Saskia schrie. Irgendwo hinter Thomas sprang eine Tür auf, und Saskias Schreie wurden leiser. Er flieht, schoss es Thomas durch den Kopf. Seine Chance auf Rache schwand dahin. Von außen hämmerte jemand das Loch in der Holzplatte weiter auf, mehr Licht fiel hinein, und Thomas konnte endlich seine Waffe sehen. Er robbte darauf zu, hob sie mit der Linken auf und kam auf die Beine. Hinter der Holzkonstruktion, in der Saskia gefangen gehalten worden war, sah er den hellen Umriss eines Türrahmens. Da niemand vom SEK hineinkam, musste Berg mit Saskia durch diese Tür geflüchtet sein.

Er drückte sich zwischen Außenwand und Holzkäfig hindurch, hörte hinter sich den Lärm der einrückenden Beamten und dachte kurz darüber nach, ab jetzt die Jungs übernehmen zu lassen. Mit seiner verletzten Hand konnte er ohnehin nicht mehr viel ausrichten. Aber ganz egal, ob er noch schießen konnte oder nicht, er musste dabei sein, wenn Saskia aus den Fängen des Mörders befreit wurde.

Die Tür führte auf das verwucherte Grundstück hinaus. Eben noch in der Halle, stand Thomas plötzlich in einem Dschungel aus Wildwuchs. Kein Wunder, dass die Männer vom SEK diese Tür in der Giebelseite des Gebäudes nicht gesehen und gesichert hatten.

Vor sich sah und hörte er Anton Berg durchs Unterholz brechen. Er zog Saskia hinter sich her.

Das Gewitter verfinsterte den Himmel, große schwere Regentropfen fielen auf die Blätter, heftige Windböen bogen die Bäume mal hierhin, mal dorthin. Die rasch aufeinanderfolgenden Donnerschläge waren ohrenbetäubend laut. Immer wieder wurde die Szenerie kurzzeitig von Blitzen erhellt.

Plötzlich strauchelte Saskia und fiel hin. Der Abstand zwischen ihr und Thomas betrug vielleicht noch zwanzig Meter. Er blieb stehen und brachte die Waffe mit der linken Hand in Anschlag. Er zitterte vor Anstrengung, Angst und Schmerzen und konnte den Arm kaum halten.

Berg stand über Saskia gebeugt da. Sein Oberkörper war frei. Thomas sah über Kimme und Korn deutlich den breiten Rücken.

Sein Finger am Abzug krümmte sich.

Nur noch wenige Millimeter, und er würde zum Mörder werden. Der Widerstand des Abzugs schien übermächtig.

Thomas riss die Waffe hoch und feuerte einen Schuss in die Luft. «Lass sie in Ruhe», schrie er.

Anton Berg drehte sich zu ihm um. Dann zog er mit einer geschmeidigen, fast schon eleganten Bewegung den Hammer aus dem Gürtel. Mit gesenktem Kopf und vorgeschobenem Kinn stapfte er auf ihn zu.

Thomas wich zurück, stolperte und fiel auf den Hintern. Berg war keine zehn Meter mehr entfernt. Noch einmal riss Thomas die Waffe hoch.

Der Regen verschleierte die Sicht, Wasser lief ihm in die Augen, er konnte kaum etwas sehen, nur den hünenhaften Mann, der mit erhobenem Hammer auf ihn zukam. Hinter Berg zuckten Blitze über den schwarzen Himmel.

Thomas zog den Abzug durch und schrie. Er zog ihn durch, wieder und wieder, bis die Waffe nur noch metallen klickte. Doch Anton Berg hielt unbeeindruckt auf ihn zu.

Priska ließ die beiden SEK-Beamten vorausgehen. Das waren Profis, die hundertmal besser mit der Waffe umgehen konnten als sie, warum sollte sie ein Risiko eingehen?

In seinem Verlauf wurde der Weg schmaler, die Büsche und Bäume verengten ihn zusätzlich, und das Gelände fiel stark ab. Es regnete nicht, es goss jetzt aus Kübeln, dennoch war in dem langen Gras eine Fahrspur zu erkennen – vor nicht allzu langer Zeit war hier ein Wagen entlanggefahren. Einige Meter weiter endete der Weg direkt am Ufer der Elbe. In dem zwei Meter breiten Sandstreifen war die Fahrspur deutlich zu sehen – und auch das aus dem Wasser ragende Heck eines roten Wagens, der langsam mit der Strömung abdriftete.

«Kerkmann», stieß Priska aus. Sie lief bis zu den Knien ins Wasser, bevor einer der Beamten sie rüde stoppte. «Nicht. Die Strömung ... das ist zu gefährlich.»

«Mein Kollege könnte dadrin sein», schrie Priska, schlug die Hand beiseite und watete tiefer ins Wasser. Als sie den Wagen erreichte, versank sie bis zur Brust im Wasser. Sie trat in eine Untiefe, tauchte ganz unter und schluckte Wasser.

Kräftige Hände zogen sie empor. Die beiden Beamten hatten ihre Waffen am Strand abgelegt und waren schon an ihrer Seite. Gemeinsam erreichten sie das jetzt steil aus dem Wasser ragende Heck des Wagens. Der größere der SEK-Beamten klammerte sich daran und zog es mit seinem Gewicht ein Stück weit hinunter. Der zweite öffnete die Klappe.

Kerkmann lag im Kofferraum. Das Wasser schwappte hinein und erleichterte es Priska, den schweren, leblosen Körper herauszuziehen. Zu dritt gelang es ihnen, Kerkmann an den Strand zu bringen.

Mit dem großen Unwetter vor vierzehn Tagen hatte sich der schwülwarme Sommer verabschiedet. Es war kühl seitdem, in den Nächten lag die Temperatur unter zehn Grad, und morgens lag Tau auf den Gräsern und Spinnweben.

Heute war der Himmel tief und grau, aber noch regnete es nicht.

Die Trauerfeier in der kleinen Kapelle war vor zehn Minuten zu Ende gegangen, und die fast hundert Personen, die Saskia Laak die letzte Ehre erwiesen, waren dem Sarg und den Eltern nach draußen zur Grabstelle gefolgt. Sie alle hielten den Blick gesenkt, so als läge das Gewicht des Himmels auf ihren Schultern.

Thomas hatte sich unauffällig unter die Trauergäste gemischt. Saskias Eltern hatten ihm nicht verziehen, er hatte keine Einladung zur Beerdigung bekommen. Thomas wollte an diesem Tag keinen Eklat provozieren, deshalb hielt er sich im Hintergrund. Irgendwann würde er Saskias Eltern besuchen und mit ihnen reden, zu einer Zeit, wenn Worte sie wieder erreichen würden.

Es war nicht Saskia gewesen, die Thomas aus dem Holzhäuschen befreit hatte und mit der Anton Berg geflüchtet war, sondern Nina Winter. Anton Berg hatte die Sicherung gezogen, weil er sich dadurch einen Vorteil erhofft hatte. Er war im Besitz eines Nachtsichtgerätes aus Bundeswehrbeständen gewesen und hatte es in der stockdunklen Halle benutzt. Daher hatte er Thomas die Waffe so zielsicher aus der Hand schlagen können.

Zu Saskia hatte Anton Berg ihn zufällig geführt. Fast genau an der Stelle, an der Thomas auf ihn geschossen hatte, befand sich eine Grabstelle. Dort hatte Berg Saskia und Swantje verscharrt.

Heute war also Saskias zweite Beerdigung. Nachdem ihre

Eltern, die nahen Angehörigen und ein paar enge Freunde ihre Schaufel Erde in das Grab gegeben hatten, war Saskias Mutter zusammengebrochen und von ihrem Mann zur Seite geführt worden. Eine Gruppe Trauernder stand um das Ehepaar herum. Das war die Gelegenheit für Thomas. So konnte er einen Moment allein sein mit Saskia.

Als er an das offene Grab trat, setzte feiner Nieselregen ein. Thomas ging in die Knie, griff mit der linken Hand in die Tasche seiner Jacke – seine rechte lag in einer Armschlinge – und holte hervor, was er seit vierzehn Tagen mit sich herumtrug. Er rollte das gelbe Maßband ein Stückchen ab und streichelte es, als hielte er einen Rosenkranz in der Hand. «Ich wäre immer für euch da gewesen. Immer. Ohne Wenn und Aber», sagte er und musste kämpfen, damit ihm die Stimme nicht versagte. «Ihr werdet auf immer einen Platz in meinem Herzen haben.»

Thomas stand auf und warf statt einer Schaufel Erde das Maßband in die Grube. Dann verabschiedete er sich still von Saskia. Sich von dem Kind zu verabschieden, das es zwar gegeben hatte, aber irgendwie auch wieder nicht, fiel ihm deutlich schwerer. Es war eine Möglichkeit gewesen, ein Blick in die Zukunft, der ihm nur kurz gewährt und sofort wieder versperrt worden war. Er verabschiedete sich von Saskia als Mutter seines Kindes, und das riss eine so tiefe Wunde in sein Herz, dass er glaubte, sie könne niemals wieder verheilen. Schließlich wandte er sich ab und verließ den Friedhof.

An seinen Wagen gelehnt wartete Nils auf ihn. Sein Bruder war ebenfalls in der Kapelle gewesen, aber nicht mit ans Grab gekommen. Wortlos stiegen sie ein.

Nils startete den Motor nicht gleich. Schweigend starrten sie eine Weile durch die Windschutzscheibe, an der die Regentropfen herunterliefen. «Hast dich gut gehalten, kleiner Bruder», sagte Nils irgendwann. «Bin stolz auf dich.»

«Dafür gibt es keinen Grund», sagte Thomas. «Saskia ist tot.»

«Ja. Aber du hast wirklich alles getan, um sie zu retten. Alles! Herrgott noch mal, ich hätte nie gedacht, dass du mal eine Waffe abfeuern würdest.»

«Ich habe nicht getroffen.»

Nicht Thomas hatte Anton Berg erschossen, sondern ein SEK-Beamter, der ihnen ins Dickicht gefolgt war. Thomas hatte mit der linken, zitternden Hand sechsmal danebengeschossen. «Ja, okay, das ist peinlich», sagte Nils. «Vor allem, weil ich allen erzählt habe, mein Bruder hätte diesen Irren gestoppt. Unsere Eltern denken auch, du warst es. Papa erzählt es überall herum.»

«Dann musst du ihnen die Wahrheit sagen.»

Nils dachte einen Moment nach und schüttelte dann den Kopf. «Es reicht, wenn wir die Wahrheit kennen. Und damit das auch so bleibt, verlange ich die eine oder andere Dienstleistung von dir. Quid pro quo, nicht wahr!»

Sylvester spürte Priskas Stimmung und benahm sich heute vorbildlich. Nicht ein einziges Mal versuchte er, seinen Kopf durchzusetzen. Während des einstündigen Ausritts musste Priska einfach nur im Sattel sitzen und die Zügel halten, den Rest übernahm der Hannoveraner.

Priska hing ihren Gedanken nach. Das Reiten hatte heute nicht die gewohnte Wirkung, sie konnte nicht abschalten, machte sich weiterhin Vorwürfe und kam aus dieser endlosen Gedankenschleife rund um den Fall Anton Berg nicht heraus. Wenn sie nicht so bockig gewesen wäre und sich nicht hätte krankschreiben lassen, wenn sie schneller darauf gekommen wäre, wie der Fall Bennett und Bokelmann zusammenhingen, wenn sie Kerkmann nicht durch einen flapsigen Spruch auf die Patientenspur gebracht hätte …

Wenn, wenn, wenn …

Immerhin: Nina Winter hatte überlebt. Ein Opfer des «Housesitters» hatten sie retten können. Das junge Mädchen war ziemlich stark und würde das Erlebte irgendwann verarbeiten. Sie war mit ihren Eltern im Präsidium gewesen, hatte sich nach Kerkmann erkundigt und sich bei Thomas bedanken wollen.

Anton Berg dagegen war tot. Niemand würde ihn mehr fragen können, warum er getan hatte, was er getan hatte. Das Warum hatte der ehemalige Schmied mit ins Grab genommen. Das Wie war mittlerweile allen Beteiligten klar.

Anton Berg hatte sich nach Verbüßung seiner Haftstrafe als Zeitungsausträger über Wasser gehalten. Auch an die Adresse von Ulf und Swantje Bergmann hatte er eine Zeitung geliefert, ein Spezialblatt für Kleinanzeigen aus der Region, das es sowohl online als auch in der Printversion gab. Anton Berg war über den Urlaub der Bergmanns, der Winters und den von Thomas und Saskia informiert gewesen, weil seine Firma ihm genau mitgeteilt hatte, wann und warum er bestimmten Abonnenten keine Zeitung liefern musste.

Der freundliche alte Herr, der frühmorgens das Grundstück betrat oder ans Haus kam, mit dem man im Morgenmantel gern ein schnelles Wort wechselte und der einem einen schönen Tag wünschte, den man insgeheim vielleicht ein wenig bedauerte, weil er bei Wind und Wetter diesen Job ausüben musste – dieser Mann war ein Mörder.

Ein Mörder, auf dessen Konto acht Morde gingen. Als Jugendlicher hatte er den alten Buhlmann erschlagen, dann später Mareike Schulz und Carsten Bolte, nach seiner Entlassung seinen Stiefvater Heinz Gruga und schließlich Ulrike Bokelmann, Saskia Laak, Swantje und Ulf Bergmann.

Er war ein achtfacher Mörder, der sich gleichzeitig aber auch fürsorglich um Fred Martens gekümmert hatte. Der alte Mann war in gutem Pflegezustand gewesen und vermisste «seinen Jungen» schmerzlich. Er hatte für Berg die Stelle eines Vaters eingenommen.

Priska machte sich nicht die Mühe, das verstehen zu wollen. Anton Bergs Geisteszustand würde für sie ein Rätsel bleiben. Wahrscheinlich war das auch gut so. Verstanden hatte sie aber, wie gefährlich jemand sein konnte, den kalte Rache beherrschte, der auch nach Jahrzehnten nichts vergaß oder verzieh. Kein Arrest, egal wie lange er auch dauerte, konnte einen solchen Menschen ändern. Die Frage war, wie man damit umgehen sollte, oder besser: wie man schon vorab einen solchen Menschen erkannte. Darauf hatte Priska keine Antwort.

Sie versuchte, die Gedanken beiseitezuschieben, in dem sie sich auf die Natur konzentrierte. Der Sommer machte Pause, es war kühler, gleichzeitig aber auch angenehmer, die Luft reiner. Viele Felder waren bereits abgeerntet, Winterweizen und Raps waren schon in den Scheunen, die Felder standen kahl.

Priska sah sich um. Niemand zu sehen. Also konnte sie Dummheiten machen.

Sie gab Sylvester einen Befehl. Der schnaubte einmal und ging dann in den Galopp. Mit fliehendem Haar jagte Priska über das Feld, verausgabte sich und das Pferd und wurde erst wieder langsamer, als der Wind und die kühle Luft alle dunklen Gedanken vertrieben hatten.

Dann warf sie einen Blick auf die Armbanduhr und stellte fest, dass sie bis zu dem Treffen nicht mehr viel Zeit hatte. Sie musste zurück.

Anton Berg war tatsächlich bei dir in der Firma», stellte Priska fest.

Thomas nickte. «Meine Mitarbeiterin, die gerade im Mutterschutz ist, hat sich an ihn erinnert, als sie sein Foto sah. Ich hatte an dem Tag Geburtstag, und Saskia kam mit einer kleinen Schokoladentorte mit Kerzen darauf in die Firma. Sie hatte sich dafür extra den Vormittag freigenommen. Meine Mitarbeiterin fragte mich gerade, ob wir eine Ausnahme machen könnten und einen älteren Mann trotz einer Vorstrafe einstellen würden. Ich lehnte das ab, ohne darüber nachzudenken ... ohne auch nur einen Blick auf den Mann zu werfen. Dann platzte Saskia herein, und die Sache war durch. Anton Berg wartete draußen auf dem Gang auf meine Antwort, die meine Mitarbeiterin ihm überbrachte.»

«Also hat er Saskia gesehen.»

«Ja. Freudestrahlend, mit einer Torte in den Händen. Ich zermartere mir schon seit Tagen den Kopf, aber ich kann mich wirklich überhaupt nicht daran erinnern. Der Mörder stand vor meinem Büro, und ich habe ihn weggeschickt!» Thomas verstummte, und Priska glaubte ihm ansehen zu können, was in seinem Kopf vorging. «Falls du denken solltest, du hättest all das verhindern können, wenn du damals anders gehandelt hättest, vergiss es. Der Mann hätte trotzdem gemordet. Nur jemand anderen.»

«Ich weiß», sagte Thomas.

Priska beobachtete ihn. Versuchte herauszufinden, ob noch etwas geblieben war von der Wut, die ihn ins Haus von Anton Berg getrieben hatte. Es war schwer zu sagen, denn was geschehen war, hatte ihn verändert. Er würde nie mehr der Mann sein, der er vorher gewesen war, und Priska konnte nur hoffen, dass die Verbitterung, die ihm deutlich anzumerken war, nicht bleiben würde. Deswegen hatte sie dieses Treffen heute anberaumt, auch gegen Thomas' Willen, der zuerst abgelehnt hatte.

Priska trank den letzten Schluck Kaffee. Sie saßen in dem Patientencafé, in dem sie zum ersten Mal mit Scheurich gesprochen hatte.

«Wollen wir?», fragte sie.

Thomas nickte und presste die Lippen fest zusammen.

Im Fahrstuhl versuchte er es noch einmal. «Du hast ihn gerettet, nicht ich. Was soll ich hier?»

«Ich hab's dir schon einmal erklärt. Wenn du mich nicht ans Lenkrad gefesselt hättest, hätte ich Anton Berg nicht dort unten am Fluss gesehen. Ich wäre ins Haus gegangen, und Kerkmann wäre ertrunken.»

Thomas schüttelte den Kopf. «Dann müsste man auch Nils dafür danken, dass er die Waffe dabeihatte.»

«Gute Idee! Holen wir nach.» Der Fahrstuhl erreichte die dritte Etage, sie stiegen aus und gingen den Gang nach links hinunter. Priska klopfte an die Tür mit der Nummer 312 daran. Das «Herein» klang schwach.

Kerkmann sah aus wie eine Leiche. Bleich, dünn, der Körper unter der Decke ausgemergelt, der Kopf nach immer bandagiert. Aber er lebte! Sein Gott hatte auf ihn aufgepasst.

«Kerkmann», begrüßte Priska ihn aufgesetzt fröhlich. «Ich dachte, wir feiern eine Party heute, aber Sie liegen ja noch immer faul herum.»

«Bin krankgeschrieben», nuschelte er. «Und im Gegensatz zu Ihnen simuliere ich nicht.»

«Jetzt mal nicht frech werden. Ich habe wie versprochen den Besuch mitgebracht.» Thomas trat nur zögerlich ans Bett heran.

«Vielen Dank dafür, dass Sie meine Chefin mal für ein paar Minuten gestoppt haben. Das hat mir das Leben gerettet.»

«Ich habe ihr schon gesagt …»

«Jaja», unterbrach Kerkmann Thomas. «Schon klar. Ich bedanke mich trotzdem.» Er reichte ihm die Hand, und Thomas schüttelte sie. Die Bewegung verursachte Kerkmann Kopfschmerzen. Er schloss die Augen und verzog das Gesicht.

«Okay», sagte Priska. «Die Party dann doch lieber ein andermal. Aber in spätestens zwei Wochen will ich Sie wieder im Dienst sehen. Verstanden, Kerkmann!»

«Ich gebe mir Mühe.»

Priska schüttelte den Kopf. «Ich will etwas anderes hören. Wenigstens ein Mal noch.»

Einen Moment sah Kerkmann sie verständnislos an, dann erhellte sich sein Gesicht.

«Is gebongt», sagte er.

Weitere Titel von Andreas Winkelmann

Barrieren

Das Haus der Mädchen

Deathbook

Der Gesang des Blutes

Der Zwilling

Die Zucht

Housesitter

Killgame

Wassermanns Zorn

MIX
Papier aus verantwortungsvollen Quellen
FSC® C083411

Das für dieses Buch verwendete Papier ist FSC®-zertifiziert.